검은머리 미군 대원수 9

명원(命元) 대체역사 소설

EugeneKim

KB058684

일러두기

• 이 책은 문피아, 네이버시리즈에서 연재된 《검은머리 미군 대원수》를 바탕으로 편집, 제작되었습니다.

• 단행본, 일간지 이름은 《 》로, 노래 제목, 영화, 방송국, 글의 소제목 등은 〈 〉로 표기했습니다.

• 전화, 라디오 등 전파 매체를 통한 대사는 '─'로, 편지 등 문자 매체를 통한 대사는 '[ ]'로 표기했습니다.

• 인명 및 지명은 일부 표준어로 등재됐거나 용례가 존재할 경우를 제외하고 모두 연재본의 표기를 따랐습니다.

• 내지에 삽입된 지도는 웹소설 연재본에 삽입된 지도를 단행본 인쇄방식에 맞게 편집부에서 재편집했습니다.

1장
마지막 가을

마지막 가을 1

서기 1943년은 입에 잘라 넣은 안심살 스테이크가 살살 녹듯 스르르 사라져버렸다. 미합중국 육군의 머리 꼭대기를 두고 벌어진 종전 직후부터의 티격태격은 마침내 봄이 시작될 무렵에야 매듭지어졌다.

"전쟁이 끝났으니 이만 물러나겠습니다."

"우리에겐 아직 마셜 원수가 필요합니다."

"제가 총장 자리에 앉은 이래 한시도 편히 쉴 수가 없었습니다. 이만 물러나겠습니다."

"후임이 아직 정해지지 않았잖소. 조금만 더 있어주시오."

마셜은 일본의 항복 선언 다음 날 곧장 사직서를 제출했지만, 피도 눈물도 없는 월레스는 버선발로 달려나와 사직서를 찢어버렸다.

"브래들리 장군. 육군참모총장 어떻습니까?"

"저는 성품이 유약하고 능력이 미흡해 그런 대임을 맡기엔 부적절합니다."

"아이젠하워 장군. 마셜 장군께서 귀하를 차기 총장으로 추천하셨습니다."

"열대 정글에서 너무 오래 일하다 보니 몸이 많이 상했습니다. 저보다 더 나은 이들이 많습니다."

"맥네어 장군. 귀관이라면 필시……."

"안 합니다."

"킴 장군. 유일한 현역 대원수가 총장 자리에 앉지 않으면 누가 과연 총장을 하겠습니까? 아무리 봐도 다들 당신 때문에 다들 거절하고 있는데 책임이 안 느껴지십니까?"

"에베ㅂ… 동아시아의 오랜 전란을 끝내고 항구적 평화를 건설하기 위해선 제가 잠시라도 자리를 비울 순 없습니다."

내 탓이 아니다. 상식적으로 누가 육군참모총장 같은 빛나는 자리를 거절하겠나. 뭔가 다른 이유가 있겠지. 나는 윌레스의 간곡한 청에 "아이젠하워 장군은 백만 대군을 다룰 재주가 있고 모두에게 큰 신뢰를 얻고 있으니 총장을 할 만하다."라고 답하였고. 얼마 뒤 진짜 총에 맞을 뻔했다.

"유진 킴, 이 개자식! 맛있어 보이는 건 홀라당 빼먹으면서 좆같은 건 떠넘기는 빌어먹을 놈! 당장 나와!"

"진정해! 진정하라고! 총장이 어때서 그래?"

"어느 총장이 머리 꼭대기에 대원수를 올려놓고 일했냐고!"

그렇게 화를 내면 머리에 스팀이 차올라서 모근이 열을 이기지 못하고 죽어버리는데, 이 동방의 조용한 나라에서 마음 수양하는 법을 좀 배워 가는 건 어떻겠니?

인질 협상하는 네고시에이터처럼 목숨을 건 설득 끝에 마침내 아이크는 육군참모총장에 취임했고, 조지 마셜은 기나긴 커리어에 종지부를 찍었다…….

"마셜 장군. 중국으로 가서 장개석을 말려 주시겠습니까?"

"중국통이라면 드럼이 있습니다. 그가 훨씬 적격입니다."

"드럼은 노골적으로 장개석을 편들고 있고 모택동을 증오합니다. 그를 보내면 협상이 이루어질 리가 없습니다."

월레스는 자리에서 막 물러나 마침내 노후를 만끽하려는 마셜을 인정사정없이 중국에 특사로 보내버렸다. 금을 사랑하는 꽌시원수 드럼은 청문회와 각종 감사에서 모두 무혐의 선고를 받고 풀려났다. 애초에 그에게 유죄를 때리면 장개석의 면상에 정면으로 중지를 치켜드는 모양새가 되니 당연한 결말이었다.

"중국에는 강의 물결이 밀려난다는 표현이 있더군. 이제 나도 믿음직한 후배들을 위해 자리를 비켜줘야겠네."

"저한텐 그냥 솔직하게 총장 안 시켜주니 삐졌다고 해도 됩니다."

"빌어먹을. 자넨 나한테 크게 빚졌어. 알고 있지?"

"아니, 제가 언제 그렇게 많이 꾸역꾸역 받아 처먹으라고 했습니까? 배탈 났으니 총장을 못 하는 거 아닙니까. 참나."

안타깝게도 드럼 본인은 중국에 학을 뗐었고, 그가 받아먹은 무수한 재물과 보물을 세탁해주는 건 내 역할이었다. 새로 설립된 한국은행은 어디선가 홀연히 배송된 의문의 금괴로 금고가 빵빵해졌고, 드럼 장군님은 출처 불명의 무기명 채권과 현금 그득한 통장을 든 채 미국 남부 경치 좋은 곳에 있는 으리으리한 별장을 매입했다. 그리고 몇 달 지나지 않아 그 행복의 보금자리가 허리케인의 습격을 받아 박살 났다는 편지가 날아왔다. 참 불쌍한 사람이야.

육군의 폭풍은 당연히 꼭대기에서 그치지 않았다.

"저, 이제 전역하고 싶습니다."

"뭐라고?"

"전쟁도 끝났으니 이만 전역하고 싶습니다."

내가 지금 무슨 소릴 들었지? 나도 전역을 못 하는데 감히 전역을 하겠다고?

"김 준장."

"옙."

"왜 전역을 하려고 하지? 앞으로 탄탄대로지 않나?"

"지금 전역하면 준장 전역인데… 남아 있으면 계급이 깎이잖습니까. 전별 달고 꿀이 빨고 싶은데…….."

"걱정 말게. 금방 올라올 수 있어. 나도 해봤는데 계급 그거, 금방금방 오르더라고."

"미국으로 돌아가고 싶습니다… 캘리포니아가 그립습니다…….."

"지금 우리의 고향이 아직 정부를 수립하지도 못했는데 도망치겠다고? 귀관의 애향심은 겨우 그 정도였나?"

응. 안 돼. 못 가. 한국계 미국인 고급 장교라니. 이런 레어한 포켓몬을 쉽게 풀어줄 성싶으냐. 어르고 달랜 끝에 두 김씨, 김 준장과 김 대령은 이 땅에 신생 정부가 들어선 이후에 전역하기로 했다. 어딜 감히 집에 가려고. 중국에 상륙했던 부대가 한국과 일본으로 철군하고, 다시 아시아 방면 미군이 하나둘씩 고향으로 돌아가기 시작했다.

수백만 대군의 철군은 당연한 이야기지만 하루아침에 끝낼 수 있는 일이 아니다. 걔들을 먹이고 입히고 재우고 배에 태워서 보내는 이 기나긴 과정은 당연히 끝없는 서류와의 전쟁. 당장 행정 업무를 봐야 할 고급 간부들조차 줄줄이 전역원을 제출하고 탈주하는 이 시국인 만큼, 나는 하나씩 이들 전역 희망자들을 붙잡고 진득한 설득의 시간을 가져야만 했다.

육군이 난장판인데 물개들이라고 뒤처질 린 없다. 최고의 실력과 최고의 인성을 두루 갖춘 어니스트 킹이 물러나면서 해군 또한 대격변의 시간을 맞이했다. 두 원수, 홀시와 스프루언스의 앞길이 참으로 험난해 보이는구나. 전쟁 말기부터 논의되던 전쟁부와 해군부의 통합, 국방부의 신설은 해군의 주도하에 급물살을 탔다.

물개 놈들의 생각은 참으로 빠르다. 맥아더가 정말 대통령에 취임할지도 모르는 판이니, 차라리 육군 출신 대통령이 나오기 전에 빨리 통합을 끝내는 편이 낫다는 심보겠지. 육군항공대가 공군으로 정식 독립하려는 판에 국방부의 설립은 어차피 시간문제. 누가 장관을 할진 모르겠지만 거, 고생깨나 할 것 같구만. 가파른 변화의 물살이 전 세계를 휘감았고, 유감스럽게도 모두가 꿈꾸던 평화로운 세상은 너무나 멀어 보였다.

* * *

731부대의 폭로 후, 히로히토는 모두에게서 버려졌다. 나를 비롯한 미국은 침묵으로 일관하며 히로히토를 커버쳐 줄 생각이 없다는 걸 만천하에 표명했고, 이를 깨달은 일본 측에선 늘 그래왔듯 새로운 희생양으로 그들의 천황을 점찍었다.

"도조 히데키. 증언하시오."

"소인은 오직 황국에 대한 애국심과 천황 폐하를 위한 충심만으로 살아왔습니다. 군복을 입은 이래 어심(御心)을 헤아리지 않은 적이 없었으며, 높은 자리에 앉은 이후로도 결코 천황 폐하의 뜻을 받들지 않은 적이 없습니다."

"지금 피고는 천황의 책임을 주장하고 있습니다. 이 증언을 철회할 의사가 전혀 없습니까?"

"그렇습니다. 제국의 그 누구도 감히 천황 폐하를 거스를 순 없었습니다. 우리는 황국의 지도자인 폐하의 수족으로서 만사를 결정했을 따름입니다."

전범 재판에 끌려 나온 이들은 앵무새로 진화한 것처럼 모두 왱알앵알자신의 충심을 자랑하기에 여념이 없었다. 나는 특별히 손을 쓰거나 증언을 어떻게 하라고 지시한 적도 없는데, 이 일본인이란 놈들은 높으신 분의 의중을 '알아서' 헤아리는 게 몸에 배어 있는 건지 하나같이 물귀신처럼 히로히토를 물고 늘어지는 게 아닌가.

"짐은 제국의 이름하에 행해진 모든 과오와 비극을 짊어지고, 신민들이 더 나은 세상을 영위할 수 있도록 이만 물러나고자 한다……."

열 살배기 아키히토는 번갯불에 콩 볶아먹듯 황태자가 된 뒤, 며칠 만에 아버지의 뒤를 이어 새 천황으로 즉위했다. 이제 갓 마흔을 넘긴 천황의 퇴위는 충분히 충격적인 사건이었지만, 이미 일본의 여론은 싸늘하기만 했다. 저놈의 목을 매달아야 한다는 미국 여론은 말할 것도 없었고.

극동이 평화와 안정을 되찾는 동안, 지구상의 폭력과 혼란은 강진 뒤 여진처럼 끊임없이 이어졌다. 아르헨티나에서는 쿠데타가 일어나 정권이 무너졌다. 유대인들은 약속의 땅 예루살렘으로 향했고, 당연히 박힌 돌과 굴러온 돌의 충돌은 총기를 동반한 유혈사태로 진화했다. 터키에서는 큰 지진이 일어났고, 엎친 데 덮친 격으로 소련이 차츰 압력을 더하기 시작했다.

소련은 동유럽 각지에 제 위성 국가를 하나둘 세웠고, 이란 북부를 영구적으로 장악할 의도를 숨기지도 않았으며, 공공연히 식민지 반군에게 무기 지원을 개시했다. 애틀리가 이끄는 영국은 동남아시아 곳곳에서 철수했고, 식민지의 독립을 허용하는 방향으로 선회했다. 강력한 대통령을 꿈꾸던 드골은 새로운 프랑스가 내각책임제로 굳혀지자 바지사장으로 전락하길 거부했고, 기어이 대통령직을 때려치웠다. 그리고 이 혼란 속에서 미합중국이라고 예외일 순 없었다.

* * *

[미합중국 시민을 대상으로 한 인체 실험 의혹.]

첫 불씨는 아주 작았다.

[본지의 장기 탐사에 따르면, 합중국 행정부 산하 보건 기관에서 내국인을 대상으로 10년 이상의 인체 실험이 행해진 것으로 확인되었다.]

[실험 대상은 매독에 감염된 합중국 시민으로, 이들은 자신들의 병명을 거짓으로 전해 듣고 어떠한 치료 없이 장기간, 현재까지 방치되고 있

다…….]

"전부 오해입니다."

"본 실험은 정상적으로 진행되었습니다. 자세한 사항은 노 코멘트 하겠습니다."

언론은 항상 칼자루 쥔 이의 의도에 따라 움직인다. 첫 기사는 '흑인'이라거나 '앨라배마'와 같은 단어가 모조리 생략된 채 오직 '내국인에 대한 인체 실험'이라는 말만을 집요하게 인두로 지지듯 반복했다. D.C.의 괴물들은 신문의 행간만 보고도 누가 움직였는지 훤히 꿰뚫는 이들, 너무나 의도가 명백했기에 이는 곧 거대한 불길로 번져나갔다.

[터스키기 매독 실험!]

[반 년짜리 실험, 어째서 평생 실험으로 바뀌었는가?]

한번 불씨를 던지고, 대중의 주목을 받고, 피라냐 같은 기자 떼가 후속 기사를 연신 쏟아내고.

"빌어먹을, 그놈들은 깜둥이요. 깜둥이! 아시겠습니까? 그놈들이 병명을 안다고 뭐가 달라집니까? 자기들이 매독에 걸렸다고 들어봐야 치료받을 돈도 없는 놈들이란 말입니다!"

"실험에 참여한 이들은 평생 동안 의사의 케어를 받았습니다. 그들이 평생 병원 문턱이나 갈 수 있었겠습니까?"

"매독은 무서운 병입니다. 과학의 진보를 위해선 어쩔 수 없는 희생을 감수해야 한단 말입니다."

하지만 불행하게도, 초동조치는 완전히 잘못되었다. 공화당은 이제 가면을 벗어버리고 곧장 전면적인 대공세에 착수했다.

"시민 여러분. 나치 독일과 일본제국이 자행하던 끔찍한 생체 실험이 바로 우리의 이웃들에게 행해지고 있었습니다."

"우리는 그 어떤 나라도 따라갈 수 없는 놀라운 진보를 이룩했습니다. 매독은 무서운 병이었지만, 연합군 장병들은 페니실린이라는 약을 처방받고 그 병에서 손쉽게 벗어날 수 있었습니다. 그럼에도 불구하고 이 끔찍한 실험은 결코 멈추지 않았습니다."

"저들은 병명을 속였습니다. 그 결과 피해자들은 자신들이 성병에 걸렸단 사실조차 모르고 배우자와 자식들에게 병을 물려줬습니다. 저들은 국가조차 속였습니다. 미합중국 군대는 저들을 치료할 기회가 있었지만 배제당했습니다. 저들은 우리 모두를 다시금 속이려 합니다! 합중국 시민의 혈세를 받아먹는 저들이 죄를 뉘우치긴커녕 실험을 정당화하려 합니다!"

1943년 추수감사절은 이 초유의 화제가 모든 것을 잡아먹었다.

"이 실험은 공화당, 후버 행정부 때 시작되었습니다. 공화당은 지금 제 얼굴에 침을 뱉고 있습니다."

"나 더글라스 맥아더는 합중국 시민을 학살하려던 후버에게서 시민을 지켰습니다. 감히 내 앞에서 후버를 논하시오? 후버 때 시행된 6개월짜리 프로젝트가 어째서 11년이 지난 지금까지 계속되고 있는 게요?"

"미 육군은 전쟁 당시 이미 해당 연구에 대해 인지하고 있었습니다. 바로 당신이 장관일 때 말이오! 당신 또한 묵인했잖소?!"

"공중보건국은 전쟁부에 정확한 프로젝트를 안내하지 않았습니다. 육군은 피해자들의 매독 감염 사실을 알고 치료에 착수하려 했으나, 공중보건국은 일방적으로 그들의 치료를 중단할 것을 통보했습니다."

까도 까도 끝이 없는 양파처럼, 진상이 하나씩 보도될 때마다 시민들은 경악을 멈출 수 없었다. 그토록 도덕과 인권을 부르짖던 정부가 10년 넘게 장기집권했는데, 그 10년간 대체 무슨 일이 있었단 말인가? 731부대를 비난할 때 동원되었던 모든 레토릭과 단어들은 주어만 월레스로 바뀐 채 다시 도마 위에 올라왔다.

"히로히토는 퇴위했다. 그런데 어째서 월레스는 가만히 있는가?"

"공화당이 깜둥이들을 위해 나라를 흔들고 있습니다! 화이트 파워! 백인의 권리를 지킵시다!"

"정부는 어째서 히로히토를 목매달지 않았는가? 월레스가 죽기 싫었던 탓이 아닌가?"

"여러분, 맥아더 전 장관 또한 책임을 피할 순 없습니다! 공화당 또한 책임을 져야 합니다!"

하지만 판세는 묘하게 돌아가고 있었다. 실험에 참여했던 이들은 체포되어 법원으로 끌려갔고, 월레스 대통령은 유감 성명을 발표하고 피해자들의 지원을 약속했다. 그리고 그것으로 끝이었다.

"의원님. 여론조사 결과가 좋지 않습니다."

"…어째서?"

"월레스와 사이가 좋지 않던 남부 딕시들이 다시 민주당 기치 아래 결집하고 있습니다."

"대중들은 이런 역겹고 자존심 상하는 이야기를 듣고 싶어 하지 않습니다. 전략에 수정이 필요합니다."

여전히 D.C. 앞에는 시위대가 진을 치고 있었고, 특히 유색인종 계층의 동요는 매우 심했다. 하지만 가장 중요한 백인의 표심에 큰 타격을 주지 못하지 않았는가.

"이 폭로로 인해 남부에서의 지지를 얻긴 더욱 힘들어졌습니다."

"군인 출신인 탓에 적을 포용하려는 자세가 부족한 것 아닙니까?"

"유색인종을 끌어들인다 한들, 결국 선거인단을 뺏어오지 못하면 의미가 없습니다."

당장 대선이 코앞인데, 당 장악력과 리더십에 대한 의문마저 제기되는 상황. 다시 한번 맥아더가 인간 불신과 편집증에 빠져 허우적대려는 그 순간.

[체코슬로바키아, 쿠데타 발발!]

[프라하, 빨갱이들의 손에 떨어지다!]

스탈린이 그를 건져냈다.

마지막 가을 2

터스키기 실험 폭로 이후. 미국 정치판은 말 그대로 아수라장이 되었다.

"정부는 즉각 해명하라!"

"전쟁을 빌미로 대체 무슨 짓거리를 얼마나 한 거냐!"

"원자폭탄 개발 같은 어마어마한 일조차 극비리에 진행한 정권입니다. 우리가 모르는 곳에서 어떤 끔찍한 비밀 실험이 있었을지 아무도 모릅니다!"

분명 시민들의 분노는 어마어마했다. 흑인들을 비롯한 유색인종들은 명백한 생명의 위협을 느꼈고, 백인들 또한 이 위대한 나라에서 벌어진 참극에 경악했다. 연일 피켓을 든 시위대가 거리로 뛰쳐나오고, 이른바 사회 지도층, 오피니언 리더들은 미합중국의 땅에서 벌어진 이 비인륜적인 작태를 맹렬히 비난했다. 하지만 정치인들이 보는 시각은 일반인과 달랐다.

"원래 공화당을 지지하던 지역에서 공화당 지지율이 늘어났습니다."

"뉴욕과 같은 대도시권에서 우리 민주당을 지지하던 이들은 공화당 지지로 선회하는 대신 무당파층으로 빠지고 있습니다."

"도시민들은 사상이나 이념보다는 개별 정책을 더 중요시하는 편이지.

여당 프리미엄을 통해 대대적인 호혜성 정책을 제시하면 다시 우리 당 지지로 돌려세울 수 있어. 선거는 아직 1년 넘게 남았다고!"

미국 전체로 보았을 때, 분명 민주당 지지도는 크게 떨어졌고 공화당 지지도는 가파르게 상승했다. 그런데, 각 주마다 투표를 해 과반을 차지한 당이 선거인단 전체를 싹 쓸어먹는 미국의 독특한 선거제도. 이 선거제도 원리를 따져봤을 때, 민주당에서 공화당으로 넘어가는 주가 그리 많지 않았다.

"효과가 생각보다 약하다고?"

"캘리포니아에서 51% 지지율이 60%로 늘어난다 한들 어차피 캘리포니아는 우리 당 못. 이러면 실상 얻은 건 아무것도 없단 소리지."

판을 엎기는 엎었다. 하지만 공화당 지지로 선회한 이들보단 '모르겠다'에 응답하는 이들이 많았다.

"상식적으로 인체 실험이나 하던 놈들을 또 뽑아주는 게 말이 돼?"

"뭐가 또 문젠데? 대통령이 직접 대국민 사과도 했고, 실험한 또라이들 다 잡아 처넣는다고 했고, 피해자 보상도 해준다잖아."

"그래서 보상해주면 끝이야? 사람 죽여 놓고 돈이면 다야?"

"아니, 그걸 대통령이 시켜서 했냐고! 까놓고 말해서 대통령이 지시했다손 치더라도 그게 루즈벨트 잘못이지 윌레스 잘못이냐?"

"그건 됐고, 일자리나 늘려주면 돼. 요즘 하도 취직이 어려워서 큰일이야."

"그래도 썩어도 준치라고 민주당이 일자리는 더 늘려주겠지."

"요즘 흑인들이 퇴근 시간만 되면 데모다 뭐다 하는데, 쟤들이 언제 폭도로 돌변할까 무서워 죽겠어 정말."

"답답한 새끼들… 우리나라가 잽스랑 똑같은 레벨이 됐는데도 그게 할말이냐?"

"뭐 인마?"

초기 대응에는 실패했지만, 월레스 행정부는 할 수 있는 일은 전부 다 했다. 그러자 오갈 데 없는 분노는 수치심, 그리고 잊어버리고픈 욕구, 먹고 사니즘에 밀려 차차 자리를 내주었다. 여전히 가두행진의 물결은 요동쳤고, 현 정권에 대한 신뢰도도 떨어지긴 했다. 그러나 이들이 거침없이 공화당에 표를 던질 만큼 공화당이 또 매력적이냐면 그건 아니올시다였다. 이리되자 공화당 당직자들과 의원들의 셈법은 또 복잡해졌다.

"민주당 지지자 상당수가 관망세로 돌아섰으니 해볼 만하지 않나?"

"아직 한 방이 더 필요해. 월레스는 병신이지만 그게 민주당이 병신이란 소린 아니니까."

"남부 딕시 놈들은 절대 우릴 뽑아주지 않을 테고."

"선거인단 531명 중 266명을 확보하면 당선. 그런데 미시시피, 앨라배마, 조지아, 노스와 사우스 캐롤라이나, 루이지애나, 아칸소… 다 얼씬도 못 한다고 계산하면 벌써 73명이군."

"그놈들이 언제 우릴 뽑아준 적이 있던가? 딱히 달라질 것도 없지. 긍정적으로 보자고, 이제 50 대 50이야."

"단기적 호재로 그칠 것 같은데……."

공화당=진보, 민주당=보수라는 개념은 1차대전 무렵부터 점차 흐릿해졌고, FDR의 등장 이후 완전히 무너졌다. 공화당은 자본가들의 지지를 받으며 보수화되었고, 민주당은 진보주의자들을 새로운 표밭으로 삼았다. 복잡한 셈법을 모두 걷어치우고 결론만 요약하면, 민심이 크게 요동치고 몇몇 중요한 주에서 민주당 지지도를 떨어트리긴 했으나 정권 교체 각이 확실해졌다곤 말할 수 없었다. 분노한 대중들이 이 파렴치하고 비도덕적인 정권을 심판하기 위해 공화당으로 돌아오리라 기대한 맥아더의 기대는 절반의 성취로 끝나버리고 만 것이다.

"자네들, 뭐 하고 있나?"

"또 항의 편지가 한 무더기 날아왔습니다."

"내게 주게. 빌어먹을."

당장 공화당 당원들 중에서도 맥아더가 '정권 교체의 대의보다는 정의 놀음에 빠져 있다.'라거나, '이런 수치스러운 일을 괜히 크게 벌여 국격을 떨어뜨렸다.'라고 주장하는 이들이 즐비했다. 맥아더의 기대와 달리 공화당은 생각보다 더욱 보수적으로 변해 있었다. 보다 정확히 표현하자면 맥아더는 충분히 보수적인 정치가였으나, 명예를 중시하는 그의 귀족적 성격이 공화당 주류와는 그리 코드가 맞지 않았다.

"선거 승리를 위해선 우리도 적극적인 군축을 외쳐야 합니다."

"군축이라니. 지금 저 빨갱이들이 전 세계를 적화하려는 마당에……."

"이건 양보하셔야 합니다."

하지만 공화당의 이런 볼멘소리는 민주당 입장에서 볼 땐 배가 부르다 못해 터져버린 개소리 중의 개소리. 정권은 FDR이 후버를 꺾은 이후 그 어느 순간보다 가장 위태로워 보였고, 재선 가능성은 그 어느 때보다도 어두워 보였다.

"월레스를 후보로 내세워서 다음 대선을 이길 수 있을까?"

"전승 대통령이 좆으로 보이냐? 현직에 엄연히 대통령이 있는데 다른 후보를 뽑자고?"

"우리 당의 가장 든든한 지지자인 남부 유권자들이 불만에 가득 차 있는 모습 안 보입니까? 언제까지 저들의 표만 빨아먹을 속셈입니까!"

월레스 또한 상황이 불리하다는 걸 누구보다 잘 알고 있었다.

"각하. 외교 정책도 좋지만 이제 국내의 지지율도 신경 쓰셔야 합니다."

"공화당은 평화와 번영을 위한 친소 정책을 무식하게 빨갱이 타령으로 몰아붙이고 있습니다."

"그래서, 고작 당리당략을 위해 외교를 포기해야 한단 말이오? 이래서야 타국에게 신뢰를 줄 수가 없단 말입니다."

"하지만 지금 상황에서 빨갱이몰이까지 당한다면 정말 걷잡을 수 없어

집니다! 저 반공주의 꼴통 맥아더가 집권하는 순간 각하의 모든 노력이 허사가 됩니다."

선거에서 이기려면 어쩔 수 없다. 결국 월레스는 소련의 팽창 정책에 제동을 걸기로 마음먹었다. 첫 타깃은 이란이었다.

'민족자결주의에 따라 이란인들은 자신들의 안전과 독립을 유지할 자격이 있다.'

'랜드리스 보급로 확보를 위해 일시적으로 이란에 소련군과 영국군이 진주하긴 하였으나, 이것은 결코 이란인들의 자주독립을 빼앗으려는 의도가 아니었으며 우리 연합군의 대의와도 맞지 않다.'

'따라서 소련은 철군하여 우리가 맹세한 대의에 맞는 모습을 보이길 바란다.'

말은 외교적 가식을 가득 담아 조곤조곤했으나, '이란에 침 바르지 말고 꺼져.'라는 의미는 절대 바뀌지 않는다. 소련은 굴복했고, 미국은 승리했다. 그 결과, 스탈린의 강철 같은 위상에 미세하게나마 금이 갔다. 미국의 선거판에서 시작된 불똥이 뜬금없이 그의 콧수염을 태워먹은 셈이다. 불행하게도, 스탈린은 권력을 유지하기 위해서라면 무슨 짓이든 할 수 있는 인간이었다.

* * *

'파쇼들이 몰락하고 우리는 승리했다. 이는 공산주의의 승리이자 우리 사상의 우월함을 증명한 것과 다름없다.'

'스탈린 동지의 일국사회주의론이 옳았다! 조금만 더 참고 인내하면 자본주의의 모순이 극에 이르고 저들 제국주의자들은 자멸하리라!'

소비에트 연방은 어마어마한 피를 흘렸지만, 그 대가로 동유럽에 지배적인 영향력을 행사할 수 있게 되었다. 하지만 뉴멕시코 사막에 피어오른 버섯구름은 소련의 행복회로를 순식간에 박살 내버렸다.

"동지. 미제가 우리 사회주의 조국을 무너뜨리고자 한다면 어떻게 대응해야 합니까?"

"저 원자폭탄이란 무기는 기존의 군사 상식을 모두 쓰레기통에 처넣었습니다. 우리에게 핵무기가 없고 저들만이 핵전력을 독점한다면, 조국의 안보는 언제나 위협받을 것입니다."

"미국은 평화를 원하고 있소. 저들이 원하는 건 더 많은 원자재와 더 넓은 시장뿐. 유럽의 제국주의자들을 모조리 뜯어먹기 전에 우리를 공격할 일은 없을 것이오."

과연 언제까지 저들의 붕괴를 기다려야 할까? 만약 붕괴하기 전, 히틀러처럼 미치광이 지도자가 나타나 전쟁을 일으킨다면 소련은 맞서 싸울 여력이 있는가? 공포, 의심, 불안의 삼박자가 맞아떨어지고 소련 특유의 피해의식, 전 세계가 소련의 붕괴를 바란다는 그 믿음이 곁들여졌다.

"아직, 아직 제국주의자들과 정면 대결해선 안 되오. 연방은 그 어떤 침략 시도도 이겨내겠지만, 우리가 일군 성과는 다시 바스러지고 너무나 많은 인민들이 목숨을 잃을 것이오."

"……."

"지금은 내실을 다시 다져야 할 때요."

스탈린의 선택은 '전부 다'였다. 소련이 직접 외교 무대에 나서야 하는 건에서는 미국의 의중을 존중해준다. 하지만 그렇지 않은 곳, 면피가 가능해 보이는 곳을 찾아 들쑤셔 사회주의 종주국의 위상 또한 지켜야만 했다.

"중국 공산당에는 자중하라고 전하시오. 그 헛똑똑이 모택동의 농촌 투쟁으로는 결코 진정한 공산주의 혁명을 일으킬 수 없으니. 그 대신 제국주의자들과 맞서는 식민지인들의 후원을 늘리시오. 인도네시아와 인도차이나. 이스라엘도 좋겠군."

"알겠습니다, 동지."

"서기장님. 체코슬로바키아의 동지들이 우리의 도움을 갈구하고 있습니다."

"체코라……."

체코슬로바키아는 자주 국가다. 비록 히틀러가 잠시 힘으로 짓밟아버리긴 했지만, 그 누구도 체코의 국체(國體)를 부정하지는 않았다. 미군은 프라하를 해방하고 적법한 정부의 귀환을 도왔지만 그것으로 끝. 독일이나 이탈리아 같은 패전국이 아니었으므로 미군이 주둔할 명분은 그 어디에도 없었다.

그러니, 체코 내부의 정세 변화에 따라 공산당이 조금 더 힘을 갖는다 해도 미국이 개입할 일은 없지 않을까? 그토록 민족자결주의를 좋아하는 친구들이니, 체코 민족이 스스로 공산주의 노선을 채택했는데도 뭐라고 할까?

"체코 인민들이 그들 스스로 공산주의 정부를 택한다면 미국은 개입하지 않을 게 자명하오. 연립 내각에서 합법적 수단으로 집권할 수 있도록 우리 동지들에게 도움을 줍시다."

여기서 그들을 버릴 순 없다. 그건 소련의 존재의의를 부정하는 셈이니. 그러나 믿었던 월레스마저 소련의 뺨을 후려갈기며 상황이 완전히 바뀌었다.

"미제 놈들이 우릴 배신했습니다!"

"이란에서 손을 떼라는 압력이 거셉니다."

"터키 또한 우리의 정중한 요구를 거부했습니다. 서방이 배후에 있는 게 틀림없습니다."

"체코 공산당의 지지율이 떨어지고 있습니다. 서방이 현지 부르주아 민족주의자들을 후원한다면 체코의 동지들은 내각에서 쫓겨날 겁니다."

도처에서 소련의 지도력은 도전받고, 의심받고 있었다. 이제 결단을 내려야 한다.

"베리야 동무. 체코슬로바키아의 상황이 그토록 심각한가?"

"그렇습니다, 서기장 동지."

"…우리가 많은 양보를 해줬으니, 체코 방면에서는 미국인들도 한 수 접어주리라 믿어야지."

체코 경찰을 완전히 장악하고 있던 공산당은 곧장 행동에 나섰다. 각지의 공산당원들이 대대적인 시위에 나서고, 경찰의 그림자 뒤편에 숨어 있던 NKVD가 혼란을 조장했다. 내전의 위협이 가시화되자 이제 갓 나치의 군홧발에서 벗어난 체코인들은 그런 끔찍한 악몽을 감당할 수 없었고, 결국 공산당에게 정권을 내주었다. 모든 것이 끝났다. 독일의 콧수염이 그랬던 것처럼, 이들은 내각을 차지한 것으로 그치지 않고 곧장 일당독재의 길로 나아갔다. 하루아침에 유럽 한가운데의 민주 국가가 적화되었다.

* * *

"월레스가 체코를 팔아먹었다!"

"빨갱이들에게 오냐오냐 다 퍼준 대가가 배신으로 돌아오지 않았느냐!!"

난장판.

"대통령 각하. 이 미합중국은 기독교 정신에 기반해 건국된 백인들의 나라입니다. 어째서 저 깜둥이들에게 못 퍼줘서 안달이십니까?"

"저들은 조국을 위해 피를 흘렸어요! 피 흘린 자에게 보상해주는 걸 아까워하면 나라의 근간이 무너집니다! 저들이 싸우는 동안 본국에선 인체 실험 같은 미친 짓거리를 자행하고 있었는데 보상도 해주지 말라니, 제정신들입니까?"

또 난장판. 체코 쿠데타를 기점으로 월레스 행정부에 대한 압력은 걷잡을 수 없이 거세져만 갔다. 민주당 내 보수파 딕시들이 착각한 점은 월레스는 부러질지언정 휘어지는 부류의 인간이 아니었단 사실이다.

"나는 절대 당신들의 협박에 굴복하지 않겠소! 그깟 표로 날 겁박하려 들다니, 지금 당신들은 역사에 길이 남을 죄악을 저지르고 있소!"

"이 미친놈이!"

"그 신념 때문에 당원들의 목소리를 무시하겠다고?"

"나는 루즈벨트의 계승자요! 당리당략 따위에 뉴딜의 뜻, 변화와 개혁을 원하는 시민들의 뜻을 버리는 짓 따위 내가 할 것 같으냐!"

"제정신이 아니군, 제정신이 아니야!"

"만약 월레스가 또 대선 후보가 된다면 차라리 당에서 뛰쳐나가겠소!"

"꼬우면 전당대회에서 나를 내치시오."

그리고 운명의 날이 다가왔다.

마지막 가을 3

1944년 3월부터 시작된 미국 공화당 경선.

"가장 정의로운 나라, 자유와 기회의 나라. 가장 위대한 미합중국은 인류 문명을 모욕하고 악을 자행하던 나라로부터 문명 세계를 지켜냈습니다."

"맥아더! 맥아더! 맥아더!"

"이제 새로운 적이 나타났습니다. 그들은 우리의 호의를 배신했습니다. 그들은 민주주의를 경멸하고, 자유를 혐오하고, 우리의 모든 가치를 업신여기고 있습니다. 우리는 다시금 함께 뭉쳐 맞서 싸워야 합니다! 우리의 십자군은 아직 끝나지 않았습니다!"

반공(反共)이라는 키워드. 경선 초기에 잠시 주춤하나 싶던 맥아더는 다시금 공화당을 결집시켰고, 6월 말에 열린 공화당 전당대회에서 마침내 대선 후보로 지명되며 본격적인 대선 레이스의 서막을 알렸다. 1차대전의 전쟁영웅이자 우유원정대의 영웅, 자유의 투사인 맥아더가 아니면 그 누가 빨갱이와의 투쟁에 선봉으로 서겠는가? 항상 소련의 음모와 적화 야욕을 경고하던 그의 예언이 적중하는 순간, 풀뿌리 유권자들과 대의원들의 지지가 그에게 쏠리는 건 지극히 당연한 일. 이에 반해 민주당은 경선 레이스가 진행될수록 결집은커녕 당내 내분이 격화되고 있었다.

"현직 대통령인 월레스 말고 맥아더 상대로 경쟁력 있는 후보가 대체 누가 있습니까?"

"이 사람들아! 일단 선거는 이기고 봐야 할 거 아냐!"

"닥쳐! 우리가 뽑은 대통령이 남만도 못한데 이게 어딜 봐서 우리 대통령이야?!"

비록 민주당이라는 한 지붕 아래 있었지만, 남부 보수파들은 루즈벨트 이래 사사건건 당이 뽑은 대통령과 정면충돌했다. 그리고 전쟁마저 끝난 지금, 이들의 분노는 임계점에 이르렀다.

"이대로 가다간 이 나라는 깜둥이와 빨갱이, 두 부류만 살아남게 될 겁니다."

"월레스를 버리고 새 대선 후보를 찍어야 하지 않겠습니까."

"만약 이번 전당대회에서 또 월레스가 선출되면 저놈들은 영원히 남부 유권자들을 표 나오는 호구로만 취급할 겁니다. 선은 월레스가 먼저 넘었습니다."

"만약 월레스가 선출되고, 친소 정책과 흑인 우대 정책을 포기하지 않겠다고 한다면."

"월레스가 아닌 다른 제3의 후보를 올립시다. 우리가 호구가 아니라는 걸 똑똑히 보여줘야만 합니다."

1944년 7월 19일부터 3일간, 시카고에서 열린 민주당 전당대회는 기어이 파국으로 치달았다.

"우리는 성조기의 찬란한 기치 아래에서 피 흘린 유색인종들의 권리 함양을 위해 더욱 노력할 것이며……."

"개소리 집어치워!"

"월레스는 사퇴하라!"

"꼴통 딕시들은 발목 좀 그만 잡고 꺼져라!"

치열한 경합에도 불구하고, 전승 대통령이자 현직 대통령인 윌레스의 후보 선출은 사실상 확정되었다. 마침내 남부의 대표단 30여 명이 전당대회를 보이콧하고 회장을 뛰쳐나가며 민주당의 내분은 수습의 여지조차 사라지고 말았다.

'주권민주당(States' Rights Democratic Party)', 일명 딕시크랫당. 이름 그대로 '주의 권리'를 보장받는다는 명분하에 남부가 궐기하여 신당을 창당했고, 민주당은 남북 전쟁 이래 다시 한번 내란의 소용돌이에 휘말리고 말았다.

"사사건건 발목이나 잡던 암덩어리들이 떨어져나가다니, 차라리 잘된 일이지."

"하지만 선거는요?"

"합중국 역사에 제3당이 유의미한 선거인단을 확보한 적이 얼마나 있었습니까? 여기서 한번 투정을 들어주면 정말 저 딕시들이 당을 또 수십 년간 쥐락펴락할지 모릅니다."

이제 남은 일은 한 표라도 더 획득하기 위해 총력전을 벌이는 것뿐. 1944년 대선은 그 어느 때보다 치열하고 격렬한 싸움이 예고되어 있었다.

* * *

집에 가고 싶다. 경성이고 도쿄고, 이 인간 김유진이의 심심함을 달래줄 취미 생활이 없다. 내가 6성 대원수에 군정사령관인 마당에 옛날처럼 술자리에서 포커 치고 놀기도 좀 그렇다. 이 조선 땅엔 내가 도박을 하는 순간 '아이에에에! 민족의 영웅께서 도박? 도바악?!' 하면서 자지러질 사람들이 너무 많다. 예전에, 아직 일본 내음 가득한 이 경성 거리를 보다가 문득 〈야인시대〉가 떠올라 혹시 김두한이란 깡패가 있냐고 물어본 적이 있다.

며칠 뒤 보고 받기로, 이범석이 서울 입성하면서 자유대한군단 쫙 풀어 경성의 깡패란 깡패는 죄다 지르밟아버렸고 그 뒤 경찰을 맡은 김구가 남은 놈들을 싹 빵에 처넣었다더라. 안타깝게도 이 세상엔 〈야인시대〉 드라마가 나올 일이 없겠어. 이런 팍팍한 삶의 몇 안 되는 낙이 있다면, 당연히 본국에서 보내준 손자 사진 구경하는 일이었다.

허허. 귀엽다 귀여워. 누구 자식이라 이리 잘생겼니. 나도 손자 좀 안아보고 말랑말랑한 볼 좀 쪼물딱거리고 싶다. 세상에, 내가 할아버지래. 미쳤나봐. 헨리 고놈 기저귀 갈아주던 게 엊그제 같은데 애가 애를 낳았다니. 어떻게 이럴 수가 있지. 아기를 데리고 태평양을 건너라 할 수도 없으니 결국은 사진이나 보면서 참을 수밖에. 빌어먹을 사돈은 물러난 덕분에 외손자도 구경하는데 난 이게 뭐람.

집에 잠시 간다? 본국의 대선 돌아가는 모양새가 심상치 않은데, 만약 내가 워싱턴 D.C.에 있었다면 어떤 꼬락서니가 났겠나. 손자 구경하겠답시고 저 대선의 광기로 충만한 본국에 발을 디디는 순간, 정치인들은 물론 흉폭한 좀비처럼 변해버린 기자 놈들이 내 입에서 한 꼭지라도 따내려고 뭔 짓을 할지 모른다. 인터뷰 한 번 하겠다고 미국에서 여기까지 오는 놈들이 수두룩하다니까? 역시 극동런이야말로 최고의 판단이었다. 이 험악한 시대의 명장다운 똑똑한 선택. 크, 나 너무 대단해.

한번은 유럽에 잠깐 간 적이 있었다. 프랑스에서 훈장을 주네 어쩌네 하면서 대통령 때려치운 꺽다리도 좀 만나고, 군축 문제와 서유럽 집단안보 건으로 브래들리와도 좀 논의하고, 동물원의 인기 스타가 되어 행복하게 사는 에르빈도 보고… 이것저것 할 일도 있고 갈 명분도 생겼기에 떠난 외유였다. 그때 독일 전범들 중에 내 면상을 보여주면 증언하겠다고 빽빽대던 놈들이 몇 있어 그놈들을 만난 적이 있다.

'오이겐 킴! 아리아인의 혈통을 어째서 저버린단 말이오!'

그중 가장 웃긴 놈이 바로 힘러였다. 저승으로 도망치려고 자살 시도를 했는데 미군 군의관들의 신속한 처치로 이승에 붙잡힌 몸이 되었다더라.

'내가 왜 아리아인이지?'

'우리 친위대의 조사 결과에 따르면 그대 가문의 시조는 인도의 황족과 혼인하였다고 하였소. 당신의 그 놀라운 재능은 세계를 지배한 아리아인의 유산이오!'

사람이 너무 어처구니없는 일을 겪으면 말문이 막힌다던가. 천하의 유진 킴도 이 어이없는 일엔 잠시 당황하고 말았다.

'김수로와 허황옥 설화인가 그거 떠드는 모양인데……'

'자세한 건 나도 기억하지 못하지만, 우리의 조사 결과는 틀림없소.'

'내 고향에 그 전승이 전해지는 가문이 있긴 해. 근데 나는 아니거든?'

'뭐라고?'

나는 경주 김씨야, 이 병신들아… 나치 클라스가 뭐 그럼 그렇지. 발작하는 힘러를 구경하는 건 확실히 동물원에서 코끼리를 보는 것보다 더욱 흥미진진했다. 신세 한탄은 여기까지 하자. 에르빈도 뽀삐도 내 곁에 없지만, 이렇게 귀여운 애완술병이 내 옆에 있으니 아무렴 뭐 어떤가. 나는 오늘도 전통주의 맛을 음미하며 다시 서류로 눈을 돌려야 했다.

조선 말기부터 차츰차츰 무너져내린 한반도를 근본적으로 부활시키기 위한 프로젝트는 이제 첫 삽을 뜨기 시작했다. 나는 사진기자를 비롯한 여러 언론을 끌어들여 황폐해진 이 나라를 열심히 구경시켜 줬고, 이들이 쓴 기사는 우리 착하고 선량한 합중국 시민들의 심금을 울렸다.

"이곳이 킴 장군의 고향입니까?"

"아시아에서 가장 빠른 속도로 복음이 퍼지고 있다 들었습니다. 한국인들이 하나님의 어린 양이 될 수 있도록 노력하겠습니다."

"하하하! 잘 오셨습니다. 이 나라는 지금은 보잘것없어 보이지만 충분히 저력이 있는 곳입니다."

고급 인력 부족을 타개하기 위한 첫 번째 카드가 동양교육발전기금이었다면, 두 번째 카드는 전도에 굶주린 선교사들이었다. 샌—프랑코 같은 기업은 아직 대놓고 진출할 수 없다. 그랬다간 맨해튼에 드글드글한 진짜 괴물들이 자기들도 한 접시씩 이 거지 나라를 뜯어먹겠다고 죄 달려들 게 뻔하다. 그런 점에서 비영리의 대표 주자인 종교인과 자원봉사자들은 눈치 볼필요 없이 도움을 청할 수 있는 최고의 선택지. 서울을 비롯한 수도권 일대에 방치되어 있던 공업단지도 잠깐의 혼란 끝에 재가동되었고, 바다 건너 중국 땅으로 수출을 개시했다. 밀수로.

"킴 장군! 지금 장개석을 편들고 있는 겝니까?"

"그게 무슨 소리인지요?"

"이 땅에서 생산된 군수물자가 장개석의 호주머니로 들어가고 있잖습니까! 모택동은 이를 빌미로 우리 미국이 진지하게 평화를 주선하기보단 장개석을 편들려 한다 여기고 있어요!"

"뭔가 오해의 소지가 있는 모양이군요. 저는 엄정한 중립을 지키고 있으며, 우리나라가 장개석과 모택동 사이의 분란을 막으려 한다는 사실 또한 잘 알고 있습니다. 제가 눈에 불을 켜고 감시하고 있는데, 결코 군수물자 수출 같은 일은 없습니다."

"그런데 어째서 경성 조병창에서 나온 총기류가 대륙에 돌아다니고 있는 겁니까."

"그… 어느 곳이나 돈에 미친 놈들은 있잖습니까. 중국에서 건너온 상인들이 돈을 싸 들고 와서 몰래몰래 밀수를 해가는 모양입니다. 더욱 단속을 철저히 하겠습니다."

그럼그럼. 단속 철저히 한다고. 비록 구 일본군에게서 몰수한 각종 엔진을 죄 민간에 팔아먹었고, 그걸 미친놈들이 통통배에 달아 밀무역에 써먹고 있지만 난 전혀 모르는 일이다. 아니, 걔들이 물건을 사주는 덕분에 공장이 돌아간단 말야. 한국인의 공장에서 한국인의 손으로 맹근 아리사카 소총과 구 일본군 제식 전차, 그리스건, 거기에 각종 탄약이 바리바리 중국으로 팔리는 광경… 이게 세계화지. 암.

항구가 있는 인천, 군산, 부산, 원산 같은 곳은 쏟아지는 미군이 푸는 돈으로 호경기를 맞이했지만, 결국 핵심은 공업. 저 거대한 중원의 끝없는 수요 중 극히 일부만 빨아먹었을 뿐인데도 체급 차이가 워낙 크다 보니 이 폐허뿐인 나라에 차츰차츰 생기가 돌아오고 있다. 진짜 어메이징하구만.

그나저나 국공 내전이라. 특사로 임명된 마셜은 모르겠지만, 최소한 국무부 인사들은 여전히 국민당과 공산당을 화해시켜 여당, 야당으로 전환시키겠단 야무진 꿈을 포기 못 하고 있었다. 다만 국무부 측은 내 예상보다 훨씬 더 장개석을 싫어하고 있었다. 정권이 바뀌지 않는 이상 국무부의 태도도 딱히 바뀌진 않겠지.

국공 내전에 개입한다? 모택동을 친다? 이길 수 있나? 애초에 2차대전 끝낸 지 얼마 되지도 않았는데 또 전쟁을 벌일 만한 재정이 있는가? 국민 지지는? 이제 나는 확신할 수 있었다. 냉전이 다가오고 있다. 총리 자리에서 잘려 민간인 신분으로 미국 여행을 간 처칠은 그 유명한 연설을 해 다시 한번 월레스를 엿 먹였다.

"발트해의 슈테틴에서 아드리아해의 트리에스테까지, '철의 장막'이 대륙을 가로질러 드리워져 있습니다. 이 선 뒤에는 중유럽과 동유럽의 수도들이 있습니다. 바르샤바, 베를린, 프라하, 빈, 부다페스트, 베오그라드, 부쿠레슈티, 소피아… 이 유명한 도시와 그곳 주민들은 소련의 '세력권'에 있으며, 그들 모두는 어떤 식으로든 소련의 영향뿐만 아니라 날로 커져가는 모스크바의 통제를 받고 있습니다."

강철의 대원수에게 정면으로 중지를 치켜든 이 연설엔 스탈린조차 반응하지 않을 수 없다. 소련 공산당 기관지 《프라우다》는 처칠이 동유럽 국가들이 소련에 맞서도록 선동하고 나아가 전쟁을 꿈꾸고 있다고 맹비난했다. 자존심과 뚝심 하나는 우주 최강인 놈들의 정면 대결에 절로 가슴이 쪼그라든다. 하여간 대단한 양반들.

냉전이 제대로 터진다면… 갓 독립한 이 아기 한국도 거기에 참전해야 하는가? 노예의 삶에서 갓 벗어난 이들에게 군복을 입히고 만주로 진격할 것을 촉구해야 하는가? 모르겠다. 요동 따먹자고 하면 이범석은 좋아서 날 뛰겠지만 이 나라는 정말 끝장날지도 모른다. 강 너머 이웃이 모택동과 스탈린이라니. 입지 선정 왜 이따위지.

나는 묵묵히 펜대를 굴려 열심히 서명하고, 어설픈 서류엔 사정없이 '타자기만 두드리면 다 보고서입니까?'라는 친절한 첨삭을 남겨주며 한가득 쌓인 서류의 산을 하나둘 해체해 나갔다. 그렇게 몇 시간을 일했을까. 마침내 한 장의 종이 쪼가리에서 내 진도가 탁 멈추고 말았다.

[한민족 최대의 영웅 김유진 장군님 전 상서. 저를 비롯한 가족들, 그리고 일가붙이는 그리운 고국으로 귀국을 희망하고 있습니다…….]

이왕가. 이건 아버지께 드리면 참 좋아하시겠어.

마지막 가을 4

체코슬로바키아에서 일어난 공산 쿠데타 소식이 전해지면서, 지구 반대편 한국과 일본 양국 또한 소란스러워졌다. 신문 제일 뒤편 국제란에 쓰인 한 꼭지 기사만 본 대중들이야 저런 나라가 있었구나, 하는 감상이 끝이겠으나 정치에 관심 있는 이들에겐 너무나도 막중한 문제.

"소련의 사주로 유럽의 한 나라가 하루아침에 적화되었습니다."

"당신들도 혹시 저런 무력 정변을 꿈꾸고 있소?"

"아닙니다! 절대 그렇지 않습니다!"

자문위원회 또한 날로 그 분위기가 험악해져 가는 것은 실로 당연한 일이었다. 하지만 오늘만큼은 예외.

"이왕(李王) 이은이 이왕가를 대표해 귀국을 청하는 편지를 보냈습니다."

"하하하하!!"

"오라고 합시다. 와서 나라를 팔아먹고 왜놈의 따뜻한 대변을 받아먹고 산 죄를 심판받으라 합시다!"

"육시를 해도 모자랄 놈들이 돌아온다니, 당연히 잡아 죽여야지."

간청하다 못해 비굴하기까지 한 편지가 낭독되자 좌우를 막론하고 화기애애, 대동단결의 기미가 보였다. 이 자리에 모인 자문위원 대부분이 옥고와 고문 감수하며 독립운동에 나선 이들일진대, 이제 와서 고향이 그립다는 둥 어쩌는 둥 해봐야 소귀에 경 읽는 격. 이왕가의 재산을 모조리 국고로 환수해야 한다는 덴 반대하는 이 아무도 없어 정식 의결까지는 1분도 채 걸리지 않았지만, 잡음은 그다음부터였다.

"조선 또한 이제 문명국으로 나아가야 하고, 세계의 문명국가 중 연좌제를 적용하는 나라는 없습니다. 이명복이 망국의 죄 짊어진 죄인이라곤 하나 그 자손들에게 연좌를 물어 처벌해야 합니까? 이미 한평생 왜놈들의 볼모로 지낸 이들입니다."

"어마어마한 부귀영화와 함께 말이지요."

여운형은 저들 일족의 목을 따봐야 괜히 야만스럽단 소리나 들을지 모른다며 우려의 목소리를 냈고.

"망국의 왕족에게 고국 땅을 밟게 해주는 것 자체가 사치입니다. 나라를 잃었는데도 멸문당하긴커녕 그들 스스로 왜놈과 교배하여 호사를 누리지 않았습니까? 그들은 조선인이 아닌 왜인이니 우리가 처벌할 이유도 없습니다!"

"암요. 일본제국 왕공족을 어찌 조선의 법정이 처벌하겠습니까? 스스로 나라를 가져다 바친 자들이니 당연히 일본 시민이지요."

김규식, 그리고 조만식의 말에 또 그런가 하고 고개 끄덕이는 자들도 있었다.

"거, 왜 다들 그리 어렵게 생각하는지 모르겠습니다그려. 여우도 죽을 때면 고향으로 대가리를 돌린다는데, 좀 받아주면 어디가 덧납니까?"

도대체 누가 저런 말을 하나 좌중의 시선이 집중되는데, 그 장본인이 김원봉이니 다들 점심을 뭐 잘못 먹었나 하는 생각을 지우지 못했다.

"그럼, 그냥 저대로 내버려두잔 말입니까?"

"아니. 뭐. 이 땅에 애국충정 가득한 의인 하나 없겠습니까."

"오면 죽여버리겠단 소리요? 당신 미쳤소?"

"내가 죽이겠다고 말했습니까. 그냥 거, 왜놈 쏴 죽이고픈 협객 한둘쯤 없진 않겠구나 싶은 거지."

"하하하! 약산 선생님의 말이 참으로 옳습니다!"

"조선에 기개 있는 남아 하나 없겠습니까?"

재판이고 나발이고 그냥 저승의 제 애비 곁으로 돌려보내겠다고 이를 박박 가는 이들까지. 다들 대놓고 언급하는 이들은 없었지만, 자문위원회에 참석한 이들은 전부 비슷한 생각을 속으로 품고 있었다.

'비록 독립운동가 중 복벽파는 소멸했다고 하지만, 옛 왕족들이 돌아온다면 백성들이 자연스레 공경하는 마음을 품을지도 모른다.'

'이왕가는 지금 자신들을 지지해줄 뒷배가 없다. 그러니 엉뚱한 잡놈들이 근왕이랍시고 파리처럼 꼬이면 신생 대한의 골칫거리가 될 수도 있을 터.'

'아직 공화정과 민주주의가 뿌리를 내리지도 못했는데.'

수지가 맞지 않는다. 리스크는 크고, 이득은 적다. 그리고 하나 더.

"…어르신께선 혹시 의견 없으신지?"

"응? 나 말인가?"

구석에 앉아 졸고 있던 김상준은 하품을 쩍쩍 하며 눈을 비볐다. 조선 땅에 도착하기 직전만 하더라도 이제 슬슬 갈 날이 머지않은 것 같다며 본인 입을 수의(壽衣)까지 마련한 김상준이건만, 정작 도착한 뒤로는 갑자기 호랑이 기운이라도 솟아났는지 하루에 밥 다섯 공기를 비우고 온 나라를 이리저리 헤집고 다니며 왕성한 활동을 하고 있었다.

"배운 게 없어서 잘 모르겠구먼. 여기 계신 분들은 다들 훌륭한 분들이시니 좋은 결론을 낼 수 있으리라 믿습니다."

도무지 속을 알 수 없다. 김유진을 왕으로 섬겨야 한다고 믿는 이들, 혹은 이미 왕이라고 여기는 이들이 조선 팔도 천지사방에 깔려 있지 않은가.

이왕가가 온다면, 그들에게 선양(禪讓)하는 예를 취하게 하여 김가가 정말 다 해먹는 그림이 연출되지 말라는 보장 또한 없다.

"노인의 지혜에 귀 기울여야 한다고들 하지요. 죽헌 선생 같은 분께서 배운 게 없다니 너무 겸양이 심하십니다."

"허허… 제가 함부로 입을 열면 아들에게 폐가 될 것만 같아서 말입니다."

"여기의 그 누구도 김 장군과 죽헌 선생을 연결 짓지 않을 겁니다. 부디 허심탄회하게 의견을 주시면 감사하겠습니다."

말은 그렇게 하더라도, 다들 그의 입에서 나오는 말 중 아주 일부라도 김유진의 의중이 섞여 있지 않을까 믿는 상황. 결국 한창 실랑이를 한 이후에야 그가 수염을 쓰다듬으며 말했다.

"이 늙은이가 얼마 전에 증손주가 태어났단 이야길 들었습니다. 사진으로만 접했는데도 어찌나 똘똘하고 귀엽게 생겼는지 실로 하늘이 복을 내려준 모양입니다."

"그렇군요… 축하드립니다."

"그러고 나니 문득 생각이 듭디다. 내 손에 묻힌 핏자국이 그 갓난쟁이 아기한테까지 이어지진 않을까 하고 말입니다. 내가 여태 살면서 누군가의 눈에서 눈물 흐르게 한 적이 한 번도 없다고 떳떳할 수가 없는데, 어찌 남의 집 자식에게 그 애비의 죄를 따지자고 하겠습니까."

"그러면 그들을 품어주잔 말씀이십니까?"

"망국의 왕족으로 호의호식한 죄는 법정이 아닌 30여 년간 노예로 신음한 백성들 앞에 고해야 할 죄 아니겠습니까? 진심 어린 참회와 함께 반성하는 모습을 보인다면, 그들을 새 나라의 일개 시민으로 품지 못할 이유는 없다고 봅니다."

노인의 말에 누군가는 고개를 끄덕였고, 또 누군가는 불만을 품었으며, 어떤 이는 늙어서 기가 약해졌다고 혀를 찼다. 결국 각자 의견을 정리해 내

일 다시 논하기로 하고 이날의 회의는 파하였다. 각자 제 당색에 따라 뭉치고 흩어져 하나둘 자리를 뜨는 가운데, 특별히 입당한 정당 없는 상준은 느릿느릿 지팡이 짚고 자리에서 일어난 후 자문위 건물 근방에 새로 세워진 목욕탕으로 향했다.

전후 압류된 기존 일본식 목욕탕을 김유진 대원수의 취향에 맞게 처음부터 끝까지 리모델링한 이 대중목욕탕은 당초에는 그 취지를 '사람은 씻고 살아야 건강해지니, 저렴하게 끓는 물에 몸을 담글 수 있는 시설을 지어 시민 건강에 이바지하겠다.'라고 하였다. 그러나 위치가 문제라면 문제. 심심하면 자문위 회의 끝나고 온갖 거물들이 탈의하여 벌거벗은 채 몸 담그고, 그들 밑의 사람들과 자문위 출석하는 온갖 고관들까지 심심하면 찾아오는 이곳에 얼굴 내비칠 배짱 두둑한 이는 그리 많지 않았다.

아무리 뱃심 좋은 놈이라도 대원수가 맥주 홀짝이며 온탕 물에 몸 지지고 있는 옆에서 제 때를 밀자니 걸음아 나 살려라 하고 얼씬도 안 하게 되는 것은 당연지사. 이 꼴을 보고 혀를 찬 동생 김유인이 목욕탕 간판을 '음복(飮福)'이라 붙이니, 기어이 경성 한복판에 우보크 뉴 지점이 세워진 연유였다.

텅텅 빈 목욕탕. 휘휘 옷 벗어 접어두고, 술병과 잔 두 개 챙겨 들어와 탕에 몸을 푹 담그니 시조 한 곡조가 절로 입에서 나오고 신선이 부럽지 않다.

"여기 계셨군요."

"아이고, 우남 선생님 오셨습니까. 물건이 참 실하십니다그려."

인상을 콱 쓰던 이승만도 펄펄 끓는 열탕에 몸 푹 담그니 절로 얼굴이 흐물흐물해지고 근육에 준 힘이 싹 다 풀리고 말았다.

"이왕가 놈들을 받아들이자고요?"

"거, 때 밀고 광내는 여기서 또 구정물 가득한 얘길 하자고?"

"급하니까요. 그놈들이 돌아오면 또 시끄러워질 게 뻔하단 걸 잘 아시는 분이 왜 그러셨습니까. 약산을 따르는 애새끼들이 이왕 이마에 납탄 박아

넣기라도 해보십쇼. 영락없는 순교자 아닙니까?!"

"그래서?"

"그래서라니… 이 시국에 전혀 좋을 일이 아니다 싶은 게지요."

"빨갱이들이 총 들고 헛짓거리하면, 자네에겐 이득인가 손해인가?"

우남은 대답하는 대신 허리를 펴고 목 끝까지 푸욱 뜨거운 물에 몸을 집어넣었다.

"처먹을 게 없어서 이왕가 꿀을 처먹으려 드는 놈들, 그리고 이 시국에 품에 권총 껴안고 다니는 놈들. 개중 멀쩡한 새끼가 얼마나 있겠어. 그렇지 않나?"

"누구 하나 칼 맞고 뒈지기라도 하면 합법적으로 몽둥이를 휘두를 수 있을 테고 말입니다."

"빨갱이들이 하루아침에 체코를 무너뜨리고, 저 남미에선 군인들이 총 들고 정부를 무너뜨리는 세상이야. 아직 어수선한 조선이 그리되지 않는다는 보장 있나? 명분만 준다면 상대가 누구든 아주 요절을 내 놔야지."

송골송골 물방울 가득 맺힌 술병을 딴 그는 잔 하나를 옆 사람에게 내주었다.

"내 아들놈의 그림자가 하도 커서 이 나라를 통째로 품고도 남지. 그런데 그 녀석이 언제까지 이 극동에 있겠나? 차라리 나나 유진이 있을 적에 뭐라도 터지는 게 낫지."

"음흉한 늙은이 같으니."

"가는데 순서 있을 손 싶은가? 나나 자네나 내일 눈 못 떠도 이상하지 않은 나이야."

"남들 앞에서 제 증손자 팔아 가면서 인자한 척해 놓고, 뒤에선 쓰레기 담는 오물통으로 쓸 작정이야. 애비나 아들이나 속 시꺼멓고 뻔뻔하기로는 조선 제일이지 아주."

"어허. 남들이 들으면 오해하겠구먼. 이왕가로 말할 것 같으면 안동 김씨

이래로 항시 주인님이 있어야 하는 도구였는데, 이제 마지막 주인인 히로히토가 사라졌으니 자못 불안하지 않겠는가? 우리가 주인이 되어주면 그들의 마음이 평안해질 테니 이는 상법을 따져도 아무 문제 없는 공정 거래일세."

상준은 실로 악당 같은 웃음을 터뜨렸고, 그에 질세라 승만 또한 박장대소했다. 당연한 말이지만 양심의 가책 따위는 추호도 없었다.

* * *

주권민주당의 등장으로 그 어느 때보다 복잡해진 1944년 미국 대선.

"젠장. 이러다 내가 죽지, 죽어."

김유신은 이 한복판에서 고통받고 있었다. 한때 '달러 찍는 윤전기'라는 별명까지 붙었던 샌—프랑코의 카드게임 장사는 2차대전의 폭풍 속에서 그 막을 내렸다. 종이가 군수 물자로 지정되며 딱지를 못 찍게 되었으니 어쩌겠는가. 비록 전쟁은 끝났지만, 유행도 끝나버렸다. 시장엔 경쟁자들이 즐비했고, 하나의 브랜드이자 업계의 거성이 된 '미스터 뱅' 방정환은 공식적으로 모든 자리에서 사임한 후 귀국을 위해 가산을 정리하고 있었다.

전투기, 탱크 등 전쟁 내내 돈을 갈퀴처럼 긁어모으던 사업들도 이제 좋은 시절이 끝났으니, 유신과 샌—프랑코의 다음 고민은 바로 새로운 성장 동력으로 무엇을 하느냐였다. 그리고 돈 냄새 맡는 장인 김유진은 늘 그랬듯 또 새로운 아이디어를 제시했다.

'《더 선》이 얼마나 짭짤했는지 알잖아. 우리도 언론사 하나 좀 먹어보자고.'

'너무 문어발인데.'

'어차피 그룹 분사도 해야 하니까. 공장 돌리는 제조업이랑 별개로 미디어 그룹 하나 차려서 형제끼리 갈라 먹자고.'

〈미국의 소리(VOA)〉 창설에 개입한 경력도 있는 형인 만큼 이번엔 한번 걸어볼 만하지 않겠나. 그는 곧장 방송국 매입을 타진했고, 때마침 독점 문제로 회사를 쪼개야 했던 〈NBC(National Broadcasting Company)〉가 회사 일부를 매물로 내놓았다. 집요한 경쟁, 협상, 컨소시엄 결성, 돈지랄 등 다종다양한 경쟁 끝에 마침내 그들은 전직 상무부차관 에드워드 노블(Edward John Noble)과 손잡고 NBC 블루 네트워크를 매입, 〈ABC(American Broadcasting Company)〉를 창설했다.

하지만 이 바닥이 그리 녹록하진 않았다. 돈이 많으면 뭐 하는가. 결국 사람과 경험은 돈이 있어도 쉽게 사들일 수 없는데. 악전고투하던 이들 ABC 방송국을 위해 새로운 비단 주머니 계책을 던진 것은 일을 벌이기만 할 뿐 태평양 건너편에서 노닐기만 하는 6성 장군님.

'대선 토론.'

'뭐?'

'맥아더와 월레스를 설득해서 우리 라디오 방송에서 대선 토론을 붙게 하는 거야. 성공만 하면 떡상한다 진짜.'

'아잇 시발. 지금 장난해?'

몇 달간의 기나긴 네고시에이션 끝에, 기어이 해냈다. 못난 형이지만 이럴 땐 그 형의 위광이 참으로 쓸만하지 않은가. 공화당은 라디오 대선 토론 한 방으로 월레스의 친소 용공 기질을 폭로하면 승리는 따 놓은 당상이라고 설득했다. 맥아더 또한 결코 언론을 사양하는 부류가 아니었으니, 유신은 맥아더를 만난 지 10분 만에 승낙을 따낼 수 있었다. 반면 민주당은 제법 오랜 시간이 걸렸지만, 주권민주당이 궐기하며 상황이 바뀌었다.

'주권민주당을 배제하고 오직 공화당과 민주당, 두 후보 간의 대결로 토론을 방송한다.'

딕시크랫당의 존재감을 완전히 박탈할 수 있다는 이 설득은 적중했고.

"방송 시작 10분 전."

"똑바로 준비해!"

"대통령 각하. 마이크 테스트하겠습니다."

"이렇게 만나 뵙게 되니 참으로 반갑군요, 맥아더 의원."

"잘해봅시다."

마침내 이 경이로운 토론이 성립되었다.

"광고 판매 상황은?"

"당연히 매진입니다!"

"좋아. 아주 좋아."

입이 바싹바싹 말라온다. 물을 벌컥벌컥 들이켜던 유신은 두 대선 후보에게도 물병을 가져다주라고 지시한 후 뒤로 물러나 스튜디오를 응시했다. 새로운 시대. 어느 쪽이 당선되건, 돈방석은 확정이었다.

마지막 가을 5

"안녕하십니까. 현직 대통령이자 이번 민주당 대선 후보. 헨리 월레스입니다."

"공화당 대선 후보, 더글라스 맥아더입니다."

ABC 방송국 스튜디오에서 진행된 미국 역사상 첫 대선 후보 라디오 토론은, 신사적인 분위기로 시작되었다.

"대통령께선 작고한 루즈벨트 전 대통령을 대행해 취임하셨지요. 장본인께서는 루즈벨트가 내세웠던 공약을 충실히 이행하셨다고 생각하십니까?"

"그렇습니다. 저는 항상 루즈벨트의 강력한 지지자였고, 그와 함께 앞으로 합중국이 나아가야 할 미래에 대해 끊임없이 논의하곤 했습니다."

"맥아더 의원께서는 전쟁부장관으로서 지난 전쟁의 승리를 위해 많은 공헌을 해주셨습니다. 상원의원으로서의 활동을 지속적으로 응원해주던 캔자스 주민들을 뒤로하고 장관에 취임한다는 건 무척 힘든 결단이었다고 생각합니다."

"내 친구 프랭크가 이 나라와 민주주의를 위해 도와달라는데 어쩌겠습니까. 혹시 이런 중차대한 이야길 루즈벨트에게 듣지 못하셨습니까?"

그리고 10분도 채 지나지 않아, 양측은 파이터의 본분을 다해 서서히 날을 세웠고.

"협치를 해야 한다길래 의원직도 포기하면서 장관으로 갔더니 하루아침에 잘라버리는 사람이 있습니다. 동네 자그마한 공장도 그런 식으로 노동자를 해고하진 않지요. 이제 넌 필요 없으니 집에나 가라는 발상. 우리는 이런 걸 흔히 독재자의 마인드라고들 부릅니다."

"협치를 하겠다며 장관직에 앉은 주제에 맡은 일을 성실히 수행하긴커녕 사사건건 국가 대계를 무너뜨리고 권력을 탐하려는 시도만 하는 사람이 있습니다. 동네 자그마한 공장도 그런 노동자가 월급만 축내고 있으면 당연히 해고를 하지요. 네가 불러서 왔으니 나는 놀아도 된다는 발상. 우리는 이런 걸 흔히 도둑놈 심보라고들 부릅니다."

온갖 비아냥과 조롱이 그 뒤 타순에 섰고.

"우리가 피 흘려 싸운 대가를 엉뚱한 빨갱이들이 누리고 있습니다! 소련은 제국주의 타도 대신 자신들이 새로운 제국주의, 새로운 차르정 국가가 되어 전 세계를 지배하길 원하고 있습니다. 어째서 성조기 아래에서 자유를 되찾은 체코인들이 공산주의자들의 폭력 앞에 무너져야 합니까? 대통령께선 어째서 저들을 지키지 않았습니까?"

"보통 사람들은 당연히 평화를 원합니다. 우리 모두 아들과 형제가 무사히 돌아오길 기대했지 전쟁을 통해 이득을 거두겠단 끔찍한 발상을 하진 않았을 겁니다. 하지만! 세상엔 오직 전쟁이 터질 때만 빛나는 부류의 사람 또한 있습니다. 이들은 전쟁을 찬미하고, 승리의 영광을 노래하고, 무수한 군대를 거느리고 적을 쏴 죽이는 데서 쾌감을 찾습니다! 맥아더 의원, 귀하께서 의회에 입성한 이후 하루라도 전쟁의 위협을 외치지 않은 적이 있습니까? 이제 전쟁이 끝났으니 다시 새로운 전쟁 위협을 외치며 공포와 두려움을 조장하려는 겁니까?"

너 빨갱이, 너 전쟁광. 경제는 어쩔 거냐, 대공황 터뜨린 니들보단 잘하지. 흑인들이 매독에 걸려 죽어갈 때 너는 어디서 뭐 했냐, 전쟁 때는 입 꾹 다물고 방치하던 너는 그러면 뭐 했냐. 마침내 연신 침을 튀기고, 대놓고 서로를 향해 삿대질하며 필사의 헐뜯기 대작전에 이르기까지. 불행 중 그나마 다행으로, TV가 아닌 라디오였기에 두 대선 후보의 얼굴이 시뻘게지거나 연신 물을 들이켜거나 마이크에서 고개를 돌린 후 씨발씨발을 중얼거리는 장면이 전 세계로 퍼져나가진 않았다.

그 어떤 권투 경기보다 박진감 넘치는 두근두근 대선 후보 단두대 매치를 듣기 위해 전 국민이 라디오 앞에 옹기종기 모이고, 중간중간 분위기를 진정시킨다는 명목으로 광고 타임이 진행될 때마다 ABC 방송국으로는 광고 추가 편성을 문의하기 위한 전화가 미친 듯이 울렸다. 그리고 토론이 절정에 이르렀을 때.

"입으로는 저토록 도덕을 외치는 분이, 정작 여자 문제에서는 비도덕적인 일을 저지르다니. 실로 가슴이 아픕니다."

이전부터 맥아더의 아킬레스건이었던 여자 문제를 폭로하기. 하지만 루즈벨트에게 그 건으로 목줄 잡혔던 게 벌써 언제 적 일인가. 이미 대비를 해둘 만큼 해둔 맥아더는 반론 후 곧장 반격에 나섰다.

"미합중국 대통령은 누구나 성경에 손을 올리고 선서를 합니다. 월레스 대통령, 귀하께서도 마찬가지였지요?"

"그렇소만."

"그런 분이 정작 기독교 윤리를 내버리고 오컬트와 신비주의에 빠져 점성술사와 연락을 수시로 주고받았지요."

"어쩌란 말입니까? 내가 별자리를 보며 미국의 앞날을 점친다고 주장할 셈입니까? 친분 있는 사람에게 편지를 보내는 것까지……."

"귀하의 친구 중엔 니콜라스 뢰리히(Nicholas Roerich)라는 러시아인도 있더군요. 이 사람이 누구냐 하면 오컬트 숭배자로, 붓다와 텔레파시로 소통한다고 주장하는 이단자입니다. 마치… 우리가 잘 아는 친위대의 힘러처럼 말이지요."

"……."

"그리고 미국 농무부, 바로 당신이 장관으로 재임하고 있던 농무부가! 이 미치광이가 만주와 몽골 일대를 여행하도록 후원했습니다."

"그건 미국인의 식탁을 더 풍요롭게 하기 위한 종자를 채집하기 위해……."

"그런 공무 수행을 대체 왜 영능력자가 갑니까?"

"그는 노벨 평화상 후보였던 사람이에요! 충분히 중립적인 인사였단 말입니다! 그리고 고고학적인 연구 또한……."

"정말 그렇습니까? 소련의 앞마당인 히말라야를 들락거리던 러시아 이민자, 그것도 수상쩍기 그지없는 영능력자를 꼭 선발해서 보내야 할 만큼 그의 능력이 대단합니까? 우리는 이 시점에서 월레스 대통령이 사이비 초능력자에게 심리적으로 사로잡혀 있고, 그의 조언과 영향력이 실제로 국가 중대사에 연결될 수 있다는 물증까지 얻었습니다. 시민 여러분, 월레스의 주변엔 남색가, 반기독교인, 사이비 오컬트 숭배자 등이 가득합니다!"

그 어떤 막장 드라마보다 자극적인 광기의 토론은 그렇게 막을 내렸다.

[하나님을 부정하는 대통령!]

[사이비 교주에게 몸도 마음도 사로잡힌 대통령!]

[소련의 배후 조종 의혹… 백악관은 안전한가?!]

신문 호외가 미국 전역을 뒤덮으며, 사실상 선거는 결판 난 셈이 되었다.

"크하하! 돈이다! 돈이야!"

"이제 라디오의 시대는 저물고 있습니다. 텔레비전 방송을 선점해야만 우리가 미디어 시장에 진출한 진짜 목적을 달성할 수 있습니다."

"디즈니에 텔레비전용 애니메이션 제작 의뢰를 미리 발주하겠습니다."

"방 선생도 좀 잘 꼬셔봅시다. 가기 전에 최후의 걸작 하나 만들고 가시라고 해봐요."

그리고 도박판에서는 항상 도박장 주인이 웃기 마련이다.

* * *

마침내 때가 다가오고 있었다. 월레스 대통령은 비공식적으로 내게 한국의 신생 정부 출범을 좀 더 앞당겨 줄 수 없는지 요청해 왔다. 선거 전에 업적 하나 만들어보겠단 발상 같은데, 이 극동의 소국을 독립시키는 게 딱히 업적이 될까?

새로이 결정된 국호는 대한민국. 좌익 측에서는 내가 심심하면 조선 대신 대한이라고 불러서 그렇게 됐다며 투덜댔지만, 내 입에 대한이 붙어 있는 걸 어쩌겠는가. 조선이라고 하면 어쩐지 뒤통수에 혹이 자라날 것 같단 말이야. 정치체제는 대통령제, 그리고 입법부는 국회 단원제. 원 역사의 한국과 그리 다르지 않다. 달라진 점은 대통령 5년 단임제 대신 미국처럼 4년 연임제라는 정도. 미국식 법률 제도나 정치체제를 그대로 이식한다? 글쎄.

이 코딱지만 한 나라, 지역별 자치의 전통보다 중앙집권제가 훨씬 익숙한 나라에 경상주, 전라주, 평안주를 세우고 연방제 국가를 세우는 건 많이 에바다. 양원제를 할 필요성도 딱히 느껴지지 않았고. 연방제를 도입하자는 의견은 처음부터 극히 드물었던 데 비해, 내각책임제를 도입하자는 의견은 무척이나 많았다.

"우리나라의 실정에는 역시 내각제가 적절하지 않겠습니까?"

"대통령."

"아직 공화정 전통이 자리잡지 못한 지금, 대통령제는 자칫 독재자가 나타날 우려도 있습니다."

"독재요? 만약 그런 위험이 실제로 일어난다면 제가 긴밀히 찾아와 민주주의 수호를 위해 노력하겠습니다."

내각제라니, 순전히 노동당만 좋아할 일 아닌가. 정당끼리 싸움을 붙이면 노동당이 승리해 정권을 거머쥘 가능성이 크지만, 대통령제로 간다면 인물 싸움 구도가 연출될 가능성이 더 크다. 그리고 무엇보다도… 나 같은 외부의 비선실세가 개입하기도 더 편하고 말이다.

내가 비록 협치를 외치며 다 함께 얼쑤절쑤를 권장하긴 했지만, 당장 옆 동네 중국에서 모택동이 신나게 풍차돌리기를 하고 소련 극동군구를 이웃하고 있는 이 동네에서 좌익 정권이 들어서는 꼬라지는 절대 못 봐준다. 노동당이 안에 품고 있는 진성 볼셰비키들, 소련파, 친모택동파를 싹 다 정리한다면 모를까, 지금 시점에서 집권을 시켜줄 순 없는 노릇. 무엇보다도 노동당 물밑에서 슬며시 논의되는 이야기가 내 경계심을 한 단계 끌어올렸다.

'우리나라는 예로부터 남을 핍박한 적이 없었고, 오직 평화를 추구할 뿐이었다. 조선시대에도 고종이 영세 중립국을 추진한 까닭 또한 여기에 있으니, 거대한 강대국 한가운데에 있는 이 나라가 균형을 잃는 순간 곧장 전란에 휘말리는 건 당연한 이치이다. 따라서 신생 대한은 두루두루 균형 잡힌 외교를 통해 불미스러운 사태를 피해야 하지 않겠는가?'

첩보망을 통해서 접한 정보인 관계로 아직 노동당의 당론이라고 말할 순 없었다. 하지만 균형이라니, 절대 그럴 순 없지. 소련이랑 미국 사이에서 간을 보시겠다고? 그럼 내가 뭐가 돼?

말이 좋아 균형이지, 그거 결국 제3세계 하겠단 소리 아닌가. 확실하게 미국 코인을 타서 지원금을 빨아먹어도 모자랄 판에 균형 같은 소릴 했다간 당장 나부터 가만히 있을 순 없다. 그렇다고 내가 무슨 중남미에서 미국 깽판 부리듯 쿠데타를 사주한다거나 할 수도 없으니, 결국 내 선택지는 하나뿐이었다.

"우남 선생님."

"예, 사령관님."

내 초대를 받고 관저로 온 이승만은 얼굴에 관세음보살의 미소가 맺혀 있었다. 내가 왜 불렀는지 벌써 다 아는 듯한 저 모습. 하여간 속에 구렁이 수백 마리 키우는 정치괴물은 달라도 뭔가 달라.

"이 신생 대한은 앞으로 외교를 어떻게 해야 한다고 보십니까?"

"일본과 손잡고, 중국을 경계하며, 미국의 후원을 받아 소련에 맞서 자유세계의 보루가 되어야지요."

아주 청산유수구만. 살짝 괴롭혀 주고 싶은걸?

"일본과 손을 잡겠다고요? 미치셨습니까?"

"처음부터 그럴 작정으로 일본의 군정사령관으로 취임하신 것 아니었습니까. 대한민국이 빨갱이들을 막는 방패가 되면 쪽바리들이 방패 뒤에서 달달하게 꿀을 빠는데, 당연히 그놈들도 대가를 지불해야지요."

"국민감정은 어쩌시고요?"

"크흐흐. 그건 장군께서 잘해주셔야지요. 이미 조선인들은 천황조차 가차없이 끌어내리던 김유진 대원수의 모습을 보노라면 얹힌 속도 절로 풀리곤 합니다. 장군이 보다 힘을 써서 왜놈들이 진심으로 사죄하는 모습을 보인다면, 임란 이후 그치들과 화해했듯 다시 화해하지 못할 게 있겠습니까?"

그는 갑자기 목소리를 낮추어 조곤조곤 말했다.

"제가 D.C.에서 보기로, 미국 정가는 오히려 장개석을 더욱 경계하는 기색이 역력했습니다. 숫제 아시아의 히틀러로 취급하더군요. 기껏 해방시킨 아시아가 중국의 거대한 엉덩이에 깔릴지 모른다는 불안감을 효자손처럼 긁어준다면 이 나라의 미래는 창창할 겁니다."

역시 외교 하나는 귀신이야. 내치가 등신이란 게 단점이긴 한데, 그건 내가 경제 관료나 이런저런 인재들을 꽂아줬으니 커버가 좀 될지도.

"어떤 경우에도, 이 나라가 미국의 손을 뿌리쳐선 안 됩니다."

"그래서 장군이 절 점찍은 것 아닙니까. 염려 붙들어 매시지요."

"그리고 그 어떠한 경우에도 민주주의의 가치가 흔들려서도 안 됩니다."

"그 또한 당연한 말씀이십니다."

"죽을 때까지 해먹고 싶단 생각 없으십니까?"

"흐흐흐. 제가 3선 같은 소릴 지껄이는 순간 제 모가지를 따러 돌아올 심산이 훤히 보이는군요. 저는 루즈벨트가 아닙니다."

나는 더 캐묻는 대신 프랭클린 초상화가 가득 담긴 큼직한 007 가방 하나를 그에게 밀어주었다.

"낙선하면 개망신이니, 선불로 좀 드리겠습니다."

"크. 취임하면 샌—프랑코에 적산을 팔아먹으면 되나이까?"

"어허. 국민의 자산을 그런 식으로 허투루 쓰면 어쩌잔 겁니까."

"아아, 그렇지요. 이 나라의 경제 발전에 가장 이바지할 수 있는 외국 기업을 잘 선정하도록 하겠습니다."

"바로 그겁니다."

유인이도 먹고살 구멍가게 정도는 좀 챙겨야지. 그래야 부모님도 잘 봉양할 것 아닌가. 한반도를 떠날 시간이 다가오고 있다. 아마 다시 돌아올 일은 없겠지. 최소 10년쯤은.

마지막 가을 6

이승만을 반도의 제후왕으로 봉하는 밀실거래를 진행하고 며칠 지나지 않은 어느 날. 나는 하나씩 하나씩 차곡차곡 이사를 준비하고 있었다. 이사는 항상 힘든 일이다. 버릴 것과 들고 갈 것을 정리하고, 뒤지다 보면 까맣게 잊었던 물건들이 막 튀어나와 그걸 또 구경한다고 시간 보내고, 먼지가 너무 나와서 켈록거리면서 일단 먼지나 좀 털자 하고 엉뚱한 일을 벌이고…….

[중국은 실로 실망스러웠네. 잽스를 찢고 죽이기 위해 많은 걸 포기하고 왔건만, 이 빌어먹을 땅에서 마음껏 우렁찬 엔진소리와 화약내음을 풍기지도 못하고 백만 명을 죽이지도 못했다네. 쫌팽이 아이크가 그럼 그렇지.

더더욱 실망스러웠던 건 그 누구도 나에게 육군참모총장직을 제의하지 않았단 사실일세. 심지어 자네조차! 우리의 우정이 겨우 이 정도였나? 베를린에 성조기를 꽂고 히틀러 벙커에 금빛 분수를 흩날린 이 조지 스미스 패튼 주니어를 어째서 참모총장에 임명하지 않는 거지?

나의 진정한 친우 유진이여, 부디 전쟁이 일어나리라고 말해주게. 러시아인 백만 명쯤을 죽일 수 있는 신나는 전쟁이 터지리라 그 끝내주는 예언을 해주게. 혹시 그럴 일이 없다면, 이 진정한 신사이자 군인인 내가 웨스트

포인트 교장이 될 수 있도록 힘을 써주면⋯⋯.]

음. 정리하다 보니 광인의 편지가 튀어나왔다. 보자마자 내 정신이 오염되는 것 같아 답장도 안 하고 처박아둔 것 같군. 아직 개량한복이 등장하지 않은 게 한이다. 패튼을 위해 오더 메이드한 개량한복과 함께 단소를 선물로 주면 광전사 풀 세트가 완성될 텐데. 고인물의 종착점은 룩딸이 진리 아닌가.

이외에도 편지는 매일같이 끝도 없이 날아오고 있었다. 한국어, 일본어, 영어, 거기에 중국어까지. 내 얼굴이 화끈해질 만치 낯간지러운 용비어천가부터 시작해서 이러저러해서 먹고살기 힘들다, 이 부분을 개선해주셨으면 좋겠다 같은 마음의 편지가 대부분이었다. 천책상장 드럼 각하를 석방해달라는 의문의 투서는 대체 뭔지 모르겠다. 아무튼 이 무수한 편지들을 정리하고 있던 찰나, 손님이 찾아오셨다.

"오랜만입니다, 대원수 각하."

"왜 저를 찾아오셔선 갑자기 호로자식으로 만드십니까? 말씀 좀 편하게 하십쇼."

"허허허, 그렇습니까? 정말 그렇게 해도 되겠는지요?"

"제에발 그러지 마십쇼. 자자. 얼른 앉으시지요. 히로히토한테서 상납받은 기깔나는 술이 있습니다."

우성 박용만 선생이 찾아오셨다. 나는 몇 번이고 자문위원회에 들어와 줄 것을 요청했었으나, 선생은 그 모든 청을 거절하고 농촌 진흥 운동에 투신했다.

"하시는 일은 좀 어떠신지요?"

"잘되고 있지. 조선 팔도에 나만큼 트랙터를 잘 아는 사람이 어디 있겠어? 흐하하하!"

임정 군무부장으로서 몸소 스패너 들고 트랙터를 전차로 마개조하던 분의 말이니 더하고 뺄 것도 없는 팩트 그 자체. 우리는 한동안 주거니 받거니

하며 술잔을 기울였고, 대낮부터 벌어진 술판은 한밤중까지 계속되었다. 수십 년 만에 드디어 해후를 하게 되었는데, 서로 쌓인 이야기가 얼마나 많겠는가.

"나한테 이승만이 따까리가 찾아왔더라."

"그래요?"

"네가 우남을 지지하고 있다는 뉘앙스로 이야길 하던데."

"혹시 뭔가 미심쩍은 부분이 있었습니까?"

"그런 건 아니었지. 대통령에 당선되면 장관으로 출사해 달라는 정도였으니까. 다만 그… 뭐냐, 나랑 사이가 그리 좋진 않았잖냐. 괜히 그놈이 네 이름 팔아먹는 게 아닌가 싶었지."

"허허. 딱히 그런 건 아닙니다."

"그래. 그 양반이 제명에 죽고 싶으면 네 이름을 멋대로 팔진 않겠지. 도대체 무슨 술수를 부렸는지 죽산(竹山, 조봉암)이 노동당을 탈당하고 우남한테 붙었더구나."

"신문에서 저도 봤습니다."

얌전히 탈당한 것도 아니고, '노동당 내에 동족상잔을 꿈꾸는 과격파가 너무 많다.'라며 핵직구를 꽂아버리고 당적을 바꿔 아주 난리가 났다.

"그래서, 네 생각을 좀 물어봐도 되겠니?"

"미 육군 6성 장군이자 군정사령관으로서의 의중을 여쭤보시는 거라면… 예. 저는 우리 잘나신 프린스 리가 대통령을 하는 편이 미국의 이익에 가장 부합한다고 봅니다."

내 말에 그는 무어라 입을 열지 않고 술만 연신 입에 털어넣었다.

"많이 컸구나. 하긴. 미국에 충성을 서약했으니 당연하고말고."

"그리고 김상준의 아들 김유진의 생각으로는, 이 나라 대한민국의 미래를 위해선 미국과의 관계를 끈끈히 유지하는 것이야말로 최선이라고 봅니다."

"…노동당이 떠드는 그 영세중립국 때문이냐?"

"그건 어디까지나 이유 중 하나에 불과하지요."

솔직히 말해서, 이 한반도의 지정학적 입지상 간보기 메타는 절대 무리수다. 만약 중립적 스탠스를 취한다? 그러면 당연히 소련은 침을 바르려 하겠지. 미국도 가만히 있을 수 없으니 개입해야 하고, 이 패턴이 반복되다 보면 이 나라는 진짜 미국과 소련의 대리전장, 냉전의 협곡, 칼바람 나락이 되어 너덜너덜해질 게 뻔하지 않은가. 무엇보다도, 당장 본국에서 새 나라의 대통령이 친미 인사이길 원한다. 나 또한 그렇고.

당연한 말이지만, 미군이 피를 흘려 가며 해방시켜준 나라다. 대놓고 새 식민지로 삼는 건 불가능하지만, 그래도 본전은 뽑아야 하지 않겠나? 체코 쿠데타는 이 기조를 더욱 공고하게 만들었다. 이제 당당하게 '신생 독립국의 민주주의를 지킬 수 있는 인물'이 집권해야 한다고 주장하는 이들이 늘었고, 현지인의 선택 존중 어쩌고 하는 말을 꺼냈다간 또 공산당에 나라를 내줄 셈이냐고 욕을 먹는 판이다.

"네 장학금 받으면서 키운 애들 있지 않나?"

"네임 밸류, 명성이 부족하지요. 독립운동한 분들이 줄줄이 출마하는 판에 걔들이 어떻게 이 판에 낍니까."

너무 노골적으로 보이기도 하고 말야. 무엇보다도 이승만은 내가 윌슨을 깍둑썰기하던 모습을 직접 목격한 이다. 그리고 미국의 힘과 그 미국에서 나의 힘을 누구보다 뼈저리게 아는 사람이기도 하고. 내가 살아 있는 한 절대 헛짓거리는 못 하겠지.

이에 반해 태평양 건너편에서 피상적으로, 그냥 강국이겠거니 하는 분들은 내 입장에서 다소 아쉬움이 남을 수밖에. 만약 미―소 대립이 절정에 이르고 냉전이 발발한다면, 이 나라 한국에서도 이에 발맞추어 공산주의자 숙청과 반공 기조 확립이 필요하다. 제 손에 피를 묻혀 가면서 반공을 위해 반대파를 때려잡을 수 있는 인물. 이래저래 선택지가 많지 않다.

"네가 그렇다면 그런 거겠지."

"실망하셨습니까?"

"아니. 이리 솔직하게 말해주는 것도 네게는 부담이었을 텐데, 여전히 날 믿어주는 듯해 오히려 뿌듯하구나."

약소국의 비애라고 하기도 뭣하다. 앞으로 있을 기나긴 겨울에선 그 어떤 나라도 제정신으로 살아가지 못할 테니까. 아프리카, 중남미, 아시아는 물론 어지간히 체급 되는 유럽 국가들까지 모조리 미국과 소련이라는 두 플레이어의 장기말 신세가 되어 총성 없는 전쟁에 뛰어들어야 한다.

그렇다고 미국과 소련이 행복한가 하면 그것도 아니지. 상대에게 지지 않기 위해 어디 붙어 있는지도 모를 나라에 돈을 퍼주고 군대를 늘리고 더 크고 멀리 날아가는 핵미사일을 찍어내야 하니.

공포영화에선 '으아아! 난 도망칠 거야!' 하면서 뛰쳐나가는 놈이 제일 먼저 죽는 법이고, 미친 세상에선 회색분자야말로 두들겨 패기 가장 만만한 놈이 된다. 그러니까 절 너무 그렇게 불쌍하다는 듯 보지 마시라니까요. 왜 이래 정말. 나는 내 방송국에서 파워 레인저 틀어주는 그 날까지 벽에 똥칠하면서 살 거라니까.

* * *

조선 팔도 곳곳에 공장이 들어서고, 대학교가 터를 다지기 시작했다. 원래부터 교육학을 전공했던 유인이는 오자마자 일단 건물 벽돌부터 올렸고, 서울에 번듯한 대학 하나 세우겠다는 일념으로 불타오르고 있었다. 처음 우리 형제는 학교명을 '죽헌대학교'로 하자고 짜웅했지만, 아버지는 쪽팔린다며 교명을 그렇게 짓는 날엔 어디 두메산골로 들어가 평생 안 나오겠다고 으름장을 놓으셨다.

"니네 아버지 고집이 어디 보통 고래심줄이니? 너희가 포기하렴."

"그럼 신영대학교 어때요? 위대한 여걸 이신영 여사를 기념하는 의미로다가……."

"너희가 종아리에 회초리를 안 맞은 지 너무 오래됐구나."

결국 이 나이 먹고 종아리에 빨간 줄을 긋기 싫었던 우리는 슬프게도 '한국대학교' 같은 멋대가리 없는 이름의 학교를 짓고 말았다.

"킨 장군님, 헉, 헉, 여긴 어쩐 일이십니까?"

"우리 동생이 차리는 학교, 잘 지어지고 있나 하고 구경 왔지요. 사적인 용무니 신경 쓰지 마십쇼."

"그래서야 되겠습니까! 장군님은 저희들의 은인이십니다. 자자, 이쪽으로 오시지요. 안내해드리겠습니다!"

조금 당혹스러웠지만, 건설 총책임자는 일본인이었다. 한국에 체류 중이던 많은 일본인들은 귀국을 택했으나, 자산도 몰수당해 개털 상태로 돌아가 봐야 굶어 죽겠다 싶었던 사람들 상당수가 한국 체류를 신청했다. 안 그래도 전문직과 기술자 부족에 시달리는 나라인데, 불감청일지언정 고소원 아니겠는가.

'국내 체류를 희망하는 일본인은 인성과 품성에 결격사유가 없으며 국가발전에 공헌할 수 있다고 판단될 경우 장기 체류 비자를 발급하고 정해진 금액 이하의 자산을 보존 혹은 그에 준하는 금전을 제공해준다. 형식상 이들은 미군정 당국에 취직한 것으로 하며, 제각기 필요한 곳에서 근무하도록 한다. 퇴직 또는 이직 시 군정 당국의 허가가 필요하다.'

업보 그득한 놈들 거르고, 쭉정이 거르고, 딱 필요한 인재들만 체리피킹해 써먹겠단 발상. 이렇게 잔류를 허용받은 이들은 사실상 공무원으로서, 자신들의 머리에 든 지식과 노하우를 한국인들에게 전수하는 일을 맡게 되었다. 크헤헤. 골수까지 짜먹어주마.

그래도 급여는 두둑하게 책정해줬고, 그 절반은 한국은행에 강제 적금을 들게 했으니 훗날 임무가 끝나도 목돈 쥘 수는 있게 되리라. 어차피 비자

연장 안 해주면 언제든 나가야 하는 이들이니, 이들이 죽는 그 날까지 한반도에서 살 수 있을지는 훗날의 대한민국 정부가 결정하면 될 일이다.

"저기 저곳은 도산관이고, 여기가 본관이 될 건물입니다. 최신 공법을 사용해 웅장하면서도 학생들의 면학 분위기를 해치지 않도록……."

"저기 저 공터는 뭡니까? 한가운데에."

"학생들이 나와서 쉴 수 있는 공원을 조성할 예정입니다."

"아니아니. 그거 말고. 공터 한가운데에 저거 뭐냐고요."

"동아의 대영웅이신 킨 장군님의 정기를 받고 학생들에게 영감을 주기 위해 전신상을 만들고 있습니다! 장차 동아시아와 세계를 짊어질 거목들이 자라날 수 있도록……."

멈춰. 멈추라고. 네 이놈, 당장 일본으로 추방하기 전에 그 끔찍한 발상을 멈추지 못할까!

"누가 저런 쪽팔리는, 아니, 아무튼 저따위 조각상을 만들라고 지시했습니까? 내가 알기로 유인이가 지시한 건 아닐 텐데?"

"킨상준 어르신께서 명하셨습니다. 돈은 아끼지 말고 장군님의 위엄과 풍모가 드러날 수 있도록 만들라고 하시기에 최고의 예술가들만 모았습죠."

아버지. 대체 왜. 어째서. 나는 현기증이 나 쓰러질 것 같은 느낌을 참으며 억지로 말을 이었다.

"건물 한 채 더 올립시다."

"하, 하잇!"

"돈은 제가 필요한 만큼 다 드릴 테니, '죽헌관'이라고 아주 돈을 처발라 삐까뻔쩍한 건물 하나 올립시다. 아시겠습니까?"

"알겠습니다!"

질 수 없지.

　　　　　　* * *

1944년 11월 7일 화요일. 이번으로 40회차를 맞이한 미합중국 대통령 선거일.

"이제 바꿔야 합니다! 우리의 아들딸들을 사탄의 노예로 내주지 않기 위해서는 정권 교체의 대업을 이룩해야만 합니다!"

"세 번째 전쟁은 결코 있어서는 안 됩니다! 우리는 미래로 나아가야 합니다. 폭력과 증오, 전쟁을 떠나 우리 아이들에게 평화로운 내일을 물려줘야 합니다!"

"인종 분리 정책을 사수합시다! 깜둥이들에게서 우리 주, 우리 고향의 권리를 지킵시다!!"

이윽고 시민들이 하나둘 소중한 한 표를 행사하기 위해 저마다 투표소로 향하면서 모두의 초조함은 극에 다다랐다. 그리고 투표 종료와 개표.

"텍사스에서 민주당이 승리!"

"아칸소에서 민주당 승리!"

"캘리포니아, 공화당 지지!"

"캔자스에서 공화당 승리!"

"오하이오… 공화당!"

"좋았어!!"

민주당 218명. 공화당 275명. 주권민주당 38명.

"맥아더! 맥아더!! 맥아더!!!"

"축하드립니다, 대통령 각하!"

"다들 고생들 많으셨습니다. 이제 빨갱이들이 망친 이 나라를 다 함께 바로잡읍시다!"

역사의 한 페이지가 넘어갔다.

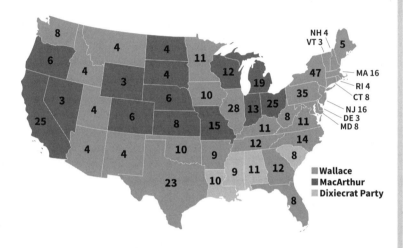

월레스 VS 맥아더 작중 대선 최종 득표

2장
겨울의 시작

겨울의 시작 1

    승자와 패자가 갈리고 그 희비가 판가름 나면, 당연히 후폭풍이 찾아오는 법. 승리의 영광을 거머쥔 이들은 승자의 권리를 어떻게 행사할 것인가와 논공행상을 두고 미주알고주알 떠들기 마련이지만. 패배의 치욕을 씹는 이들에겐 책임자 찾기라는 고통의 시간이 기다리고 있었다.

    "너희 때문에 졌잖아, 이 빌어먹을 자식들아!"

    "배신자들, 반역자들! 너희가 모든 걸 망쳤어!"

    주권민주당이 가져간 건 38명의 선거인단이 전부가 아니었다. 승부의 분수령이었던 캘리포니아. 350만 명의 유권자가 있던 그곳에서 단 6백 표 차이로 맥아더가 승리했고, 25명의 선거인단은 통째로 공화당의 손에 떨어졌다. 그런 격전지였던 캘리포니아에서 주권민주당이 획득한 표는 9백 표.

    "딕시크랫당이 없었다면 281 대 250!"

    "이 역적 놈들아! 너희들은 그냥 돌아오지 마! 공화당으로 꺼져버리라고!"

    "맥아더한테 얼마 받고 뛰쳐나갔냐 이 개자식들!"

    대선과 동시에 치러진 상하원 선거에서도 공화당은 대승을 거두었고,

민주당은 아슬아슬하게 상원에서 다수당을 유지하는 데 그치고 말았다. 패배한 민주당에겐 대역죄인이 필요했다. 객관적 증거마저 갖춰지자, 연일 뛰쳐나간 남부를 욕하는 이들이 목소리를 높였다. 당연히 반발도 있었다.

"월레스 같은 빨갱이에게 왜 표를 줘야 하지?"

"우리를 대변하지 않는 놈이지만 같은 당이니 표를 줘야 했다고? 역시 빨갱이들이나 할 법한 발상이군."

"역적이라고? 정말로 공화당으로 건너가 줘?!"

딕시크랫당을 지지한 이들은 분통을 터뜨렸고, 갈등은 수습될 기미가 보이지 않았다. 겉으로 보기에만.

'빌어먹을. 공화당으로 갈 순 없는데.'

'맥아더 같은 놈이 대통령이 됐으니 말세가 따로 없구만.'

더글라스 맥아더. 정당한 주의 권리를 주장하던 남부연합을 짓밟은 아서 맥아더의 아들.

아비의 죄를 부끄러워해도 모자랄 판에 무슨 훈장이라도 되는 양 거들먹거리는 놈.

정치인이 된 뒤로는 입을 조심하고 있지만, 그가 남부를 혐오한다는 사실은 공공연한 비밀. 공약을 들여다보아도 반공주의 하나를 제외하곤 도무지 남부인들과는 일치하는 코드가 없다. 그런 놈이 공화당의 대선 후보로 출마해 기어이 당선되기까지 했으니, 죽었다 깨도 공화당과 한배를 탈 순 없다. 미운 정이라도 든 민주당에서야 굳건한 텃밭 지지를 바탕으로 목청이라도 높일 수 있지, 공화당으로 건너가면 대체 얼마나 핍박을 받을지 짐작조차 안 가는 판.

대선 패배 책임을 회피하기 위해 일단 있는 힘껏 역정을 내곤 있지만, 반대로 말하자면 남부의 지지가 없으면 민주당은 다음 대선에서도 이기기 힘들다는 뜻 아닌가? 결국 민의니 뭐니 주워섬기며 민주당은 뛰쳐나간 딕시크랫을 품에 안을 수밖에 없다. 마찬가지로, 이들 딕시들 또한 미우나 고우나 친정집 민주당으로 복귀해야만 한다. 하지만 당내 진보주의자들의 계산 공식은 전혀 달랐다.

"이번 선거의 패배 원인은 뉴딜연합의 지지 기반이 붕괴했기 때문입니다."

"루즈벨트 전 대통령의 승리는 결국 대도시권, 그곳의 서민과 중산층을 지지자로 품었기 때문에 가능한 일이었습니다. 하지만 이번 선거에서 그들은 공화당을 뽑았습니다."

"…내 탓이 크군."

뉴욕, 펜실베이니아, 캘리포니아, 오하이오, 일리노이, 매사추세츠와 같은 대규모 선거인단을 보유한 주 상당수에서, 민주당은 여당 프리미엄을 갖고 있음에도 간발의 차로 패배하기 일쑤였다.

"당의 기반 자체를 쇄신해야 합니다."

"이번 선거에서 명확해진 사실은 더욱더 진보적으로, 개혁을 부르짖는 당이 대권을 거머쥘 수 있단 겁니다."

"나 또한 그 사실을 절절히 통감하고 있소. 하지만… 그 짐은 너무 무겁소."

월레스는 몇 달 사이 폭삭 늙어버렸다. 끝끝내 현실의 벽을 넘지 못했다는 절망, 죽은 자의 뜻을 잇지 못했다는 죄의식, 재선 실패라는 책임감과 감당하기엔 너무나 무거운 옥좌의 힘이 그를 좀먹고 있었다.

"나는 이만 정계를 은퇴할까 하오."

"각하!"

"4년 뒤가 있습니다. 어째서……."

"다들 잘 알 것 아니오. 나는 본디 정치에 어울리는 사람이 아니었소. 맞지 않는 옷을 억지로 입었더니 이런 일이 벌어진 거지."

현직 대통령 프리미엄조차 사라진 월레스가 4년 뒤 다시 대선에 도전장을 내민다면, 치열한 당내 경선에서 이길 수 있을지도 미지수. 다들 알고 있었지만 차마 말을 꺼내지 못한 사실을, 그는 정확히 짚었다.

"내가 패배의 책임을 떠안고 정계에서 사라지겠소. 우리 당은 아직 저 딕시들의 표가 필요하니, 내가 떠난다고 하면 저들을 받아들일 명분이 생기는 것 아니오?"

"하지만 각하. 그리되면 저놈들이 반성 없이 목을 빳빳하게 치켜들고 돌아오는 셈입니다. 달라질 게 없습니다."

"여러분들은 나보다 이 D.C.의 셈법에 훨씬 능하니, 내가 명분을 만들어준다면 저들에게서 더 큰 양보를 받아낼 수 있지 않겠소? 아니면, 정말 내가 남아 있는 편이 우리의 대의에 더 유리하겠소?"

그럴 리 없다. 월레스의 의중을 확인한 이들은 눈을 지그시 감으며 민주당 12년 정권에 저마다 작별을 고해야 했다.

"참으로 염치없는 말이지만, 당을 잘 부탁하겠소."

비록 이번 선거는 패배했지만. FDR이 설계한 당권과 승리의 설계도는 계승되리라.

* * *

겨우 몇십 년 전만 하더라도, 미국엔 '대통령직을 원활히 승계하기 위한 사전 작업'이라는 개념이 흐릿했다. 당장 어떤 잘생기고, 지적이며, 도덕과 양심에 투철하고 고결하기까지 한 어느 정의의 투사에 의해 진실을 폭로당하고 몰락해버린 우드로 윌슨 전 대통령의 경우, 당선되자마자 가장 먼저 따뜻한 남쪽 버뮤다 섬으로 휴가를 떠났다.

심지어 통신이 끊기는 바람에 대통령 당선인이 닷새 동안 본토와 연락 두절 상태가 되기도 했었다. 누가 미합'중국' 아니랄까 봐 하여간. 그러나 지금은 꽤 달라졌다. 윌슨이 따뜻한 남쪽 나라로 떠날 시절에는 대통령 정식 취임일이 3월이었지만, FDR부터는 1월로 바뀌었다. 당선에서 취임까지의 간격이 확 줄어든 셈이다. 게다가, 해야 할 일도 많다.

방구석 귀신이던 미합중국은 이제 세계 경영이라는 거대한 무대의 주인공이 되었고, 대통령은 이 모든 일들을 진두지휘해야 한다. 여기에 맥아더 특유의 조급증이 겹치기라도 했는지, 그 양반은 당선하기 무섭게 미리미리 취임 인사안을 잡아두고 향후 정책을 결정하기 위해 이리저리 움직이고 있는 듯했다. 본토에 계시는 분들은 참 바쁘시겠어요… 라고 강 건너 불구경하고 있었는데.

— 당장 시간을 내서 본국으로 오게. 논의할 일이 있으니.

"저는 군인으로서 맡은 바 임무를 다하고 있는 만큼 본토로 돌아가기 어려운 상황입니다."

— 명령이라고 해야 말을 듣겠나?

"미합중국 육군의 통수권자는 아직 헨리 아가드 월레스 대통령이십니다."

응, 안 가. 꼬우면 대통령 취임 선서부터 하고 부르시든가. 크헤헤헤.

— 그거 알고 있나?

"무엇 말씀이신지요?"

— 자네를 그 촌구석에 처박아두기로 한 합의안은 대선과 함께 그 유통기한이 끝났다네.

"아니, 그런 게 세상에 어디 있습니까? 제가 여기 10년을 있었습니까, 5년을 있었습니까?"

— 여기 있지.

"퇴역할 겁니다. 퇴역할 거라구요! 이런 식으로 하시면 그냥 군복 벗고 민간인으로 돌아갈 겁니다!"

내 강경한 엄포에 맥가놈은 할 말을 잃은 듯 조용해졌다. 벌써 권력에 취해 감히 싫은데 에베벱의 나라 미합중국 시민을 억누르려 하다니. 천지인이 합동으로 용서 못 할 짓은 이 유진 킴도 용서치 않아요!

— 뭔가 오해가 있는 모양이군.

"그렇지요?"

— 얼마 전 새 법률 하나가 통과되었네. 그동안 법적 근거가 미비하던 원수와 대원수 직에 관해 명시적 근거를 만든 법이지. 이제 5성 장군과 6성 장군은 확고한 종신직이고, 퇴역을 위해선 대통령의 허가가 반드시 있어야 하네.

나는 잠시 내가 방금 무슨 소릴 들었나 곱씹었다. 그러니까… 퇴역을 못 한다고? 왜?

— 다시 묻지. 내가 후임자를 발령한 이후에야 올 텐가, 아니면 그냥 얌전히 며칠 지내다 돌아올 텐가?

"황제 폐하. 신 유진 킴, 폐하의 충신이자 조력자로 평생을 살아왔습니다. 저희가 어디 보통 사입니까. 저 프랑스의 참호에서부터 이어진 끈끈한 사이 아니겠습니까? 이 미천한 소인을 부르신다면 당연히 맨발로라도 뛰쳐나가야지요. 암요. 오늘 당장 비행기 준비하겠습니다."

— 아직 비아냥댈 힘이 남아 있는 걸 보니 20년은 더 현직에 있어도 괜찮겠군. 기다리고 있겠네.

아니, 비아냥이 아닌데! 왜 이러십니까, 각하! 소인의 충정을 무시하지 말아주시옵소서!

전화가 끊긴 이후에도 나는 소파에 털썩 주저앉은 채 넋이 나가 있었다. 조만간 한국에 과도정부가 세워지면 주한미군은 철군하여 일본으로 빠지고 미군정은 축소될 예정. 단, 각종 정책의 고문이자 소통 창구로서 군정청 자체는 몇 년간 더 남아 있을 듯하다. 과도정부가 세워지는 시점에서 내가 한국에 남아 있으면 득보다 실이 더 많아질 테고, 나는 일본에 말뚝을 박은 채 새 대통령 맥통령 4년 임기 동안 니나노하며 쇼군놀이로 세월을 낚을 심산이었다.

근데 왜? 어째서? 어째서 날 부르지? 좋지 않다. 필리핀 시절 같이 일하며 느낀 건데 저 인간은 일을 하면서 생의 보람을 느끼는 변태다. 중독자다. 정키라고, 정키. 그런 양반이 대통령이 돼버렸다. 혼자 일하겠나? 자기가 봤을 때 써먹을 만하다 싶은 사람은 남녀노소 안 가리고 갈갈 갈아버릴걸? 나는 최대한 병자 코스프레를 하며 그의 동정심에 호소하기로 작전을 짜고 워싱턴 D.C.를 향해 비밀리에 날아갔다.

"대통령 당선인 각하! 소인을 불러주시다니, 백골이 난망합니다!"

"앉게. 논의해야 할 일이 많아."

백악관 입주 예정자의 포스를 찬란하게 흩뿌리고 있는 맥아더는 그 어느 때보다 생기가 넘쳐흐르고 있었다. 예상대로다.

"원래라면 근황도 좀 묻고 안부도 주고받아야겠지만 시간이 별로 없네. 월레스가 개판을 쳐놓은 게 어디 한둘인가?"

"제가 도울 수 있는 일이라면야……."

"최근 돌아가는 세계 분위기는 어디까지 알고 있나."

"대강은 알고 있습니다."

"그럼 됐군."

그는 책상 위에 펼쳐진 세계지도 한쪽을 가리켰다.

"먼저 유럽부터 이야기하지. 체코 쿠데타 뒷소식은 들었나?"

"더 뭔가 벌어진 일이 있습니까?"

"특별한 일은 없네. 동유럽 곳곳에 빨갱이들이 둥지를 틀기 시작했고, 우리가 피 흘려 해방했던 체코는 악의 손아귀에 떨어지고 말았지. 참 통탄할 일이야."

그는 몇 장의 보고서를 내게 대강 던져주었다.

"그리스는 원래 영국의 영향권에 넘겨주기로 합의가 되어 있었네. 그런데 그곳의 빨갱이들이 분란을 일으키고 있어. 내가 당선되자마자 영국 외교관들이 찾아와 도움을 청했네."

"소련이 배후에서 조종하고 있다면, 외교적 해법을……."

"이미 시도해 봤지. 현지 첩보와 소련의 비공식적 발언을 종합해보면, 자네 친구 티토가 그리스 공산 반군을 뒤에서 후원해주고 있어."

티토가? 여기서 통수를 친다고?

"알겠나 이 친구야? 이 소문이 본격적으로 대중들에게 퍼진다면 자네에게도 썩 좋은 일은 아냐. 영국은 더 이상은 힘들다고, 미국이 그리스에 개입해주길 원하고 있네."

"으음… 대통령 각하의 의중은 어떻습니까."

"개입해야 하고말고. 티토가 스탈린의 대타로 나섰는지 혹은 정말 독단적 행위인지는 모르겠지만, 그딴 건 중요하지 않네. 진짜 중요한 건 내가 있는 한 유럽에서 더 이상 양보란 없단 사실이네."

슈퍼 울트라 반공주의자 맥아더다운 발언이었다.

"이미 다 결정하신 듯한데, 제게 그럼 어떤……."

"그리스에 파병하고 그 사령관직을 귀관에게 맡긴다면 스탈린은 불면증 환자가 되지 않겠나?"

"제발 봐주십쇼."

"…농담이네. 적격인 인선을 추천받고 싶군."

정말? 고작 추천? 내가 진심으로 울상을 지으니 한발 물러선 게 아니고? 나는 머릿속에 떠오르는 인명록을 팔랑였다.

"패……."

"패튼을 보내잔 가당찮은 소릴 하면 당장 자네를 임명토록 하지."

"밴플리트 장군은 유럽 전선에서 혁혁한 공을 세웠습니다. 군의 사기를 유지하며 공산 반군을 토벌하기엔 친화력이 있는 그가 가장 알맞다고 봅니다."

"나도 그라면 충분히 적임자라고 보고 있었네."

이 답정너 같으니. 처음부터 마음에 안 드는 사람 이름이 나오면 깔 생각이었어. 내가 속으로 구시렁대는 동안 그의 손가락은 정 반대편으로 옮겨

가고 있었다.

"그리고 중국. 월레스가 멍청하게 마셜 같은 이를 보내 중재랍시고 설친 탓에 내전은 더 격화되었네."

"반대 아니겠습니까. 마셜 원수만큼 유능한 이도 없을 텐데……"

"그의 유능함은 데스크에 있을 때 한정이지. 우리는 조기에 개입할 골든 타임을 놓쳤고, 전쟁은 기정사실이야."

"중국 내전에 개입하자는 소리는 아니리라 믿습니다. 2차대전이 끝난 지 얼마나 됐습니까? 저 대륙에 백만 대군을 상륙시켰는데 간에 기별도 안 갔단 사실, 알고 계시지요?"

이 정도면 정말 전쟁광 아닌가? 지금 또 전쟁을 하자고? 그리스 내전 개입부터 이미 의회를 아수라장으로 만들 사안이다. 하물며 중국? 주우웅국? 그게 3차대전이랑 뭐가 다르지?

"자네가 극동에서 일을 참 잘해주지 않았나."

"네?"

"한국과 일본이 제법 안정되었다고 보고받았네. 필리핀 역시 빠르게 회복되고 있고."

내 상상을 초월한 생각이 그의 머릿속에 있는 듯했다.

"약간의… '의용군'과 더불어, 한국과 일본에서 군을 편성해 장개석을 지원해준다면 충분히 내전의 향방을 바꿀 수 있지 않겠나?"

아직 취임식도 하지 않았건만. 벌써 전 세계를 두고 거대한 싸움을 벌이겠다는 의지가 철철 흐르는 맥통령이셨다.

겨울의 시작 2

"불가능합니다."

"정말인가? 구상쯤은 해볼 만하지 않나."

내가 단언하자 황상의 심기가 불편해 보인다… 이크.

"자네, 혹시 귀찮아서……."

"중국의 동태는 저 또한 항상 유심히 지켜보면서 이것저것 생각해본 게 있습니다."

뻥이다. 장개석이 이길 각이 안 나온다. 바로 곁에서 국민당을 지켜본 이범석조차 고개를 절레절레 젓던 게 중화민국군 아닌가. 하지만 일단 이렇게 주둥아리를 놀린 이상, 뭔가 그럴듯한 모양새를 짜내야 한다. 어떻게 한다? 너무 척수반사적으로 떠들었나?

"우선 유념해야 할 점은, 중국에서의 전쟁은 우리의 상상을 초월한다는 겁니다. 백만 대군이 비유가 아닌 문자 그대로 굴러다니는 곳이 중국입니다. 수십만 대군을 투입하지 않는 이상 욕조에 각설탕 던지는 격이 될 겁니다."

"그게 어려우니 타국의 의용병이라도 동원하자고 말하지 않았나. 미군은 거의 움직일 수 없다고 봐야 하네."

"그리고 두 번째로, 일본군을 동원하면 어마어마한 파장이 일 겁니다."

남경에서 목 베기 시합이나 하던 옛 침략자를 다시 보낸다고? 장개석 정권의 지지도가 지각을 뚫고 맨틀을 돌파해 내핵에 닿아버릴걸? 내가 이 점을 최대한 열심히 설명하자 그의 표정이 어두워졌다.

"물론 나 또한 일본군을 동원할 경우 부작용에 대해서도 고민해보았네. 내가 자네에게 압력이 될까 봐 말은 하지 않았네만, 그들의 신헌법에 아예 전쟁 금지와 군 보유 금지를 못박아도 되지 않겠나 생각하고 있었거든."

저게 그 원 역사의 평화 헌법이군. 보통은 헌법에 군 보유 금지를 박제해놓진 않을 텐데… 맥 쇼군 각하의 의향이었나. 그런데 그런 분이 왜 일본군을 써먹겠단 소릴 하시냐고요.

"하지만 공산주의 확산은 반드시 저지해야 하네. 저 방대한 시장이 빨갱이들의 손에 떨어진다면 어찌 되겠나? 저 끝없는 인구가 고스란히 공산주의 정권에 부역하게 된다면 자유세계의 안보가 크나큰 위기에 처할걸세."

"그렇다면 목표를 변경하시지요."

"어떻게?"

"장개석의 승리는 문자 그대로 3차대전을 준비하지 않는 이상 극히 어렵습니다. 하지만 내전을 적당히… 적당히 말리고 평화를 유지하는 선이라면 비벼볼 여지가 있을 듯도 합니다."

"역시 자네를 부르길 잘했어. 어디 한번 그 놀라운 지혜를 좀 선보여 보게나."

시발. 모르겠다. 이게 말이 되는지 안 되는지는 차치하고 일단 지껄여 봐야 하나. 내 머릿속에서 떠오른 건 원 역사의 6.25 전쟁. 국공 내전을 단순한 내전이 아닌, 더 그럴듯하게 포장해서…….

"UN의 이름으로 개입하는 겁니다."

"UN?"

"그렇습니다."

"좀 더 자세히."

국제연합은 왜 만들었겠나. 이렇게 써먹으라고 만들었지. 모름지기 무협지마다 무림맹이 등장하는 덴 다 이유가 있는 법. 무슨 파 무슨 세가가 우르르 몰려가 칼부림하면 평범한 다구리지만 무림맹 이름 달고 움직이면 무림공적을 물리치는 협행이 되는 것 아니겠는가. 마찬가지로, 다짜고짜 미군을 보내 죽빵을 날리면 파렴치한 제국주의적 작태지만 UN 명패 달고 움직이면 세계 평화 수호를 위한 거룩한 단결이지.

"중국의 내전으로 무수한 민간인이 인적, 물적 피해를 겪고 있고, 이는 명백히 세계 평화의 가치를 훼손하고 있다고 볼 수 있지요. 그러니 국제연합이 개입하여 전쟁을 멈추고 휴전이 성립될 수 있도록 중재하는 겁니다."

"잘 알고 있겠지만, 중국은 상임이사국일세."

"그리고 우리는 장개석이 패배하리라 생각하고 있죠. 장개석 정권이 패망하고 중국 대륙이 통째로 적화당할 조짐이 보일 때, 무력으로라도 휴전을 강제하는 겁니다."

6.25 전쟁에 참전한 유엔군과 달리, 보다 정확히 말하자면 'UN 평화유지군'의 투입인 셈이다. 다른 건 바라지도 않는다. 장개석의 숨통만 붙이면 된다. 대만으로 쫓겨가느니 그래도 본토에 코딱지만큼이라도 발 디디고 있는 편이 그에게도 좋은 일 아닐까.

"장개석도 지금이야 제가 이길 거라 믿고 있으니 타국의 개입을 꺼리지, 발등에 불이 떨어지면 제발 개입해 달라고 사정할 겁니다."

"다 이긴 전쟁을 휴전하라고 옥박지르는데 모택동이 참을까?"

"그러면 싸울 명분이 마련되는군요."

"마찬가지로 상임이사국인 소련이 거부권을 행사하면?"

"그건… 정치하시는 분들이 잘 해결해야죠."

"제기랄."

아니, 나더러 어쩌란 거야. 나는 일개 군바리예요 군바리. 유엔 못 써먹으면 만든 이유가 없잖아? 맥아더는 파이프에 담배를 채우고 다시 모락모락 굴뚝을 자아냈고, 나 또한 적당히 눈치를 보며 슬그머니 담배를 입에 물었다. 그렇게 한 개비가 다 타들어 갈 시간쯤 지났을까.

"소련의 개입은 막을 수 있을 것 같군."

"어떻게 말입니까?"

"우리 합중국이 노리는 건 중국이 아닌 다른 곳이라고 믿게 만드는 걸세."

"스탈린이 그렇게 호락호락한 사람이 아닐 텐데요."

"왜 말로 하는가. 당연히 주먹이 나가야지."

그러니까… 힘으로 공갈을 치겠다구요?

"그러다 진짜 전쟁 납니다."

"자네가 있으니 가능한 일이지."

그는 갑자기 파이프를 든 오른손으로 나를 슥 가리켰다.

"체코, 그리스. 거기에 분할해서 점령 중인 독일도 있지. 아시아는 중국 공산당이 주된 움직임을 보이고 소련이 이에 동조하는 듯하네만, 반대로 유럽에서의 적화 움직임은 명백히 스탈린의 소행 아닌가. 반대로 말하자면, 유럽에서 스탈린의 행동을 저지하려 든다면 그는 결국 아시아보단 유럽을 우선순위에 놓을걸세."

"그거랑 제가 무슨 관곕니까."

"브래들리 대신 자네를 유럽 방면 총사령관직에 앉히겠단 의도를 슬쩍 보여주면 어떻게 될까. 빨갱이 두목의 머리가 무척 복잡해지지 않겠나? 국경 건너 코앞에 자네가 앉아버리면 그 친구 심장이 쫄깃쫄깃해지겠지."

공갈이다. 공갈빵이 아니라 진짜 공갈. 혹시 히틀러 귀신이라도 붙으셨습니까? 요즘 콧수염 기르고 계세요? 수틀리면 3차대전 각오하고 유럽에서 한판 붙든가, 아니면 아시아에서 서로 가면 쓰고 대리인 내세워서 투닥거리잔 소리 아닌가.

"왜 날 그렇게 보나."

"혹시 진짜로 전쟁이 하고 싶어서……."

"그런 끔찍한 소리 하지 말게. 굳이 유럽이 아니더라도 스탈린에게 양보할 손패는 하나 더 있으니."

아시아와 유럽을 넘나들던 손가락은 이제 또 전혀 다른 곳을 향하고 있었다.

"중동?"

"학살을 피해 이주한 유대인과 현지 아랍인 간의 갈등이 폭발 직전일세. 그리고 듣자 하니 중동으로 건너간 유대인 지도자들은 하나같이 빨갱이라더군."

맥아더의 입에서 나오는 이야기는 중동 전쟁을 암시하고 있었다.

"유럽에서 긴장을 조성하고, 중동에서 소련에 하나 양보해주면서, 아시아에선 우리가 강경하게 나선다. 완벽해."

"우리 머릿속 계획대로 스탈린이 움직여주냐는 문제가 있겠지요."

"우리에게 원자폭탄의 권능이 함께하는 한, 자네가 걱정하는 일은 없을 걸세."

유럽, 아시아, 중동. 무수히 많은 사람이 사는 세계의 거대한 지역들이, 우리 단 두 사람의 손가락질로 움직이고 있었다.

* * *

억울하다. D.C.의 집에 돌아와 그리운 내 침대에 누우니 갑자기 억울해서 눈물이 나올 것만 같다. 1차대전 끝났고, 2차대전도 끝났다. 우주악마 알렉터 군단의 수령 히틀러 대총통도 지옥으로 되돌려 보냈고 일본제국도 일본이었던 무언가로 만들어버렸다. 이러면 당연히… 에필로그 뜨고 완결이 나야 하는 거 아닌가? '그렇게 위대한 영웅 유진 킴 장군님은 막대한 금은보화를 거머쥐고 모두의 칭송을 받으며 오래오래 행복하게 잘 살았답니다.'라며 촤르륵 스탭롤 크레딧 올라가면서 엔딩이 나야 정상 아닌가?

왜 내가 일을 해야 하는가. 이제 내가 알던 미래도 아니잖은가. 퇴물 확정이란 뜻이다. 여기서 구질구질하게 자리에 앉아 있어 봐야 가블랭이 되는 결말만이 보이는데, 그냥 나 좀 풀어주면 어디가 덧나나. D.C.에 왔으니 내일은 월레스 대통령 얼굴을 봐야 한다. 아직 대통령은 대통령이니까. 가서 물어볼 것도 있고. 그 망할 종신 원수 어쩌고 법이라든가.

그러면 오늘만큼은 쉴 수 있겠나, 하면 그것도 아니었다. 온갖 손님들의 면담 요청을 죄다 쳐냈지만 캘리포니아에서 여기까지 한달음에 달려온 손님마저 쳐낼 순 없었기 때문이다.

"안녕하십니까, 킴 대원수님."

"오랜만에 뵙습니다. 이 먼 곳까지 오시다니, 혹시 킴 회장과 뭔가 문제라도 있습니까?"

"그런 건 아닙니다. 오히려 무척 잘되고 있지요."

미키 마우스의 아버지, 월트 디즈니. 틀림없이 내가 알기로 샌—프랑코와 디즈니는 무척 행복한 거래 관계다. 안 그래도 신규 투자 관련해서 논의가 오가고 있다고도 들었고.

"미스터 뱅이 고국으로 영구 귀국할 예정이라고 들었습니다."

"아. 예. 조국의 어린이들을 위해 헌신하겠다고 하더군요."

"그래서 송별 인사 겸 만났었는데, 미스터 뱅의 혜안이라고 여겨지던 업적들 중 꽤 많은 것들이 킴 장군의 머리에서 나왔다고 말하더군요. 무척 놀랐습니다."

방… 정… 환……. 먹여주고 재워주고 건강 관리해주고 어마어마한 돈다발과 금괴까지 줬는데 이렇게 통수를 치다니. 어떻게 사람이 이럴 수가 있지?

"허허. 그럴 리가요."

"이미 다 듣고 왔으니 동양의 그 겸양은 표현하지 않으셔도 됩니다. 추궁하고자 온 게 아니니까요."

"그렇습니까. 허면 어떤 일로 오셨는지요?"

"투자를 제안하고자 합니다."

더 알 수 없다. 그런 거라면 당연히 유신이 일인데.

"킴 회장을 설득하려 했지만 반응이 미적지근하더군요. 장군께서 보시고 투자 가치가 있다고 판단하면 본인도 응하겠답디다."

"음… 저는 일개 군인에 불과하지만, 유신이가 그렇게 말했다니 일단 경청하겠습니다."

그는 기다렸다는 듯 옆에 둔 서류가방을 열더니, 두툼한 종이 한 뭉치를 내게 내밀었다.

"이게 다 뭡니까?"

보아하니 각본 같은데. 투자제안서도 섞여 있고. 이것저것 잡다하게 다 싸 들고 온 듯하다.

"어떻습니까."

"어떻고 자시고가 아니라, 저는 전문가도 아니고 그냥 어설프게 촉만 좀 있는 거라서요. 이런 걸 보면서 견적을 낼 능력은 없습니다."

"그렇습니까……."

실망하는 표정을 숨기지도 않는다. 잘 들어라. 애초에 기대를 하니까 실망을 하는 거라고. 이만큼 말했으면 이제 포기할 법도 한데, 그는 또 다른 서류 한 묶음을 내밀었다.

"그럼 혹시 이걸 좀 봐주시겠습니까."

"예에."

"우리 디즈니가 보유한 캐릭터와 히트작을 활용해 대규모 테마파크를 만들고자 합니다."

그 말을 듣는 순간, 귀찮기만 하던 내 정신에 갑자기 근로의욕이 샘솟기 시작했다. 하지만 절대 티를 낼 순 없다. 관심이 있다는 걸 알면 아마 곧장 피라냐가 돼서 달려들걸?

"놀이공원 같은 건 요즘 다 적자만 보고 망하는 추세 아닙니까?"

"이건 됩니다. 제 인생을 걸고, 누구나 평생에 한 번쯤은 방문하길 원할 어마어마한 공원을 짓고자 합니다."

모름지기 카드게임 회사 사장이라면 놀이공원을 지어야 한다는 건 이집트 석판에도 기록된 역사적 진리. 다른 곳도 아니고 디즈니랜드다, 디즈니랜드. 여기에 밥숟가락 못 얹으면 2회차 때려치워야지.

"놀이공원이라. 그러고 보니 얼마 전에 제 손자가 태어났습니다."

"오, 축하드립니다."

"손자를 위해 할애비가 놀이공원을 하나 지어주면 참 좋겠군요."

아직 얼굴도 못 본 아이야, 미안하다. 이 할애비가 네 이름을 팔아서 디즈니랜드에 침 좀 발라야겠다. 그치만 너도 머리 굵어지고 나서 수익률 찍힌 통장을 보면 이 할애비의 은덕에 감사할 거란다.

"마침 저희 샌—프랑코 또한 여러 가지 상품을 통해 다양한 캐릭터를 보유하고 있지요. 귀사와 우리가 힘을 합쳐 온갖 캐릭터들이 가득한 공원을 짓는다면 필시 좋은 결과가 있을 듯합니다."

늘그막에 재미는 역시 돈 버는 재미지. 솔직히 한일연합군 요동 침공 같은 미쳐버릴 것 같은 발상보단 이게 훨씬 즐겁고 편하잖아. 이게 다 멘탈 케어다 멘탈 케어. 절대 내가 돈미새라서가 아니다. 나는 월레스만 만나고 곧장 캘리포니아로 날아가기로 다시금 다짐하며 커피를 내리기 시작했다.

겨울의 시작 3

조만간 입주민이 바뀔 예정인 백악관. 어쩐지 분위기가 을씨년스럽다고 느껴지면 이건 순전히 내 착각일까.

"앉으시지요, 대원수."

다시 만난 윌레스 대통령을 보고 나는 잠시 내 눈을 의심해야 했다. 머리카락은 생기를 잃고 회색빛으로 변해 있었고, 얼굴 곳곳엔 주름이 가득해 나이보다 훨씬 늙어 보였다. 그럼에도 불구하고 그의 눈만큼은 예전보다 더욱 빛나고 있었다.

백악관 직원 한 명이 다가와 우리에게 잔을 하나씩 내주었다. 그의 앞엔 따끈따끈한 커피가, 그리고 내 앞엔 머그잔에 담긴 아이스 아메리카노. 이 훌륭한 마음 씀씀이에 윌레스에게 5점을 추가해주기로 했다. 한동안 자식들 이야기, 부인 이야기, 극동 이야기 등 신변잡기만 열심히 떠들던 우리는 커피를 한 차례 리필한 뒤에야 본론에 들어갔다.

"극동에서 전후 처리가 빠르게 진전을 보이고 있다 들었습니다."

"제가 하는 일은 딱히 없습니다. 장식품이지요."

"전쟁은 늙은이들이 일으키지만, 그 참혹한 피해는 전 국민이 모두 감당해야 하지요. 대원수께서 그들을 위해 기꺼이 대임을 떠맡으셨으니, 한 명의 위정자로서 귀관의 헌신에 감사를 표할 따름입니다."

뭐지… 뭐지? 최면어플이라도 당한 건가? 원래 이런 사람이 아니었을 텐데?

그는 부드럽게 웃으며 자신의 커피잔을 들었다.

"선거에서 패한 뒤에야 비로소 깨달았습니다. 그동안 내 눈을 가리고 있던 아집, 책임감, 두려움… 모든 것이 결판 난 지금, 장님이 눈을 뜬 것만 같군요."

"참으로… 고생이 많으셨습니다."

저렇게 스스로 반성하는 사람한테 대놓고 '맞아 넌 병신이었어. 왜 그걸 이제야 깨닫니? 쯧쯧' 같은 소릴 할 정도로 이 유진 킴이 매정한 인간은 아니지.

"저는 임기를 끝내는 대로 이 워싱턴 D.C.를 떠나 다시 제가 사랑하는 아이오와로 돌아갈 예정입니다."

"제가 하고픈 일을 먼저 하시는군요."

"네?"

월레스의 눈이 휘둥그레졌다. 아니, 다른 사람도 아니고 행복한 귀농 라이프 뛰러 가시는 분이 이해를 못 해주시면 어쩌잔 겁니까. 나는 내친김에 이 퇴직 예정자 나리께 쌓여 있던 말보따리를 싹 풀어헤쳤다.

몸이 안 좋다, 옛날엔 돌도 씹어먹었는데 이젠 힘들다, 이러다 애들 얼굴도 까먹겠다, 마누라가 바람나면 어쩌겠냐, 늙은 부모님을 봉양하려면 그래도 옆에 좀 있어야 하지 않겠느냐, 내가 계속 현직에 있으면 미래 세대가 불편하지 않겠느냐… 헥헥. 많기도 많다.

그렇게 한창 떠들다 보니 갑자기 서글퍼졌다. 모름지기 빠른 은퇴야말로 성공적인 제2의 인생을 살기 위한 지름길 아니겠는가. 이런 날 부려먹으려는 악덕 상사들 같으니. 그 이상한 법안도 통과됐다는데, 그러고 보면 월레스도 한패 아닌가?

"우선 그… 법안에 대해 조금 오해가 있는 듯하군요."

내 일장연설을 들은 그는 커피잔을 조용히 내려놓았다.

"미합중국 원수와 대원수에게 정년 퇴역 대신 종신 임명의 특권을 허한다. 우리나라의 의회가 시민들의 열망에 부응하기 위해 제정한 법안입니다."

"그렇지요."

"이는 어디까지나 여러분의 헌신에 답하고자 하기 위함이었지, 지금 맥아더 당선인처럼 전쟁영웅을 부려먹기 위해 제정된 법안이 아닙니다."

그, 죄송한데, 저는 그냥 투덜댄 것뿐이거든요. '끼에엥, 노예 죽어. 살려줘.' 하면서. 그렇게 진지하게 말씀하시면 제가 도리어 나쁜 놈이 된 것 같은데. 하지만 맥아더를 깔 수 있단 사실에 그는 어쩐지 흥이 샘솟은 듯했다.

"노골적으로 말하면, 죽을 때까지 나랏돈으로 관용차와 운전병 데리고 다니고 대접받으면서 봉급 타 드시라고 만든 법입니다. 장군이 정말로 현업에서 완전히 손을 떼겠다고 결심한다면 감히 누가 막겠습니까?"

"그렇지요?"

"물론 장군께서 원래의 정년을 맞이하려면 아직 10년 넘게 남아 있지요. 맥아더 당선인은 아마… 본인 임기까진 쉽사리 놔주지 않을 것 같군요. 하하하."

웃지 마. 웃지 말라고! 내가 얼음을 우드득우드득 맥가놈 머리처럼 씹어대자 그는 아예 배꼽을 잡고 웃기 시작했다.

"다만, D.C.의 정치인들 중 우려를 표명하는 이들이 없지는 않습니다."

"우려라."

"워싱턴과 건국의 아버지들 이래로 확고부동하던 문민통제의 원칙이 위협받는단 우려지요. 하지만 너무 걱정할 필요는 없을 듯합니다. 그 친구들도 장군이 진심으로 은퇴를 원한단 사실을 알면 겉으론 붙잡아도 집에 돌아가선 축배를 들 테니까요."

나는 커피를 리필해줄 것을 청하며 잠시 고개를 돌렸다.

내 진심… 진심이라.

* * *

드디어 안식의 땅, 내 마음의 고향 캘리포니아에 돌아왔다. 당연한 말이지만 내 귀가는 나만의 문제가 아니었다. 뭘 잘못 먹었는지 캘리포니아주 정부는 아주 요란뻑적지근하게 행사를 벌여 가며 축제 분위기를 연출했고, 나는 샌프란시스코를 찍고 로스엔젤레스로 간 뒤 온갖 의원 나리들, 주지사, 법조인, 업계의 거물들과 먼저 만나야만 했다.

그리고 마침내.

"세상에."

제 어미의 품에 안겨 눈을 초롱대는 꼬물이를 만났다.

나보다 조금 먼저 집에 온 헨리는 꼭 처음으로 세일즈에 성공한 포드차 딜러처럼 엣헴거리며 어깨를 으쓱하고 있었고, 며느리는 저게 남편인지 큰애인지 구분이 안 간다는 듯 한심해하고 있었다.

"왜 네가 그리 으스대고 있어?"

"제 아들 아닙니까."

"누가 보면 니가 낳은 줄 알겠다. 애 태어날 때 자리에도 없었던 놈이."

"당신이 그런 말 하니까 너무 어이가 없는걸?"

도로시의 일침에 나는 혈도를 짚인 것처럼 억 소리도 못 하고 침몰했다. 아니, 이 자식이 전쟁터 가겠다고 빼액대지만 않았어도 이런 일 없었을 거 아냐?

"헨리야. 너 태어날 때 너희 아버지가 뭐 하고 있었는 줄 알아? 안 가도 되는 멕시코에 가서……."

"그 이야기 한 서른마흔다섯 번 정도 들은 것 같은데요."

"그래? 겨우 그거밖에 안 했다고?"

대가족. 나와 도로시. 헨리 내외. 앨리스, 제임스, 셜리. 거기에 유신이 일가와 조카들까지. 제법 큰 집인데도 불구하고 사람이 우글우글하다. 나는 몇 년 만에 얼굴을 보는 아이들과 좀 더 해후의 시간을 보내기 전에, 일단은 이 처음 보는 꼬물이를 향해 얼굴을 들이댔다.

"안녕, 할아버지란다. 할아버지."

유진 커티스 킴. 유진 주니어. 김유진. 한국식 작명법으로 따지면 할아버지 이름을 따서 손자에게 붙여주는 건 굉장히 특이한 일이겠지만, 이 이름을 지은 건 황당하게도 우리 아버지였다.

'김유진이 어때서? 세상에서 제일 잘난 놈 이름 붙인 건데 문제 될 게 있어?'

생각만 해도 머리가 지끈거린다. 족보에 올릴 한자가 다르다는 게 아버지가 베푼 최후의 자비심이었나 싶다. 나는 조금 더 다가가 아이와 눈을 마주했다.

"'할아버지' 해봐. 할아버지. 그랜파아."

"구우… 빠아……."

"들었어? 들었냐고! 할아버지래, 할아버지! 세상에. 김가에 신동이 났어!"

"우애애애앵……."

내 목소리가 높아지자 아기가 갑자기 얼굴을 찡그리더니 세상 서러운 울음을 토해내기 시작했다. 큰일이다. 주변 시선이 따가워진다.

"오자마자 하는 일이 애 울리는……."

"아냐. 너무 반가워서 우는 거야. 오구구. 이리 온, 우리 손자. 오구구. 쫀쫀쫀."

나는 아이크 담뱃갑에서 한 까치 빼돌리듯 재빨리 아이를 스나이핑해 내 품에 끌어안았다. 어우 묵직해라. 장군감이여, 장군감.

"오구오구 우리 장손. 착하기도 해라."

"우애애애애애앵!!"

"에베베뱁. 에베베뱁."

역시. 애만 넷을 낳은 아빠의 이 애기 재밌게 해주기 스킬을 좀 보라지. 혼신의 얼굴개그를 선보이며 연신 눈알을 굴려대자 울던 아이조차 이 신묘한 대원수 서커스에 넋이 나가려 하지 않는가.

나는 아이를 휙 돌려 내 품에 끌어안았다. 따끈따끈하고 말캉말캉한 것이 촉감이 끝내준다. 이 느낌을 구현할 수 있는 인형을 팔아먹을 수 있다면 아마 억만장자가 될지도 모른다.

"뿌우빠……."

"어구어구. 할아버지 턱은 까끌까끌해요. 애가 지금 몇 살이지?"

"이제 16개월이에요."

"햐. 걸음마는 좀 하고?"

"그럼요. 엎어져도 씩 웃고는 도로 벌떡 일어나던데요."

"그래? 이름이 워낙 좋아서 그런갑다."

잠시 후 손자를 품에서 놔준 나는 설날 세뱃돈 주기 전 명절 세배받듯 자식놈들과의 면담 타임을 가졌다.

"우리 장남."

"예."

"빨리 제대하고 네 집으로 썩 가라. 시부모 집에서 몇 년을 지냈으니 이제 갈 때도 됐다."

"저도 제대하고픈 마음은 굴뚝같은데, 연합군 총사령관이라고 아주 악독한 상사가 풀어주질 않네요!"

"내가 그놈 단단히 혼내 놓을 테니까 걱정 마라. 둘째 계획도 좀 잡고. 우리 집안의 숙원 사업인 야구단 창설을 네 힘으로 좀 해봐."

"혹시 제가 못 본 사이에 히틀러가 피우던 아편 빠셨어요?"

못난 놈. 따박따박 대들기나 하고. 나는 저렇게 안 키웠는데, 물개 놈들이랑 놀다보니 나쁜 물이 들어왔어.

"앨리스."

"네?"

"시집 안 가냐는 소리는 굳이 안 하마."

"그게 말한 거나 마찬가지잖아요."

"알아서 갈 줄 알았으니까 그랬지! 나는 웨스트포인트 졸업하자마자 총알같이 결혼식장으로 끌려갔어! 기껏 예쁘게 낳아줬는데 왜 예비 사위를 안 데려오는 거냐?"

이게 아닌데. 원래 하려던 말과는 정반대의 이야기만 자꾸 나오고 있잖은가. 수도꼭지의 온수와 냉수를 거꾸로 틀어 놓은 느낌이다. 전쟁통에 난장판이 되어버린 유럽 쪽 계열사를 회복시킨 걸 보면 쟤도 일머리는 아주 팽글팽글한데. 아예 헨리처럼 유신이한테 한 몇 년 맡겨 볼까.

"제임스랑 셜리는, 공부 잘하고 있고?"

"네에에."

"네에."

젠장. 손자를 봐서 그런가, 진짜 할아버지 같은 소리나 하고 있다. 유신이의 얼굴에 점점 한심하다는 듯한 표정이 뚜렷해지고 있잖아. 조카들에게도 덕담 몇 마디, 그리고 지갑을 슬쩍 꺼내어 용돈을 좀 찔러 둔 뒤에야 유신이와 나는 마당으로 나가 담배 타임을 가질 수 있었다.

"그동안 조카들 봐준다고 정말 고생했다. 고맙다."

"알면 됐어."

나는 궐련, 유신이는 시가. 정원 의자에 누가 먼저랄 것도 없이 털썩 앉은 우리는 짙은 구름빛 연기를 몽글몽글 피워냈다.

"제수씨는 좀 어때."

"잘 지내고 있지. 오늘 못 와서 미안하다고 전해 달라더라."

"몸이 그리 허약해서 어쩌나."

"셋째 낳을 때 안 죽은 게 기적이라잖아. 그냥 뭐. 익숙해. 하루하루 감사하며 사는 거."

"엄마가 제수씨 주라고 보약 한 첩 달일 재료 싸주셨거든. 집에 갈 때 좀 챙겨 가. 내가 요즘 자꾸 깜빡깜빡해서 또 까먹을라."

"어. 유인이는?"

"조선에서 하고픈 거 하면서 잘살고 있고, 우리 이신영 여사께서는 무슨 일이 있어도 막내 새장가 보내겠다고 벼르고 계시다. 막내 조카도 그렇고. 아빠 돌아가시기 전 숙원 사업이래잖냐."

담배 한 개비가 순식간에 타들어 가 꽁초로 변하고, 나는 곧장 연타석에 들어갔다. 이 20세기 초중반, 부인도 자식도 한 명도 잃지 않은 나는 정말 행운만큼은 타고났다. 당장 나조차 전쟁터에서 안 죽은 게 신기한데. 사람 목숨이 담배꽁초처럼 쉽게 사그라드는 시대 아닌가. 비 좀 뿌리면 꺼지고, 바닥에 떨궈도 죽고, 짓밟히고, 타들어 가고. 우리는 잠시 입을 다문 채 구름 너머로 석양을 뿌리며 사라져가는 해만 멍하니 구경했다.

"이제 뭐 할 거야?"

"들어가서 손자 밥 먹는 거 구경해야지."

"그거 말고. 앞으로. 진짜 은퇴할 거야?"

"내가 칼날 위에서 춤추기 시작한 게 1911년이다, 이 자식아. 30년이 넘게 서커스단에서 칼날 묘기를 부렸는데 이제 공연 좀 끝내도 되지 않아?"

"지랄하고 자빠졌네."

이 매정한 놈은 내가 앓는 소리 좀 하기가 무섭게 채찍을 갈겨댔다.

"야, 이 자식아. 내가 얼마나 조뺑이를 쳤는데……."

"즐겼잖아. 그래서 재미없었어? 하기 싫은데 의무감만으로 했어? 혹시 이순신 되십니까?"

대답 대신 나는 세 번째로 담뱃갑을 열었다.

"유신아."

"왜 또."

"너는 사업하는 거 재밌냐."

"재밌지."

"나도 재밌다. 존나게 재밌어. 회사 하나를 쥐락펴락하는 것도 그리 재밌는데 이 세상을 주물럭대는 게 재미가 없으면 그게 사람 새끼냐?"

"그렇지?"

"근데 거 뭐냐. 너도 단가 후려치고 직원 해고하면서 재밌다고 하면 좀 많이 돌아버린 놈처럼 보일 거라는 거 잘 알잖아. 사람 목숨이 판돈인 나는 어떻겠냐. 이걸 재밌다고 인정해버리고 진짜 즐기는 순간 그대로 콧수염 씨가 돼버리는 거예요."

"아니 씨발, 꼭 비유를 해도 좆같은 비유를 하네. 내가 열심히 경영을 해서 우리 직원들 가족이 잘 먹고 잘산다, 고객들이 더 질 좋고 저렴한 물건을 쓸 수 있다 이런 거로 좋아할 수도 있잖아? 더 많은 사람을 구했다는 데서 재미나 보람 이런 거 찾으면 좀 덧나?"

"그래서 내가 언제 재미가 없댔냐? 말이 그렇단 거지."

추하게 더 변명을 늘어놓는 대신 얼렁뚱땅 말꼬리를 흐리며 조속한 퇴각을 결의했다. 이게 바로 유럽에서 갈고닦은 신속한 기동방어 아닐까.

"양차대전의 예언자께선, 앞으로 전쟁 없는 행복한 세상이 올 거라고 보십니까?"

"아니."

"솔직히 말해봐. 딴 놈이 형 자리에 앉아 있으면 사람이 덜 죽을 거 같아, 더 죽을 거 같아? 은퇴하면 발 쭉 뻗고 잠 푹 잘 수 있어?"

"…더 죽겠지."

"그럼 좀 더 일해야겠네."

"너어는 진짜."

"우리 아들들은 다 사지 멀쩡하게 돌아왔잖아. 대원수 각하, 우리 손자들도 무사히 돌아올 수 있게 노력해주셔야지요."

어느새 해는 지평선 너머로 완전히 가라앉고, 밤이 오기 전 마지막 황혼이 하늘을 장식하고 있었다.

"나는 제발 좀 집에 가라고 할 때까지 벽에 똥칠하면서 오래오래 해먹으련다."

"와. 좆같은 소릴 저토록 당당하게 하네. 이게 사람인가."

"아까는 니가 하라며?"

"팔랑귀네."

"딴 놈들 게임하는 꼬라지 구경하고 있어봐야, 답답해서 내가 한다는 생각만 들 것 같은데 어쩌냐. 더러워도 내가 직접 하는 게 낫지."

"우리 회사 매출도 좀 높여주고. 알았지?"

"돈에 미친 새끼."

"쪽바리한테 뇌물 받는 놈."

오늘 동생한테 몇 번을 지는 거냐. 돌겠네.

앞으로 예정된, 이념과 사상을 두고 벌어질 무수한 유혈극. 각자 품에 빨간 단추 하나씩을 끌어안은 채, 끝없이 쌓인 핵미사일 더미 위에서 벌일 기나긴 도박판. 지금 보는 황혼이 인류의 마지막 황혼이 될지도 모른다는 불안감 속에서 벌어질 초강대국들의 체스 게임.

여기까지 올라온 이상, 플레이어의 자리에서 내려올 생각은 없었다.

겨울의 시작 4

맥아더 대통령 당선이라는 거대한 폭풍은 전 세계 사방으로 그 영향을 미쳤다. 붉은 혁명의 심장, 모스크바라 해서 결코 예외일 수는 없었다. 강경 반공주의자가 4년간 미국을 다스리게 되었다. 그것도 전직 군인 출신, 누구보다 폭력에 익숙할. '사상의 조국'을 위해 워싱턴 D.C.의 각종 첩보를 전달해주는 동지들의 메시지는 이 불안감에 기름을 끼얹었다.

[맥아더는 취임 직후 '맥아더 독트린'을 발표할 예정.]

[맥아더 대통령은 세계 경영에 적극적으로 참여할 것으로 추측되며, 군사 개입 또한 옵션 중 하나로 고려 중.]

[맥아더, 유진 킴 대원수와 회동. 그 직후 월레스와 킴 회동.]

[중국 내전, 그리스 내전에 대한 개입 논의.]

[극동 방면에서 군사적 이동 관측됨.]

가만히 앉아서 당할 순 없다.

사실 스탈린과 그를 따르는 이들로서는 감히 크렘린의 지령에 간을 보면서 제멋대로 구는 여타 공산주의자들이 뒈지건 말건 관심이 없었다. 보다 솔직하게 토로하자면 차라리 남의 손에 죽는다면 웃음을 터뜨릴 만큼 마음에 들지 않았다. 그러나 세계 공산주의의 본산인 소련은 그들이 정말 뒈지도록 팔짱만 끼고 있어도 그 영도력에 스크래치가 나지 않는가.

판을 엎어야 한다. 스탈린의 다음 착수는 극동이었다.

* * *

미군 점령지, 경성.

대한민국 과도정부의 수립이 얼마 남지 않은 지금, 시민들의 정치 참여에 대한 의지는 말 그대로 폭발하고 있었다. 군정청은 최우선 현안 중 하나로 라디오의 대대적인 도입을 추진했고, 미군이 들고 왔던 방송 장비는 고스란히 이 땅에 남아 방송국의 새로운 근간이 되었다.

동네 시장통이나 시내 거리엔 까막눈들을 위해 신문 낭독해주고 돈 받는 이들이 먹고살았고, 사람들은 새 소식이 뭐가 없나 낮이며 밤이며 귀를 기울이곤 했다.

군정청의 교육 사업을 총괄하게 된 김유인은 그 휘황찬란한 후광 때문에 사실상 언터처블로 군림했고, 예산을 벗어나는 일에는 본인 호주머니에 꽂혀 있는 막대한 달러까지 거침없이 던져대며 대대적인 교육 정책을 폈다.

"단 6년, 초등학교 6년 만이라도 애들을 학교에 보냅시다."

"교과과정은 미리 짜놓은 게 있습니다. 교과서도 다 찍어 놨습니다. 그냥 이대로 쓰면 됩니다."

"애들을 학교에 보내면 점심밥을 줍니다! 먹는 입 덜 수 있는 절호의 기회!"

"사범학교를 더 늘려야 합니다."

"고등교육을 이수한 이들 중 야학에 참여할 분이 더 없는지 적극 독려해 봅시다."

민주주의가 제대로 작동하려면 일단 이 나라를 좀먹는 문맹부터 뿌리

뽑아야 한다. 한글이라는 이 경이로운 문자를 가진 나라가 문맹률이 80%라는 게 말이나 되는가?

"낫 놓고 기역 자를 모르는 게 웬 말이냐!"

"까막눈으로 살다간 또 눈 뜨고 코 베인다!"

시민단체들 또한 이에 호응해 거국적인 문맹 퇴치 운동이 전개되었고, 가로쓰기가 법으로 못 박혔으며, 대중을 상대로 하는 신문과 잡지에 국한문혼용을 금지하고 오직 한문병기만을 허가했다.

"아니, 한자를 금지하는 건 대체 무슨 발상이랍니까?"

"김유인 박사. 박사가 미국에서 오셔서 잘 모르시나 본데, 한자가 없으면 한글만으로는 뜻을 파악하기가 어려워요!"

"전 한자를 금한 적이 없습니다. 한자가 필요하면 병기를 하라니까요? 왜 그리 한자를 못 잃어서 안달이십니까. 꼭 대중들이 신문을 읽게 되면 뭔가 불편해질 것처럼 구시는군요."

"이건 인신공격입니다!"

그야말로 불도저. 유교의 나라 대한민국에서 '사람은 모름지기 배워야 한다.'라는 명제는 소작농 춘식이조차 고개를 끄덕일 진리. 이 불도저를 저지하려던 몇 안 되는 용감한 반대파들이 있었으나, 그들은 이내 방송국 스튜디오로 끌려 나와 전 국민이 듣는 가운데 미국 명문대 교육학 박사에게 잘근잘근 밟히며 영혼까지 털려버렸다.

이제 더 이상 착취는 없다. 노력하면 잘 먹고 잘살 수 있다. 독립 전쟁으로 자신감이 붙고, 토지개혁으로 자신의 땅마저 되찾은 이들이 나랏일에 관심을 기울이는 건 당연한 일. 모두의 시선이 대한민국 신정부 수립을 향해 쏠리는 가운데, 최근 들어 어마어마한 골초가 되어버린 허가이는 급속도로 몸에 기운이 빠지고 있었다.

"빌어먹을."

자타가 공인하는 친소파, 모스크바에서 대학까지 졸업한 이 나라 최고의 엘리트 중 한 명. 그의 권위는 결국 모스크바로부터 비롯하고 있었고, 모스크바와 이어진 끈이 떨어지는 순간 그의 정치적 영향력 또한 거세될 팔자. 그런 그에게 크렘린의 지령이 떨어졌다.

'조선반도의 신정부 수립을 저지하고 노동자, 농민을 규합하여 좌익 총투쟁에 나설 것.'

총투쟁이라니. 대통령 선거는 모르겠지만, 국회의원 선거에서는 충분히 과반 집권도 노려봄 직한 노동당이 총투쟁에 나서라니? 무척 무례하고 감히 상상도 할 수 없던 일이지만 그는 다시 한번 당의 지령을 청했고, 다시 받은 대답은 너무나도 뚜렷했다.

[조선에 설립될 신정부는 겉으로는 부르주아 민주주의를 표방하고 있으나 그 실상은 대통령에게 권한이 집중되어 있으며, 예브게니 킴과 미 제국주의자들의 괴뢰로 기능하리라는 사실이 그 어느 때보다 명확해지고 있다.

특히 새로이 집권할 맥아더는 강경 반공주의자로 중국의 공산 혁명에 개입할 의사가 명백하며, 크렘린은 조선 신정부가 미제의 앞잡이로서 내전에 개입할 가능성이 크다 보고 있다.

노동자와 농민의 나라 소비에트 연방은 갓 해방을 맞이한 조선 민족이 또다시 강대국의 놀음판에 휘말려 피를 흘리게 되는 불상사를 극구 피하고자 하기에, 지금이야말로 조선 인민의 단결된 힘으로 괴뢰의 주박에서 벗어나 주체적으로 우뚝 설 수 있기를 희망하고 있다. 무력을 동원해서라도 정부 수립을 파행으로 이끌 것.]

당의 명령은 반드시 이행해야 한다. 이제야 막 일제의 손아귀에서 벗어난 이 나라가 국공 내전이라는 지옥도에 휘말리느니, 차라리 혁명을 일으켜서라도 저 개미지옥에서 벗어나는 편이 낫지 않겠는가. 역시 모스크바의 판단은 옳다.

하지만 완벽하게 자기합리화를 끝낸 허가이조차 현실의 벽 앞에서는 다시 담배를 입에 물어야만 했다. 공산주의자들은 노동당조차 완벽히 장악하지 못했다. 당장 당수부터가 여운형이잖은가. 게다가 당내 공산주의자들조차 허가이 그 자신이 있는 소련파, 모택동의 영향을 크게 받은 연안파, 그리고 양 파벌 어디에도 속하지 않은 독자적 인사들도 있었다. 이래서야 무슨 총투쟁을 하란 말인가.

다만 반대로 보자면, 여태까지 무력 투쟁에 가장 반대해 온 것이 소련파였던 이상 그들이 오케이하는 순간 공산 계열은 의견의 일치를 보는 셈. 결단을 끝낸 뒤 그의 행동은 신속했다.

"투쟁합시다."

"어이쿠, 크렘린의 개목줄 주인이 생각을 바꾸셨나 보지요?"

"그래서 안 할 거요? 조선의 아들들이 중국 공산당 동지들을 향해 총을 쏘게 내버려둘 생각이오?"

"당신네들이 언제부터 모택동 동지를 동지로 생각했는진 모르겠다만… 지금으로서는 손을 잡아야겠지요."

아니나 다를까, 연안파 또한 겉으로는 티 내지 않았으나 속은 타들어 가고 있는 건 매한가지. 나라를 엎어버리기로 합의한 후엔 일사천리였다.

"일제를 상대로 투쟁하던 의용병들 상당수가 그대로 자유대한군단에 투신, 지금 대한경비대와 경찰에서 일하고 있소."

"부르주아지들이 설마 그걸 모르겠소? 우리가 움직이기 시작하면 그들 먼저 쓸어낼 게요."

"그리고 신분을 숨긴 채 잠입한 이들 또한 있지요. 놈들이 숙청을 끝냈다고 안심하고 있을 때, 신념으로 무장한 이들이 총을 거꾸로 잡고 저들의 등을 찌를 것이오."

무력 탈취.

"항만 노동자들은 군정청과 자본가들, 밀수꾼 사이에 끼어 곤욕을 치르고 있소. 이들의 처우 개선을 요구하며 총파업을 일으킵시다."

"철도 노동자들도 파업한다면 군의 이동을 틀어막을 수 있을 텐데, 어

92

떻소?"

"왜놈 기술자들이 여전히 군정청의 면죄부를 받고 뻔뻔스레 제자리에서 일하고 있잖소? 쪽바리를 몰아내라는 명분이라면 대중 지지도 등에 업을 수 있을 것 같소만."

"민족 정기 수호라는 명분이라면 공단 노동자들도 총파업에 가담시킬 수 있겠구료."

파업 계획.

"군수공장에서 무기도 빼돌립시다."

"중국으로 가는 밀수로 위장해 군수물자를 확보할 수도 있겠어."

"우리가 비트에 숨겨 놓은 화기도 제법 남아 있습니다."

무장 마련.

"지금 곧장 무력 봉기를 하면 명분이 없소. 먼저 자문위원회를 비롯한 의회 내에서부터 우리에게 우호적인 여론을 조성해야 하오."

"노동당 하나 장악하지 못했는데 어떻게 말이오?"

"당내 회색분자들은 어차피 여운형을 제외하면 피라미들, 그의 카리스마에 따라 움직이는 허수아비들에 불과하지 않습니까."

이현상의 눈이 음험하게 빛났다.

"여운형을 제거합시다."

"당신 미쳤소?!"

"나는 놀랍도록 제정신이오. 김구 그 작자가 부리는 똘마니 중에 우리 동지 몇이 숨어 들어가 있소."

김구의 이름을 내세운 의인이 여운형을 암살한다면? 군정 당국이 제아무리 좌우합작과 협치를 내세웠다 한들, 여운형이 하루아침에 시체가 되어 버리는 순간 좌우합작은 잿더미가 되고 여론은 동요하리라. 노동당 장악에 걸림돌이 되는 여운형을 치우면서 동시에 명분까지 만든다는 이 매력적인 제안에, 자리에 있던 이들은 전원 동의했다.

"그러면 제일 중요한 문제가 있습니다."

"김유진."

이 세계에서 가장 강력한 힘을 가진 조선인. 그 이름 석 자의 무게 앞에 혁명을 위해 무엇이든 할 수 있는 이들조차 쉽사리 입을 열지 못했다.

뜻밖에도 가장 덤덤한 것은 허가이였다.

"그자라면 우리가 해결할 수 있소."

"어떻게?"

"일본 공산당 또한 우리와 발을 맞추어 전면적인 반제국주의 투쟁에 돌입할 테니까. 제국주의자들의 시점에선 조선보다는 일본이 더욱 중요하니, 그곳의 동지들을 모두 짓밟기 전엔 김유진도 쉽게 거동하지 못할 터."

김유진은 서서히 조선 땅에서 발을 빼 일본을 제 거점으로 삼고 있었다. '건전한 민주주의 수립을 위해 외국인인 그는 빠지는 것이 옳다.'라는 겉치레를 내세우긴 했으나, 이 먹을 것 없는 땅은 제 부모와 형제, 그리고 졸개들을 내세워 대리 통치하고 본인은 노른자위인 일본에서 크게 해먹겠다는 추악한 발상이란 게 너무나도 뻔하지 않은가. 어쨌거나 그가 사실상 일본 통치에 집중하고 있고 심심하면 태평양을 오가는 지금, 일본 열도에서마저 대대적인 궐기가 이루어진다면 천하의 김유진도 동시에 손을 쓰긴 어려우리라.

"하나 더 논해야 할 사안이 있습니다."

"뭡니까?"

"포섭해야 할 인물이 있소. 박상희 말이오."

몇몇 사람들의 표정이 떨떠름해졌다. 족보를 따지자면 박상희는 미국 땅에서 무려 박헌영과 함께 행동하던 정통파 공산주의자로, 혁명의 붉은 깃발이 오르는 순간 동참하지 않고는 배기지 못하리라. 하지만 박헌영은 어느 순간 쥐도 새도 모르게 사라졌고, 박상희는 몇 년간 억류되어 있다 풀려나 고국으로 돌아왔다. 지금 그는 노동당에 입당은 하였으되 당내 어느 계파에도 가담하지 않고 계몽운동에만 전념하고 있었다.

"그는 변절자 아니오?"

"변절했다면 대놓고 김가의 편에 붙거나 하다못해 여운형 밑으로 갔겠지요."

"우리가 궐기한다면 우익 놈들이 박상희를 살려둘 리가 없습니다. 목숨이 아깝다면 우리 쪽으로 붙지 않겠습니까."

"그 동생은 어쩌고? 김유진의 개잖소!"

"애초에 제 형을 구명하겠다고 입대한 잡니다. 박상희를 거쳐 그 동생을 끌어들이기만 한다면 대한경비대를 고스란히 혁명의 전위대로 쓸 수 있어요!"

성공했을 때의 메리트가 너무나 크다. 이들의 혁명 계획은 점차 그 모습을 뚜렷하게 갖춰나가고 있었다. 다만 불행한 점이 있다면……

"장군님. 긴급한 판단이 필요해 보입니다."

"…교차검증은?"

"아직 우리 정보원이 저 회합에 가담할 만큼 고급 자원은 아닙니다만, 노동당 내 공산주의자들의 움직임이 대단히 활발해지고 있다고 합니다."

미군 정보 당국과 OSS는 바로 지금을 기다리며 도청을 비롯한 첩보작전을 진행하고 있었단 사실.

"대원수께는 내가 직접 보고를 올리겠네."

"알겠습니다."

"그리고 이 친구들이 포섭 대상으로 거론하는 인물… 조니 팍 사단장인가?"

"그렇습니다. 친형인 생―히 팍 또한 저희의 요주의 감시 인물로, 거물 공산주의자였습니다."

"잘만 하면 그림이 아주 예쁘게 나오겠는걸."

새 대통령 각하께 바칠 취임 축하 선물로 너무나 완벽한 초이스 아닌가.

미군 또한 이 나라를 저 배은망덕한 빨갱이들에게 내줄 생각은 추호도 없었다.

겨울의 시작 5

나는 1944년 크리스마스를 도쿄에서 보내야만 했다. 빌어먹을. 손자에게 엄청난 장난감을 사줘 할아버지에 대한 호감도를 MAX로 만들려던 내 대계를 무너뜨리다니. 역시 빨갱이들은 음흉하다. 상종 못 할 놈들이야.

서울과 도쿄를 잇는 통신망은 일제 항복 직후부터 가장 신경 썼던 부분인 만큼 원격 조종에 큰 어려움은 없다. 물론 내가 직접 면대면으로 접촉하는 것보단 다소 페널티가 있지만, 어쩔 수 없지. 내가 지금 갑자기 서울에 들이닥치면 너무 수상쩍어 보이잖은가.

빨갱이들이 작심하고 나라를 피로 덧칠하기로 결심했다. 이놈들이 갑자기 독전파를 맞고 미쳐버렸을 린 없다. 춤추는 빨갱이들 뒤편에서 실을 잡고 인형극을 찍고 있는 스탈린의 그림자가 느껴졌다. 물론 물증은 없다. 몇 놈 잡아다가 '물은 답을 알고 있다.'를 실천해도 소련은 당연히 오리발을 내밀겠지.

굳이 따지자면 그 반대다. 그놈들이 '소련이 시켰습니다!'라고 떠들면 내가 그놈들을 욕조에 담가서 '사실 저희가 권력이 탐났습니다!'라고 증언을 고치라고 요구해야 할 판이니까. 미국과 소련 모두 인형놀이만 할 뿐, 직접

적으로 서로의 배때기를 후빌 의지도 능력도 없다. 아직 나치의 망령이 사라지지도 않았는데 벌써부터 3차대전을 꿈꿀 또라이는 미스터 갈리폴리 같은 인간 말고는 드물다고. 다시 야매심리학의 시간이 돌아왔다. 맞은편, 체스 말을 만지작거리는 콧수염 대원수의 머릿속을 들여다봐야 한다. 1인칭 서기장 시점으로 봤을 때 그가 고려할 만한 것들이라면…….

'유진 킴은 한국에 큰 가치를 부여하고 있다.'

'미합중국의 입장에서 보자면 한국은 가치 자체는 떨어지지만 내주긴 아까운 계륵.'

'한국은 극동을 찌를 창이지만, 소련의 극동은 큰 가치가 없다. 시베리아를 공격하자고? 미친 소리.'

여기까지만 깔아놔도 벌써 견적이 뚝딱 잡히네. 어차피 맥아더가 반공을 내세우고 미—소 관계가 점점 얼어붙어 가는 지금, 한국 내 공산주의자들의 미래는 매우 어둡다. 시한부 판정인 셈. 그러니까… 어차피 뒈질 놈들, 감염된 테란이 되어 자폭시키면 하다못해 발목이라도 붙들고 늘어지지 않겠는가?

역시 가장 합리적인 답은 이것뿐이다. 사활을 걸고 지켜야 할 동유럽에서 아주 조금이라도 시선을 덜기 위해 어차피 잃을 게 뻔한 한국, 일본을 불태운다면 이득 아니겠나. 그러면 우리가 취해야 할 반격 또한 간단하다. 최대한 빠르고 신속하게 항암 수술을 끝내고, 꾹 누르기만 해도 꺽꺽 소리가 나올 유럽을 지그시 압박하는 것.

맥아더 황상께선 중국을 지키길 희망하시니, 유럽을 적당히 조여주고 국공 내전을 잘 수습하면 된다. 서로 깔끔하게 딜 교환하고 물러서면 끝. 나라 한둘을 아무렇지도 않게 미니언처럼 던져대는 모양새가 참으로 어질어질하지만, 이게 바로 냉전이다. 고작 이 정도 수는 본격적으로 칼이 오가기 전 안녕하살법으로 인사를 건네는 수준. 익숙해지지 않으면 미쳐버린다.

스탈린에 대한 판단을 끝냈으니, 이제 팻감으로 던져질 국내 빨갱이들을 상대해야 할 시간. 트루 공산주의자들의 이론에 따르면, 민족이란 허상에 불과하다. 자본가들이 노동자, 농민을 헐값에 착취하려고 불어넣은 거짓과 기만이 곧 민족이라는 개념. 따라서 저들의 시각에서 봤을 때 대한민국 신정부는 일제에서 포장지만 바꾼 자본가의 착취 구조이고, 곧 타도 대상이다.

저들은 세상을 바꾸겠다는 의지로 불타고 있지만 바보도 머저리도 아니다. 단순히 힘만 비교하자면 압도적인 열세면서도, 약자의 투쟁 수단을 총동원해 비벼보려 용을 쓰고 있잖은가.

신념 약한 자들은 변절했을 것이오, 멍청한 자들은 체포되어 진작 죽었겠지.

일본제국이라는 촘촘하고 악랄한 체로 한차례 걸러진, 이 시대에서 가장 대가리 팽팽 도는 한국인들 중 한 무리를 상대하는 일이다. 이 정도는 해줘야 나도 피가 끓으면서 전쟁터로 돌아온 느낌이 나지. 내가 저놈들에게 발목이 잡히면 모스크바의 콧수염이 또 헛바람이 들지도 모르니, 이제 남은 건 최대한 신속하게 놈들을 지옥으로 배송해주는 것뿐이다.

나는 항공편으로 배송된 한국 신문을 하나하나 살펴보기 시작했다.

[끊이지 않는 미군 범죄행위, 어째서 조선인은 죄지은 미군을 재판할 수 없는가?]

첫 신문 헤드라인부터 아주 강렬하구만.

기사를 읽어보니 얼마 전 벌어진 미군 병사의 강간 사건을 최대한 참혹하게 묘사하며 '점령군 미군'의 이미지를 심어주려 노력하고 있다. 미군이라 봐야 무슨 정의의 용사들도 아니고 결국 끌려온 남의 집 자식들이니, 개중 싹수 노란 놈들이 없을 수 없다. 그리고 엄연히 미군이 전투 끝에 점령한 조선 땅에서 조선인들에게 재판권을 줄 수 있을 리가. 그 콧대 높은 프랑스조차 미군을 재판할 순 없었다. 이건 절대 양보 못 하는 아킬레스건.

나로서는 빨리빨리 다 철수시키면 정리될 문제라고 생각했지만… 이걸 찌르는 건 제법 아픈 수였다. 머리 좀 썼네.

다른 기사는 어떤지 보자.

[파행으로 치닫는 농지개혁!]

이건 또 무슨 개가 양귀비꽃 뜯는 소리야.

[틀림없이 친일파인데 법정싸움 끝에 재산 몰수를 피한 자들이 있다. 왜 일까? 새 주인님을 잘 골라서일까?]

[명의를 쪼개서 편법으로 더 많은 농지를 받은 이들이 있다. 농지 분배는 불공정했다!]

[농지를 판 대금을 받은 지주들은 그 돈으로 자본가가 되어 예전보다 더욱 잘살고 있다. 어째서 이 땅의 농민들은 그러한 기회를 얻지 못했는가?]

[토지를 불하받은 농민들은 미제 밀가루에 고통받고 토지 대금에 고통받는 이중고에 시달리고 있다! 군정청은 제2의 동양척식회사가 되려 하는가?]

[군정 당국은 공짜로 몰수한 적산을 팔아 막대한 수익을 거두었음에도 가난한 농민들에게서 토지 대금을 징수하길 고집했다. 오직 무상분배만이 농민을 살릴 수 있다!]

언론들을 하나하나 요모조모 뜯어본 나는 잠시 얼음을 오도독 씹으며 혀를 찰 수밖에 없었다.

역시 빨갱이들인가. 선동 능력 하나는 참 탁월해. 일단 저 선동부터. 반박하자면 얼마든지 할 수 있다. 하지만 우리들의 옛 친구 괴벨스 박사께서 좋은 말씀을 나눠주지 않았던가. 이미 대중을 선동하기로 작심한 놈들에게 팩트로 반박을 하려는 건 무의미할뿐더러 패배의 지름길로 빠지는 고속도로다. 그렇다고 저 기레기 놈들을 싹 조져? 이거야말로 자살행위. 한국과 일본 모두 언론 검열제도 진작 폐지했고, 단순히 좌익 계열 언론뿐만 아니라 돈 냄새를 맡은 놈들도 하나둘 이 보도 대열에 합류하고 있다. 찍어누르기식 탄압은 언제나 하책이다. 이제 여기선 21세기의 맛을 좀 보여줄 시간이군.

나는 전화기를 들고 곧장 경성 군정청에 연락을 취했다.

"언론 보도 확인했습니까? 빨갱이들이 슬슬 시동을 걸려고 하던데요."

— 예. 확인했습니다. 명령만 내리시면 즉각 해당 언론사를 정간하고 정보보도 명령을⋯⋯.

"그런 무식한 짓을 왜 하나. 에잉."

하여간 군바리들 발상은 다 거기서 거기예요.

"이 박사가 연예인 스캔들 건수 몇 건을 쥐고 있을 겁니다. 뿌리세요."

— 그거로 충분하겠습니까?

이거만큼 기가 막힌 방법이 또 없다니까? 높으신 분 관련 사건이 터지면 연예인 찌라시 푸는 건 기본 중의 기본 테크닉이라고.

"그다음, 분위기 조성에 실패하거나 빨갱이들이 다시 여론을 끌어들이려 한다면⋯ 민족반역자처벌법으로 사형 판결이 확정된 이들의 형을 집행하십시오."

— 그거라면 다른 모든 이슈를 파묻을 수 있겠군요. 알겠습니다.

친일파 처형. 이 카드면 장담컨대 한 달은 전국이 이거로 난리 난다. 나로서는 대한민국 정부가 수립된 이후 한국 정부와 사법부의 이름으로 교수대를 작동시키고 싶었다. 하지만 친일파 처벌 관련해선 미국인은 단 한 명도 개입하지 않았으니 모양이 영 이상하진 않을 터.

"그리고 조만간 일본에 있는 옛 조선 왕족들을 귀국시킬 겁니다. 설마 이래도 소스가 부족하다고 하진 않겠지요?"

— 시간을 벌기엔 충분합니다, 사령관님.

백날 반정부 여론 끌어모으려고 용써봐라. 뽀삐가 새끼 낳는 이야기를 써먹는 한이 있더라도 니들 원하는 판은 안 깔아줄 테니. 크헤헤헤. 그리고 빨갱이들이 작심하고 나라를 피로 덧칠하기로 결심한 이상, 암살이라는 최악의 수단 또한 고려해야 한다. 물론 미치지 않고서야 나를 쏜다는 선택지를 고를 일은 없다. 뒷감당 어떻게 하려고.

그런데 이미 폭력 혁명을 준비한다는 것부터가 이미 충분히 미친놈 같지 않은가? 궁지에 몰린 광신도들이 무슨 짓거리를 저지를진 감도 잡히지 않는다. 그리고 내가 죽어버리면 뒤에 무슨 일이 벌어지든 그게 내 알 바인가. 죽으면 땡인데. 근데 진짜 내가 죽으면 어떻게 되는 걸까. 2회차를 찍은 걸 보니 영혼이란 게 존재하긴 하는 것 같은데 그러면 사후세계도 있단 소리 아닌가?

솔직히 인간백정 수준으로 사람을 죽여댔는데 천국은 못 갈 것 같다. 지옥에서 히틀러랑 다시 만나게 되려나. 그 새끼가 지옥에선 선임이겠구만. 유황 튀어오르는 지옥을 떠올리고 있자니 갑자기 유황 온천이 땡긴다. 뜨뜻한 온천물에 몸 좀 지지면서 맥주 한 병 까면 끝내주겠는데, 안타깝게도 현실은 내 관사에서 모닝 아아가 전부다.

— 혹시 더 지시할 사항이 있으십니까?

"여운형 말입니다."

몽양. 노동당 당수. 유력한 대선 후보. 조선을 위해 헌신한 몽양 선생을 잃을 순 없어요 흑흑, 하고 감상적인 소릴 늘어놓기엔 난 이미 너무 멀리 왔다. 몽양이 암살당하고 이게 빨갱이의 음모라는 걸 까발릴 수 있다면 대승리. 하지만 그게 어디 쉽겠나? 인간이란 믿고 싶은 걸 골라서 믿는 동물이니, 아무리 진상을 규명해도 '응, 미국의 조작이야… 양키들이 몽양 선생을 죽였어……' 하는 음모론이 판을 칠 게 뻔하다.

그럼 여운형을 안전가옥으로 빼돌린다? 목숨만 지킬 뿐 결과적으로 몽양은 정계에서 사라지고, 빨갱이들은 노동당을 장악할 수 있다. 이간질은 다른 거물 하나를 암살해도 마찬가지로 먹히고. 다만 이런 수 계산은 애초부터 무의미한 것이.

"질 좋은 방탄조끼나 하나 구해주시죠."

— 알겠습니다.

"경호원도 좀 수배해봅시다."

내가 아는 여운형은 목숨이 위협받는다고 도망칠 사람이 아니다. 진실을 알려줘도, 비극이 예정된 미래를 막아 보려고 마지막 순간까지 동분서주할 사람이지. 역시 착한 빨갱이는 죽은 빨갱이뿐이다. 개같구만.

* * *

쾅!

"이, 이 빌어먹을 제국주의자들 같으니!"

"수작질이 너무 뻔하군요."

전국적인 반정부 기조를 조성하려던 공산주의자들의 계획은 시작부터 뒤틀리고 있었다.

"그깟 광대 새끼들 계집질하는 이야기에 넋이 나가더니, 이젠 뭐? 친일파를 처형해 민족정기를 바로잡아?"

고작 룸펜 새끼들 몇 좀 죽인다고 민족정기가 바로잡힐 리 없잖은가. 애초에 사형 판결 자체도 코미디였다. 내로라하는 거물 친일파 중에서도 사형 대신 무기징역을 선고받은 이가 드물지 않았는데, 이광수 같은 일개 글쟁이를 교수대에 매단다는 것부터 우스꽝스러운 일 아닌가.

[진정 펜이 칼보다 강하다면 펜으로 저지른 반역죄 또한 더 엄중히 처벌해야 한다.]

"개소리지. 이용 가치가 없고 조선 팔도에 그 이름 모르는 사람이 없으니 그냥 죽이고 보는 거야. 역시 제국주의자들다운 발상이야."

반박하고 싶지만 모양새가 안 좋다. 여기서 좌익이 드러누워 빼액대자니, 저 간악한 우익 놈들이 '좌파 놈들은 친일파 청산에 반대한다더라!'라며 개같은 프레임을 뒤집어씌울 게 뻔했다. 울며 겨자 먹기로라도 찬성하는 수밖에.

"이제 다음은 어찌할 겁니까?"

"무장은 얼마나 이루어지고 있소."

"신념 가득한 당원들이 주요 군수공장에 녹아들어 무기를 빼돌리고 있으니, 조만간 충분한 탄약과 화기를 확보할 수 있을 듯싶소."

초조하다. 우익과 미국은 이번 언론 공세를 선거를 앞둔 단순한 액션으로 생각하고 있을까, 아니면 혁명의 전조로 받아들였을까. 물어볼 수도 없는 노릇이니 미치고 환장할 것 같지만, 이미 칼을 뽑았으니 무라도 베어야 했다.

"이현상 동지."

"왜 그러시오."

"여운형은 언제쯤 사살할 수 있겠소?"

"내일이라도 당장 멱을 딸 수 있소."

"거사를 시행합시다."

활로는 이것밖에 없었다.

이우

원 역사에서 조선의 마지막 왕자라고 불렸던 '이우'는 1922년 유학을 명분 삼아 일본으로 끌려갔습니다. 그리고 히로시마에서 원자폭탄에 피폭되어 다음날인 1945년 8월 6일 사망했습니다.

일본 육군에 복무했고, 일본 황족 대우를 받아 친일파라고 평가받기도 하지만, 사실상 볼모의 처지였던 점을 감안해서 《친일인명사전》에는 등재되지 않았습니다.

3장
슬라브 디펜스

슬라브 디펜스 1

다가오는 1945년을 얼마 남기지 않은 연말. 몽양 여운형은 추측을 뛰어넘어 확신의 단계에 접어들었다.

'뭔가 일이 터져도 단단히 터질 모양이다.'

일제강점 말기의 건국동맹, 그리고 그 직계 후신이라 일컬을 수 있는 노동당에 이르기까지. 여운형은 항상 통합의 대의를 내세웠고, 가능한 한 최대한 넓은 외연을 보유한 조직을 만들고자 했다. 마치 과거 신간회가 그러했듯. 하지만 일제라는 거대하고도 절대적인 악에 맞서 싸워야 했던 시절과 달리, 해방 이후 노동당은 핵심 아젠다 상실이라는 내적 위기를 겪어야만 했다.

'어째서 하나로 뭉쳐야 하는가?'

해방 직후, 여운형은 심심하면 듣던 이 질문에 대해 항상 자신만만하게 답하곤 했다. 사상과 이념은 결국 우리가 어떻게 하면 잘살 수 있는지 탐구하는 도구일 뿐이니, 중도를 지키는 이들이 있어야 사상에 얽매여 극한까지 대립하는 일을 피해야 하지 않겠냐고.

이는 단순히 국내의 좌익과 우익만을 논한 것이 아니라, 2차대전을 통해 명실상부 초강대국으로 거듭난 미국과 소련 두 나라 사이에서 새우 등 터질지 모른다는 불안감을 의식한 발언이기도 했다. 하지만 그의 우려와 달리 미군정 치하에서의 해방정국은 생각보다 훨씬 매끄럽게 굴러갔다. 우선 여운형이 자임하려 했던 '공정한 중재자'엔 다른 사람이 착석했다.

죽헌 김상준. 김가 삼형제를 키운 미주의 거물. 떠도는 풍문에 따르면 갑신정변 시절부터 개화당으로 활동했다는 노인.

팔순 노인이 몸 성히 귀국한 것만으로도 놀라운 일일진대 정력이 쇠하긴커녕 옛날 황충과 염파의 고사를 떠올릴 만큼 팔팔하기 그지없었고, 당연히 김가와 미국의 이익을 대변하리라 여겼지만 그는 그 누구의 손도 들지 않으며 중재역을 자처했다.

"마음껏 떠들고 싸우고 멱살 잡으시구려. 단, 이 안에서만. 원래 정치가 다 그런 것 아니겠소?"

"어떻게 나랏일을 하는 곳에서 그런 천박한 짓을 일삼는단 말입니까?"

"자신을 뽑아준 이들의 뜻을 나랏일에 반영하기 위해 뽑히는 게 민주정의 정치가인데, 주먹 하나 못 휘두르고 계집애처럼 굴 작정이면 차라리 관료가 돼야지요. 아, 불알 차기도 금지."

"아니, 그럴 거면 아예 처음부터 권투 선수를 의원으로 뽑아야지요!"

이 무시무시한 폭론에 경악하던 여운형이었지만, 함경도에 다녀온 상준이 제 손으로 직접 잡았다던 호랑이 털목도리를 목에 감고 나타난 이후 참으로 공손해진 자문위원들을 본 뒤로는 혀만 찰 뿐 더 뭐라 반론을 못 하게 되었다. 당장 백범과 나란히 앉아 있는 모습을 보노라면 한여름에도 석빙고에 들어온 듯 분위기가 서늘해졌으니.

그다음으로, 그가 가장 가능성 있다 여겼던 임정파의 독보적인 대두와 뒤이은 임정파—국내파의 대립 또한 일어나지 않았다. 만주사변과 중일 전쟁을 거치며 임정과 조선의 연결은 거의 끊기다시피 했고, 그가 생각한 것보다 임정 인사들의 조직력은 그리 끈끈하지 않았다.

"이승만이 대체 언제 적 이승만이오?"

"임정 대통령을 그리 지긋지긋하게 해먹고 또 해먹으시겠다? 하!"

"이 사람들아. 임정 대통령이 어디 대통령이었소? 동네 머슴이었지?"

"아이고. 머슴 오래오래 하셔서 좋겠습니다그려."

일본에 맞서기 위해선 결집해야 한다는 무적의 논리가 그 수명을 다하자, 함께 귀국한 임정 인사들은 그 직후부터 곧바로 찢어지기 시작했다. 누군가는 저마다 가장 이 나라에 절실하다 여기는 분야에 종사하기 위해 떠났고. 또 누군가는 속에 품고 있던 신념과 정치관을 펼치기 위해 독자 행보에 나섰다.

그러자 자연히 남은 임정파는 이승만과 김구를 위시한 세력의 주도하에 한국독립당을 결성하고, 임정 출신들이 향후 정계를 좌지우지할지는 몰라도 '임정파'라는 단일 세력 자체는 모습을 감추었다. 그리고 임정파가 사라진 그 터에, 마치 제자백가를 방불케 하듯 온갖 다양한 정당과 정파가 죽순처럼 솟아올랐다.

영남과 강원도에서는 조선공산당이 무시무시한 기세로 세를 확장했다. 호남에서는 지주 계층을 중심으로 한 한국민주당이 그 모습을 드러냈다. 평양을 위시한 서북 지방에선 놀랍게도 기독민주당이 돌풍을 일으키며 새로운 변수로 부상했다.

날이면 날마다 합종연횡이 일어났고, 새 정당이 창당되고 합당과 탈당이 끊이지 않았다. 여운형 그 자신도 노동당을 창당하고 조선공산당, 그리고 온갖 군소정당, 중도파와 좌파를 한데 모아 거대 정당의 당수가 되긴 했지만… 과연 이것이 진정으로 민의를 따를 방책인지에 대해서는 스스로도 가끔 되묻곤 했다.

"노동당은 입으로는 협치를 외치지만 몸으로는 일당독재를 꿈꾸고 있습니다!"

"저들이 꿈꾸는 건 옛날 당파싸움 시절입니다! 저 빨갱이들이 새 대한의 노론이 되어 천년만년 세도정치 해먹는 일만큼은 막아야 합니다!"

이 사람들은 이 당으로, 저 사람들은 저 당으로. 온갖 정당이 저마다 자신만의 고유한 색깔을 한껏 뽐내며 지지자들을 규합하니, 이 색도 저 색도 아닌 노동당은 두루두루 폭넓게 '아, 몽양 선생 당? 훌륭하신 분이지.' 소리는 들되 그것이 전부. 투표용지에 찍힐 첫 번째가 되긴 어려웠다. 그리하여 어느 순간 등 뒤를 돌아보니.

노동당만을 지지하는 열성 당원들은 십중팔구 마르크스─레닌주의를 따르는 공산주의자들이었고, 가물에 콩 나듯 여운형 그 자신만을 보는 이들이 군데군데 섞여 있을 따름이었다.

그러던 어느 날, 그는 은밀히 손님 한 명을 맞이했다.

"오랜만에 뵙습니다."

"자문위원회도 명패만 남고 활동을 끝냈으니, 이제 이리 짬을 내지 않으면 도저히 볼 일이 없구려."

김상준은 도무지 왜 들고 다니는지 이해하기 힘든 지팡이를 까딱까딱대며 자리에 앉았다. 미국인들이 지팡이를 멋 부리는 데 사용한단 이야긴 들어보지 못했는데.

"그동안 별래무양하셨소?"

"저야 늘 똑같지요. 어르신께선 건강은 좀 어떠십니까."

"매일 밤 누워서 저승차사한테 사정사정하고 있소. 제발 정부 수립까진 보게 해주고 데려가 달라고 말이오."

"하하… 이토록 정정하시니 저승차사도 주먹으로 내쫓으실 듯합니다만."

소소한 신변잡기에서부터.

"우남이 단단히 결심한 노릇이더군. 한독당이 조봉암을 부통령 후보로 낸다지 뭐요?"

"토지개혁의 주역이니 응당 그럴 만도 하지요. 어르신께선 출마할 의사

없으십니까?"

"내가 미국에서 봤는데, 대통령이 임기 중 덜컥 죽어버리면 그것만큼 국가와 민족에 누를 끼치는 일이 없소. 쭈그렁 영감탱이가 감당할 일이 아니란 게지."

최근 돌아가는 정계 이야기까지. 한참을 본론에서 멀찍이 떨어져 빙빙 돈 끝에서야 비로소 본론이 나오기 시작했다.

"근자에 노동당의 움직임이 참으로 활발하다 들었소."

"그야 민족 역사상 제대로 된 첫 총선 아닙니까. 당의 총력을 기울여야지요."

"그건 그렇지. 다만 신기한 것이⋯ 노동당이 그토록 부유한 당이었는지는 내 미처 몰랐소. 기민당이나 한독당은 미국에서 수혈한 달러가 그득하고, 한민당은 원래부터 쩐주 많기로 이름났으니 그러려니 싶은데."

"부유하다니요."

"모르셨소? 영남에서 노동당이 미화(美貨)로 잔치를 벌이고 있는데?"

금시초문이었지만, 그 말을 듣는 순간 여운형의 머릿속에 섬광처럼 무언가가 스쳐 지나갔다.

"⋯⋯."

"늙은이의 소박한 추론으로는, 그 달러엔 어쩐지 시뻘건 잉크가 묻어 있을 것 같소."

김상준이 허언을 하러 이토록 비밀히 왔을 리도 없으니 사실이라 치면, 공산계열 계파가 돈 나올 구멍이라고는 알량한 당비 빼고 또 뭐가 있겠는가. 소련에서 전해준 정치자금.

"몽양 선생의 크나큰 대의엔 일개 촌부에 불과한 나 또한 참으로 가슴이 벅차지만⋯ 아무리 생각해도 노동당이 조선공산당을 품에 안은 게 아니라, 공산당이 노동당의 내장을 모조리 뜯어먹고 그 거죽 안에 들어차 있는 것 같소."

"그게 당원들의 뜻이라면 응당 받아들여야 하지 않겠습니까."

"정말이오? 그럼 조선인이 이천오백만쯤 되니, 왜놈 삼천만 명쯤 현해탄을 건너 조선 국적을 따면 이 나라를 통째로 먹을 수 있겠소이다?"

"국적과 당적이 같습니까."

"모르는 척하는 게요, 정말 멍청한 게요? 애초부터 의도가 불순한 이들이 대거 입당해서 당을 먹으려 든다는 사실을 왜 자꾸 외면하는가."

"아직 저들의 의도가 불순하다 말하기엔 선을 넘지 않았습니다. 다른 민주 국가에서도 엄연히 적법한 정당으로 활동하고 있는 공산당입니다. 저들이 민주주의의 대원칙을 지키는 이상, 공산주의자 또한 민의를 대변하는 이들이지 무작정 칼을 들이밀 순 없는 노릇입니다."

"정말 그렇게 믿으시오?"

당장이라도 그를 잡아먹을 듯 노려보는 이를 앞에 두고서도 당당하던 여운형은, 도리어 상준이 몸에 힘을 쭉 빼고 한숨을 토해내듯 묻자 멈칫했다.

"…당수가 당원을 믿지 않으면 어쩌겠습니까."

"내가 안면 있는 이에게 듣기로, 빨갱이들이 흉측한 음모를 꾸미고 있다고 하였소."

"음모라 하면……?"

"나도 모르오. 다만 몽양 당신에게 선물을 전달해주면 좋겠다더군."

노인은 그리 말하고는 갑자기 그 자리에서 벌떡 일어나 옷을 훌렁훌렁 벗기 시작했다. 여운형이 이 기이한 작태에 무어라 손을 뻗으려던 찰나, 그가 걸치고 있던 겉옷 아래에 속옷 아닌 다른 무언가가 모습을 드러냈다.

"이 무거운 걸 들고 다닐 수도 없으니 어쩔 수 없더군. 받으시오."

방탄복. 상준이 하던 말과 방탄복이 하나로 엮이면 그가 말하고자 하는 사실은 너무나 뚜렷했다.

"접니까."

"노동당에 남은 걸림돌은 하나뿐이니까."

다시 상의를 걸쳐 입은 그는 이번엔 바짓단을 걷어붙였고, 발목에 단단히 고정된 리볼버 한 자루가 그 모습을 드러냈다.

"이 늙은이보다 먼저 가지 마시오."

"저도 죽고 싶은 마음은 없습니다. 제가 죽어버리면 꼭 오스트리아 황태자 같은 꼴이 되어버리잖습니까."

"잘 아시는군. 벗어보시오. 제대로 입는 법을 알려 드릴 테니."

쭈글쭈글하지만 억센 손이 그의 몸을 이리저리 휘저었다.

"선거가 끝날 때까지만 안가에서 은거하는 건 어떻겠소."

"그럴 순 없습니다. 잘 아시잖습니까."

"이 와중에 선거 유세라니. 얼른 죽여줍쇼 하고 돗자리를 깔아주는 꼬라지가 될 게 뻔하지 않소."

"마지막까지 포기할 순 없습니다. 조선인이 조선인의 피를 흘리게 하는 일은 절대 없도록 하겠습니다. 어르신께선 어르신이 할 수 있는 일을 하시지요."

"못난 사람 같으니."

요지부동이 돌부처가 따로 없다. 잠시 고민하던 노인은 왼편에 두었던 지팡이 끄트머리를 붙들고 그에게 내밀었다.

"그럼 이것도 한번 써보시겠소?"

* * *

며칠 뒤. 여운형은 선거 독려 및 유세를 위해 늘 그러했듯 거리로 나아갔다.

"이제 우리에게도 권리가 생겼습니다! 우리를 잘 먹고 잘살게 해줄 지도자를 내 손으로 뽑을 권리! 나와 가족의 안전을 지켜줄 사람을 뽑을 권리!

문명국가의 국민만이 할 수 있는 투표라는 신성한 권리를 포기하지 마십시오! 바로 우리가! 우리가 이 나라를 바꿀⋯⋯!"

"조선 총독과 붙어먹은 여운형이가 어딜 감히 조선 국민을 논하느냐!!"

쾅!!

그리고 이어지는 폭발음.

"꺄아아아악!!"

"무슨 일이야? 뭐야?!"

"으, 으아! 도망쳐!"

"몽양 선생님, 피하셔야 합니다! 어서 이리로!"

경성 한가운데에서 터진 폭탄에 무수한 군중이 운집해 있던 거리는 한순간 아수라장으로 돌변했다. 그 혼란 속에서 여운형은 곧장 다가온 경찰 제복을 입은 남자의 손길에 붙들려, 지팡이 하나를 꼭 쥔 채 뒷골목으로 빠져나갔다.

"하아, 하아. 이만하면 된 것 같소. 나는 폭발 현장으로 돌아가 시민들을 수습하겠으니⋯⋯."

"그게 무슨 소리십니까? 너무 위험합니다! 더 안전한 곳으로 피하셔야 합니다!"

"날 챙겨줘서 고맙소. 하지만 경찰이라면 나 하나보단 저 시민들을 위해 힘써주길 바랍니다."

"이 나라는 김유진 대원수 각하의 은덕으로 바로 섰는데, 너 같은 빨갱이들이 나라를 팔아먹으려 하니 이 사달이 난 것 아니냐! 매국노에게는 오직 죽음만이 있을 뿐이다!!"

타앙!

불길한 총성이 더러운 뒷골목을 가득 메웠다.

슬라브 디펜스 2

[백주대낮의 폭탄 테러!]

[경성 한복판에서 벌어진 몽양 여운형 암살 기도]

[사망자 2명… 모두 압사로 확인]

[암살범은 경찰?!]

유력한 대선 후보이자 원내 제1당으로 유력시되던 노동당 당수가 경성의 대낮에 총과 폭탄에 노출된 사건의 파장은 실로 어마어마했다. 여운형은 방탄복에 힘입어 운 좋게 생존했지만, 어디까지나 즉사를 모면했을 뿐의식을 잃고 중태에 빠져 긴급히 미군 병원으로 이송되었다. 그리고 암살범 또한 함께.

"반드시 살려야 합니다. 살려서 그 입을 열게 만들어야 합니다."

"패혈증만 일어나지 않는다면 그놈이 지옥으로 도망칠 일은 없을 듯합니다."

몽양이 피격당하는 그 순간 그가 들고 있던 지팡이 또한 함께 불을 뿜었고, 암살범의 다리 한 짝은 그렇게 세상과 영영 이별하고 말았다. 한편 공산주의자들의 대응은 신속했다.

"이게 바로 우익들의 대답이다!"

"이제 모든 사실이 만천하에 까발려졌습니다! 유진 킴이 원하는 건 바로 이 나라를 미국의 식민지로 만드는 것이었습니다!"

"어째서 몽양 선생이 총에 맞아야 했습니까? 답은 간단합니다. 외세에 의존하지 않고 자주적인 나라를 만들려 했기 때문입니다!"

"조선인 여러분, 맞서 싸워야 합니다! 우리의 권리를, 몽양 선생이 마지막 순간까지 지키려 했던 우리의 권리를 사수해야 합니다! 진정한 의미의 독립전쟁은 바로 지금부터 시작입니다!!"

안 죽었다. 살아버렸다. 심지어 가해자와 피해자, 둘 다 살다니. 어떻게 재수가 없어도 이리 없을까. 그러나 그들에게도 약간의 행운이 있다면, 여운형은 의식이 없고 암살범은 심문을 당할 상태가 아니라는 점.

마음 같아서는 병석에 누워 있을 여운형의 숨통을 확실하게 끊고 싶었지만, 군정청 측 또한 그 사실을 빤히 아니 두 사람을 철저하게 보호하고 있었다. 그러니 그들이 꺼낸 카드는 바로 흑색선전.

"어째서 우리 당원들의 면회를 허락하지 않는가? 몽양 선생이 무사하다면 즉각 떳떳이 만천하에 그분의 신병을 공개하라!"

"어째서 경찰이 아닌 군정청이 범인의 신병을 확보하고 있는가? 증언을 날조할 시간이 필요한가?!"

"경찰과 미국이 짜고 치고 있다! 김유진과 김구가 이 나라를 미국에 팔아먹기 위해 여운형을 제거하려 했다!!"

모든 것에 의문을 제기하고 음모론을 설파한다. 왜 그날 폭탄 테러를 막지 못했는가? 왜 여운형의 신변을 제대로 보호하지 못했는가? 왜 김유진은 최고 책임자로서 그 면상을 드러내지 않는가? 왜? 왜? 왜? 좌익계 언론이 나발을 불어대니 여론 또한 갈피를 못 잡고 점차 흔들리기 시작하던 찰나. 군정청—경찰 합동 1차 수사 발표가 있었다.

"군정청은 몽양 여운형을 대상으로 한 암살 시도가 있으리라는 첩보를 입수하였고 이에 따라 당사자에게 피신을 권하였으나 여운형이 응하지 않았습니다."

"첩보가 있었다고요? 누가 그분을 죽이려 했습니까?"

"바로 공산당입니다. 노동당을 장악하기 위해 걸림돌이 되는 여운형을 제거하고 사회 혼란을 유도한 것입니다."

"목격 증언에 따르면 범인은 김유진 장군을 찬양하고 여운형을 모욕했다고 하는데, 우익의 백색 테러가 아닌 증거가 있습니까?"

"암살범이 경찰에 임용될 때 제출한 모든 자료가 날조된 거짓이었던 것으로 확인되었습니다. 경찰은 범인의 진짜 정체를 뒤쫓은 결과 그의 신상을 확인했으며, 그의 고향 친구와 친척들의 증언에 따르면 그는 박헌영과 함께 활동하던 골수 공산주의자였다고 합니다."

"날조입니다! 전부 날조야!"

"말이 되는 소릴 좀 해라, 이 매국노들아!!"

발표에도 불구하고 논란은 종식되지 않았다. 이젠 눈 뜬 봉사가 아닌 이상 모두가 상황을 이해하고 있었다. 여운형의 대통령 취임을 원하지 않았던 미국과 우파가 그를 해쳤거나. 아니면 공산계열 극좌파들이 회색분자 여운형을 제거하려 했거나. 공산당 또한 이미 기호지세. 그들은 필사적으로 여론을 선동하는 한편, 기존에 계획했던 총파업의 규모를 더더욱 키웠다.

"군정청이 당혹스러워하고 있을 게 틀림없습니다."

"조금만 더 강하게 나가면 여론을 우리 품에 끌어들일 수 있습니다. 이게 바로 혁명의 전조가 아니면 또 무엇이겠습니까!"

"조금만 더 버팁시다. 놈들은 결국 그 철권을 휘둘러 무력으로 우리의 입을 틀어막으려 들 게 뻔하오. 그리고 바로 그때, 제국주의자들의 민낯을 목도한 인민들이 괴뢰 정부를 무너뜨릴 것이니!"

희망이 보이고 있었다. 제국주의자들이 어찌할 바를 모르다 결국 무너지고, 프롤레타리아가 독재하는 사회주의 공화국이 이 땅에 우뚝 설 미래가 보이고 있었다.

바로 그때, 2차 수사 발표가 뒤를 이었다.

"안녕하십니까. 저는 노동당 대구 지부에서 활동하던 박상희라고 합니다."

"당내 공산주의자들은 제게 반역, 그네들 말로 무력 혁명에 우리 형제가 가담해줄 것을 요청했습니다. 그들은 명백히 대한경비대의 사단장으로 있는 제 동생에게 군을 동원해 전쟁을 일으켜 달라고 했었습니다."

"정확하게 몽양 선생을 죽이겠다고 하진 않았습니다. 하지만 마지막으로 만났을 때, 그들은 몽양이 조만간 사라질 테니 아무것도 걱정하지 말라고 했었습니다. 몽양 선생이 피습당하기 닷새 전의 일이었습니다."

몽양 암습 사건에 대한 새로운 이야기를 들으러 발표회장으로 나간 기자들은 모조리 얼어붙어버렸다. 거물급 공산주의자인 박상희가 이 자리에 얼굴을 내비치고, 이런 말을 떠든 이상……

"지금 그 말씀 일체의 거짓이 없습니까?!"

"박상희 씨! 동양교육발전기금으로 유학 가셨잖습니까! 혹시 김유진을 위해 거짓을 증언하기로 결심하신 것 아닙니까?"

"어째서 갑자기 변절을 결심하셨습니까? 대답 좀 해주십시오!"

순식간에 도떼기시장을 방불케 하는 분위기가 펼쳐졌지만, 앞에 앉아 있는 이들은 미동조차 하지 않았다.

"아직 발표는 끝나지 않았으니 정숙해주십시오."

이제 시작일 뿐인데 왜 이리들 발악들인가. 경무부장 김구의 서늘한 목소리에 번쩍 치켜든 기자들의 손이 하나둘 빠르게 내려갔다.

"수사 과정에서, 해외로 매각 처분되었던 구 일본군의 무기와 장비 상당수가 해외를 경유해 도로 국내로 반입되었음을 확인하였습니다. 이 무기로 무장한 이들은 조선청년전위대, 조선민주청년동맹 등 노동당 내 공산당 계파가 운용하는 세력으로 확인된 바……"

"이건 모함이오!"

"증거가 있습니까?"

"내부자의 고발이 있었습니다."

프락치라고? 혼란에 빠진 기자들을 본 김구가 아주 미미하게 미소를 지으며 말을 이어나갔다.

"현 시간부로 법률을 위반하고 사적 무력을 보유한 이들 단체, 그리고 무력을 통해 내란을 음모한 허가이, 이현상, 이승엽 등 공산당 일파들에 대한 체포작전을 시행하겠습니다."

바로 지금부터. 이미 대한경비대가 각지에 흩어진 빨갱이들을 소탕하기 위해 곧장 움직이고 있었다.

* * *

체스판과 바둑판이 이리저리 얽힌 형국. 체스판은 당연히 미국과 소련이 세계 각국을 기물로 쓰며 벌이는 대국이다. 딱히 값어치도 없고, 내버려두면 사멸할 게 뻔한 한국의 빨갱이들을 툭 던져주고 숙제를 풀어보라며 이죽대는 크렘린의 콧수염.

바둑판은 바로 이 한반도를 두고 벌어지는 좌익과 우익의 싸움. 미국이라는 막강한 뒷배를 가진 우익이 주도권을 잡고 있으니, 바둑으로 치면 미리 몇 점 깔아두고 시작하는 접바둑에 해당하겠지.

이런 판에서 빨갱이들이 이기려면 당연히 과감하고 공격적인 수를 둬야한다. 여운형을 쏘고 여론을 흔든 뒤 반정부 공세를 펼친다는 수는, 까놓고 말해 알고도 당할 수밖에 없는 한 수였다. 하지만 모르던 것도 아니고 이미 어떻게 움직일지 훤히 알고 있던 상황.

괜히 복잡하게 여운형 암살 시도의 진상을 밝히느니 마느니 할 것 없이, 빨갱이들을 합법적으로 쓸어버릴 명분만 잡으면 이런 협잡질은 대강 파묻어버릴 수 있다. 그리고 명분은 금방 잡을 수 있었다.

"일본 공산당이 비밀리에 끌어모은 무기가 한반도로 밀수된 정황을 포착했습니다."

"중국을 오가는 밀수업자들을 싹 체포하였고, 그중 일부가 사법거래를 조건으로 빨갱이들에게 무기를 팔았음을 시인했습니다."

"좋습니다."

그냥 찍어누르는 건 지극히 멍청한 발상. 내가 짜고 싶은 판은 아주 뚜렷했다.

'미군이 상륙해 경성을 해방하던 그 순간부터, 저 빨갱이들은 내란을 일으킬 작정을 하고 비밀리에 사병을 육성하고 있었다.'

'독립운동가들과 미군이 몇 년간 끊임없이 협치와 대화를 부르짖었지만, 공산주의자들은 처음부터 평화 따위 염두에 두지 않고 있었다.'

이거지. 이게 바로 예쁜 그림이란 거지. 내가 머리에 총 맞았다고 저놈들이 이뻐서 대화와 타협 하자고 노래를 불렀겠나? 내버려두면 무슨 일을 저지를지 모르는데?

우리가 이토록 관대하게, 피를 흘리는 일만큼은 피하자고 몇 번이고 진심 어린 손길을 내밀었음에도 권력을 위해 내란마저 불사한 빨갱이들! 아무리 이 조선 사람들이 근대식 교육을 제대로 못 받았다고 하지만, 그들도 당연히 머리가 있고 생각이란 걸 하는 사람들이다.

"그러니까 뭐시여. 공산당 사람들이 전쟁이 끝났는데도 총을 쟁여두고 있었다 그 말이여?"

"그렇지! 왜놈들이 다 쫓겨났는데 대체 왜 무기를 숨겨뒀겠나? 자기들 마음에 안 드는 놈들에게 겨누려고 그런 것 아니겠나!"

"이제 미국이 물러난다고 하니, 큰 싸움 벌어지면 총 가진 자기들이 이긴다 생각한 거구만."

"그 빨간 놈들이 봤을 때 절대 싸우면 안 된다고 옳은 말만 하는 몽양 선생님이 얼마나 거슬렸겠나. 그래서 죽이려던 게지."

끝났다. 이건 레닌 할애비가 이모텝의 주문으로 부활하는 한이 있어도 못 뒤집는다. 무시무시한 검거 선풍이 휘몰아쳤고, 공산당이 주도해 일으킨 총파업은 백범의 칼날 앞에 무자비하게 진압당했다.

"파업에 나선 노동자 여러분들에게 알리는 바요! 지금 여러분들의 파업은 노동 환경의 개선이나 임금 상승 같은 대의가 아닌, 이 나라를 다시 피로 물들이려는 공산당의 음모에 불과합니다! 파업 지도부를 수사해 죄가 없는 이들은 풀어줄 터이니, 모리배들의 선동이 아닌 여러분들의 권리를 진정으로 대변해줄 수 있는 이들과 함께 후일을 기약하시오!"

"웃기는 소리 하지 마라! 동지 여러분, 자본가들의 개에게 굴복해선 안 됩니다!!"

분명 공산주의자들은 일제강점기 시절부터 노동운동, 소작쟁의, 파업 등의 각종 활동에 전념한 만큼 각종 스킬에 통달해 있었고, 주요 노조의 지도부 또한 이들이 독차지했었다. 그러나 공산당 자체가 반정부, 반민족 역도들로 찍혀버린 지금, 이들이 하루 벌어 하루 먹고 사는 조직원들마저 완벽하게 통제하기엔 큰 어려움이 있었다.

"위원장 양반. 우리 파업의 요구사항에 대체 왜 여운형 선생 암살 미수 사건의 진상 규명이 포함되었던 겁니까?"

"군정청이 사업주들과의 교섭을 중재해주겠다던 제안을 거절한 연유부터 설명해주시지요!"

"그건 전에 말했다시피 미국이야말로 그 자본가들을 후원해주는 한통속이기 때문이외다!"

"당신은 어떨지 몰라도, 우리 조합원들은 파업이 길어지면 가족을 먹여 살릴 수가 없다고! 야, 이 자식아. 그러고 보니 너는 대체 뭐 먹고 살고 있냐?!"

공산당이 주도한 노조 또한 와해되는 것을 피하지 못했다. 그동안 일필

휘지로 기사를 써내던 좌익계 언론은 내란음모죄라는 서슬 퍼런 죄명 앞에 손발이 꽁꽁 묶였다. 경찰의 체포령 앞에 공산당 지도부는 도시를 탈출해 산기슭으로 몸을 숨겨야만 했다.

"어쩔 수 없다. 백두대간을 장악하고 해방구를 마련해 인민 전쟁에 나서자!"

"호남의 지주들을 쳐죽이고 그 농지와 재물을 나눠준다고 설득하면 농민들의 민심을 등에 업고 유격 항쟁을 벌일 수 있습니다!"

이제 그들에게 남은 수는 오직 하나뿐. 군산 상륙에서 만 3년도 채 되지 않아, 한반도에서 다시금 총성이 울려 퍼지기 시작했다.

"미군은 부대 진지를 지킬 뿐 일절 나서지 않습니다. 한국인들이 스스로의 힘으로 내란 음모자들을 물리쳐야만 합니다."

"유념하겠습니다."

"대한경비대를 돕고 있는 우리 군사 고문단은 2차대전 당시 우리가 쌓은 전훈을 충실히 전수해주되, 미군과 경비대의 사정이 매우 다르다는 점을 염두에 두시기를 바랍니다."

의식을 되찾은 여운형이 자리를 털고 일어날 무렵. 이미 전격전에 버금가는 토벌작전은 그 대미를 장식하고 있었다.

슬라브 디펜스 3

추풍낙엽. 궁지에 몰려 허겁지겁 일어난 빨치산 봉기는 이미 첫 코를 잘못 꿴 모양새였다. 호남에 침투한 공산당은 나름대로 확신이 있었다.

"인촌 김성수만 봐도 토지개혁을 피하겠답시고 멀쩡한 논에 바닷물을 처넣어 염전으로 만들지 않았나. 논을 염전으로 만들고, 나무를 심어 산이라 우기고, 법이 통과되기 전 제 소작농들에게 땅을 강매하고, 문중 땅이니 봐달라 하고, 절 땅이니 봐달라 하고… 민심은 우리 편이 될 게 틀림없어!"

이들 무장한 빨치산들은 곧장 총을 꼬나쥐고 촌 구석구석으로 파고든 뒤, 가장 먼저 무력부터 휘둘렀다.

"으아악!"

"보십시오, 여러분을 착취하던 악덕지주! 미군정의 아늑한 품에서 그 구차한 생을 이어나가려던 지주가! 이제 천벌을 받을 시간입니다!"

지주 일가를 쏴 죽이고, 창고 자물쇠를 부숴 안에 있는 재물을 주민들에게 나눠준 뒤 한패로 끌어들인다. 당장 모택동 동지만 하더라도 이 간단한 수법으로 저 드넓은 중국 농촌을 열렬한 공산당 지지자로 만들지 않았던가?

"좆이나 까라, 이 호로자식들아!"

"여운형 선생은 왜 쐈냐, 이 은혜도 모르는 개자식들!"

"이곳 군산으로 말할 것 같으면 김 장군님께서 처음 조선 땅에 발 디딘 곳이오. 가장 먼저 해방의 기쁨을 맛본 땅일진대, 너희 추악한 빨갱이들은 그분이 오시기 전까지 자라처럼 대가릴 오므리고 있던 주제에 이제 와서 왜 지랄들이냐?!"

하지만 뜻밖에도 호남 민심은 요지부동이었다. 비록 지주들이 어떻게든 재산 좀 건사해보겠다고 이런저런 장난질을 치긴 했다. 하지만 반대로 미군과 자유대한군단, 그리고 그들의 후원을 받은 자경단의 손에 가장 많은 친일 토호들이 죽어나간 곳 또한 호남이었다.

어찌 되었건 토지개혁이 진행되면서 앞으로는 더 나은 세상이 오리라는 희망을 얻었다. 부당한 일을 겪어도 결국 나라는 그들의 편을 들어주리라는 믿음 또한 생겼다. 여기에 이미 피 맛을 본 시골 인심은, 대뜸 총칼 든 외지인이 와서 누굴 죽이네 살리네 하는 꼬라지 자체를 용납하지 못했다.

"니들이 뭔데 박 진사댁 씨를 말리네 마네 지랄들이야?"

"지금 동무들은 저 악덕지주를 비호하는 게요?!"

"땅 다 토해내고, 잘못했다고 울며붙며 석고대죄도 했고, 앞으로 나쁜 짓 안 하겠다고 했으면 다 됐지. 같이 사는 우리 동네 사람들이 용서해줬는데 뭐 어쩌라고?"

"썩 꺼져라, 이 빨갱이들아! 우리 마을에서 나가!"

촌사람들이 학식을 쌓지 못했다 해서 그것이 아둔하단 뜻은 아니다.

"김 장군님이 부리는 군인들 말을 들어보니, 앞으로는 선거라는 걸 해서 동네별로 대표를 뽑고 나랏일에 끼어들 수 있을 거랍니다."

"이 코딱지만 한 시골에 그래도 읍내 내보내서 꿀리지 않을 집안은 그래도 박 진사네밖에 없지 않소?"

"옆 마을 정가 포악질 떨치던 거에 비하면 그래도 박 진사는 양반이지.

그러니까 정가가 감옥소 잡혀 들어갈 때도 무사했고."

법은 멀고 주먹은 가깝다. 하지만 가까운 주먹과 멀리 있는 탱크를 비교하자면 어떨까?

"니들은 메뚜기처럼 한탕하고 빠지면 끝이지만 우리들은 여기서 평생 살아야 한다고!"

"역적 놈들, 군대 부르기 전에 빨리 꺼져!"

애초에 무기만 쥐었다 뿐이지 제대로 된 군사 훈련을 받지 못한 얼치기들. 마을 장정들이 야산이며 논밭에 파묻어 놓은 총기를 캐다가 저항하고, 여의치 않으면 낫과 쇠스랑을 휘두르며 용을 쓰니 얼치기 빨치산들 또한 어쩔 줄 몰랐다.

"반동들의 세뇌에 단단히 붙들린 모양입니다."

"당장 군량이 모자란데 싹 다 죽여버리면 입도 덜고 좋지 않겠습니까?"

"빨치산 투쟁 하루 이틀 하고 말 심산인가? 민심을 저버릴 순 없네."

"이보시오. 그런 공자님 말씀은 해방구를 만든 뒤에 해도 늦지 않아요!"

어떤 곳에서는 충돌을 포기하고 후퇴, 어떤 곳에서는 무자비한 공격. 두목들의 생각에 따라 빨치산들 또한 사분오열되었고, 곳곳에서는 곡소리가 울려 퍼졌다. 호남의 평정은 한 달도 채 걸리지 않았고, 빨치산들은 유랑하는 도적 떼로 전락해 군경의 추적을 피해 사방팔방으로 도망치는 신세가 되었다. 그 외 지역 또한 사정은 매한가지. 지리산부터 백두산까지, 산자락에 웅거해 해방구를 만들겠다던 야무진 계획은 시작부터 꼬여버렸다.

"산간 마을의 주민들을 모조리 하산시켜라!"

"하산하면 나라에서 마을도 만들어주고 정착 지원금도 줍니다! 논, 비료, 소까지! 소 받고 싶으면 어서 내려오십시오!"

"나라에서 소를 준다굽쇼?"

한반도에 있던 미군, 그리고 자유대한군단이 격전을 치르던 곳은 바로 태평양과 동남아시아. 누구보다 끈질기고 악랄하게 저항하던 일본군을 상대로 정글에서 전쟁을 벌였던 이들은 게릴라전 노하우가 충분히 쌓여 있었다. 그리고 하나 더.

"으, 으어, 으어어……."

"사사사, 살려줘."

"추, 추어어……."

스탈린 무서운 줄은 알아도 1월 지리산 얼음골 무서운 줄은 몰랐다. 제아무리 피 대신 마르크스—레닌주의가 흐르는 강철과도 같은 신념의 소유자라도, 한반도의 겨울을 망각한 대가는 끝없는 고통뿐.

"여기 또 동태 하나 찾았습니다!"

"이놈들, 다 얼어 뒤졌는데요?"

"순 등신 새끼들 아냐 이거."

미제 월동 장비를 몸에 둘둘 말고도 한기가 뼛속까지 스며드는데, 고작 인민복 쪼가리 걸친 채 산에 들어갔으니 산신령이 그 몸뚱이에서 넋 좀 빼간다 해도 항변할 사람은 아무도 없으렷다. 압록강과 두만강 등 국경지대, 그리고 개마고원에서 옛 일본군처럼 아등바등 버티는 일부 극소수를 제외한 빨치산은 한반도 내에서 겨울을 넘기지 못한 채 그 자취를 감추고 말았다.

* * *

몽양 여운형은 병석 털고 일어났음에도 불구하고 당분간 병원 밖을 벗어나지 못했다. 당장 그의 목숨 앗아가려는 빨갱이들이 얼마나 더 숨어 있을지도 모를뿐더러, 만약 기어이 흉수가 범행에 성공해버렸다간 그 정치적 파장이 어떻게 불어닥칠지 짐작조차 되지 않았기 때문이다. 극소수의 친지 내지는 군정청의 허가를 받은 이들만 그의 문병을 올 수 있었는데, 이번에 온 문병객은 여운형조차 예측하지 못한 인물이었다.

"거, 몸은 좀 괜찮으시오?"

"예. 아직 제가 할 일이 많이 남았는지, 운 좋게 목숨을 부지할 수 있었군요. 허허허."

미묘한 어색함. 여운형 성격상 몇 분만 시간 주면 금세 꽁꽁 얼어붙은 분위기도 춘풍으로 눈 녹이듯 사르르 풀고도 남음이 있겠으나, 유감스럽게도 총 맞은 몸이 완전히 낫진 않아 입 여는 것부터가 고역이 따로 없었다. 약산 김원봉은 더 이상 머뭇거리지 않고 곧장 본론에 들어갔다.

"나 좀 살려주시오."

"…대관절 그게 무슨 말씀이십니까?"

"제길. 내가 이딴 구차한 소리 주워섬기게 될 줄은 나 또한 꿈에도 몰랐으니 그리 놀라지 마시오. 좀 도와주시오. 이러다 왜놈도 아니고 같은 민족 손에 죽게 생겼으니."

천하의 김원봉 입에서 살려달란 소리가 나오다니. 죽으면 죽었지 저 양반이 고개 숙일 일은 없으리라 믿지 않았던가.

"병상에 누워 있는 제가 무슨 수로 약산 선생을 구명할 수 있을지… 아니, 그보다 대체 누가 선생을 해치려 한단 말입니까?"

"누구겠소? 당연히 이 나라 조선이지."

귀국한 김원봉의 입지는 참으로 애매모호했다. 오랫동안 독립운동한 투쟁가, 애국자이니 모두가 존중해주기는 하였다. 하지만 성미가 불같고 거침이 없으니, 그 압도적 카리스마에 반한 부하는 거느릴 수 있을지언정 폭넓게 교류하는 동지 모으기는 힘에 부친 감이 있었다. 그 자신도 용 꼬리가 되느니 닭 대가리를 하겠다는 마음이 컸기에 당장 노동당조차 입당하지 않았고. 하지만 이 거칠 것 없던 독고다이 행보가 지금 와서 목에 다가오는 칼이 될 줄은 또 어찌 알았겠는가.

"당신 친구들이 자꾸 내게 끈덕지게 붙어 물고 늘어졌었소."

"친구? 저한테 납탄을 선물해준 걸 보면 제 친구도 딱히 아니었던 것 같습니다만······."

"아무튼 당신네 당원이잖소! 이젠 아니겠지만. 뭐, 여하튼. 안 그래도 우익에선 내가 나라 뒤엎을 궁리 숨기려고 청년운동 한다고 심심하면 씹어댔잖소? 그런데 저 미친놈들이 내게 엉겨붙으니 진짜 재판소에 끌려가게 생겼소!"

청년운동이다 뭐다 하긴 했으나, 김원봉의 첫 목표는 최소한 자신 따라 독립군 하던 조선의용군 대원들 호구지책 마련해줄 방도를 구하는 것이었다. 하지만 한참을 기다려도 중국에 있을 나머지 의용군은 귀국할 기미가 없었고, 연락 또한 끊긴 지 오래. 그러던 중 공산당원들이 접근하기 시작했다. 누구보다 무력 투쟁에 일가견이 있는 그에게 접근하지 않는 것도 이상하지 않은가.

"내가 혁명하겠다는 사람들을 어찌 말리겠소. 다 안면도 있는 사람들이고. 다만 아직 신정부가 설립되지도 않았고 그들이 나라를 어떻게 꾸려나갈지 지켜보지도 않았는데 대뜸 무력부터 꺼내야 한다는 덴 동의하지 못했소."

여운형은 대답하는 대신 잠깐 고민했다. 진짜일까? 아니면 약간의 각색을 거쳤을까? 혹은 정말 가담하기로 했지만 돌아가는 사세를 보고 포기한 것일까?

"그런데 군경이 압수한 공산당 문건 중 내 이야기가 적힌 쪼가리들이 있다고 들었소. 이러다 정말 무슨 일이······."

"공개 전향 같은 건 생각 없으십니까?"

"내가 전향을 왜 해야 하오? 뭘 잘못했다고?"

그래. 이래야 내가 알던 약산이지.

"지금 공산당이 모진 시련을 겪는 건 소련이나 모택동을 추앙하며 내란을 음모했기 때문 아닙니까. 개인의 사상과는 별개로 타국과 손잡지 않겠다고 밝히는 정도는 괜찮지 않겠습니까."

"후우……."

"제게 하신 말씀이 참이라면 당연히 구명에 한 팔 거들겠습니다. 제가 몸이 좋지 않으니 우선 돌아가 주시겠습니까?"

"알겠소. 몸조리부터 잘하시구려."

다시 혼자 남아 허리를 펴고 천장을 올려다보았다. 그토록 동족끼리 이념에 얽매여 총질하는 일만큼은 막아보고자 했지만, 그가 쓰러지기 무섭게 다시 피가 흐르기 시작했다. 하지만 그렇다고 모든 걸 포기하고 주저앉을 순 없었다.

어째서 동족상잔이 그토록 무서운 일인가. 당연히 그 틈바구니 속에서 죄 없는 자들마저 줄줄이 죽어나가기 때문 아닌가. 엎지른 물을 다시 담을 순 없다고 했던가. 그래도 조금은, 아주 조금이라도 두 손 모아 담다 보면 조금은 다시 잔에 담기지 않겠는가.

퇴원할 시간이었다.

* * *

1945년 1월 20일 토요일 정오.

월레스의 임기가 끝나고, 새로운 대통령의 취임식이 거행되었다. 대대적인 취임 기념 행사가 열렸고, 무수한 사람들이 수십 년 만에 다시 열린 기념식을 구경하기 위해 전국 각지에서부터 몰려왔다. 이제 새로운 미래 전쟁의 주역으로 발돋움하려는 항공대는 수백 대의 비행기를 이륙시키며 워싱턴 D.C.의 하늘을 수놓았다.

육군장병들은 오와 열을 나란히 한 채 행진하며 새 대통령이 이들을 거느리고 추축국과 싸웠던 인물이란 사실을 다시금 상기시켰고, 이 행진 대열 사이에 드문드문 섞인 유색인종 장병들의 모습 또한 새 대통령의 의지를 상징하고 있었다. 그리고 텔레비전.

"똑바로 찍어. 흔들리지 말고."

"예, 예. 걱정 마십시오."

아직 기술력이나 보급률이나 어느 쪽으로 보든 텔레비전의 영향력은 미약했으나, 이날의 취임식은 미합중국 역사상 최초로 텔레비전 전파를 통해 전국 각지의 시청자들에게 그 모습을 전달할 수 있었다.

"부통령님, 대법원장님, 그리고 시민 여러분. 저는 합중국 시민 여러분께서 제게 하사한 이 놀라운 명예를 겸허히 받아들이고, 여러분께서 제게 맡긴 이 무거운 책무를 수행하기 위해 그 어떤 역경과 시련이라도 뚫고 나갈 것을 이 자리에서 맹세하는 바입니다."

12년 만의 정권 교체. 대공황이 있었고, 대전쟁이 있었다.

"우리는 모든 시련을 극복했습니다. 자유를 억압하려는 세력은 이 20세기를 집요하게 피로 물들였지만, 자유의 방패인 우리 미합중국은 무한한 자긍심과 끝없는 의지로 그 모든 악의 손길을 분쇄하고 세계를 지켜냈습니다!"

그는 언제나 정의의 이름으로 싸웠다. 자유를 지키기 위해 카이저와 싸웠다. 시민을 지키기 위해 음모가들과 싸웠다. 언제나, 그는 적과 싸웠다.

"우리가 피 흘려 지킨 이 세상을, 다시금 피로 물들이려는 세력이 있습니다. 우리의 싸움은 끝나지 않았습니다. 히틀러를 물리치면 영원한 평화가 찾아오리라는 믿음은 거짓으로 밝혀졌고, 우리의 친구들은 여전히 자유와 민주주의를 파괴하려는 음모와 폭력에 발가벗겨진 채 노출되어 있습니다."

이것은 선전포고였다.

"새로운 악이란 — 바로 공산주의입니다. 우리 미국인들은 히틀러의 총칼에 신음하던 체코인들을 구하고 그들의 자유를 돌려주었습니다. 그들은 지금 공산주의자의 손아귀에 떨어져 우리 미국인들이 돌려준 자유를 다시 잃어버리고 말았습니다. 마찬가지로 히틀러와 맞서 싸우던 그리스 또한 지금 공산주의자들의 반란에 나날이 시민들이 목숨을 잃고 있습니다. 저들은 찬란하던 자유의 기반, 아테네가 문명을 꽃피우던 곳을 짓밟고 더럽힘으로써 이 세상에 자유란 부질없으며 오직 스파르타식 상명하복만이 진리임을 만천하에 증명하고자 합니다.

우리 미국인들은 일본제국의 폭력에 고통받던 중국, 인도차이나, 필리핀, 태평양에서 승리하고 제국주의의 종말을 선고했습니다. 하지만 지금, 한국과 중국에선 다시금 공산주의자들이 반란을 일으켰고 우리의 친구들은 자유를 빼앗기지 않기 위해 필사적으로 싸우고 있습니다. 우리가 승리를 통해 이룩한 그 모든 것들, 우리의 소중한 가치, 우리가 자부심을 가진 저 성조기의 명예가 도전받고 있습니다. 지구상에서 이들을 구원하고 전제주의에 맞설 수 있는 나라는 오직 하나! 가장 자유롭고 정의로운 미합중국뿐입니다!

우리의 안방에 검은 손길이 들어오고 나면 이미 늦습니다. 국제연합의 이름 아래, 우리는 자유의 적들에 맞서 싸울 것입니다. 민주주의를 지키길 원하는 전 세계 모든 친구들에게 우리가 손을 내밀어줄 것입니다. 그 어떤 희생이 있더라도 우리의 싸움은 결코 멈추지 않을 것입니다.”

냉전이 시작되었다.

슬라브 디펜스 4

기나긴 식순 끝에, 더글라스 맥아더 가족은 마침내 백악관에 새 둥지를 틀었다. 영광스럽고 감격스럽고를 떠나, 너무 피곤했다. 영부인도, 그리고 아들 아서도 지친 기색이 역력했다. 백악관에서 열린 만찬도 무사히 끝마친 후 이들 가족은 백악관을 구경하려는 욕구보단 당장 꿈나라로 가고 싶다는 결론에 이르렀고, 침대로 들어가 누가 뭐라 할 것도 없이 곧장 잠이 들었다.

하지만 노인이 되면 잠귀가 밝아진다고 누가 그랬던가. 어디선가 들려오는 소음에 맥아더는 한밤중에 눈을 뜨고 말았다.

"빌어먹을."

대통령의 거처라고 하지만, 현실은 낡아빠지다 못해 폐가로 전락하지 않은 게 용한 썩어빠진 집. 오죽 이 망할 건물이 개관이었으면, 육군 공병대에서 진지하게 보고서를 제출했을 정도였다.

[화재 가능성 매우 높음. 석조 부분이 허물어지려고 함. 목재 구조 매우 위태로움.]

하지만 2차대전이라는 그야말로 절체절명의 시국에서, 이 보고서를 받아 든 루즈벨트는 '백악관이 무너지려고 하니 혈세를 들여 수리 좀 해야겠습니다.' 같은 말을 늘어놓기엔 너무나 정치적인 인간이었다. 그는 보고서를 곱게 세절했고, 수리는 전쟁 끝나고 생각하자고 결론지었다.

하지만 전쟁이 끝나기 전 루즈벨트는 죽어버렸고, 월레스는 얼마 되지 않는 임기 내내 좌충우돌하기 바빠 마찬가지로 의회에 백악관 수리 같은 사소하지만 정치적 빚이 될 만한 일을 벌일 수 없었다.

"이보시오, 맥아더 의원. 귀하께서 입주하시면 꼭 백악관 수리부터 진행하시구려."

"이야기는 들었습니다."

"나야 이제 여기 돌아올 일이 없지만, 당선인께선 최대 8년간 여기 머물러야 하잖소? 이 망할 집엔 유령도 득실거립니다. 내가 에이브러햄 링컨 유령을 만났다고 말했던가요?"

"그 헛소리를 당신까지 주워섬기면 어쩌잔 겁니까."

"제기랄. 네덜란드 여왕도 처칠 총리도 이 쓰레기집에서 링컨을 만났소. 당신도 빨리 수리 안 하면 조만간 만나게 되겠지."

"백악관에 아편굴이 숨겨져 있지 않은지부터 찾아봐야겠군요."

결과적으로 이 낡아빠진 건물엔 맥아더 그 자신의 업보 또한 약간은 섞여 있는 셈이지만, 진지하게 저딴 소릴 해대던 월레스를 보면 혹시 벽 어딘가에 환각 물질이라도 발려 있는가 싶긴 했다. 맥아더는 애써 뒤척거리며 바닥 삐그덕대는 소리를 무시하려 했다. 포성 요란한 전쟁터에서도 잘만 자던 영웅 더글라스가 고작 이런 잡음 따위에 연연해선 안 되는 법.

하지만.

'…웃음소리?'

가만히 누워 천장만 바라보고 있노라니, 소음이 꼭… 누군가 떠드는 소리 같았다. 세상에. 대체 백악관 직원들이 얼마나 해이해졌으면 이 새벽에 웃고 떠들며 놀고 있단 말인가? 월레스는 제집에 있는 부하들조차 똑바로 단속하지 못했나?

결국 그는 침대에서 몸을 일으켜 파자마 차림으로 밖을 나섰다. 단단히 혼을 내야 하나? 아니. 첫날 새벽부터 교양 없이 잠옷 차림으로 질책을 하기도 또 그렇다. 정중하게 주의를 주고, 그가 잘 아는 이들로 인사를 교체하면 다 해결되리라.

이제야 견적이 나왔다. 직원 중 성질 고약하고 악질적인 장난을 즐기는 놈이 있겠지. 새벽에 헛짓거리하다 치도곤을 들을까 유령 소문을 퍼뜨린 놈이 있으렷다. 이건 중대한 보안 문제였다. 그는 천천히 소음이 새어나오고 있는 백악관 구석의 작은 방으로 다가갔다.

아무리 들어도 이건 사람 목소리다. 맥아더는 큰 소리가 나도록 벌컥 문을 열어젖혔다.

"이보게들. 새벽에 이게 무슨 소란인가."

방 안엔 불빛 하나 없었고, 작은 창문으로 달빛만이 새어 들어오고 있었다.

그리고 테이블을 사이에 두고 마주 앉은 두 사람.

"제길. 또 졌나?"

"언제쯤 실력이 좀 느시렵니까? 아, 새 친구가 왔군요. 이보게 더그, 잘 지냈나?"

사람이 아무렇지도 않게 고깃덩이로 전락하던 그 참호선에서조차 강철 멘탈을 자랑하던 맥아더의 눈이 튀어나올 듯 번쩍 뜨였다.

"…프랭크?"

"뭐 하고 있나. 얼른 가서 덱 좀 챙겨 오게."

FDR은 특유의 느물느물한 미소를 지었고, 맥아더는 곧바로 방을 뛰쳐나간 뒤 카드 대신 자신의 권총을 뽑아 들고 다시 그 방에 달려왔다.

"신이시여. 이게 무슨 좆같은 일이랍니까."

방엔 아무도 없었다.

* * *

새로 출범한 맥아더 행정부의 앞엔 거대한 산더미가 쌓여 있었다. 가장 먼저, 경제 문제를 해결해야 했다. 전쟁이 끝나며 가동률이 떨어져 가는 군수공장. 해고되는 노동자들의 재취업. 전역 장병들의 일자리. 빈발하는 파업.

맥아더가 가장 먼저 손댄 것은 전역 장병 문제였다. 우유원정대의 영웅이라는 후광이야말로 그의 가장 강력한 정치적 자산인즉슨, '두 번째 보너스 아미는 없다'는 구호 앞에서는 그 어떤 정치인도 이견을 제시하지 못했다.

참으로 고맙게도, 전임자 루즈벨트와 월레스 또한 이 문제에 깊은 관심을 가졌던 관계로 이미 따끈따끈한 새 법안이 통과를 앞두고 있었다. 그는 차려진 밥상에 숟가락을 얹기만 하면 됐다. 일명 'G.I. 빌'이라고 불릴 제대군인 사회적응지원법은 그렇게 모습을 드러냈다.

[구직 중인 전역 군인을 대상으로 최대 52주(1년)간, 주당 20달러의 실업수당 지급.

전역 군인이 직업학교나 대학교 진학 시 최대 500달러의 등록금 지원.

농장, 사업체, 주택 구입을 위한 대출 신청 시 정부의 신용 보증.]

1차대전의 코딱지만 하던 보너스에 비하면 참으로 장족의 발전. 하지만 여기까지였다. 10여 년의 정계 생활에도 불구하고 더글라스 맥아더의 본질은 여전히 군인이었고, 거대한 자본주의 국가의 경제를 이끌어나가기 위한 어젠다를 설정하는 문제는 그의 영역이 아니었다. 대신 그는 공화당의 일원이었고, 당내의 경제 전문가들을 적극적으로 기용하고 그들에게 전적으로 위임하기로 결정하기까진 그리 오랜 시간이 걸리지 않았다. 요컨대, 후방 보급 문제는 별도의 믿음직한 데스크에 맡기고 자신은 세계를 구하기 위한 이 전쟁의 총사령관 역을 떠맡기로 한 셈이다. 그리고 이러한 맥아더 대통령의 예측은 실제로도 맞는 듯했다.

[어째서 미국은 평화를 사랑하는 소련을 향해 이빨을 들이미는가?]

소련 공산당 기관지 《프라우다》는 맥아더의 취임 연설 직후 곧장 사설을 쏟아내며 반박에 나섰다.

[맥아더 대통령이 일방적으로 '악'으로 낙인찍은 것과 달리, 소비에트 연방과 공산주의자들은 한마음 한뜻으로 오직 평화만을 갈구하고 있다. 체코, 그리스, 한국, 중국에 공산당이 있다는 이유만으로 우리는 일방적인 비난에 시달리고 있다. 그러나 공산당이 평화를 해치고 세계 곳곳에서 전쟁을 일으키고 있다는 사실은 완전한 비약이다. 어째서 공산당이 혼란에 빠진 곳에만 있다고 주장하는가? 우리는 이탈리아, 프랑스, 독일, 벨기에, 네덜란드, 노르웨이와 같은 유럽 국가에서부터 식민 지배에 신음하던 아시아, 아프리카에 이르기까지 모든 곳에서 받아들여지고 있다. 이 나라들 중 전란에 빠진 나라가 있는가? 없다.

세계 각국에서 공산당의 영향력이 커진 까닭은 간단하다. 유럽과 아시아에서 히틀러와 그 무리들이 무자비한 철권을 휘두르며 세계 정복을 위해 움직일 때, 공산주의자들이야말로 이 진정한 악의 무리를 상대로 거침없이 투쟁하며 자유와 평화를 위해 용기 있게 헌신하는 모습을 보여주었기 때문이다. 제아무리 피라미드 꼭대기의 전쟁광들이 우리를 비난할지언정, 저마다 소박한 삶을 영위하는 평범한 시민들은 공산주의자들의 이러한 희생정신에 감명받았고 그들을 위해 표를 던졌다. 이것이 바로 그들이 외면하고 있는 진실이다.]

코웃음조차 나오지 않는 변명이었다.

빨갱이들이 평화를 사랑해? 사람들이 감명받아? 그래서 체코에선 그토록 처절한 숙청이 일어나고 세계 곳곳에선 공산당 놈들이 사회 저명인사들을 총으로 쏴 죽이고 있나 보다. 마음 같아서는 군대를 동원하고픈 생각이 굴뚝같지만, 안타깝게도 지금의 미국은 군사력 투사가 실질적으로 불가능한 상황.

"시민들은 그 어떠한 전쟁도 용납하지 않을 겁니다."

"대전쟁이 끝난 지 얼마나 지났습니까. 지금은 무리입니다."

잘 알고 있다. 장관으로 재임하며 바로 그 전쟁을 치렀었으니. 당장 그리스 내전만 해도 그렇다. 처음 맥아더는 밴플리트를 사령관으로 한 1개 여단 규모의 파병을 검토했지만, 그가 은근슬쩍 이 떡밥을 흘리기 무섭게 의회는 상하원을 가리지 않고 발칵 뒤집혔다.

"이러다 정말 소련과 전쟁이라도 나면 어떡합니까?"

"전투병 파병은 불가능합니다. 차라리 군사 고문단을 보내시지요."

"지금 내게 군의 일에 대해 훈수를 두는 것이오?"

"민심에 대해서는 저희가 조금 더 잘 압니다, 각하."

결국 한참을 씨름한 끝에, 5백 명 규모의 군사 고문단 파견이 확정되었고 밴플리트 또한 나가리되었다. 겨우 5백 보내는데 장군만 높으신 분이 가서 무엇 하겠는가. 그 대신, 공산주의에 맞서기 위한 새로운 대응책이 국무부를 중심으로 준비되고 있었다.

"유럽의 경제는 황폐해졌고, 이대로라면 랜드리스 대금조차 제대로 상환이 가능할지 미지수입니다."

"가난과 기근을 틈타 공산주의자들이 활개를 치고 있습니다. 빨갱이들을 억제하려면 유럽이 옛날처럼 경제적으로 부강해져야만 합니다."

"오랜 전쟁으로 물류를 유통할 인프라가 죄다 망가졌습니다. 군사적 목적을 위해서건 민간 유통 재개를 위해서건 이러한 사회기반시설의 복구는 가장 시급한 사안입니다."

오직 미국만이 할 수 있는 일. 달러, 더 많은 달러, 끝없는 달러. 서유럽은 결코 빨갱이들에게 내줄 수 없는 땅이었고, 이들이 반공의 방패로 제 역할을 하려면 그 경제를 재건시켜줘야만 한다. 유럽에서는 막대한 경제 원조를 미끼로 공산주의자들과의 결별을 촉구하고 반대로 아시아에서는 싸워야만 한다.

"마셜 장군은 어찌하고 있나?"

"몇 차례에 걸쳐 보고서를 보냈습니다. 그의 언급으로는 내전은 피할 수 없으며 장개석과 모택동 모두 장기적인 평화는 염두에 두지도 않고 있다고 합니다."

"역시."

월레스나 할 법한 발상이 그러면 그렇지. 저 개와 고양이 같은 무리들을 달래서 전쟁을 막겠다는 게 가능한 이야기인가?

"협상단을 철수시키면 되겠습니까?"

"아니. 그들은 계속 맡은 임무를 수행하도록 하시오. 대신… 국제연합을 움직입시다. 평화 교섭은 계속하되, 우리나라가 단독으로 행동하는 대신 국제연합의 이름으로 행해야겠소."

전쟁에는 명분이 필요하다. 그 명분을 공급받기 위해서라면 UN이 필요했다. 그리고 하나 더.

"킴을 소환하시오."

언제까지 저 촌구석에 최고의 으뜸패를 처박아둘 순 없다.

* * *

"혹시 전역 조금만 더 미룰 생각……."

"없습니다."

빌어먹을. 내가 잠깐 도쿄에 머무르는 사이 김영옥이 칼같이 전역해버렸다. 실로 놀라운 기동전. 롬멜도 울고 갈 초고속 전격전이었다. 곧 대한민국 최초의 총선이 열린다. 수백 석의 국회의원 금배지와 초대 대통령 자리가 걸린 빅 매치. 그리고 총선이 열린 직후, 미군 대다수는 철군하고 소수만 남게 된다. 아직 한국과는 상호방위조약 하나 체결되어 있지 않으니 말이다.

애초에 정부가 없는데 어찌 조약을 체결하겠냐마는.

다만 이건 어디까지나 위장. 한반도에 남아 있는 미군은 다이어트를 거쳐, 중국 내전에 신속하게 개입하기 위한 기동군단으로 개편을 시행할 예정이다. 퍼싱 중전차와 같은 중장비는 이미 지난 중국 상륙전에서 못 써먹겠다고 판명 난 지 오래. 다시 본국으로 보내는 비용이 훨씬 많이 드는 탓에 사실상 신생 한국군에게 짬때리는 모양새가 된다.

물론 그렇다고 해서 한국군이 이걸 운용할 능력이 있냐고 묻는다면… 없다. 몇 년쯤 써먹다 고철로 팔아먹지 않을까? 아무튼 지금 급한 건 물자보단 사람이었다.

"이보게, 킴 준장. 내가 별도 달아주지 않았나."

"집에! 가겠! 습니다!"

"그러지 말고 내 말 좀 들어보게."

이 한반도의 추위와 더위, 끔찍한 가난과 미국에 비해 훨씬 떨어지는 생활환경, 현지 언어와 풍습에 대한 이해를 끝마친 인재. 이런 인재를 그냥 떠나보내는 건 너무 큰 손실 아닌가.

"조만간 전쟁이 날 거야."

"…예?"

"전쟁이 난다고."

"여기, 한국에서 말입니까?"

"아니. 중국. 자세한 건 말할 수 없고 지금 말한 것 또한 무덤까지 들고 가야 하네만, 아무튼 중국 내전에 참전할 예정이네."

"그럼 더더욱 전역해야지요. 저도 이제 고향이 그립습니다. 거기 휘말렸다간 또 몇 년은 집 구경 못 하지 않겠습니까."

"휴가 보내주지 않았나."

"휴가랑 전역은 다르지요."

어쩌다 이렇게 나쁜 어른으로 진화했을까. 내가 저 나이 때는 윗사람을 공경하고 명령에 충실히 따르는 훌륭한 군인이었는데. 이래서 신세대는 안 된다. 에에잉.

"실은 저번에 캘리포니아를 들렀을 때 말일세. 자네 춘부장을 좀 뵀었다네."

"저희 아버지 말씀이십니까?"

"그래. 무척 좋아하시더군. 아들이 나와 함께 잘 지내고 있다 하니 제발 잘 좀 부탁드린다고 통사정을 하시더군."

"와. 이렇게 비열할 수가."

"그런데 자네가 집에 좀 가고 싶다고 덜렁덜렁 나를 내팽개친 채 돌아가면, 춘부장께서 얼마나 가슴이 아프시겠나? 생각 좀 해보게. 보통 기회가 아니야. 전쟁영웅의 찬스라고."

"아니. 이건 아니지요. 그 운전병 친구도 집에 갔는데 제가 왜 못 갑니까? 저희 입대일도 똑같은 거 아십니까?"

"뭘 더 주면 남아 있겠나? 돈? 권력? 명예? 말만 하게. 뭐든 줄 테니까."

"다 필요 없습니다. 고향을 주십시오."

미치겠네 진짜. 진지한 네고시에이션을 몇 차례에 걸쳐 진행했음에도 불구하고 이 꼴통은 요지부동이었다. 이래선 내가 마음 편히 귀국을 못 하는데. 이미 몇 번씩이나 똥별들에게 데었다. 최소한 현장 지휘관급만큼은 내가 검증한 제정신 박힌 놈을 남겨 두고 떠나고 싶은데.

"내 딸!"

"…예에?"

"내 딸을 소개해줌세. 어떤가. 김가의 사돈 어때? 응?"

"여성도 자주성을 가져야 한다고 라디오에서 떠들던 분이 왜 이러십니까."

"아, 누가 언제 걔 시집을 내 마음대로 보낸대? 아비가 딸한테 소개 정도도 못 해주나?! 소개받고 나선 네놈이 똑바로 해야지. 내가 어디서 자랑은 별로 안 하지만 내 딸이 엄청난 미인이야.”

“대원수께서도 딸 가진 부모는 맞는 모양이군요. 죄송하지만…….”

“자.”

나는 홧김에 지갑을 열고 새로 찍은 가족사진을 꺼냈다. 벌써 너덜너덜해진 것 좀 보소. 새 거로 교체해야 하나.

“여기, 이분이십니까?”

“그래. 헐리우드 여배우 뺨치지? 응? 걔가 마음만 먹었으면 이미 헐리우드 갔는데…….”

사진을 도무지 놓지 못하고 얼어붙어 있던 이 모지리는 갑자기 의자에서 벌떡 일어났다.

“저는 언제나 합중국에 대한 자긍심과 애국심으로 똘똘 뭉쳐 있었습니다.”

“내 귀관의 충성심을 단 한 번도 의심한 적이 없네.”

“그… 따님께, 잘 말씀해주시면, 더욱 이 한 몸 충성을 불태우겠습니다.”

“물론이지.”

군바리란 참으로 슬픈 생물이야. 근데 이번이 몇 번째 소개더라. 기억이 잘 안 나네.

슬라브 디펜스 5

거대한 강철의 제국. 그 제국의 황제로 군림하던 에젤 포드는 자신의 집 침대 위에 누운 채 손님을 맞이하고 있었다.

"이제 왔냐."

"…잘 지냈냐고 묻고 싶은데, 묻는 것만으로 실례가 될 것 같네."

유진 킴은 모자를 대강 벗어 주머니에 쥐고는 침대 옆 의자에 앉았다.

"좀 어때."

"보다시피. 죽을 날만 기다리고 있지."

"그런 소리 하지 말고, 얼른 털고 일어나야지."

"내 몸을 내가 왜 모르겠어. 그동안 버틴 것만 해도 난 충분히 노력했다고 생각해. 할 일도 다 해치웠고."

몇 번이고, 위기의 순간이 왔다. 고작 쉰도 되지 않았는데 몸은 갈수록 약해졌고, 끝끝내 위암 선고를 받았다. 하지만 2차대전이라는 광풍 앞에서는 위암 환자조차 마음 편히 쉬지 못했다. 한때 끝없이 자동차를 토해내던 포드의 공장은 이제 무수한 항공기를 유럽과 아시아의 전쟁으로 보내기 위해 총력을 기울이고 있었으니.

게다가 그가 업무를 중단하자 아버지 헨리 포드가 다시 회장으로 복귀했다. 아니나 다를까, 옛날의 총기를 모두 잃고 이제 노망난 노인이 되다시피 한 그는 순식간에 회사를 말아먹었다.

"내 평생 넘을 수 없었던 산이 두 개 있었지. 아버지."

"괜히 무리해서 입 열지 말고……."

"그리고 너."

유진은 입을 다물었다. 동갑내기, 그리고 친구였다. 아니, 친구였을까? 모르겠다. 에젤 자신은 창업자가 아니라 물려받은 2세 경영인이었다. 사실 경영인이 되기도 싫었지만 결국 되고 말았다. 그렇게 도망치고 싶었던 회장 자리로 끌려왔지만, 아버지는 은퇴는커녕 그 어떤 직함에도 구애받지 않고 팔순이 되도록 회사의 온갖 문제에 감 놔라 배 놔라 하며 끼어들었다.

직원들 또한 감히 헨리 포드라는 거성의 말을 거스를 수 없었고, 그는 언제나 극심한 스트레스에 시달려야만 했다. 그에 반해 저 녀석은 어떠한가. 아버지와 비교해서도 결코 더 나은 환경이라고 말하기 힘든 악조건 속에서, 기어이 기적과도 같이 저 꼭대기에 올라버리지 않았나.

"유진."

"…왜."

"내가 네 말을 안 들었을 때, 속으로 얼마나 비웃었냐."

"뭔 헛소리를 지껄이고 있냐. 도대체 언제?"

"유럽 갔을 때."

2차대전이 터지고, 히틀러에게 탱크와 차량을 팔아먹은 포드사는 궁지에 몰렸다. 사실 별 대단한 궁지도 아니었다. 무섭게 성장하는 독일 시장에서 한 푼이라도 더 벌기 위해 달려가지 않은 기업은 없다시피 했으니.

하지만 그 참상. 인간의 손으로 만들었다고 믿기 싫어지는 그 대량 학살과 전쟁으로 가득 찬 지옥도. 육신이 무너지기 전, 이미 마음이 꺾여버렸다.

"안 비웃었어."

"어째서? 옆에서 뻔히 말을 해줘도 안 들어먹는 놈이 있는데 왜?"

"그냥 감이라고 했는데 그걸 들으면 더 문제 있는 놈이지. 이 큰 회사를 이끄는 사람이 그렇게 귀가 얇으면 쓰나."

"그런가."

"그래. 얼른 좀… 기운 좀 차려라."

"아들 잘 돌봐줘서 고맙고."

"육군으로 왔는데 당연히 내가 챙겨줘야지, 그럼."

"앞으로도 아버지와, 우리 가족들을 부탁한다."

복귀한 헨리 포드가 회사를 나락으로 보내버리자, 위암 수술을 받았던 에젤은 시한부 선고를 등에 인 채 다시 회사로 복귀했다.

패륜, 반란, 쿠데타. 뭐라 욕하든 상관없었다. 적어도 이 꼴을 구경만 하다 저승으로 갈 수는 없었으니까. 아들에 이어 손자마저 치매 노인에게 휘둘리다 회사를 결딴낼 순 없었으니까. 밀접한 협력업체인 샌―프랑코가 노골적으로 에젤의 편을 들어 참전했다.

헨리 포드를 이미 친나치 반유대주의자로 간주하고 있던 루즈벨트는 '회사가 정상화되지 않으면 원활한 전쟁 수행을 위해 국유화를 단행할지도 모른다.'라며 법적 문제가 되지 않는 선 끄트머리에서 온갖 공격을 날렸다. 이런저런 협잡과 음모가 디트로이트, 맨해튼, 워싱턴 D.C.를 놓고 벌어진 끝에 위대한 포디즘의 창시자 헨리 포드는 '노환으로 인한 은퇴'를 하게 되었다. 결국 패륜아의 반란이 성공한 것이다.

"너희 아버지는 내게도 은인이고, 네 아들은 내 조카나 마찬가지. 염려 마."

"해야 할 일을 다 끝마쳐 놓으니 좀 편하긴 해. 괜히 욕심내서 우리 회사에 침 바르진 말고……."

"안 건드려, 이 망할 놈아."

"흐흐흐. 고맙다."

좀 쉬어야겠단 에젤의 말에, 유진은 그의 손을 한 차례 슥 쓰다듬은 후 자리에서 일어났다.

"잘 가라."

"너도… 잘 있어라. 다음에 또 올 테니까."

다음이 장례식 때라는 사실을 모르는 이는 없었다.

* * *

경조사 챙길 일이 너무 많다. 경사는 좋다. 가서 얼굴 내비치고 악수하고 인사하고 맛있는 거나 좀 먹으면 땡이니까. 하지만 알고 지내던 사람이 하나둘 땅에 묻히는 모습을 지켜보는 일은 정말 고역이다. 전쟁통에 죽은 이들이 대체 몇인가. 사라진 동기며 선후배는 얼마나 되는가.

한 번씩 본국으로 돌아와 '그 사람 요즘 뭐 하고 있나?' 하고 물었을 때 '죽었습니다.'라는 답변을 들을 때마다 참 기분이 오묘해진다. 어쩌겠나. 꼬우면 내가 먼저 무덤에 들어가야 하는데, 그건 또 싫은걸.

"대통령 각하. 소인을 찾으셨다고 들었습니다."

"대통령을 기다리게 하다니. 이건 중대한 문제일세."

"아니, 또 무슨 말 같지도 않은 소릴…"

"오늘은 나 말고 다른 사람도 있다네."

맥통령께서는 나날이 한판 뜨자는 의지를 불태우고 있었다. 이래도 되는 건지 잘 모르겠네.

"반갑습니다. 유진 킴입니다."

"대원수님을 뵙게 되어 참으로 반갑습니다. 이번에 국무장관직을 맡게 된 존 덜레스(John Foster Dulles)입니다."

"말씀 많이 전해 들었습니다. 제가 1차대전에 참전했을 무렵부터 이미 국제 외교 분야에서 굵직하게 활동하셨다고……."

"하하. 제 얼굴에 너무 금칠을 하시는군요. 그 대전쟁에서 영웅이 된 킴 장군만 하겠습니까?"

우리를 위해 따뜻한 상이 차려졌고, 나는 달달한 쿠키를 입안에 털어넣으며 연신 커피를 홀짝였다.

"대통령 각하께서 킴 장군의 외교에 대한 혜안을 극찬하시더군요."

"우리 각하께서 원래 허풍이 좀 셉니다. 세상엔 엄연히 전문가와 비전문가의 격차라는 게 있잖습니까."

"그럴 리가요. 장군께서 국무장관 자리를 고사하신 덕에 제가 이 자리에 앉게 되었다고도 들었습니다만."

이 양반은 대체 나이를 어느 똥구멍으로 잡수신 건가. 그런 얘길 해서 무슨 재미가 있다고? 우리 셋은 사이좋게 어떻게 하면 스탈린의 뚝배기를 깰 수 있을 것인가, 라는 주제로 잠시 대화를 나누었다.

"소련이 강압적으로 지배하고 있는 곳을 엎어버리면……."

"바로 3차대전이 시작되겠죠."

"그보다는 공산주의자들이 창궐하는 식민 국가에 우리 미국이 적극적으로 무력을 투사해야 하지 않겠습니까."

그리고 나는 왜 덜레스가 국무장관으로 임명되었는지 깨달았다. 강경파다. 무시무시한 초강경파. 전쟁이 나지 않는 선에서 뭐든지 해야 한다는 저 파워풀한 스탠스 좀 보라지. 우리의 대화는 대충 이런 식으로 흘러갔다.

"시민의 혈세로 유럽인들에게 원조를 해준다면 응당 대가를 받아내야 합니다."

"그쪽도 공산주의 확산은 경계하고 있을 테니, 적당히 어르고 달래면 공산권의 침략에 맞설 거대한 집단안보 체제를 구축할 수 있을 겁니다."

북대서양조약기구, 나토 설립안에 대해 운을 떼자 돌아오는 답변이 걸작이었다.

"그런 거라면 유럽만이 문제가 아니지요. 아시아나 중동에도 공산주의에 맞설 연합 체제를 구축할 수 있지 않겠습니까?"

"거긴 아직 거렁뱅이들밖에 없는 듯합니다만……."

"베트남이나 인도차이나에서도 빨갱이들이 활개를 치고 있고, 인도 또한 불협화음이 들리고 있다고 합니다. 우리가 제국주의 식민 체제에 종지부를 찍는다면, 당연히 그들이 빨갱이놀음에 휘말리지 않고 올바른 민주주의 체제를 구축하도록 도와줘야겠지요."

동아시아나 동남아시아 방면에 나토 같은 걸 하나씩 더? 스탈린이 들으면 너무 행복해져서 곧장 히틀러를 만나러 지옥으로 갈지도 모른다.

미합중국의 숭고한 책무. 유럽인들에게 착취당하던 식민지를 해방하고, 진정한 자유를 그들에게 돌려주는 것. 영국인들은 먹은 짬밥이 거꾸로 가진 않았는지, 노동당으로 정권이 교체된 이후 신속하게 식민지에서 손을 떼고 빠질 기미를 보이고 있었다. 하지만 이에 반해 프랑스는? 네덜란드는?

"네덜란드가 인도네시아에 병력을 증강할 듯합니다."

"혹시 인도네시아에도 빨갱이들이 있던가?"

"아닙니다, 각하. 인도네시아에도 공산당이 있긴 하지만, 현재 그곳 식민지에서 주도적인 역할을 하는 이는 민족주의자입니다."

"그렇다면 네덜란드군이 민족주의자들을 학살한 뒤 빨갱이들이 세를 넓힐 게 뻔하지 않은가. 크렘린이 얼마나 박장대소하며 우리의 도덕성을 공격할지 훤히 보이는군."

"허허……."

우익, 혹은 민족주의자들이 주도권을 장악한 지역에 대해서는 일사천리로 이야기가 풀려나갔다. 하지만 반대로, 공산당이 이미 옛 식민지의 주도권을 장악한 곳에 대해서는 서로 의견이 엇갈렸다. 반공이 우선인가, 식민질서 해체가 우선인가? 노골적으로 말하자면, 미국이 세계 패권을 장악한이래 끊임없이 자문자답해야 했던 딜레마가 벌써부터 찾아오고 있었다.

'민주주의를 파괴하는 부패한 우익의 대안이 빨갱이밖에 없을 때, 미합

중국은 어느 편을 들어줘야 하는가?'

그리고 이 떡밥이 실시간으로 불타오르고 있는 나라가 한 군데 있었다.

"중국은 어찌해야 할지."

"장개석은 명백히 사악한 독재자입니다. 비록 일본과 싸우기 위해 그들과 손을 맞잡긴 했지만, 그가 추구하는 것은 명백히 민주주의와는 거리가 있습니다."

"하지만 우리에겐 제3의 옵션이 없소. 장개석의 대안은 오직 모택동뿐이란 말이오."

"그래서 월레스 전 대통령은 장개석에게 지속적으로 미국의 도움을 받길 원한다면 민주주의적 정치 개혁을 시도할 것을 권유했었습니다. 물론 그는 말로만 알았다고 할 뿐, 그 어떠한 개혁의 움직임도 보이지 않았습니다."

"자네가 봤을 땐 어땠나?"

"저야 뭐, 장개석 얼굴은 예전에 회담 때 한 번 본 게 전부입니다만."

"대신 우리보다 훨씬 가까이 있지 않았나."

"전에 말씀드린 것과 생각이 바뀌진 않았습니다."

UN의 이름으로 숨통만 붙여 놓기. 결국 장개석이 저리 요지부동인 이유는 까놓고 말해, 정치 개혁 같은 걸 했다간 곧장 선거에서 패배하고 본인 권력이 나가리날 판이기 때문이다. 한번 대차게 처발리고 목숨만 부지하면 어떨까? 미국의 지원 없이는 아무것도 못 할 만큼 궁지에 몰리면, 민주 개혁을 하지 않고 어떻게 버티겠는가.

어쩌면 중화민국 자체가 군벌들의 손아귀에 찢어질지도 모르고, 혹은 모택동이 다시 한번 공세를 개시해 기어이 통일을 완수할지도 모른다. 하지만 뭐 어쩌겠나. 모든 독재 권력은 결국엔 무너지고, 독재자를 후원해줬다간 그 독재자가 무너진 후 그 나라 시민들은 미국 또한 증오할 게 뻔하다. 그 넘실대던 반미의 물결을 실컷 구경하다 왔는데, 똑같은 함정으로 걸어들어가자고 내가 먼저 제안하는 건 웃기는 소리 아닌가.

"왜 각하께서 국무장관직을 권했는지 알겠군요."

"그게 이 친구의 매력이지."

"저를 그만 빨리 도쿄로 돌려보내주세요……."

"그럴 순 없네. 실은 군부도 좀 문제가 많거든."

군부? 지금?

"전쟁부와 해군부를 통합해 국방부를 창설하는 방안이 곧 의회를 통과할 예정일세. 아, 안심하게. 자네를 국방부장관에 앉힐 생각은 없으니."

"국방부장관은 민간인, 혹은 전직 군인의 경우 전역한 지 10년 이상인 사람만 취임할 수 있도록 법령에 규정될 예정입니다."

"그거 참 다행이군요."

미국인들이란 원래 한 곳에 권력이 쏠리는 것 자체를 죄악으로 여기는 사람들이다. 특히 군권에 대해서라면 알레르기 반응을 일으키곤 하지.

"그리고 리히 대원수가 수행했던 직책을 개편해, 합동참모본부라는 조직을 신설할 예정이야."

"다 잘되고 있는 것 아닙니까, 그러면?"

"물개 놈들이 땅개 대통령을 어지간히 싫어하는 모양이거든. 말도 말게. 사사건건 아주 싸움닭이 따로 없어."

"저는 안 합니다."

합참의장이라니. 국방장관이나 합참의장이나 불지옥과 유황지옥. 다른 게 뭐가 있다고 자꾸 내게 이러는 거냐.

"정말 그 촌에 계속 눌러앉아 있겠다고?"

"중국 내전 참전할 작정 아니셨습니까? 제가 남아 있어야 훨씬 수월하지 않을까요?"

"자네를 대놓고 거기 참전시킬 순 없네. 이 걸어 다니는 핵폭탄아."

와. 와. 말하는 것 좀 봐. 세상에. 누가 누구더러 핵폭탄이라는 거냐.

맥아더는 온갖 직책들을 열거하며 나를 이 끔찍한 워싱턴 D.C.로 잡아오려 했지만, 나는 필사의 회피기동을 하며 이 모든 제안을 다 뿌리쳤다. 흐흐. 본국에 온 김에 손자 좀 구경하고 돌아가면 딱이겠어. 그리고 다음 날. 나는 펜타곤으로 향해야만 했다.

"유대인들이 독립 이스라엘의 건국을 선언했습니다."

"전쟁입니다! 시리아 공화국, 이집트 왕국, 트란스요르단 등이 즉각 선전 포고하고 국경을 넘었습니다."

"체코슬로바키아가 유대인들에게 어마어마한 군수물자를 팔아치웠습니다. 소련이 이스라엘을 후원하기 위해 체코를 움직인 게 확실합니다!"

스탈린의 다음 기물이 움직였다.

슬라브 디펜스 6

중동은 늘 그랬듯 개판이었다. 인간이 발명한 무수한 아이템 중 사람의 영혼까지 빨아들일 수 있는 최면어플 3종을 거론하자면 종교—민족—공산주의 아니겠는가. 하물며 중동은 저 3개가 모두 왕성한 세를 자랑하는 지역. 개판이 안 날 수가 없다.

홀로코스트라는 전대미문의 횡액을 당한 유대인들은 무슨 일이 있어도 옛 고향 땅에 말뚝을 박으려고 용을 썼고, 반대로 아랍인들은 이 침략자들을 몰아내고자 했다. 하지만 이스라엘 건국을 필사적으로 막으려 하는 건 어디까지나 현지 팔레스타인인뿐. 전쟁에 뛰어든 다른 아랍 국가들은 뒤에서 저마다 주판을 튕기기에 여념이 없었다.

그리고 우리는 아주 잘 알고 있다. 전쟁에서 딴생각했다간 어떤 일이 벌어지는지. 이스라엘은 아랍연합군의 대규모 공세를 기어이 막아냈고, 역으로 승기를 잡기 시작했다. 미국의 유대인들은 당연히 이스라엘을 지원하는 입장이었지만, 그게 미국의 의지냐고 하면 당연히 아니다. 우린 중동이라는 화약고에 뛰어드는 대신, 다른 곳에서 판을 벌일 작정이었으니까.

※ ※ ※

　1945년 5월 12일, 토요일. 한반도 전역에서 사상 최초의 총선거가 진행되었다. 국경지대에선 극소수 빨치산들이 투표를 훼방 놓기 위해 꼼지락댔지만, 산골 도적놈들이 투표소를 습격하고 총선을 저지한다는 게 가능할 리가 없다. 일부 공산주의 성향의 시위대가 거리로 뛰쳐나와 선거는 제국주의자들의 음모에 불과하다며 목청을 높이긴 했지만, 이미 그들은 대중과 괴리된 지 오래. 미국, 영국, 소련, 중국 4개국이 구성한 선거 감시단의 관심 아래, 총선은 무탈하게 진행되었다.

　"선거 후보들이 술을 사서 유권자들에게 돌리고 있습니다."

　"아아, 그건 이 나라 전통 음료인 막걸리란 겁니다. 농촌 잔치 때 마을 유력자들이 술과 음식을 베푸는 건 어느 나라든 다 있는 일이잖습니까?"

　"특정 후보에게 투표해주겠다고 약속한 이들에게 신발을 뿌리고 있잖습니까!"

　"고무신 그거 몇 푼 한다고……."

　"이건 부정선거요! 이게 무슨 선거입니까, 돈지랄이지?!"

　안 들려. 안 보여. 에베벱. 에베베벱. 그런데 어차피 이 시대면 다른 나라도 오십보백보잖아. 처음 선거하는 나라에 뭘 기대해? 소련 측 감시단은 단단히 뿔이 나 있었지만, '다 함께 찬성 투표하자!'를 외치는 빨갱이들이 그깟 유권자 매수에 화를 내면 좀… 똥 묻은 개가 겨 묻은 개 보고 짖는 격 아닐까요.

　"그런 소소한 부분은 현지인들의 법률로 단속할 문제지, 선거 자체의 중대한 문제라고 보이진 않습니다. 여러분께서 주목하실 만한 외부 세력의 강압이나 기타 선거 자체에 개입하려는 시도는 전혀 안 보이는군요."

　"그렇지요. 소중한 한 표를 행사하려는 이곳 주민들의 열의가 보이지 않습니까? 참으로 놀랍습니다."

"단 한 번도 제대로 된 근대화의 세례를 받은 적도 없는 땅에 이토록 강렬한 자유와 민주주의를 향한 열망이 보이다니. 이게 다 킴 장군님과 미합중국, 나아가 자유세계의 적극적인 지원 덕택 아닐지요."

아주 물고 빨고 난리가 났다. 저 허여멀건 코쟁이들이 봤을 때, 이 나라는 조선 왕조에 이르기까지 쭉 전근대적 사회에서 살다가 폭압적이고 미개한 제국주의 일본의 식민지로 착취당하기까지 했다.

'얘들이 과연 민주주의가 뭔지는 알고 있을까?'

왜 모르겠나. 아무리 일본이 30년간 지랄염병을 떨었다 한들, 인간은 결국 좋은 건 다 알게 되어 있다. 북한 사람들도 아는 걸 왜 이 시대 사람들이 모르겠나? 물론 그러한 생각과 달리, 뇌와 따로 노는 내 방정맞은 입은 전혀 다른 소릴 늘어놓고 있었다.

"하하하. 이게 바로 민주주의를 퍼뜨리고자 할 뿐 그 어떠한 영토적 야심을 갖고 있지 않은 미합중국의 저력 아니겠습니까. 앞으로도 미국은 전 세계의 계몽과 자유 증진을 위해 모든 노력을 다할 겁니다."

"그렇지요. 역시 히틀러를 물리친 자유의 투사다운 말씀이십니다."

니들끼리 물고 빨고 지랄을 떤다, 라는 말을 굳이 듣지 않아도 소련 측 대표 얼굴에 그대로 쓰여 있다.

"하하하하!"

"크헤헤헤헤헤!"

그래서 어쩌라고. 한국 사람들이 원래부터 정치 참여와 민주주의에 대한 열망으로 불타오르고 있었다고 하면, 그냥 이곳만의 특이 케이스로 남을 뿐이다. 하지만 미국이 이걸 해냈다고 믿게 만든다면, 앞으로 구 식민 지역과 제3세계로 불릴 곳 전역에서 저놈들이 어떤 생각을 품겠나? 비록 허세일지라도 우리의 영향력이 고평가받게 된다면 무조건 남는 장사다.

"저기 소란이 일고 있는 모양인데, 무슨 영문이랍니까?"

"잠시 확인 좀 해보지요."

나는 최대한 모자를 푹 눌러쓰고 눈에 띄지 않게 다가갔다. 하도 군복만 입고 다녀 그런가, 사복을 입고 있으니 생각보다 눈치채는 사람이 적다.

"이보시오, 어째서 이 종이에 김 장군님 함자가 빠져 있소?"

"다시 한번 안내해드리겠습니다! 김유진 장군님은 출마하지 않으셨습니다!"

"그게 무슨 소리야! 김 장군님께서 친히 거동하시어 왜놈들을 물리치고 새 나라를 열었는데 어느 역적놈이 그분의 자리를 노린단 말이야?"

어… 음.

"자신이 지지하는 후보가 출마하지 않았다고 하는군요."

"그렇군요."

내 입이 찢어져도 정확하게 말해줄 순 없지. 거짓말은 하지 않았다, 거짓말은.

* * *

총선이 끝난 뒤 결과가 집계되었다. 모두 예상했듯, 노동당은 지역당이 처참하게 박살 나고 대중 인지도 또한 시궁창에 처박히고 말았다. 원내 제1당을 노리던 당의 말로는 실로 처참했다. 여운형은 당내 비—공산주의자들을 결집하고 외부 인사들을 다시금 끌어들여 사회민주당을 창당했다. 급박하게 돌아가는 상황에서도 그와 사민당은 제법 선방했다.

하지만 여운형의 몸은 여전히 다 낫지 못했고, 개인의 카리스마에 의지하는 성향이 역력한 사민당으로선 여운형이 유세를 적극적으로 다닐 수 없다는 점은 치명적인 약점이 되었다. 그러니 대통령 선거는 모두가 예상한 대로 이승만—조봉암 듀오의 당선.

하지만 이승만의 정당인 한국독립당은 의석의 15% 정도를 차지한 데 그쳤으니, 대통령의 권능을 원 없이 쓰려면 고생깨나 해야 할 터였다. 이제 타임 테이블에 맞추어 극동의 판을 재조립한다. 첫 순서는 바로 내 이임식이었다.

"장군님! 부디 조선을 버리지 마시옵소서!"

"어째서 조국을 떠나시는 겝니까!!"

"금수와 같은 왜놈들은 그대로 품에 안으시면서 어이하여 조선은 내치시나이까!"

난리도 아니구만, 난리도 아냐. 지금까지 원활한 통치와 현장 대응을 위해 한국 군정사령관을 겸임했을 뿐이지, 어차피 극동의 연합군 총사령관으로서 한국 군정사령관을 내 예하에 두고 있단 사실은 달라질 게 없다.

조만간 선거로 선출된 신정부도 정식으로 출범하니 이제 군정에 내가 계속 명패 걸어둘 필요도 없고, 그렇다고 해서 내가 완전히 손을 떼는 것도 아니건만. 하여간 기레기들이 문제다. 판매 부수에 미쳐버린 놈들.

나는 단상에 올라 까마득한 점이 바글대고 태극기, 연합군기, 성조기가 펄럭이는 저 아래를 내려다보았다. 나는 한 차례 심호흡하고 연단을 잡은 손에 힘을 준 뒤, 마이크에 입을 가져다 댔다.

"친애하는 대한민국 시민 여러분. 마침내 저는 여러분을 부를 때 대한민국 시민이라 지칭할 수 있게 되었습니다. 이 한 구절을 말하기 위해 너무나 오랜 시간, 너무나 많은 희생, 너무나 끔찍한 고통이 있었습니다. 먼저 이 땅에 광명을 되찾아주기 위해 자신을 던진 모든 순국선열, 그리고 이역만리 타지에서 얼굴 한 번 본 적 없는 이들을 위해 기꺼이 목숨을 바친 자유의 용사들을 위해 잠시 묵념의 시간을 갖겠습니다."

조금 전까지만 해도 바글바글하던 소란이 일순 싹 사라지고, 모두가 고개를 숙였다. 군악대의 장엄한 연주가 모든 소음을 집어삼켰지만, 곳곳에서 몸을 떨며 흐느끼는 이들이 내 눈에도 보였다.

"이제 저의 역할은 끝났습니다. 여러분은 당당한 자유세계의 일원이 되어, 이 나라를 재건하고 다시금 떨쳐 일어나야 합니다. 살아남은 자들에겐 생육하고 번성해야 할 의무가 있습니다.

　여러분이 어려움에 빠져 있었을 때, 악의 손길을 막고자 전 세계가 도움의 손길을 내밀었습니다. 제가 이 땅에 돌아올 수 있었던 것 또한 저 하나만의 의지가 아닌, 전 세계의 자유를 사랑하고 악을 미워하는 이들이 제게 싸울 힘과 의지를 베풀어주었기 때문입니다. 여러분들 또한, 부디 어려움에 빠진 이들을 위해 도움을 베풀 수 있는 세계 시민으로 우뚝 섰으면 하는 바람이 있습니다."

　이건 밑밥이다. 대한민국이 왜 이렇게 번갯불에 콩 볶아먹듯 초고속으로 건국되는가. 왜 나는 한국 군정사령관직을 내려놓는가. 너무 당연한 이야기 아닌가. 국공 내전에 참전시키기 위한 포석이지. 이제 막 독립한 이들을 남의 전쟁터에 내몰아야 한다.

　나는 이 참전이 대한민국이란 나라에, 원 역사의 베트남전 참전과도 같이 어마어마한 이득이 되리라 믿고 있지만… 죽고 다치는 건 결국 내가 아니잖은가. 근 시일 내에 한국에서의 내 영향력은 쉽게 사그라들지 않을 것이다. 그리고 내가 마지막으로 남길 이 이임사 역시, 이 나라의 민주적 의사 결정 절차에 중대한 영향을 미칠 게 뻔하다.

　나는 이들이 스스로의 의지로 전쟁에 뛰어들길 원했다. 참 이것도 못 할 짓이다.

　"이미 여러분 또한 몸으로 겪으셨겠지만, 거대한 악이 패망했지만 결코 이 세계는 평화롭지 않습니다. 자유보다 질서를 선호하며, 민주주의 대신 상명하복을 사랑하고, 개개인이 더 나은 삶을 위해 저마다 생계를 꾸려가는 대신 모든 사유재산을 몰수하고 단 한 명의 절대적인 지배자가 베풀어주는 배급을 받아먹고 사는 삶이야말로 옳다 여기는 이들이 도처에 있습니다.

　바로 그들이, 이 가녀리고 연약한 나라를 노리고 있습니다. 제가 이 자리를 빌려 여러분께 당부하고픈 말은 오직 하나입니다. 자유는 결코 잠자는 이의 손안에 얌전히 있지 않습니다. 자유는 오직 피 흘려 지키고자 하는 이들만이 누릴 수 있는 권리입니다. 형제끼리 제아무리 집 안에서 으르렁대며 싸운다 할지라도, 누군가 밖에서 맞고 돌아온다면 두 팔 걷어붙이고 밖으로 뛰쳐나가는 게 바로 우리 민족입니다. 여러분의 조국과 민족을 파괴하려는 이들에 맞설 수 있도록 대비해야 합니다. 제아무리 달콤한 말과 미래로 유혹한다 하더라도, 결코 동포에게 총부리를 겨누어서는 안 될 일입니다. 여러분이 단결하여 스스로의 권리를 지키고자 하는 한, 그 어떤 이들도 여러분의 미래를 빼앗아 갈 수는 없을 것입니다."

콧수염에게서 참 좋은 거 배웠다. 내가 연신 연단을 이곳에서 저곳으로 가로지르며 주먹 쥔 채 팔을 휘젓자, 장내는 언제 그랬냐는 듯 부글부글 터질 것만 같은 화산처럼 이글대기 시작했다.

"저는 비록 이 땅을 떠나지만, 이는 결코 제가 여러분을 버렸기 때문이 아닙니다. 제 숨이 멎는 그 날까지 저는 제 혈관을 흐르는 피가 시작된 이 땅에서 눈을 떼지 않을 겁니다. 여러분에게 자유를 돌려드렸듯, 지금도 지구상에서 도움을 청하는 이들이 있습니다. 미합중국은 자유를 지키고자 하는 이들이라면 누구에게나 도움의 손길을 내뻗을 것이오, 저 또한 언제나 자유의 적과 싸우는 임무가 있습니다. 여러분이 바로 그 도움의 대열에 합류할 그때, 우리는 다시 한번 서로 어깨를 맞대고 함께할 겁니다. 저는 그 날을 기다리며 이만 물러나겠습니다."

마이크를 내려놓고, 천천히 고개를 숙였다. 잠시 후.

"김유진 장군님 만세!!"

"대한민국 만세!!"

마침내 화산이 터졌다.

슬라브 디펜스 7

이승만 대통령 당선인이 정식으로 초대 대통령으로 취임하며 마침내 대한민국이란 나라가 그 막을 올렸다.

"하여간 마지막까지 빌어먹을 자식이야."

그러나 그토록 염원하던 옥좌를 거머쥐었음에도 불구하고, 이 박사의 존안은 주름이 쫙 펴지긴커녕 그 어느 때보다 엉망진창이 되어 있었다. 좌익 표심 잡는데 큰 공헌한 조봉암 또한 태평하게 웃지도 못한 채 식은땀을 흘리며 그와 자리를 함께해야 했고.

"조금, 당혹스럽긴 합니다."

"조금? 이게 조금이겠나? 이보게, 부통령. 우린 세계에서 가장 강력하고도 그 명성이 사해에 떨치는 대원수 나리로부터 특명을 받은 셈이라네."

대원수의 이임사는 마치 권총을 격발하는 공이처럼 갓 해방된 이 나라를 두들겼다. 공이를 맞은 총알의 운명은 오직 하나. 밖으로 발사되는 일뿐. 정치적 수사에 그 누구보다 닳고 닳은 이승만이 해석했을 때, 그 마지막 연설은 아주 간명하고도 뚜렷한 한 편의 선동극.

'앞으로 잘 먹고 잘살아라. 근데 너희 풀어주려고 내가 힘쓴 거 알지? 나만 힘쓴 게 아니라 다른 온갖 나라들도 다 도와준 거야. 은혜를 받았으면 갚아야지? 그 은혜를 갚으려면 당연히 빨갱이 새끼들이랑 싸워야 하지 않겠냐? 얼른 반공 전선에 동참하자꾸나.'

물론 우남 이승만은 깔린 멍석을 마다할 인간이 아니었고, 국회에서 여당이 차지한 파이는 매우 작았지만 바로 이 대원수 옥음을 이리저리 굴리며 짭짤한 재미를 보았다. 그러나 세상일에 어디 좋은 일만 한가득 있겠는가.

틀림없이 평지풍파 몰아칠 게 불 보듯 훤하여 일부러 총선 뒤에 김가놈 퇴임 연설을 하기로 하였건만, 그럼에도 불구하고 거목의 빈자리는 너무나도 컸다.

"대원수께서 우리에게 북진을 교시하였으니 어찌 가만히 지켜만 보고 있겠습니까 여러분!!!"

"와아아아!!"

"북진하여 멸공하자!"

"만주고토 수복하자!!"

선거에서 고배 마신 이들이 이 거대한 담론에 탑승해 제 세 넓히겠다고 나섰고, 온갖 청년단이니 애국단체니 하는 놈들이 거리로 뛰쳐나와 북진하여 빨갱이를 타도하자고 난리를 쳐댔다. 물론 빨갱이들을 상대로 한 주전론 여론이 조성되길 바란 건 그 또한 매한가지였지만, 이건 너무 과하지 않은가. 갓 수립된 대한민국 정부는 이 시민들의 화산과 같은 의지를 무시하는 대신 다른 방법으로 해결했다.

"우리나라는 영토가 작고 그 국민의 수 또한 이웃에 비하자면 미미하여, 국체를 보존하는 일조차 참으로 어렵다 할 수 있겠습니다. 일찍이 김유진 대원수께서 말씀하신 바와 같이, 지금 우리가 번성하고 아울러 세계인들로부터 받은 도움의 손길에 보답하기 위해서는 우선 스스로를 지킬 여력이 있어야만 합니다."

그리하여 초대 국회는 압도적인 다수의 지지하에 징병법을 통과시키고, 원활한 징병을 위한 국가 시스템이 갖춰지기 전까진 '애국심 넘치는 자원자들'부터 우선하여 군에 받아들이기로 하였다. 그토록 시내 한복판에서 플래카드 펄럭이며 소련을 멸망시키자며 꽥꽥대던 놈팡이들. 이들이 자원자가 아니면 또 뭐겠는가? 데모하던 놈들을 경찰 쫙 풀어 사지 붙들고 옛사람 피 흘린 흔적 그대로 남아 있는 지하실로 끌고 가니, 그 뒤로는 일사천리였다.

'우리 청년 친구. 그토록 북진을 외쳤으니 당연히 군대에 가고 싶겠지?'

'저, 저도 가고 싶은데, 그, 고향에 계신 엄니가 원치 않으셔서⋯⋯.'

'김 장군께서도 스스로 피 흘려 자유를 지키라 하셨건만, 남들더러 전쟁 일으키자 선동해 놓고 정작 스스로는 가족이 걱정되어 입대 못 하겠다? 자, 똑바로 말해. 허가이가 사주했지? 대한민국을 혼란에 빠뜨리라고 만주로 도망친 허가이한테서 지령받았지?!'

'아닙니다! 절대 전 빨갱이가 아닙니다!! 군대 가겠습니다!'

전쟁하자고 떠드는 놈들 심보가 뻔할 뻔 자. 그리하여 애국 청년들이 한날한시에 바리깡으로 머리 빡빡 밀고 군복 입게 되니, 새 나라의 병력이 가파르게 우상향 곡선을 찍었다.

"이런 말을 꺼내면 어디 가서 돌 맞지 않을까 저어됩니다만."

"뭐요. 이제 함께 이 나라를 이끌어 가야 하는데, 마음 편히 하시오."

"대원수의 연설을 들으며 모골이 송연해지는 것이⋯ 꼭 독일국 전 총통이던 히 모 씨 보는 듯하였습니다."

"어허."

"히틀러 귀신이라도 씌지 않고서야 어찌 항시 평화 외치시던 분이 그런 전쟁 찬미하는 연설을 하신단 말입니까?"

"다 사정이 있소, 사정이."

그동안 미국 눈치 때문에라도 대놓고 쾅하고 붙지 못하던 중국의 내란은 이제 절정으로 치달으려 하고 있었다. 그리고 그 뒤에는 어김없이 소비에트 연방의 그림자가 어른거리고 있지 않은가.

"나와 김 장군이 염려하는 바는 일치하였소."

"무엇입니까?"

조봉암이 꿀꺽 침 삼키는 동안, 이승만은 잠시 숙고하고 다시 입을 열었다.

"모택동의 공산당이 이제 만주를 차지했잖소?"

"그렇지요."

"우리가 후방을 찌를지도 모르니 미리 정리해야겠다… 딱 호란 일으키던 청나라와 그 입지부터 흡사해 보이지 않소?"

"설마요. 미국이 우리 뒤에 있는데."

"그건 모르는 일이외다."

국제 사회야말로 눈 뜨고 코 베어 가는 수라도. 앞날은 아무도 모른다. 최소한 버리기에 아까울 만큼의 값어치는 있어야, 버림받기 전 고래고래 비명이라도 지를 수 있지 않겠나. 따라서 신생 대한민국의 재무장은 착실히 진행되고 있었다.

* * *

일본의 패망 직전, 소일 불가침조약을 일방적으로 파기하고 참전한 소련은 만주 전역을 단숨에 석권했다. 그리고 만주 일대는 지옥으로 변했다.

"전부 죽여라!"

"마음껏 약탈해라!"

관동군 패잔병과 함께 압록강을 건넌 이들은 구사일생의 막차를 탔지만, 그들 외에는 한순간에 지옥도로 변한 만주에서 하루하루 생존을 위협받았다. 소련은 무자비하리만치 강경 노선으로 일관했고, 그 끝없는 살육

강간 약탈엔 어떠한 제약도 없었다.

그들은 방대한 만주의 산업시설을 뜯어가는 한편, 항복한 일본군에게서 수거한 무기와 군수물자를 고스란히 중국 공산당에게 건네주었다. 중화민국과 미국은 '정당한 중국의 영토'인 만주에서 즉각 소련군을 뺄 것을 몇 차례에 걸쳐 요청했으나 마이동풍. 귓등으로도 듣지 않고 아득바득 버티니 답이 없었다. 그러던 찰나 한국의 신정부 수립을 기점으로 소련의 태도가 바뀌었다.

"내일 0시를 기점으로 소련군은 만주에서 철군하고 이 땅을 중화민국 정부에게 인계하는 바입니다."

"뭐라고요? 내일이라니, 지금 이게 무슨 소립니까?"

"돌려 달라고 통사정을 하기에 돌려주는데 문제 될 일이라도?"

방 뺀다. 사전 협의도 없는 일방적인 통보. 그리고 벌어진 일은 너무나도 뻔했다.

'철수했으니 우린 모르는 일이다. 진짜로.'

'왜 만주에 공산당이 진입했냐고? 그걸 왜 우리한테 물어봄?'

뻔뻔스러운 오리발. 이미 소련군 점령 기간 동안 중국 공산당은 만주 땅에서 활개를 치며 실상 그 땅을 다스리는 것과 마찬가지로 행동하고 있었다. 현지에 남은 이들이 목숨을 부지할 방법이라곤 오직 중국 공산당의 '보호'를 받는 것뿐이었기에 이들의 세력은 날로 불어났고.

"우리 중국 공산당은 중화민국의 무자비한 착취의 손길에서 만주 인민들을 해방하였습니다! 마침내 만주 땅에 평화가 깃들었습니다. 우리는 최종 승리의 그 날까지, 전 인민이 장개석과 제국주의에게서 해방되는 그 날까지 싸울 것입니다!"

이제 중공은 그 미묘한 겉치레마저 벗어던진 채 진정한 만주의 지배자로 거듭났다. 이 어지럽다 못해 숨 막히는 중국에서 미국 특사단 대표 조지 마셜은 하루빨리 떠나고 싶었다.

"양자 모두 협상을 거부했습니다."

"그럼 그렇지."

전직 육군참모총장이 되기까지 얼마나 많은 일이 있었는가. 하지만 산전수전 다 겪었다고 나름 자부하던 마셜에게도, 이 중국 땅은 그의 상식을 아득하니 벗어난 곳이었다.

"내가 옛날에 중국에서 연대장을 했었는데, 그때보다 지금이 더 개판인 것 같군."

조만간 예순다섯 살이 될 그는 평화를 위해 파견된 이래 차량으로 1만 킬로미터가 넘는 거리를 쏘다니며 휴전 협정이 제대로 이행되는지를 직접 점검했다. 장개석도 모택동도 조지 마셜이 직접 행차한 가운데 뻔뻔스럽게 굴 만큼 미치지는 않았지만, 그들 모두 똑같은 전략을 써먹을 만큼 머리가 잘 돌아가긴 했다.

'저 간악한 빨갱이들이 협정을 위반하고 있습니다!'

'장군, 저 비열한 독재자가 협상을 깨기 위한 음모를 꾸미고 있습니다!'

"이놈들은 전혀 휴전을 할 의향이 없어."

"원수님, 하지만……."

"내가 걱정하는 건 이제 중국이 아닐세."

중국을 대표하는 두 거대 세력, 국민당과 공산당 모두 의회 민주주의와 평화로운 정당정치를 원치 않는다. 워싱턴 D.C.의 관료들과 정치인들은 애써 외면하고 있겠지만, 그가 상해에 발을 디딘 이래 얼마 지나지 않아 깨달은 현실은 무척 잔인했다.

"우리 미합중국이 이 땅에서 어떻게 받아들여지느냐, 그걸 고민해야 할 판국까지 몰려버렸다. 이게 바로 내가 걱정하는 바일세."

그가 생각하던 것보다 국민당은 국민의 지지를 훨씬 더 많이 잃었다. 중국인들은 아편 전쟁 이래 계속되는 서양 열강의 진출에 혐오감을 느끼고 있었고, 장개석 본인이 기독교 신자이며 미국 유학생 출신 부인이 있으며 미국에서 대학을 졸업한 고관대작들이 즐비한 이 정권이 명백히 친미—반민족 매국 정권이라고 여겼다.

그리고 그가 생각하던 것보다 공산당은 훨씬 더 반민주적이고 외세에 적대적이었다. 만약 공산당이 중국 전역을 장악한다면, 그들이 민심을 얻기 위해 가장 손쉽게 할 수 있는 일은… 미국을 대륙에서 완전히 내쫓아버리는 것이었다. 이미 장개석에게 어마어마한 투자를 했는데, 최악의 경우엔 한 푼도 못 건지고 쫓겨날지도 모른다. 본국에서 전해진 유진 킴의 새로운 제안은, 그래서 매력적이었다.

"이제 슬슬 유엔 결의안이 나와야 할 때인데."

"장군님. 지금 막 연락이 왔습니다. 결의안이 통과되었다고 합니다!"

"소련은 기권. 중국도 동의. 좋아. 이제 한시름 덜었군."

사무실에 있던 이들 사이에서 조용한 휘파람 소리가 나왔고, 박수를 치는 이들도 있었다. 애초에 유엔은 승전국들이 세계를 통치하기 위한 기구. 칼의 주인이어야 할 상임이사국이 유엔에 얽매이게 된다면 자승자박이 따로 없다.

그러나 장개석은 미국의 지원을 더 받을 수 있다는 실리를 택했고, 소련은 중동에서 터진 전쟁에 서방이 개입하지 않는다는 조건으로 이 이면 협상에 응했다. 이제 마셜은 유엔 평화유지군의 이름으로 드디어 지휘봉을 잡을 수 있었지만.

"나는 본국에 사직을 요청했네."

"어째서입니까?"

"이젠 나도 좀 쉬어야지. 할 만큼 했네."

대전쟁을 끝내고 은퇴 라이프를 즐기기도 전에 중국 땅에 끌려와버렸다. 지휘관 임무는 분명 매력적이었지만, 원래대로라면 정년 퇴역해야 할 나이에도 외근직을 전전하는 건 좀 아니지 않은가.

"나보다 훨씬 더 중국에 특화된 인재가 있으니, 그가 오는 게 귀관들에게도 훨씬 더 도움이 될걸세."

마셜이 방긋방긋 웃으며 본국으로 돌아가기 위한 짐을 꾸리고 있을 무렵.

"어째서! 어째서 왜 또 중국엘 보내려고 하십니까!"

"장군이 아니면 누가 저 중국인들을 지키겠습니까?"

"킴! 킴을 보내면 되잖습니까. 저보다 킴이 휘어얼씬 더 잘할 수 있습니다!"

"대원수를 보내면 누가 봐도 한 판 붙자는 모양새가 됩니다. 드럼 원수. 귀관의 능력을 내가 그 누구보다 더 잘 알고 있으니……."

"현역 시절 그토록 괄시하던 양반이 이제 와서 그런 말 지껄여 봐야 전혀 감흥 없습니다!"

천책상장 휴 드럼 원수. 유엔 평화유지군사령관에 임명. 대륙이 그를 부르고 있었다.

남한 총선거 포스터(출처: 국립민속박물관)

원 역사에서 남한 총선거는 1948년 5월 10일 이뤄졌습니다.

4장
국지적 분쟁

국지적 분쟁 1

1945년. 세계 곳곳에서는 불길이 타오르고 있었다.

"그리스에 오신 것을 환영합니다!"

개털이 된 영국은 공산 반군과의 전쟁으로 엉망진창이 된 그리스에 더이상 손을 대기 어렵다. 그 결과 복잡한 거래가 이어졌고, 마침내 월튼 워커 장군이 이끄는 미국의 군사 고문단이 그리스에 당도했다.

"우리는 어디까지나 그리스 정부군을 제대로 훈련시키고, 여러분이 스스로를 지킬 만큼 강해지도록 도움을 주기 위해 왔을 뿐입니다."

"물론입니다. 그 강력하던 독일마저 무너뜨린 미군 여러분께서 도와주신다면, 저희 또한 군사력을 키울 수 있으리라 굳게 믿고 있습니다."

그리고 중동에서는 이스라엘이 대승리를 거두었다. 소련은 결코 노골적으로 중동 전쟁에 개입하지 않았지만, 자신들이 노획한 독일제 무기가 창고를 가득 채우고도 철철 흘러넘칠 지경.

마침 그 독일의 무기 찍어내던 체코가 수중에 떨어졌으니, '메이드 인 체코슬로바키아' 딱지 붙여 남아돌던 독일제 무기를 총기부터 전차에 이르기까지 죄 이스라엘에 팔아먹고 막대한 수익을 거둘 수 있었다. 유엔에서는 중동 일대에 무기 수출 금지 조치를 내렸지만, 공식적인 매매가 밀수로 바뀌었을 뿐. 어차피 중동에 무기 팔아먹는 건 제국주의자들도 다 하는 짓 아닌가. 중국 또한 상황은 비슷했다.

"우리는 중국에서 벌어지는 극한 대립에서 그 누구의 편도 들어줄 의향이 없습니다. 소비에트 연방은 중국 내전에서 그 누구에게도 편의를 보이지 않습니다!"

거짓말은 하지 않았다, 거짓말은. 소련 공산당이 형제정당이자 사상의 동지인 중국 공산당을 위해 약간의 도움을 베풀고 있긴 하지만, 아무튼 소련이란 나라는 중립을 지켰다. 당 대 당으로서의 소소한 지원으로 모택동이 수십만 대군을 무장시킬 수 있게 되었지만, 알 게 뭔가. 제국주의자들 또한 비슷한 수준의 눈 가리고 아웅에 나서고 있는데.

신생 한국은 미국의 원조를 받고 무시무시한 기세로 군대에 몸집을 불리고 있었고, 한국과 일본 양국은 숫제 대전쟁이라도 다시 치를 작정인지 군수산업 위시한 중공업 일으키는 데 여념이 없었다. 저게 전부 누구 돈으로 벌이는 사업이겠나.

마침내 마셜의 특사단이 중국을 떠남과 동시에 북경과 만주 일대를 둘러싸고 수백만 대군이 대혈투를 치르기 시작했다. 제2차 국공 내전의 시작이었다.

* * *

도쿄, 연합군 총사령관 관사.

내 안락한 거처여야 할 이곳엔 마침내 인간형 폼을 터득한 당근의 화신이 찾아왔다.

"네놈! 네놈이 내 인생을 망쳤어! 또! 또 오게 되다니! 이 빌어먹을 땅에!"

"누가 들으면 속아서 온 줄 알겠습니다그려. 한몫 거하게 잡으셨으면서.

자, 일단 한 잔 드시고 화 좀 가라앉히시지요. 얼굴이 아주 그냥 뜨끈뜨끈하시네."

"내 집. 내 여생을 보낼 집조차 허리케인에 싹 사라져버렸는데……."

입에 침도 안 바르고 거짓말을 하다니. 이래서야 어찌 하늘이 내린 기재, 중화대원수 드럼 장군이라 할 수 있겠나.

"어차피 그 집, 아무리 비싸 봐야 먼지 한 움큼 수준밖에 안 되잖습니까?"

"어허. 무슨 소리인가."

"섭섭지 않게 챙겨 드렸을 텐데요. 그 온갖 금은보화에, 국보급 유물에……."

"무슨 소리인가? 이 나만큼 청렴결백한 사람이 또 어디 있다고!"

조금 전까지 분노에 가득 차 꽥꽥 고함을 질러대던 이는 어디로 가고, 슬며시 부끄러움이라는 감정이 고개를 들이밀었다. 아직 수치심은 좀 남아 있나 보지.

"아무튼 거, 무기명 채권 한 박스는 들고 계시잖습니까. 그것만 움켜쥐고 있어도 죽을 때까지 호강이란 호강은 다 하면서 노닐 수 있는 분이 너무 그러시네."

"이 빌어먹을 극동에 또 올 줄 알았다면 차라리 받지도 않았을 거야."

글쎄? 스스로 선택한 일에 왜 후회를 하고 그러시나. 우리 드럼 장군님의 노후를 위한 연금 플랜은 샌—프랑코의 똑똑한 친구들이 머리를 맞대어 설계한 최신 금융공학의 정수.

보통 사람들은 엄두도 내지 못할, 아무리 거지라곤 하지만 엄연히 자주독립적인 한 나라를 통장으로 쓴 연금이다. 무수한 중화 따거들이 그의 주머니에 꽂아준 커여운 금괴가 중공 빨갱이들의 머리통에 날아갈 총알로 바뀌었으니 이게 바로 연금술이 아니고 또 뭐겠는가? 원 역사에서 한국 전쟁이 터졌을 때, 일본은 후방 군수공장 역할을 하면서 달달한 돈을 빨아먹었다.

물론 한국의 역량이 한때 세계를 상대로 전쟁을 일으키던 일본을 대체할 수준은 아닌 만큼, 이번에도 일본은 제법 콩고물을 챙길 수 있겠지. 마음 같아선 일본에서도 군대를 뽑아먹고 싶지만, 일본군이 다시 중국 땅을 밟는 순간 장개석이 망해버린다. 그러니 나는 최소한… 관광 산업 파이라도 좀 뺏어먹기로 결심했다.

미군의 손길이 닿아 아주 새끈해진 군산항 일대에 하루가 멀다고 호텔이 새로 올라가고, 중국 땅에서 싸우다 휴가 받아 나올 자유의 투사님들의 호주머니를 털어먹기 위한 각종 관광단지가 어마어마한 속도로 증식하고 있다. 아무튼 달러가 최고야.

"그래서 군산에 드럼 호텔을 지으면 되겠습니까?"

"가끔 자네 머릿속에 무슨 또라이같은 발상이 있나 궁금할 때가 있긴 하지만, 지금은 일이 더 급하니 그 이야기나 하세."

"그러지요."

저런. 동상을 몇 미터 크기로 세워주면 될지 물어보려 했는데.

"나는 자세한 이야기는 자네에게 들으란 소리나 듣고 쫓겨나듯 왔네. 내가 뭘 하면 되나?"

"빨갱이들을 막아야지요."

"못 막을 것 같은데."

드럼은 다시금 괴롭다는 듯 머리를 감싸 쥐었다. 오백 원 줄 테니까 벗겨먹는 고오스 하나랑 바나나우유 사오고 거스름돈 내놓으라는 명령을 받아버렸으니 저렇게 고뇌에 찰 수밖에.

"이보게, 대원수 나리. 나는 중국 땅에 제법 오래 있어서 잘 아네. 공산당이 보유한 군대에 비하면 중화민국 정부군은 그냥 쓰레기에 불과해! 제대로 된 군대는 나나 웨드마이어가 직접 다루었던 몇 개 군단밖에 없을걸세."

174

"유엔 평화유지군의 이름으로… 전 세계 각지에서 파병을 해줄 겁니다."

"온갖 잡놈들이 다 파병을 한다니, 그럼 대가리가 대체 몇 개인가? 히드라보단 적겠지?"

"더 많을 것 같습니다만… 일단 총사령관은 장군님이시니 명을 거스르진 못할 겁니다."

"그건 불행 중 다행이군. 다 합하면 그 평화유지군이라는 거, 한 50만쯤은 되겠지?"

"10만 정도……?"

"나 안 해."

그는 쌍욕을 무어라 중얼거리며 소파에 발라당 드러누워버렸다. 이게 정녕 평생을 군에서 보낸 60대 할아버지의 위엄 있는 모습인가?

유엔 평화유지군. 중국의 내전에서 무고한 이들의 목숨과 재산을 지키고 휴전 협정을 준수시키기 위한 다국적 군대. 명분은 저토록 번지르르하지만… 까놓고 말하자면 '장개석이 호로록 다 말아먹어도 모택동의 중원일통만은 저지하기 위한 전 세계 혐성맨들의 모임'으로 번역할 수 있겠다. 명분 자체가 빈약하다 보니, 이들 평화유지군이 본격적으로 전투에 개입하기까진 시간이 제법 걸릴 터. 그리고 병력 또한 개차반이었다.

"얼마 전 한국에서 철수해 일본으로 재배치된 부대 2개 사단이 평화유지군으로 동원될 겁니다."

"흐. 흐흐흐. 저 오라지게 넓은 땅에 2개 사단?"

"마음 같아서야 몇 개 군단이라도 좀 쥐여서 보내드리고 싶은데, 의회 승인이 떨어져야 말이지요. 승인만 받으면 곧장 2개 군단을 추가로 보내겠습니다."

"그건 참 위안이 되는구먼. 또?"

"동남아시아 방면과 홍콩에 있던 영국군이 곧장 평화유지군으로 합류할 예정입니다. 추가로 영국 자치령들 또한 파병할 예정입니다."

가장 먼저 아시아로 병력을 보내줄 수 있는 나라는 역시 영국과 프랑스. 그리고 인도네시아에서 총부림하다가 개같이 욕먹고 단단히 찍힌 네덜란드 또한 '평화 수호'라는 끝내주는 명분으로 인도네시아에서 병력을 뺄 예정. 경사로세, 경사로다. 그리고 태국과 필리핀이 1개 사단씩을 파병하기로 결의했다.

필리핀이 파병하는 거야 사실 당연한 일. 아나스타시오가 대통령이 된 마당에 안 끼어드는 게 더 이상한 일이다. 사면령을 내렸지만 아무래도 입지가 걸쩍지근한 비센테 선배를 파병군사령관으로 임명해 국외로 내보낼 작정이라 들었다.

태국은 본래 대전 말기에 일본군의 공갈 협박에 못 이겨 연합국에 선전포고를 하려… 했으나, 놀랍게도 미국 주재 태국 대사가 자의로 선전포고문을 세절해버리고 '그런 적 없는데요? 미국의 친구 태국이 선전포고라니요?'라고 배를 째버렸다.

아무튼 태국의 참전은 그렇게 유야무야되었지만, 지은 죄가 있는 그쪽 입장에선 이번 파병으로 우리 편이라는 걸 확고히 못박고 싶은 듯싶다. 그 외에도 이런저런 나라들이 죄 유엔의 기치 아래 파병 또는 물자 지원을 약속했으니, 그야말로 글로벌 올스타 집결. 문제는 깃발 개수에 비해 대가리 수가 현저히 딸린단 점인데, 그건 내가 어떻게 해줄 수가 없구만. 미안합니다. 내 설명을 들은 드럼은 이내 체념했는지 고개를 푹 떨구었다.

"그래서, 전략 목표는?"

"장개석 정부의 생존입니다."

"내줄 거 다 내주고, 장강 이남만 지키라는 뜻으로 해석하면 되겠나?"

"그것도 못 지킬 것 같은데……."

"장강이라는 천연 방어선마저 뚫린다면 그땐 무슨 술수를 부려도 공산당을 막을 수 없겠지. 해군의 도움이 필요해. 장강에 진입할 수 있는 함선이란 함선은 죄 끌어모아야 그나마 비벼볼 만하다고."

나 또한 그 부분은 동감하는 일이었다. 킹이 물러났으니… 니미츠 제독과 싸바싸바를 열심히 해봐야겠군. 군비 감축의 칼날 앞에서 해군도 똥줄이 타긴 피차일반일 테니 말만 잘하면 어떻게 잘 풀릴지도 모른다.

"그리고 또……."

"아니, 무슨 군대 맡겨놨습니까? 무슨 요구사항이 이리 많아요?"

"그럼 네가 가든가!"

아, 그건 좀. 드럼은 잠시 입을 달싹이더니, 결국 술의 힘을 빌려 고민하던 말을 토해냈다.

"그거… 그거 좀, 지원받을 수 없나."

"그게 뭡니까."

"그거 말이야 그거!"

"제가 눈치가 없단 소릴 많이 들어서 뭘 뜻하시는지 전혀 모르겠습니다."

"개자식. 정말 모르겠나? 그거!!"

"절대 안 됩니다."

어린애처럼 떼쓰지 말라고. 콘에다 아이스크림 담아주는 것처럼 손쉽게 말하는데 그게 되겠냐? 안 되고말고. 이 양반이 진짜 미쳐버리셨나.

"상식적으로 좀 생각을 해보세요. 평화를 지키기 위해 파병되는 군대가 '그게' 대체 왜 필요합니까?"

"그럼 나한테 2백만 대군 정도는 줬어야지. 내가 지금 무리한 요구를 한다고 생각하나?"

"저는 그냥 대리인일 뿐이니 본국에 이야기하시죠."

엮이기 싫다. 이 호환 마마 같은 인간아. 어서 네 병력 데리고 중국으로 썩 사라져버려.

"무기는 결국 써먹으려고 만든 것 아닌가! 지금 평화를 유지하기 위해선 백만의 병력을 주든가, 아니면 그 엄청난 폭탄이 있어야 해!"

"다시 말씀드리지만, 우린 지금 평화유지군이에요. 평화를. 유지하려는. 군대. 아시겠습니까? 한 번에 도시 하나를 콩가루로 만드는 병기를 대체 어느 평화를 위한 군대가 들고 다닙니까?"

그렇게 사정없이 찌그러진 드럼에게, 나는 사탕 하나를 내주기로 했다.

"다만… 우리가 쏘는 게 아니라면 좀 이야기가 다르긴 하죠."

"역시! 역시 대원수님이야. 그래, 빨리 그 사악하고 음험한 책략을 좀 꺼내보게."

"별거 아닙니다. 장개석에게 그 폭탄을 선물로 주는 거죠."

항상 명분을 갖춰야지. 아무리 평화유지군이 데코레이션에 불과하다지만, 성조기의 이름으로 원자폭탄을 쐈다간 뒷감당이 안 된다.

"마침 플라잉 타이거스라는 좋은 예가 있잖습니까. 절대 미군은 아니지만, 그, 의협심과 반공 정서 투철한 파일럿들이 자발적으로 장개석의 공군에 가담할 수 있겠지요?"

"그럼. 그렇고말고!"

"그리고 우리가, 절대 투하하지는 말고, 어디까지나 협상용으로만 꼭 들고 있으라고 '신형 폭탄' 하나쯤을 장개석에게 건네주는 것도 딱히 문제가 아니겠지요?"

"그렇지. 궁지에 몰린 장개석이 우리의 만류에도 불구하고 제멋대로 그 '원자폭탄'을 투하해버리면 그게 어디 우리 탓이겠나? 멋대로 쏴버린 장개석의 독단이지!"

"크헤헤헤헤헤!!"

"키히히히힛!!"

음. 완벽하구만. 그래. 아무리 장개석이라도 내전인데 자기 나라에 핵을 쏠 만큼 미쳐버리진 않겠지. 그래도 결국 폭탄을 투하한다면…….

아무튼 내 탓은 아닌 듯?

국지적 분쟁 2

맥아더 행정부는 딜레마에 빠져 있었다. 전임자 월레스 또한 빠져 있던 이 딜레마로 쿡쿡 찔러댈 땐 재밌었지만, 정작 그 칼날로 찔리게 되니 한숨이 절로 나올 따름.

"저 비싼 원자폭탄을 개발했으면 이제 군비를 줄여도 되지 않습니까?"

"원자폭탄은 단순한 병기에 불과합니다. 강력하지만 여러 제한 사항이 존재하는 관계로……."

"그게 단순한 병기라고요? 그러면 고작 조금 강한 폭탄을 만들자고 시민의 혈세를 몇 년에 걸쳐 비밀리에 퍼부은 겁니까?"

"그건 루즈벨트 행정부의 결정으로……."

"그래서 당신은 그 행정부에서 아무것도 아니었습니까? 장관이었잖소! 전쟁부장관!"

맨해튼 프로젝트. 원자폭탄이 강력한 무기라면, 앞으로 저 강력한 폭탄만 수십, 수백 발을 만들어 들고 있으면 군대가 왜 필요한가? 그 군비를 죄 감축해 세금을 줄이고 차라리 핵무기를 더 만들면 되지.

원자폭탄이 생각만큼 강한 무기가 아니라면, 그걸 대체 왜 개발해야 했는가? 결국 거대한 돈지랄 그 이상도 이하도 아니잖은가? 이 고르디우스의 매듭을 해결할 방법은 오직 하나뿐.

과감한 칼질 한 방.

"한 번쯤 쏴봐야 해."

워싱턴 D.C.와 펜타곤을 지배하는 분위기는 마치 크리스마스 선물로 끝내주는 장난감 총을 받은 남자아이의 그것과 흡사했다. 이걸 어떻게 안 써보고 배기겠는가? 월레스 행정부는 사막에서의 폭발 실험만으로 충분한 '억제력'을 선보일 수 있으리라 믿었지만, 시간이 지나자 사람들의 머릿속에서 그 버섯구름의 잔상은 희미해져만 가고 있었다.

"저 원자폭탄은 결국 폭탄입니다. 우리의 폭격기 조종사들이 직접 싣고 날아가 투하해야 하는 병기지요. 그렇다면 당연히 새로 창설된 우리 공군이 전담해야 합니다."

"웃기는 소리 하지 마시오. 타격 목표가 지상의 전략 거점인데 그걸 왜 공군이 관할해야 하지? 대통령 각하. 오직 미합중국 육군만이 원자폭탄을 감당할 수 있습니다."

"땅개들이 짜고 친다! 대통령과 한패인 땅개 놈들이 원자폭탄을 빌미로 해군을 해체하려 한다!!"

"아니, 이봐요. 대체 해군이 왜 필요합니까? 저 끝내주는 폭탄 한 방이면 그 잘난 함대도 콩가루가 되는데, 이제 슬슬 역사 속으로 물러나는 게 어떨지요."

"밖으로 나와!! 결투다!!"

의회의 예산은 갈수록 쪼그라들고 있으니, 곳간에서 인심 난다고 군바리들의 인심 또한 메마른 논밭처럼 쩍쩍 갈라져버렸다. 결국 병력은 병력대로 감축하면서 세계 곳곳에 개입은 개입대로 해야 하는 상황. 도쿄에서 날아온 제안은 그래서 무척 매혹적이었다.

"장개석에게 원자폭탄을 쥐어준다고 하셨습니까."

"정확히 말하자면, 의용군으로 위장한 우리 공군이 단 한 발의 원자폭탄을 지참할 것이외다. 장개석이 이를 사용하기로 공식 명령을 내리면 우린 완벽한 명분을 거머쥔 상태에서 이를 투하할 수 있을 게요."

헨리 아놀드 원수는 대통령의 질문에 주저 없이 고개를 끄덕였다.

"지난 2차대전 당시 중국에서 수행했던 작전들을 돌이켜봤을 때, 우리 공군의 작전은 완벽하게 독립성을 보장받아야 하며 특히 중국인들에게 개입할 여지를 주어선 안 됩니다."

"그야 잘 알고 있소. 애초에 우리의 도움을 갈구해야 하는 자들이 무슨 염치로 끼어들까?"

"정치 논리는 때때로 불가능한 일도 가능하게 만듭니다. 내전이라는 복잡한 환경에선 더더욱 가능하지요."

"그 부분은 내 유념하리다."

맥아더의 눈에 동정심이 살짝 깃들다 말았다.

"그리고, 후임자에 대해서도 이야기를 듣고 싶소만."

"…제 생각에는 공군을 지키고자 하는 누구여도 제 후임 참모총장으로 적합하다고 봅니다."

2차대전 와중, 아놀드는 무려 4차례나 심장마비를 일으키며 쓰러졌다. 백악관의 대노예주로 악명 드높던 루즈벨트마저 대단히 정중하게 그에게 은퇴를 권유했지만, 아놀드는 공군의 미래를 위해 자신이 필요하다 여겨 그 모든 청을 거부하고 지금까지 아득바득 자리에 앉아 있었다.

"대통령 각하. 우리의 오랜 인연에 호소할 수밖에 없는 제 처지를 부디 용서해주십시오. 저 빌어먹을 해군 놈들은 지금도 공군이라는 군종의 존재 자체를 못마땅해하고 있습니다. 제가 물러나더라도, 절대 공군을 저버리지 말아주셨으면 합니다."

"걱정 마시고 회복에나 전념하시오. 아무렴 내가 물개의 편을 들겠소?"

아놀드가 물러난 뒤, 홀로 남은 맥아더의 머리는 더더욱 복잡해졌다. 군간 갈등이 너무 심각하다. 역시 그놈의 코를 꿰어 D.C.로 끌고 와야 한다. 마음 같아선 독일에 박아 놓고 스탈린의 목덜미를 서늘하게 만들어주고 싶지만, 당장 국내가 이리 개판이어서야 어떻게 반공 십자군에 나서겠나?

유일한 현역 대원수. 양차대전의 영웅. 그러면서 해군의 1인자였던 킹과 사돈 관계이며, 공군과도 무척이나 친밀하고, 심지어 해병대와도 원만하다. 이런 인재가 합참의장을 하지 않으면 대관절 누가 하겠는가. 물론 육군 출신 대통령이 현역 육군을 합참의장에 앉히려면 물개들이 발작하겠지만, 설마 킹과 사돈인 인물조차 반대를 하… 려나?

잠시 어니스트 킹을 떠올린 맥아더는, 킹이란 인간은 제 사돈이건 말건 게거품을 물고 다리를 걸면 걸었지 절대 박수를 쳐줄 인간 됨됨이가 아니라는 데까지 생각이 미쳤다. 차라리 붓다의 가르침에 마음이 동해 몽크가 된다는 말을 믿고 말지. 하지만 그래도 사돈인데 어떻게 사적으로 잘 설득하면?

'이보시오, 사돈. 글쎄 맥가놈이 날 합참의장으로 앉히겠다고 하지 뭡니까?'

'뭐요? 땅개 주제에?'

'나도 싫으니까 당신 잘하는 거, 그러니까 개처럼 좀 짖어주시면 안 되겠습니까? 나는 일하기 싫다고!'

'으르렁! 왈왈! 멍멍! 이렇게 말이오?'

'크헤헤헤. 아주 좋습니다. 혹시 금괴 좀 필요하십니까?'

뻔하다. 아주 단편 영화 한 편이 절로 뚝딱 머리에서 그려진다. 유진 킹이란 놈은 제 사돈에게 뒷돈을 찔러줘서라도 일을 안 하기 위해 최선을 다할 놈팽이 아닌가. 그가 어디 유진을 하루 이틀 본 것도 아닌데 예상 못 하면 대통령 때려치워야지.

당장 도쿄에서 날아온 문건들만 보아도 그렇다. 이른바 '동아시아 반공 기지화 장려 프로그램'. 태국―인도네시아―필리핀―대만―한국―일본을 잇는 거대한 포위망으로 공산주의 세력의 태평양 진출을 원천 차단하고 합중국의 이익을 지키자는 계획. 필시 일본과 전쟁을 치르고 있을 무렵부터 진작 그 대가리에 담아두고 있음직한 생각 아닌가.

진작 보고하지 않은 이유? 극동사령관으로 안 앉혀주면 발표도 안 했겠지. 그런 놈이다, 저 자식은. 좋게 좋게 말로 타이르고 싶어도 채찍을 휘갈기지 않으면 어떻게든 일을 안 하려고 온몸을 비튼다. 마셜을 빈말로도 좋아하지 않는 그였지만, 적어도 유진 킴 조련사로서의 조지 마셜만큼은 높이 살 수밖에 없는 것도 그런 까닭 아닌가.

문득 맥아더는 저승으로 간 루즈벨트와 얼간이 월레스에 대한 원망이 새록새록 또 자라나는 것을 느꼈다. 소련을 믿는다던 그 해맑은 등신들이 세상을 이 꼬락서니로 만든 것 아닌가. 소련과의 대립이 시작되면서, 민주당 정권이 세워놓았던 원대한 미래 계획은 모조리 휴지조각으로 전락했다.

독일과 일본을 영원히 농사짓고 소나 키우는 농촌으로 만들어버린다? 한때는 그런 꿈을 꾸었었다. 맥아더 그 자신조차 저 침략자들은 영구히 전쟁을 일으킬 능력을 거세해야 한다고 여겼었으니. 하지만 소련이 자유 세계를 위협하는 지금. 독일과 일본은 하루아침에 소련, 그리고 공산주의와 맞서는 최전방이 되었다. 왜 미국이 시민의 혈세를 털어서까지 서유럽을 재건해야 하는가. 빨갱이들은 항상 가난한 나라에 꼬이기 때문 아닌가.

마찬가지로, 독일과 일본이 적화당하는 꼴을 두 눈 뜨고 구경하지 않으려면 그들은 다시금 산업을 일으키고 부활해야만 했다. 빨갱이들이 준동하지만 않았다면 그럴 일은 없었을 텐데. 역시 공산주의자의 해악이란 이토록 도처에 깊이 퍼져나가고 있었다.

"마음대로 되는 일이 하나도 없군."

정말, 정치인이라는 건 보기에만 좋지 최악의 직업이었다. 그는 잠시 머리를 식힐 겸 백악관으로 날아온 편지를 하나씩 확인하기 시작했다.

[존경하는 대통령 선배님께.

안녕하십니까, 선배님. 소관은 최근 심각한 고민에 직면한 관계로 이렇게 편지를 보내게 되었습니다. 다름이 아니오라 전 세계가 러시아인들의 침략을 받는 지금, 미합중국 육군은 히틀러를 물리친 불세출의 명장인 저를 적극 기용하긴커녕 듣도 보도 못한 퇴물들 가는 곳으로 저를 발령내려 하고 있습니다. 제게 백만 대군을 맡겨 주신다면 단숨에 모택동의 대갈통을 잘라다 각하의 아드님께 축구공으로……]

"밖에 누구 있나?"

"예, 각하!"

"패튼 이 개새… 아니, 장군 하나를 어디 파나마 같은 촌구석에 좀 발령내고 싶은데."

머리가 식긴 개뿔. 뜨뜻한 열이 마구 치솟았다.

* * *

전 세계 자유 진영을 총괄하는 미합중국 대통령이 고뇌와 분노에 시름하고 있을 무렵. 전 세계 공산 진영을 총괄하는 크렘린의 서기장 또한 비슷한 고통을 겪고 있었다.

"UN 평화유지군의 증강이 빠른 속도로 이루어지고 있습니다."

"우리의 계획대로, 미국은 아시아에 집중하려는 기색이 역력합니다."

"아무리 미국의 국력이 강대하다지만 아시아에 힘을 집중하면서 다른 대륙에까지 영향력을 발휘하기엔 팔이 모자라겠지."

묘기 대행진. 서커스단의 광대처럼, 커다란 공 위에 올라타 이리저리 움직이는 동시에 원숭이에게 채찍을 휘두르고 다른 손으로는 접시를 빙글빙글 돌려야 한다.

"명심들 하게. 우리의 목표는 단 하나, 시간벌이야"

이제 더 이상 달달하기 그지없던 랜드리스도 없다. 미국은 명백히 소련을 적대시하고 있고, 영국과 프랑스를 대신해 새로운 제국주의 국가로서 세계를 제멋대로 재단하려 한다.

"소련의 인민들에게는 휴식이 필요하지만, 반대로 제국주의자들의 손길에서 벗어나려는 세계 만방의 동지들에겐 소비에트의 적절한 지도가 있어야만 하네."

"공산주의에 대한 제대로 된 학습이 부족한 모험주의자들의 책동을 엄히 단속해야 합니다."

"그렇습니다. 유감스럽게도 그들은 마르크스―레닌주의를 명확히 이해하지 못한 채, 소련의 지시마저 우습게 여기고 있습니다."

하지만 결국 모든 공산주의자들은 소련과 스탈린에게 복종해야만 했다. 가면 갈수록 스탈린의 의심과 편집증적 증세는 심해져만 갔고, 모스크바의 최고위 공산주의자들마저 이러한 스탈린의 비위를 맞추기 위해 몸을 사리기 일쑤.

"예브게니 킴은 마르크스―레닌주의에 대해서도 제법 해박한 이해가 있었네만, 그런 그조차 결국엔 우리와의 적대를 선택했네. 맥아더 정권은 그래서 위험해. 그들에겐 사상의 자유란 존재하지 않고, 공산주의 정권 파괴를 위해서라면 무슨 짓이든 저지를 수 있거든."

"결국 제국주의자의 한계를 벗어날 수 없는 것이 그들의 실정입니다."

"오직 노동자와 농민이 스탈린 동지 아래에서 단결해야만 저들의 음모를 막고 지구상 유일한 사회주의 정부를 지킬 수 있습니다!"

용비어천가. 그 아름다운 광경을 음미하던 스탈린은, 구석에서 쩔쩔매고 있는 한 사람에게로 시선을 옮겼다.

"몰로토프 동무."

"예, 옙! 서기장 동지!"

"동무는 한국 땅에서 예브게니를 묶어둘 수 있다고 장담했었지. 하지만 결과는 별로 신통치 않았소."

몰로토프는 억울했다. 애초에 그는 한국에서 내란을 일으키자는 발상을 마뜩잖아했지만, 바로 저 스탈린이 그걸 원했기에 앵무새처럼 읊었을 뿐이다. 성공하면 그 모든 찬사와 업적은 스탈린 동지의 것. 실패하면 그 모든 비난과 책임은 아랫사람들의 몫. 뻔히 아는 사실이었지만, 그 누구보다 스탈린을 위해 헌신해 왔다 자부하는 몰로토프조차 버림패로 동원될 줄은 이 자리의 그 누구도 예상하지 못했었다.

"동무의 사상에 대해 다소 우려를 표하는 이들도 있지만, 나는 동무가 결코 사상적으로 문제가 있다고 여기진 않소."

"스탈린 동지의 관대함에 목이 메어 말이 잘 나오지 않습니다. 영광스럽습니다, 동지."

몰로토프의 부인은 유대계 러시아인이었고, 얼마 전 소련을 방문한 이스라엘의 지도자 골다 메이어와도 친분을 다졌다. 그리고 최근 들어, 스탈린은 갑자기 유대인들이 당보다는 자신들의 나라에 충성을 바치려 한다고 의심하기 시작했다. 몰로토프의 머릿속에 굴라그가 아른아른 떠오를 그때, 강철의 서기장은 파이프를 입에 물며 딴소리를 늘어놓았다.

"생각해보면 조금 억울한 감도 있겠군. 우리가 예브게니에게 그 땅의 공산주의자들을 싹 내쫓아버릴 명분을 주었으니, 따지고 보면 예브게니가 우리에게 감사 인사를 해야 하는 거 아닌가? 몰로토프 동무 또한 예브게니가 그토록 은혜를 모르는 인간일 줄은 미처 모르지 않았겠나."

"그, 그렇습니다."

"그놈이 간교한 데다 눈치만 빠른 놈이니, 맥아더의 편으로 줄을 갈아탄 것 아니겠습니까? 몰로토프 동지의 잘못이 아닙니다."

"예전처럼 터놓고 이야기를 하면 좋겠군. 내가 한번 공산주의를 공부해보라고 선물도 줬었는데."

이게 농담인지 진담인지 모르겠으니 미치고 환장하겠다. 하나같이 등에 식은땀을 송골송골 매단 채, 모스크바의 하루가 저물고 있었다. 그리고 집으로 돌아온 몰로토프에겐 불행한 일이 하나 더 기다리고 있었다.

"이게, 이게 무슨 일이지?"

엉망진창. 감히 어느 미치광이가 소련 최고위 권력자인 몰로토프의 집에 침입해 집을 난장판으로 만들어 놓았단 말인가?

"아. 동무. 오셨습니까."

"…베리야 동무는 어째서 제 집에 계십니까."

무수한 서류가 흩날리고 책이란 책은 전부 바닥에 지저분하게 깔린 이 개판 한가운데에, 베리야는 소파에 떡하니 앉아 그를 기다리고 있었다.

"스탈린 동지께서 일전에 동무에게 하교하시길, 동무의 부인은 그 사상이 저어된다 하지 않았습니까?"

"그렇소."

"이번에 저희 NKVD는 부인의 반역적 언동을 확보했습니다. '마침내 우리가 조국을 얻었다.'라고 했다더군요. 꼭… 소련이 아닌 이스라엘이 그분의 진정한 조국인 것처럼 말입니다."

끝났다. 몰로토프는 땅이 꺼지는 듯한 기분에 천천히, 쓰러지듯 소파에 걸터앉았다.

"자비로운 스탈린 동지께선 몰로토프 동무는 여편네의 사악한 속삭임에 귀를 기울일 인사가 아니라고 분명히 선을 그었습니다."

"감사합니다. 참으로… 감사합니다."

"앞으로도 직무에 충실히 임하기만 한다면, 동무의 사상은 결코 의심받지 않을 겝니다. 그럼 수고하십시오."

도대체 뭘 어떻게 더 열심히 하란 말인가. 살고 싶으면, 무언가 성과를 내야 했다.

국지적 분쟁 3

중화민국, 상해.

유엔 평화유지군 총사령부. 이 끈적끈적한 습기. 불결한 위생. 조금만 귀를 기울이면 들리는 중국어. 또 중국에 와버렸다. 드럼의 입에서는 절로 장탄식이 흘러나왔다. 힘껏 나부끼는 성조기를 보면서도, 각을 맞추어 행진하는 늠름한 미군 장병들의 모습을 보아도. 이 중국이라는 거대한 대륙 앞에서 이 병력이 얼마나 의미가 있을지를 생각하노라면 절로 숨이 턱턱 조여오고 있었다.

"제93보병사단, 사단장 도경 킴 외 전 장병은 유엔 평화유지군 합류를 명받았습니다."

"어서 오게. 다들 고생이 많군. 혹시 자네도 팔려왔나?"

"저는 어디까지나 자유와 평화를 지키기 위해……."

"팔려온 거 맞군. 그 사탄도 등쳐먹을 놈이 몸값은 두둑이 쳐줬길 빌어줌세."

도경의 입을 단숨에 합죽이로 만든 그는 저 아래에서 바삐 움직이는 병사들을 힐끗 바라보았다.

'또 깜둥이들인가.'

아주 만만한 게 흑인이지. 언제부터인가 이 나라 윗선은 버릇이 잘못 들었다. 병역이란 의무이기에 앞서서 신성한 권리여야 하건만, 이래서야 아쉬운 거 많고 억울한 놈들만 전쟁터로 보내는 셈 아닌가?

"혹시 본국에서 유색인종 장병들에 대한 대접이 후해졌단 소리가 나왔나?"

"저도 본국에 오래 있던 건 아니라 잘 모르겠습니다만, 크게 나아졌다는 이야기를 따로 전해 듣지는 못했습니다."

"사기가 개판일 것 같은데."

"…노력해보겠습니다."

서부 전선의 판세를 결정지었던 저 '모델 공세' 당시, 이미 캉 전투에서 극심한 소모를 겪었던 93사단은 아미앵에 포위된 채 괴멸당하고 말았다. 소수의 직업군인을 제외한 병사들은 다 전역하고 고향에 돌아가거나, 혹은 영원히 고향에 돌아가지 못할 몸이 되었으니 그때 그 시련을 겪었던 이들은 남아 있지 않다.

하지만 표정히 펄럭이고 있는 사단기가 기억하고 있고, 유가족들이 기억하고 있다. 저 밉상인 맥아더가 대통령으로서 제대로 된 후속 조치를 취해주지 않는다면, 그때 터져나올 반발은 필시 어마어마할 텐데. 드럼의 잡념은 거기까지였다. 그 이상은 군인이 고려할 문제가 아니니.

장병들에게 우선 현지에 적응하고 여독을 풀 겸 휴식을 명령한 그는 내일 다시 정식으로 참모부 브리핑을 가지기로 명하고 자신의 지휘부로 복귀했다.

"원수님 오셨습니까! 얼른 안으로 드시지요!"

"…그러지."

참모장 에드워드 알몬드가 즉시 달려나와 그를 영접했고, 드럼은 순순히 그를 따라 자리에 앉았다. 시원한 얼음을 가득 넣은 차를 그대로 원샷한 그는 잠시 신임 참모장에 대해 고민했다.

버지니아 군사대학 출신. 그러니 당연히 원래는 마셜 쪽 라인. 2차대전에서는 유진 킴이 출정한 북아프리카 전역에서 제36보병사단장으로 종군. 그리고 롬멜과 정면으로 붙어 처참하게 박살 나고 보직변경, 사실상 방출 통보. 하지만 그 뒤 곧장 몰락하지는 않았다. 누가 마셜 파벌 아니었을까 봐 전투 지휘와 달리 행정 능력은 탁월해 본국으로 돌아간 뒤엔 다시 승승장구. 거기다 귀국 후 맥아더 코인을 풀 매수했고 의문의 떡상으로 대출세.

한마디로 요약하자면 드럼 그 자신과 같은 부류 아닌가? 사무능력 마스터가 있어서 나쁠 건 없다. 알몬드가 참모장으로서 각종 군 행정을 총괄한다면 그는 이 복잡다단한 연합군을 하나로 엮고 중화민국 정부와의 교섭에 모든 시간을 투자할 수 있을 테니. 하지만 웨드마이어가 빠진 자리가 너무 아쉽다. 결국 여기는 전쟁터고, 그러면 당연히 전투력 탁월한 지휘관이 있어야 하지 않겠는가.

그렇지만 몇 년 동안 중국에서 이미 죽도록 고생한 그를 다시 보내 달라고 말할 염치는 없었다. 이제 웨드마이어도 본국에서 꿀 좀 빨아야지. 생각을 마친 그가 입을 열었다.

"장개석과 회동했네."

"좋은 소식이 있는지요?"

"좋은 소식과 나쁜 소식이 하나씩 있지. 좋은 소식은 현재 국부군, 그러니까 중화민국 정부군은 공산 반군을 격파한 뒤 만주로 북진하고 있단 걸세."

공산주의자들의 소굴이었던 연안이 함락되었고, 그들의 배후 근거지이자 후방 핵심 산업 거점인 만주를 향한 공세가 이어지고 있다. 장개석이 어째서 저런 판단을 내렸는지는 명확하다. 빨갱이들이 만주를 쥐고 있는 한 이 전쟁의 최종 승리는 불가능하다고 결론 냈겠지.

"너무 돌출되고 있는 거 아닙니까."

"군사를 아는 사람이라면 모두가 떠올릴 법한 생각이고, 나도 그렇게 보고 있다네. 그리고 저 어딘가 숨어 있을 모택동도 당연히 알고 있고. 그게 바로 나쁜 소식일세."

국민당과 공산당. 두 세력 모두 현대전의 핵심인 기계화 능력이 바닥을 기고 있다. 전차가 아무리 강력하면 뭐 하나. 전장까지 실어나를 수송 능력이 없으면 말짱 도루묵. 이 드넓은 대륙을 전차가 단독으로 기동한다? 가는 도중 다 퍼지고 말 텐데. 결국 보병들이 뚜벅뚜벅 걸어서 싸워야 하는 1차 대전식 전쟁의 핵심은 단 하나.

"철도."

철도 먹은 놈이 이긴다.

"우리가 장개석의 철도 장악을 지원해주면……."

"절대 안 되지. 그건 너무 대놓고 편을 들어주는 모양새야."

아직 제대로 된 꼴을 갖추지도 못한 평화유지군. 이걸 함부로 들이부을 순 없다.

"일단 순차적으로 합류할 연합군을 장악하고, 제대로 된 보급선을 긋는 것부터 시작하자고."

"알겠습니다."

장개석이 만주를 평정하면 국민당의 완벽한 승리. 모택동의 군대가 화북을 휩쓸고 만주로 진출한 국부군의 허리를 잘라먹으면 공산당의 완벽한 승리. 공산당이 화북을 다시 휩쓸기 전, 철도를 지키는 데 성공하고 만주에 있던 국부군이 무사히 탈출한다면 승부는 다시 원점. 하지만 돌아가는 상황은 전혀 장개석을 향해 웃어주고 있지 않다. 중국에 다시 오자마자 드림은 그 어떤 연줄보다 끈끈한 금빛 실을 잡아당겼고, 이미 안면을 튼 여러 군벌 수장들과 밀담을 가졌다.

'우리는 미국이 장개석을 전적으로 지원하리라 여겼습니다만, 마셜 원수의 특사단을 비롯한 여러 협상 시도를 보며 잘못 판단했단 사실을 깨달았

습니다.'

'장개석이 승리한다는 확신이 없는 한, 우리 또한 한 세력을 이끄는 지도자로서 그와 운명을 함께할 의리는 없습니다.'

너무 늦었다. 군벌 놈들이 언제부터 그리 민심을 따졌겠는가. 전국적으로 항일의식이 불꽃 튀기던 중일 전쟁 때가 특이 케이스였지. 그땐 일본 편에 붙었다가는 당장 집에서 부리는 하인부터 구두닦이, 애첩, 이발사에 이르기까지 누구 하나 한간 죽이겠다고 칼을 숨겨 들어올 것만 같았다. 그렇다고 일본이 믿음직하냐면 그것도 아니었고.

하지만 모택동은 군벌들을 포섭하고자 적극적으로 움직이고 있었고, 장개석의 심중에 군벌들을 모조리 끝장내고자 하는 마음이 있음을 모르는 이는 아무도 없었다. 이래서야 드럼이 아무리 대륙식 사교활동에 능하다곤 하지만 그들을 끌어들이긴 무리. 유진 킴이 직접 군을 이끌고 온다면 또 모를까. 이들 평화유지군이 군세를 완전히 갖추기 전까지 할 수 있는 일은 오직 하나. 기도뿐이었다.

"너무 늦지 않기를 바랄 수밖에."

너무 늦었다는 걸 이미 알면서도.

* * *

"후하하하하!! 내가 왔네!! 반갑지 않은가?!"

내 평화로운 일상이 무너지는 소리가 들린다. 그럴 리가 없다. 절대 그럴 리가 없지…….

"후배님, 아니, 대원수님! 소인이 왔습니다! 베를린의 정복자, 한니발의 환생, 이 전쟁사에 한 획을 그은 위대한 명장이 더러운 빨갱이와 추잡한 칭키들의 멱을 따기 위해……."

아. 두통. 두통이 몰려온다. 아스피린이나 하나 좀 먹어야겠어.

"여긴 왜 오셨습니까."

"왜냐니! 피와 화약의 냄새를 찾아왔지!!"

참고 또 참은 가운데 내 입에서 새어나오는 말은 자못 불퉁했지만, 이 중세의 광전사는 늘 그랬듯 마이페이스. 패튼의 보직 문제는 육군 최대의 화두이자 시한폭탄이었다. 그의 말마따나 베를린의 정복자이자, 무려 중국에서도 상륙작전을 진행해 본 경력이 있는 그를 놀린다는 게 비상식적이긴 하다. 하지만 이미 지난 2차대전의 서부 전선에서도 몇 번이나 사고를 친 이 인간을 내전이라는 복잡하고도 미묘한 환경에 던지면 과연 득이 될까, 실이 될까? 우리의 친구 아이젠하워 참모총장께서는 그 머리카락이 다 떨어져 나가도록 고민에 고민을 거듭했다.

사실 나라면 안 보냈다. 게다가 패튼을 전쟁터에 보내면 한 가지 더 큰 문제가 생긴다. 적어도 여태까지 전공 하나는 알차게 세웠던 인간이니, 가서 또 주둥이 간수를 못 하거나 개같은 손버릇이 나온다거나 하는 사고만 없으면 아무튼 맡은 일은 잘할 텐데.

그러면… 패튼을 원수로 임명해야 하나? 이 끝없는 고민을 해결해준 건 다름 아닌 시민의 대표, 미합중국 의회였다.

'어째서 육군은 패튼 장군을 중국에 보내지 않는 겁니까?'

'본인이 저리 자원하고 있잖습니까. 능력이 검증된 인재를 굳이 안 보내는 덴 뭔가 이유가 있습니까? 파벌 문제 같은?'

'대통령에게 찍혀서 한직으로 간다는 소문이 있던데 사실입니까?'

파나마나 하와이로 쫓겨나 정년을 맞이할 것만 같던 패튼은 그렇게 의회의 지원사격 아래… 이 동경에 오고 만 것이다.

"하나만 좀 물어봅시다."

"뭔가. 뭐든지 물어보게. 내 크고 아름다운 이 매그넘 구경이 얼마나 되는지라도……."

그딴 더러운 건 알고 싶지도 않아.

"도대체 무슨 짓을 했길래 의회에서 그 야단이 난 겁니까?"

"아아, 뭔가 대단한 걸 물어보나 했더니 고작 그거 말인가? 내가 전쟁터를 못 간다는 게 상식적으로 말이 안 되는 이야기잖은가. 그래서 내 억울한 사정을 좀 들어달라고 여기저기 하소연을 했네."

"고작 하소연 좀 했다고 움직일 의원들이 아닌데……."

"당연히 빳빳한 달러뭉치를 좀 뿌렸네! 아주 빵빵하게! 역시 의원들은 옳은 말을 할 줄 알아야 한단 말… 읍읍!"

"쉿."

나는 이 인간의 입을 억지로 틀어막았다. 이 대가리에 전쟁밖에 없는 미친놈이 뇌물 돌렸단 말을 무슨 어제저녁 식단 말하듯이 하고 있어! 나는 광전사와 함께 내 차 뒷좌석에 탑승했고, 운전병이 액셀을 밟았다.

"몇 가지 주의사항을 말씀드리겠습니다."

"흠."

"첫째, 주둥이 잘못 놀리면 즉시 옷 벗겨서 아이크에게 반품합니다. 둘째, 주먹 잘못 놀리면 즉시 옷 벗겨서 아이크에게 반품합니다. 셋째, 다리 사이 덜렁대는 소시지 잘못 놀리면 즉시 옷 벗겨서……."

"왜 주의사항이 하나같이 그따위인가!"

셋 다 좆같이 써먹은 전적이 있으니까 이러지.

"지금 일본에 주둔한 우리 군대는 재편 중입니다."

"대강 듣긴 했네."

"대강이 아니라 똑바로 알아야죠. 지금 여기 있는 병사들 상당수는 전역날만 기다리고 있다가 갑자기 자기 부대가 전쟁터로 가게 됐단 소릴 듣고 반쯤 미쳐 있단 말입니다."

"그렇지! 신나는 전쟁터로 가는데 어떻게 밤잠을 이룰 수 있겠나!"

안 돼. 벽 보고 이야기하는 것 같아. 나는 패튼을 이 자리에서 쏴버리고 싶다는 충동을 견디며 다시금 그에게 피가 되고 살이 될 이야기를 베풀어주었다.

"이미 독이 오를 대로 오른 애들이 제법 있으니, 괜히 이상한 소리 했다가 야밤에 칼에 찔리지나 마십쇼."

"군인정신들이 개판이구만. 말세야, 말세. 단단히 기합을 줘야……."

"하지 말라고 이 개같은 놈아."

《삼국지》를 읽어 봤는지 안 읽어 봤는지는 모르겠지만, 내가 패튼을 위해 기꺼이 '장비의 최후' 장면을 번역해줄 용의가 있다. 범강, 장달이 괜히 장비 모가지를 땄겠는가. 제발 패튼이 한밤중 자다가 수류탄을 선물받는 일만 없길 빌 뿐이다.

"이 전쟁이 내게는 아마 마지막이 되겠지."

진지한 모습의 패튼이라니. 굉장히 드문 일이었기에 나는 얌전히 그의 말을 경청했다.

"내가 벌써 예순이야, 예순. 아무리 나이는 숫자에 불과하다고 떠들고 다녀도, 군법에 적힌 조문이 바뀔 린 없지. 내가 원수 계급장을 달지 않는 한 퇴역일은 정해져 있다고."

"그렇지요."

"그러니, 마지막으로 이 기름과 화약을 마음껏 즐기고 싶네."

"이 전쟁엔 딱히 영광도 뭣도 없을 것 같습니다. 그래도 괜찮습니까?"

"아쉽지만 어쩔 수 없지. 하지만! 윗놈들이 지저분한 전쟁을 벌인다 한들, 결국 이 밑바닥 인생들 틈바구니에선 찬란한 영광이 피어나지 않겠나."

과연 패튼은 마음껏 날뛰고 행복감에 푹 젖을까, 아니면 자신의 커리어 마지막을 이딴 개좃같은 곳에서 보내야 한다며 한탄하게 될까. 저 멀리, 구름 낀 하늘을 향해 폭격기들이 대열을 갖추어 이륙하는 모습이 내 눈에도 들어오고 있었다.

'더그아웃(Dugout)'이란 웃기지도 않는 별명이 붙은, 인류 역사에 길이 남을 폭탄을 실은 채.

국지적 분쟁 4

장삼은 원래 평범한 농촌 집안의 셋째 아들이었다. 평범한 농촌 집안이라 한다면, 미래에 대한 희망 따위 없이 하루하루 한 뙈기 논밭에 의지해 근근이 벌어먹으며 산다는 뜻. 그의 아버지도, 할아버지도, 증조할아버지까지 거슬러 올라가도 희망이 비친 적은 없었다. 말세나 마찬가지였던 청나라. 무능하기로는 청에 뒤지지 않던 민국. 곳곳에서 판치던 도적, 마적, 군벌.

기대한 적이 없으니 실망할 일도 없다. 삶이란 당연히 고통으로 가득하니. 그런 그에게조차, 일본의 침략은 충격이었다. 이 땅의 무수한 민초들은 자신들의 가슴속에 아직도 애국심이라 부를 감정이 남아 있다는 데 충격받았고, 안 그래도 먹고살기 팍팍한데 약탈, 학살, 강간을 자행하며 메뚜기처럼 날뛰는 일본군을 증오했다.

물론 법은 멀고 주먹은 가까우니, 이들은 늘 그래왔듯 총을 들이대면 가진 걸 넙죽 바쳤고 마지막 씨앗 한 옴큼마저 뺏어가려고 하는 상도덕 없는 놈들에겐 낫과 쟁기를 휘둘렀다. 상대가 누구든 관계없이. 그러던 어느 날. 황하가 무너졌다. 저 거대한 황하를 지탱하던 제방이 터지고 어마어마한 쓰나미가 땅을 휩쓸었다.

"일본군이 제방을 터뜨렸다! 왜놈들 짓이다!"

"장개석이다! 장개석이 왜놈들을 막으려고 수공을 펼쳤다! 이 미친놈이 왜놈 막겠다고 제방을 터뜨렸다고!!"

산기슭에 있던 장삼의 마을은 화를 모면했지만, 수백만이 물살에 휩쓸려 죽고 수천만 명이 모든 걸 잃어버리는 그 순간은 장삼의 머리에 불에 달군 인두를 지지듯 영원히 각인되고 말았다. 그리고 얼마 후. 마침내 장개석의 군대가 마을에 왔다.

"저 간악한 침략자들을 몰아내야 하니, 애국 충정 가득한 장정들은 즉시 우리를 따라 나오시오!"

구호물자를 주리라는 기대는 하지도 않았다. 하지만 세금은 좀 깎아주지 않겠나 하는 기대는 있었다. 당장 올해 농사를 조졌기에 먹고 죽을 쌀한 톨도 없으니. 그러나 이 나라는 항상 그의 상상을 초월했다. 총칼 든 병사들을 이길 순 없었기에, 장삼은 순순히 그들을 따라 징병당했다. 그 뒤는 말할 것도 없었다.

그가 그토록 경멸하고 혐오하던, 총 들고 다른 마을로 쳐들어가 세금 명목으로 약탈을 자행하고 사지 멀쩡한 장정들을 징병하는 일을 그대로 하게 되었다. 삶은 끔찍했다. 실로 끔찍했다. 중원천지에는 그 누구도 수습해주지 않는 시체가 널려 있었고, 죽기 싫으면 누군가를 강도질해야 했다. 그런 그의 삶이 완전히 뒤바뀌게 된 건, 우연히 공산당 팔로군의 무리와 교전하면서부터였다.

군인으로 징병되었으면서도 총 한 번 쏴본 적 없고, 오직 시골 곳곳을 싸돌아다니며 세금 걷는 일만 하던 장삼의 부대는 빨갱이들과 조우하자마자 바스라졌다. 장삼은 도망치는 대신 항복을 선택했고, 어차피 어느 깃발 밑에 붙든 하는 일이 달라지진 않으리라고 생각했다. 착각이었다.

"장삼 동무. 어째서 동무와 동무의 가족들은 그토록 고통받았다 생각하시오?"

"그야… 그냥 우리네 세상사가 원래 다 이런 거 아니겠습니까."

"틀렸소! 이 중원 땅이 얼마나 넓은데, 농사지을 땅이 이토록 광활한데 고작 밭 갈고 먹고사는 게 이리 힘들 일이 뭐가 있겠소? 바로 도둑놈들이 너무 많기 때문이오. 항상 농민을 착취하고 빼앗기에만 급급한 도둑놈들이 바글바글하기 때문에 동무의 삶이 그토록 피폐했던 것이오!"

깨달았다. 물에 빠지듯, 진실을 깨달았다.

"모두가 한통속이오. 이 땅을 탐내고 고혈을 빨아먹으려는 외세! 그리고 그 외세의 종놈으로 부역하는 장개석! 무수한 군벌들! 스스로는 밭고랑 하나 매지 않는 놈들이 어찌 저리 판을 칠 수 있겠소? 전부 침략자들의 후원을 받고 있기 때문이오. 오랑캐들이 저 도적놈들에게 총을 쥐여주며 어서 가서 약탈하라 등을 떠밀고 있기 때문이오!"

따라서, 우리는 지주를 죽여야 한다. 저 매국 한간들, 피 빠는 거머리들을 모두 쳐죽여야만 중원이 살아날 수 있다. 마침내 장삼은 진실을 깨달았고, 난생처음으로 싸워야 할 이유를 알았다. 모택동 동지야말로 이 나라를 구원할 수 있다. 설사 그가 불행히도 국민당 괴뢰군의 손에 죽는다 할지라도, 그와 함께하는 동지들은 반드시 이 땅의 인민들, 그의 가족들을 해방하고 모두 함께 잘 먹고 잘사는 세상을 만들어주리라.

"돌격, 앞으로!"

"으아아아아!!"

똑똑한 동무들이 말하는 '역사의 진보'. 제아무리 오랑캐들이 이를 가로막는다 한들. 저 제방이 터졌던 것처럼 그들 또한 인민의 파도 앞에 익사하고 마리라. 이제 저들이 대가를 치를 차례였다.

* * *

중화민국, 상해. 유엔 평화유지군 총사령부.

결국 와버렸다. 중국에. 당연한 말이지만, 명색이 연합군 총사령관 타이틀을 달고 있는 내가 중국 땅에 발을 디디는 건 그 자체로 매우 정치적인 함의를 갖고 있다. 그러니 여기 오기 위해선 최소한의 눈 가리고 아웅이 필요했다. 아무리 우리 집 뽀삐도 안 믿을 개소리라지만 일단 포장은 하고 봐야지.

'공무가 아닙니다. 휴가를 쓰고 지인을 만나기 위해 잠깐 온 것뿐입니다.'

'총사령관의 공무 아니라니까? 나는 개인이오. 휴가를 쓴 일개 사인(私人)이란 말이오.'

내 피 같은 휴가. 삶의 이유와 마찬가지였던 휴가가 이 끔찍한 땅에 오기 위한 명분으로 허무하게 증발해버렸다. 울고 싶다.

"당장 손을 써야 하네."

하루에 한 번꼴로 안부 묻듯 동경을 향해 비명 섞인 절규를 토해내던 드럼은 내 휴가가 사라졌단 중대한 문제에도 아무 감흥이 없는 듯했다. 처음에는 지극히 사무적인 문구로 [만주 방면 국부군의 퇴로가 차단되고 있음.]이나 [추가 파병의 정확한 도착 예정 일시를 안내해주기 바람.]과 같은 전문을 보내더니, 이제는 아예 대놓고 '나더러 여기서 죽으라는 거냐? 내가 죽길 바래? 앙?!' 같은 처절한 고함이 전화통을 타고 쩌렁쩌렁 울려 퍼졌다.

하지만 나는 유엔 평화유지군이 아니니 개입할 수 없는걸? … 같은 소리를 했다간 정말 쏠지도 모른다. 어쨌든 그의 고난에 내 업보가 아주 약간, 정말 콩알 반쪽만큼이긴 하지만 있긴 있으니 일단 상해로 날아오긴 왔다.

"왜 머뭇거리고 있습니까? 지금 당장 공세부터 시작합시다!"

"농담은 술 마실 때나 하게. 다 끌어모아 봐야 2개 사단이 전부인데 이거로 무슨 공세인가?"

나와 함께 짐짝처럼 실려온 패튼은 잠시 지도를 구경하더니 곧장 꼬리에 불붙은 황소처럼 으르렁댔고, 그 꼬락서니를 본 드럼은 아주 기겁을 했다.

"저 새빨간 칭키 새끼들이 왜 저따위로 뻣뻣하게 굴겠습니까. 우리 불알이 쪼그라들어서 덤벼들지 못하리라는 확신이 있기 때문입니다!"

"그래서? 이 코딱지들로 덤벼들면 모택동이 쪼그라드나?"

"숫자가 아닌 우리의 깃발을 보겠지요! 미합중국을 적으로 돌리기엔 놈들도 껄끄러울 테니 시간을 벌 수 있습니다!"

"글쎄. 오히려 본격적인 개입 전에 이 전쟁을 결정짓기 위해 더욱 바삐 움직일 것 같은데."

드럼과 패튼이라. 인간 상성이 잘⋯ 맞겠지?

나는 내 옆으로 다가와 뭐라고 비비고 싶은 티가 역력한 알몬드를 못 본 체하며 입을 열었다.

"일단은 당사자들 의견 먼저 들어봐야죠. 중국 측에선 뭐라고 하던가요?"

"막을 수 있다던 헛소리나 지껄여대던 놈들이 언제 그랬냐는 듯 도와달라고 통사정하고 있지. 병신들 같으니."

"중국인들은 나태하고, 무기력하고, 전사의 마음가짐이라곤 눈을 씻고 돌아봐도 찾을 수 없고, 적과 싸우기보단 만만한 자국민을 등쳐먹고픈 욕구밖에 없는 놈들일세. 내가 직접 봤으니 이것만큼은 확실하네."

중혐 하나로는 아주 똘똘 뭉치는구만.

"그러면 정리 좀 합시다. 저는 왜 부른 겁니까?"

"그야⋯⋯."

"그야?"

"나 같은 늙은이가 우리 똑똑한 대원수님께 자문을 구하는 게 뭐 문제되겠나?"

"문제지! 문제지 이 양반아! 내 휴가 돌려줘!"

"그러면 자네가 좀 D.C.에 날아가서 여기 상황은 개좆이라고 그 잘난 맥아더에게 말 좀 해달라고! 2백만 명을 보내주든가, 아니면 원자폭탄 열 발

정도는 더 달라고 좀 졸라 보라고!"

"원폭은 다 합쳐서 여섯 발밖에 없어요, 이 사람아. 그거 한 발에 얼마인진 알아요?"

아. 아아, 머리야. 돌아버리겠네.

히틀러와 도조를 곱게 갈아버리던 무적 미군은 다 전역해버렸다. 꾸역꾸역, 빨갱이들이 다 해먹는 꼬라지가 보기 싫어 국공 내전에 끼어들긴 했지만 손패가 부족하다. 겉으로야 '국지적 분쟁' 운운하며 별거 아니라는 듯 전쟁에 끼어들었지만, 애초에 대륙 클라스가 어디 가겠는가? 여기 끼어드는 것만으로도 이미 3차대전 규모는 각오해야 했다. 나는 이 개판 오 분 전의 상황에 아연실색해진 우리 헐리 주중 대사님을 바라봤다.

"대사님."

"아, 예. 대원수님."

"국무부 측은 이 상황에 대해 어찌 바라보시는지요?"

"공산당은 줄곧 협상에 관심이 있는 것처럼 저와 미국인들을 기만했습니다. 하지만 그렇다고 해서 장개석을 전적으로 지원하자니, 장개석 정권에 대한 현지인들의 불신이 너무나 큽니다."

뻔하디뻔한 원론적인 이야기. 대체 이 스노우볼이 어디서부터 굴러내려왔나 따져보면… 결국 중일 전쟁부터다. 군벌들을 때려잡고 경제를 발전시키려던 장개석의 원대한 계획은, 쪽바리들이 쳐들어와 온 나라를 잿더미로 만들면서 모조리 리셋. 군벌의 배신을 막기 위해 그들의 권리를 인정해줘야 했고, 기껏 만든 공장들은 모조리 사라졌다.

드럼—웨드마이어 콤비는 원 역사의 스틸웰과 달리 병력을 최대한 온존하고 장개석 직속의 군대 중 일부는 나름대로 정예화·현대화시켰지만, 일제가 동남아를 모조리 포기해 가면서 중국에 육군을 꼬라박자 그걸 막기 위해 싸그리 갈려나가버렸다.

갑갑하네. 아무리 내가 사기를 잘 친다손 치더라도, 밑천이 없으면 사기도 못 치는데.

"핵은 일단 보류."

"어째서인가?! 그 끝내주는 폭탄을 쓰지 않는 건 인류 문명에 대한 죄악일세!"

"그건 장강 방어선이 돌파된 뒤에 써야 합니다. 지금 시점에선 장개석이 순순히 자기 이름 걸고 쏠 리가 없습니다."

그러면 내게 남은 게… 딱 하나 있긴 있군. 문제는 뒷감당인데.

"대사님. 제게 한 가지 방안이 있습니다만, 반드시 국무부 차원에서의 도움이 뒤따라야 합니다."

"무엇인지요?"

"한국을 참전시켜야 합니다."

"이미 그들은 평화유지군을 파병하기로 하지 않았습니까?"

"단순히 사단 한두 개 보내는 수준이 아닌, 전면적인 개입으로 말입니다."

현재 한국군은 육군만 따져 약 10만. 사실 이거로는 간에 기별도 안 가지만, 어차피 한국의 진짜 가치는 대가리 숫자가 아닌 그 입지에 있다.

"만주 방면에서 그들이 공세를 펼치면, 확전의 우려가……."

"그러니 미국이 뒷감당을 해줘야지요. 애초에 우리 똘마니인데."

상황은 간단하다. 국부군은 만주로 달려들었고, 빨갱이들은 북경과 천진, 그리고 산동반도 일대를 장악해 후방 퇴로를 잘라버리려는 모양새. 하지만 만주의 국부군이… 죄다 한반도로 퇴각하면 어떨까?

"이러면 족히 수십만 대군이 압록강 이남에 주둔하는 셈이니, 공산당도 그에 상응하는 병력을 만주에 남겨 놔야 합니다. 그뿐이겠습니까? 제해권이 우리에게 있으니, 여차하면 만주가 아니라 다른 곳으로 보낼 수도 있습니다."

"이보게. 그러면 오히려 중공이 남진하지 않겠나?"

"남진해주면 우리야 좋지요. 더 많은 병력과 물자를 붙들어 맬 수 있으니."

수십만 대군을 하루아침에 받아줘야 할 한국은 절대 뒷감당을 못 하니, 여기서 미국 형님의 따스한 엉덩이가 나서줘야 한다. 막대한 자금 지원, 물자 지원은 물론 상호방위조약이든 뭐든 해줄 수 있는 건 다 해줘야겠지. 대놓고 말하자면, 한국은 신생국 명함을 미국에 팔아먹고 바지사장이 되는 셈. 이 수밖에 없다.

"이봐, 후배님. 그러면 아예 내가 지휘할 군대도 한국에 보내는 편이 낫지 않겠나?"

"예?"

"만주 말이야, 만주! 칭키들과 부대끼며 장강 방어선 지키겠다고 아웅다웅하느니, 차라리 기계화에서 압도적인 우리 미군이 모택동의 항문을 쑤셔버리는걸세!"

"그 짓을 했다간 이웃집 스탈린도 제 항문이 근질근질해질 텐데요."

"아무렴 어떤가. 우린 미군이 아니고 평화유지군이잖나."

이 양반 대가리의 평화유지군은 대체 어떤 모습인 걸까. 인간이 없으면 평화가 찾아온다?

하지만 음… 매력적이긴 하다. 드럼 아래에서 삐그덕대며 지내느니 아예 만주 방면 미—한—중 연합군을 모조리 패튼에게 짬때린다, 라. 이제 슬슬 중세 기사의 광기에 익숙해진 것 같은 헐리 대사는 차 한 잔을 입에 다 털어넣으며 말했다.

"제게 바라는 건 그러니까, 한국이 이 내전에 전면적으로 뛰어들 만큼의 대가를 쥐어 달라는 것 맞습니까?"

"그렇습니다."

"그러면 단순한 원조뿐만 아니라 우리의 매우 중요한… 동반자로서 대우를 해줘야겠고요."

"절대 우리가 그들을 버리지 않는다는 보장이 없는 한, 갓 독립한 나라가 전쟁에 뛰어들려 하진 않겠지요.”

그날 밤, D.C.와 긴급히 연락을 취한 헐리 대사와 나는 곧장 장개석과 비밀리에 회담을 가졌다. 그리고 이틀 뒤, 나는 서울로 향했다.

“아니, 벌써 참전을 하라는 게 말이나 되는가?”

“제 탓 아니니 너무 뭐라 하지 마시고 장개석한테 따지세요.”

번갯불에 콩 볶아먹듯 대한민국과 중화민국은 정식 수교를 맺었고.

[민족반역자 허가이 일당, 중국 공산당의 보호를 받고 있어!]

[만주 일대에서 벌어진 대참극! 무자비한 조선인 학살!]

[모택동, 팔로군 조선인들에게 ‘한반도를 그대들에게 돌려줄 것’ 약속!]

[항공원중(抗共援中)! 민족의 원수 빨갱이를 물리치고 중국을 도와주자!]

마침내 공비(共匪) 토벌과 만주 내 한국인 신변보호를 명분으로 한국 정부가 무력 개입을 선언하며, 이 사소한 국지적 분쟁에 새로운 플레이어가 뛰어들게 되었다.

판이 커졌다.

국지적 분쟁 5

티키타카. 미합중국, 중화민국, 그리고 대한민국의 외교관들이 눈썹이 다 빠지도록 조율을 위해 움직이기 시작했다.

"지금 당장 참전해주시오. 우리는 충분한 대가를 지불할 용의가 있으니."

"누구보다 중화민국 여러분들이 잘 아시겠지만, 대한민국은 아직 독립한 지 얼마 되지도 않은 나라입니다. 저희가 끼어든다 해도 얼마나 도움이 될지……."

설왕설래 끝에, 한국의 참전을 위한 첫 단추로 한중 수교가 수립되었다. 수교와 동시에 번개처럼 한중 통상조약이 뒤따라 체결되었고, 기다렸다는 듯 미국 의회는 한국에 대한 구호물자 지원을 대폭 확대하는 법안을 통과시켰다. 여기까지는 다 좋았지만, 본격적인 참전을 위해서는 그야말로 첩첩산중.

"김유진 대원수가 내게 말하길, 한국의 국운을 걸고 반드시 지금 당장 참전해야 한다고 하더이다."

"만주 진공이라니. 너무 무리한 요구 아닙니까?"

"그래서 우리가 참전한다면, 만주 땅의 일부라도 확보할 수 있는지요?"

만주! 그 끝내주는 두 글자에 정신이 혼미해지지 않는 사람은 그리 많지 않았다. 이승만의 시선은 자신의 수족과도 같은 임병직(林炳稷) 외무부장관에게로 향했고, 그는 가볍게 목례하고는 벌써 만주라는 달콤한 꿈에 찬 이들의 말을 뎅겅 잘랐다.

"우선, 중국 정부는 우리가 간도나 만주를 점유하는 것에 대해 원칙적으로는 용납할 수 없다고 밝혔습니다."

"원칙적이라 함은?"

"만약 중공을 멸하지 못하고 그들이 살아남는다고 한다면, 그리고 만에 하나 만주가 월경지가 되어 중국 정부가 제대로 통치할 수 없는 경우에 한해… 명목상으로 유엔 평화유지군의 관할로 두되, 대한민국 정부가 중국 정부를 대리하여 일부 영토를 관리해도 좋다고 했습니다."

땅을 내주겠다고? 그 중국인들이? 세상에 땅 마다하는 조선 사람이 어디 있겠는가. 이제 고삐마저 풀리고 만주 레벤스라움에 대한 열망이 장내 인사들의 머릿속에 파고들려는 순간, 조봉암은 마치 찬물을 끼없듯 고개를 내저었다.

"말도 안 되는 소립니다."

"어째서요? 장개석이 허락했다면 다 끝난 일 아닙니까?"

"왜 그가 선선히 동의했겠습니까. 제 귀엔 꼭 우리더러 만주 땅을 끌어안고 영원히 모택동과 싸우라고 부추기는 소리로만 들립니다. 외무장관, 제 말이 틀렸습니까?"

"저 또한 그렇게 해석했습니다. 이건 단적으로 말해 독이 든 사과입니다."

"굶어 죽게 생겼는데 그깟 사과에 독이 들었는지 아닌지, 먹어보지도 않고 어떻게 알겠습니까? 우리 민족의 앞날을 위해 고토인 만주의 수복, 하다 못해 간도 방면이라도 점유해야 합니다!"

기껏 임병직과 조봉암이 주거니 받거니 하며 헛물 좀 켜지 말라고 했지만, 단 한 사람. '히틀러의 잃어버린 불알 한 짝'만큼은 요지부동이었다.

"국방부장관, 만약 우리가 압록강 너머의 땅을 확보한다면 지킬 수 있습니까?"

"겨레의 영광을 위해서라면……."

"영광은 전라도에서나 찾으시고요, 그 고토를 영구히 점유하기 위해 얼마나 많은 우리 젊은이들이 군에 있어야 합니까?"

이범석은 머뭇거렸고, 이승만은 그의 옆에 있는 김경천 육군참모총장에게 대답해보라고 눈짓했다.

"…현재 모택동은 자신 아래에 홍군이 백만이고, 각 지역을 지키는 민병대가 2백만이 있다 주장하고 있습니다."

3백만. 전쟁을 잘 모르는 문민 관료나 정치인이라 한들, 만주 땅에 대한 꿈과 희망이 사그라들기엔 충분한 숫자였다.

"물론 중국인들 특유의 허풍이 섞여 있겠지만, 그래도 압록강이라는 방어선을 잃게 되고 국경은 더 길어질 테니 못해도 50만은 있어야겠지요."

"그렇지만 만주입니다, 만주! 옛 고구려의 기상이 살아 숨 쉬는 곳입니다. 백이와 숙제도 고사리만 먹고 살며 충절을 지켰다는데, 조국의 영토를 위해서라면……."

"철기. 그만하게. 그 백이, 숙제도 결국 굶어 죽었잖나."

이범석의 눈에서 번뜩이던 스파크가 가라앉는 것을 끝으로 도떼기시장 같던 자리는 마침내 고요를 되찾았다.

"육군참모총장으로서 발언하겠습니다. 우리 군이 10만이라고들 하지만, 이중 절반가량은 갓 통과된 징병법으로 군문에 들어온 햇병아리 신병들입니다."

"하지만 그렇지 않은 이들은 왜놈들과 싸워본 경험자들 아니오?"

"꼭 그렇지만도 않습니다. 전직 자유대한군단원 중엔 군산 상륙 이후 가담한 이들도 제법 있고, 2차대전 참전 용사들 중 퇴역한 이들 또한 많습니다."

"잠깐. 퇴역이라고요? 전역이 아니라?"

"미국과 달리 우리나라는 아직 예비군 제도가 없습니다. 여론이 부글부글하는 틈을 타 징병제를 통과시킨 것만으로도 날치기 소리를 면하기 힘든데, 예비군까지 만든다고 하면 누가 좋아하겠습니까?"

이범석이 혀를 차며 부연하고는 자유대한군단이 대한경비대로 전환될 때 떠난 이들을 대상으로 현역 복귀를 요청하는 방안을 제안했고, 만장일치로 모두가 찬성했다.

"참모총장."

"예, 각하."

"이러면 좀 어떤가. 북진, 해볼 만한가?"

"여전히 어렵습니다."

김경천의 대답은 그리 오래 걸리지 않았다.

"병사는 어떻게 늘릴 수 있다손 쳐도, 고급 장교의 숫자가 턱없이 부족합니다. 10만을 얻었다 하여 이를 수족처럼 부릴 수 있는가는 전혀 별개의 문제입니다."

"그 뒤는 내가 말하지. 각하, 국방부는… 구 일본군 출신들을 품에 안는 방안을 정식으로 건의합니다."

"미치셨소?"

"왜왕 녹을 먹은 거로도 모자라 황군이오, 황군! 독립군 죽이던 그 황군을 재기용하자고? 이범석, 당신 돌았소?!"

"총장이 아무리 일본군 물을 먹었다지만 이건 좀 심한 것 아닙니까."

"지금 절 모욕하십니까? 10만 대군을 운용할 만한 장교진이 없는 걸 우리더러 어쩌란 겁니까!"

"그만들 하시오, 그만!!"

탕탕탕 테이블을 두들기며 다시 조봉암이 목소리를 높였고, 모두의 시선이 집중된 틈에 그가 다시 말을 꺼냈다.

"다른 사람도 아니고 두 분 모두 왜적과 오래도록 싸운 분들인데 허튼소리를 하리라 믿진 않습니다. 하지만, 꼭 그래야만 합니까?"

"전쟁을 치르면 결국 간부들은 숙련되기 마련입니다. 하지만, 숙련된 간부는 무수한 장병들의 시체 더미 위에서 피어오릅니다. 구 일본군 출신 장교들을 받아들이면… 그만큼 대한의 건아들이 흘릴 피가 줄어듭니다."

"그러면 받아들여야겠지. 내가 결단했으니 여러분은 더 이상 왈가왈부하지 마시오."

"각하!"

이미 회의 전 막후에서 야시꾸리한 합의를 끝낸 이승만은 고민도 없이 즉답했다.

"우리는 사람이 썩어나는 러시아가 아니잖소. 한 명이라도 더 살릴 수 있다면 받아들여야지. 단, 자신의 죄를 진심으로 속죄하는 이들에 한정하시오. 군문에 다시 받아들일 가치가 있는 이들을 국방부에서 추리고, 뒷일은 법무부가 진행합시다."

"알겠습니다."

말을 끝낸 그는 가만히 이들을 지켜보고 있는 옵저버에게로 고개를 돌렸다. 매튜 리지웨이 고문단장. 그리고 그 옆에서 통역을 해주고 있는 김유인 문교부장관. 이들이 누구의 눈, 귀, 입으로 움직이고 있는지 두말해서 무엇하겠는가.

"미합중국의 입장을 들을 수 있겠습니까?"

"우리는 대한민국 정부의 의지를 존중합니다."

"하하. 그야 물론이지요. 대한민국은 제국주의, 식민주의의 고통을 그 누구보다 절절히 체감한 끝에 자유를 얻은 나라입니다. 우리는 미합중국이 품고 있는 그 고귀한 이상에 그 어떤 나라보다 공감하고 있으며, 어떠한 영토적 야심도 품고 있지 않습니다."

남의 전쟁에 끼어서 땅 한 조각도 안 먹을 건데, 이렇게 착한 일 하면 용돈이라도 좀 더 줘야지? 눈앞의 이 백인 장성이 외교적 레토릭을 이해할지는 미지수지만, 적어도 그의 뒤에 있는 사람은 충분히 알아먹고도 남으리라. 애초에 판을 깐 게 그놈이니까.

"다만, 신성한 반공의 기치를 치켜세우기에 이 나라는 너무나 허약합니다. 혹시……?"

"구 일본제국 육군에서 복무한 한인들을 귀국 군대에 합류시키는 일 또한 전적으로 귀국의 내정 문제입니다. 우리는 일절 개입하지 않겠습니다."

하긴, 김가놈이랑 엮인 놈이 정치에 무지할 리가 없다. 제놈들이 부추겨 놓고서 내정 불개입 같은 소리나 주워섬기는 꼴 좀 보라지. 그래서 오히려 좋지만.

"북벌을 개시하시오."

* * *

스탈린은 지금 어떤 기분일까. 열받지? 화나지? 분하지?

하지만 카드게임 사장이 자기만 쓰기 위한 사기 카드를 만들어내는 건 이 바닥 국룰 같은 이야기다. 어린이의 꿈과 희망을 키워주는 만화와 소설 대신 《자본론》 같은 시큼시큼한 물건만 읽은 대가를 치르는 셈이렸다. 한국이란 카드는 내가 수십 년 전부터 몰래몰래 만들던 카드다. 이 피도 눈물도 없는 자본주의자 유진 킴이 설마 나라 되찾아준 값을 할인해서 받겠는가. 정가 쳐서 따박따박 다 받아내야지.

오히려 내 생각보단 끗발이 좀 떨어지는데, 당장 1차대전 당시 오스트리아—헝가리에 맞서던 세르비아는 인구 3백만 좀 넘는 주제에 40만 대군을 뽑았고 인구 5백만이 채 안 되던 불가리아가 60만을 뽑았다. 이에 반해 3천만 인구를 자랑하는 삼천리강산이 고작 10만이라니. 이 얼마나 배려심 넘치는가? 일단 주사위를 던졌으니 그다음은 차곡차곡 행동으로 옮길 시간.

"대원수님, 정녕 고토 수복은 불가능한 겁니까……?"

"배가 터져 죽고 싶다면 드시든가. 일본제국 배 터져 죽은 지 몇 년 지났다고 이러십니까?"

"그치만 만주……!"

"헛짓거리해서 소련이 참전하면 우리도 당신네들을 버릴 수밖에 없어요."

아니, 소련이랑 국경 맞대고 있는 나라가 왜 이렇게 호전적이야? 뒷감당할 자신 있어? 주코프가 어디 시장통에서 사시미 휘두르는 건달로 보이나 진짜.

"그럼 우리는 무얼 얻습니까?"

"일단 만주 땅에 있는 한인들을 귀국시키고… 산업시설 다 뜯어오세요."

《손자병법》에 이르길, 남의 밥을 뺏어먹으면 맛이 10배라고 했다. 이건 틀림없이 동생이 있는 사람의 발상이다. 밥 한 공기조차 맛이 10배가 되는데, 모택동을 위한 총알을 뱉어낼 공장을 뜯어온다? 이건 못 참지. 간장게장보다 더한 밥도둑이다.

가진 건 흙밖에 없는 거지 나라가 반공 십자군의 선봉에 서면 이미지 각인도 확실하게 되고, 미국 형님의 따스한 원조도 늘어나고, 어차피 노동당 내란 음모로 최악의 관계가 된 모택동 죽빵도 갈기고, 한국인 생명 보호라는 명분도 잡고. 이건 판에 안 끼면 병신 소리 듣기 딱 좋다.

동경에 있는 미군 참모부가 비밀리에 만든 작전계획이 이범석의 가방 속으로 쏙 사라지면서 1차적으로 급한 불은 다 껐다. 하지만 이 냉전이란 판은 싱글 게임이 아니다. 우리가 한국이란 카드를 알뜰살뜰히 써먹자, 빨갱이 대장 소련 또한 곧장 반격에 돌입했다.

"건국한 지 얼마 되지도 않은 나라가 타국의 분쟁에 뛰어들려고 합니다!

이는 명백히 외부로부터의 개입을 암시하고 있습니다!"

"지금 이스라엘도 건국과 동시에 전쟁 중입니다만?"

"이스라엘은 영국의 사주를 받은 아랍 국가들의 침략에 저항하고 있는 상황입니다! 한국과는 전혀 다릅니다!"

"대한민국 정부의 공식 입장은 다음과 같습니다. 이 전쟁의 시발점은 지난겨울, 중국 공산당의 지령을 받은 노동당 내 공산주의자들의 내란 음모로부터 시작되었으며……."

"제국주의자들의 날조요! 각국의 공산당은 결코 다른 당의 지령을 받지도 않을뿐더러, 전쟁이나 내란을 꾸미지도 않습니다!"

유엔 총회의는 화개장터 뺨치는 소란을 자랑하는 가운데에서도 미묘한 긴장감이 감돌고 있었다. 소련의 특급 거물이라 할 수 있는 몰로토프의 참석. 저만한 이가 나왔다면, 당연히 이런 말꼬리 잡는 싸움 대신 무언가 중대 발표가 있기 마련 아닌가.

"먼저, 중국에서 벌어지고 있는 내전에 대해 우리 소련은 심심한 유감을 표명하는 바입니다."

능숙한 외교관답게, 몰로토프는 구구절절 입을 털며 바닥부터 다지기 시작했다. 장개석은 극악무도한 독재자이며, 그 사상이 나치와 똑같은 파시스트고, 이런 나라를 옹호하는 건 2차대전의 정신을 위배하는 짓이지만 평화를 사랑하는 소련은 중국인들이 자발적으로 민주주의를 달성할 수 있다고 믿는다, 블라블라. 구시렁구시렁.

'모택동이야말로 중국 인민의 지지를 받는 정당한 지도자이며, 현 장개석 정권은 무력으로 국민을 찍어누를 뿐인 군벌에 불과함.'이라는 강도 높은 표현을 통해, 소련은 본격적으로 이 판에 개입하리란 사실을 암시했다. 다만 말이 참 교묘한 것이, 이미 출범한 유엔 평화유지군을 까지도 않았고 한국이 참전했다고 표현하지도 않았다. 어디까지나 내란. 국지적 분쟁. 혁명. 그의 입에서 절대 전쟁이라는 단어는 튀어나오지 않았다. 하지만 이게 전부도 아니었다.

"소비에트 연방의 우방이자 명실상부한 국제 사회의 일원, 파시스트에 맞선 연합국 중 하나이자 자주독립 국가인 몽골인민공화국은 이 내란에 심각한 우려를 표명하고 있습니다. 장개석 정부는 지극히 제국주의적인 발상에서 몽골의 독립을 인정하지 않았으며, 이 혼란스러운 상황에서도 몽골 일대에 대한 영토적 야심을 버리지 않았습니다. 이는 명백히 일본제국의 야욕과 일치합니다."

너희들이 꼭두각시놀음을 하고 싶다면 거기에 어울려주마. 자리에 앉아 있던 각국 외교관들은 즉각 깨달았다.

"…따라서, 침략자에 맞서고자 하는 의기 있는 몽골 청년들이 자발적으로 의용군을 결성하여 국경을 넘었습니다. 이들의 바람은 오직 하나, 평화뿐입니다."

몽골의용군. 절대 몽골의 공식 입장도 아닌, 아무튼 의용군이 자발적으로 모택동 편을 들기 위해 국경을 넘어버렸네? 이 어이없는 한 편의 시트콤이 끝나고, 미국과 소련의 외교관들은 곧바로 비밀 회동을 가졌다.

"소련군의 참전은 명백히 세계대전을 유발할 수 있는 중대한 문제입니다."

"소련군이라뇨. 몽골인민공화국 국적의 청년들이 자발적으로 결성한 의용군입니다. 우리 소련은 결코 전쟁을 바라지 않습니다."

"그렇다면 캐나다, 남아공과 같은 제3국에서 의용군이 결성되어도 아무런 문제가 없겠군요?"

"장개석 같은 자를 옹호하기 위해 의용군이 결성될 정도라면, 그것도 참 재미있는 일이겠지요."

'병력 빼라.'

'못 뺀다.'

'진짜 미군과 소련군이 충돌하는 꼴 보고 싶냐.'

'미국이 몰래 끼어들었었나? 평화유지군도 아니고 미군이?'

'한국은 이 내란의 당사자이자 피해자다. 중국 공산당이 보호 중인 내란 전범을 넘겨준다면 그들이 개입하지 않을 수도 있다.'

'몽골 또한 이 내란의 당사자이자 피해자다. 몽골의 영원한 자주독립을 인정한다면 그들 또한 개입하지 않을 것이다.'

한 치의 물러섬도 없는 팽팽한 줄다리기 끝에. 마침내 오묘한 암시와 비유로 덧칠된, 절대 공식화될 리 없는 구두 협상이 타결되었다.

'제3국이 만주에 깃발 꽂는 순간 소련군이 개입하겠다.'

'군사작전은 하겠지만 영구적 점령은 하지 않겠다.'

'콜.'

결국 그 나물에 그 밥. 만주에 적대 세력을 두기 싫은 소련과, 확전이 제일 두려운 미국은 그렇게 한 편의 인형극을 공동 상연하는 데 합의했다.

국지적 분쟁 6

"민족정기! 훼손하는! 황군기용! 웬 말이냐!"

"이승만은! 사퇴하라! 사퇴하라! 사퇴하라!"

"친일군인! 사면하는! 구태정치! 웬 말이냐!"

"이승만은! 사퇴하라! 사퇴하라! 사퇴하라!"

까드드득.

저 멀리 들리는 시위대의 우렁찬 구호를 들으며, 우남 이승만은 이를 갈았다.

'음흉한 새끼.'

김유진 귀는 당나귀 귀라고 당장이라도 뛰쳐나가 미주알고주알 떠들고픈 마음이 굴뚝 같다. 하지만 그놈을 숫제 이순신처럼 숭배하는 저 대중들에게 '사실 김유진이가 황군의 후예들을 복직시키는 게 어떻겠냐고 했습니다.'라고 말한들 들어줄까? 그땐 진짜로 방탄복을 입고 다녀야 할지도 모른다. 겉으로는 당장 나라에 고급 장교가 부족하니 그놈들이라도 써야 전쟁을 치르지 않겠느냐 잘도 떠들어댔지만, 수십 년간 김가놈과 손발을 맞춰 온 이승만은 그놈의 음모를 훤히 꿰뚫고 있었다.

우남 이승만이라는 정치인의 가장 큰 정치적 자산. 단연 첫 번째는 김유진 대원수의 스승 격 된다는 허풍 섞인 후광. 그리고 그다음 가는 것이 수십 년간 임정 이끌고 독립운동했다는 훈장이다. 그런 그가 난데없이 전쟁에 참전해야 한다더니, 이젠 또 모택동이와 싸워야 하니 옛 일본군 출신 인사들을 써먹어야 떠들고 있다. 요컨대, 충성심 테스트. 스스로 정치적 자살골을 찰 수 있는지 없는지를 증명해보라는 그 압박에 감히 저항할 도리가 없었다.

'이승만 대통령이 제 스승이라고요? 그런 적은 없는데요. 굳이 따지면 정적이었지.'

그놈이 기자들 지나가는데 스윽 한마디 떠드는 순간 거기서 그의 찬란한 커리어는 좋고, 옛날 옛적 목숨 건지는 대가로 썼던 혈서 이야기 나오는 순간 존경받는 독립운동가에서 감히 민족의 영웅 음해하려던 호로새끼로 전락하는 건 순식간.

왜 하필 지금, 전시에 이딴 짓을 하는가. 그 또한 당연한 일. 전시기 때문이다. 신생 대한민국 국군의 핵심은 첫째는 단연 임시정부에서 광복군 활동하던 이들이요, 그다음이 미군 물 먹다 건너온 이들. 하지만 미군 물 먹은 이들은 대부분 미국에서 대학 나왔다 의용병으로 뛰어든 이들로, 그들 중 상당수는 군문에 남기보단 각자 생업으로 돌아갔다. 국가적 차원에서 보더라도 고급 교육을 받은 이들은 사회 다방면에서 활동하는 게 더 낫지 않겠는가.

그리고 이승만은 그 임정의 수장으로 한참을 군림했다. 이번 반공 전쟁에서 전승 대통령의 명예까지 거머쥔다면 국군은 그야말로 그의 수족이자 든든한 지지 세력으로 남을 터. 당장 월레스 같은 팔푼이조차 전승 대통령 휘광 두르니 재선하겠다고 껄떡거릴 정도였는데, 정치에 도가 튼 그가 그깟 3선을 못 하랴?

'빨갱이들의 위협이 그 어느 때보다 도드라지는 지금 이 시국에 나라의 머리를 바꾸려다가 자칫 공산당이 암약할 위험성이 큽니다. 저는 루즈벨트 전 미국 대통령의 고사를 따라 부득이하게 3선에……'

김유진도 이제 벌써 쉰. 온갖 전쟁터란 전쟁터는 다 돌아다니며 몸을 혹 사시켰으니, 그놈만 덜컥 저승사자에 끌려간다면? 이승만이 여기까지 척하면 척하고 계산이 되는데 천하의 김유진이 못 할 리가 없다. 정말 순수하게 군사적 의미만 따졌다면, 그놈이 가장 잘하는 여론 마사지로 서서히 '어쩔 수 없이' 친일파라도 꺼내 쓰는 분위기로 몰고 갔겠지.

그러니 김가놈은 아예 일찌감치 싹을 도려내려는 수작에서 일본군 재기용을 권유한 셈. 비록 겉으로는 국방부 요청을 재가한 셈이지만 내심 광복군 출신들 중 왜군 끼는 걸 탐탁지 않아 할 사람도 당연히 있을 테고, 구 일본군 출신들은 언제든 목이 따일지 모를 형편이니 김가 눈치만 볼 게 뻔하다.

이번에 잃은 지지도는 다음 대선 때 지지연설 한번 해줘서 다시 메꿔주마. 괜히 군부랑 짝짜꿍할 허튼 생각은 추호도 하지 마라. 의미는 아주 명확했다. 애초에 그들은 저 미국 땅에서 한판 붙었을 때부터 이런 관계였고, 서로가 서로의 심보를 눈감고도 알아보는 동류였다. 만약 과거로 돌아갈 수 있다면 김유진 목에 목줄 채워보려던 옛날의 자신을 넝마가 되도록 쥐어패고 싶지만 어쩌겠는가. 그러니 김유진이야 원래 그런 놈이었다고 치자. 이런 '길들이기'도 이제 이골이 났으니. 하지만 야당 놈들은 대체 뭐란 말인가.

'국난의 위기에 처한 만큼 야당에서도 협조를 해줬으면 합니다.'

'이미 반민족 행위 처벌법에 의거해 대통령께선 언제든 저들을 꺼내 쓸 수 있습니다. 법조인이나 기술자, 학자 같은 부류처럼요. 딱히 국회가 나설 이유는 없는 듯하군요.'

'어차피 전시에만 잠시 쓰고, 다시 감옥에 집어넣으면 되잖습니까? 공이 크다면 그때 가서 풀어주면 될 일입니다.'

'한민족이, 이 땅의 국민들이 결코 친일파를 용서치 않는다는 명백한 증

거가 필요합니다. 각하의 뜻은 잘 알겠으나, 우리는 절대 찬성할 수 없습니다.'

빌어먹을 놈들. 여당 때릴 기회 얻어서 신난 주제에 폼 잡기는. 제 놈들이 이 자리에 앉아 있었으면 울며불며 매달리는 건 똑같았을진대, 어쩌자고 저리 매정하게 군단 말인가.

"국민 여러분, 저는 죄인입니다. 스스로를 기만하며 불의를 저지른 죄인입니다."

"그러면 얼른 나가 죽어!!"

"절대 용서를 바라지 않습니다. 그저, 단 한 명의 대한의 아들들이라도 무사히 살아 돌아올 수 있도록……."

"쪽바리 군복 입고 호의호식했으면 쪽바리답게 할복해라!!"

거리로 나와 석고대죄를 청하던 전직 군인들은 사방에서 쏟아지는 짱돌과 계란 세례에 피를 흘리면서도 연신 무릎 꿇고 사죄를 올리고 있었다. 계란을 먹는 대신 던져도 될 만큼 이 나라가 잘살게 된 건가, 아니면 저들에 대한 분노가 귀한 계란을 집어 들게 만든 것인가.

문득 그런 의문이 들었다.

* * *

휴 드럼이 총사령탑에 앉은 유엔 평화유지군은 크게 두 갈래로 나뉘었다. 하나는 장강 방어선 구축, 그리고 중공군의 도하를 저지하기 위한 군대. 세계 각국이 파병해준 군대는 모조리 여기에 합류할 예정이었다. 그리고 다른 하나는, 한반도 북부로 가 중국 공산당의 배후지인 만주를 찌르기 위한 군대. 현재 만주에서 일진일퇴의 공방전을 치르고 있는 국부군이 주력이 되고 여기에 한국군이 추가. 그리고 평화유지군 탈을 쓴 패튼의 미군이 곁들여진다.

"꼭 가야 합니까?"

"그렇습니다."

"지금 유엔 평화유지군이 평화를 수호하기 위해 빨갱이들과 다투려는 마당에, 제가 동경에서 물러난다면……."

"바로 그렇기 때문입니다. 대원수께서 일본에 있으니 빨갱이들이 신경과민에 걸린 듯합니다. 3차대전을 꿈꾸는 게 아니냐며 입에 게거품을 물더 군요."

거참. 나같이 무색, 무취, 무해한 사람이 어디 있다고 나 때문에 신경과민이 걸린단 말인가. 하여간 빨갱이들, 엄살도 심하지. 아주 호환 마마 취급이야.

합참의장. 기어이 이 빌어먹을 독배가 내게 날아왔다. 그렇게 날 부려먹고 싶었나? 내 여유로운 여가와 평화로운 은퇴, 그리고 신나는 심시티 놀이를 압수하고 펜타곤의 노예로 전락하는 모습이 보고 싶었나? 아니, 우리가 뒷주머니에 꽂아준 게 얼만데 이럴 수가 있어.

아무튼 영전이고, 게다가 미합중국 육해공 전군을 총괄하는 자리에 유일하게 팔팔한 6성 장군이 앉지 않는 게 모양새로 봐도 이상하긴 하다. 하지만 그 덕분에, 나는 본래라면 굳이 두지 않았을 무리수까지 둬 가면서 미리미리 교통정리를 끝내야 했다.

일본 공산당을 갈라치기하고, 꼬꼬마 천황님을 완벽한 인간문화재로 만들기 위한 음모를 꾸미고, 전시의 통제 분위기 타고 여당 파이 늘리려 할 게 뻔한 우리 프린스 리 팔다리 한 짝씩 좀 잘라주고, 필리핀 날아가서 짜웅 좀 하고… 시부럴, 분신술 좀 쓸 줄 알면 얼마나 좋을까. 긍정적으로 생각하자. 긍정적으로.

제복군인이 오를 수 있는 최고의 경지로 여겨지던 참모총장. 합참의장은 그 윗단계 아니겠는가? 이제 내 별 6개에 걸맞은 자리로 돌아오라는 맥황상의 지엄한 명령을 거역하기엔 명분도 없다. 다만 극동에서의 내 일을 떠맡아줄 후임자가 좀⋯ 그렇다.

"또, 오셨습니까."

"그렇게 됐네."

주름이 자글자글해진 마셜은 절로 한숨을 푹 쉬고 있었다.

"특사로서의 임무도 사실상 실패했으니 은퇴할 수 있으리라 생각했는데."

"지휘관 아닙니까, 지휘관. 그토록 오매불망하던 자리에 앉으셨는데 긍정적으로 생각하시죠. 하하."

"웃지 마."

네. 나는 재빨리 입을 다물고는 인수인계에만 전념하기로 했다. 아이젠하워야 육군참모총장으로 있으니 그렇다 쳐도, 사실 독일에 있는 브래들리를 빼서 옮겨도 딱히 문제 될 건 없다. 밴플리트는⋯ 음⋯ 어⋯ 몰라. 묻지마. 하지만 맥아더의 선택은 마셜. 현재 내 다음 타자로 들어올 만한 인물중 가장 강력한 카드를 꺼내 들었다.

'너네가 하도 떽떽거리니 킴은 빼줄게. 더 토 달지 말자?'

음. 실로 불타는 반공주의자다운 판단이다. 다만 마셜 본인의 생각은 조금 다른 듯했다.

"어지간히 내가 대통령 각하께 밉보인 모양이야."

"아니, 그게 무슨 말씀이십니까?"

"대통령께선 1차대전 시절부터 날 싫어하지 않았나. 장관 시절에도 비슷했고. 그런데 날 이리 극동으로 보낸 걸 보니⋯ 좀 그렇구만."

"이 자리가 보통 자리입니까? 데스크의 마술사 조지 마셜 원수가 아니면 감당하기 힘든 자리니 그런 거지요."

"확고한 승리를 따내지 못하면 나를 버림패로 쓸 것 같은데. 일단 최선은 다해야지."

벌써 이렇게 삐그덕거리면 곤란한데. 다행히 마셜은 맥아더 씹는 소리 2

절을 꺼내는 대신 신사답게 넘어가주었다.

"전쟁 상황은?"

"빨갱이들의 자칭 몽골의용군이 개입하면서 국부군이 개 처맞듯 밀려나고 있지요."

몽골이라며, 몽골이라며! 근데 왜 의용군이 허여멀건 슬라브인이냐, 이 양아치 놈들아. 적어도 소수민족 출신으로 편성하는 눈 가리고 아웅 정도는 하라고. 수상할 정도로 장비빨이 좋은 풀템 둘둘 몽골의용군은 등장하자마자 국부군 1개 사단을 오함마로 꽝 찍어버리듯 으깨버렸다.

'적 전차부대 발견! 반복한다! 적 전차부대가… 으아아!!'

전차를 몰고 다니는 의용군까진 그러려니 하자. 세상이 미쳐 돌아가니 별일이 다 있을 수도 있지 뭐. 저 철면피들도 최소한의 양심은 있는지, 공군마저 몽골의용군이라고 우기지는 못했다.

[제국주의자와 파시스트들에 맞서는 우리 '국제여단'은 순수한 자원자들로 구성되어 있으며……]

국제여단이란다, 국제여단. 내 미처 여기가 스페인 내전인 줄은 몰랐네요. 아무튼 국제여단 소속을 자칭하는 수상쩍은 항공기가 만주 상공에 등장했고, 우리 또한 다시 한번 플라잉 타이거스라는 명패를 걸고 대놓고 전투기를 출격시키기 시작했다.

"소련 놈들이라니. 나 원 참. 대응책은?"

"한국군 제1군단이 압록강을 건넜고, 평화유지군 소속 공병대가 만주 철도를 보수할 예정입니다. 신의주와 심양(瀋陽, 선양)을 잇는 철도를 확보하면 1차 전략 목표가 달성됩니다."

"일단 전부 퇴각시킬 작정이었나?"

"하얼빈까지 기어올라간 놈들은 포기하되, 최대한 건져서 압록강 아래로 일단 빠져야지요. 장춘은 어찌할지 아직 모르겠습니다. 패튼에게 맡겨야 하지 않을지?"

"대련은."

"거기, 소련이 중국 정부에게 조차받은 곳이잖습니까. 당연히 소련군이 주둔하고 있습니다."

"비열한 놈들. 종전 직후부터 그토록 나가라고 요구를 했는데 꾸역꾸역 눌러앉아 있군."

한참 지도를 노려보던 마셜의 입에선 앓는 소리만 줄기차게 나왔다.

"워싱턴 D.C.로 돌아가면 말일세."

"예."

"폭탄 한 발만 좀 더 보내 달라고 요청해줄 수 있겠나."

이 사람들이 진짜 왜 이래. 핵전쟁 하자고?

"사모님 말씀이십니까?"

"내 아내는 나랑 같이 왔네만. 캐서린에게 자네가 한 말을 꼭 전해주겠네."

아니, 농담을 다큐로 받아치진 말고요. 이놈이고 저놈이고 군바리들 눈동자에 죄다 버섯구름이 피어오르고 있다. 그래. 쏠 때 팍팍 쏴야지. 에라 모르겠다.

5장
펜타곤의 현자

펜타곤의 현자 1

"피고는 일본제국을 위해 군인으로 복무하였으나, 대한민국 독립을 위해 지대한 공헌을 한 점을 감안하여 징역 5년에 집행유예 10년을 선고한다."

채병덕(蔡秉德)은 광복군에 가담하지 않은 구 일본군 출신 인사들 중 가장 팔자가 편 케이스였다. 때는 김유진이 조선 해방을 선언하고 미군이 군산에 상륙하기 직전. 당시 경성 육군조병창 제5공장장으로 복무 중이던 그는 야마다, 이봉창 등에게 포섭되어 각종 군 기밀을 빼돌리고 군수창고를 털어먹을 수 있도록 각종 편의를 제공했다.

이때의 조력으로 건국동맹의 경성 봉기가 성공하는데 크게 한몫하였기에, 기회주의자라느니 인생은 한 방이니 하며 비아냥은 들을지언정 최소한 서대문 민족반역자수용소에 새 원룸 구하는 꼴은 모면했다. 다만 그와 같이 막차조차 탑승 못 한 이들의 운명은 그리 행복하지 못했다.

"온다! 쏘련군이 온다아아!"

"전투 준비이이이!!"

소련군은 2차대전의 전훈, 그리고 예브게니 킴의 온갖 수작질을 적극

연구하고 반영했다. 치밀한 선무공작, 전투 전후의 민사작전, 기갑—포병—항공의 조합을 통한 화력 극대화, 수단과 방법을 가리지 않는 갈라치기 등 등. 그리고 소련과 이웃한 대한민국 또한 소련을 적극 벤치마킹했다. 서대문 굴라그라거나, 혹은… 형벌부대 같은 것.

"도망치면 죽인다!"

"등을 돌리면 내 손에 죽는다! 차라리 여기서 죽어! 그러면 최소한 명예는 남는다!"

반민족 행위 처벌법에 의해 철창 맛을 보던 이들에게 '목숨을 바쳐 대한민국에 대한 충성심을 입증할 기회'를 주니, 어찌 자원하지 않고 배길쏘냐? 참으로 훌륭한 개나리들을 모아 놓은 이들 부대는 생존 욕구 하나는 탁월한지 몰려오는 적 앞에서도 도망치지 않았다.

아니, 도망치지 못했다. 이미 몇 번이고 맛보았지만 익숙해지지 않는, 땅이 뒤흔들리는 듯한 끔찍한 진동. 이윽고 저 멀리에서부터 흙먼지를 휘날리며, 말을 타고 달리는 초원의 전사들이 그 모습을 드러냈다.

"우라!!"

"빌어먹을 새끼들. 저게 어딜 봐서 몽골군이야!"

소수민족 문제의 프로페셔널인 스탈린은 이 중국 내전을 일종의 거대한 쓰레기 하치장으로 활용했다. 과거부터 현재까지 기병대로 독보적인 입지를 구축한 카자크인, 몽골계에 속하는 칼미크인, 크림반도 일대에 있던 투르크계 크림 타타르인, 우크라이나인, 유대인 등등.

나치 독일에 부역해 연방에 반역을 저질렀다는 혐의까지 걸린 이들 소수민족들은 살아남기 위해, 그리고 충성을 증명하기 위해 시베리아를 가로질러 남의 나라 땅 만주에서 전투를 벌여야 했다.

그리하여 펼쳐진 전근대에서 현대에 이르기까지의 오묘한 조화. 깃발 펄럭이며 전장을 누비는 기병대는 누가 봐도 전근대적 마적 패거리. 요충지에 참호 파고 철조망 뒤덮은 뒤 기관총과 야포로 방어선 만들기는 1차대전의 풍미. 양군 모두 화력 지원을 위해 무수한 포병대를 동원했고, 강력한 기갑부대가 언제든 송곳처럼 파고들 채비 마치고 하늘 위를 전투기들이 수놓으며 공중전 벌이니 이것이야말로 곧 현대전.

"매국노 부대가 적과 교전에 돌입했습니다. 소련군입니다."

"기병은 미끼다. 진짜 핵심은 같이 움직이는 전차와 포병부대지. 그놈들이 버티는 동안 적 포병대 먼저 잡아 보자고."

새로 수립된 대한민국 정부는 돌잡이를 하기도 전에 중국과 소련이라는 세계 최강의 깡패들과 전쟁에 돌입했다. 전국 각지의 장정들은 나라 지키겠다며 가까운 신검장으로 달려가 예비군으로 등록하고, 그들 중 일부는 현역으로 뽑혀 곧바로 군사 훈련에 돌입.

살아남기 위해 원 역사의 대한민국 저리 가라 할 정도로 총력전에 미친 나라가 되어버렸으니, 병적(兵籍)에 오른 사람 숫자가 백만을 돌파하고 10만 대군을 어떻게 키우냐고 곡소리를 내던 국방부는 어느새 20만을 넘겨 30만 대군을 뽑겠다고 으르렁댔다. 평화유지군사령부는 만주에 투입된 국부군이 약 70만쯤 되니, 이들이 일제히 총퇴각한다면 그래도 50만가량은 확보할 수 있으리라 여겼었다. 하지만 50만은 개뿔.

'어째서 이역만리 타지에서 죽어야 하는가?'

'동포들이여! 무기를 버리고 고향으로 돌아가자!'

'공산당은 여러분의 귀향을 도와드립니다.'

압록강 너머로 도망친다 한들 결국 언젠가는 전쟁터로 다시 끌려나가야 하는 군인 신세. 고향으로 돌려보내주겠다는 중공군의 유혹은 너무나 달콤했고, 안 그래도 사기가 엉망진창인 국부군은 퇴각 대신 탈영을 선택하는 병사들로 몸살을 앓았다. 그리하여 만주 전역에서 활동하는 병력은 국부군 30만에 한국군 15만. 이에 맞서는 중공군과 몽골의용군이 50만. 국부군의 비중이 떨어지고 한국군의 지분이 늘어나자, 이제 이들은 거칠 것도 없었다.

"전부 다 뜯어가자!"

"빨리빨리 실어날라! 이게 다 우리 민족을 먹여살리는 피와 살이 된다!"

"동포 여러분, 만주는 위험합니다! 귀국하셔야 합니다!"

미군이 도착할 때까지 이대로 버티기만 하면 전략적 목표 달성. 실로 전쟁은 달달했다.

* * *

워싱턴 D.C., 펜타곤.

내가 마지막으로 리히 대원수를 만났을 때, 그는 늙었지만 틀림없이 정정했었다. 하지만 지금 만난 그는… 뭔가 몸의 원기가 다 빠져버린 듯한 느낌이었다.

"드디어 후임이로군."

"고생 많으셨습니다."

"킴 장군이라면 나 같은 늙은이보다 훨씬 도움이 될 게요. 하지만 내 노파심에서 한마디 조언을 드리자면… 내 생각에 이 엿같은 자리는 제복군인들을 퇴역시키기 위해 의원 놈들이 만든 고문 기구가 틀림없소."

"그 정도입니까?"

"뒷방 늙은이 노릇은 익숙하다고 생각했건만, 항상 D.C.의 어둠은 내 상상을 뛰어넘더군."

히틀러조차 앗아가지 못한 그의 정력을 기어이 쪽쪽 빨아먹은 합참의장 자리는 대체 무슨 끔찍한 자리일까. 서리한이라도 있는 건가.

그리고 취임 직후. 나는 깨달아버렸다.

"의장님께선 육군 출신 아니십니까. 그 누구보다 육군의 명예를 드높이신 의장님께서……."

"의장님. 군을 위해서는……."

"합참의장은 의회에 출석해주시기 바랍니다."

"의장님. 국방부장관께서 뵙자고 하십니다."

"의장님. 백악관에서······."

"의장님."

"의장님!"

"의장님인지 의자인지 아무튼 그놈 없다고 해!"

합동참모본부, 그리고 합참의장. 전부 근본이 없는 자리다. 이게 문제의 시발점이었다. 전 미군을 지휘하는 총사령관은 엄연히 대통령이다. 하지만 지금이 나폴레옹 시절도 아니고 대통령은 애초에 정치인인 만큼 군사에 어두운 게 당연한 일. 그래서 2차대전에 뛰어든 루즈벨트는 사적으로 친분이 있던 리히를 '육해군 총사령관 참모총장'이라는 임시직으로 임명해 조언 역할을 맡겼다.

저 직책의 진화형이 바로 합동참모의장. 2차대전 내내 육군과 해군은 각종 문제로 투닥거렸고, 여기에 공군까지 신설되자 '우리 이렇게 다 따로 국밥으로 놀면 국밥의 풍미를 해치게 되니 이를 통합할 컨트롤 타워 좀 만들자.' 해서 국방부도 만들고 합동참모본부도 뚝딱뚝딱 만들었지만, 그 결과가 지금의 참극.

이곳은 저 시끄러운 의회처럼 육해공군 3군이 서로 상대방에게 밀리지 않기 위해 꽤액꽤액 엄마를 찾는 지옥도로 변모해버렸다. 이 자리에 앉은 지 며칠 되지도 않았지만 상황 파악은 끝냈다. 원래 새로 발령 난 곳 상황 파악 빨리빨리 끝내는 건 야전 군인의 덕목이기도 하고. 그러니 내 방식대로 교통정리부터 들어가는 수밖에.

"취임식 이후 이렇게 다들 뵙는 건 처음이로군요. 앞으로 웃으면서 국가를 위해 건설적인 노력을 할 수 있도록 해보고자, 이 자리를 마련했습니다."

육군참모총장, 드와이트 아이젠하워(Dwight David Eisenhower).

해군참모총장, 체스터 니미츠(Chester William Nimitz).

공군참모총장, 칼 스파츠(Carl Andrew Spaatz).

본래 공군참모총장 자리에 도전하려던 건 내 옆에서 달달한 꿀을 빨던 우리 맥나니였지만, 그놈의 깜둥이 비하 근성을 고치지 못해 흑인 표심 끌어안기에 골몰하던 맥황상의 눈 밖에 나버렸다. 내가 그러니까 성질 좀 고치라고 그렇게 말했건만… 멍청한 놈.

"반갑습니다, 대원수님. 제가 부임하시자마자 댁에 찾아가서 비싼 술도 선물해드리고, 손자 장난감도 사줬는데 허허. 앞으로 잘 부탁드립니다."

아이크가 쏘아 올린 작은 공에 스파츠 공군참모총장 또한 질 수 없다는 듯 갑자기 옛 인연을 이리저리 끌어모았다.

"아놀드 원수님은 뵈셨는지요? 그분께서 꼭 킴 장군을 뵙고 싶다고 신신당부를 했었습니다. 그 누구보다 공군의 미래를 진심으로 생각하시던 킴 장군의 지난 이야기에 대해 입이 침이 마르도록……."

"혹시 이 자리가 대원수께 아부를 해야 하는 자리였습니까?"

"그게 무슨 말씀이십니까? 그, 잘 모르시겠지만, 원래 전쟁터에서 다져진 우정이라는 게 그리 녹록하지가 않아요."

"그렇지요. 열린 마음으로 협력을 위해 노력해야 할 마당에 이리 각을 세우시니 참 갑갑합니다."

꽤 신사적으로 보였던 니미츠 제독이 어이없다는 듯 한마디 하자, 육군과 공군이 아예 너 잘 걸렸다는 듯 통합작전을 펴기 시작했다. 미치겠네. 나이 잡술 대로 잡순 양반들이 햇님유치원 해바라기반 어린이들처럼 굴고 있으니 원.

나는 뒤편에 있던 재떨이 하나를 내 앞에 가져온 후, 일단 불부터 붙였다. 이제 지긋지긋한 럭키 스트라이크에서 해방됐다는 게 마음의 위안이 되어준다. 우후, 폐에 파고드는 니코틴 굉장해!

"대충 제가 취임하기 전, 리히 대원수께서 음… 여러분을 중재하기 위해 다각도로 노력했다는 사실을 전해 들었습니다. 그런데 여러분들의 모습을 보니 그 노력이 딱히 성과는 없었던 듯하군요."

"의장님. 육군이 타 군종 위에 서려 한다면 해군의 누가 그걸 좋아하겠습니까?"

"그래요? 육군이 그랬습니까?"

"대통령께서도 육군에 다대한 호의를 갖고 있고, 이제 합참의장마저 육군에서 잔뼈가 굵은 분으로 바뀌었습니다. 저희의 불안감이 부디 기우에 그쳤으면 합니다."

"해군의 자율성은 보장될 것이며, 어떠한 군종이 타 군종의 위에 서지도 않을 겁니다."

잠시 침묵.

니미츠는 내 확언에 반신반의하는 듯했고, 아이크는 애인에게 환승 통보라도 받은 듯 당혹스러움이 철철 흘러넘쳤다. 아니, 진짜로 내가 육방부를 만드는 데 한 팔 거들 줄 알았나?

"대충 보니까 이 합참의장이란 자리, 그냥 요술 램프가 따로 없더군요. 아니지. 요술 램프보단 동네 어르신인가. 백악관, 국방부, 국무부, 의회 등 군사 관련 문제로 자문이 필요하면 일단 합참부터 호출하면 되더만."

"그렇지요, 아무래도."

"물론 의장인 저뿐만 아니라 각 군 참모총장 여러분들도 합동참모회의의 일원이시니, 그러한 자문 요청에 개별적으로 응하실 수 있고요."

나는 슬슬 오늘의 용건을 풀기 시작했다.

"그런데 말입니다. 이 자리에 계신 여러분들 중에서… 저보다 더 야부리 잘 털 수 있는 분 계십니까?"

"예?"

니미츠의 눈이 화등잔만 해졌고, 아이크는 "저 새끼 또 시작이야……." 라고 중얼거리며 두 손으로 얼굴을 감싸쥐었다. 너무하네 진짜.

"각 군의 대표인 여러분들이 조직의 미래를 생각하는 건 당연한 일입니다. 하지만 합참의장이란 이 요상한 자리에 앉은 저는 전 미군을 대표해 가장 '올바른' 조언을 해야 하는 입장입니다."

'일단 눈부터 깔아, 이 자식들아. 내가 입 털면서 니네 군 엿 먹이기 전에.'

내 친절한 안내에 다들 헛된 기싸움을 멈췄다. 아니, 그냥 병찐 건가.

"제가 참, 전쟁도 딱히 잘한다 말하기엔 그렇지만, 아무튼 그에 미치진 못해도 앞날을 예측하는 일엔 약간 자신이 있습니다. 다행스럽게도 제 말에 귀 기울여주시는 분들도 많구요."

'니네 나보다 아가리 잘 털어? 나보다 전쟁 잘해? 미래 보고 온 적 있어? 응?'

"흠흠. 감히 누가 추축국을 물리친 대원수의 군략을 무시하겠습니까."

"제가 그 유명한 아마겟돈 레포트가 쓰여지는 걸 직접 목격하지 않았습니까. 육군의 그 누가 의장님의 조언을 무시하겠습니까? 미리 말씀만 잘 해주시면 육군은 언제나 대원수 각하의 고견을 경청할 겁니다."

육군과 공군이 신속히 발랑 몸을 뒤집고 배를 내보이는 반면, 니미츠는 치를 떨면서도 가타부타 쉽게 대답을 하지 못했다. 역시 물개는 해로운 놈들이다. 이쯤에서 당근을 하나쯤 내밀어볼까.

"해군참모총장님."

"…예."

"제 생각에, 앞으로 미군은 세계대전과 같은 거대한 전쟁보다는 그보다 더 국지적인 분쟁에 뛰어들 가능성이 높아 보입니다. 그리고 그러한 분쟁은 아메리카 대륙보다는 아무래도 바다 건너편이 될 가능성이 높겠지요."

"해군의 입장을 이해해주시니 그야말로 가슴이 편해집니다."

"그래서 말입니다만, 이 합동참모회의에 해병대사령관 또한 동석하게 하는 방향은 어떻습니까?"

육군과 공군이 편 먹고 해군을 2:1로 찍어누르던 구조. 물개놈들이 저리 낯선 손님 만난 뽀삐처럼 털을 바짝 곤두세우고 으르렁대는 근본 구조는 여기에 있다. 그러니 깔끔하게 2:2 가자고. 아니, 해병대의 입지가 좀 약한 편이니 2:1.5 정도려나.

"그게 실현된다면 더더욱 바랄 게 없지요. 역시 미국이 낳은 최고의 전쟁영웅다우십니다."

"하하. 과찬의 말씀이십니다."

하지만 나는 해병대도 매수할 자신이 있다. 아무튼 합참은 내가 원하는 대로 굴릴 수 있단 말씀.

"우리가 한 줌 예산과 역할을 두고 다툴 때가 아닙니다. 표에 환장한 정치인들은 어떻게 해서든 군으로 들어갈 예산 1달러라도 더 깎고 싶어 혈안이 되어 있어요. 우리가 서로 분열되어 있다면 갈라칠 수 있지만, 모든 제복 군인들이 단결한다면 저들도 우릴 맛 좋은 지갑으로 생각하진 못할 겁니다. 집 안에선 싸우더라도 밖에선 하나 되어야 한단 말입니다."

"그렇… 지요."

"제가, 우리 모두의 권익을 지키겠습니다. 그러니 부디 짧은 임기 동안, 많은 응원 해주시면 감사하겠습니다."

유진 킴이라는 최강의 로비스트를 고용해 다 함께 잘 먹고 잘사느냐. 그게 아니면 우리끼리 물고 뜯고 푸닥거리하다가 사이좋게 깡통 하나씩 차고 수표교로 가느냐. 이렇게까지 말했는데도 판단이 안 서면 여기까지 올라오지도 못한다.

"의장님의 고견, 해군을 위해서도 적극적인 말씀 부탁드립니다."

"그야 물론이지요. 시간 되시면 다들 저녁에 한잔하실까요? D.C.에도 돌아왔으니 제가 기깔나는 풀코스 한상차림 가능한데……."

대충 수습은 했다. 이제 다음 상대는… 맥통령인가.

펜타곤의 현자 2

나는 쩌렁쩌렁한 웃음소리를 뒤로한 채 터덜터덜 바깥으로 나왔다. 젠장. 너무 마셨어. 이 꼴로 집에 들어가면 또 등짝 스매시다. 역시 사람은 맛있는 거랑 알콜 좀 들어가면 다 친해지게 돼 있다.

육해공의 친목을 다진다는 자못 거창한 캐치프레이즈를 걸긴 했지만, 결론만 말하자면 군바리들끼리 부어라 마셔라를 끝없이 달리는 일뿐. 여기서 물러나면 가오 문제다. 히틀러를 물리치고 수백만 적군을 스크램블 에그 썰듯 손쉽게 요리한 유진 킴 대원수가 고작 위스키에 패배해 네발 동물로 퇴화했다는 소문이 퍼지면 내 위신이 어찌 되겠는가?

절대 물러설 수 없지. 그렇고말고. 술 좀 깰 겸 해서 밖으로 나와 담배 한 대 입에 물고 바람을 쐬니 이제 좀 살 것 같다. 저 너구리굴처럼 연기로 가득 찬 곳에서 나와 또 담배를 무는 꼴이 뭔가 이상하기도 하지만, 원래 세상은 다 이렇게 모순으로 가득한 곳이렷다.

"의장님. 여기 계셨습니까."

"아, 공참총장님. 어쩐 일이십니까?"

스파츠 총장 또한 장난 아니게 마셔서인지, 억지로 몸을 가누는 기색이 역력했다. 내 옆에 앉아도 되겠냐고 물어본 그는 내가 고개를 끄덕이기 무섭게 털썩 쓰러지듯 벤치에 몸을 기댔다.

"참으로 오랜만에 뵙습니다."

"하하. 선배님, 우리 사이에 그런 낯간지러운 말은 하지 맙시다. 아까까지는 공무의 일환이었지만, 사석 아닙니까. 편하게 대해주십시오."

"그래도 되겠습니까."

"그야 물론이지요. 선배님도 벌써 머리칼이 새하얗게 샜군요."

"아이크처럼 반질반질해지지 않은 데 감사하며 살지. 네가 그렇게 만든 거 아냐?"

"제 탓 아닙니다."

"다 뺏어먹고도 모자라서 친구 머리카락까지 뺏어먹은 놈이 말은."

웨스트포인트에서 내 한 기수 위였던 선배는 어느덧 옛날로 돌아가 있었다.

그는 잠시 망설이더니, 슬쩍 내게 말을 걸었다.

"그, 뭐냐. 미안하게 됐다."

"뭐가 말입니까? 대뜸."

"맥나니 녀석을 차기 총장으로 밀던 거 아니었냐. 미안하다고 말하긴 뭔가 이상하긴 한데, 아무튼 뭐. 그렇게 됐다."

"에이. 제가 공군 일에 왜 끼어듭니까. 말도 안 되는 소리 하지 마십쇼."

내가? 맥나니를? 왜요?

"그야 둘이 그렇게 붙어다니면서 전쟁 때 알차게 써먹었는데, 그 녀석 밀어주려고 그런 거 아니었냐?"

"전혀 아닙니다. 육항에서 걔가 발령이 왔길래 같이 일한 것뿐이라구요. 누가 왔든 똑같았을 겁니다."

내 이름을 팔아서 출세를 했다면 그건 그놈이 잘한 거지. 내가 뭔가 수작을 부린 게 아니라. 그래도 꼭 뭔가, 이 사이에 채소 줄기 하나라도 끼어 있는 것처럼 찝찝한 티를 내는 스파츠 총장을 위해 나는 조금 더 썰을 풀기로 했다.

"그놈 때문에 제가 얼마나 곤란했었는지 아십니까? 하도 깜둥이는 능력이 없다고 지랄발광을 떨어댔는데. 안 그래도 병력 없어서 죽겠는데 흑인은 파일럿이 못 되네 마네 하… 제가 진짜 육항에 영향력을 행사하고 싶었으면 그놈 진작에 치워버렸습니다."

"걔가 그런 기질이 좀 심했지."

"그때 장관이던 우리 맥아더 각하나 마셜 선배나, 흑인 부대 편성 좀 해보겠다고 온몸을 비틀고 있는데 그놈이 무슨 요로결석처럼 떡하니 박혀선 온갖 깽판을 쳤습니다. 아이고, 머리야."

"우리 쪽에선 맥나니가 휴일 때마다 너한테 포커를 져주면서 주급 다 갖다 바친다는 소문이 짜했는데."

"포커요? 그놈이 게임을 좆같이 못해서 판돈 다 털리는 게 왜 뇌물이 됩니까. 제가 안 봐줬으면 그놈, 입고 다닐 군복도 다 털리고 빤스바람으로 다녔을 건데."

술기운이 그득 오른 우리는 그 옛날 웨스트포인트 포커판 이야기에서부터, 알고 있는 다른 사람들 안부 따위나 주고받으며 그렇게 잠시 시간을 보냈다. 다시 안으로 들어간 뒤, 우리는 원래의 자세대로 돌아갔다. 옛날 추억을 꺼내기엔 우리 둘 다 짊어지고 있는 게 너무 많았으니.

* * *

미국의 정치인들은 깍둑썰기를 참 좋아한다. 이들은 절대 하나의 기관이 권력을 쥐고 있는 꼬라지를 못 본다. 지들 먹는 스테이크는 절대 한 번에 다 썰어 놓고 한 조각 한 조각 잘라다 입에 넣으면서, 뭔가 좀 덩치가 커 보이는 기관이 있으면 '야, 너 힘 좀 쓴다?' 하면서 댕강댕강 사지육신을 분해해 견제하는 기관을 만들어버린다. 하물며 군대는 어떻겠는가?

문민통제를 모세의 석판처럼 떠받드는 이들인 만큼, 군이 헛짓거리를 할 요소가 조금이라도 눈에 띄면 인정사정없이 망치와 정을 가져와 깡깡 두들긴다. 맞으면 아프다. 그러니 처음 '육해공을 통괄하는 부서'를 만들자는 이야기가 나왔을 때도 많은 정치인들은 게거품을 물었고, 합참은 절대 권력을 가질 수 없는 기관으로 설계되었다.

이게 나쁘다는 건 아니다. 만약 합참이 정말 어마어마한 힘을 가지게 되어 전군을 떡 주무르듯 만지게 된다? 그럼 지금은 육군의 시대가 올지도 모른다. 하지만 결국 천조국이라는 명성에 걸맞던 미국의 위엄은 항공모함과 그 함대에 힘입지 않았던가. 지금 당장은 몰라도, 나중엔 물개 놈들이 육군을 종놈처럼 부리는 시대가 올지도 모른다. 물개라면 그러고도 남는다. 그 놈들이 웨스트포인트를 수영장으로 만든다 해도 난 납득할 수 있다. 그리하여, 내 첫 목표는 우선 니미츠 제독과 친해지는 것이었다. 그리고 그건 그리 어렵지 않았다.

"…그래서 말입니다, 이 빌어먹을 양반이 남의 아들을 전쟁터에 보내서 제가 울화통이 확 터져버리는데."

"그분 성격도 장난이 아니긴 하시죠."

껌은 씹다 보면 그 맛과 향이 다 날아가버리지만, 세상에 이럴 수가! 어니스트 킹은 씹으면 씹을수록 그 풍미가 더욱 향긋하게 피어오른다. 매 순간 재미있고, 할 때마다 새로운 기분이다. 아무리 그래도 땅개 놈이 자기네 영웅을 씹으면 불쾌할지도 모르겠지만, 유감스럽게도 나는 킹과 사돈이란 말씀. 니미츠 또한 알게 모르게 쌓인 게 많은 듯했고.

가족끼리 밥도 먹고, 골프도 좀 치고, 친목 도모도 하고… 아이고, 힘들다. 이거도 다 일이다 일. 역지사지의 마음으로 바라보면, 지금 물개들이 얼마나 반쯤 눈이 뒤집혀 있을지 알 것만 같다.

맥아더와 아이크는 말할 것도 없고, 스파츠 공군참모총장 또한 나와 아이크의 1년 선배인 웨스트포인트 출신. 여기에 리히 대원수가 물러나고 새 합참의장으로 내가 왔으니, 지금 합참엔 온통 세계 최고의 명문인 웨스트포인트 출신만으로 가득한 셈이다. 온 사방에 킹갓웨스트포인트가 가득하니 아나폴리스 출신 물개가 얼마나 마음이 졸아들겠나?

밥그릇을 뺏길까 봐 잔뜩 털을 곤두세운 해군을 최대한 진정시키고, 원자폭탄이라는 갓갓한 무기를 얻어 잔뜩 콧대가 선 공군을 다독이고. 아직 '핵미사일'이나 'ICBM'이란 개념은 이 세상에 존재하지 않는다.

물론 멀리 내다보는 사람들은 당연히 콧수염이 그토록 쏴대던 V—2 미사일을 보며 '이야, 저기에 원폭을 실으면 완벽하겠는데?'라고 생각했지만, 아직 미사일 기술도 핵폭탄 기술도 갓난아이 상태. 한참 더 테크업을 찍어야 한다. 이것도 내 공로로 냠냠쩝쩝 할 수 있겠네. 육해공을 어르고 달래고 으르렁대고 사정하고 윽박지른 끝에, 나는 그럭저럭 누더기 꼴을 면한 합의안을 들고 백악관으로 향했다.

"어서 오시오, 합참의장."

"대통령 각하. 참으로 신수가 훤하십니다그려."

날 이 지옥에 처넣은 주제에 얼굴에 혈색이 맴돌다니. 하늘과 땅이 용서해도 이 유진 킴은 용서치 못한다, 이 사악한 맥가놈아. 하지만 내 빈정거림에도 불구하고 이미 정치 물을 너무 먹어버린 맥아더는 미동조차 없었다.

"나는 참 행복한 대통령이야. 신께서 이리 훌륭한 장군을 내려주셨으니 망정이지, 임기 내내 군부를 붙들고 고통받았을지도 모를 일 아닌가."

"그 대신 제가 고통받고 있습니다."

"그럴 리가. 물 만난 고기처럼 신나게 종횡무진하고 있다고 들었는데. 누가 그러던데. 천직이라고."

신나게라니, 그럼 다 죽어가는 면상으로 잔뜩 찡그린 채 돌아다니랴? 기본적으로 이런 개같은 자리에 앉아 있으면 표정 관리라는 걸 해줘야 한다고요. 당장 이 피도 눈물도 없는 독재자에게 마법의 상아 권총으로 퇴마 의식을 치러주고 싶었지만, 그런 짓을 했다간 손자를 만지지 못하는 몸이 돼 버린다. 결국 나는 사악한 권력에 굴복해야만 했다. 을은 갑에게 감히 깝칠 수 없는 법. 나는 구구절절이 눈물의 읍소를 올리는 대신 일 이야기로 곧장 들어갔다.

"육군, 해군, 공군 모두 현재 의회가 주장하는 군축안이 실현될 경우 충분한 군사력을 확보할 수 없다고 보고 있습니다."

"나 또한 그건 잘 알고 있네. 하지만 정치인들 심리 알잖은가? 표심을 잡기 위해서라면 무슨 짓이든 하는 자들일세."

자기는 정치인 아닌 척 떠들기는.

"이런 말 하면 굉장히 쓰레기 같지만, 중국 내전은 분명 기회입니다."

"어떤 점에서 말인가."

"생각 없이 죄다 전역을 시켜준 탓에 당장 중국에 투입할 군대가 없잖습니까. 아직 세계대전을 치른 지 몇 년 되지 않았습니다. 지금이라도 군 조직을 추스르면 대전기에 배운 각종 전훈을 쓰레기통에 넣는 일은 피할 수 있습니다."

아주 간단한 논리다. 군축론자들이 이기고 기어이 의회에서 군축안이 통과되면, '표에 미친 놈들이 군대를 토막낸 탓에 중국에서 빨갱이들이 승리했다.'라고 뒤집어씌울 수 있다. 어차피 중국에서 완전한 승리를 거둔다는 게 불가능하다는 건 다들 아는 사실. 차라리 중국에서 내줄 건 내주고 군을 지키는 편이 더 낫지 않겠나. 내 의견을 들은 맥아더는 잠시 무언가 고민하는 듯했다.

이 반공 꼴통 맥황상이라 한들 중국 공산당과 모택동을 멸망시키는 게 불가능하다는 걸 알 만큼의 군사적 지식은 있다. 그딴 짓을 저질렀다간 소련이 가만있을 리도 없고. 그러니 여기서 남길 거 남기자는 내 뜻을 거부할 리는 없을…….

"유진."

"예."

"내가 백악관으로 왔으니 당연히 캔자스 상원의원실이 비어 있네."

"대타 들어갔잖아, 대타! 비어 있긴 무슨 말도 안 되는 소릴 합니까!"

"장인어른의 사무실을 딴 사람에게 내주다니, 천국에 있을 커티스 의원 보기 부끄럽지 않나?"

"상원의원 자리는 봉건 영주의 작위가 아니라 시민들의 지지를 얻은 사람이 앉는 곳입니다. 대통령 각하."

"그래도 자네가 캔자스로 가면 얼마나 그림이 예쁜가. 지금 가라는 것도 아냐. 의장 임기 끝날 때쯤이면……."

싫다니까! 내가 무작정 싫다고만 하면 저 쇠고집 영감쟁이도 보나마나 삐질 게 분명했다.

"이미 저는 정계 거물로서의 잠재력이 있습니다."

"그렇지. 그러니 그냥 하자는 걸세."

"반대로 말하지요. 의원 나리들이 알아서 눈치를 보면서 배려를 해주고 있는데, 왜 제가 굳이 금배지를 달아야 합니까."

"하. 아쉽구만. 백악관 좀 물려주고 싶은데."

"사양하겠습니다."

왜 군축 관련 논의를 하려고 찾아왔는데 기승전출마가 되는지 모르겠다. 이게 한두 번 떠든 일도 아니고. 우리는 가장 중요한 몇 가지 사항에 대해서 합의한 후, 스탈린의 콧수염을 부드럽게 면도해주기 위한 소박한 음모를 꾸미기 시작했다.

* * *

"이대로라면 중국이 빨갱이들에게 넘어갑니다."

"아무리 장개석이 추악하다 한들, 그는 우리 개새끼입니다. 우리 집 개는 우리가 관리해야지 왜 남에게 넘겨줍니까?"

"제 이름 걸고 분명히 말씀드리겠습니다. 지금 모택동에게 베팅하시는 분들은 나중에 피눈물을 흘릴 겁니다."

맥아더가 공화당 의원들을 설득하고, 나나 다른 이들이 안면 있는 민주당 의원들을 부지런히 만나며 설득 작업에 들어가길 한창. 마침내 의회에서 특별 예산안이 통과되었고, 2개 군단을 받은 패튼이 희희낙락하며 만주를 향해 배를 띄웠다. 이제 만주 전역은 어지간히 말아먹지 않는 이상 쉽게 망하진 않겠지. 그다음은 자꾸 중동과 아시아에서 어그로를 땡기는 스탈린의 발바닥에 라이터를 가져다 댈 차례.

원 역사의 마셜 플랜과 똑같이 유럽에 막대한 경제 지원을 선언한 우리는 소련에게도 '너희 우리 원조 받을래? 동유럽 국가들도 독일에게 당한 피해자니까 돈 대줄게!'라고 친절한 제안을 건넸고, 소련은 우리에게 가운뎃손가락을 치켜들었다. 거참. 돈을 준대도 거부하다니, 호의가 거절당할 때만큼 가슴 아픈 일은 없다.

물론 공짜로 막대한 달러를 대주는 만큼 약간 미국의 편의를 봐주긴 해야 한다. 자유로운 무역을 위해 시장을 개방해야 한다든가, 부정부패를 막기 위해 민주적인 선거 절차를 도입해야 한다든가, 기업들이 회계감사를 받듯 '공정한' 국제 기관의 감사를 받아야 한다든가…….

하지만 찔리는 게 없으면 이런 건 너무 당연한 일 아닌가? 훌륭한 민주주의 국가인 소련이 이걸 거부하다니, 너무 충격적이었다. 소련은 단순히 우리의 친절한 제안을 거부한 것뿐만 아니라, 자기 똘마니들인 동유럽 국가들에게도 모조리 이 제안을 거부하도록 지시했다. 하지만 그리스에서 한창 빨갱이들과 싸우고 있던 우리 미국 군사 고문단과 외교관들은, 은밀하게 유고의 두목 티토와 접선을 시도했다.

'니가 천년만년 독재를 해도 우린 신경 안 쓸 테니 우리 돈 받아먹을래? 그리스 빨갱이들에게 무기 대주던 건 너그럽게 잊어줄 수 있다. 스탈린 면

상에 똥칠만 좀 해주면 맛 좋은 달러 드릴게.'

이 제안은 거부당했지만, 티토는 슬그머니 그리스 공산 반군에 대한 지원을 줄이기 시작했다. 언젠가 때가 되면 소련과 미국 양쪽에서 둘 다 받아먹고 싶다는 야심이 그득그득하구만. 달러로 한 차례 스탈린을 불편하게 한 다음은 무력이 나갈 순서.

[금일부로 대영제국과 프랑스공화국 간의 동맹 및 상호방위조약을 체결하는 바입니다. 우리는 유엔의 정신을 따르고, 앞으로 있을지 모를 불미스러운 일에 맞서기 위해 이 조약을 체결하였습니다.]

영불 상호방위조약. 우리 미합중국은 절대 여기에 끼어들지 않았다. 훈수도 두지 않았다. 그리고 영국과 프랑스가 군사동맹을 맺은 이유는 장차 부활할지도 모르는 독일에 맞서기 위함이다. 소련이라니? 소련은 함께 싸운 혈맹인데 저 두 나라가 소련을 적성국으로 취급해 동맹을 맺을 리가 있나.

'독일에 맞서기 위한' 영국과 프랑스의 군사동맹이 체결되고, 이 조약이 발표되자마자 곧장 독일의 위협을 몇 번이고 맛보았던 네덜란드, 벨기에, 룩셈부르크가 참여를 신청했다.

"저 조약은 명백히 서구 제국주의자들의 음모입니다! 아직 점령군조차 물러나지 않은 독일이 위협이 되다니요, 이런 기만적인 수법에 연방은 결코 속아넘어가지 않습니다!"

"우리는 소련의 내정 간섭에 심히 우려를 표명하는 바입니다."

당연히 개소리. 이 영불 상호방위조약은 바로 북대서양조약기구—나토를 위한 시금석이다. 우리 병력 적게 들이면서 소련의 위협을 막아내려면, 당연히 서구 국가들을 하나의 군사적 공동체로 결집시켜서 반동탁 연합군 하나 만들어야지. 이번 건 좀 아플 텐데. 다음은 어찌하려고?

유럽의 자본주의—공산주의 세력도

냉전 세력도

펜타곤의 현자 3

몇 년 전, 미군이 군산에 상륙했을 때. 미군은 한반도를 일본 본토 진공을 위한 교두보로 점찍었었고, 어마어마한 물량의 전쟁 물자를 실어날라 차곡차곡 비축해 놓았다. 하지만 모두가 다 알듯 수백만 대군을 동원한 본토 진공은 결국 일어나지 않았고, 미군은 신속히 철수해야만 했다. 그리고 돈이 흘러넘치지만 정작 예산에 대해서는 무자비하리만치 깐깐한 미국은, 지극히 미국다운 결정을 내렸다.

'셔먼이나 퍼싱 같은 전차를 본토로 다시 수송하는 비용보다 디트로이트의 공장에서 새로 찍어내는 비용이 더 저렴한데?'

'돈이 아까우니 그냥 두고 갑시다.'

물론 챙기는 게 더 경제적이라는 판정이 난 물자들은 그대로 다시 본국으로 이송되었지만, 생각보다 그런 물건은 많지가 않았다. 탄약? 넘치는 게 탄약이다. 식량? 통조림이면 모를까 두면 썩는다. 전차? 야포? 말할 것도 없다.

그리하여 중국과 한국에 어마어마한 군수물자가 남게 되었고, 현지 사령관들은 이를 잘 처리하는 업무를 맡았다. 한국의 경우 유진 킴은 대부분의 물자를 미군정 당국, 나아가 대한민국 신정부에 무상으로 넘기기로 했다. 의회는 이 제안을 받아들여 신생국에 대한 군사 지원으로 이를 집행했다.

'이걸 우리에게 줘봤자 다 고철 신세가 될 겁니다.'

'쓰지 마시고 예쁘게 치장물자로 포장해 놓으십쇼. 지금 고철로 팔아먹는 것보다 더 비싸게 사 갈 사람이 있을 테니.'

'장개석 말씀이십니까?'

'아뇨.'

장개석 말고 누가 이 물량을 소화하나 의아했지만, 하늘 같은 대원수의 조언을 그 누가 감히 무시하랴. 대한경비대와 그 뒤를 이은 대한민국 국군은 중일 전쟁 당시 기갑연대를 굴리던 그 노하우를 이어받아 이 방대한 중화기를 아득바득 닦고 기름칠하고 손질했다.

기름도 없고 전차를 몰 인력도 마땅찮은 나라가 이 무수한 중화기를 떠안은 건 분명 큰 부담이었지만, 정말 몇 년간의 고생 끝에 이 무기를 필요로 하는 이가 나타났다.

"만주에서의 군사작전을 위해서는 기계화된 군대가 필수적입니다."

"대원수께서 누구보다 잘 아시겠지만, 태평양 너머로 중화기를 수송하는 일은 막대한 노력이 필요합니다."

"아마 여러분이 생각하는 것보단 훨씬 품이 덜 들어갈 듯합니다만."

여전히 한국에 남아 있던 군사 고문단의 보고가 이를 증명했다.

[과거 우리 군이 증여한 장비 상당수가 작전 투입이 가능한 상태로 보존 중임.]

[수리를 위해 몇몇 장비를 분해하여 그 부품을 이용하는 등 일부 손망실이 있으나, 점검 결과 전반적인 상태는 나쁘지 않음.]

줬다 뺏는 것만큼 자발적으로 원한을 사는 일은 없는 법. 미합중국 의회는 수송비를 절감했다는 데 행복해하며 기꺼이 이 신생국이 보유한 중고 장비를 매입하였다. 하루아침에 일손 잡아먹는 고철이 빳빳한 달러 지폐뭉치로 성질변화를 일으켰으니, 이것이 바로 20세기의 연금술! 한국에서 벌어진 이 놀라운 연금술은 만주 벌판으로 뛰쳐간 패튼을 행복하게 해주었지만 상해에 있던 유엔 평화유지군 총사령관, 드럼 원수는 이러한 행복을 전혀 누릴 수 없었다.

"우리가 두고 간 장비가… 하나도 없다고?"

"그, 그렇습니다."

"대관절 다 어디로 사라진 게요?!"

"시국이 하도 혼란스럽다 보니, 따로 남은 기록도 없고, 기록에 따르면 있다고 적힌 것도 없고, 없는 줄 알았는데 있고… 뭐 그렇습니다."

"장군님. 참으로 외람되지만… 애초에 우리에게 증여했던 물자 아닙니까. 이제 와서 찾으셔도 조금 무리가 아닐지."

"으아아아아아!!"

다 사라졌다. 싹 다. 그 많은 탄약도, 그 무수한 트럭도. 끝이 없이 깔려있던 전차와 야포도. 놀랍게도 중화민국에 남은 건 쥐뿔도 없었다.

"트럭의 경우, 지형이 험난하고 부품 공급이 제대로 이루어지지 않다 보니 대부분 내전 중 손실되었습니다."

"그럴 수 있지."

"야포 또한 비슷합니다. 국부군이 기존에 보유한 것보다 훨씬 화력이 좋았기에, 공산당 토벌전에 적극 사용하였습니다. 대부분은 사용연한을 넘겨 폐기되거나, 혹은 수송상의 문제로 인해 손망실 처리되었습니다."

"그럴 수도 있지."

드럼은 다 이해했다. 그럼그럼. 아무리 중화기라 한들 어차피 소모품 아닌가.

"그러면 하나만 물어봅시다."

"예, 장군."

"…어째서, 중국 공산당이 셔먼 전차로 무장하고 있소?"

"잘 모르겠습니다. 소련 놈들이 넘겨준 것 아닐지……?"

그 누구보다 중화민국의 부패 카르텔에 대해 빠삭하게 꿰고 있다고 자신하던 드럼이었지만, 그는 여전히 상식인 카테고리에 속해 있었다. 그의 실낱같은 희망을 지켜주기 위해 정년 은퇴를 앞둔 맥네어까지 중국 땅을 찾아왔지만.

"어땠소?"

"소련군이 랜드리스로 수령한 셔먼이 아니오. 저건 태평양 전역에 투입된 셔먼이 맞소."

"으어어어어어어어어어!!"

냉엄한 판정을 들은 그는 마치 심해의 자이언트 문어 촉수 괴물이라도 본 듯 발광해버리고 말았다. 설마 눈앞에서 총탄을 교환하는 적에게 무기를 팔아먹는 놈들이 있을까? 있었네. 여기에.

중공군의 막강한 기갑부대가 제대로 된 대전차 화력도 없는 국부군을 맷돌처럼 갈아버렸다는 보고를 몇 번씩이나 받으며, 그는 다시 한번 자신은 이 광기의 땅에서 이방인에 속한다는 사실을 뼈저리게 실감했다. 앞에서는 빨갱이들이 저들끼리 편 먹고 신나게 전과를 적금 통장처럼 차곡차곡 쌓고 있건만. 뒤에서는 아군인지 원수인지 모를 놈들이 그의 심사를 뒤틀고 있었다.

"비록 우리가 자유와 민주주의를 수호하기 위해 참전하긴 했지만, 음… 예상보다 심각하군요."

"본국에서는 과도한 피해가 발생한다면 철군하라는 국내 여론의 압력이 거세지리라 예상하고 있습니다. 아무쪼록 귀국 군대에서도 이를 고려해주시면 감사하겠습니다."

영국과 프랑스의 반응은 뜨뜻미지근했다. 두 나라 모두 2차대전의 쇼크를 정면으로 받았고, 지금 이 시점에 또 무슨 놈의 전쟁이냐는 압박에 시달리고 있었다. 미국의 막대한 원조 때문에, 그리고 저마다의 이권을 위해 군을 내놓기는 했지만 그게 손실을 감내할 만하다는 뜻은 아니다.

"무슨 일이 있어도 홍콩은 지켜야 합니다!"

"공산당이 승리한다면 놈들이 홍콩을 빼앗을지도 모릅니다."

"반대로 생각해봐야 하지 않겠습니까? 우리가 국민당 편을 들면 협상을 통해 풀어나갈 수 있는 일도 더 복잡해질 겁니다. 공산당이 승리해도 협상으로 홍콩을 지킬 수단 하나쯤은 마련해야 합니다."

영국은 홍콩 사수에 모든 걸 걸었고, 그 탓에 중공군과 교전하는 자체를 꺼리고 있었다. 프랑스 또한 사정은 비슷. 드골 대통령의 사임 이후 프랑스 정계는 빠르게 좌향좌하고 있었고, 소련은 적극적으로 프랑스에 접촉해 그들을 끌어들이려 했다.

유럽에서 같이 싸울 탱커가 필요했던 영국, 그리고 프랑스를 제 편으로 끌어들이고 싶은 미국과 소련의 놀라운 상호 동의 끝에 프랑스는 유엔의 상임이사국 자리를 거머쥐었지만 그들 또한 국공 내전에 각 잡고 뛰어들고 픈 마음은 추호도 없었다. 딱 원조받은 밥값만 하자. 미국도 체면은 세워줘야지.

그 결과 '장강 이북의 작전은 어지간하면 안 하고 싶은데?'라는 기조가 세워졌고, 드럼은 한쪽 팔이 묶였다. 드럼 그 자신조차 짜증이 치솟는데, 이 은밀한 합의를 들은 장개석은 숫제 돌아버렸다.

"어떻게 이럴 수가 있소? 장강 이북에서 싸우지 않겠다니! 그러면 남경을 포기한단 말이오?!"

"그렇지 않습니다. 잠시 진정하시고……."

"진정? 지금 진정이란 말이 나오시오? 어떻게 내가 진정을 하고 있겠냔 말이야!"

장개석은 이러다 반 토막 난 중원의 괴뢰정부 수장으로 전락할지 모른다는데 분노와 공포를 느꼈다. 드럼은 전황이 이 지경까지 몰렸는데도 북진

멸공 같은 허황한 소리만 주워섬기는 장개석에게 환멸을 느꼈다.

함께 공동의 적과 싸우고 있음에도 불구하고, 미중관계는 가면 갈수록 험악해져 갔다. 그리고 장개석과 드럼의 관계 또한 마찬가지로 포켓을 향해 굴러가는 당구공처럼 절벽으로 달려갔다. 그들이 유일하게 웃음을 지을 기회라고는 한 번뿐.

"만주에서 대규모 중공군을 저희가 붙들고 있잖습니까. 너무 심려치 마시지요."

"…내 어찌 드럼 장군을 의심하겠습니까."

오월동주. 드럼은 자신의 마지막 커리어가 좆될 것 같다는 느낌을 받았다.

* * *

"우리의 목표는 오직 하나. 저 레드 칭키들을 찢고 죽이는 것이다."

조지 스미스 패튼 주니어가 만주에 도착한 당일부터 평화유지군은 시끌시끌해졌다. 신의주에 사령부를 설치한 그는 곧장 비행기를 타고 만주 일대에 대한 정찰을 감행했고, 몇 차례의 격추 위기를 겪었지만 그 지랄맞은 성격은 더욱 급해지면 급해졌지 결코 누그러지지 않았다.

"보급선이 너무 깁니다."

"한국이 보급을 제대로 안 해주는가?"

"그 갓난아이 같은 신생국의 역량으로 감당하기 어렵습니다."

곧 상해의 총사령부로 달려온 패튼은 미주알고주알 작전의 어려움을 호소했고, 드럼은 또다시 우주적 공포에 사로잡혔다. 대체 무슨 속셈으로 이 또라이가 이토록 이성적인 척 군단 말인가. 침착한 미치광이는 대원수 하나만으로도 충분한데.

"한국 남부의 항구에서 철도로 보급을 운송하고 있지만, 저 넓은 만주를 작전 반경으로 삼기엔 충분치가 않습니다. 새로운 보급항을 장악해야만 합니다."

"그만. 더 듣지 않겠네."

"대련을 공격합시다."

"헛소리는 집에서나 하게."

"빨갱이 새끼들에게 과학의 신비! 원자의 힘을 똑똑히 심어주면……."

"자네 머리통을 총알로 신비하게 만들어주기 전에 입 닥치라니까! 킴이 입조심하란 말 했나, 안 했나?"

"그 빨갱이들, 어차피 다 한패잖습니까? 그 시뻘건 몸뚱아리를 구성하는 원자에 작별 인사나 하라고 해주면 모든 게 해결됩니다. 혹은 블라디보스토크를 점령하면……!"

"나가!!!"

소련군이 있는 대련, 아예 대놓고 본토인 블라디보스토크에 원폭을 쏘자고? 미쳐버렸나?

"그러면 차선책이 있습니다."

"말해보시오."

"북경 공격입니다."

원래라면 당장 꺼지라고 그 궁둥짝을 군홧발로 걷어찼겠지만, 핵공격이라는 아마겟돈급 충격을 먼저 받은 드럼의 뇌는 살짝 감각에 둔해져 있었다.

"북경?"

"아직 빨갱이들에 맞서는 중국군이 북경 일대에서 교전 중이잖습니까. 우리 미군이 그들을 구출하고 그곳에서 빨갱이들을 박멸하는 겁니다."

"잠깐, 잠깐."

"신의주에서 만주 장춘까지는 대략 350마일(약 550km)쯤 됩니다. 그리고 신의주에서 북경까지는 450마일(약 700km)도 되지 않습니다. 고도로 기계화된 정예군이 북경을 찌른다면 레드 칭키들에게 치명적인 일격을 날릴 수 있습니다."

"방금 보급이 어렵다고 한 장군 어디 갔소? 적의 소굴로 대체 무슨 수로 보급을 실어나른단 말이오."

"제해권은 우리 손에 있잖습니까. 발해만 일대를 장악하고 진황도(秦皇島, 친황다오) 항구를 점령한다면 보급이 더욱 원활해집니다."

그럴싸한데? 순간적으로 패튼의 요설에 홀려버린 자신을 저주하며 드럼은 다시 고개를 저었다.

"실패했을 때 뒷감당이 되지 않는군. 그냥 만주에서나 싸우시오."

"이것도 저것도 다 안 된다니 어쩔 수 없군요. 그럼 정말 마지막입니다. 우리가 북경으로 가는 척 압력을 가하고, 기겁해서 튀어나올 빨갱이들을 때려잡는 건 어떻습니까?"

"그 정도라면… 아니지! 행여나 북경으로 달리겠단 생각은 절대! 절대 하지 마시오! 절대 소련을 자극하지 말란 말이오!"

"쳇."

쫄보 같으니. 전쟁이면 전쟁이지 대체 뭐가 무서워서 저리 덜덜 떤단 말인가. 하지만 매사에 긍정적인 이 남자는 생각을 바꿔먹기로 결심했다. 북경으로 가는 길에 빨갱이들이 너무 많아 위험하다면, 그 빨갱이들을 만주에서 전부 다 족치면 북경행 도로가 열리지 않겠는가?

단 한 달. 자칭 가장 평화로운 남자 패튼이 이끄는 전차군단이 만주를 쑥밭으로 만들기까지 걸린 시간. 그는 곧장 군을 휘몰아 북진을 개시, 순식간에 공산당이 장악했던 심양을 탈환하고 다시금 장춘을 향해 칼끝을 겨누었다. 그리고 이와 거의 동시에.

"산동 방면으로 빨갱이들이 쏟아지고 있습니다!"

"화북은 글렀습니다. 지휘부가 무너졌습니다!"

중화민국의 목덜미에도 칼날이 날아왔다.

펜타곤의 현자 4

미합중국, 워싱턴 D.C. 펜타곤 합참의장실.

이 신성한 장소는 오늘따라 아우슈비츠 뺨치는 너구리굴이 되어 담배 연기가 무슨 런던 스모그처럼 깔려 있었다. 인간 CS탄 유진 킴이 쉴 새 없이 자욱한 미스트를 내뿜을 때도 이렇게 뿌옇지는 않았는데, 아이크까지 이리로 와 창문도 닫아 놓은 채 쉴 틈 없이 연타석으로 연기를 뿌우뿌우 내뿜어대니 결국 이 지경이 되고 만 것이다.

잠깐의 신변잡기 타임이 끝나고 이제 슬슬 본론으로 들어갈 시간. 목을 축이기 위해 커피잔을 입에 가져다 대던 아이크는 커피를 마시다 말고 나를 빤히 바라봤다.

"너 뭐 하냐?"

"커피의 진정한 풍미를 이끌어내는 마법을 부리고 있지."

커담은 인생의 진리지만, 그중에서도 최고존엄의 자리를 굳게 지키시던 군바리들의 영원한 친구 막심 모카골드가 없다. 하긴, 이나영은커녕 안성기도 없는 세상에 뭘 바라겠는가.

내 인생의 참으로 빛나는 은사였던 조범석 중장 가라사대, 군인을 움직이는 연료는 짬밥이지만 장교를 움직이는 연료는 니코틴―카페인―알코올의 삼위일체라 훈시하셨다. 나 같은 모범생은 당연히 배운 대로 충실히 따라 하는 데 그치지 않고, 군바리 특유의 안 되면 되게 하라 정신에 따라 야전 상황에 맞는 임기응변을 구사해야 하는 법.

"그 마법이… 위스키냐?"

"꼬우면 백악관에 꼰지르든가."

"아주 그냥 막나가네, 막나가. 위에 아무도 없다고 대낮부터 술이나 처먹고 잘하는 짓이다. 잘하는 짓이야."

"일단 한번 마셔나봐. 츄라이, 츄라이! 다시는 합참을 무시하지 마라, 땅개!"

"이 미친놈아. 너도 땅개야!"

싫다고 손사래를 치는 아이크를 6성 장군의 권능으로 저지하고, 기어이 한 모금 목구멍으로 넘기게 했다. 크헤헤, 너도 이제 공범이여.

"음… 뭐, 나름의 맛은 있네."

"그렇지? 이제 용건이나 이야기해봐."

"그래, 그러자고. 육군에서 보낸 보고서는 좀 봤어?"

"다 봤지."

중국 내전에서 벌어지고 있는 전투에 대한 보고. 하루가 멀다고 쏟아지는 서류의 산이지만, 이래도 어차피 야전에서 총사령관 노릇 할 때보단 업무량 자체가 훨씬 줄었다. 내가 그걸 다 못 봤을까 봐.

"음… 근데 말이야. 육군에서도 똑같은 이야기를 이미 했을 것 같은데."

"네 입으로 듣고 싶어서 온 거 아냐."

"나 참. 이런 뻔한 걸 뭐하러 듣겠다고."

나는 아이크가 기대하던 대답을 해주었다.

"…그 웃기지도 않는 '몽골의용군' 다 어디 갔어."

"이제부터가 진짜 질문이지. 나도 몰라."

"미치고 환장하겠네."

장개석이 무려 80만 대군을 동원해 만주로 진공하면서 벌어진 만주 전역. 중공군은 이에 맞서 약 50만으로 추산되는 병력을 동원해 만주 일대에서 충돌했다. 아마 상당수는 제대로 훈련 안 된 민병이거나 현지 마적, 군벌 찌끄레기들이었겠지. 장개석의 국부군은 적의 저항을 분쇄하고 하얼빈까지 다다르며 전술적 승리를 거두나 싶었지만, 그럴 리가.

모두가 예상하던 대로 모택동은 만주에서 정면 대결을 해주지 않고 화북 지방, 즉 만주 방면 국부군의 보급로를 잘라버리기 위한 대규모 공세에 나섰다. 이로 인해 보급로가 끊겨버린 만주의 국부군이 진짜 좆되기 직전, 한국이 참전하면서 그들은 다시금 기사회생의 기회를 얻었지만 곧장 다음 반격으로 날아온 것이 바로 몽골의용군.

저 머나먼 대륙에서 만주까지 올라온 탓에 전투력이라고는 기대하기 힘든 국부군과 정부 수립 1주년도 맞이하지 않은 신생국의 연합군. 이들은 나름대로 분전했고, 손이 닿는 곳의 산업시설과 민간인을 빨아먹긴 했지만 그게 전부. 결국 압록강 근방까지 쭈우욱 밀려나고 말았다.

여기서 갑자기 패튼이 뉴 챌린저로 전장에 난입했고, 몇 달간 신나게 한중연합군을 몰아붙이며 승승장구하던 중공군은 바로 몇 년 전 천하무적으로 불리던 독일군을 상대하던 '진짜'의 맛을 보고 곧장 턱이 돌아가버렸다. 병사들이야 당연히 다 전역하고 집에 돌아갔으니 대부분 신병들.

그러나 부사관과 장교단만큼은 추축국을 찰지게 조지던 바로 그 경험 풍부한 인사들이 중핵을 이루고 있다. 나치 독일이라는 세계 최고의 장인을 상대로 죽을 고생을 하며 연마당한 미군. 먹물 먹은 놈들이라 봐야 소련 유학파. 그도 아니면 중국 토종 게릴라 출신인 중공군. 여기에 무기와 장비, 교리와 전술상의 차이까지.

서부 전선 한 곳에서만 4백만 대군을 퍼붓고 집단군 몇 개 규모를 일상적으로 운용하며 정면 힘싸움을 벌이던 미군과, 얼마 전까지 게릴라와 소규모 교전으로 일관하다 이제 막 정면 대결에 나선 중공군의 노하우 격차는 당연히 하늘과 땅 차이가 아니겠나.

중공군은 당연히 중세 기사의 손에 영혼까지 탈곡당했고, 그동안 승리만을 거듭하며 콧대가 높아져 있던 빨갱이 친구들은 음… 솔직히 이건 타살이 아니라 자살로 봐야 한다. 미군이랑 개활지에서 정면 승부라니. 여기까진 좋다. 너무 좋다. 근데 만주 전역에 관한 보고서를 아무리 읽어봐도, 중공군을 신나게 줘팼다는 보고는 가득해도 정작 그 망할 '몽골의용군'과 교전했다는 보고는 어디에도 없었다.

"그래서, 육군 측 추론은 뭐지?"

"…귀국했다거나?"

"스스로도 가능성 없다고 생각하면서 나한테 묻지 마."

그 새끼들이 잘도 귀국했겠다.

"블라디보스토크나 대련으로 향했다면? 몽골의용군은 제법 기계화가 튼튼하게 되어 있다던데, 중공군의 능력으로 그 보급소요를 전부 감당하긴 힘들지 않겠어?"

"그래서 제대로 된 보급이 가능한 곳으로 부대 자체를 옮겼다? 이건 말이 되긴 한데."

나는 잠깐 고민했다.

"순수하게 보급만 따진다면 철도를 통해 하얼빈까지는 보급이 될 텐데."

"다른 가능성은, 놈들이 미군과의 직접 교전을 회피했을지도 모른단 거야. 하지만 나로서는 그 가능성은……."

"그거 같은데."

"뭐?"

내가 다시금 칵테일맛 커피를 홀짝이는 사이, 아이크는 이상하다는 듯 목소리 톤을 살짝 높였다.

"그놈들이 미군과의 교전을 꺼릴 이유가 있나? 참전을 결정했을 때부터 각오했을 텐데."

"그야 그렇지."

오랜만에 야매심리학을 가동할 때가 왔다. 옆집 콧수염을 물리치고 세계에서 유일무이한 절대적 권능의 콧수염이 된 조지아의 인간백정은 무슨 꿍꿍이를 품고 있을까?

"일단 우연이었다는 가능성은 빼고 생각하자고. 그러면 이렇게 머리 싸맬 이유가 없으니."

"그러지."

"우리는 지금까지 중국 공산당과 소련, 모택동과 스탈린이 이념으로 뭉친 운명공동체라고 생각해 왔잖아. 그런데 그게 아닐 수도 있지. 당장 얼마 전까지만 해도 소련은 뜨뜻미지근했다고."

"하지만 전쟁이 터진 지금은 아니잖아. 그땐 장개석을 구슬려 본다는 선택지가 있었지만 이제 중국과 소련은 대놓고 적이야. 중공을 밀어줄 수밖에 없어."

그치. 그게 정상이지. 근데 어디 이 세상이 합리로 돌아가던가?

"우리는 어디 장개석과 사이좋게 하하호호 지내나?"

"…아니지. 설마?"

"우리 미국과 장개석이 함께 싸우면서도 서로 이를 으르렁대고 있는데, 모택동과 스탈린 사이에서도 비슷한 견제나 기싸움이 벌어지고 있다면 모든 게 설명돼."

뇌내 VR 시뮬레이션을 돌려보자. 한중연합군을 신나게 때려잡고, 곳곳에선 전부 승리를 거두고 있고, 중원일통이 눈앞에 다가온 것만 같은 이 전황. 자연스럽게 중공의 어깨에 힘이 들어가고, '내가 누구? 제국주의자들을 물리치고 10억 인민을 공산주의 낙원으로 이끌 위대한 혁명가!' 하면서 자신감도 막 샘솟고 그러지 않겠나. 그리고 내가 아는 스탈린은 자기 외의 딴놈이 기세등등한 꼬라지는 절대 못 봐주는 고약한 성미가 있다. 자신의 권위와 힘에 도전하려는 꼴 자체를 용납 못 하걸랑.

"한번 엿 먹어보라고?"

"그 말대로 됐지. 과정이야 어쨌든, 패튼의 손에 아주 제대로 바스라진 이상 중공 놈들에겐 이제 선택지가 둘밖에 없어."

나는 손등을 바깥으로 한 채 손가락을 V자로 쭉 편 후 검지를 살포시 접었다.

"하나, 중원에서 승승장구 중인 부대를 철수시켜 만주를 지키는 데 투입한다."

"거, 손가락이 굉장히 묘하다?"

"둘, 소련 형님 다리를 꽉 붙들고 제발 이 아우님을 살려주십쇼 하면서 애걸복걸한다."

저들의 의도는 잘 모르겠지만, 결과적으로 중공은 소련에게 살려달라고 빌어야 할 판이 되었다. 이걸 안 써먹으면 우리 강철의 대원수가 아니고. 아이크는 한참 침묵한 채 커피만 마시다가, 슬쩍 내 커피잔을 가져가더니 제입에 털어넣기 시작했다.

"지금 육군참모총장님께서 근무 시간에 술을 마십니까?"

"이거 술 아니고 마법 걸린 커피라며."

쭈우욱 마지막 한 방울까지 분홍색 진공청소기 외계인처럼 빨아먹은 아이크는 만족스럽다는 듯 입맛을 다셨다.

"패튼에게 퇴각을 권고해야겠군."

"그래야겠지."

소련이 추가로 파병할지도 모른다. 이게 바로 우리가 도출한 결론. 패튼의 북경 공략안이나 만주 완전병탄안 모두, 블라디보스토크 방면의 소련군이 얌전히 제자리를 지키고 있다는 전제하에 성립한다. 진짜 대놓고 소련군이 참전할 가능성은 굉장히 희박하지만, 놈들이 또 깃발만 바꿔 달고 몽골 의용군이랍시고 패튼의 후방을 쑤시면 돌이킬 수 없는 타격을 입을지도 모른다.

"그러면, 만주 전역은 딱히 의미가 없게 되는 건가?"

"아니. 소련도 추가 파병은 부담이 될 수밖에 없고, 그걸 카드로 만지작거린다는 것 자체가 이미 빨갱이들이 핀치에 몰렸단 소리잖아. 패튼의 발을 묶고 놈들에게서 양보를 받아내면 돼."

어쩌면 우리 광전사 선배는 슬퍼할지도 모르겠다. 자신이 알던 전쟁은 이런 게 아니었다고 울부짖을지도 모르지. 서로 국가와 민족의 존망을 걸고 총력전을 벌이던 지난 대전쟁들과 달리, 참전국 모두 몸에 쇠사슬을 주렁주렁 걸친 채 각종 밀약과 막후교섭으로 구시렁구시렁거리는 이 희한한 싸움. 어쩌겠나. 이런 세상인 것을.

* * *

예상대로, 발등에 불이 떨어진 레드 팀은 새로운 카드를 판에 던졌다.

"평화를 유지하겠다는 미명하에 제국주의자들은 만주 일대에서 끔찍한 학살, 강제 이주, 약탈을 자행했습니다. 이 명백한 전쟁범죄에 전 세계의 민주 시민들은 경악을 금치 못하고 있으며, 저마다 침략자를 물리치기 위해 스스로 총을 쥐고자 모여들고 있습니다!"

학살, 강제 이주, 약탈… 음, 그렇군요. 붉은 군대는 절대 그런 일을 저지른 적이 없죠. 대단들도 하셔라. 가슴 속 삼각형이 낫과 망치 모양으로 바뀌면 더 이상 양심의 가책도 못 느끼나 보다.

"우리는 중국 공산당이 이 내전 중 저지르는 끔찍한 행위를 규탄하며, 유엔 평화유지군은 양측 모두 휴전에 동의할 것을 적극적으로 요청하는 바입니다."

평행선.

'너네 만주에서 재미없게 구는데, 2차 파병 가는 수가 있어. 그쯤 하고

선 넘지 마라?'

'너네 장강 도하하는 순간 뒤진다. 진짜다?'

서로 귀 틀어막고 제 할 말만 했지만, 돌아가서는 저마다 협박받은 대로 분주히 움직이기 시작했다. 하지만 슬프게도, 소련군 추가 참전은 우리에게 위협적인 카드지만 장강 넘는 순간 뒤진다는 경고는 저 빨갱이들에게 그다지 감명을 주지는 못한 듯했다. 결국 블루 팀은 추가적인 메시지를 전달해야 했다.

"중화민국 정부는 반란군을 물리치기 위해 대단히 파괴적인 신무기를 사용할 의사가 있음을 분명하게 밝히는 바입니다. 장강을 넘는 순간 우리는 결코 적과 타협하지 않을 겁니다."

'핵 맞고 싶어? 앙?'

그러나.

"고작 폭탄 하나로는 정의와 평화를 원하는 인민의 물결을 막을 수 없습니다. 그 폭탄이 아무리 많은 병사들을 태워 죽인다 한들, 그 끔찍한 비극을 목도한 더 많은 인민들이 우리의 붉은 깃발 아래 결집할 것입니다. 그대들은 독재, 민생 파탄, 내란의 죄에 이어 대량학살의 죗값 또한 치르게 되겠지요."

'쏴봐 병신아. 쏘면 너네도 뒤진다.'

인명경시 사상이 그득그득한 레드 팀은 결코 이 공갈에 굴하지 않았다. 적어도 겉으로는. 다시 한번 미국과 의견 교환을 위해 찾아온 몰로토프는 그런 점에서 우리의 상상을 뛰어넘었다.

"북경에만 쏘지 마시오."

"…자세한 이야기를 듣고 싶군요."

나름대로 프로페셔널들인 우리 미국의 외교관들조차 당혹스럽게 만들 기적의 논리.

"중국 공산당의 지도부가 타깃이 되어 비명횡사한다면 우리는 세계 공산주의자들의 총본산이자 종주국으로서 그 복수를 해야 할 의무가 있습니다. 이들에 대한 원자폭탄 공격은 필연적으로 제3차 세계대전을 초래할 수밖에 없습니다."

"…미국은 결코 중국 내전에서 원자폭탄을 사용할 의사가 없습니다. 추축국에 대항해 함께 싸운 중화민국을 배려하는 차원에서 그들에게 소량의 원자폭탄을 공여하긴 하였으나, 중화민국 정부 또한 무분별한 민간인 살상을 원치는 않습니다."

그러니까 이 또라이들의 제안은 간단했다.

'북경에만 떨구지 마라. 우리도 뒷감당 못 한다. 근데 어차피 너희 이번 전쟁에 써먹을 생각 만만이잖아? 군사적 효용성 검증해야 하니… 우리가 봐줄 수 있는 곳에 터뜨려 줄래? 우리도 그 원자폭탄이 얼마나 쌈박한 물건인지 구경 좀 하자!'

소련의 묵인을 약속받은 핵폭탄 투하. 냉전의 광기는 내가 함부로 건드릴 무언가가 아니었다.

펜타곤의 현자 5

대한민국, 신의주. 유엔 평화유지군사령부.

"이럴 수는 없어, 이럴 수는 없다고! 빌어먹을 빨갱이 새끼들! 그 러시아 놈들이 뒤통수를 칠 줄도 몰랐다고?! 장난하나!"

압록강 너머로 평화유지군을 완전히 내몰고자 했던 중공군은 패튼에게 처절한 피해를 입고 쫓겨나 북으로 물러났지만, 내가 자리를 비운 건 추진력을 얻기 위함이었다고 외치는 듯 더욱 병력수가 늘어난 몽골의용군이 그 모습을 드러내며 전세는 다시 백중세가 되었다.

거기에 설상가상으로 소련이 연해주 방면에서부터 후방을 타격할지도 모른다는 언질을 듣기까지 했으니 천하의 패튼이라 한들 신나게 날뛸 수만은 없었다. 두만강과 연변 일대에 유사시 소련군의 기습에 대비한 수십만 병력이 묶여버린 채 몽골의용군의 탈을 쓴 소련군과 접전을 벌이길 몇 차례. 야생의 짐승과도 같은 직감의 소유자에겐 이 전쟁의 양상이 슬슬 그려지고 있었다.

"졌군."

"예?"

"이 전쟁은 졌다고."

전투에서 이기면 무엇하나. 지난 전쟁에서 중국에 상륙했을 적, 중국인들은 그때도 무능하고 제대로 된 전투력을 발휘하지 못했지만, 최소한 전사로서의 패기가 있었고 침략자를 몰아내겠다는 의지가 엿보였다. 하지만 지금 저 흐리멍텅한 동태 눈깔만 데굴데굴 굴리는 버러지들은 뭔가?

늘 하던 대로 "이 병신같은 놈들! 네놈들이 그러고도 불알 두 짝 달린 사내새끼들이냐?! 계집애들도 너희보단 낫겠다! 썩 바지 벗고 치마나 입어, 이 수치스러운 놈들아!" 하며 윽박도 질러보고 애국심에도 호소해봤지만, 천하의 패튼이 온갖 수단을 다 동원했음에도 중국인들의 투쟁 의지에 다시 불을 지피지는 못했다.

무수한 전장을 돌아다니고 온갖 나라의 인간 군상들과 부대껴왔다. 하지만 자신들의 나라에서 전쟁이 벌어지고 있는데도 이리 너저분한 회전초처럼 굴러다니는 이자들을 정녕 전사라 불러야 한단 말인가? 온 나라에 이런 놈들만 가득한 꼬락서니를 보니 장개석이 오래 연명할 거란 기대가 싹 사라졌다. 패튼이 기대를 접고 하나라도 더 많은 빨갱이를 히틀러 곁에 보내주기로 결심한 것과 비슷한 시간.

"이럴 수는 없어, 이럴 수는 없다고! 빌어먹을 빨갱이 새끼들! 그 러시아 놈들이 뒤통수를 칠 줄도 몰랐다고?! 장난하나!"

마치 텔레파시라도 주고받았는지, 남경에 있는 장개석의 입에서도 똑같은 말이 튀어나왔다. 천하의 패튼조차 질리게 해버린 국부군의 실상을, 장개석은 훨씬 더 명확하고 분명하게 깨달았다. 맞은편에 앉아 있던 드럼은 이미 얼굴에 탈수기라도 돌렸는지 얼굴이 새하얗게 변했지만, 적어도 뇌까지 탈수되진 않았기에 해야 할 일은 하고 있었다.

"중공군이 빠른 속도로 남하하고 있습니다."

"이제! 이제 그 잘난 평화유지군이 개입할 수 있겠구려! 남경만큼은 지켜야 하지 않겠소? 당장 전투를 준비합시다. 남경이 떨어지면 모든 게 끝나니."

"……."

이미 몇 차례에 걸쳐서, 중화민국 정부와 유엔 평화유지군은 중국 공산당을 향해 '장강 도하만큼은 멈출 것'을 천명했지만 그들은 귓등으로도 듣지 않았다. 장강 이북의 국부군은 말 그대로 총체적 붕괴. 무수한 군벌들은 자신의 터전을 잃고 몸뚱이 하나만 든 채 도망치거나, 혹은 아예 공산당의 편을 들어 자신의 권세를 유지하기로 결정했다.

그리고 모택동은 승부수를 던졌다. 만주 일대의 병력을 증강하긴커녕, 오히려 만주에서 정예 병력을 차출해 남진에 더욱 힘을 실은 것이다. 만주에서 중공군을 붙들기 위해 패튼까지 동원했지만, 끝없는 탄압과 초공작전에서도 살아남아 공산당의 세를 유지하고 더욱 키운 모택동은 본질적으로 게릴라, 지는 싸움에 판돈을 붓는 유형은 절대 아니었다.

"소련이 추가적인 개입을 선언한 이상 만주에서 작전을 펼친다 하더라도 중공군을 붙드는 건 사실상 어려워졌습니다."

"그대들이 호언장담했던 것과는 전혀 반대로 일이 풀리고 있구려?"

"…그래서, 신속히 수송 수단을 마련해 만주 일대의 유엔 평화유지군을 이곳 중국 본토로 수송할 계획입니다."

마음만 먹으면 하루 만에 내달려 북경을 불태울 수 있는데도 병력을 줄여? 드럼은 처음에 자신이 뭔가 잘못 파악했나 생각했지만, 이내 깨달았다. 어차피 소련에 애걸하는 처지가 되어버렸으니, 아예 형님 빽에 몸을 맡기고 배를 째버린 것이다. 미친 것 같지만, 더없이 효율적이다. 뻔히 지옥문이라는 걸 알면서도 만주로 기어들어 간 장개석과 비교하자면 군사적 재능이 그야말로 하늘과 땅 차이 아닌가.

중공군의 칼끝은 두 갈래. 하나는 당연히 남경, 그리고 그 너머에 있을 항주와 상해를 목표로 한 공세. 그리고 다른 하나는 무한(武漢, 우한)을 지나 남창(南昌, 난창)을 향해 진격하려는 공세. 둘 중 하나라도 지면 장강 방어선

이 무너지고 장개석 정권의 몰락은 확정. 드럼은 다가오는 불행을 피하려는 듯 한없이 느릿느릿하게 현재의 전황을 풀어서 설명하려 했으나.

"요점만 말해주시겠소? 시간 낭비가 심하군."

"지킬 수 있는 곳은 남경과 무한 중 하나뿐입니다."

무한이 함락되면 중화민국은 반으로 갈라지고, 사천 일대를 지킬 수 있다는 보장이 사라진다. 남경이 함락되면 중화민국의 패배가 그 누구에게나 뚜렷하게 각인된다. 이미 들어서 다 알고 있는 사실이지만 드럼의 입으로 확인사살까지 당한 장개석은 입술을 연신 잘근잘근 씹어댔다.

"이제… 결단을 내려야 할 듯하오."

"저희는 동맹으로서 중화민국 정부의 그 어떠한 결단이라도 감당할 준비가 되어 있습니다."

"원자폭탄을 쓰겠소."

드디어. 드디어.

원폭을 '대여'받은 그 날부터 당장이라도 북경에 이 폭탄을 투하해 모택동과 그 일당을 모조리 숯불구이로 만들겠다고 싱글벙글하던 장개석은 사라졌다. 안 된다, 안 된다, 절대 안 된다만 끝없이 들어 '그럼 도대체 되는 게 뭐냐.'라고 반문하던 장개석이었지만, 이제는 저 미국인들의 흉계를 이해했다. 저들은 바로 지금 이 대답을 기다려왔던 것이다. 장개석이 모든 짐과 책임을 짊어진 채, 장강 이남 자신의 영역에 스스로 폭탄을 투하할 순간만을.

"무한은 유엔에서도 선언한 경계선인 장강 이남이니 그대들이 꺼릴 것도 없을 것이오. 내 말 틀렸소?"

"아닙니다. 말씀에 틀린 바가 없습니다."

"무한의 민간인들을 모조리 소개(疏開)하고 빨갱이들에게 마지막으로 엄중히 경고하겠소. 만약 그 반역도들이 기어이 무한에 발을 디딘다면… 벌을 내려야지."

그의 눈이 살기와 독기로 범벅이 되어 번들거렸다.

"당신들이 원하는 대로 결정했소. 그러니 남경만큼은 사수해주시오."

"여부가 있겠습니까. 평화유지군은 무슨 일이 있어도 남경을 지키겠습니다."

"원활한 지휘를 위해 정부는 광주(廣州, 광저우)로 옮기리다. 그리고 남경 수비에 필요한 모든 전권을 부여하겠소."

주사위는 던져졌다. 이기면 모택동 탓으로 돌릴 수 있고, 지면 어차피 천하를 잃는데 그깟 폭탄 하나의 업보가 추가될 따름. 손해 볼 건 그 어디에도 없었다.

* * *

1946년 2월. 인민해방군으로 그 정식 명칭을 바꾼 중공군이 마침내 장강 도하작전에 돌입했다.

"중국 공산당은 지금 즉시 장강 이남으로 진출하려는 모든 군사작전을 중단하고 국제연합의 중재에 응하시오!"

"미친놈들."

제국주의자들의 위선과 기만은 참으로 끝이 없다. 국제연합? 자기들 멋대로 만든 무의미한 기관의 이름으로 중국 인민들의 숙원을 저지하려 들다니. 어떻게든 장개석 정권의 숨통만큼은 붙여두려는 그 심사가 참으로 역겹지만, 아무리 용을 써도 그 거적때기 같은 정권이 붕괴하는 걸 막을 수는 없었다. 차라리 황하를 거꾸로 흐르게 만드는 게 더 쉽겠다. 하지만 그들의 위선과 기만과는 별개로, 그토록 무수한 악업을 쌓아 오면서도 여태껏 응당한 대가를 치르지 않는 이유는 당연히 그들의 무력이 막강하기 때문이다.

장강 하류로 진입이 가능한 범주 내에서 온갖 군함들이 몰려와 맹렬한 함포 사격을 벌이며 도하작전을 저지했고, 제대로 된 해군력과 공군력이 없는 중공군은 시체의 산을 쌓으면서도 아득바득 남경 공략에 박차를 가했다. 반면, 무한 방면으로 진출하려는 중공군은 잡졸 덩어리에 불과한 국부군의 미약한 노력을 모조리 때려잡으며 거침없이 남진을 감행했다.

"놈들이 무한을 텅 비웠습니다."

"동지들의 보고에 따르면 무한 일대에 청야 전술을 벌이고 무자비하게 민간인들을 핍박해 산지사방으로 내몰았다고 합니다."

"웃기는 짓거리군. 국민당 놈들은 지금이 혹시 20세기가 아니라 2세기라고 착각하고 있나?"

중국 인민들은 군대의 폭력에 너무나 익숙해진 나머지 둔감해져 있었다. 청 말기에서부터 군벌의 난립, 중일 전쟁, 내전에 이르기까지. 무기 든 놈들은 항상 민중을 휘둘렀고, 민중들은 얻어맞은 뒤 툭툭 털고 다시 생업으로 복귀하는 게 습관처럼 굳어졌다.

제아무리 중화민국 정부가 소개령을 내리고 강제 추방을 단행한다 한들, 그 명령을 이행할 국부군은 무능하거나 의욕이 없거나 부패했거나 아니면 전부 다였다. 그리고 삶의 터전을 포기하고 꺼지라는 명령에 네 알겠습니다, 하고 짐을 꾸릴 중국인은 그리 많지 않았다. 중공군의 손에 떨어지면 처지가 비참해질 이들을 뺀다면 말이다.

"와아아아아!!"

"인민해방군 만세!"

"중국 공산당 만세!!"

"인민의 해방자를 환영합니다!"

무수한 환영 인파들의 환호성 속에서, 이들 인민해방군은 위풍당당한 정복자의 자세를 취한 채 무한 시가지에 입성했다.

"무한을 무혈 점령했으니 우선 숨을 골라야 하지 않겠습니까?"

"그렇지. 병사들을 며칠간 푹 쉬게 하고, 주민들의 협조를 받아 부족한 물자를 보충한다. 우리도 이제 슬슬……."

"잠시 기다려 주십시오."

드디어 지긋지긋한 야전 생활에서 벗어나 지붕 아래에서 쉴 수 있다는 생각을 품을 무렵, 소련에서 은밀히 나온 관전무관단이 그들을 만류했다.

"틀림없이 지휘에 일절 간섭하지 않기로 했잖소?"

"그렇습니다. 어디까지나 조언을 드리고자 할 뿐입니다. 당에서 경고하기를 제국주의자들이 우월한 공군력을 활용해 대대적인 폭격에 나설 가능성이 있다고……."

"그깟 폭격은 여기까지 오는 와중에도 심심하면 당했던 일이오."

"…그렇습니까. 그러면 여러분들이 시내의 치안을 확보할 때까지, 저희들은 교외에서 지내겠습니다. 괜찮으시겠지요?"

촉이 좋지가 않다. 저놈들이 갑자기 왜 저런단 말인가.

"흠. 그렇다면 병사들의 피로가 풀리는 대로 공습에 대비하라는 명을 내리리다. 사령부 또한 무한 내의 반동분자들을 모두 처리할 때까지 교외에서 대기하도록 하겠소."

"저희의 조언을 들어주셔서 감사합니다."

그리고 며칠. 무한 시내가 피와 죽음으로 가득 차올랐다.

"이 반동분자를 인민의 이름으로 사형에 처한다!"

"매점매석을 일삼으며 굶주리는 동포들의 고혈을 짜먹은 악덕 상인을 사형에 처한다!"

"일제에 부역한 한간을 사형에 처한다!"

중공군 병사들은 눈치만 보며 삼삼오오 약탈을 자행했고, 윗대가리들은 윗대가리대로 무한의 통치권을 확고히 굳히기 위해 끝없는 인민재판을 벌였다. 이 또한 늘 있는 일이었다. 이 땅의 소시민들은 윗사람이 바뀔 때마다 벌어지는 일에도 너무나 익숙해져 있었다. 그렇지만 구름을 뚫고 천천히 날아오는 거대한 폭격기들의 모습은 이들 무한 시민에게도 무척 낯선 모습이었다.

"저게 뭐지?"

"미군인가 봐. 비행기야."

"정찰 나온 건가? 폭격은 아니겠지?"

"폭격을 하러 왔으면 저렇게 한 줌만 오는 게 아니라 떼 지어서 날아왔
겠지."

그리고 아무 일도 없었다. 잠시 저 하늘 꼭대기에서 무한을 내려다보던
폭격기는 언제 그랬냐는 듯 사라졌고, 시민들 또한 생업을 위해 하늘 구경
을 멈추고 저마다 뿔뿔이 흩어졌다. 1시간 뒤, 세 대의 폭격기가 다시 나타
났다.

― 현지에 구름 없음. 날씨 매우 맑음. 약간의 바람 관측됨.

― 올 클리어.

― 더그아웃 준비 완료. 이상 무.

― 투하한다. 반복한다. 폭탄을 투하한다.

폭탄창이 덜컹 소리와 함께 열리고. 끔찍하리만치 무거운 신형 폭탄이
마침내 구멍을 통해 빠져나와 9천 미터의 거리를 약 44초간 활공했다.

"전원 선글라스 착용! 전속력으로 이탈한다!!"

"착용!!"

44시간 같은 44초가 흐른 뒤. 천지가 다시 창조되는 듯한 빛이 있었다.

6장
두 번째 태양의 도래

두 번째 태양의 도래 1

창세기에 이르기를, 일찍이 수십억 년 전 조물주가 $E=mc^2$의 이름으로 빛이 있으라 외치시니 빅뱅이 일어났다고 한다. 그 놀라운 권능의 극히 작은 편린이, 인간의 손으로 같은 인간을 향해 베풀어지고 있었다. 처음 시작은 번뜩이는 불꽃이었다. 불꽃은 순식간에 무럭무럭 자라나며 여느 폭탄과 달리 기이한 섬광을 내뿜기 시작했다.

진홍빛, 황금빛, 분홍빛, 갈빛, 그리고 보랏빛.

지옥의 가장 악랄한 간수들조차 경탄할 섭씨 30만 도에 달하는 불꽃이 인세에 그 모습을 드러내는 데 걸린 시간은 단 0.1초. 그 짧은 순간 불꽃은 지름 30미터 크기의 불덩어리로 진화했다. 아침 바람을 맞으며 담배를 피우고 있던 한 남자는 아무것도 느끼지 못했다. 그의 허파가 들숨과 날숨을 내쉬며 니코틴 섞인 산소를 품에 끌어들이는 순간, 바로 머리 위에서 쏟아진 빛과 열과 감마선과 중성자의 세례가 그의 육신을 통째로 기화시켰기 때문이다.

불덩어리가 내뿜는 열기는 남자를 시작으로 주변 수 킬로미터 범위 안의 모든 것들을 태웠다. 나무로 이루어진 모든 것들이 숯으로 변했다. 구리와 바위가 녹아 부글부글 거품을 토해내다 이내 흐물흐물해졌다. 그 모든 것을 녹이는 열은 고작 가죽에 불과한 인간의 살점 또한 단숨에 날려버리고 그 안에 고이 품고 있던 피와 내장 또한 증발시켰다. 가장 먼저 뻗어나간 열기를 뒤쫓기라도 하듯 초속 약 3킬로미터의 쇼크웨이브가 사방팔방으로 퍼져나갔다.

여기까지 걸린 시간 단 1초. 인류 문명이 이룬 과학과 진보에 경의를 표하며, 무한 시내에 지름 300미터 크기의 두 번째 태양이 도래했다. 우라늄과 중성자가 어우러지며 탄생한 이 태양은 끝없이 끝없이 그 힘을 키워나가며 주변 모든 것들을 파괴했다. 몇몇 사람들은 자신이 있던 자리에 압도적 파괴가 있었다는 그림자를 남기고 소멸했다.

끔찍한 폭압이 빚어낸 화염 폭풍이 섭씨 3~4천 도로 대지를 달구며 자신의 손에 닿는 거의 모든 건물을 무너뜨렸고, 극히 운이 좋은 철골 콘크리트 건물 몇 채만이 이 인조 신의 심판에서도 그 몰골을 지켜낼 수 있었다.

두 번째 태양이 힘껏 내뿜은 보라색 구름은 거대한 연기의 기둥을 토해냈고, 기둥은 바벨탑이 되어 수천 미터, 1만 미터가 넘도록 치솟은 뒤 사방으로 분출되어 거대한 버섯구름의 형상을 자아냈다. 그리고 끝.

한차례 열과 빛, 폭풍의 향연이 휩쓸고 지나간 뒤, 파괴의 신은 떠나갔지만 여전히 도시는 화염에 휩싸여 있었다. 불행 중 다행이라면 땔감이 될 만한 무언가가 너무나 적게 남아 있었기에 화마가 잡아먹을 연료 또한 없다는 사실뿐.

"으… 으……."

"어, 어어. 어어억……."

"사, 살… 살려……."

시체조차 남지 않고 소멸한 이들은 차라리 호상(好喪)이라 칭할 수 있었다. 온몸의 감각이 통증을 전달하기도 전에 죽음을 맞이할 수 있었으니.

번쩍하는 섬광이 닥치는 순간 온몸이 타들어 가며 죽었다. 어마어마한 방사능에 직격당해 억 소리도 내지 못하고 죽었다. 거대한 폭발에 따른 진공 상태에 휩쓸리며 죽었다. 지진과도 같은 충격파에 온몸이 으깨지며 죽었다. 사방에 휘날리는 물건과 파편에 맞아 죽었다. 건물이 불타고 무너지며 깔려 죽었다. 폭발이 남긴 화염에 휩싸여 불타 죽었다.

숨은 붙었으되 일어나지 못하는 자들은 끔찍한 고통에 시달리며 숨이 끊어질 순간만을 기다려야 했다. 건물에 매몰된 이들은 누군가 제발 구하러 와주기만을 갈구하며 뜬눈으로 기다려야 했다. 시체와 잔재를 비집고 나온 이들이라 하여 절대 멀쩡할 순 없다. 대부분은 심각한 화상을 입었고, 끔찍한 작열감과 통증에 시달리는 이들은 본능적으로든 이성으로든 물을 찾아 헤맸다.

"물."

"무, 무울……."

장강은 도도히 흐르고 있었다.

온몸이 불타 살색 대신 시뻘건 색과 분홍색으로 얼룩덜룩해진 이들이, 팔을 내릴 수 없어 양팔을 앞으로 쭉 뻗은 채 어기적대며 장강을 향해 나아갔다. 걸을 수 없는 이들은 기어서라도 강으로 향했다. 그러나 강에 도착해 몸을 담근다 한들 핵폭발로 인한 화상이 나을 리 없다. 조금이라도 고통을 덜기 위해 더욱 몸을 담그려 한 이들 상당수가 강물에 휩쓸려 떠내려갔고, 익사하고, 탈진해 쓰러지고, 머리와 몸통을 강물에 처박은 채 그 자리에서 숨이 끊어졌다.

시체, 그리고 곧 시체가 될 운명을 받은 예비 시체가 장강과 그 강변을 가득 메워 묘지를 형성했다. 이 참극은 장강뿐만 아니라 도시가 끼고 있는 호수인 사호(沙湖)와 동호(東湖)에서도 똑같이 벌어졌다.

파괴의 신은 아직 만족하지 못했다. 거대한 버섯구름은 지상뿐만 아니라 하늘조차 사정없이 두들겼고, 상공을 향해 내동댕이쳐진 수증기는 저 꼭대기에 다다라 모든 열기를 빼앗기고 응결되었다. 비가 스물스물 흩뿌리기 시작했다. 불길하기 짝이 없는 거무튀튀한 비였다. 살아남은 이들은 입 안 가득 차오르는 납과 쇠의 맛을 느끼며, 멍하니 하늘만을 올려다보았다.

* * *

"신이시여."

그 누구보다 철저한 사상과 신념으로 무장한 마르크스—레닌주의자들 조차 이 순간만큼은 탄식하며 절대자를 찾았다. 하급자들 중에선 성호를 긋는 이조차 있었지만 누구도 이를 보며 한 소리 하지 못했다. 정확히 말하 자면, 눈앞의 광경에 시선이 빼앗겨 그깟 성호는 보이지도 않았다. 신해혁명 의 진원지이자 교통의 중심지, 유서 깊은 땅이며 한때 중화민국의 수도이기 까지 했던 무한이 단 한 발의 폭탄에 초토화된 모습을 보라.

홍루(紅樓)라고도 불리던, 청을 멸망시키고 중화민국을 탄생케 한 임시 혁명정부 청사 터도 증발했다. 호북의 자랑거리로 유명하던 황학루 터 또한 먼지가 되었다. 그리고 절망적이게도, 이 일대에서 가장 크고 뛰어난 병원 또한 폭발에 휘말렸다.

"당장, 당장 병력부터 수습해! 아니지, 사지 멀쩡한 이들을 모조리 동원 해라!"

"생존자부터 수습한다. 불을 끄고 살아남은 이들부터 수습한다!!"

시내로 들어가지 않은 수뇌부는 살아남았기 때문에, 비록 통신이 모조 리 끊겼을지언정 현장에서의 긴급한 지휘는 가능했다. 더군다나 무한 자 체가 무창—한구—한양이라는 세 도시로 이루어진 거대한 곳이었기에, 폭 탄에 직격당한 장강 이남 무창이 아닌 다른 곳은 그래도 통제의 여지는 있 었다.

"모조리 징발한다. 배든 뗏목이든 뭐든 좋으니 싹 다 모아서 건너간다! 재산을 숨기려는 놈들은 즉각 사살해도 좋다!"

"예!"

"동지. 피난민도 모두 막아야 합니다."

"…그렇겠구려. 동포를 구하기는커녕 일신의 안위를 위해 도망치려는 자들도 모두 사살해도 좋다!"

산전수전 다 겪은 그들조차 그 거대한 버섯구름 앞에선 마음이 꺾일 것만 같았는데, 무지렁이들이야 오죽하랴? 정보는 통제되어야만 한다. 국민당이 이런 강력한 신무기를 갖고 있다는 사실이 퍼지면 이 전쟁의 향방이 바뀔지도 모른다. 인민이야 때가 되면 다시금 죽순처럼 자라나겠지만, 사회주의 국가 건설과 제국주의 타도의 대업은 지금이 아니면 불가능하지 않은가.

그런 판단하에 가장 먼저 차출된 의료 인력들, 그리고 대대적으로 동원한 구호 인력들이 장강을 건너 폭심지로 향했고, 비밀리에 사방 곳곳으로 입 무거운 전령들을 보내 이 참극을 알렸다. 그러나 이들 인민해방군의 기대와 달리, 가장 먼저 달려온 이들은 바로 초대하지 않은 손님들.

"빨갱이들을 몰아내라!"

"공격, 공격 개시! 무한을 탈환하자!"

"이… 이 빌어먹을 새끼들아! 너희가 저지른 짓을 보라고!"

"우리에겐 무적의 신병기가 함께한다! 빨갱이는 소각이다!!"

지옥은 이제부터였다.

* * *

탁 트인 무한 일대에서 치솟은 빛과 폭음, 그리고 버섯구름. 제아무리 통제하려고 발악을 한들 멀리서 그 광경을 목격한 이들 모두의 입을 틀어막을 수는 없었다. 하물며 중국 공산당이 중원 전토를 완벽히 틀어쥐고 있으면 모를까, 엄연히 대립하고 있는 다른 세력까지 있으니 더 말해서 무엇하겠는가. 중화민국 정부는 즉각 성명을 발표하며 촬영한 자료를 공개했다.

— 중국 공산당은 마침내 유엔 권고를 정면으로 무시하며 장강 이남에 대한 대공세를 개시했습니다. 인민해방군을 자칭하는 이들 반군 무리는 무질서와 폭력, 약탈과 방화를 서슴지 않고 사회 인텔리 계층과 부자에 대한 학살을 자행하고 있습니다. 조금 전, 무저항 도시를 선언했던 무한이 도리를 모르는 공산주의자들의 손에 떨어졌습니다. 중화민국 정부는 무한의 시민들을 모두 소개한 뒤, 강력한 신형 폭탄을 동원한 폭격에 나섰습니다…….

반란군 제압을 위해 원폭을 날렸다. 우리가 강제력을 동원해 소개했으니 현지에 민간인은 없었다. 다만 공산당이 심어 놓은 프락치와 간첩, 후방 편의대가 날뛰며 중공군에 합류했다. 반란군을 지지해 가담한 이들까지 우리가 신경 써줄 순 없지 않으냐.

"중국 공산당에게 엄중히 경고한다. 우리는 읍참마속의 심정으로 너희들을 막기 위해 소중한 땅을 불태워야 했다. 국민당의 정신적 고향 무한이 불탔으니, 너희들의 소굴 또한 지엄한 원자의 심판을 받게 될 것이다! 당장 협상 테이블로 나와 인민들을 고통에 신음케 하는 이 전쟁을 멈추거나, 그도 아니면 얌전히 죽음을 맞이하라!"

협박의 효과는 탁월했다.

"제국주의자들은 공산주의 혁명을 저지하기 위해 무슨 짓이라도 자행할 수 있다는 사실이 증명되었습니다. 동지, 지금은 참아야 합니다."

"빌어먹을. 조금만, 조금만 더 몰아붙이면 중원 전체를 해방할 수 있단 말이오!"

모택동과 중공은 눈깔이 뒤집혀 펄펄 날뛰었지만, 어디까지나 이는 외교적 수사였을 뿐. 원자폭탄에 관한 보고와 그 참상을 접하자마자 중공 수뇌부는 밤낮없이 회의를 진행하며 답이 없는 난제에 고통받았다.

'이미 장개석은 진작부터 미쳐 날뛰고 있다.'

'상대는 상처 입은 사자다. 동귀어진을 각오하고 저 폭탄을 곳곳에 갈겨

대면 승리한다 한들 우리에게 뭐가 남는가? 잿더미?'

진다는 생각은 추호도 들지 않았다. 제국주의 연합군은 남경과 상해 일대를 지키는 데 총력을 기울이고 있었고, 파괴된 농촌과 하이퍼인플레이션으로 숨통이 끊어진 도시에선 유랑민들이 끝없이 쏟아져 나와 인민해방군의 보충병이 되어주었다. 그러니 잿더미로 전락한 무한을 지나 남쪽과 서쪽으로 진군하면 장개석에겐 파멸밖에 없다.

"저들은 이제 거리낄 것이 없습니다. 다음엔 북경에 저 폭탄이 떨어질지도 모릅니다."

"미치광이 괴물이 자국민을 학살하며 제 권좌를 유지하기 위해 혈안이 되어 있는데, 그 누구보다 노동자와 농민을 위하는 소련이 보다 적극적으로 움직여야 하지 않겠습니까?"

"물론입니다. 우리는 모든 수단을 동원해 장개석이 더 망동하지 않도록 노력하겠습니다. 하지만… 미친놈은 어찌 나올지 모르기 때문에 미친놈 아닙니까."

마침내 몇 가지 조건을 전제로 중국 공산당은 휴전에 응할 의사가 있음을 밝혔다.

'장강은 중국 공산당의 어떠한 동의 없이 임의로 그은 선인 만큼 공산당과 국민당을 가르는 경계 또한 새로운 협상의 대상이 되어야 함. 무수한 인명을 살상하는 원자폭탄은 마땅히 독가스와 마찬가지로 규제되어야 함.'

받아들여지리라는 기대는 크게 하지 않았다. 다만 면피할 구실이 필요했기에 제안했을 따름.

그러나 의외로 유엔은 여기에 선선히 응했고, 마침내 휴전 협상이 시작되었다. 그렇다고 해서 총성이 멎는 일은 절대 없었지만.

"원자폭탄의 파괴력이 우리의 예상을 뛰어넘었습니다."

"군대를 목표물로 삼는 건 다소 비효율적으로 보입니다. 이 무기의 진가는 바로 전략폭격에 있습니다. 한 방에 도시의 모든 기능을 마비시키다니.

공군이 꿈꾸던 최고의 병기입니다."

"문제는 뒷감당이지."

사막 한가운데에서 치솟던 버섯구름을 보면서도 뜨뜻미지근하던 사람들은, 마침내 도시 하나가 소멸하고 시체의 산이 쌓인 끝에야 새로운 시대가 찾아왔음을 깨달았다.

"우리 영국은 동맹이자 파트너로서 원자폭탄 기술을 공유해줄 것을 요청합니다. 설마 우리가 장개석만도 못하다고 주장하실 겝니까?"

"프랑스공화국은 안보 문제에 대한 모든 협상에 반드시 원자폭탄 지원이 전제되어야 한다고 여깁니다."

"이제 재래식 전쟁이란 없습니다! 적국 상공의 제공권을 빼앗고 원폭만 투하하면 끝! 오직 강력한 공군만이 우리의 승리를 담보할 수 있습니다!"

"그렇다! 이제 군대는 필요 없다!"

"맥아더 행정부는 어떠한 의사 결정을 통해 원자폭탄이 저 독재자 장개석에게 지원되었는지 즉시 해명하시오!"

"이 학살은 인류가 인류에게 저지른 최악의 비극입니다! 우리는 씻을 수 없는 죄를 지었습니다!"

"핵은 곧 국가다. 열강과 식민지라는 단어는 이제 핵보유국과 미보유국으로 대체되리라."

"이런 끔찍한 무기를 오직 한 나라만 가진다면 세계의 균형이 어찌 되겠는가? 인류를 지키기 위해서는 다른 나라도 핵기술을 보유해야만 한다……."

모두가 그 빛에 매료되었다. 1946년이야말로 기원전과 기원후를 가르며, 예수탄생 기원 대신 원폭이 그 신기원이 되리라 확신했다.

"존경하는 의원 여러분……."

"합참의장! 똑바로 대답하시오. 핵무기가 있는데 어째서 군비를 유지해야 한단 말이오? 아무리 당신이라도 억지 좀 부리지 마시오!"

"의원님 논리대로라면 제가 이 자리에 출석하는 대신 의원님의 머리통에 총을 쏘면 모든 게 해결된다는 뜻이군요. 실례지만 제 샷건을 좀 챙겨와도 되겠습니까?"

"킴 장군!"

한 명 빼고.

두 번째 태양의 도래 2

기분이 별로 좋지 않다. 개인 감정과 공적인 업무는 별개지만, 그래도 기분이 영 엉망진창이다. 평소 같았으면 실실 웃으면서 좋은 게 좋은 거지 마인드였겠지만 나도 모르게 까칠한 반응이 나오고 있다. 별로 좋은 일은 아닌데.

물론 내가 사감에 휘둘려 업무를 봤다면 별을 달기 전에 진작 꼬투리 잡혀서 모가지가 부웅 하고 날아갔을 터. 머리와 손이 따로 노는 양의심공은 마이너리티로 이 험난한 관료제 피라미드에서 살아남기 위해 필수적인 스킬이다. 어쨌거나 이미 쏴버렸으니 수습도 내가 해야 한다. 스스로 불러온 재앙은 언제나 힘들어.

"시민 여러분의 소중한 혈세를 받아 쓰는 입장인 만큼 의원님들께서 그 누구보다 예산에 민감하다는 사실은 저 또한 익히 알고 있습니다. 하지만 단언컨대, 원자폭탄을 통해 군비를 절감할 수는 없습니다. 군비 증강은 피할 수 없는 현실이 되었습니다."

"의장의 고견을 듣고 싶습니다."

"먼저 방금 말씀드린 대로, 이 세상에 존재하는 무수한 갈등 중 샷건을 쏴 갈겨서 해결되지 않는 갈등은 없습니다. 단, 문명인이길 포기한다는 전제하에서 말이지요. 핵무기도 마찬가지입니다. 미합중국이 무력을 동원해야 했던 지난 사건 중 원자폭탄으로 대체 가능한 일이 과연 얼마나 있었을까요?"

나는 잠시 한 명 한 명씩 눈을 응시한 뒤 다시 부드럽게 말했다.

"전간기에 자랑스러운 미합중국 해병대가 도미니카 공화국의 평화와 치안을 위해 투입된 적이 있지요. 해병대 대신 원자폭탄을 보낼까요?"

"비약이 심합니다, 의장. 우리는 군대를 완전히 해산하고자 하는 게 아닙니다."

"그러면 판초 비야를 잡고자 했던 멕시코 원정은 어떻습니까. 멕시코에 원자폭탄을 쏘면 됐을까요? 혹은 필리핀 반란은요? 열대의 정글에 원자폭탄을 떨어트린다고 아기날도를 물리쳤겠습니까. 아니면 지금 우리 군사 고문단이 나가 있는 그리스를 떠올려 보시죠. 그들을 철수시키고 대신 원자폭탄을 투하해야 한다고 주장할 분은 없으리라 믿습니다."

"지금 말씀하신 부분은 분명 일리가 있습니다만, 여전히 지금과 같은 거대한 군대의 필요성으로 느껴지진 않는군요."

이 주제로는 여기까지인가. 물론 군대를 축소하면 그만큼 전투력이 떨어진다든가, 실전 경험 풍부한 장교진이 사라진다든가 하는 이유를 댈 수도 있겠지만 일단 패스하기로 했다. 그런 건 실무진들끼리 떠들면 되니. 대신 나는 슬쩍 이야기를 돌리기로 했다.

"인류 역사상 최초로 원자폭탄이 투하된 무한을 떠올려 주시기 바랍니다. 그곳에서는 여전히 전투가 계속되고 있습니다. 원폭으로 10만 명을 전투불능으로 만든다 한들, 20만을 더 퍼부으면 그만입니다."

"그 20만의 머리 위에 다시 원폭을 던지면 되잖소."

"그렇습니다. 전 세계의 모든 군부는 이제 핵폭격에 대비해 병력을 더욱 띄엄띄엄 분산시키고, 한두 부대가 핵에 맞는다 하더라도 전략 목표를 달성하는 방향으로 교리를 가다듬을 겁니다. 필연적으로… 핵의 희생을 감안해, 훨씬 더 많은 병력을 동원하게 되겠지요."

"적의 수도를 불태우면 동원 자체가 불가능할 듯하오만?"

"이곳 워싱턴 D.C. 또한 불타겠지요."

침묵.

한 의원이 떨리는 목소리로 입을 열 때까지, 장내는 기묘하리만치 얼어붙어 있었다.

"합참의장은 그러니까, 우리의 적들 또한 원자폭탄을 보유하리라 여기고 있는 겝니까?"

"물론이지요. 왜 이걸 우리만 독점하고 있으리라 생각하십니까. 영국인들이 전함 드레드노트를 만들었을 때와 똑같습니다. 그때와 마찬가지로, 전 세계에서 콧방귀 좀 뀐다 하는 나라는 모조리 원자폭탄 개발에 모든 힘을 기울일 겁니다."

"우리의 독점이 깨질 때까지 걸릴 시간은 얼마로 보십니까?"

"길어봐야 5년이라고 봅니다."

5년이란 말에 장내는 순식간에 아수라장이 되었다. 서로 먼저 말을 꺼내려고 아우성치는 의원들 때문에, 결국 의사봉이 마구 굉음을 토해낸 이후에야 분위기가 정리되었다.

"왜 5년입니까?"

"우리가 대충 그 정도 걸리지 않았습니까. 맨땅에서 최초의 핵무기가 나오기까지 그만큼이 걸렸으니, 맨해튼 프로젝트에 관한 정보를 입수하면 기간은 단축되면 단축되었지 더 늘어나진 않겠지요."

"이 독점 기간 안에 그럼 우린 무얼 할 수 있소?"

"지금 이 자리에서 제3차 세계대전을 일으키고자 하는 게 아니라면 딱히 할 수 있는 건 없습니다."

이미 의원 나리들의 머릿속엔 버섯구름 치솟아오르는 지역구의 모습이 실시간 3D 영상으로 떠오르고 있을 게 뻔했다. 이런 말 하긴 참 뭣하지만, 역시 공포 마케팅만큼 장사 잘되는 게 없다. 그리고 훌륭한 비즈니스맨은 이런 기회를 놓치지 않는 법.

"소설 《거울 나라의 앨리스》에는 체스 나라가 나오지요. 그중 붉은 여왕이 다스리는 곳에선 희한한 일이 있습니다. '힘껏 달려야만 제자리에 있을 수 있다. 더 앞으로 나아가고 싶다면, 두 배로 빨리 달려야만 한다.' 지금 우리가 있는 현실입니다. 드레드노트를 진수했던 영국과 마찬가지로, 비록 우리가 선도자이긴 하지만 이 격차는 언제든 따라잡힐 수 있습니다."

"……."

"존경하는 의원 여러분. 지금 우리의 독점이 흡족하시다면, 이 격차를 유지하는 단 하나의 방법은 오직 더 많은 투자뿐입니다. 우리의 시민들, 우리의 아이들에게 안전한 나라를 물려줄 것인가, 아니면 핵의 공포에 떨게 만들 것인가는 오직 여러분들의 결단에 달려 있습니다."

내가 발언을 마치고 내려가려 하자, 가장 먼저 한 의원이 나를 바라보며 천천히 박수를 치기 시작했다. 내게 샷건 이야기로 면박을 당했던 이였다. 그리고 그 뒤로, 천천히 아주 무거운 박수가 쏟아지기 시작했다. 앞으로 군대가 얼마나 많은 돈을 게걸스레 처먹을지 훤히 보이는지, 박수 치는 손과 달리 표정은 하나같이 영 불편함이 감돌고 있었다.

"앨리스 시리즈는 조만간 디즈니의 새로운 만화 영화로 우리 아이들 곁을 찾을 예정입니다. 많은 관람 부탁드립니다."

"킴 장군!!"

"내려오고 나서 한 말이니 속기사님은 이거 적지 말아주세요."

* * *

일단 스타트는 잘 끊었다. FBI의 괴물 후버가 의회로 끌려나와 우리의 핵무기 기술이 유출당할 위험은 없는가에 대해 증언해야 했고, 나는 그에게 비싼 밥을 사줘야만 했다. 모난 놈 옆에 있다가 난데없이 벼락을 맞은 그에게 심심한 유감을 표명한다.

육해공 3군은 합심하여 원자폭탄이 보편화되었을 때를 가정한 미래 전쟁을 예측하고 그에 맞게 군을 개편하기로 하였고, 각 군은 별도로 이를 준비하되 합참이 이를 통괄하기로 정했다. 왜 내 일이 늘어난 거지? 합참은 장식품 아니었냐고? 나는 군비를 증강해야 한다는 혓바닥을 놀려 군바리들의 칭송을 받았지만, 우리 미 의회의 의원들 또한 뱃속에 코브라 백 마리씩은 품고 있는 양반들.

'아직 어떻게 개편할지는 확정되지 않았잖소? 그럼 개편안을 보고 나서 군비 증강을 논합시다.'

그렇다. 이놈들은… 짬때렸다. 2년제, 6년제 비정규직들이 그럼 그렇지. 다음 선거 때로 미룰 수 있다면 뭐든지 미루는 게 바로 국회의원 아닌가. 승리 아닌 승리를 따냈음에도 불구하고, 내 기분은 여전히 꿀꿀했다. 사람이 이토록 많이 죽다니 너무 끔찍해요, 같은 소릴 지껄일 만큼 내가 위선 가득한 새끼는 아니다.

나는 군인이고, 이미 많은 사람을 죽였다. 르메이 쉐프의 소이탄에 불타 죽은 다나카 가족이건 원자폭탄에 맞아 죽은 왕씨네 가족이건 어차피 똑같은 죽음이고, 방사능 오염이 아무리 끔찍하다 한들 독일에 퍼부었던 전략폭격이나 일본 열도의 모든 생명체를 굶겨 죽이려 했던 기아 작전과 비교했을 때 더 유별나게 사악한 수단이라고 여겨지지도 않는다.

그런데 왜 기분이 이따위일까. 굳이 이유를 따져보자면… 자기합리화가 덜 되었다. 중국은 독일이나 일본처럼 현재진행형으로 또라이 짓을 저지르던 나라가 아니다. 미래에 세계에서 손꼽힐 막돼먹은 나라가 되어 온갖 깽판을 저지른다 한들, 이미 내가 역사를 뒤틀었는데 꼭 원 역사처럼 된다는 법도 없지 않은가. 그리고 지난 세계대전 때는 인간의 탈을 쓴 악마 새끼들을 물리치고 평화를 찾겠다던 확고한 믿음이 있었다.

하지만 이번에는 다르다. 무한에 떨어진 원폭은 원 역사의 히로시마처럼 모든 걸 끝내는 한 방이 아닌, 더 끔찍한 훗날로 비극을 미뤄버린 데 불과하다. 장개석은 이제 끝장이다. 지금이야 그 압도적인 파괴력에 취해 정신이 나가 있겠지만, 내전에서의 명분을 얻겠답시고 시민들 머리 위에 핵을 갈겼다는 사실은 결코 사라지지 않는다.

물론 그는 당연히 핵공격의 책임을 모택동에게 돌리겠지만, 초강력 통제가 가능한 공산주의 체제와 달리 장개석은 끊임없이 민주화를 이행하라는 압력에 시달리고 있다. 안과 밖 모두에 가득한 그의 적들은 두고두고 이걸 명분으로 찔러대겠지. 거기다 내전의 전황 또한 그에게 웃어주진 않고 있다.

장강 방어선을 그으면 공산당을 막는다? 못 막는다. 장강 자체가 국경이 된다면, 그 강변에 있던 도시들인 남경이나 무한, 중경 같은 곳이 모조리 국경에 걸친 도시가 된다. 국민당에겐 치명적인 결과.

그들이 살아남으려면 장강 이북 수십 킬로미터에 달하는 땅을 모조리 확보해야 하지만, 지금은 도리어 장강 이남에 중공의 교두보가 생길 판. 교두보가 있다면 결국 휴전 협상이 파기당하는 순간 중화민국의 앞날엔 멸망만이 도사린다. 또 핵을 쏠 게 아니라면.

빠르면 10년, 길면 30년쯤 버틸까. 물론 모택동이 아직 중국을 통일하지도 않은 상태에서 그 마법의 손가락을 치켜들고 '저 새는 해로운 새다.'라든가 문화대혁명 같은 궁극기를 쓴다면 중화민국의 명줄이 늘어날지도 모른다. 반대로 말하면 적이 그렇게 똥볼을 차야만 살 수 있는 게 중화민국의 팔자. 마치 월드컵만 되면 경우의 수를 따지는 한국 국대를 보는 느낌이다.

이렇게 될 줄 알고 있었다. 미래 지식이 있으니 모택동을 진즉 컷했어야 했다? 내가 왜? 세계 평화를 위해 이 한 몸 화끈하게 불태울 생각이었으면 수십 년 전에 히틀러 머리통부터 쏘고 봤지. 그럼에도 불구하고, 기분은 더러웠다.

[무한을 둘러싸고 국부군과 중공군이 일진일퇴의 공방전을 벌이는 중.]

나는 원자폭탄에서 뿜어져 나올 방사선이 사람을 죽인다는 사실을 알고 있었지만, 침묵을 택했다. 이 시대는 광기의 시대지만, 모두가 전부 그 광기에 홀려 미쳐버리진 않았다. 맥아더도, 그리고 드럼도 방사선의 영향력을 충분히 이해했다면 그걸 쉽게 터뜨리진 못했을 것이다.

우리는 모두 그 지옥 같은 1차대전, 참호 건너 참호가 켜켜이 쌓여 있고 독가스가 자욱하니 깔리던 곳에서 목숨을 걸고 싸웠다. 화학 무기에 대한 깊은 혐오감은 우리뿐만 아니라 대전쟁을 경험했던 이들 거의 모두가 공유하고 있는 감정이니만큼, 핵무기가 그와 유사한 역할을 한다면 이 또한 꺼리는 건 지극히 당연한 일 아니겠는가.

하지만 냉전이 열전으로 진화하는 일을 막으려면, 핵의 공포가 필요했다. 나를 뺀 그 누구도 몰라야만 했다. 내가 알고 있다는 사실조차 모두가 몰라야 했다. 그래야만 우리가 도덕적인 정당성을 얻게 되니. 그러니 아무것도 모르는 나는 무한에서 벌어지는 전투에 눈을 감았다. 생각만큼 따끔따끔하진 않았다. 아무래도 내 가슴속 삼각형도 50년을 빙글빙글 돌다 보니 슬슬 닳아 가고 있는 듯했다.

* * *

1946년 3월.

버섯구름의 위용 따위는 기억 저편으로 떠넘겨버린 채, 중국에서는 여전히 총성이 울려 퍼지고 있었다.

"한 발 더 쏴야 합니다!"

"그 경우 휴전 협상은 곧바로 파기된다고 경고받았습니다. 이제 자중해야 합니다!"

"돌아버리겠군. 담배나 피우고 머리에 오른 피나 좀 가라앉히시오."

휴 드럼은 곧장 최고급 하바나 시가를 커팅한 후 불을 붙였고, 총사령관의 눈치를 보던 이들도 저마다 담배 일발을 장전했다. 적어도 주둥이에 연초가 꽂혀 있는 순간만큼은 꼴리는 대로 입을 털지 못하는 법. 합죽이가 되는 덴 역시 담배가 특효약이었다. 어차피… 결론은 대충 정해져 있었으니까.

"총사령관님, 실례합니다. 본국으로부터의 전언입니다."

"이리 내주게."

먹이를 향해 하강하는 매처럼 종이를 낚아챈 드럼은, 간결하게 적힌 문구를 확인하고는 막사 천장을 지그시 올려다보았다.

"다들 주둥이 열어도 좋소."

"총사령관님……?"

"다가오는 0시를 기점으로 나는 해임이오. 집에 돌아가야겠으니 수고들 하시구려."

[장개석의 독단적인 원자폭탄 투하를 저지하지 못한 책임을 물어 미 육군 원수 휴 드럼 총사령관을 현 보직에서 해임함.]

이곳에 오기 전부터 설계되어 있던 '완벽한 마무리'. 간절하게 바라던 일이건만, 참으로 기분이 씁쓸했다.

두 번째 태양의 도래 3

1946년 3월.

만주에서 철군한 조지 패튼이 이끄는 군대가 상해에 도착하며 전황은 다시금 뒤집어졌다. 해임된 드럼은 본국으로 소환되었고, 사람들은 너 나 할 것 없이 설마 패튼이 총사령관이 되냐며 두려움에 떨었지만 참으로 다행스럽게도 아직 미합중국 육군은 그 정도로 피와 죽음에 굶주리진 않았다.

"나도 도망갈걸."

한국군 고문단장에서 평화유지군 부사령관을 거쳐 마침내 총사령관 대리 직위를 거머쥔 리지웨이의 입에선 탄식만이 터져나왔다. 당장 저 부루퉁한 표정으로 그를 바라보고 있는 패튼을 보라. 하지만 누가 보더라도, 심지어 그 자신이 역지사지로 따져봐도 충분히 억울한 상황 아닌가. 원수 계급을 다느냐 마느냐의 기로에 선 군인이 짬밥도 덜 먹은 친구에게 총사령관 자리를 빼앗겼으니.

"총사령관님."

"예? 예."

"이 전쟁의 승리를 위해서는 과감한 수도 둘 줄 알아야 합니다. 거머리처럼 달려드는 레드 칭키들을 장강에서 막기만 해서는 될 일도 되지 않으니, 전술적인 측면에서 잠시 장강을 넘어 공세를 펴야만 원활한 휴전 협상을 이끌 수 있습니다."

아. 내가 또 틀렸구나. 어떻게 미 육군의 군인인 주제에 또오 패튼을 착각하다니!

저 인간은 그저 신나는 전쟁을 얼마나 더 짜릿하게 할 수 있는가가 더 중요하다. 총사령관 자리는… 아마 북진을 불허하면 그때부터 '화내도 괜찮은 명분'쯤으로 써먹으리라. 리지웨이는 빤히 보이는 패배의 길로 달려갈 만큼 바보가 아니었고, 즉각 숙련된 관료제의 일원으로서 회피기동에 들어갔다.

"저는 임시로 이 직책을 떠맡은 것에 불과한 만큼, 본국의 지시를 기다릴 예정입니다. 아니면 일본에 있는 마셜 원수께 슬며시 운을 띄워 보시는 건……."

"어허. 그건 좀."

그래. 마셜은 무섭지. 나이에 어울리지 않게 고개를 도리도리 젓는 패튼을 보면서도 우습기보다는 절로 동감하게 될 정도니까. 아무리 천방지축으로 날뛰는 패튼이어도 비벼도 될 사람과 건들면 안 되는 사람은 구분할 줄 안다. 그걸 알았으니 정년이 다 되도록 살아남은 것일 테고. 무한 전투가 소강상태에 빠지기 무섭게 중공군은 다시 남경을 목표로 한 공세에 나섰지만, 해군과 공군력에서 압도적 열세인 중공은 쉽사리 남경을 함락할 수 없었다.

"저들이 병신이 아니라면 아무리 여기를 공격한들 승산이 없단 사실을 모르지 않을 거요. 그리고 이 넓은 중국 대륙의 절반을 따먹은 새끼들이 병신일 리 없고!"

"우리의 전력을 붙들고자 한다, 라."

"세상에서 가장 효과 좋은 전술은 적의 의도에 엿을 먹이는 전술이오. 고로 장강을 건너 북진이 정답……."

"반대로 우리를 강 너머로 유인하려는 술책이라면요? 말씀하신 대로 저 놈들은 바보가 아닙니다. 아주 교활하고 끈기 있는 놈들이지요."

"그땐 뭐어, 한 발 더 터뜨리면 되지."

리지웨이는 할 말을 잃어버렸다. 무한 전역은 중화민국과 공산당 모두 포기할 수 없는 곳이었다. 중공군은 무한을 돌파해 광서, 광동까지 달려 중화민국을 반으로 갈라버릴 심산으로 보였고, 국부군은 이를 저지하고 사천과의 연결로를 반드시 사수해야만 했다. 그러나 뜻밖에도, 양군은 모두 전투 의지를 잃고 무한 일대에서 멀찍이 물러나 대치 상태에 접어들었다. 수수께끼의 괴질이 무한 일대에 머물렀던 이들을 대상으로 창궐했기 때문이다.

[잇몸이 물러져 지속적인 출혈 발생.]

[피부 출혈 발생. 점상출혈을 위시한 여타 출혈 증상.]

[입과 목에 염증 환자 다수.]

[구토, 설사, 발열 환자 확인. 일부는 설사에 피가 섞여 나옴.]

[머리카락 및 전신의 털이 빠져나가는 현상 보고.]

평화유지군에 소속된 군의관들이 가장 먼저 무한으로 향했고, 이들은 수인성 전염병의 가능성을 열어둔 상태에서도 원자폭탄 폭발에 따른 부작용일 가능성 또한 제기했다. 이에 따라 미국에서도 저명한 의사들과 학자들이 속속 비행기를 타고 무한으로 향했고, 조만간 어떤 식으로든 결과가 나올 예정이었다. 그리고 이 미약한 가능성만으로도, 추가로 한 발 더 던지고 싶어 하던 장개석을 주저앉히기엔 충분했다.

이미 황하의 둑을 터뜨려 수백만 명을 물귀신으로 만든 장개석이다. 자국민의 머리 위에 폭탄을 떨어트린 것으로 모자라 맹독까지 끼얹으면 자다가 목에 칼이 꽂히더라도 저승사자에게 항변 못 할 판 아닌가.

"모든 가능성을 열어둔 채 상부에 한번 건의를 해보겠습니다."

"그렇지!"

"다만 진격 명령이 떨어지기 전까지는 남경 일대의 수비를 굳히겠습니다."

휴전 협상이 타결되기 전까지 최대한 많은 전과를 올려야 하지만, 지는 것보단 지금의 미묘한 우위를 굳히는 게 더 낫다. 장개석이든 그들이든, 그것만큼은 의견의 일치를 보고 있었다.

한편, 인도 뉴델리에서는 정전 협상단이 회담을 열기 시작했다. 본래는 북경, 서안(장안), 홍콩 등 중국 내의 도시가 회담장으로 거론되었지만 국민당과 공산당 모두 격렬히 반대를 표한 탓이었다. 그리하여 중립을 표한 인도에서 회담이 열렸음에도, 시작부터 암초를 만나 장렬히 침몰하고 있었다.

회담 첫날.

"우리는 절대 인정할 수 없소!"

"하, 우리 또한 마찬가지요!"

유엔 평화유지군과 몽골의용군 대표는 우르르 퇴장하는 국민당과 공산당 협상단을 보며 넋이 나가버렸다.

'중국은 하나이며, 신해혁명 이래 청을 계승하여 중화민족의 유일한 국가로 존속한 중화민국 외의 다른 국가의 성립은 결코 인정할 수 없다.'

'중국은 하나이며, 중국 인민들의 의사는 오로지 중화민국의 정당한 계승자 중국 공산당에게로 향하고 있다.'

국민당은 결코 공산당이 별개의 국가를 선언하는 꼴을 못 보겠다고 발작했고, 공산당은 공산당대로 국민당은 나라가 아니라고 주장했다. 대체 어디서부터 풀어나가야 이 내전을 종식시킬 수 있단 말인가?

‎* * *

　지구 반대편에서 버섯이 재배되건 말건 세상은 돌아간다. 나 같은 경우 이제 업무의 상당수가 각종 의전이었고, 유감스럽게도 허울 좋은 전쟁영웅 타이틀과 6성 대원수 계급장은 그야말로 걸어다니는 토템으로 딱 안성맞춤이었다. 너무 슬퍼.

　"다음 일정은 어떻게 되나?"

　"의장님께서 참석하겠다고 하셨던 위탁교육 한국군 장교 환송식 행사가 있습니다. 피곤하시다면 취소할까요?"

　"그럴 순 없지. 이런 게 다 외교의 일환 아닌가. 내 얼굴 본다고 청년 장교들의 기대감이 아주 클 텐데 바람맞힐 수가 있나."

　내가 보자고 안 했으면 애초에 곧장 서부로 갔을 사람들이, 내가 불쑥 낀 덕분에 D.C.에 오는 것으로 일정이 조정되었다. 그래도 덕담 정도는 해줘야지. 대한민국 국군은 장군급 인사에서부터 위관급에 이르기까지 싹수 있어 보이는 친구들을 바리바리 태평양 너머로 보내고 있었고, 우리는 이 미래 동맹군의 중추부가 될 장교들을 정성껏 키워주고 있었다. 이게 바로 거저먹는 투자다.

　장성이나 영관급들이야 국공 내전 참전을 기점으로 교육 커리큘럼을 중단하고 모조리 귀국했지만, 미래를 위한 투자인 위관들은 그대로 남아 있었다. 그것도 이제 끝이지만. 이들 청년 장교들을 격려해주는 일도 물론 중요한 일이지만, 그보다 더욱 중요한 일은 바로 이 장교들을 격려한답시고 찾아온 외교부장관을 만나는 것. 애초에 이게 진짜 용건이었다.

　"안녕하십니까, 대원수 각하. 그동안 별래무양하셨는지요?"

　"하하. 반갑습니다. 이 먼 곳까지 오신다고 참으로 고생이 많으셨습니다."

　한국군은 할 만큼 했다. 보고서에 따르면 대한민국 국군의 규모는 지금 육해공을 다 합쳐서… 50만이라고 한다. 미쳐버렸다. 내 예상을 아득히 벗어난 숫자가 튀어나왔다. 이러고도 나라가 굴러가나?

"자유를 위한 투쟁에 혁혁한 공로를 세운 대한민국 정부와 국민들의 성원에 미합중국 시민의 한 사람으로서 경의를 표하는 바입니다."

"빨갱이들의 음모로 혼란에 빠진 나라는 남의 일이 아니잖습니까. 더군다나 소련이 본색을 드러내려는 지금, 국가와 민족을 지키기 위해서는 모두가 허리띠를 졸라매야 했지요."

'죽을 것 같아. 살려줘. 중공은 몰라도 소련까지 우리가 탱킹해야 해? 이러다 진짜 우리 죽어버려??'

으음. 장관이 보내는 텔레파시가 느껴진다. 너무 간절해서 내가 다 눈물이 나올 것 같네.

"자유 세계는 결코 여러분들의 투쟁을 잊지 않을 겁니다. 제가 장담하지요."

"하하. 저희야 어디까지나 바로 그 자유 세계에서 받았던 은혜를 잊지 않았을 뿐입니다. 보다 건설적인 방향으로 세계 발전에 이바지할 수 있다면 더욱 바랄 것이 없겠지만요."

원래 중매는 잘 서면 술이 석 잔이고 망하면 따귀가 세 대라고 했다. 내가 암만 대한독립에 공로가 있다지만, 나라 기둥뿌리를 뽑아먹어 가면서 전쟁 좀 끼어들자고 등을 떠밀었으니 충분한 깽값은 지급해줘야 하는 법. 물에 빠진 사람을 구해주면 당연히 감사하단 말을 듣겠지만, 구해줬으니 연대보증 좀 서달라고 하면 당혹스럽지 않겠나. 그리고 뭐… 어차피 내 돈 나가는 거 아니다. 미국 시민의 혈세가 나가지.

"이번에 만주에서 많은 산업시설과 물자를 확보했다고 들었습니다."

"그렇습니다. 만주의 산업시설은 만주국이 지은 것이고, 만주국은 온 세상이 알다시피 일본제국의 괴뢰였습니다. 조선인의 놋그릇과 불상을 빼앗아 지은 시설이니 당연히 우리 대한민국 정부는 이에 대한 정당한 소유권이 있지요. 빨갱이들은 약탈 행위라고 중상모략을 펼치고 있지만, 그들이 자행한 것이 약탈일 뿐 우리는 정당한 적산 압류를 행사하는 것뿐입니다."

아니, 난 이런 혐성까지 가르쳐 준 적은 없는데? 독립한 지 얼마나 됐다고 벌써 이런 혐성까지 알아서 배우다니. 애들 키울 때도 욕이랑 나쁜 짓은 어디서 배웠는지 쏙쏙 터득하던데 나라 또한 마찬가지인 듯하다. 장관은 어느새 울상이 되어서는 숫제 사정하기 시작했다.

"대원수 각하. 부디 이 가엾은 민족을 불쌍히 여겨주십시오. 저희가 믿고 의지할 수 있는 상대는 오직 각하뿐이십니다."

"갑자기 왜 이러십니까? 자, 진정하시고."

"이러다 나라가 끝장나게 생겼습니다."

"경제 원조가 대대적으로 들어가지 않았습니까?"

"산업이야 발전하고 있습니다만, 청년들이 죄다 군대로 쏟아지고 있잖습니까. 50만은 절대 무리입니다. 우리나라가 감당할 수 있는 군대가 아닙니다."

"으음… 여러분들의 용전분투에 화답하는 의미에서 제 사비로 상이군인들을 위한 병원을 짓겠습니다. 이건 어디까지나 제 사의(謝意)입니다."

"감사… 드립니다."

그딴 걸 원하는 게 아니라는 건 표정만 봐도 잘 알겠다.

"우리 솔직하게 말합시다. 진짜 국력의 한계입니까, 아니면 정권의 한계입니까?"

외교부장관은 이승만의 비서이자 오른팔 격 되는 인물이다. 진짜 나라가 망할 것 같았으면 장관이 아니라 한국 국회에서 대표단을 보냈겠지. 내 질문에 그는 잠깐 고민하더니 조심스레 털어놓았다.

"제가 출발하기 직전, 이범석 장관이 자리에서 물러난다고 발표했습니다. 우리는 그동안 소련의 위협을 크게 느끼지 못했지만, 막상 당해보고 나니 소련과 총부리를 마주한다는 것 자체가 이 나라가 감당할 수 있는 짐이 아니었습니다."

"으음……."

"전쟁에서 빠지지 않으면 다음 선거에선 몽양이 경무대에 앉을 겁니다. 각하께서도 그걸 원치는 않으시잖습니까?"

누구보다 열렬한 이승만 파벌인 국방부장관의 목을 제물로 바칠 정도인가. 좀 급하긴 한가 보네.

"저는 일개 군인에 불과하지만, 합중국의 든든한 동맹인 대한민국의 안위를 위해 최대한 도와드리겠습니다."

"감사합니다! 정말 감사합니다! 혹시 어떤 방향으로……."

나는 잠시 고민했다.

"일단 전쟁을 매듭짓는 방향으로 정리해보지요."

이제 만주 전역은 의미를 상실했다. 하지만 중공 입장에서 만주의 평화유지군은 입안의 가시 같을 테니, 뒤에서 싸바싸바만 잘만 하면 적당한 대가를 받고 빠질 수 있을지도 모른다. 뜯어낼 건 다 뜯어냈으니, 중공이 허가이 같은 놈들의 신병을 내준다면 참전 명분을 달성하면서 '명예로운 퇴장'이 가능할지도 모르지. 어차피 허가이는 모택동 쪽 파벌도 아니었잖아? 내 제안에 그는 반색했지만 몇 초 만에 다시 시무룩해졌다.

"혹시 다른 건 더 없겠습니까? 중공이 거절한다면 끝이잖습니까."

"그렇다면 어쩔 수 없군요."

원래는 몇 년 뒤에 줄 선물 보따리였는데, 귀띔 정도는 조금 일찍 해줘도 되겠지. 원래 크리스마스 선물도 뭐 받을지 부모와 자식 사이에서의 네고시에이션 결과로 다 확정해 놓고 25일을 기다리는 거니까.

"승전국 지위를 드릴 수 있지 않을까, 조심스레 예상해 봅니다."

"승전국 말입니까? 휴전 협상이 체결되면 승전이라고는… 아."

"생각하시는 게 아마 맞을 겁니다."

"세상에! 세상에!!"

장관의 얼굴이 홍시처럼 시뻘게지더니 자리에서 벌떡 일어나 아이처럼 어깨를 으쓱으쓱댔다.

"정말, 참입니까?"

"제가 어디 이유도 없이 피 좀 흘리라고 요청했겠습니까?"

"감사합니다! 각하야말로 진정 하나님께서 한민족을 위해 내려주신 분이 틀림없습니다!"

외교의 기본은 기브 앤 테이크. 신생국임에도 불구하고 미국의 요청에 따라 기꺼이 피를 흘려준 나라가 있다면, 당연히 큰형님은 이 착한 동생의 체면을 세워줘야 할 필요가 있다. 돈? 그건 당연히 줘야 하는 거고. 안 주면 임금체불이다.

그런 의미에서, 대한민국을 연합국 중 하나로 포함하여 일본과의 강화 조약에 참가시키는 일은 미국에겐 약간의 외교력만 필요한 일이지만 한국에겐 그야말로 숙원 그 자체. 독립 당시엔 불가능한 일이었지만, 지금이라면 다르지. 의회의 의원 나리들도 딱히 반대하지 않을 것 같고. 이제 일본만 정리하면 아시아의 새 질서 구축은 끝난다.

두 번째 태양의 도래 4

이 전쟁을 예쁘게 마무리 짓기 위해 가장 먼저 교섭이 필요한 상대는 중공이 아니었다. 소련이다. 저 거대한 중국 대륙을 통째로 집어삼키려던 빨갱이들의 음모는 하나 된 자유 세계의 단결 앞에서 무위로 돌아갔고, 이제 크렘린은 슬슬 본전 생각이 절실할 터였다. 물론 크렘린이 손해만 봤냐고 하면 그건 아니다.

국공 내전은 중공이 비빌 언덕이라고는 결국 소련밖에 없다는 사실을 전 세계에 명백히 보여줬고, 소련은 이 동생을 어여삐 여겨 따뜻하게 품어 주게 되리라. 대가는 받고. 아마 만주의 채굴권 같은 건 스탈린 아가리로 꿀꺽 들어가겠지. 패튼 손에 북경까지 뚫릴 뻔한 걸 막아줬으니 저 정도면 싼값이다. 모택동도 그렇게 생각할진 모르겠지만.

"만주를 비무장지대로 설정해 이 일대의 항구적 평화를 담보하는 땅으로 두는 것은 어떻습니까?"

"절대 불가! 그곳은 중화 인민들의 국토요! 우리가 패전한 것도 아닌데 어째서 군대를 두지 못한단 말이오?"

"중화민국은 평화를 위해서라면 기꺼이 만주를 비무장지대로 두는 방안에 찬성합니다."

중공만 길길이 날뛰며 반대했지만, 만주의 비무장지대화는 소련에게도 전혀 나쁜 일이 아니었다. 요컨대, 중공을 패스하고 소련만 설득할 수 있다면 이 휴전 협상에서 안건을 타결시키는 건 일도 아니었다. 마찬가지로 중화민국이 패스당하더라도 평화유지군에 이득이 되는 일이라면 우린 기꺼이 오케이를 외칠 준비가 되어 있다. 이게 국제 외교지. 평화를 사랑하는 이들의 단결이 이래서 좋아.

휴전 협상은 전문가들의 손에 맡기고, 이제 남은 일은 독일과 일본을 상대로 한 강화조약을 매듭짓는 것 정도. 독일은 그렇다 쳐도, 일본을 근본부터 개조하기 위한 수술은 차곡차곡 진행되고 있었다.

"일본은 근본부터 바뀌어야 합니다!"

"무력으로 이웃을 삥 뜯겠다는 발상부터가 문제였습니다. 우리는 과거를 반성하고 미래로 나아가야 합니다! 가장 먼저 개화된 일본입니다. 우린 침략자가 아니라 아시아인의 친구이자 기둥이 되어야 합니다!"

〈미국의 소리〉가 떠드는 방송이 아니다. 일본인들이 자발적으로 외치는 소리다.

'그동안 제국의 그늘에서 꿀 빨던 새끼들을 모조리 쳐내야 한다.'

'저놈들을 모조리 과거의 유물로 처박아버리고 우리가 주도권을 잡아야 해.'

'머뭇거리다간 쉰내 나는 퀴퀴한 놈들이 다시 돌아온다. 그 꼴만은 못 보지.'

일본은 몇 차례에 걸쳐 국공 내전에 기꺼이 피를 흘릴 의사가 있다고 제안해 왔으나, '지랄 말고 그냥 집에만 있으시오. 그럴 여력이 있으면 돈 좀 내놓으면 되겠네.'라는 정중한 축객령만 받았다. 이것이 의미하는 바는 명확했다. 2차대전의 죗값을 그리 쉽게 탕감해줄 생각은 없다. 어제의 친구가 오늘의 원수가 되는 것이 곧 권력자의 삶이니, 이 시그널을 캐치한 이들은 재빨리 친미의 깃발 아래에 뭉쳐 정치적 대격변을 꿈꾸기 시작했다.

자식놈들 잘 키워 친미파로 세탁이 가능한 집안은 재빨리 성조기를 꺼내 와서는 평화론자인 척, 민주주의자인 척 포지션을 전환했고, 원래 편 갈아탄 사람이 가장 극성맞아지는 것 또한 인간의 본성. 한때 대일본제국의 승리와 영광을 위해 하나로 뭉쳤던 이들은 이제 지옥 불구덩이에서 자신만이라도 빠져나가려 허우적대는 마굴 속에서 서로 칼침을 놓아댔다.

"어째서 평화를 사랑하던 일본이 침략에 미친 광견이 되어 온 아시아에 절망과 비극만을 선사하게 되었습니까? 그건 오직! 극소수의 화족들, 번벌(藩閥), 재벌들의 이익 때문이었습니다!"

"이제 과거로 돌아가야 합니다! 오직 연방제만이 평화로운 일본을 되찾을 길입니다!!"

"유신 이래의 대업을 무로 돌리겠다고? 네놈들이 진짜 미쳐서 나라를 팔아먹으려 하는구나!"

"그 잘난 유신 정권의 대업이 뭔데? 조슈, 사쓰마 새끼들의 대업이지 어디 우리의 대업이더냐?!"

마침내 모습을 드러낸 신정부, '일본연방'. 대대적으로 세를 키운 좌익 계열에선 아예 대놓고 일본이 거듭나려면 '일본연방공화국'으로 가야 한다고 으름장을 놓았고, 미국에 영혼까지 팔아먹을 기세인 이들은 미국을 본받아 '일합중국'이 되어야 한다 주장했다.

"연방제라니, 다이묘가 판치던 막부 시절로 돌아가자고?"

"킹 쇼군은 오키나와인들과 아이누인들에게 지대한 관심을 표명하셨습니다. 여차하면 그들을 일본에서 분리시키겠다고……."

"아무리 우리가 패전했다지만 그럴 순 없네! 당장 홋카이도와 오키나와에 사는 일본인이 몇 명인데!"

"이건 타협입니다. 연방제를 도입하고 연방 내 자치령을 두어 그들을 품을지, 아니면……."

"어쩔 수 없군."

그 결과, 폐허에서 재건을 위해 몸부림치는 시국임에도 불구하고 일본은 신헌법 제정 여부를 묻는 국민투표를 실시했다. 새로이 설계된 일본연방의 체제는 그야말로 키메라. 폐번치현을 통해 행정구역으로 개편되었던 각 현은 이제 하나의 반독립적인 주(州)가 되어 연방의 구성원이 되었다. 이들 주는 미국의 그것을 그대로 벤치마킹해 지방선거를 통해 주지사와 주 의원들을 선출할 권한을 얻었고, 심지어 주방위군을 별도로 보유할 권리 또한 있었다.

연방의회는 상원과 하원이 별도로 있는 양원제지만, 미국과 달리 의원내각제에 기반하도록 설계되었다. 국가원수는 대통령이지만 대단한 권한은 없었고, 실제로는 정권을 잡은 정당의 총리가 정국 운영의 주도권을 가질 예정.

천황은 그 어디에도 없었다. 틀림없이 천황은 존재하며 천황가 또한 황거에 그대로 머무르지만, 헌법 조문 그 어디에도 천황에 대한 언급은 없었다. 일본인들에게 이 기묘한 동거는 그다지 낯선 것도 아니었다. 천황은 천황으로 존재하지만 그뿐. 연방의 국가원수는 대통령이지만 그뿐.

"그러니까 대통령이 쇼군이란 말이지?"

"대통령도 장식품이고 실권은 총리가 가지니 총리가 다이로(大老, 에도 막부 시절 최고위직, 일종의 재상)인 셈인가?"

"선거로 집권한 여당의 수장이 총리니까 다이로보다 더 높다고 봐야겠지?"

"그럼 싯켄(執權, 일종의 재상)이네."

"에도 막부도 아니고 가마쿠라 막부냐. 전쟁 한 번 더 지면 헤이안 시대로 돌아가나?"

"히미코 여왕까지 안 가서 다행이구만. 두 번 더 져도 여유가 남겠어."

혹자는 기껏 문명개화를 했더니 과거로 퇴화한다고 혀를 찼지만, 언론을 비롯한 나팔수들은 오히려 더욱 기세등등해져 달달한 감언이설을 뿌려 댔다.

[세계 민주주의의 본산이 영국임은 그 누구도 부정할 수 없다. 섬나라인 영국이 점진적으로 근대적 민주주의를 설립한 사례를 상고하여 보면, 마찬가지로 섬나라인 일본 또한 평화를 사랑하여 자생적 민주주의의 씨앗을 틔웠음을 깨달을 수 있다……]

[일본 열도는 능히 1억 인민을 감당할 만큼 풍요로우나, 민주주의를 파괴하고 열도의 권력자가 된 이들은 항상 백성들을 전쟁으로 내몰았다. 도요토미 히데요시와 메이지 번벌들이 바로 그 사례다. 우리는 실패에서 돌이켜 진정한 일본식 민주주의로 나아가야만 한다……]

[지방분권형 자치제도는 가장 선진적인 민주주의 제도이며, 일본은 고대부터 이 놀라운 제도를 도입하였다!]

권력의 철저한 분산. 중화민국과 대한민국이라는 거대한 방패가 아시아의 붉은 물결을 막아주는 이상, 일본을 수술하는 데 거리낄 것은 그 어디에도 없었다. 새로운 일본에게 요구되는 것은 오직 하나, 거대한 해군을 육성해 한중일 거대—합체—반공—로봇의 부품으로 기능하는 것.

"저희 같은 전범국이 감히 군대를 가질 수 있겠습니까? 평화를 사랑하는 일본으로 돌아가려면 군대는 없는 편이 좋겠습니다만."

"하하하. 군비를 점령국에게 떠넘기고 돈만 버시겠다니. 참 잘도 그런 말을 지껄이시네요."

"하하하하!"

"하하하하. 해군 키우기 싫으면 말만 하세요. 본토 외의 도서지역도 모조리 분리시킬 테니."

"섬나라를 지키려면 강력한 해군이 필요하지요. 나라 기둥을 뽑아서라도 해군을 육성하겠습니다."

"그렇다고 옛 전범들을 복귀시키는 날엔… 아시죠?"

새로운 일본의 미래는 참으로 창창했다.

* * *

패전 이래 독일인들이 마음 편해진 적은 한 번도 없었지만, 최근 들어서는 더욱 불안감이 늘어만 가고 있었다. 한때 세계를 정복할 것만 같았던 게르만의 영광은 사라졌다. 독일 땅은 연합군과 소련군이라는 두 절대강자가 둘로 나누어 각기 점령했고, 이곳 베를린조차 연합군이 3/4, 그리고 소련군이 1/4을 분할하여 다스리고 있었다. 한때는 모두 독일을 상대로 총부리를 겨누던 무리들이었지만, 독일이 잿더미가 된 지금 그들은 서로를 향해 점차 총구를 들이밀기 시작했다.

가장 먼저, 소련은 독일의 강력한 정당 중 하나인 사민당과 독일 공산당의 합당을 시도했다. 사민당이 이를 거부하자 이들은 교묘한 수법을 발휘해 자신들이 점령한 동독 지역의 사민당만을 별도로 분리시킨 뒤 기어이 사민당—공산당 합당을 강행했다. 그 뒤엔 속전속결.

각 주의 의원들을 뽑는다며 독자적으로 선거를 시행했고, 개표 결과 사민당과 공산당이 결합한 독일 사회주의통일당(SED)이 승리를 거두었다.

'사회주의통일당의 승리는 이 지역 인민들이 공산주의 혁명을 바라고 있다는 지엄한 민심의 반영입니다.'

그리고 놀랍게도, 하루아침에 소련 점령지 전체에서 모든 인프라와 공장, 산업시설의 국유화가 단행되었다. 사실상 이 땅에 공산 국가를 건설하겠다는 선전포고였다. 베를린 또한 난리가 났다. 이러다 전 재산을 빨갱이들에게 압류당할지도 모른다는 불안감에, 소련군 점령 지역에 있던 이들이 연합군 점령 지역으로 기를 쓰고 넘어오기 시작했다. 연합국은 연합국대로, 소련의 이 행사를 뜬 눈으로 지켜만 보고 있을 순 없었다.

'미국, 영국, 프랑스의 3개 점령국은 각 군이 별개로 관할하고 있는 점령

지를 통합하여 운영하기로 합의하였습니다.'

'독일의 산업을 재건하고 이들이 민주주의 정부를 조직할 수 있도록, 우리는 3개 연합군 점령지 내에 단일한 화폐를 유통하기로 결의하였습니다.'

반격. 이 조치가 사실상 소련의 괴뢰가 된 독일 동부 지방에 맞설 서부 독일의 첫걸음이라는 사실을 모르는 이들은 아무도 없었다. 나라가 분단된다. 비스마르크가 통일한 위대한 독일은 영원히 모습을 감추고, 산산조각 난 국토 위에 정복자들이 제멋대로 줄을 대고 그린 새로운 국경이 모습을 드러내리라.

'철의 장막' 아래의 나라들 중 소련이 제멋대로 주무르지 않는 나라는 그 어디에도 없었다. 핀란드는 절대 소련에게 덤비지 않겠다는 사실상 굴복 의사를 표시한 후에야 나라 전체의 공산화를 피했다. 공산 쿠데타를 통해 강제로 공산권으로 끌려간 체코 또한 최악의 시기를 보냈다.

추축국에 합류했었고, 탈출을 꿈꿨지만 끝내 독일의 마수에서 벗어나지 못했던 헝가리 또한 소련의 손에 갈기갈기 찢어졌다. 소련은 헝가리를 완벽하게 무너뜨렸다. 독일인보다도 훨씬 많은, 무려 60만에 달하는 헝가리인이 소련으로 끌려가 시베리아에서 강제 노동에 시달렸다.

경제는 파괴되었고, 초인플레이션이 이 나라를 덮쳤다. 인플레가 어찌나 격심한 지 1해(10의 20승)짜리 지폐가 발행되었지만 물가는 잡히지 않았다. 이 나라에 존재하는 모든 화폐를 합쳐도 미국 돈 0.001센트 가치에 지나지 않았다. 소련은 헝가리왕국의 최후를 선언하고 헝가리 제2공화국을 설립했지만, 당연히 이들 또한 언젠가 이 땅에 건설될 공산주의 국가를 위한 제물에 불과했다.

"이게… 나라인가?"

너지 임레(Nagy Imre)는 폐허라고 말하기엔 폐허에게 부끄러울 것만 같은 고국을 보며 한탄했다. 그는 철저한 공산주의자였고, 육신의 조국에서 벗어나 사회주의 조국인 소련으로 건너갈 정도였으며, 저 기나긴 대숙청 기간 동안 NKVD에 동료들을 밀고해 살아남을 만큼 비열하기도 했다. 하지만 금의환향해 새 나라의 농무부장관 자리를 꿰찼음에도 불구하고, 이 나라의 꼬락서니는 차마 눈 뜨고 봐줄 수 없었다.

스탈린식의 국정 운영에 정녕 미래가 있는가? 이 나라에 집단농장을 만든다 한들 정말 이상적인 공산 국가가 들어설 수 있는가? 그런 그의 고민 따위 일고의 가치도 없다는 듯. 동유럽에서는 피와 시체, 그리고 소련의 총칼이 함께하는 공산주의 정권이 하나둘 들어서고 있었다.

7장
코끼리, 불곰, 당나귀

코끼리, 불곰, 당나귀 1

1946년.

여느 나라들이 다 그러하듯, 미국 정계 또한 멋진 개판을 보여주고 있었다. 민주당의 대분열과 주권민주당 쇼크는 애들끼리 싸우고 헤어지는 것처럼 그리 쉽게 정리될 문제가 아니었다. 딕시로 대변되는 당내 보수파와 뉴딜의 세례를 받은 진보주의자들 모두 자신들 단독으로는 절대 정권을 잡을 수 없단 사실을 뼈저리게 깨달았지만, 그게 꼭 힘을 합쳐야만 한다는 논리로 이어지진 않는 법.

진보주의자들은 딕시들이 제 죗값을 깨닫고 '제발 집에 다시 들여보내 주세요. 앞으로 당에 충성을 다 바칠게요. 흑흑.' 하며 눈물 콧물 다 짜기를 기대했다. 딕시들은 진보주의자들이 제 죗값을 깨닫고 '제발 집에 다시 돌아와 주세요. 앞으로 여러분 괄시하지 않고 잘 대접해 드릴게요. 흑흑.' 하며 눈물 콧물 다 짜기를 기대했다. 당연히 그런 일은 일어나지 않았다. 그러면 반대로 공화당이 여당으로서의 쾌감을 느끼며 행복한 집권기를 보내고 있는가 하면, 또 그건 아니었다.

"대통령 각하. 빨갱이들과의 성전도 좋지만 국내 정치에도 다소 신경을 써주셔야 합니다."

"나 또한 대통령으로서의 책무를 결코 가벼이 여기고 있진 않습니다. 하지만 지금 저 빨갱이들을 보십시오. 저것들은 잠시만 한눈을 팔았다간 우리 모두를 물어뜯을 맹견이란 말입니다."

"으음… 그건 그렇습니다만."

백악관과 의회가 삐걱거리는 건 극히 자연스러운 일이다. 더군다나 기존의 대통령들과는 달리, 세계대전을 통해 초강대국이자 세계 제일의 패권국으로 발돋움한 지금의 대통령은 미국 국내뿐만 아니라 전 세계를 그 활동 영역으로 잡아야만 했다. 그렇지만, 너무 심한 것 아닌가 하는 볼멘소리가 나오는 건 어쩔 수 없는 일이었다.

"대통령께선 지금 본인이 듀얼리스트나 체스 마스터라고 착각하고 있는 것 아닙니까?"

"군인 출신이라 더 그런가 보지요."

"그놈의 빨갱이, 빨갱이. 어우. 지겹습니다, 참."

중국 국공 내전 참전으로 대체 얼마나 많은 표를 날려먹었을까. 비록 하원은 공화당의 손에 떨어졌지만, 여전히 상원은 아주 아슬아슬하게나마 민주당이 과반을 차지하고 있다. 이 말인즉슨, 묵직한 법안을 통과시키기 위해서는 민주당의 협력을 받든가 아니면 힘 대 힘의 장렬한 정쟁이 필요하다는 뜻. 빨갱이 위협론으로 야당을 윽박지르는 것도 한두 번이지, 대통령의 대외정책은 하나같이 어마어마한 예산을 처먹는 일이었다.

유럽 재건 계획과 서유럽 재무장 계획. 국공 내전 전비. 여전히 독일, 이탈리아, 일본 등지에 주둔하고 있는 미군이 소모하는 비용.

여기에 군을 감축하긴커녕 신형 핵무기 개발이다, 해군 현대화다, 공군 강화다, 하며 군부는 어마어마한 예산을 달라며 입을 쩍 벌리고 있다. 심지어 대원수는 의회에 불려나가서도 '우리 돈 아끼면 글쎄 뉴욕에 핵이 떨어진다니까?'라며 강짜를 놓아댔다. 군비로 끝인가? 세계대전 때 말 그대로 끝없이 찍어낸 전쟁채권도 갚아야 하고, 퇴역 장병 복지 프로그램도 돈 먹는 하마다.

"11월 선거 때 패하면 정권의 추진력도 사그라듭니다. 우리도 실업자가 될 테고요."

"무슨 수를 써서라도 이겨야 할 판에, 백악관은 빨갱이만 때려잡으면 다 되는 줄 알고 있으니."

"실은… 필승의 전략이 있긴 합니다."

"그게 뭐요?"

"예전부터 논의되었지만 이제 더 확실해졌지요. 딕시들을 우리 당으로 포섭하는 겁니다."

그리고 노회한 너구리들은 슬슬 주판알을 새로 튕기기 시작했다. 전통적인 공화당 지지 세력이던 진보주의자들은 FDR과 월레스의 12년을 거치며 민주당에 꽤 많이 빼앗겨버렸다. 누가 누가 더 진보적인가로 경쟁해 봤자 별로 재미가 없다면… 아예 더욱더 오른쪽으로 전진해 정치적으로 소외당하고 있는 보수파를 끌어들이는 게 표에 더 도움이 되지 않겠는가?

당장 지난 44년의 대선만 돌아봐도 방정식의 해가 명확하게 튀어나온다. 공화당이 발악을 하며 총력을 다해 선거에 나서고, 심지어 빨갱이몰이까지 해 월레스의 이미지가 시궁창에 처박히기까지 했다. 그럼에도 불구하고, 만약 민주당이 두 토막으로 분열되지 않았다면 더 많은 선거인단을 확보해 승리를 거머쥐는 건 월레스가 될 예정이었다. 주권민주당이 공화당에게 백악관을 가져다 바친 셈.

반대로, 주권민주당이 받은 표가 전부 공화당에게 쏠린다면? 그 옛날 하딩과 후버 시절처럼 압도적인 승리. 최소 10년간은 공화당 천하가 열릴 게 틀림없잖은가.

"아무리 그래도 우리는 링컨의 당인데……."

"링컨 대통령도 선거는 이기고 보자고 말씀하셨을 겁니다."

"그렇지요. 연방의 결속과 화합. 우리가 남부를 품으면 그것이야말로 링컨의 뜻을 계승하는 것 아니겠습니까."

"하지만 맥아더 대통령은 남부 놈들에게 전혀 감정이 좋지 않습니다. 딕시라면 치를 떠는 데다가 깜둥이들에게 동정적이기까지 해요. 이래서야 선거를 이길 마음이 있는지 궁금할 지경입니다."

"대통령이야 임기 잘 마치면 정치 생활 끝이지만 우리는 계속해서 D.C. 바닥에서 굴러다녀야 하잖습니까. 정당은 항상 더 많은 민의를 대변할 수 있는 방향으로 나아가야 합니다."

은밀하게, 아주 은밀하게. 새로운 정치적 타협과 협상이 시작되고 있었다.

* * *

워싱턴 D.C.의 의원과 관료들에게 유진 킴 대원수는 애증 어린 존재였다. 불세출의 위대한 명장, 아메리칸드림의 신화 같은 건 모두가 알고 있으니 패스. 하지만 저 신들린 아가리는 대체 무엇인가?

"존경하는 의원님. 우리 미군은 장차전에 대비해 지금보다 훨씬 슬림해질 필요성을 자각하고 있으며, 시민 여러분의 혈세를 결코 허투루 쓰지 않으면서도 국방을 유지할 방안을 모색 중입니다."

"그런 요술 램프 같은 방안이 있다니 듣기만 해도 마음이 편안해집니다. 합참의장께선 그 방안을 구체적으로 말씀해주실 수 있겠습니까?"

"육군, 해군, 공군 모두 저마다 작전에 요구되는 무기의 성능이 다르긴 하지만, 충분히 서로 공유가 가능한 항목 또한 존재합니다. 앞으로 무기 도입이나 연구 개발 분야에서 삼군이 개별적으로 진행하기보다는 서로 합동하여 취득에 나선다면……."

흔히들 예언자니 뭐니 떠들지만, D.C.에서 그 말을 진심으로 믿는 사람은 그리 많지 않았다. 주사위를 여태껏 세 번 던져서 세 번 다 6이 나왔다. 이러면 '저 사람은 다음에 던져도 또 6이 나올 거야.'가 올바른 생각이겠는가, 아니면 '이번에는 6은 안 나올 거야.'가 더 올바른 생각이겠는가?

문제는 그들과 달리 대중은 전자의 가능성을 더욱더 좋아한다는 점. 그리고… 아무래도 이번에 던진 주사위도 6일 것 같다는 느낌까지. 공화당의 중진들은 대원수가 공화당에 입당하지 않는 것을 무척 안타깝게 여기면서도, 동시에 자신들의 자리가 사라질 걱정은 하지 않게 되어 마음속으로 안도의 한숨을 내쉬었다. 지금처럼 든든한 서포터만 되어주면 참 좋을 텐데. 반면 민주당은 부글부글 속이 끓었다.

"아무리 봐도 킴 대원수는 저 배불뚝이 공화당 놈들보단 우리 민주당에 와야 할 사람 아닙니까?"

"딕시 새끼들이 비비적대고 있는 이상 군인들이 민주당에 합류할 일은 꽤 요원할 것 같습니다만."

"제기랄. 죽은 프랭크가 원망스럽군요. 협박을 해서라도 입당 지원서에 사인을 받아낼 것이지."

그러던 어느 날이었다. 아이오와주의 한 작은 지역 언론에서, 기삿거리를 찾아 헤매던 한 신참 기자는 우연한 기회에 은퇴한 전직 대통령을 만나게 되었다.

"실례합니다, 월레스 전 대통령님."

"이제 다 끝났으니 그냥 월레스 씨라고 부르시면 됩니다. 인터뷰하러 오셨습니까?"

"예? 예, 그렇습니다."

따뜻한 커피와 뜨끈뜨끈한 옥수수며 땅콩 따위를 대접받은 이후에야, 이들은 서로 무언가 착각이 있음을 알게 되었다.

"예? 새로운 옥수수 종자를 취재하러 오신 게 아니었습니까?"

"죄, 죄송합니다. 다른 기자와 착각하셨을 줄이야. 그, 그래도 기왕 이리

된 거 한 말씀 해주시면 안 되겠습니까?"

"재선도 못 한 퇴물 인터뷰를 따 가봐야 데스크에서 안 받아줄 텐데요. 저도 왕년에는 잡지 편집장을 맡았던 적이 있거든요."

"그건 제가 어떻게든 하겠습니다!"

"…알겠습니다. 젊음이 좋긴 좋군요."

이제 야인으로 물러났지만, 활력이 넘치다 못해 매일마다 소란이 일어나던 D.C.에서 고요한 아이오와 논밭으로 돌아오니 아무래도 심심했다. 그래도 꼴에 친정이라고 민주당 돌아가는 최근 모습도 별로 마음에 들지 않던 그는 오랜만의 인터뷰에 신이 나 온갖 이야기를 다 떠들어댔고.

"그게 정말이십니까?"

"그렇습니다. 루즈벨트가 죽기 직전, 제게 신신당부를 했었지요. 반드시 킴의 이야기에 귀를 기울이라고."

"음… 이런 말 하기엔 조금 죄송하지만, 재임 시절 대원수와 그리 매끄러운 관계는 아니셨던 것 같습니다."

"내가 어리석었지요. 두 사람은 내가 생각한 것보다 훨씬 밀접한 관계였습니다. 바라보는 미래도 똑같았고, 정치적인 스킬도 뛰어났고, 소련과의 극한 대립 대신 대화와 협력을 통해 항구적인 평화의 길로 나아갈 수 있다는 신념 또한 있었지요. 저는 부통령이었기에 그의 자리를 승계했지만, 정치적 후계자를 족보 보듯 따져보자면 킴이야말로 그의 후계자라 할 수 있겠지요."

"그 정도였습니까."

"그럼요. 죽기 직전 자필로 편지까지 보냈을 정도였으니까요. 웰즈 전 국무차관에게 물어보면 알 겁니다. 그 또한 유언을 듣고 킴에게 편지를 전달해줬으니까요."

그리고 며칠 후. 이날의 인터뷰는 기사화되어 보도되었고.

"어? 어어?"

"월레스 이 사람 물러나다니 혹시 노망났어?"

"아니, 아니. 잠깐만. 이건 우리한테 호재 같은데?"

입에서 입으로 기사 내용이 퍼져나가고.

"찍어내! 그냥 닥치고 찍어내라고!"

"한 페이지 다 비워! 오늘 자 석간에 무조건 이 기사 실으라고!"

"당장 아이오와로 사람 보내!"

"섬너 웰즈 차관은……?"

"당연히 인터뷰 따야지!"

냄새를 맡은 대형 언론사들이 움직이고.

"FDR의 진정한 후계자가 있었다니!"

"우리 당은 병신이야? 왜 저 거지 같은 공화당 새끼들이 FDR의 후계자를 데리고 있는데?"

"킴 대원수는 어느 당 당원도 아닌데……."

"지금 그게 중요해?! 꼬우면 선거 이겼어야지!"

풀뿌리 당원들과 대의원들이 동요하자, 그들과 밀어주고 당겨주는 의원들 또한 곧장 시그널을 캐치했다. 정말 뜬금없이, 이유 없는 파도가 은퇴만을 바라는 대원수를 덮치는 순간이었다.

* * *

"합참의장님!!"

"대원수님! 인터뷰! 아니, 한마디만 뭐 좀 여쭙겠습니다!!"

후. 이놈의 인기란 정말 어쩔 수 없네. 너무 잘생긴 게 문제인가. 하지만 원래 아이돌이란 게 다 그렇다. 훗날의 미래에야 선남선녀가 춤추고 노래하며 대중 가수로 데뷔하면 그걸 아이돌이라 칭하지만, 원래 아이돌이란 곧 우상 아닌가. 이 위대한 전쟁영웅이자 완벽한 사생활을 자랑하는 내가 대중의 우상으로 군림하는 건 어찌 보면 당연한 일.

"흠흠. 이번에 의회에서 발표한 바와 같이, 현 시국에서 군비 증강의 필요성은 그 어느 때보다도 막중한 일입니다. 저는 겸허한 마음으로 시민 여러분들께, 조국을 지키기 위해서는⋯⋯."

"죄송합니다. 저는 정치부에서 나와서, 군사 쪽은 제 관할 밖입니다."

"네? 그러면 인터뷰는 또 뭡니까?"

"루즈벨트 전 대통령이 죽기 전 대원수께 이 나라와 민주당의 미래를 맡겼다고 하던데 사실입니까?"

"그건 또 무슨 우리 집 뽀삐가 알 낳는 소립니까?"

피콜로 더듬이를 빨아도 이거보단 더 웃기는 소리가 나겠다, 이 하이에나들아. 나는 순간적으로 기가 막혀 표정 관리가 안 될 지경이었지만, 재빨리 입안의 살을 꽉 깨물고는 다시 한껏 근엄한 자세를 취했다.

"저는 결코, 저어언혀 정치에 뜻이 없습니다."

"그러면 전부 거짓입니까? 정말로 일절 유언비어에 불과합니까?"

"그, 죽은 프랭클린이 농담 삼아서 정치해볼 생각 없냐고 떠들긴 했습니다. 적지 마! 적지 말라고! 농담이었다니까!"

"저기 킴이 있어!!"

"킴 대원수님!!"

내가 무슨 피리 부는 사나이냐. 왜 기자들이 점점 더 몰리는 거냐고.

"유서! FDR의 유서엔 무슨 내용이 있었습니까!"

"일설에는 장군께선 소련과의 영원한 평화를 추진하셨다고 들었는데, 언제부터 갑자기 강경 반공으로 노선을 변경하셨습니까?"

"FDR이 장군을 차기 부통령 후보로 염두에 두다가 월레스에게 암살당했다는 소문이 사실입니까?"

"히틀러의 위버멘쉬 이론이 반은 맞은 셈 아닙니까? 적국의 수장과 아국의 수장에게 모두 인정받은 극히 드문 예인데, 국가를 위해 헌신할 생각은 없으십니까?"

"잠깐! 잠깐잠깐! 타임! 대체 왜들 이 난리인지 도통 모르겠습니다!"

아니, 이 야박한 새끼들아. 하다못해 골목에서 깡통 차고 놀던 애들도 타임이라고 하면 잠깐 봐주는 게 인지상정인데 니들은 왜 이리 날 못살게 굴어. 나는 놀라서 달려온 경비원들의 구조 덕택에 간신히 빠져나갈 틈을 찾았지만, 이 나치 친위대보다도 더 악랄하고 가미카제보다도 악에 받친 기자라는 놈들은 날 곱게 풀어주지 않았다.

"장군님! 장군님!"

"민주당 내부에선 장군님을 추대해야 한다고 하던데……."

"공화당과의 결별입니까? 맥아더 대통령과 어떤 충돌이 있었습니까?"

"맥아더 대통령을 두들겨 패서 묵은 원한이 있다는 게 사실입니까?"

"그만! 그만!! 내가 아는 이들 중 정치를 할 만한 인물은 아이젠하워지 내가 아닙니다! 그러니까 나 좀 풀어줘!"

나는 온몸이 너덜너덜해진 채 그 자리를 벗어났고.

[킴 합참의장, "차기 대통령감은 아이젠하워 원수!"]

병가를 써야만 했다. 출근하기 싫다. 진짜로.

코끼리, 불곰, 당나귀 2

  아침이 되자 나는 눈을 떴다. 아프다는 핑계로 병가를 냈으니 오늘은 휴일. 이 빌어먹을 인생은 주말조차 편히 쉬지 못한다. 주말에도 출근하는 게 익숙해진단 사실만큼 끔찍한 일은 없다. 나는 워커홀릭도 아니고 직장에 뼈를 묻고자 결심한 충성심 넘치는 유형은 더더욱 아니다. 다만 그 뭐시냐, 솔직히 미래를 뻔히 아는 내가 아랫사람들 일하는 거 보고 있으면 답답하잖아. 답답해서 내가 뛰게 되는 건 어쩔 수 없는 일이다.

  아무튼 오늘만큼은 진짜 휴일이다. 보통 때라면 집 근처로도 기자 놈들이 하수구의 초파리처럼 잔뜩 알을 까고 우글우글 튀어나오겠지만, 적당히 당근과 채찍을 휘둘러 집에까지 그놈들이 찾아오는 일은 막았다. 내 눈에 기자 잡히는 날엔 그 언론이랑은 앞으로 인터뷰도 광고도 싹 다 때려치운다. 진짜다. 나는 가볍게 세안을 하고, 가정부가 챙겨서 신발장에 가져다둔 신문을 하나 픽업해 잠옷차림 그대로 마당을 향해 어슬렁어슬렁 기어나갔다.

  "뽀삐야. 뽀삐야."

  마당에 놓인 벤치에 앉아 밥이 차려질 때까지 모닝 구름과자를 먹으며

316

신문을 읽는다. 이게 바로 휴일의 행복이지. 저 가증스러운 축생은 내가 담배 피우고 있을 땐 '저 새끼는 왜 냄새 지독한 풀때기 연기를 뿜어대고 있을까.' 하며 내가 나오라고 해도 나오질 않는다.

재떨이에 꽁초를 비비는 순간 그제서야 자신을 쓰다듬을 권리를 주겠노라~ 하며 슬며시 나와선 내 왼편에 앉는다. 냄새 쩔어 있는 오른손 쪽으론 죽어도 안 가려고 하는 것이 요물이 따로 없다. 나는 당연히 이제 올 때가 됐겠거니 하며 왼손에 쥐고 있던 신문을 오른손으로 넘기고 뽀삐를 기다렸지만. 이상하게도 이 녀석이 나오질 않았다. 뭐지? 나는 자리에서 일어나 개집으로 향했다.

"야. 안 나오고 뭐 해. 어디 아파?"

"끼잉……."

얘 왜 이래. 진짜 어디 문제 있나?

나는 녀석을 양손으로 붙잡고 개집에서 끌어내리려고 했지만, 배 쪽으로 찔러넣은 손에 무언가 정체불명의 낯선 감각이 느껴져서 잠시 당황했다. 그러니까.

"…니가 왜 알을 품고 있어?"

"왈! 왈! 으르렁! 왈!"

뽀삐 알 낳는 소리를 들은 거로도 모자랐나, 이 녀석이 진짜 알을 품고 있네. 실로 불길한 징조였다.

* * *

"죄송합니다. 저 녀석이 나이를 먹더니 이제 주방 문도 열 줄 아네요."

"그럴 수도 있지요. 자물쇠를 하나 더 달든가 해야겠네요."

야매심리학 박사 학위에 이어 애니멀 커뮤니케이션 3급 자격과 할아버지의 이름을 거는 중년탐정 자격증을 보유한 이 유진 킴은 언제나 이성적으로 판단하지. 내 추론은 더없이 완벽했다. 가지고 놀던 공이 너덜너덜한 쪼가리가 되어서 그런지, 베이컨을 찾아 은밀히 주방으로 침투한 공수부대원 김뽀삐는 얌전히 놓여 있던 달걀을 제 놀잇감으로 점찍은 모양이었다. 징조는 얼어죽을 놈의 징조. 그 징조는 제가 맛있게 스크램블 에그로 해먹었습니다.

다시금 나 혼자뿐인 관사에는 평화가 찾아왔다. 빨리 퇴직을 해야 이 망할 기러기 생활을 청산할 수 있는데. 이러다 덜컥 죽어버리면 정말 D.C.의 지박령이 될지도 모른다. 억울해서 성불도 못 하고 펜타곤을 떠돌아다니며 야근하는 불쌍한 인생들을 괴롭히겠지.

서류용 종이가 다 떨어져 새 종이를 찾으러 다니는 실무자의 등 뒤에 나타나서는 '빨간 종이를 줄까, 파란 종이를 줄까?' 같은 진부한 대사를 읊으면서 우보크 펜타곤 지점을 설립하고 제삿밥을 얻어먹을지도 모른다는 희한한 상상을 하고 있을 무렵.

딩—동—

뭐야. 누가 감히 이 대원수님의 식사 후 향긋한 모닝 커피 시간을 방해하는 거냐. 아직 입도 대지 못했는데. 나는 가볍게 초인종을 무시했지만, 이미 상상의 나래는 깨져버린 지 오래다. 아침부터 손에 들고만 있고 제대로 읽지도 못한 신문으로 시선을 옮겼다. 자이언츠는… 이겼군. 이건 과연 좋은 징조인가 불길한 징조인가.

딩—동—

"누군지 확인해볼까요?"

"어지간하면 그냥 아프다고 돌려보내주세요."

"네에."

10년이 넘도록 일해주신 분이니 척하면 척이다. 내가 오늘 정말정말 만사가 귀찮다는 걸 잘 알고 계실 테니 대통령이라도 찾아온 게 아닌 이상은 다 돌려보낼 터.

"유진 킴."

하지만 내 생각은 틀렸다. 나는 갓 대신 대머리를 쓰고 나타난 저승사자를 보고 재빨리 자리에서 일어나야만 했다.

"유진 킴."

"하하하. 나의 베스트 프렌드. 내가 언제나 존경하는 친구. 기다리고 있었다구."

"아침이 무척 맛있었나보구나. 하긴. 잘 챙겨 먹어야지."

"…어서 앉게. 커피 한 잔? 이 합참의장이 특별히 만든 수제 커피가 아주 그냥 죽여주는데……."

"생의 마지막 식사는 즐거웠겠지?"

나는 재빨리 아이크에게 다가가 들고 있던 커피잔을 내밀었다.

"하하하하. 하하하. 내가 괜히 그랬겠어? 다 완벽한 전략이 이 머리통 안에 들어 있다고. 자자. 일단은 푹신한 소파와 따끈한 커피를 앉으면서 푹 쉬라고."

"아. 말이라도 고맙네. 누구 덕택에 어제 백악관에 끌려갔거든. 정말 고맙게도 말이지."

"하하하. 천하의 육군참모총장을 부려먹다니. 그거참 몹쓸 놈이구만. 내가 육군의 기강을 잡기 위해 단단히 혼을 내야겠어."

"닥쳐."

나는 얼른 내 몫의 커피를 타와 맞은편에 착석했고, 아이크는 주머니를 뒤져 담배를 꺼내려다 말고 멈칫했다.

"빌어먹을."

"담배 필요해? 줄까?"

"내놔."

나는 즉시 한 개비를 꺼내 그의 입에 물려준 뒤 불까지 붙여줬다.

"그러고 보니까, 너 원래 럭키 피우지 않았나?"

"그건 광고. 전쟁 때 럭키만 피우기로 담배회사랑 계약했거든."

"…돈에 미친 새끼. 인간 광고탑이냐."

"내가 파이프를 썼으면 거기에다 샌—프랑코 로고를 박아 놨을 텐데."

적어도 하루에 네 갑씩 피우는 미친 골초한테 담배로 설교받고 싶지는 않다. 나는 흡연이 몸에 해로우며 폐암, 후두암 등 각종 질병의 원인이 된다는 사실을 아주 잘 알고 있다고. 내 흡연은 굳이 따지자면 사교의 일환이지. 그럼그럼. 카페인과 니코틴을 보충하고 한결 표정이 풀린 아이크는 날 향해 볼멘소리를 내뱉었다.

"왜 그랬어, 이 자식아. 대통령 눈에서 아주 살기가 콸콸 흘러넘치더라. 나는 좆됐다고!"

"아니, 뭘 또 그런 걸 가지고 그 양반은 그리 까탈스레 군대."

"니가 민주당 어쩌고 하면서 떠들었잖아. 자기 텃밭이던 군대에서 정적이 솟아날 판인데 배기겠어?"

"민주당 갈래?"

"좆 까."

음. 확고하구만. 하긴 군인이 민주당 가긴 좀 그렇긴 하지.

나는 슬슬 웃음기를 빼고 진지한 이야기를 하기로 결심했다.

"아이크."

"왜 갑자기 무게를 잡고 있어."

"정치하자."

"정치는 니가 해야지, 이 웨스트포인트의 저주받은 아가리야."

"나는 정치를 못 한다니까? 하면 손해야, 나는."

나를 보고 멋모르는 사람들이 예언자니 뭐니 하면서 백악관에 가야 한다고 떠들어대는데, 그건 순 착각에 불과하다. 나는 내가 아는 미래 지식을 써먹을 수 있을 때만 슬며시 주둥이를 놀릴 뿐, 진짜로 모든 미래를 다 알고 있는 게 아니다. 솔직히 지금 내 나이가 50이 넘었는데 까먹을 건 다 까먹었지.

그러니 내가 이 거대한 나라의 키를 붙잡아 봐야, 그들이 믿는 '뭐든지 다 아는 놀라운 부두술사 유진 킴' 같은 건 애시당초 존재하지 않는 허깨비에 불과하다. 욕이나 먹고 물러나지 않으면 다행이고. 미래 지식이나 원 역사에 대한 건 당연히 아이크에게 털어놓을 수 없으니, 설득은 다른 논리로 진행해야만 했다.

"나한테 지금 적이 있나?"

"적? 스탈린? 모택동?"

"그걸 말하는 게 아닌 걸 알면서 왜 그래. 국내에 날 물어뜯으려 으르렁대는 사람이 있냐고."

공화당과 민주당 모두 내게 호의적이다. 어떻게든 돋보여서 존재감을 각인시키고픈 공군도 잠잠하고, 육군이라면 이를 드러내는 해군조차 적어도 지금 당장 내 얼굴에 물개펀치를 날릴 의사는 없어 보인다. 그나마 나를 싫어할 사람들이라면 극단적인 인종주의자들? 근데 뭐, 예수도 싫어하는 사람이 있었는데 어쩌겠어. 그런 건 감안해야 하는 법.

"지금 나는 딱 뒷짐 지고 엣헴 하면서 이런저런 훈수나 놓으면 완벽한 권위와 명예를 손에 쥐면서도 알음알음 실권에도 영향을 끼칠 수가 있어."

"그렇지."

"그런데 내가 출마를 하겠다, 정치 권력을 손에 넣어보겠다 하는 순간 그들 중 절반 이상과는 적이 되는 거야."

"그만큼 동맹도 늘어나잖아."

"세상에 동맹이란 말만큼 부질없는 게 또 있던가? 나는 동맹이란 말만 들으면 처칠이랑 몬티, 드골이 떠올라서 치가 떨려요."

아아. 도당체 당신들은… 물론 그들은 그들 자신이 대표하는 나라의 국익을 위해 최선을 다했다. 근데 내 입장에선 너무 피곤했다. 이것 또한 사실이다. 솔직히 내가 미합제국 황제나 총통 같은 입지였으면 그놈들의 몸뚱아리로 한강철교를 엮어서 줄빠따를 치고도 남았다.

"…그러면서도 나보고는 정치를 하라고?"

"너랑 나는 처지가 다르니까."

"나쁜 놈."

"그래서, 정치하기 싫어? 싫다고 하면 새로운 사람 찾아보고."

"어허. 싫다는 건 아니고, 조금 진지한 고민의 시간이 필요하지 않겠어?"

"좋단 거구만. 그럼 아가리 벌리고 받아먹을 준비나 해."

"당장 행동에 나서라고?"

그러면 큰일 나지. 분노한 맥황상이 맥가놈으로 타락해 에네르기파를 날리면 나도 아이크도 다 재배맨처럼 터져버릴 게 틀림없다. 집권 2년 차 대통령이면 나는 새도 떨어트리고 손가락으로 뒷산도 소멸시킬 수 있다구.

"계획을 잘 짜봐야지."

정치는 변화무쌍한 생물이니, 가장 좋은 타이밍에 들어가야지.

* * *

다음 날. 내 출근길은 당연히 기자들로 뒤덮였다.

"지금 제가 군복을 입고 있긴 하지만, 아직 펜타곤에 입장하지는 않았으니 출근 전입니다. 이 정도면 공인이 아닌 사인(私人)으로 인정받겠지요?"

힐끗힐끗 나를 바라보는 직원들과 군바리들에게 눈인사를 건네며, 나는 내게서 뭐 하나라도 떨어지는 거 없나 촉각을 곤두세운 이들을 노려보았다.

"우선, 제가 차기 대통령 후보로 아이젠하워 원수를 지목했다는 기사는 명백히 사실 관계를 왜곡하고 있습니다. 저는 군인으로서 현 행정부의 명령을 받는 입장이며, 제 자신의 지위 때문에라도 선출직에 대해서는 말을 아끼고 있습니다."

다들 시무룩해하는 기색이 역력하다. 재밌는 기삿거리가 아니다 이거지.

"저는 군 생활을 하면서 많은 사람들을 만나 보았고, 그냥 단순히 그 인물들 중 정계로 나아가면 괜찮아 보이는 사람이 누구일 것 같냐는 질문에 대해 오랜 친우이자 탁월한 용인술, 카리스마와 리더십을 선보인 전쟁영웅 아이크의 이름을 거론했을 뿐입니다."

"이미 말씀하신 것만으로도 아이젠하워 총장에 대한 지지 선언 같습니다만?"

"제 말을 대체 어느 구멍으로 들으신 겁니까? '토머스 기자는 사업 하면 참 잘할 것 같애.'라고 제가 말하면 혹시 투자금을 대주겠단 뜻으로 받아들이실 겁니까?"

"앗. 대주시는 거 아니었나요."

"아닙니다."

내게 지목당한 기자는 씩 웃으며 고개만 긁적였다.

"그러면 FDR의 유언은……."

"마찬가지로! 루즈벨트가 권유를 했든 안 했든 그게 제가 정계로 나아갈 이유는 아닙니다!"

"저기 아이젠하워 총장이다!"

"총장님! 총장님!"

"총장님, 킴 대원수와 함께 서주실 수 있겠습니까?!"

이 저글링 떼는 순식간에 아이크 또한 덮쳤고, 그는 아슬아슬하게 몸을 피하며 침착하게 응대했다.

"저는 미합중국 육군참모총장으로서 맡은 직분에 매진할 계획입니다. 향후 거취에 대해선 어떠한 생각도 한 적 없습니다. 이상입니다."

"장군님! 장군님!"

"킴 대원수의 지지 선언에도 불구하고 출마 의사가 없으십니까?"

"저는 정치 안 합니다. 늦을 것 같으니 먼저 들어가 보겠습니다."

아이크는 터덜터덜 펜타곤 안으로 쏙 들어갔다. 당연한 말이지만, 기자들에게 붙들리기 싫었으면 그냥 차를 타고 오면 될 일. 이 신호를 캐치 못하면 정치인 때려치워야 한다. 아이젠하워 코인이 상한가를 찍는 순간이었다.

코끼리, 불곰, 당나귀 3

바야흐로 미국 정치의 중심에서 세계의 중심으로 발돋움하고 있는 워싱턴 D.C.

이 워싱턴 D.C.가 중심 소리를 듣는 이유는 당연히 미합중국 의회 의사당과 백악관이 있기 때문이다. 하지만 지금, 그중 하나는 개점 휴업 상태. 이전에도 언급했듯, 백 년 묵은 이 고택(古宅)이 노인학대를 견디지 못하고 점점 무너지고 있었기 때문이다. 그리하여 대규모의 전면적인 공사가 한창 진행 중인 백악관.

당연한 말이지만, 일반적인 사람들도 집을 이토록 뜯어고치면 나가서 살수밖에 없다. 우리 맥아더 황상께서 아무리 본인은 어떤 환경에서도 잘 자는 야전군인형 인간임을 강변한다 하더라도, 맥아더 부인과 리틀 맥아더 어린이를 이 공사판에서 몇 년 살게 할 순 없잖은가. 저 양반이 어마어마한 아들 바보란 사실은 아는 사람은 다 안다. 그리하여 이들 대통령 일가는 백악관 바로 옆에 있는 블레어 하우스(Blair House)로 이사를 했다.

이 블레어 하우스의 내력 또한 참으로 골때린다. 대통령이 돈 쓰는 꼴을 봐주는데 참으로 인색한 의회가 이 집을 매입한 건 전쟁이 한창이던 FDR

시절. 누가 미합'중국' 아니랄까 봐, 이 블레어 하우스를 매입하기 전엔 대통령을 찾아온 손님이 거처할 영빈관이 별도로 없어서 그냥 백악관에서 재웠다. 그리고… 놀랍게도 여기서 갑자기 우리의 애증 어린 처칠 영감탱이가 튀어나온다. 와! 처칠! 니가 거기서 왜 나와!

정상회담을 위해 미국에 찾아온 처칠은 당연히 백악관에 머물렀고, 그 과정에서 온갖 전설을 썼다.

'자기 집에서 하듯 한밤중에 뜨끈뜨끈하게 샤워한 뒤 벌거벗고 덜렁덜렁대며 나왔다가 FDR과 마주침. 처칠 본인이 썰을 풀기론 이 어처구니없는 충격의 대면에서 '대통령 각하! 보시다시피 전 각하께 아무것도 숨기는 게 없습니다!'라고 외쳤다는데 믿거나 말거나.'

'마찬가지로 한밤중에 샤워하고 나와 나체로 시가 빨다가 링컨의 유령을 만났다고 증언.'

여기까지는 뭐… 그렇다 쳐도, 이 미친 총리가 새벽 3시에 루즈벨트의 침실로 쳐들어가려 한 건 도저히 영문을 알 수 없다. 아무튼 이 전설급 총리의 레전드급 시츄에이션 이후, 엘레노어 루즈벨트 영부인은 포효하며 당장 제대로 된 영빈관을 갖춰야 한다고 강력히 주장했고 마침내 이 블레어 하우스가 매입되었다. 그리고 손님용으로 마련된 이 집은 뜻밖에도 대통령 일가가 백악관 수리 기간 중 머무르는 임시 관저가 되었다.

"킴 삼촌!!"

"어이쿠. 이렇게 만나니 참 좋구나."

쪼르르 달려오는 아서가 참으로 귀엽다. 우리 집 자식들은 벌써 다 커버렸는데. 한창 애들이 클 무렵에 심심하면 바깥으로, 해외로 싸돌아다녔더니 나 없이도 벌써 애들이 무럭무럭 자라났다.

"선물 있어요?!"

"그럼그럼. 자, 조만간 새로 출시될 장난감이란다."

"우와! 우와아아! 이거 뭐예요? 공룡??"

"그냥 공룡이 아니야. 공룡 로봇이지."

"우와아아아아아."

단언컨대 공룡을 싫어하는 남자애는 없다. 그리고 장난감 로봇을 싫어하는 남자애도 없다. 그러니 무려 공룡 로봇이다. 좋은 거에 좋은 걸 더하면 당연히 대박인 법. 열심히 공돌이를 갈아 넣어 변신 기능까지 있는 장난감 로봇을 만들기만 하면 돈방석은 확정이 아닐까.

"이건 비밀인데, 조만간 만화 영화도 만들 거야."

"삼촌은 혹시 미래에서 왔어요?? 어떻게 이런 걸 다 만들어요?"

"어이쿠, 들켰네. 이건 비밀인데, 사실 삼촌은 21세기에서 왔단다."

"애한테 자꾸 선물 주면 버릇 나빠진다네."

음. 저 볼멘소리 보라지. 저게 정녕 미합중국 황상인가 아니면 아들의 관심을 독차지한 내게 심술보가 퉁퉁 터져버린 비운의 아버지인가.

"이러다 쟤가 자넬 무슨 장난감 나오는 산타 양말인 줄 알겠네. 자네가 올 예정이란 걸 직원들한테서 들었는지, 며칠 전부터 삼촌 언제 오냐고 보채고 난리가 아니었단 말일세."

"귀엽기만 한데요 뭘."

"그러니까 내 아들을 벌써부터 매수하려는 그 음모를 멈추게."

"아서. 삼촌이 더 좋아, 아빠가 더 좋아?"

"으으으음……."

고민한다. '아빠가 좋다.'라고 즉답하지 않고 고민하는 것만으로도 이미 맥아더의 라이프는 0이다. 더글라스 부인과 인사를 나누고, 이 집안 사람들과 점심을 함께한다. 훈훈한 하루였다.

"그러고 보니 자네 자식들을 못 본 지도 꽤 되었군."

"저도 제 애들을 못 보고 살았으니까요."

"크흠… 애들은 잘 컸고?"

"헨리는 제 물개 친구들이랑 같이 무슨 사업을 할 거랍니다. 아이스크림 장사를 하겠다나. 앨리스도 나름대로 제 앞가림하고 있고, 제임스는 대학생이고……."

한참 그렇게 떠든 후, 우리는 바깥으로 나갔다. 정확히는 감히 대통령 각하의 밖에 나가자는 권유를 뿌리치지 못했다. 앗. 아얏. 안 돼. 나가면 나는…….

"혹시 나랑 한 판 붙자는 뜻인가? 뭐가 그리 마음에 안 들었나?"

"하하하. 왜 그러십니까 갑자기. 무섭게시리."

"잡아떼지 말고 그냥 말을 하게, 말을. 뭔가 또 심사가 배배 꼬였으니 이런 짓을 저지른 거 아닌가."

"정말 오해입니다."

맥황상의 얼굴은 그야말로 절간 앞 사천왕상처럼 흉악해져 있었다. 야, 이거 야단났네.

"이보게. 우리 터놓고 그냥 말하세. 이제 대통령 임기 2년 차인 시점에서 차기 대통령 운운하는 기사가 나온다는 게 어떤 의미인지 누구보다 잘 알 사람이 후배 아닌가."

"그건 정말 하이에나 같은 기자 놈들이 제멋대로 써갈긴 겁니다. 오해입니다!"

"솔직히 그게 더 이상하지. 언론을 그토록 마음대로 요리하던 사람이 어디로 갔냐 이거지."

"그, 이런 말 하면 굉장히 불쾌하실 듯합니다만… 제가 명백하게 지금 무언가 잘못되고 있다고 여기면 뒷공작을 할 것 같습니까? 아니면 정면에서 왈왈 짖어대겠습니까?"

맥아더는 잠시 고민하더니 고개를 끄덕였다.

"쪼르르 내 앞에 달려와서 짖어대겠군."

"그렇습니다. 바로 그겁니다. 아니지, 이게 아닌데. 이러면 뭔가 제가 나쁜 놈 같잖습니까."

"나쁜 놈이지."

아니아니, 왜 자꾸 그렇게 몰고 가십니까. 여기서 그냥 그러려니 하고 넘어가면 좀 많이 이상해지는데. 누가 들으면 내가 패튼처럼 일단 책상부터 엎고 보는 또라이라고 생각할 것 아닌가.

"아무튼, 정말 아무 문제가 없단 말인가?"

"어… 조금 문제가 있긴 하지요."

"그럼 말을 하게, 말을."

"이제 그만 물러나고 싶습니다."

맥아더는 잠시 나를 외계인 바라보듯 희한한 눈초리로 바라보았다.

"독일로 발령 나고 싶다고? 아니면 중국? 역시 야전이 그리운가?"

"집에 보내 달란 말이었습니다, 대통령 각하. 이러다가는 진짜 제임스로 모자라 셜리까지 다 커버리겠습니다."

"애들과 부인을 D.C.로 부르면 되잖은가?"

"음. 그냥 개인적인 교육 철학입니다만, 아이들이 제 임지가 바뀔 때마다 따라다니면 친구도 제대로 못 만들고 얼마나 슬프겠습니까. 굳이 그러고 싶진 않더군요."

늙어서 머리가 굳어버린 그는 이해 못 하는 눈치였다. 임지 따라 군인 가족들이 움직이는 건 너무 당연한 이야기니까. 하지만 그게 당연하다고 해서 내가 꼭 그리해야 한단 법도 없잖은가. 내 1회차만 생각해도 BOQ(독신 간부 숙소)가 언제나 뒤틀린 황천이었다면 군인 아파트는 뭔가… 뭔가 좀 그랬다. 아빠 계급 따라서 다른 가족들도 서열이 생기는 느낌이었달까. 아무튼 내가 내 가족 안 불러오겠다고 하자 맥아더는 조금 어이가 없어 하면서도 고개를 끄덕였다.

"그러면 자네의 향수병은 스스로 선택한 길 아닌가. 당연히 책임도 져야지."

"그 책임을 지기 위해 기꺼이 자택 경비원으로……."

"하하. 가면 갈수록 농담이 늘어가는군. 당장 자네가 제안한 군 재편안과 현대전 대응 방안 등 온갖 난제가 켜켜이 쌓여 있다네. 내가 자네의 퇴직에 서명하면 후임자가 얼마나 고통받겠나?"

"지금 제가 고통받고 있잖습니까!"

"내가 일전에 듣기로 동양 종교에는 카르마라는 게 있다고 들었네. 자네가 쌓아 올린 카르마를 누구에게 탓한단 말인가."

맥아더의 웃음기 섞인 말이 내 귀에는 어째 니가 선택한 가시밭길이다. '악으로 깡으로 버텨라.'로 해석되어 들리고 있다. 역시 이 세상은 비정하기 짝이 없구나. 우리는 어느새 농담 따먹기를 하며 다시 일 이야기를 시작했고. 끝끝내 나는 그에게 '혹시 아이크와 차기 대선에서 경쟁할까 봐 견제하는 거냐.'라고 대놓고 물어보지는 못했다. 도저히 물어볼 용기가 없었다.

* * *

아이크의 행동은 신속했다. 역시 머리에 얹은 게 없으면 신속한 기동력을 확보할 수 있는 건가. 몇 번씩 정치를 할 생각이 없다고 발표하지만, 뒤에서는 참으로 아름답게 판을 간다. 역시 5성 장군쯤 되면 대전략의 달인이 되어야지. 하지만 이건 좀 예상 못 했다.

"저는 이만 모든 군무에서 손을 떼고 물러나고자 합니다."

사직.

"하하. 내 친구 아이크. 왜 그러나. 육군에 할 일이 얼마나 많은지 누구보다 잘 알 텐데."

"내 정계 입문에 대해 온 사방팔방에서 왈가왈부 떠들어대는 지금, 물러나겠다고 하면 사람들이 뭐라 생각하겠나."

"그야… 선거 준비하는 거 아니냐고 하겠지."

"그래. 그러니 내 사직 의사를 막는다면 누가 봐도 졸렬하게 견제하려는 의도로밖에 보이지 않아."

미친. 미친! 저런 수가 있었다니!

"고맙네. 내 믿음직한 친구 진. 너 같은 위대한 전쟁영웅이 있으니 나 하나쯤이야 군무에서 손을 떼고 물러난다 해도 아무런 지장이 없겠지."

"아니, 아니. 이건 아니지. 이건 아니지!"

"뭐가 아냐?"

"네가 없으면 육군 개편안은 누가……."

"맥네어 장군이라면 지금 총장으로 딱 제격 같은데. 누구보다 육군 개혁을 알맞게 지휘할 만한 분이지. 어차피 지금 맡고 있는 일도 크게 차이는 없고."

"잠깐, 잠깐."

나는 잠시 머릿속 인명록을 팔랑팔랑 뒤졌다.

"곧 정년이잖아? 고작 1년꼴로 이렇게 막 바뀌어도 돼? 총장이라는 이 막중한 직무를 담당하는 사람이?"

"그러니 더더욱 빨리 내가 자리를 비켜줘야지. 그러면 총장 자리에 1년은 앉아 있다가 퇴역할 수 있거든."

뭔가 돌려막기 같지만, 사실인 걸 어쩌겠나. 맥네어의 정년이 도래하는 날은 47년 5월 25일이니 그다음 타석엔 아마도 브래들리가 서겠지.

"흐. 흐흐. 흐흐흐흐."

"아이크? 뭐 잘못 먹었나?"

"육군참모총장이라는 군의 정점에도 올라봤고, 무려 별 다섯 개까지 올라봤으니 이제 물러나도 전혀 부끄럽지 않아. 나는 이제 쉬면서 정계 진출을 준비할 테니 진, 너는 음… 죽을 때까지 그 멋진 펜타곤에서 열심히 일하라고."

"자꾸 그러면 지지 선언 안 해준다."

"정말인가? 다 때려치우고 전역하고 싶던 옛날의 나를 붙들었던 사람이 이제 와서 발을 빼다고? 야박하구만, 야박해."

"아니. 그건 반칙이지."

이 미친놈아, 그건 네 장남 죽었을 때 했던 말이잖아. 그걸 방패로 써먹냐.

자신 또한 충분히 명장 반열에 들 만한 인재라는 걸 증명이라도 하려는 듯, 이 유진 킴이 실패한 회피기동을 멋지게 성공시키며 내 친구 드와이트 아이젠하워는 만인의 박수 속에서 총장 자리에서 물러나 야인의 신분으로 돌아갔다. 뭔가, 한 편의 거대한 복수극에 당해버린 느낌이다.

"이렇게 다시 마주하게 되니 참으로 반갑습니다, 킴 대원수."

"펜타곤에서 오며 가며 얼굴 봤잖습니까. 왜 이리 처음 보는 것처럼 말씀하십니까."

"그동안 말은 못 했어도 합참이 지향하는 육군의 개념에 대해 묻고 싶은 게 참으로 많았습니다. 커피 한 잔 내주시겠습니까? 집에 돌아갈 생각은 잠시 접어두시지요."

그리고 아이크가 선물해준 멕네어 총장의 맛은 너무나도 매콤했다. 이게, 아닌데.

전후 미국은 독일과 일본의 산업을 재건하였고, 그 과정에서 미국의 산업 또한 재조정되었습니다.

우리나라 공장이 중국이나 베트남 등지로 옮겨갔듯 미국 또한 국내에서 경쟁력이 떨어진다고 생각되는 일부 품목을 일본에 아웃소싱하게 되는데, 소형 라디오, 저가형 카메라, 그리고 짧게 언급된 장난감 산업 등이 바로 여기에 해당합니다.

2차대전 이후 최초로 등장한 일제 장난감 로봇은 40년대 후반에 만들어진 'Atomic Robot Man'으로, 포장 상자에는 버섯구름이 치솟는 도시가 배경으로 그려져 있습니다. 원 역사에서 핵이 어느 나라에서 터졌는지를 생각하면 참 미묘합니다. 이 당시의 장난감 로봇을 보면, 유진 킴이 왜 장난감 사업을 하려는지 알 수 있습니다.

길버트 사에서 출시한 실제 우라늄이 함유된 장난감

또 이때는 대중들이 '핵폭탄'에 충격을 받고 두려워하던 시기인 동시에 아직 핵에 대해서 잘 모르던 시기였습니다. 이는 '미스 원자폭탄', 실제 우라늄이 함유된 장난감 등 이상한 방식으로 대중문화에 녹아들었습니다.

코끼리, 불곰, 당나귀 4

아이크가 도망쳤다. 어떻게 이럴 수가 있지. 내 계획은 완벽했을 터인데. 신에 범접하는 두뇌의 소유자인 이 유진 킴의 어썸하고도 정교한 계획을 뚫고 완벽한 탈출을 선보이다니. 믿을 수 없다. 사기당했다. 갑자기 화가 치밀고 억울해진다. 저런 계략을 준비하고 있었다면 당연히 상급자인 내게 양보하는 게 올바른 미덕 아닌가? 상명하복의 군인정신은 대체 어디 됐다 국 끓여 먹어버렸는지. 내가 그동안 얼마나 잘해줬는데, 어떻게 이럴 수가…….

게다가 이 나쁜 친구는 떠나면서 내게 선물은커녕 냅다 핵폭탄을 던지고 가버렸다. 펜타곤에서 버섯구름이 치솟고, 육군의 우수한 장교들은 날마다 비명을 질러대거나 물개와 참새를 상대로 바락바락 악을 쓰거나 혹은 하루 20잔의 커피에 취해 뿅쟁이로 전락해 있거나…….

"한눈을 팔고 계시는군요. 혹시 급한 용건이 있습니까, 대원수님?"

"그럴 리가 있겠습니까."

"그렇다면 역시 이 귀찮은 노친네가 사라질 때까지 1년만 버티자는 생각이 틀림없군요."

"그럴 리가 있겠습니까!"

우주적 공포의 채찍이 돌아와버렸다. 그것도 몇 배는 더 아프게. 이상하다. 나… 육군의 꼭대기 아닌가? 내가 왜 맞아야 하지? 내가 채찍을 휘둘러야 하는 거 아니야?

"육군의 꼭대기가 되길 원했다면 총장을 했어야지요."

"아니, 그, 합참의장도, 엄연히……."

"그런 자리에 연연하고 있었습니까? 이러니 대원수가 물개랑 붙어먹는단 소리가 나오는 것 아니겠습니까."

말하는 것 좀 봐! 세상에, 나보고 물개라니! 살다 살다 이런 모욕까지 들을 줄이야. 나는 곧바로 잘 걸렸다 하고 분노의 사자후를 토했지만, 보통이라면 쫄 법도 한데 맥네어는 혼자 커피나 홀짝이며 어디 열심히 짖어보라는 듯 완벽하게 태연자약한 포즈를 취했다. 진짜 마셜이고 맥네어고 다 너무해. 어째 져주질 않나.

"저도 합참의장님께서 육군뿐만 아니라 삼군을 모두 조율해야 하는 입장이란 사실은 숙지하고 있습니다."

"그걸 알면서 물개랑 붙어먹는다고 했습니까?"

"하지만, 의장께선 아랫사람들이 만든 보고서에 항상 불만이잖습니까."

거기엔 아주 깊은 속뜻이 있다. 이 합참의장이란 자리는 굳이 따지면 최고 관리자에 속하지, 절대 실무자가 아니다. 그 말인즉슨 실무진들이 만든 보고서를 검토하는 입장이지, 내가 처음부터 끝까지 미주알고주알 떠들어서는 안 된다는 뜻. 나 하나에 의지하는 조직은 조직으로서의 가치가 없고, 그게 군이라면 더욱 그러하다.

근데… 나는 미래 지식이라는 답안을 알고 있잖아. 그러니 내 속에선 천불이 타오르는 게 당연지사. 끊임없이 아랫사람들을 들들 볶으면서 최대한 내 미래 지식에 근접한 보고서가 나올 때까지 무한 리트라이가 반복되는 건 정말 내 본의가 아니다. 아니, 애들이 오답을 쓰는데 빠꾸 먹여야지 정성이 갸륵하다고 통과시킬 순 없잖아? 피 같은 세금과 진짜 시민의 피가 달린 일인데 어쩌겠냐고.

그리고 너무 당연하지만 내 사랑의 지도는 내가 청춘을 바친 육군을 향해 더욱 많이 베풀어졌고, 맥네어는 내가 미래 지식을 안다는 초자연적인 영역까지 접근하진 못했지만 '저놈이 또 예측을 한 모양인데.'까지는 얼추 다가왔다.

"…그러니, 실무진들을 붙들고 그렇게 괴롭히느니 그냥 합참의장을 제 손으로 직접 갈아버리는 게 빠르지 않겠습니까."

"그, 틀렸다고는 볼 수 없는데. 갈리는 입장에선 조금 그렇거든요."

"잡담은 여기까지 하고 일합시다. 저도 퀴퀴한 남정네랑 매일같이 야근하긴 싫습니다."

맥네어 자신조차 자진해서 갈리는 판에 내가 감히 뭐라고 항변하겠는가. 결국 나는 슬피 우는 얼굴을 한 채 스스로의 사형 집행서에 서명하는 기분으로 새로 커피를 리필해야만 했다.

* * *

본국에서 내가 갈갈갈 갈리는 사이. 중국 내전을 끝낼 윤곽이 서서히 잡히기 시작했다.

[양 세력의 경계는 장강을 기준으로 하되, 강변에서 30km까지를 비무장지대로 설정한다. 민간인의 출입을 허용한다. 장강의 수운은 그 누구도 통제할 수 없으며 유엔은 장강이 중국인 모두의 이용이 원활하도록 보장할 책임이 있다.]

중화민국이건 중공이건, 장강의 수운을 틀어막는다는 미치광이 선택을 내릴 수는 없었다. 물론 이미 핵도 쏜 마당에 뭘 망설이느냐고 하면 할 말이 없지만, 순간적으로 시밤쾅하고 사람 수십만이 죽는 거랑 국민의 생명줄 가지고 장난치는 건 좀 다르긴 하지.

유엔의 관할이라고 하면 꼭 유엔 평화유지군의 승리 같지만, 어차피 상임이사국 한 자리엔 소련이 앉아 있다. 아이러니하지만, 정말 중립적 이용이 보장되는 셈. 중공은 기어이 무한, 특히 장강 아래쪽에 있는 무창을 손에 넣었다. 잿더미뿐이지만.

하지만 휴전 협정에 따라 장강을 한가운데에 끼고 있는 무한은 비무장 도시여야 하니, 중공의 희망사항대로 무창에 대규모 군대를 주둔시키는 일은 불가능. 그야말로 중화민국 정부의 목숨이 떨어지기 직전에 아슬아슬하게 산소호흡기를 꽂아 놓은 셈이다. 하지만 D.C.의 분위기는 전혀 좋지 못했다.

"서방 국가들은 물론 전 자유 세계가 달라붙었음에도 불구하고 중화민국의 명줄을 아슬아슬하게 유지하는 데 그치다니."

"앞으로 저 붉은 물결이 어디까지 퍼져 나갈지 아무도 모를 일입니다."

"동유럽에서는 하루하루 빨갱이들이 온갖 폭거를 저지르고 있습니다. 자유를 사랑하고 인간의 존엄을 위해 싸우는 우리 미합중국이 이 상황을 좌시하고만 있어서야 되겠습니까?"

절반의 승리는 곧 절반의 패배. 상식과 교양을 탑재한 이들 중, 이제 미국이 직접 개입하지 않았다면 장개석이 그대로 멸망했으리라는 사실을 모르는 이들은 없었다. 수억의 인민, 수억의 시장. 저 광대한 만주며 황하를 젖줄로 한 화북에 이르기까지. 미국에 풍요와 부를 약속하던 그 모든 것들이 철의 장막 너머로 사라져버렸다.

"맥아더 대통령은 대체 뭘 한 겁니까?"

"추축국과의 대전쟁이 끝난 지 얼마 되지도 않아 또 전쟁에 뛰어들어 놓고, 이렇게 볼품없는 결말이라니요! 현 정부의 전쟁 수행 능력에 심각한 의문을 표하는 바입니다!"

[시민의 피와 세금을 바친 결과물!]

['아시아의 히틀러'를 살려주기 위해 몸부림친 결과!]

[나치 독일을 물리친 미군, 몇 년 사이 무엇이 바뀌었는가?]

민주당은 즉각적으로 반격을 개시했고, 언론이 이에 호응했다. 이놈들은 우리가 비벼보려고 핵까지 쐈다는 사실은 어디 까마귀 고기라도 먹으면서 다 까먹었다. 단순히 야당이 생떼를 부리며 표심 좀 잡으려고 개소리 떠드는 것에 불과하다면 이는 흔한 D.C.의 일상에 가깝지만. 공산 세력의 확산에 경기를 일으키는 건 모두가 마찬가지로 느끼고 있는 심정이었다.

"우리가 너무 나약했던 것 같습니다. 빨갱이들을 저 얼어붙은 시베리아에 가둘 수 있도록 더욱 적극적인 방책을 동원해야 합니다."

"그걸 왜 제게 물어보시는지요?"

국무부에서 불러서 갔더니 이게 무슨 일이람. 나는 덜레스 국무장관의 말에 의아함을 느끼며 머리만 긁적였다.

"그야 물론 우리 국무부는 군사적 옵션에 대한 자문을 위해 합동참모의장과 각 군의 참모총장들에게 문의할 권리가 있기 때문입니다."

"그건 그렇지요. 다만 제가 지금 음… 원론적인 의미를 여쭤보는 게 아니잖습니까."

커피가 나왔다. 뜨겁다. 미합중국의 대원수이자 군의 정점에 있는 사람 중 한 명으로서 민간 관료에게 가오가 상할 순 없기에 나는 입천장이 다 데어 죽을 것만 같았지만 벌컥벌컥 들이켰다.

"좋습니다. 저는 킴 장군과 의견을 교환하고, 우리 국무부와 군부가 단일한 목소리를 내거나 혹은 합의점을 찾기를 바라고 있습니다."

"어째서죠?"

"아무래도 대통령께선 킴 장군을 더 신뢰하는 듯하더군요."

뭔가 미묘한 경쟁의식이 느껴지는데. 조금 당황스럽구만.

"저는 국제 외교에는 경험이 없습니다."

"농담이시지요? 한 나라의 정권을 뒤집어엎으셨던 분이 그런 말씀을 하십니까?"

"저는 정말 억울합니다. 관동대지진 때 이야기 맞지요? 그건 그 미친 잽스 놈들이 멋대로 쿠데타를 준비하면서 제게 협력, 아니 협박을 한 겁니다."

이런 유언비어라니. 나는 그 황급한 순간에 휘말려서 어어 하다가 그냥 연설 좀 한 게 전부라고. 내가 일본 정권을 엎었다니 어쩌니 같은 중상모략은 외계인이나 프리메이슨 같은 음모론에서나 나올 법한 이야기 아닌가.

"흠… 어쨌거나, 장군께선 현재 소수민족으로 이 나라에서 가장 크게 출세하신 분 아니십니까."

"그건 부정할 수 없겠군요."

"게다가 얼마 전까지 식민지였던 한국을 부흥시키기까지 하셨으니 충분히 제가 이리 물어볼 만한 식견을 갖고 계시다고 생각했습니다."

"음… 정말 그만큼은 아니지만, 일단 제가 가능한 범위 안에서는 성실히 돕겠습니다. 무엇인지요?"

덜레스는 곧바로 세계 지도를 가리켰다.

"서유럽을 재건해 방파제로 삼고 중화민국을 지킨다. 국무부가 목표로 하던 것들은 얼추 마무리되어 가고 있습니다."

"흠."

"하지만 이제 저 크렘린의 사악한 빨갱이들은 새로운 음모를 꾸미고 있습니다. 우리의 봉쇄망을 뚫고 세계로 뻗어나가려는 야욕이 현실로 다가온 셈입니다."

이 양놈들 기준에선 그래도 '문명권'에 속하는 동유럽에서는 지극히 전체주의적인 방식, 폭력과 숙청을 통한 정부의 붕괴와 재조립이 이어졌다. 반면 이 문명국들에 착취당하던 지역에서는 자신들의 우월함과 사상의 매력을 어필하며 야금야금 점수를 따내고 있다. 중국 내전이 조만간 휴전 협정 성립을 앞둔 지금, 새로이 소련과 대결하게 될 장소는 아마 중동과 동남아시아가 될 듯했고.

"지금 우리에게 닥친 이 위기는 루즈벨트의 형편없는 각본이 월레스라는 수준 미달의 감독을 만난 결과입니다. 어째서 우리가 소련에게 굽혀줘야 했습니까? 그놈의 평화 타령을 위해 소련에게 양보한 대가가 저 철의 장막으로 돌아왔습니다."

"하하. 뭐, 그렇게도 볼 수 있지요."

내 미묘한 반응에도 불구하고 그는 서론으로 월레스를 저주하는 데 약 10분 정도의 시간을 사용했다. 우린 저 지랄맞은 2차대전에서 베를린에 성조기를 박아넣었고 도쿄를 숯불 화로로 만들었다. 미합중국은 세계 최강이며 세계를 경영할 힘이 있단 사실을 입증한 것이다.

그리고 FDR—월레스 듀오의 생각은 간단했다.

'영국과 프랑스의 배를 째고 소련과 세상을 갈라 먹자.'

하지만 실패했다. 공산주의라는 이념에 대한 미국인의 불안감 때문일지, 아니면 서방이 자신들을 멸망시키려 한다는 소련인의 편집증 때문일지. 어쩌면 둘 다겠지만.

내 주관으로 봤을 땐 저 비판 혹은 비난의 상당수는 월레스에게 다소 억울한 감도 없잖아 있다. 그 양반도 이토록 냉전이 뻑적지근하게 벌어질 줄 알았으면 FDR 유서 따위 불태워버리고 소련의 버르장머리를 고쳐주겠다고 날뛰었을걸. 아니, 이게 더 무섭나.

"…따라서, 공산주의의 확산을 막기 위해 우리 또한 옛 식민지 지역에 대해 새로운 접근이 필요하다고 보고 있습니다."

"어떤 식으로 말입니까."

"그 어떠한 경우에도 새로운 독립국에 공산주의적 정치체제를 도입하려는 세력과는 타협해선 안 됩니다. 우리와 소통하려는 의지가 있는 자들을 적극적으로 지원해 저 악의 손길을 원천적으로 차단해야겠지요."

음. 어. 으음. 글쎄요. 그게 될까? 안 될 것 같은데. 이미 표정에서 내 대답을 읽어버린 듯, 덜레스 장관 또한 당혹스러운 기색이 묻어나왔다.

코끼리, 불곰, 당나귀 5

미국에서 국민의 혈세를 축내고 있는 내가 이런 말 하기엔 참으로 이상하지만, 20세기는 그야말로 공산주의의 시대라고 해도 과언이 아니다. 모두가 함께 잘 먹고 잘살 수 있는 지상락원이라니. 이 세상을 다 준다는 매력적인 얘기에 꿈이 심어지지 않을 사람이 대체 몇 명이나 있겠냔 말이다. 어느 만화의 고무고무 인간도 《공산당 선언》을 읽었다면 해적왕 대신 서기장을 꿈꿨을 게 틀림없다.

이와 반대로, 미국이 내세우는 주력 상품인 이 자유와 민주주의는 안타깝게도 '메이드 인 서구 열강' 딱지가 붙어 있다. 동남아시아, 중동, 아프리카, 라틴아메리카. 이들이 전부 어디의 식민지였나? 바로 그 서구 열강의 식민지 아니었나. 라틴아메리카야 어차피 미국에 대한 호감이 마이너스로 처박혀 있으니 여긴 안 될 곳이라고 마음을 비운다 쳐도, 다른 지역에서 벌어질 기나긴 이념대립에서조차 이놈의 딱지는 페널티면 페널티 딱히 이득될 만한 게 없다.

똥은 저놈들이 쌌는데 왜 나까지 엿을 먹어야 하나 싶지만, 21세기의 한국인이라면 조별과제든 소환사의 협곡이든 이미 익숙한 일 아닌가. 곧바로 결론부터 박고 들어가자면, 이런 상황에선 인재 풀이 병신이 될 수밖에 없다. 상식적으로 생각해보라. 식민지인들 눈으로 봤을 때 빨갱이들은 도탄에 빠진 천하를 바로잡겠다고 떨쳐 일어난 매력적인 군웅이고, 우리는 동탁 같은 식민 열강을 계승해 나타난 여포나 이각 같은 놈들이다. 미래의 순욱이나 제갈량이 될 인재들이 어디에 먼저 회원가입하겠냐고. 물론 여포에겐 진궁이 있었고 이각에겐 가후가 있었다. 근데 걔들은 그럴 만한 사정이 있었지.

우리 편에 붙을 애들도 당연히 그럴 만한 사정이 있어서 레드 팀에 가담 못 할 사람들일 게 뻔하다. 현지의 소수민족이라거나, 집안이 식민 지배자의 부역자였다거나, 종교가 다르다거나 등등. 게임 시작부터 억제기 2개쯤은 깨진 채라니. 머리가 터질 것만 같은데 이걸 아는 건 나 하나뿐이니 환장할 노릇이다. 그리고 내 환장을 더욱 부채질하는 이가 옆에 있었으니.

"의장님."

"예, 장관님."

"의장님께선 상당히 그, 보수적으로 접근하곤 한단 이야기를 듣긴 했습니다. 하지만 결국엔 히틀러를 물리치셨고, 한국을 훌륭한 국제 사회의 일원으로 이끄셨지요."

"보수적 접근이라니. 엄살이 심하다는 말을 들으셨나 보군요."

"하하하."

"그리고 저보고 엄살이 심하다고 투덜대던 분들은 마켓가든 맛 한 번 보고 나선 더 이상 그 이야길 못 꺼내시더군요. 저는 지극히 상식적인 측면에서 접근할 뿐입니다."

그 직후 덜레스 국무장관의 얼굴에서 웃음기가 가셨다.

"어려운 제반 환경이라는 건 이해하고 있습니다. 하지만 그럼에도 불구하고 해야 할 일이지요."

"그렇군요."

"한국의 사례를 좀 들려주시겠습니까? 참고할 부분이 많아 보이는 군요."

"이미 다 아시지 않습니까?"

"장본인에게서 직접 듣는 것만은 못하겠지요."

한국이라. 한국은 엄청난 예외 케이스다. 먼저, 갈라칠 만한 요소가 없다. 내가 야매심리학의 최고 권위를 자랑하듯, 혐성학의 창시자이자 대종사인 영국인들은 '디바이드 앤 룰'이라는 멋진 수법으로 제 식민지들을 제법 안정되게 굴렸다. 하지만 조선이란 나라를 뭐로 갈라친단 말인가. 민족이 여럿 섞여 있는 것도 아니고, 종교로 인한 갈등이 크지도 않았는데.

거기다가, 원수인 식민 지배자가 서구 열강이 아닌 옆 나라 일본이었다. 이는 한민족의 입장에선 그야말로 자존심 찢어지는 일이었지만, 대한민국의 미래를 위해서는 그나마 차악이라고 볼 만하다. 당장 나 또한 1회차 때는 '차라리 영국 식민지였으면 영어라도 능숙해지지 않았을까.' 같은 생각을 하기도 했지만, 지금 이 시대를 살아보니 딱 알겠다.

영국의 식민지가 되었다면 당연히 영국을 증오한다. 마찬가지로 그들의 문물, 이념 또한 받아들이면서도 혐오하게 된다. 게다가 일본이야 식민지 경영 초짜였으니 온갖 똥볼만 찼지만, 서구 열강의 세련된 갈라치기를 수십 년 동안 당하면 없던 갈등도 생기지 않겠는가. 단일 민족이야? 인도인을 수만, 수십만씩 배 태워 보내면 된다. 종교 문제가 없어? 기독교인을 우대해주고 나머지는 말하는 짐승 취급해주면 알아서 분쟁이 생긴다.

"저는 미국의 이념과 기술을 스스로 터득하고 체화시킨 한국인 인재들을 수십 년에 걸쳐서 키워 왔습니다. 그뿐만 아니라 저도 약간 벌어들인 돈이 있어, 국내 예산에 얽매이지 않고 그때그때 필요하다면 사재를 뿌릴 수도 있었죠."

"으음."

"게다가 제 존재 자체가 거대한 광고탑 아닙니까. 아메리칸드림을 성취한 한국인. 이것만으로도 미국에 대해 호감을 품기엔 충분했습니다."

나는 잠시 말을 멈추고, 한 톤 낮추어 다시금 입을 열었다.

"그런데도 불구하고 신생 한국에서도 공산주의자들의 반란이 터졌습니다."

"바로 그겁니다. 그렇기 때문에 우리가 직접 솎아내줘야 하는 겁니다."

덜레스는 지극히 강경했다.

"빨갱이들은 결국 모스크바의 명령에 따릅니다. 저 러시아인들이 빨갱이의 종주국이라는 휘광을 두르고 있는 이상, 우리가 이 세계를 지키기 위해서는 결국 공산주의의 확산을 저지하는 것만이 유일한 답입니다."

"빨갱이들은 모스크바의 명령에 따른다, 라."

글쎄. 과연 그럴까.

"저 옛날의 로마제국은 사회를 어지럽힌다는 이유로 기독교를 탄압했었습니다. 하지만 탄압하면 탄압할수록 기독교는 사그라들긴커녕 기어이 제국의 국교로까지 격상되었지요. 당시 로마인들의 고단하다 못해 처참한 삶에 안식이 되어주는 게 바로 기독교뿐이었기 때문입니다."

"주님의 말씀과 빨갱이가 같을 리가 없잖소?"

"그럼 더더욱 비슷하겠군요. 명백히 옳은 주님의 말씀을 받든 기독교조차 결국엔 가톨릭이다, 그리스 정교다, 개신교다 하며 저마다 쪼개졌습니다. 하물며 20세기에 뚝딱 만들어진 유사 종교인 공산주의의 본산이 그 옛날 중세시대 교황청의 권위에 미치겠습니까?"

그는 내가 유화책을 제시하리라고는 상상도 못 한 눈치였다. 왜 내가 승산 없는 싸움에 뛰어들 거라 생각했는지 모르겠는데. 정상적인 나라라면 군인만큼 전쟁을 싫어하는 종자들이 드물다고.

"킴 장군께선 딱히 공산주의를 물리치겠단 생각은 없는 듯합니다?"

"약간 오해의 여지가 있군요. 정확히 말하자면 저는 공산주의 국가는 결국 도태되어 무너질 거라 믿습니다. 그러니 구태여 그들을 때려잡겠다고 헛심 빼고 싶진 않군요."

유감스럽게도 그는 내 말에 딱히 감명받은 듯하진 않았다. 그 뒤 몇 시간 동안 더 떠들긴 했지만, 이미 그의 김이 샜다는 사실을 모를 정도로 바보는 아니었다.

* * *

1946년 10월.

마침내 휴전 협정이 조인되며 무수한 인민의 삶을 파괴한 국공 내전이 끝났다. 장강 이북의 땅은 새로이 건국될 중화인민공화국의 영토가 될 것이지만, 정작 내전의 당사자인 국민당과 공산당 모두 이를 부정했다.

'중국 인민의 국가는 오직 청을 계승한 중화민국이 유일하며, 중화인민공화국을 참칭하는 소련의 괴뢰 집단은 일개 반란 군벌에 불과함.'

'중국 인민의 국가는 오직 손문의 중화민국을 계승한 중화인민공화국이 유일하며, 무력으로 국가 권력을 찬탈한 장개석 정권은 민심 대신 오직 미국의 환심만을 사는 괴뢰 집단에 불과함.'

결국 이 휴전 협정은 국가와 국가의 협정이 아닌, 국민당과 공산당의 이름으로 체결되었다. 이와 동시에 몽골의용군은 '사회주의 동지들을 제국주의자들의 마수에서 구했다.'라는 자평과 함께 귀국하여 해산했다. 틀림없이 몽골의용군이라던 자들이 어째서 블라디보스토크로 돌아가 열차에 탑승했는지 참으로 희한한 일이었으나, 이를 왈가왈부하는 이는 아무도 없었다.

마찬가지로, 그들이 신병을 보호하고 있던 허가이 및 몇몇 '볼셰비키 투쟁가'들이 그 열차에 함께 타 시베리아 한복판에 내리게 되었지만 이를 떠드는 이들 또한 없었다. 유엔 평화유지군 또한 비슷한 시기에 철수했다.

"집에 가자!"

"집으로 간다!!"

장개석은 필사적으로 평화유지군이 계속해서 주둔하고 있기를 원했지만, 소련과 모택동은 휴전 협정문에 아예 외국군 주둔 불가를 못박아버렸다. 장개석 정권의 미래는 참으로 불투명했다.

"더 강력한 심판! 빨갱이들을 단숨에 몰아낼 대대적인 정책 전환이 필요합니다!"

"지금이라도 싸워야 합니다! 지금이 아니라면 공산주의자들을 소탕할 수 없습니다!"

날마다 부풀어오르는 공산 세력에 대한 두려움은 선거철의 열풍을 타고 워싱턴 D.C. 위에서 먹구름처럼 떠다니기 시작했다.

더 강하게, 더욱 억세게. 유화론자들은 설 곳을 잃었고, 맥아더 정부가 호전광이라고 비난하던 이들 대신 맥아더가 너무나도 유약하다고 삿대질하며 호통을 치는 이들이 본격적으로 두각을 드러내었다. 바로 그 시점에서. 모스크바는 정반대로 날마다 강해지는 서구 열강의 압박에 대한 두려움으로 가득 차 있었다.

"이제 휴전에 대한 거의 모든 합의가 이루어졌습니다. 우리의 중국인 동무들 중 일부는 여전히 전쟁 강행을 외치고 있지만, 그들은 조만간 현실을 깨닫게 될 겁니다."

"결국 이번에도 우리가 맞았고, 모험주의자들이 틀렸소. 모든 공산주의 혁명 노선과 그 투쟁 방안은 오직 혁명의 총본산, 이곳 모스크바의 지시를 따라야만 가능하다는 결론이 확고해진 셈이오."

모택동은 당내의 친소파를 숙청하고 권력을 거머쥐었으며, 나아가 대장정과 항일 투쟁에서의 성과를 통해 1인 독재의 기반을 공고히 굳혔다. 하지만, 국공 내전을 거치면서 중국 공산당은 사실상 소련의 우월한 지위를 인정해야만 하는 처지로 굴러떨어졌다.

제국주의자들이 파병한 군대와 몇 차례 교전한 중공군은 처절한 교환비를 찍으며 그들이 서구 열강과 정면으로 싸울 수 없다는 사실을 스스로 증명하고 말았고, 당장 북경이 함락당하는 꼴을 피하기 위해 애처로울 만치 모스크바의 도움을 구걸해야만 했다. 그들 자신의 생존과 안보를 위해서라도 중공은 이제 소련을 꼭 붙들고 있어야만 했다. 하지만 얻는 게 있으면 잃는 것도 있는 법.

"제국주의자들은 이번 일로 더욱 경계심을 높이고 우리의 목을 옥죄기 위해 수단과 방법을 가리지 않을 것이오. 그리고 정면 승부는 그 어떠한 경우에도 인민을 위한 방법이 아니라는 게 입증되었지."

스탈린의 지도력은 다시 한번 입증되었다. 지금은 숨을 고르며 내실을 다져야 한다던 그가 옳았고, 단숨에 폭력 혁명을 일으켜 썩어빠진 부르주아지들을 무너뜨려야 한다던 모택동은 모험주의자에 불과했다. 이제 그는 공산주의의 교주로 우뚝 선 이로서 질문에 답해야만 했다. 서방을 이길 방법은 정녕 없는가?

"지금 우리들에게 필요한 것은 단결이오. 연방은 그 누구보다 평화를 사랑하고 오직 제국주의를 배격할 뿐이라는 사실을 널리 알려 저들 서구 열강의 서민들에게 호소하고, 한편으로는 우리들끼리 뭉쳐야만 하지."

미국을 이길 수 없다. 저들은 소련 인민들의 끝없는 피로써 멈춰 세웠던 나치 독일을 파리 때려잡듯 단숨에 뭉개버렸다. 만주에서 벌어진 가면극, 일명 몽골의용군과 유엔 평화유지군의 대결 또한 명명백백한 결과를 보여주었다. 원 역사에서의 스탈린은 유럽에서의 무력 충돌에 대해서는 은근한 자신감이 있었고, 그 자신감을 기반으로 '베를린 봉쇄'와 같은 도발을 실천으로 옮겼다.

하지만 지금 이곳에 있는 스탈린에게 그러한 발상은 일고의 가치도 없는 헛소리에 불과했다. 저 건너편 독일에는 여전히 오마르 브래들리 원수가 있고, 만약 충돌이 일어난다면 당장 저 예브게니 킴이 달려와 지휘봉을 잡으리라. 원자폭탄의 개발이 완료될 때까지는 참아야만 했다. 아니, 설령 개발이 완료된다 하더라도 기껏 러시아제국의 폐허에서부터 쌓아 올린 이 연방 전체를 걸고 도박수를 던질 수는 없었다.

"프랑스와 이탈리아의 공산당 동지들을 보다 적극적으로 지원하고, 그들이 시민들의 선택을 받아 정권을 거머쥘 수 있도록 독려합시다."

"알겠습니다, 동지."

그 대신 택할 만한 것은 역시 유화책.

"결코 우리는 세계 혁명을 포기하지 않았소. 식민지들이 하나둘 해방되며 저들 자본주의의 모순은 더더욱 분명해질 것이고, 우리는 자본주의가 무너질 바로 그때 승리하기 위해 숨을 고르는 것뿐이오."

스탈린의 자기합리화를 끝으로, 이날도 어김없이 위대한 영도자 스탈린 동지에 대한 찬양과 숭배와 함께 회의가 끝났다. 그리고. 독일과 일본이 다시 국제 무대로 돌아올 때가 왔다.

8장
매화육궁

매화육궁 1

워싱턴 D.C.의 야심한 밤. 야만을 쫓아내는 문명의 불빛이 그러하듯, 제아무리 짙은 어둠이라 한들 전등 아래에서 일하는 이들을 가로막을 수는 없었다. 하물며 그 일하는 자가 이 나라의 대통령인 이상에야.

"진이 유화책을 제시했다, 라."

잔뜩 골이 난 채 나타난 덜레스는 군부의 뜨뜻미지근한 반공 정서를 성토했고, 맥아더는 그의 이야기를 경청하고 잘 달랜 후 돌려보냈다. 홀로 남아 커피와 담배를 음미하는 이 한밤중이 되어서야, 그는 가면을 내려놓고 사색에 잠길 수 있었다.

덜레스는 유진이 소극적으로 변했다고 주장했지만, 천만의 말씀. 그는 언제나 그랬다. 적의 전략적 선택지를 하나씩 가지치기한 후, 자신이 원하는 방향으로 상대방의 선택을 유도한 뒤 손바닥에서 노니는 적을 때려잡는 게 그의 장기. 그런 점을 알고 있는 상태에서 본다면, 유진은 저 빨갱이들과의 싸움 또한 같은 방식으로 접근하고 있으리라.

공산주의 국가들 사이의 분열을 획책하고, 미국에 대한 호감도를 끌어올리며, 소련이란 막강한 대국의 손을 뿌리친 약소국을 향해 하나씩 미끼를 던지며 품으로 끌어들인다. 성공만 한다면 문제가 없다. 아니, 문제가 없는 수준이 아니라 공산주의와의 체제 경쟁에서 승리해 나가고 있다는 압도적인 증명이 된다. 그래서 더 답답해졌다.

"내가 트로이인이 될 줄은 몰랐는데."

카산드라는 트로이 안에 목마를 끌어들이면 나라가 망하리라는 사실을 예언했지만, 모두에게 무시당했다. 모두가 알듯, 목마 안에 숨어 있던 그리스군이 튀어나와 트로이는 멸망하고 말았다. 유진의 예측 또한 이미 몇 차례고 그 진가를 보인 적이 있다. 애초에 그놈은 예측이 틀릴 것 같으면 예측대로 굴러가게 온갖 협잡질을 벌일 놈이니.

하지만 대통령 맥아더는 쉽사리 그 예측을 따를 수 없었다. 적색 공포가 전염병처럼 온 사방에 퍼지고 있다. 미합중국 시민들은 그들의 안전을 위해 머리에 뿔 달린 빨갱이들을 타도하길 원한다. 그들은 서구 문명의 우월성을 의심하지 않고, 신생 독립국에 대해서도 막연하고도 피상적인 이미지만이 있을 뿐이다.

두 차례 세계대전에서도 승리한 위대한 아메리카가 어째서 저들을 일일이 하나하나 살펴야 하는가? 저들이 알아서 이 위대한 국가를 흠모하고 따라 해야지. 그리고 무엇보다도. 바로 맥아더 그 자신이, 저 나약한 월레스가 공산주의자들에게 헤게모니를 내주는 꼴을 보다 못해 반공의 기치를 들고 일어나지 않았던가.

그리스인의 목마를 수상쩍게 여기던 트로이의 예언자 라오콘은 목마를 향해 창을 던졌지만, 분노한 포세이돈이 보낸 뱀에게 살해당하고 말았다. 그는 트로이의 멸망을 막지 못했다. 지금 와서 맥아더가 저 빨갱이 목마를 향해 창을 던진다 한들, 반공의 투사로서 우뚝 선 맥아더를 지지했던 유권자들은 그의 변절에 분노하리라.

정권의 동력은 꺼지고, 새로운 대통령이 되고 싶은 정적들이 그를 물어뜯겠지. 여전히 월레스가 옳았다고 생각하지는 않는다. 하지만 매파가 비둘

기파를 잡아먹고, 그 매파가 더더욱 강경한 자에게 밀려나는 이 흐름이 좋아 보이지도 않는다. 빠져나갈 길은 정녕 없는가. 그의 고민은 깊어져만 가고 있었다.

* * *

독일의 도시 뉘른베르크. 이곳에서는 나치 전범들을 심판하기 위한 재판이 진행되었다.

"살려주세요. 살려주세요. 저는 시키는 대로 했을 뿐입니다. 저 새끼들! 저 새끼들입니다. 저는 애초에 눈치도 없고 멍청하고 만만해 보인다고 저놈들이 이 자리에 앉힌 겁니다!"

"힘러, 이 구역질 나고 역겨운 자식아! 총통께서 버러지 같은 네놈을 그토록 아꼈건만 살고 싶어서 총통 각하를 파는 거냐?"

히틀러와 괴벨스 같은 거물은 재판을 피해 지옥으로 도망쳤지만, 힘러와 괴링이라는 매력적이고 싱싱한 제물은 여전히 속세에 남아 있었다. 당연한 말이지만, 이들 나치 전범들 상당수는 그들이 저지른 살육과 파괴의 대가로 교수대 밧줄을 선물받았다.

"내가 아니었다면 이 전쟁은 1년은 더 끌었을 거요! 최고의 정예 병력이던 친위대를 무의미한 전쟁에 희생시키지 않은 탓에 더 많은 사람들을 살렸다고! 진짭니다! 유대인 학살, 그것도 전부 괴벨스가 혼자 미쳐 날뛰는 바람에……."

"…피고에게는 일말의 반성의 여지조차 없으며, 나치 친위대의 수장으로서 홀로코스트와 제노사이드를 적극적으로 지휘한 책임이 있다."

아무리 미국과 소련이 으르렁댄다 하더라도, 이들 전범 처리에 관해서는 대체로 의견이 일치했다. 군인들은 애처롭게 사형당해도 좋으니 제발 군인으로서 총살형을 집행해달라 요청했지만, 독소전으로 엄청난 인명 피해를 겪은 소련은 교수형, 그것도 단숨에 목이 꺾여 죽는 방식이 아니라 수십 분 동안 바둥거리며 죽기를 원했다. 미국 또한 진주만 기습의 전범들에게 똑같은 처형법을 원했기에 이 합의는 매우 쉽게 이루어졌다.

"살, 살, 살려, 억울, 게, 게에엑……."

"50년쯤 뒤엔 독일 민족의 집집마다 이 헤르만 괴링 초상화가 하나씩 걸리고 전국의 듀얼리스트들은 나를 기념하며 괴링컵 듀얼 대회를 열 것이다."

최후의 유언 하나씩을 저마다 남긴 채, 유럽을 휩쓸었던 광기의 우두머리들은 하나둘 사형장의 이슬로 사라졌다. 마찬가지로, 도쿄에서 열린 극동 국제군사재판 또한 결과는 대동소이했다.

"우리는 천황 폐하께 동아시아를 바치기 위해 싸웠을 뿐이다! 덴노 헤이카 반자이!"

"폐하께서는 어떠한 직접적인 지시를 내리지는 않았습니다. 하지만 그분께선 항상 전황 보고를 들으셨고, 총리보다도 자세히 전국(全局)을 꿰뚫고 계셨습니다. 제국의 모든 고관은 항상 폐하의 심중을 파악하고 이에 맞추기 위해 고심을 거듭했습니다."

"킨 쇼군님, 소인을 버리지 마… 켁, 켁!"

하지만 이는 시작에 불과할 뿐, 국제군사재판 회부는 피한 이들에게도 결국 독일과 일본 자국 법률에 따른 재판과 처벌은 여전히 남아 있었다. 냉전이라는 특수한 상황. 세탁해서 써먹을 가치가 어지간히 더 큰 인물이 아니라면, 아예 확실하게 처벌해 적성국에게 공격당할 빌미를 줄이는 게 더욱 낫다는 것이 미국과 소련 양측 모두의 판단이었다.

전범재판이란 대청소를 끝낸 이후, 비로소 독일과 일본, 이탈리아와 같은 구 추축국 국가들에 대한 복귀 논의는 급물살을 타기 시작했다. 가장 먼저 면죄부를 받은 나라는 노르웨이였다.

"노르웨이는 엄연히 독일의 전쟁 수행에 협력한……."

"그, 혹시 염치를 북해 어디에 빠뜨리고 오셨습니까?"

영국의 일방적인 공격으로 하루아침에 어어 하다가 추축국으로 끌려가고, 사실상 독일의 괴뢰로 전락한 노르웨이는 전쟁 말기에 기어이 대규모 봉기를 일으켜 스칸디나비아 방면 독일군의 다리를 붙들었다. 무엇보다도 소련에 맞서야 하는 미국은 북극해 방면에도 친미 국가가 필요했고, 스웨덴이 중립을 선언한 이상 이 역할을 해줄 수 있는 나라는 오직 노르웨이뿐.

따라서 노르웨이는 스리슬쩍 연합국 중 하나로 이름을 올릴 수 있었고, 독일에게 피해 배상 청구서를 내밀 권리 또한 받았다. 헝가리, 루마니아, 불가리아 등 발칸 추축국들은 소련의 거대한 아가리 속으로 쏙 빨려 들어갔으니 논외. 그다음은 이탈리아였다.

"이탈리아 최악의 전범이 무솔리니라면, 그다음 가는 전범은 당연히 그 무솔리니와 결탁해 나라를 파멸로 이끈 왕가입니다! 왕실은 물러나는 것으로 그 책임을 져야 합니다!"

"비토리오 에마누엘레 3세 개인의 행실을 왕가 전체에 전가해서는 안 될 일입니다. 그는 독일로 붙들려가 괴뢰가 됨으로써 이미 응분의 대가를 치렀고, 무엇보다 새로이 왕위를 이어받은 움베르토 2세 전하께서는 그 누구보다 적극적으로 독일에 맞서 싸웠습니다!"

"이탈리아에 필요한 것은 사회주의 혁명이다! 봉건 왕가를 무너뜨려야만 이탈리아에 진정한 공화 정신이 싹튼다!"

"빨갱이 새끼들이 저리 날뛰는 걸 보면 모르겠습니까? 왕정을 폐지한 다음엔 놈들이 쿠데타를 일으킬 게요! 체코의 비극이 우리의 내일이 된단 말입니다!"

종전 직후, 이탈리아는 혼돈에 빠져들었다. 사상의 대립, 왕가의 책임, 전범 재판 등 온갖 화두가 섞여 난장판이 된 이탈리아의 정국은 쉽사리 안정되지 못했다.

"국민투표를 합시다."

"왜? 빨갱이들 좋으라고?"

"국민의 뜻을 물어야 타협을 하든 말든 할 거 아뇨!"

"너희 북부 놈들이 대가리 수로 밀어붙이려는 심산이 빤히 보이는데 무슨 얼어죽을 국민투표냐!"

이탈리아 특유의 지역감정 또한 여기에 불을 붙였다. 주로 농업의 비중이 크고 보수적이던 남부 지방은 연합군의 손에 조기에 해방되기까지 했다. 이들은 왕정을 지지했다. 반면 일찍부터 공업화되었으며 노동자 계층을 중심으로 좌익의 세가 크던 북부 지방은 독일의 손에 떨어져 종전 직전까지 착취당했고, 왕가에 대한 증오가 큰 편이었다. 하지만 이미 나라 꼴은 엉망진창이요, 너무나 많은 젊은이들이 전쟁에서 목숨을 잃은 지금. 극소수를 제외하고는 정치체제 변화를 위해 내란마저 감수하고픈 생각은 전혀 없는 것이 이탈리아의 현실이었다.

"이렇게 합시다. 내 사후에 다시 한번 국민투표를 하는 겁니다."

"은근슬쩍 왕가의 죄를 에마누엘레 개인에게 전가하려 하다니, 이건……."

누구도 만족하지 못했지만, 누구도 더 나아가지 못했다. 국민투표 결과는 압도적으로 '조건부 왕정 존속'을 지지했다. 움베르토 2세 개인의 인망에 힘입어, 적어도 그의 치세까지는 일단 왕가가 통치를 어떻게 하는지 지켜보자는 의견이 대세를 점한 것이다. 물론 여기에는 여러 가지 요소가 영향을 미쳤다. 예를 들면 미국이 발표한 대규모 유럽 재건을 위한 원조라거나, 하루아침에 공산 독재 정권이 들어선 체코의 사례라거나, 내전으로 황폐해지는 그리스의 사례 같은 일들.

"영국과 미국이 움베르토 2세에게 긍정적인데, 그를 폐위시키면 아무래도 콩고물이 줄지 않겠어?"

"연합군 군정이 조기에 끝난 것도 임금이 한 건 올린 일이라고 봐야 할 테고. 왕가가 살아남을지는 우리 후대가 정하면 되겠지."

이탈리아는 비록 승전국 지위를 따내지는 못했지만, 패전국 취급 또한 피했다. 이탈리아왕국은 그렇게 살아남았다.

일본의 국제사회 복귀 또한, 냉전의 흐름 속에서 빠른 속도로 진행되었다.

"국민투표 결과, 일본의 유권자 중 찬성 92.6%로 신헌법이 통과되었음을 선언하는 바입니다."

"와아아아아!!"

거리에서 피켓을 든 채 운집해 있던 이들, 그리고 동네 곳곳에 있는 라디오에 달라붙어 있던 사람들이 일제히 사방에서 만세를 외쳤다. 새로이 제정되었다는 헌법의 내용을 모두 알고 있는 이는 당연히 드물었다. 하지만 일본에 문명이 자리 잡은 이래, 국가의 기틀을 정하기 위해 시민의 뜻을 물은 적이 한 번이라도 있던가?

군국주의의 광기에 취해 천황 폐하 만세를 부르짖으며 전쟁터로 달려나갔던 이들은 팔 한 짝, 다리 한 짝씩을 태평양과 이역만리 정글 어드메에 버린 끝에야 꿈에서 깨어날 수 있었다. 연방제 개헌이 통과된 직후에는 일본의 미래를 결정 지을 또 다른 투표가 기다리고 있었다.

"홋카이도 주민투표 결과, '독자적 권리를 보유한 자치령으로서 일본연방에 가입한다.'가 최다 득표하였습니다."

"오키나와 주민투표 결과, '독자적 권리를 보유한 자치령으로서 일본연방에 가입한다.'가 49.2%, '하나의 주(州)로서 일본연방에 가입한다.'가 11.5%, '하나의 주 또는 속령으로서 미합중국의 일부가 된다.'가 6.1%, '하나의 국가로서 독립한다.'가 30.8%를 득표하였습니다. 이에 따라 류큐 자치령의 성립을 선포하며……."

"부정선거다!!"

"제가 이 두 눈으로 똑똑히 봤구먼유! 투표함을 막 바꿔치더라니까?!"

"류큐는 즉각 독립을 원한다! 일본은 꺼져라!!"

"아마미(奄美)는 연방 편입을 원한다!"

"우리는 가고시마주의 일부다! 류큐 놈들이나 꺼져라!!"

"독립하면 뭐 먹고살 건데 이 미치광이들아!"

"킨 회장님이 어떻게든 해주시겠지 이 머저리들아!"

"폭도들은 즉각 해산하라! 반복한다, 폭도들은 즉각 해산하여 귀가하라!!"

개표 직후 오키나와에서 찬성파와 반대파가 맞붙어 대규모 소요가 벌어져 미군이 출동하는 일이 있었으나, 의외로 빠르게 이 태평양 한가운데의 섬은 안정을 되찾았다.

"연방에서 탈퇴할 권리가 있다 이거지?"

"우리가 연방에 남아준 건데 착각했다간 그날로 서로 이혼이야. 처신 똑바로들 하라고."

"자치령이 아니라 아주 상전이구만, 상전이야."

홋카이도와 오키나와 모두, 태평양 패권 확립을 위해 절대 공산주의자들 손에 넘겨줄 수 없는 곳. 그러나 미국이 직접 관할하기에는 계륵보다도 먹을 것이 없었고, 일본에 대한 불신 또한 아직 남아 있는 만큼 적당한 견제책을 마련하는 것도 나쁘지 않았다. 다시금 정부가 수립된 일본은 곧바로 샌프란시스코에서 전쟁 상태를 매듭짓기 위한 강화 조약 논의에 착수했다.

"중화민국, 대한민국, 일본연방을 하나로 묶어 반공 집단안보체제를 구성해야 합니다. 소련과 중공이라는 막강한 세력을 막기 위해 이는 필수불가결합니다."

"식민 지배의 아픔이 아직도 엊그제 같은데 어떻게 왜놈들과 조약을 맺을 수 있겠습니까? 국민 여론이 폭발할 겁니다."

"그걸 달래기 위해 당신네들에게 전승국 지위를 부여하겠단 것 아니오? 아니면 당신들이 자체적으로 소련을 막을 해군도 키워보시겠소?"

"하하. 그런 게 아닙니다. 저희는 그저 미국이 일본을 택하고 저희를 버릴까봐 너무 두려워서……."

"한국의 독립과 그 안전은 미합중국이 보장할 테니 안심하시오."

덜레스가 목표로 삼은 유럽의 반공 집단안보체제 나토는 노르웨이, 이탈리아, 독일을 하나씩 정리함으로써 이제 실현 직전 단계에 도달해 있었다. 마찬가지로, 태평양의 안전을 담보해줄 거대한 집단안보체제 또한 아시아 반공 전선을 위해 반드시 창설되어야만 했다. 미리 기별을 전해 들은 유신이의 반응은 무척 심플했다.

"미국, 한국, 일본, 태국, 필리핀, 호주, 뉴질랜드?"

"인도네시아도 끌어들이면 완성되는 거지. 덜레스는 인도도 끼우고 싶어 하던데."

"중국은 왜 빠지는데?"

"휴전이 파기되고 내전이 다시 터지면 곧장 3차대전으로 빨려 들어가니까. 집단안보 조약에는 못 끼우고 별도로 협력 체제를 만들어야지."

유신이는 한참 고민하다가, 조용히 뇌까렸다.

"근데 이름이 왜 '파토'야. 불길하게시리."

태평양—아시아 조약 기구(Pacific and Asia Treaty Organization). 약칭 PATO.

"…몰라, 시발. 장관한테 가서 따져 묻든가."

안 그래도 예민한 분한테 이름 구리다고 했다간 진짜 멱살 잡힐 거 같다고.

매화육궁 2

일본을 자유 세계에 복귀시키기 위한 마지막 한 수. 샌프란시스코 강화 조약 논의가 시작되었다.

"이 조약은 처음부터 다시 검토되어야 합니다. 우리는 본 평화 협상을 주도하는 미국의 저의에 대해 심각한 우려를 표명하는 바입니다."

소련은 시작부터 온몸을 던져 어깃장을 놓았다.

"제국주의에 반대한다던 미국은 이제 제국주의적 속내를 전혀 감추지 않고 있습니다. 얼마 전까지 일본군에 맞서 싸우던 미국은 이제 일본군을 도로 부활시키려 애를 쓰고 있습니다. 중국 대륙의 유일한 합법적 정부인 중화인민공화국은 일본군에 맞서 용감히 투쟁했음에도 평화 회담에 초청조차 받지 못했고, 중화인민공화국의 영토인 대만을 비롯한 섬들을 중화민국에게 넘겨주려 하고 있습니다……."

그들은 '일본이 미국의 식민지로 예속되었으며 군사기지로 이용당하고 있는 현실'을 맹렬히 규탄하며 새로이 국제 사회에 나타난 일본연방은 미국의 괴뢰에 지나지 않는다고 평가절하했다. 결론만 말하면, 보이콧. 소련이 짖든가 말든가, 샌프란시스코 강화 조약은 무소의 뿔처럼 쭉쭉 나아갔다.

"일본 열도를 구성하는 4개 섬을 제외한 모든 부속 도서를 영토에서 제외하는 게 어떻겠습니까?"

'너희 미국만 혼자 처먹으시는 것 같은데, 개평 좀 뿌리셔야 하지 않을까요?'

"류큐인들이 거주하는 오키나와, 그리고 일본이 1차대전 후 위임통치령으로 얻었던 태평양의 섬들을 제외하면 부속 도서에 사는 이들은 모두 일본인으로서의 정체성을 갖고 있습니다. 민족자결주의에 의거해 그 섬들의 주권은 보장되어야 합니다."

'싫은데? 우리가 다 처먹을 건데? 이 뻔뻔한 새끼들, 기존 식민지도 소화 불량인 주제에 또 땅을 처먹겠다고?'

가장 중요한 영토에 대한 협상은 의외로 빠르게 진전되었다. 나는 내 소박한 궁금증을 해결하기 위해 괜히 국무부를 찝쩍거리며 협상 진행 상황을 주워들었고, 내친김에 대충 안면이 있는 이들에게 몇 가지를 물어봤었다.

"울릉도의 부속 도서? 아, 리앙쿠르 암초 말씀이십니까. 거긴 한국에 넘겨줄 예정입니다."

"그래요?"

"뭔가 문제라도 있습니까, 의장님?"

뭐지? 독도가 이렇게 쉽게 처리되는 일이었나? 혹시 나의 마성의 매력을 접한 국무부가 알아서 스끼다시 한 접시 추가로 내준 건가? 답을 들었음에도 오히려 나는 혼란스러워졌고, 뒤이어 벌어진 일에서 대강의 전말을 캐치할 수 있었다.

"중화민국 정부는 이곳 조어도(釣魚島, 댜오위다오 / 센카쿠 열도) 또한 팽호 열도, 대만 섬과 마찬가지로 반드시 이번 조약문에 명시되어야 한다고 봅니다."

"류큐 자치령과 일본연방 측에서는 해당 섬들은 자신들에게 속해 있다고 주장하고 있으며, 저희 또한 해당 주장을 수용하고 있습니다."

"그놈들의 주장은 순 날조에 불과합니다! 청일 전쟁 때 놈들이 멋대로 주인 없는 섬이라며 강제로 점거했단 말입니다. 조어도는 고서적과 각종 옛 지도에도 중국의 강역으로 표기되어 있는 엄연한 중화의 일부입니다!"

어쩐지 많이 본 광경이다. 내가 또 물어봤더니, 국무부 관료들은 아주 해사한 얼굴로 친절하게 대답해주었다.

"조어도의 영유권은 엄밀히 따지면 중국 측 주장이 맞다고 봐야겠지요."

"그렇습니까."

"하지만 만에 하나 중화민국 정부가 무너지면 어떻게 되겠습니까. 저희로서는 요충지가 될지도 모를 섬을 빨갱이들이 집어삼킬 가능성은 되도록 배제하고 싶은 심정입니다."

원 역사대로라면 이 샌프란시스코 강화 조약은… 한국 전쟁이 한창일 때 체결되던가. 미국이 경기를 일으켜도 이상하지 않다. 한반도를 통째로 먹어치운 태조 혹부리우스가 독도에 기지를 짓는다고 생각해보라. 조약 자체는 지금 맺으려 하고 있지만, 이미 물밑 협상은 한창 국공 내전이 벌어지고 있을 때 어느 정도 가닥이 잡혔다. 정말 중화민국이 망할지도 모를 판이었으니 뜨뜻미지근할 수밖에.

"해군 측에서도 중화민국이 향후 해군을 육성해 이 지역을 지킬 가능성보다는, 그냥 일본에게 넘겨주는 편이 우리에게 더 유리하다고 보고 있습니다. 정확히는 류큐 자치령이 조어도를 갖게 하고, 일본이 유사시에 다시 우리에게 이빨을 드러낸다면 류큐를 통째로 분리 독립시켜 일본의 영역에서 배제할 수 있게 조치하는 거죠."

"저야 해군 쪽 일에는 문외한이니… 하하. 전문가의 말을 항상 경청할 뿐입니다."

중국으로서는 이미 국공 내전에서 끝장날 뻔한 상황에서 아슬아슬하게 구사일생했으니, 섬 몇 개를 돌려받기 위해 문제를 키우기엔 시국이 영 좋지 않았다. 영토 조정 문제가 마무리된 이후엔 곧장 돈 문제. 한마디로 배상금 문제였다.

"우리 미합중국은 일본연방으로부터 일절 배상을 받지 않겠습니다."

"아니, 갑자기 단독으로 이렇게 하시면……."

"어째서입니까?"

"우리는 가혹한 배상금을 물렸던 지난 베르사유 조약이 어떤 결과를 초래했는지 목격했습니다. 또한 스스로의 손으로 히틀러를 뽑아준 독일인들과 달리, 일본인들은 제대로 된 민주주의를 얻지도 못한 상태에서 파시스트들에 의해 전쟁터로 내몰렸습니다. 그 어떤 나라보다 자유와 민주주의, 그리고 민족자결주의를 사랑하는 미합중국은 일본인들의 새로운 앞날을 응원하고자 본 결단을 내리게 되었습니다."

혹시나 '어?' 했을 사람들을 위해 미리 부연하자면, 당연히 처음부터 끝까지 구구절절 개소리다. 믿는 사람 없제?

'일본을 골수까지 빨아버리면 소련을 막을 해군을 못 키우잖아.'

물개들은 일본의 배를 째서 장기 판 돈으로 함대를 더 찍기를 원했지만, 바로 그렇기 때문에 국무부는 일본의 숨통을 열어 놓고자 했다. 저 숨 쉬는 듯 자연스러운 군축본능. 이게 미합중국이지. 암, 그렇고말고. 진짜로 미국이 땡전 한 푼 안 받았냐고 한다면 그것 또한 거짓. 이미 일본이 해외에 갖고 있던 모든 적산은 몰수되었다. 골고루 개평으로 뿌려줘서 그렇지. 게다가, 일본을 빨아먹을 방법은 배상금 말고도 무궁무진했다. 당장 쪽바리들에게 배상금을 청구하고자 대기 중인 나라만 몇이냐.

[한국 : 식민 지배 배상, '독립 전쟁' 피해 배상.]

[중국 : 대만 및 만주 식민 지배 배상, 중일 전쟁 피해 배상.]

[영국, 프랑스, 네덜란드, 포르투갈, 호주, 뉴질랜드, 캐나다 등 서구 열강과 친구들.]

[필리핀, 인도네시아, 베트남, 미얀마, 태국 등 2차대전 때 침략당한 동남아시아 국가.]

더럽게 많다. 일본이 하루아침에 정산할 수 있는 금액이 절대 아닌 만큼, 미국은 일본에게 배상금을 지불할 돈을 꿔주고 경제적으로 목줄을 잡을 작정이었다. 역시 자본주의는 대단해. 이 배상금 문제에서 미국이 달성하고자 하는 목표는 참으로 아슬아슬한 외줄타기.

목줄 쥐겠다고 허리가 휘어질 만큼의 배상금을 매겼다간, 갓 새롭게 태어난 친미 일본연방이 꽥하고 죽어버린다. 일본이 함대를 찍을 만큼의 여유는 남겨줘야 한다. 그렇다고 해서 일본이 단숨에 다 갚아버리고 털어버릴 금액이면 또 곤란하다.

이 무슨 당직사령이 '주말이니 푹 쉬되 지킬 건 지키자.'라고 말하는 소리인가. 도대체 그게 어느 레벨인지 어떻게 알아? 미국이 쏘아 올린 작은 공은 협상장을 아수라장으로 만들었다.

"우리가 샌프란시스코에 모인 이유는 2차대전을 종식시키기 위함입니다. 식민지 배상을 여기서 다룰 이유는 없습니다."

"그렇습니다. 논점에서 이탈하지 말아야 할 듯합니다."

"대한민국은 강제적인 국권 피탈 이후 항시 일본과 전쟁 상태를 유지하고 있었습니다. 2차대전은 결코 식민 지배와 연관이 없지 않습니다."

"중화민국 또한 동의합니다. 류큐, 대만, 한국, 만주 침략은 모두 일본의 대륙 침략이라는 거대한 흐름의 일부였으며 2차대전 또한 마찬가지입니다! 일본이 그 거대한 식민지에서 착취를 자행하지 않았다면 어떻게 진주만을 불태웠겠습니까?"

영국과 프랑스는 이 악물고 식민 지배 논의를 배제하고자 용을 썼다. 선례가 남아버리면 자신들도 토해내야 할 날이 찾아올 테니까. 반면 가장 두둑한 정산이 예고되어 있던 한국과 중국은 아주 혈맹처럼 똘똘 뭉쳐서 조까세요를 외쳐댔다. 그리고 놀랍게도 일본은.

"과거의 일본은 아시아인들을 착취하였습니다. 제국주의와 군국주의에 매몰되었던 구 제국의 위정자들은 단순히 이웃나라를 침탈한 것뿐만 아니라, 자국민들 또한 사리사욕을 위해 거침없이 외지로, 전쟁터로 내몰았습니다. 일본은 진심으로 반성할 준비가 되어 있습니다. 제국의 죄는 우리와 무관하다고 주장할 수도 있겠지만, 그런 뻔뻔한 모습을 내보이면 일본은 결코 신뢰를 회복할 수 없을 겁니다. 우리는 본 강화 조약에서 식민 지배에 대한 배상 여부가 어떻게 결정 나건 관계없이 응당한 대가를 치를 용의가 있습니다."

일본 대표가 주룩주룩 눈물을 흘리며 발언하자 장내엔 침묵이 깔렸고, 기자들은 미칠 듯이 호외를 뿌리며 이 놀라운 태도 변화를 신나게 떠들어 댔다. 당연히 선거를 앞둔 맥아더 정권에겐 호재가 되었다. 물론 쟤들이 갑자기 박애 정신에 눈을 떴다거나 참회하는 민족으로 종족 변환을 했기 때문만은 아니다.

"킨 쇼군님, 만나 뵈어 참으로 일대의 광영입니다!"

"반갑습니다. 오늘은 제 개인 용무보다는 높으신 분의 밀사로서 여기에 찾아오게 되었군요."

보통 나더러 출장을 가라고 한다면 '나는 나보다 약한 자의 명령은 듣지 않는다.' 같은 명언을 날리며 드러누웠겠지만, 출장지가 샌프란시스코면 당연히 가야지. 몇 번이고 언급했지만, 이름부터 찝찝하기 그지없는 이 PATO가 똑바로 작동하려면 일단 가맹국 간의 관계가 좀 회복되어야 한다.

미국은 자기 몫의 배상금을 포기하는 대신 제대로 사죄하라고 당근을 내밀었고, 연방제 개헌 이후 과거와 선을 긋고 싶던 새 일본의 고위층은 구 일본제국에 최대한 많은 똥을 투척해 자신들의 정당성을 확보하고 싶어 했다. 여기에 영국과 프랑스가 괜히 또 삐져서 밥상 뒤엎기를 해도 분위기가 개차반이 되니, 결국 타협이 직업인 외교관들끼리 입씨름을 벌인 끝에 타협안이 나왔다.

[동남아시아 등지에서는 정치적 불안정이 가라앉지 않고 있어 정확한 배상 산정에 어려움이 있다.]

[명확한 산정이 가능한 호주, 뉴질랜드, 중화민국, 대한민국, 태국, 필리핀에 대한 배상을 우선적으로 집행하며, 그 외 국가는 별도의 추가 협상을 통해 배상을 진행한다.]

"우리 영국 또한 대국적 관점에서 배상을 받지 않겠습니다."

"프랑스도⋯⋯."

"태국 또한 거절하겠습니다."

배상금 책정을 위한 조사를 하게 될 경우. 동남아시아에선 과연 일본군이 죽이고 약탈한 금액이 더 많을까, 아니면 영국과 프랑스가 저지른 업보가 더 많을까?

괜히 폭탄에 불을 붙이기 싫었던 열강들은 그저 조사 자체를 짬때렸다는 데 의의를 두고, 미국이 주는 눈치대로 배상금을 포기했다. 태국은 비록 열강은 아니지만 지은 죄가 제법 있다. 미국에게 점수를 따고 싶었는지 그들은 경제 원조를 약속받고 역시 배상금을 포기했다.

"이상으로, 연합국은 일본과의 전쟁 상태를 종료합니다."

이 조약의 뒤편엔 온갖 국가들의 이해관계와 내부 사정, 각종 음모와 타협이 산재해 있었다. 그리고 이 강화 조약이 모든 것을 해결해주고 새로운 앞날을 보장해준 것 또한 아니다. 그렇다고 해서 이 세상 모든 것들이 순수하게 탐욕과 이익만을 따져 결정된다고, 마치 세상엔 비정한 현실만이 존재하며 이상 따위 허구에 불과하다는 냉소주의자들의 주장에 공감하게 되지도 않는다.

"우리의 과거는 실로 불행하였고, 이 끔찍한 전쟁은 모두에게 상처를 주었습니다. 우리 모두는 잊지 않을 것입니다. 과거는 결코 잊히지 않을 것이며, 같은 실수를 반복하지 않기 위한 나침반이 되어줄 것입니다. 앞으로 우리에게 평화가 함께하기를."

회담장을 둘러싸고 있는 무수한 기자들과 군중. 그리고 언론을 통해 이 회담을 접하는 평범한 이들조차 그 이해득실을 따지는 건 아니니까.

"우리가 이겼다! 우리가 승전국이다!!"

"이제 제국주의의 시대가 끝났습니다! 새로운 시대, 모두가 공존할 수 있는 시대가 다가오고 있습니다!"

"모두 기도합시다. 우리가 쟁취한 이 평화가 영원하길 진심으로 기도합시다!"

그리고, 저 평범한 이들의 한 표가 이해득실을 탐하는 위정자를 움직이게 하는 게 바로 민주주의 아니겠나. 역사란 모름지기 이렇게 한 걸음씩, 아주 느리게나마 나아간다.

매화육궁 3

 덜레스를 중심으로 한 이들이 만들고자 한 PATO의 목표는 아주 간단
했다. 바로 공산 세력이 태평양으로 기어나올 여지를 원천 차단하는 것. 중
화민국이 중국 남부에 잔존하는 데 성공했으니, 중국 방면에서 바다로 나
오는 건 사실상 불가능해졌다. 하지만 소련과 중공이라는 거대한 대륙 국
가가 아시아에 그 엉덩이를 걸치고 있는 이상, 한국과 중국은 저 두 나라가
망하는 그 순간까지 자력으로 이들 대륙 국가의 공세를 막아야 하는 처지.

 이들의 후방을 안정시켜야 태평양 안보와 아시아 교두보 확보라는 핵심
대전략이 기능할 수 있다. 한국은 의지와 정성은 참으로 갸륵하지만, 근본
적으로 체급이 딸리고 거지라는 사정은 바뀌지 않는다.

 중국의 전투력은 국공 내전을 통해 처절하게 까발려졌고, 중공에게 사
실상 패배한 책임을 누가 감당하느냐로 정치적 혼란이 예고되어 있었다.
맥아더 행정부에게 이제 PATO는 되면 좋고 아님 말고 수준이 아니었다.
PATO를 만들고 궤도에 올려야만 중화민국을 지킬 수 있다. 중국 대륙 전
체의 상실이라는 악몽이 현실에 도래하기 전에 어떻게든 해야만 하는 거대
한 과업이었다.

"이번에 우리가 장군님 덕을 많이 봤습니다."

"제 덕이요?"

"한국과 일본에서 훌륭하게 군정을 펼치셨잖습니까. 그 덕을 아주 톡톡히 보고 있습니다."

예전에 쓸개 씹던 것처럼 찡그리던 건 다 잊어버렸는지, 능숙한 외교관답게 내게 립서비스를 날리는 덜레스 장관이다. 나도 저런 훌륭한 포커페이스가 있다면 얼마나 좋을까. 말주변이 어두운 천생 군인인 나는 그저 부러울 뿐이다.

"당장 다자안보체제에 일본을 포함시키는 데 반발하는 국가가 적지 않았습니다. 하지만 일본인들이 저렇게 전향적인 태도를 보이니 다소 누그러진 국가도 있지요."

"그게 어디 저 한 명이 뭔가 일 좀 해서 될 일이겠습니까? 전부 이 미합중국의 시스템 덕분이지요."

"허허. 그렇게까지 말씀하실 줄은 몰랐습니다. 하지만 전혀 다른 처지의 두 나라를 능수능란하게 다루는 건 분명 보통 일이 아니겠지요."

"어쨌든 도움이 됐다니 다행입니다."

내가 뭐 얼마나 일본이 좋아서 그 난리를 쳤겠는가. 아, 좋긴 좋다. 너무 좋아하는 탓에 수십 조각으로 쪼개버린 뒤에 연방이란 이름으로 다시 꿰맸지. 이 다이내믹한 창조적 파괴를 통해, 나는 옛날로 돌아가고 싶어 하던 꼴통들의 퇴로를 끊는 데 성공했다. 새롭게 일본의 권력을 차지한 계층은 자신들을 정당화하기 위해 제국 시절을 가능한 한 끔찍했던 시절로 묘사할 수밖에 없거든.

일찍이 조커 선생께선 광기란 중력 같아 살짝 밀어주면 된다는 명언을 남겼다. 추축국의 광기는 정말 중력처럼 끝없이 끝없이 에스컬레이트했었지. 하지만 살짝 밀어주기만 하면 되는 건 굳이 광기가 아니어도 된다. 대표적인 사례로는… 습—하—하는 숨소리로 유명한 베이더 경이 생각나는

구만.

수십 년에 걸쳐서 온갖 악행을 저질렀던 이 가면남은 존재 여부조차 몰랐던 아들내미가 '아빠는 사실 착한 사람이야.', '아빠는 갈등하고 있어.' 같은 소릴 끊임없이 재잘대자 진짜로 갈등하게 되고, 마침내 직장 상사를 원자로에 던져버리는 모든 직장인의 꿈을 달성한다. 아주 감동적인 이야기다. 일본도 마찬가지.

비록 시작은 강압에 의한 것이지만, 일단 궤도에 한번 오른 뒤엔 그들 스스로 이 길로 나아가야 하는 이유를 만들지 않을까. 적어도 원 역사보다는 좀 덜 지지고 볶았으면 하는 바람쯤은 있다. 우선 지금 당면한 문제는 PATO다. 생긴 대로 논다고 PATO가 파토 나는 일만큼은 피하고 싶은데.

"호주와 뉴질랜드는 여전히 PATO 참가에 매우 부정적입니다. 남반구에 동떨어져 있는 그들로서는 구태여 여기 가입할 메리트를 못 느끼는 셈이지요. 하지만 동아시아 쪽에선 제법 분위기가 전환되고 있습니다."

덜레스는 씩 입꼬리를 올리며 말했다.

"의장님의 의견에 전적으로 동의하진 않습니다. 하지만 동남아시아 국가들을 경제력으로 설득할 창구를 만드는 건 확실히 괜찮은 선택지 같더군요."

"이번 강화 조약에 그런 게 있던가요? 혹시 배상금 말씀이십니까?"

"예. 바로 그거지요."

굳이 미국의 빳빳한 현찰이 동남아시아에 직접 전해질 필요는 없다. 오히려 먹튀나 안 당하면 다행일까. 하지만 배상금 명목으로 일본이 돈을 지불한다면? 애초에 돈이 아닌 다른 것으로 대가를 치른다면?

"그들의 산업화와 개발을 위한 노하우, 장비, 공장, 기술 지원 같은 것들은 단번에 전달하는 게 아니라 장기간에 걸칠 수밖에 없습니다. 공산주의 대신 자유민주주의를 택한다면 더욱더 많은 지원을 받을 테고, 그게 아니더라도 빨갱이들은 일본을 경유해 우리와 대면할 창구를 갖게 되겠지요."

경제적 침투. 아무리 동남아시아의 빨간 친구들이 모스크바와 친해지고 싶어도, 중국에 가로막혀 물리적으로 이어져 있지 못한 이상 공장설비나 현물을 지원받기란 대단히 힘들다. 이 틈을 노려 달달한 메이드 인 아메리카 상품과 기계가 파고든다면? 충분히 현실성 있는 이야기로 들렸다.

"그러면 앞으로는 어떻게 될 것 같습니까?"

"생각보다 동남아시아를 둘러싼 갈등의 골이 깊었습니다. 어떻게든… 잘 엮어 봐야지요."

"혹시나 제가 할 수 있는 일이 있다면 언제든 말씀만 해주십시오. 하하."

난 그냥 덕담 삼아 던진 말이었지만, 그의 눈이 이상하리만치 빛나는 걸 보고 아차 싶었다.

"안 그래도 이번에 찾아뵌 건 그 때문입니다."

"…예?"

"가난과 무지라는 멍에를 벗어나지 못한 저들 동남아시아인들에겐 공산주의라는 감언이설이 너무나 달콤하게 들리고 있습니다. 우리 미국이 추구하는 자유주의는 저들에겐 그리 와닿지 않는 모양입니다."

우리, 그 생각을 좀 고쳐먹어야 하지 않을까요? 하다못해 동네 과일 장수도 그따위 마인드로 장사했다간 손님들 다 떠나갈 텐데?

"하지만 다행스럽게도, 하나님께선 미합중국을 버리지 않았습니다. 저들이 비록 합중국에 대한 의구심을 품고 있긴 하지만, 그 누구보다 기독교 신앙과 자유, 민주주의에 대한 굳건한 신념을 보유한 한 명의 미국인에 대해서는 저들 아시아인들 또한 무척이나 호의적으로 바라보고 있기 때문이지요."

어째 오늘따라 서론이 길구만. 그런 훌륭한 모범적 미국인이 있다면 당장 얼굴마담으로 내세워야지. 원래 헐리우드 스타나 한류 스타 수준을 뛰어넘어 한 시대의 아이콘이라 불릴 만한 인물은 걸어다니는 문화 폭탄 아니겠나. 종교나 사상의 매력은 의외로 공부가 필요한 영역이다. 하지만 이런 아이콘의 매력은 공부 따위 필요 없이 곧장 사람들을 매혹하고 끌어들인다.

당장 체 게바라 같은 사람만 떠올려 봐도 이미지가 확고하지 않나. 공산주의 혁명가를 티셔츠에 프린팅해 팔아먹는 자본주의의 광기는 둘째치고서라도, 미국 시민조차 그 티셔츠를 집어들 만큼 매력적인 인물이라니. 그냥 존재 자체로 호감과 긍정적 이미지를 품게 한다. 모르긴 몰라도 소련은 체 한 명의 존재만으로 무형적 이득을 장난 아니게 봤을걸?

"그런 인물이 있다니 참 다행이군요. 당장 동남아시아를 순회공연시켜야겠어요."

"그렇게 말씀해주시니 정말 감사합니다."

"……?"

"?"

나와 덜레스는 잠시 어리둥절해진 채 서로를 멀뚱멀뚱 바라보았다.

"혹시 그 사람이 군인입니까? 합참은 군인 개개인에게 관여하지는 않습니다. 그 사람이 소속된 군에 문의를 해보셔야지요."

혹시 엘비스 프레슬리가 이미 나타났나? 아니, 그런 레전드급 스타가 등장했으면 하다못해 라디오에서라도 신명 나게 떠들 텐데. 내가 유럽과 아시아에서 피 터지게 일하는 동안에도 프랭크 시나트라(Frank Sinatra)가 신의 반열에 올랐다는 건 알았듯이.

"지금 무슨 소릴 하시는 겁니까. 당연히 아시아의 영웅, 아시아에서 가장 존경받는 미국인 유진 킴 이야기지요."

씨발. 씨발. 씨발!

"…가."

"예?"

"안 가! 안 간다고! 명령서 가져오십쇼. 구두 말고 서면으로! 그전엔 절대! 저어얼대 해외 출장 따위 안 갑니다!"

이 유진 킴은 나보다 약한 자의 말은 듣지 않는다. 배 째!

"알겠습니다. 백악관 먼저 들르도록 하지요."

나는 맥가놈이 날 골수까지 쪽쪽 짜먹고 싶어 안달 난 인간이라는 걸 순간적으로 망각해버렸다. 내 필사적인 외침은 덜레스의 귀엔 아마도 '적절한 절차만 밟으면 즉시 동남아로 떠나겠습니다.'로 해석되었으리라. 빌어먹을.

* * *

인정할 때가 왔다. 그동안 너무 해이해져 있었다. 2차대전이 끝나고 독일과 일본의 뚝배기를 깬 후, 나는 군이 따지자면 책임감으로 일하고 있었다. 생각해봐라. 대원수다, 대원수. 어마어마한 명예와 흑막 소리 들어도 할 말 없는 배후 영향력을 거머쥐었고, 평생에 걸쳐 준비하던 숙원 사업들을 성공리에 마무리 지었다. 나도 사람일진대, 칼날 위에서 춤추던 옛날처럼 바짝 긴장하고 살 순 없지 않겠나.

전쟁 전과 지금의 나를 비교하자면… 수능을 준비하던 고3과 상향지원한 대학에 합격한 대학교 1학년 정도의 차이가 있다. 학점 잘 따야 하는 걸 모르는 건 아닌데 그래도 조금은 쉬자고. 응? 하지만 그 결과가 이거다. 어떻게든 나를 꼬드겨 대학원으로 보내 석박사 통합과정에 태우고픈 저 맥가놈이나 덜레스, 맥네어 같은 악의 무리들. 이들의 음모에 순순히 당해주면 내가 성을 킴이 아니라 괴링으로 갈아치운다.

"진, 자네가 동남아시아 방면을 순회하고 싶다던데……."

"그건 전부 망언에 불과합니다."

"국무장관은 어지간히 노련한 외교관 한둘 가는 것보다 자네가 가는 게 훨씬 효과가 좋을 거라던데"

"저도 참 가슴이 아픕니다만, 이 합참의장이란 자리가 보통 바쁜 게 아니더라구요. 의자만 따뜻하게 데우는 자리일 줄 알았는데 웬 놈의 일거리가 끝도 없이 들어오지 뭡니까?"

다른 것도 아니고 본업이 너무 많다는데 어쩔 거야. 크헤헤헤. 나는 기꺼이 마셜 농장을 계승한 킴 농장의 농장주가 되기로 결심했고, 펜타곤 곳곳에서는 구슬픈 음메 소리가 울려 퍼지기 시작했다.

"의장님. 의장님?"

"예, 육참총장님. 듣고 있습니다."

"아무리 그래도 이건 너무하지 않습니까?"

"저는 틀림없이 각 군의 소요를 통합하겠다고 언질했었습니다."

"그런 말을 들으면 상식적으로 총기나 전투식량 같은 걸 연상하겠지요. 이건 과합니다."

"전혀 과하지 않습니다. 오히려 이런 걸 통합해야 진짜 예산 절감 효과가 있지요."

맥네어의 철가면에 살짝 금이 갔다. 왜 이래. 아마추어처럼.

"로켓 개발 통합은 전혀 다른 일입니다."

"도대체 왜 로켓을 육군, 해군, 공군이 따로 개발해야 합니까?"

"좋습니다. 통합했다 치지요. 하지만 그 통합 연구 팀이 실패하면 모든 게 수포로 돌아가잖습니까. 각 군이 독자적으로 개발에 나서면 적어도 하나는 성공하겠지요!"

"그건 군부만이 로켓을 개발한다고 가정했을 때의 이야기지요. 각종 대학이나 연구 기관 또한 국비 지원을 받아 로켓 연구에 매진할 겁니다. 정 경쟁이 필요하다면 통합 연구 팀 내에서 부서를 쪼개면 되고요."

"그러면 하다못해 미국인의 손으로 개발하기라도 해야 합니다."

허나 거절한다. 폰 브라운(Wernher von Braun)이라는 치트키를 독일에서 잡아 왔는데 왜 굳이 삽질을 해야 하지? 나는 배짱을 부리며 맥네어의 어그로를 잔뜩 끈 뒤, 그의 지속적인 공격에 졌다는 듯 항복 표시를 하며 타협안을 내밀었다.

"이건 어떻습니까. 폰 브라운을 위시한 독일 출신 개발진을 합류시키되, 그들을 공식석상에 드러내지는 않는 겁니다."

"의장님. 꼭 그 나치 똘마니들을 써먹어야겠습니까?"

"총장님. 아니, 선배님."

"예."

"어째서 그 나치 똘마니들을 미국으로 데려오는 데 시민의 혈세를 썼는지 의회에 나가 증언하실래요, 아니면 그냥 써먹고 치울래요?"

"…생각해보니 각 군의 로켓 개발을 통합한다면 그건 더 이상 육군의 영역이라 일컫기 어렵겠군요. 합참에서 잘 통괄하리라 믿습니다."

아니, 이걸 이렇게 퇴각을 한다고? 아이크도 그렇고 다들 런 하나는 왜 들 이리 잘하는 거야? 나는 잠깐 고민하다 해맑은 미소를 지었다.

"이런 막중한 부서는 당연히 국방부 직할로 둬야지요. 합참은 무슨."

"참나."

왜. 나도 좀 살자고. 하지만 나는 맥네어의 뒤끝을 망각한 대가를 치러야 했다.

"육참총장님? 총장니임?"

"예, 의장님."

"이, 이 통합전투사령부(Unified Combatant Command) 건 말입니다."

"예, 의장님."

"문민통제의 원칙이라는 게 엄연히 있는데, 이런 막중한 조직이 왜 합참 밑으로 잡히게 되는 거죠?"

"어째서 세계 최고의 명장인 미합중국 대원수가 각 통합전투사령부를 지휘하는 대신 팔짱 끼고 구경만 하는지 의회에 나가 증언하시겠습니까, 아니면 그냥 얌전히 떠맡으시겠습니까?"

망할 쫌팽이 영감이 진짜. 내가 어디 의회 출석 못 할 것 같나? 유감스럽게도 나는 경력직이란 말이다.

"아. 그러고 보니 동남아 순방 건 때문에라도 의회 출석하셔야겠군요. 꼭 누가 판을 깔아주기라도 한 듯 절묘한 타이밍입니다. 가서 의원님들과 재미나게 이야기하고 오시기 바랍니다."

"아니, 아니, 이게 아니잖습니까. 제가 임기 끝내고 내려오면 그 뒤엔 어떡하려고요?"

"임기가 계속 연장되면 모두가 행복해지지 않겠습니까."

본전도 못 찾았다. 나는 맥네어의 한마디에 뇌진탕에 걸린 채 행복의 땅, 내 집무실로 돌아가야만 했다. 퇴역 1년 남은 사람을 이겨 보려 한 대가는 너무나 뼈아팠다.

매화육궁 4

어느 평범한 미국의 저녁. 미군의 휘황찬란한 별들이 모여 함께 식사를 했다. 한 사람 빼고.

"유럽은 좀 어땠나?"

"나쁘지 않았지만, 힘듭니다. 사실 전쟁 때 생각하면 힘들 줄은 짐작하고 있었는데, 이름만 걸어 놓고 아랫사람들에게 맡겼었는데도 이렇게 힘들줄은 몰랐으니까요."

브래들리는 웃으며 마셜의 질문에 답했다.

"이제 슬슬 귀국해야지."

"NATO가 곧 성립되지 않습니까? 애초에 절 독일에 못 박아둔 것도 그 NATO 때문이라고 들었는데."

"그럼 잠깐 자리만 데우고 있다가 내 다음 타순으로 참모총장 하면 되겠군."

육군에 인물이 없는 것도 아니잖은가. 맥네어는 NATO 총사령관 자리에 오를 만한 인물들을 속으로 열거하며 말했다. 물론 정치가들의 결정이 가장 중요하겠지만, 그래도 원수가 야전에 나가 있는데 대장이 참모총장 하고 있는 것보단 모양새가 훨씬 낫지 않겠는가.

"각 지역별로 통합전투사령부가 만들어지면 유럽사령부의 사령관이 NATO 총사령관을 겸임하겠지. 야전군인 자리 중엔 가장 끗발 높은 자리가 될 테고, 초대 사령관이 원수면 그림도 좋겠군."

"그거 정말 진행된답니까? 해군이 가만히 있지 않을 텐데요."

"당장 니미츠 제독부터 태평양에서 고생깨나 했으니 필요성은 인정하고 있네."

통합전투사령부의 도입은 대전쟁이 끝난 직후부터 논의되던 것 중 하나다. 일본제국의 육해군이 으르렁대듯 서로 상대 군에게 정보를 숨기고 이걸 알려고 첩자를 보내는 수준까진 절대 아니지만, 미군 또한 군간 알력이 제법 있긴 했다. 특히 태평양에서. 그러니, 아예 '지역별로 별도의 사령부를 두고 그 지역의 사령관은 자기 관할 구역 내의 육해공 전 병력을 통솔하게 하자!' 라는 것이 이 논의의 핵심이었다.

"중국에서의 전쟁만 봐도 알 수 있지. 잽스와 싸울 때도 삐걱대더니, 좀 달라졌나 싶어도 결국 제자리걸음. 육해공의 협조가 원만하리라는 기대는 일찌감치 포기하고 그냥 총사령관에게 삼군을 전부 지휘할 권한이 있어야 하네."

"아시아 방면 사령관은 해군 쪽 보직이 되겠지. 육군이 유럽을 가져가니까."

"중국이라. 중국은 어땠습니까?"

"끔찍했지. 뒷마무리는 더 난장판이었고."

중국 국부군의 처참한 상태에 대해서는 더 논할 것도 없다. 애초에 장개석과 드럼이 입에 단내가 나도록 육성한 정예군이 일본군의 손에 박살 난 시점에서부터 모든 게 엉클어졌다고 봐야 한다. 그 점은 정상을 참작하더라도… 국부군은 좀 많이 심했다.

한참 동안 중국과 일본에서 있었던 이야기에 대해 떠든 마셜의 이야기는 이제 그 마무리를 다루기 시작했다. 국공 내전이 끝났으니 당연히 논공행상이 이루어져야 했고, 그 과정에서 그야말로 진흙탕 싸움이 벌어졌다.

'어떻게! 어떻게 내가 원수를 못 달 수가 있나! 이렇게 잘 싸웠는데! 얼마면 되나? 의회에 얼마를 주면 별 하나를 살 수 있지?!'

'이건 뭔가 음모가 있습니다. 어째서 드럼 장군께서 물러나셨는데 참모장이던 제가 아닌 리지웨이가 지휘봉을 잡은 겁니까? 웨스트포인트가 다 해먹으려는 음모가 틀림없습니다!'

'킴 장군님도 없으니 저, 전역해도 괜찮지 않을까요?'

미합중국의 유권자와 그 뜻을 받드는 의회를 찬양할진저. 패튼이 5성 장군이 되어 영원히 육군에 남는 끔찍한 일을 막다니, 그것만으로도 문민통제는 가치가 있다는 사실을 증명해냈다.

"그래서 패튼 장군은 이제 뭘 한답니까."

"정치하겠다는데? 더러워서 자기가 해야겠대."

자리에 있는 이들 머릿속에 전차를 타고 관청으로 출근하는 광전사의 모습이 그려졌다.

"그건 좀……."

"설마 뽑히겠나."

"그렇지요?"

"정치는 아이젠하워가 하는 거로 충분하지. 그러고 보니 우리 브래들리 원수께서도 정치할 생각 없나?"

"하하. 그냥 빨리 물러나고 싶은데요."

"어렵지 않겠습니까. 합참의장실에 앉아 있는 누가 눈이 시뻘게져 있는데 말이지요."

"유진이 은퇴를요?"

"웃기는 소리지."

"하하하."

브래들리는 정말 아무것도 모르겠는지 슬쩍 웃었고, 마셜이 곧장 추임 새를 넣었다.

"총장님. 유진이 정말 은퇴하고 싶답니까?"

"입만 열면 제발 자기를 풀어달랍니다."

"설마 그걸 믿는 건 아니겠지?"

"그럴 리가 있겠습니까. 펜타곤에서도 누구보다 일을 사랑하는 사람이 우리 대원수 각하신데요."

이 자리에 있는 사람들 이미 유진 킴이란 사람을 겪을 만큼 겪었다. 마셜로 말할 것 같으면 1차대전도 터지기 전 멕시코 원정에서부터 엮인 사이고, 브래들리는 아예 웨스트포인트 동기 아닌가.

"그놈 입에서 '집에 보내줘.'가 나온다는 것만큼 확실한 증표가 없지. 일하고 싶단 뜻이야."

"그건 또 처음 듣는군요."

"아. 그거 그 녀석 입버릇입니다. 웨스트포인트에서 시험 공부할 때부터 집에 보내 달란 말을 골백번은 더 했을 겁니다."

마셜은 그 어느 때보다 불타는 열정으로 맥네어와 브래들리에게 '유진 킴을 잘 써먹는 법'을 친절하게 강의해주었고, 두 수강생들은 기쁜 마음으로 이를 머리에 저장해두었다. 아주 즐거운 밤이었다.

* * *

동남아시아에 대해 깊은 고찰을 한 적은 딱히 없다. 당연한 말이지만, 내가 그곳을 전장으로 두고 일한 적이 없었으니까. 하지만 국무부 놈들이 싱글벙글 웃으면서 온갖 문건을 합참의장실로 배달해주고, 샌—프랑코나 대한민국 정부 등이 별도의 라인으로 전달해준 자료 또한 차곡차곡 쌓이고 있었다. 그리고 얼마 지나지 않아 나는 깨달았다.

'잘못 건드렸다.'

여긴 마굴이다. 애초에 그냥 통쳐서 동남아시아지, 이 지역을 하나의 블루 팀으로 뭉치겠단 소리 자체가 개소리가 아닐까 문득 그런 생각까지 들 정도다. 우선 동남아에서 유일한 독립국이던 태국. 내 손으로 뒤틀어버려 원 역사와는 무척 차이가 나게 된 이 2차대전에서, 태국은 참으로 기묘한 스탠스를 취했다.

일본군은 지속적으로 태국을 향해 추축국에 합류하라고 압박을 넣었지만, 태국은 한사코 마다했다. 그러자 일본군은 개 버릇 남 못 준다고 선전포고도 없이 태국 국경을 넘어 진군했고, 태국군은 놀랍게도 총 한 발 쏘지 않고 일본군에게 길을 열어주었다.

애매한 타협. 아무튼 겉치레나마 일본군에게 '점령'당한 태국은 '어쩔 수 없이 강제로' 일본의 전쟁 수행에 협력했고, 과달카날 해전 이후 일본군이 동남아에서 빤스런하자 언제 그랬냐는 듯 뒤통수를 깠다. 그때도 지금도 한결같이 태국을 통치하고 있는 독재자 피분송크람은 미국의 지원을 받아 자신의 지위와 동남아의 패권을 잡길 희망하고 있다.

이 정도면 양반이다. 미국에 대적하겠단 생각도 지금 당장은 보이지 않을뿐더러, 반공 성향도 있고, 마지막까지 줄타기도 제법 잘했다. 하지만 군사독재란 점에선 음… 장개석 열화판인가. 그다음은 영국령 식민지들. 역시 짬밥이 어디 가는 건 아닌지, 처칠이 물러나고 애틀리가 정권을 잡은 영국은 신속하게 옛 식민지에서 손을 떼기 위한 작업에 착수했다.

인도의 독립은 급물살을 타고 있다. 영국령 말라야, 훗날 독립국 말레이시아가 될 곳에서도 '영국령 말라야'를 '말라야 연합(Malayan Union)'으로 재편하는 등 익절을 위한 사전 작업이 진행되고 있었다. 일본군의 손을 잡아 버마의 독립을 이룬 아웅 산과도 놀랍게도 타협점을 찾기 시작했다. 영국이 내세우는 조건은 단 하나, 공산화 저지였고 이는 아웅 산에게 힘을 실어주면 실어줬지 크게 손해가 될 것은 없었다. 이미 버마 내부의 좌우 갈등은 심각해지고 있었으니.

네덜란드의 식민지였던 인도네시아는 일본군이 네덜란드를 격파하고 현지 세력을 포섭하면서 저항군이 대대적으로 성장할 기반을 얻었다. 수카르노를 대표로 하는 이들 저항 세력은 2차대전 끝나자마자 다시 돌아오려는 네덜란드와 그 후원자 영국에 맞서 선전했고, 고작 네덜란드 주제에 식민지 회복하겠다고 설치는 꼴을 못 참은 미국 형님의 엄포에 힘입어 독립을 거머쥐었다.

문제는 수카르노가 단순히 독립으로 끝이 아니라 대—인도네시아를 꿈꾼다는 사실. 여전히 네덜란드령으로 남아 있는 서뉴기니, 그리고 영국령 말레이까지 모조리 집어삼켜 거대한 인도네시아를 만들겠다는 야망은 도저히 미국이 들어줄 수 없는 희망이다. 그리고, 이 야망에 제동을 걸려고 하면 수카르노는 순순히 포기할 바에 소련의 손을 잡으리라. 방구석에서 배 긁고 드러누워 있던 소련이 의문의 1승을 거두는 셈이다. 미치겠네.

그리고 대망의 프랑스 식민지.

'베트남 : 빨갛게 물드는 중.'

'라오스 : 역시 빨갛게 물드는 중.'

'캄보디아 : 왜 여기만 안 빨갈 거라 생각해?'

어지럽다. 반프랑스—민족주의—사회주의라는 삼종 신기를 풀템으로 맞췄으니 이건 정말 답이 없다. 빨갱이 특유의 국제주의와 연대에 힘입어, 저들 프랑스령 인도차이나의 공산주의자들은 서로 협조하며 무장 항쟁을 벌이고 있었다. 도대체 이걸 뭐 어디서부터 어떻게 손을 대야 한단 말인가. 레볼루숑의 나라 프랑스 놈들 아니랄까 봐 식민지를 죄다 레볼루숑 직전 상태로 만들어 놨잖아?

원 역사에서 인도네시아가 레드 팀이었는지 블루 팀이었는지는 정확히 모르겠지만 지금 돌아가는 꼬라지로 봐서는 진짜 레드 팀에 가담할지도 모른다. 여기에 베트남 일대까지 적화되면, 소련과의 연결로가 없어서 망정이지 참 끔찍한 그림이 연출되었으리라. 역시 영프랑은 엮이면 안 된다. 저놈들이랑 친구친구 하면 구 식민지 지역에선 개새끼가 될 수밖에 없어.

그렇다고 해서 식민지인들에게 온정적으로 나간다? 당장 호치민만 봐도 지금 베트남에서 반대 세력, 특히 우파 인사들을 신나게 죽여대고 있다. 물론 그들 입장에서는 씹어먹어도 시원찮을 프랑스 부역자들을 죽이는 의로운 행동이겠지만, 우리 미국 시민들은 그냥 피에 굶주린 빨갱이 본성 드러내는 행위로 볼 게 뻔하다. 몇 날 며칠을 고민한 끝에, 저 멀리 창문 너머로 방긋방긋 웃으며 솟아오르는 해님을 마주한 끝에.

나는 기적의 답안을 찾아냈다. 그건 바로… 내가 이 문제에 안 엮이면 되는 것이다! 유레카! 어차피 미국이 베트남 전쟁에만 안 휘말리게 하면 될 일 아닌가? 프랑스 개구리 놈들이 베트남에서 쌍코피가 터져서 허우적대든 말든 그게 나랑 무슨 상관인가? 아. 해결됐다. 마음이 푸근해진다. 이제 아무것도 두렵지 않아. 사표만 쓰면 더없이 완벽하겠는데 말이지.

* * *

1946년 11월. 미합중국 상하원 선거일이 도래했다.

"누가 싸우고 부수는 데만 관심 있는 군인 아니랄까 봐, 맥아더 행정부는 경제를 되살리기는커녕 경제를 죽이고 있습니다!"

"어마어마한 돈! 포탄과 총알로 낭비한 돈은 우리의 경제를 살려야 할 돈이었습니다! 전쟁에서 살아 돌아온 우리의 아들들이 어째서 실업자가 되어야 합니까!"

맹렬한 공세.

"FBI 관계자의 말에 따르면, 빨갱이들이 우리 미합중국 곳곳에 숨어들어 간첩 행위를 하고 있다고 합니다. 그들은 여전히 미국을 파괴하려는 생각으로 가득 차 있습니다."

"우리가 개입하지 않았다면 중국이 적화되었을 겁니다! 중국을 지키지 못했다면 훨씬 더 많은 일자리가 사라졌겠지요!"

반격.

"맥아더 정권은 너무 우유부단합니다. 당장 빨갱이들을 쓸어내야 하는데 눈치만 보며 뭉그적대고 있어요!"

"세계 최강의 군대인 미군이 어째서 이토록 둔해빠져 있는 겁니까. 우리는 당장 공산주의를 추종하는 저 유색인종들을 때려잡고 엄격한 교사로서의 의무를 다해야 합니다."

한술 더 뜨기까지. 빨갱이에 대한 공포와 경기 악화에 대한 답답함이라는 거대한 두 축을 배경으로 한 채, 미국인들은 초조한 마음으로 투표소로 향했다.

"당선, 당선입니다!"

"으아아아!!!"

개표 절차가 진행되며 하나둘 선거의 당락이 판가름 나고, 승리의 기쁨을 누리는 자와 패배의 절망에 빠지는 이들이 결정되었다.

"축하합니다. 이제 상원의원님이라고 불러드려야겠군요."

"하하. 감사합니다. 앞으로 성실히 의정활동에 매진해 시민 여러분들의 뜻을 받들도록 하겠습니다."

위스콘신주 상원의원 선거. 공화당의 조지프 매카시(Joseph Raymond McCarthy) 당선 확정.

매화육궁 5

1946년 겨울. 대한민국, 서울.

'경성'의 새 이름을 정하는 덴 생각보다 오랜 시간이 걸렸다. 제국이 아니니 당연히 황성이라 부를 리는 만무하였고, 조선에 대한 인식이 나락으로 떨어졌으니 한양이란 이름을 되돌리자는 여론 또한 거의 없었다. 몇몇 극성스러운 이들은 미국의 '워싱턴 D.C.'처럼 새 나라의 수도 또한 '유진'이 되어야 한다 주장하였으나 김상준의 비웃음 섞인 호통 한 번으로 사그라드는 해프닝도 있었다. 이런 소소한 논의로 후끈후끈 달아오를 정도로, 신생 대한민국은 말 그대로 활기로 넘쳐흐르고 있었다.

"음. 공기가 참 좋구만."

"뭐 잘못 먹고 나왔어? 월요일 아침부터 뭔 헛소리야?"

"아직도 차이를 모르겠나? 지금 자네가 들이마시고 있는 이 공기는 바로 전승국 대한의 공기라네."

"어쩐지 공기가 꼭 쌀밥 씹는 것마냥 달짝지근하더라니, 쪽바리들 머리 위에 올라앉아서 이리 달달한 거였구만."

대한민국 국회는 만장일치로 긴급 추경 예산안을 편성, 기존에 찍어 놓은 역사 교과서를 모두 폐기하고 새로운 교과서를 만드는 데 합의했다. '대한민국은 승전국'이라는 문구를 넣지 않고서 어찌 교과서라 할 수 있겠는가?

"조선 민족이 어떤 민족인데 왜놈들 밑에서 얌전히 있었겠나?"

"이명복이랑 매국노 새끼들이 나라를 팔아치워서 그렇지, 우리가 절대 못난 놈들이 아닌 기라."

전 세계에서 보낸 대표단 사이에 늠름하게 자리하고는 왜놈들에게 '당신들이 이겼소.' 하고 도장을 받아내었다. 기껏 되찾은 나라가 그토록 아니꼬웠는지 털도 안 뽑고 한입에 냉큼 삼키려 들던 소련과 중공의 빨갱이들에게 본때를 보여줬다.

세도정치에 시달린 지 수십 년. 그 뒤 나라 잃은 백성으로 전락한 지 또 수십 년. 그동안 끊임없이 실패민족, 열등민족, 개화가 필요한 민족으로 후려쳐지던 탓에 휴화산처럼 잠들어 있던 민족주의가 두 번의 승리를 기점으로 맹렬히 대폭발하는 순간이었다.

"왜놈들의 역사를 되짚어봅시다. 명치 유신으로 국운 쇄신한 왜놈들은 청일 전쟁과 러일 전쟁에서 이겨 아시아의 열강으로 우뚝 섰습니다. 하지만 두 전쟁 모두 침략 전쟁이었기에 그들은 잘못된 길로 빠지고 말았습니다. 반면 우리 대한은 어떻습니까? 조선이라는 낡은 껍질을 깨고, 저 미국과 싸우던 일제를 물리치고 소련의 야욕 또한 격퇴했습니다. 바야흐로! 이제 우리의 국운이 흥성할 때가 온 것입니다!"

"와아아아아!!"

"님이 무엇입니까? 언제나 그리운 이름입니다. 우리가 사모하고 눈물 흘리며, 오랜 세월 목말라 해 온 이름입니다. 님은 바로 자유민주국가 대한민국을 말하는 것입니다!"

"우리는 조선 민족에 대해 너무 몰랐습니다. 정말 위대합니다, 선생!"

미국 대사관은 이 열기를 상부에 보고하길 '이들은 미국인의 프런티어 정신과 프랑스인의 자존심을 동시에 품고 있다.'라고 평하였다. 전쟁터에 나가 있던 장병들이 하나둘 제대하여 가정의 품으로 돌아가면서, 이 열기는 기름을 끼얹은 듯 더욱 맹렬해졌다.

"거, 한 판 붙어보니 쏘련 놈들도 별거 아니더만!"

"내가 저 만주 벌판에서 짱꼴라 놈들이랑 붙었었는데 말이지, 거지 꼬락서니로 칼 한 자루 빼 들고 오는 놈들을 기관총으로 다다다다 갈기니 어억 하고 짚단처럼, 엉?"

"거, 우리 정훈장교인가 하는 사람이 그러더만. 한민족 역사상 이토록 강한 군대를 보유했던 적은 고구려 이후 처음이라고. 우리가 마음만 먹었어도 만주를 그냥 통째로 먹었을 텐데."

이역만리 전쟁터로 나아가 죽고 다친 이들의 사연은 분명 비극이었다. 하지만 미국이 얼마 전 몸으로 직접 겪었듯이, 이 시절 군대란 사실상 또 하나의 학교와 마찬가지. 일제 치하에서 공교육의 혜택에서 괴리된 채 농사일만 짓던 절대다수의 장정들은 군대를 통해 근대적 시민으로 거듭날 수 있었다. 농촌의 농부들이 마침내 공장 노동자로 변신할 밑바탕이 마련된 것이다.

이들 전역 장병들은 고향으로 돌아가 자신이 배운 근대화의 산물과 함께, 민족주의적 자신감 또한 가지고 돌아갔다. 비록 나라는 여전히 가난할지언정, 누구 하나 팔자 고치지 못하리라 체념한 이는 아무도 없었다. 소련도 물리쳤는데 가난이라고 물리치지 못하랴?

전쟁의 상흔이 결코 얕다고 할 수는 없었으나, 국민적 자신감과 더불어 태평양 건너편에서부터 밀려 들어오는 어마어마한 달러의 홍수는 이 작은 나라를 단숨에 산업화 단계에 접어들게 하기에 충분했다.

"공장만 지으면 다 팔린다!"

"닥치고 찍어내서 중국에 팔아먹기만 하면 돼!"

그리고 황해를 넘기만 하면 방대한 시장이 기다리고 있었다. 국공 내전

기간 동안 가장 먼저 급성장한 군수산업의 불꽃은 거침없이 활활 타올랐고, 한국은 극동판 '민주주의의 병기창'이 되었다. 만주와 화북 일대에서 치욕적인 패배를 연이어 당한 국부군은 장비의 손실 또한 어마어마했고, 중일 전쟁 때 산업시설에 치명적인 피해를 입은 중화민국은 당장 각종 무기와 장비부터 싸그리 매입해야만 했다.

"미국 국내에서 만든 물자를 중국으로 수송하는 것보다 한국과 일본에서 생산해 보내는 게 훨씬 빠릅니다."

"한반도의 군수 공업 단지가 온존하게 남아 있어 이곳을 빠르게 정상화시키면 전쟁 수행에 큰 도움이 될 겁니다."

"돈은 얼마든지 대줄 테니 생산에 총력을 기울여달라 요청하세."

빨갱이들에게 맞서는 성전을 명분으로 미군 공병대 주도하에 도로와 철도 인프라가 새롭게 조성되었다. 자고 일어나면 새 발전소가 들어섰고, 항만이 확장되었으며, 공항이 깔렸다. 폭발하는 토목과 건축 수요를 메꾸기 위해 건설업이 무시무시하게 성장했고, 시멘트 산업 또한 그 기틀을 마련했다.

전쟁은 거대한 버섯구름과 함께 생각보다 빠르게 끝났지만, 그렇다 하여 한국의 성장 동력이 꺼질 일은 없었다. 피를 흘린 대가는 확실하게 페이백되어 돌아왔고, 내란으로 혼돈에 빠져 있던 중국은 비록 남쪽 절반뿐이긴 하지만 재건 특수를 맞이하게 되었다. 그 말인즉슨 문교부와 국방부에 이어 상공부와 재무부 또한 기나긴 야근 대열에 합류한다는 뜻.

"우리 항구가 이 물동량을 전부 감당할 순 없습니다."

"황해바다에 정크선이 가득합니다."

"우리도 해경을 좀 창설해야 하지 않을까요?"

"관세청도 인원을 증강해야 합니다."

"지금 이럴 때가 아니라 당장 공장 짓겠다는 이들에게 적극적으로 대출을 해줘야 합니다."

"중국에서 골동품이나 문화재가 제법 수입되고 있는데 이건 어쩌죠?"

중국과의 무역은 많은 것들을 충족시킬 수 있었다. 우선 쌀. 장강의 축복을 받은 압도적인 쌀 생산량. 그뿐만이 아니다. 텅스텐, 철광석, 석회석과 같은 광물자원부터 시작해 사탕수수나 채소 같은 품목에 이르기까지, 팔아치울 수 있는 자원이란 자원은 모조리 시중에 내놓고 있었다. 당장 장부에 거대한 블랙홀이 뚫려버린 중화민국으로서는 그것만이 무역수지를 회복하고 경제를 재건할 유일한 길이었으며, 저 거대한 시장의 대부분은 서양 열강들의 몫이었지만.

처음으로 일본제국의 마수에서 벗어나 저 압도적 덩치의 극히 일부만을 맛보았음에도 한국의 경제 성장은 로켓에 묶인 채 발사되는 것마냥 우주로 치솟았고, 난생처음으로 과자를 접한 아기가 그 단맛과 식감에 정신 못 차리는 것처럼 이들 또한 필사적으로 변했다. 문제는 중국의 달달한 꿀을 마냥 무작정 퍼먹기엔 국가의 체급이 딸린다는 점.

"달러화 유출을 도무지 막을 수 없습니다."

"밀수에는 관용적으로 대처하되, 외화 밀반출은 엄벌을 내려야 합니다."

"중국에서 막대한 양의 쌀이 수입되고 있습니다만, 이대로라면 농촌이 붕괴할지도 모릅니다."

"그놈들은 전쟁 끝난 지 얼마나 됐다고 쌀을 수출한다는 겐가?"

"그야 조선도 그랬잖습니까. 도처에 굶주린 이들이 깔려 있든 말든 지주들이야 돈을 벌고 싶을 테니까요."

"우리가 쌀을 이렇게 수입하면 중국의 여론이 나빠질지도 모릅니다만……."

대한민국의 키를 잡은 이들 관료들은 특유의 패기로 무장하고 있었지만, 문제가 보통 문제가 아니었다. 토지개혁을 통해 이제 겨우 안정되다시피 한 농촌이, 저 엄청난 중국의 수출 파도 앞에서 어떻게 될진 불 보듯 뻔한 일.

"우리나라의 산업화를 위한 절호의 기회입니다. 중국에서 안정적으로 쌀을 수입할 수만 있다면……."

"그거 그냥 쪽바리들이 우리한테 했던 짓 아닌가."

"저 거대한 대륙에서 숫자도 몇 없는 한민족 먹을 쌀 사오는 거랑, 자기네 백성들 입에 쌀 밀어넣겠다고 남의 나라를 온통 논으로 뒤덮은 놈들이 같습니까?"

끝없는 토의. 이제 전기를 아껴 쓰자는 말도 먹히지 않으니, 이들은 밤에도 환하게 전등불 아래에서 중국에서 수입된 차를 물처럼 마시며 끝없는 야근을 맞이해야만 했다. 서울의 등대는 오늘도 환했다.

* * *

1946년 미국 선거가 끝났다. 경기 불안, 그리고 '왜 또 남의 전쟁에 끼어드나.'라는 심리를 잘 파고들었는지, 놀랍게도 하원에서는 민주당이 근소하게나마 승리를 거두었다. 단 2석 차이. 반면 공화당은 마침내 상원을 탈환하며 다시 한번 기묘한 대치를 이어나가게 되었다.

나는 모닝 커피를 홀짝이며 각종 신문들을 눈여겨보았다. 벌써부터 선거 결과를 가지고 [맥아더 행정부 광속 침몰, 정부 정책 동력 상실해.] 같은 자극적인 헤드라인을 건 곳도 있었고, [상원 장악을 통해 향후 정권 추진력에 탄력.]이라는 정반대 해석을 내놓은 곳도 있었다.

결과적으로 보면, 맥황상의 앞날이 썩 밝아 보이진 않았다. 내가 군비 증강해야 한다고 너무 징징대서 그런 건 아닐 테고. 내 탓일 리는 없다. 진짜다. 그렇게 한참 신문을 뒤적거리며 노가리를 까고 있을 무렵.

"어……?"

내 눈에 굉장히 익숙한 인명이 들어왔다.

[위스콘신주, 조지프 매카시(초선) 당선.]

매카시? 그 매카시인가? 아니, 그래도 성만 같은 사람일 수도 있지. '매카시즘'으로 유명한 그 매카시가 존 매카시일지 윌리엄 매카시일지 내가 어찌 아나. 나는 사람을 불러 이 매카시 의원이라는 양반에 대한 자료를 달라고 요청했고, 친절하게 사진이 포함된 자료를 스크랩해서 받을 수 있었다.

그렇다. 그 새끼다. 이 얼굴, 보자마자 확실히 기억난다. 종이쪼가리를 치켜들고 '제 손에 이 나라에 침투한 빨갱이들의 명단이 있습니다.'라고 주장하는 그 사람이 틀림없다. 인터넷에서 무수히 많은 짤로 재생산되어 '여기 한 편만 쓰고 뒷이야기를 쓰지 않는 나쁜 놈의 명단이 있습니다.'라든가 '여기 후원을 받고도 연참을 하지 않는 악덕작가의 명단이 있습니다.'로 활용되는 바로 그 면상이 틀림없다.

이런 백해무익한 해충 같은 인간이 앞으로 이 미합중국을 얼마나 개판으로 만들지 뻔하지 않은가. 어떻게 조져야 가장 좋을까를 한참 고민하던 와중, 나는 실수로 커피잔을 깨먹고 말았다.

"의장님? 괜찮으십니까?"

"으음. 괜찮습니다. 물에 적신 수건이랑, 깨진 컵 수습하게 빗자루 좀 가져다주세요."

"알겠습니다!"

조졌구만. 옷에 얼룩 배게 생겼네. 아랫사람들이 후다닥 달려와 재빨리 수습을 해주는 동안에도, 나는 내 군복에 남은 시꺼먼 흔적만을 멍하니 바라보았다.

매카시, 매카시 의원. 이놈이 무슨 히틀러 같은 인간이라, 내면에 깔려 있던 미국인의 분노와 증오심을 단숨에 표출해 세상을 개판으로 만들었다고 볼 순 없다. 굳이 따지자면… 이미 미국인들의 빨갱이 공포는 정점을 찍고 있었고, 이 하잘것없는 정치 기생충은 바로 그 공포에 찰싹 달라붙어 진딧물처럼 단물을 쪽쪽 빨아대던 케이스에 속한다.

나는 옷을 갈아입는 동안에도 계속 상념에 잠긴 채 한참 주판알을 튕겼다. 당장 동남아시아 건만 보더라도, 미국인의 의지가 도저히 빨갱이들을 품어준다는 걸 상상할 수 없기 때문에 악수(惡手)를 둘 수밖에 없다. 이 매카시 같은 인간이 빈대 잡겠다고 온 나라에 거하게 쥐불놀이를 하고, 그놈의 빨갱이 타령에 신물이 날 때쯤이면 건전하고 균형 잡힌 새로운 시각을 받아들일 수 있지 않을까?

부글부글 끓어오르는 반공 정서를 매카시라는 거대한 짬통에 싹 격리수용하고, 이 모지리와 함께 우주로 사출한다면? 그야말로 완벽한 수법 아닐까? 이거다. 이거면 확실하다. 당장 헨리를 키울 때만 해도 그렇지 않았나. 불에 가까이 가면 다친다고 그렇게 말을 해도, 기어이 손을 한번 댄 뒤에야 어맛 뜨거 하면서 불조심이 무엇인지 체득했었다. 나처럼 똑똑하고 현명한 사람이 아닌 다음에야 이게 일반적인 휴먼의 패턴인 것이다. 피박에 광박까지 옴팡지게 뒤집어쓴 다음에야 깨달음을 얻는 법.

"의장님. 오늘 국무부에서 또 요청이 왔는데……."

"미안한데 하루만 좀 미뤄 달라 요청할 수 있겠나? 조금 더 생각할 시간이 필요하군."

절대로, 절대로 저 매카시가 날 물어뜯어 은퇴시켜줄 수 있지 않을까 하는 생각은 떠올리지 않았다.

고증입니다

'서울'은 원래 '수도'라는 뜻을 가진 우리말이었습니다. 따라서 원래는 시기마다 '서울'의 위치는 달랐습니다.《한국민족문화대백과》에 따르면 이 말의 유래는 신라의 수도인 경주를 서라벌, 서벌, 서나벌, 서야벌 등으로 불렀던 데서 유래했다고 합니다.

9장
반짝이는 것은 모두 금이다

반짝이는 것은 모두 금이다 1

종전 직후, 샌─프랑코 그룹은 정식으로 분리 절차를 밟기 시작했다.

"그룹을 쪼개겠다구요?"

"물론입니다. 그동안 너무 문어발 확장을 했으니, 이제 한 번쯤 정리를
할 때도 되었지요."

하긴. 탱크와 전투기를 만드는 군수업체와 애들 장난감 팔아치우는 회사
가 같은 그룹이라는 건 아무리 미국이라도 좀 해괴하긴 했다. FDR은 기업
이 배당금을 받을 때 무자비하게 세금을 뜯어가도록 해 문어발식 거대 기
업집단에 타격을 주었고, 거기에 집단소송 제도를 정식으로 명문화했다.

기업가들은 입만 열면 루즈벨트가 빨갱이라고 주장했지만 그를 막을 순
없었고, 오히려 전쟁이 터지면서 그는 신의 반열에 올랐다. 샌─프랑코는 전
쟁 수행에 도움이 되는 기업이라 그나마 덜 처맞았다고 볼 수 있겠지.

몇 년에 걸쳐 지분 조정 작업이 들어가고, 세금도 옴팡지게 내고, 무수
한 회계사와 변호사들이 달라붙어 악다구니를 쓴 끝에 이 거대한 달러의
제국은 서로 각자의 길을 가기 위한 밑준비를 끝낼 수 있었다. 물론 사람들
은 조금 황당해했었다.

"그러니까, 군수 분야를 유신 킴 회장이 맡는다고요?"

"그렇습니다."

"누구보다 군에 해박하신 킴 장군님이 아니라? 어째서죠?"

"크헤헤헤. 어린이의 꿈과 희망을 누구보다 잘 아는 착한 어른 유진 킴이 아니면 누가 아이들의 행복을 지키겠습니까?"

내가 군수업체를 맡고 있으면 합참의장이 다 해먹는다는 비난을 피할수가 없잖나. 그리고 이제 군수 쪽은 아이디어보단 기술력 싸움이다 보니내 막연한 미래 지식 하나로 뭔가 뚝딱뚝딱 일 벌이기도 힘들다. 케블라 헬멧? 케블라는 어떻게 만들지?

내가 봤을 땐 군산복합체니 뭐니 해봤자 정부 입찰 따내는 데 목을 매는곳에 지나지 않고 음모론에 시달리기나 딱 좋다. 당장 2차대전도 끝난 지금그깟 전차 몇 대나 팔리겠나. 아마 포드의 집안싸움에 끼어들고 개평으로챙겼던 '닷지' 브랜드가 거둘 이득이 더 클걸?

물론 완전히 분열해서 서로 남남으로 지내지는 않는다. 어차피 이 분리는 우리 자식 세대에 얼마씩 물려줄까를 해결하기 위한 거였으니까. 나도유신이가 완전히 손 떼면 당장 이 거대한 회사를 컨트롤하기 어렵고. 이런저런 합병, 인수, 매각, 사출 등의 절차가 진행되는 과정 속에서 나는 여전히 고통받고 있었다.

"이거, 얼굴 뵙기가 이렇게 힘들어서 어쩝니까."

"하하. 저야 그냥 얼굴마담 아닙니까."

때는 아직 선거가 끝나기 전, 내가 강화 조약 관련해 샌프란시스코로 날아갔을 적, 내가 도착하기 무섭게 샌—프랑코 경영진들이 날 덮쳤다. 그렇다. 대원수고 나발이고 이들 황금만능주의의 노예들에겐 얄짤없었다.

"미스터 뱅이 떠난 뒤 매출이 하락하고 있습니다."

"새로운 제품군이 필요합니다."

그걸 왜 나한테 와서 그래?

"그런 걸 만들려고 여러분들이 있는 것 아닙니까."

"우리끼리 있으니 하는 이야기지만, 미스터 뱅도 의장님께 많은 아이디어를 얻었다고 들었습니다. 적어도 신상품에 관한 대원수 각하의 번뜩이는 무언가가 저희에게 무척 절실한 입장이지요."

"킴 회장님께서도 '잘 부탁한다.'라며 전언을⋯⋯."

이놈들이 요즘 쫌때리는 학원이라도 다니나. 펜타곤부터 시작해서 하나같이 왜들 이래. 이게 다 매카시의 음모다. 내 발을 묶고 노예처럼 부려먹기 위한 암약단체를 매카시가 이끌고 있는 게 틀림없어. 네 이놈 매카시. 용서치 않겠다.

이런 소박한 불만과 헛생각은 심층 프레젠테이션을 들으면서 싹 사그라들었다. 매출이 박살 나고 있는 게 아주 선명하게 보이고 있지 않은가. 저 우하향 곡선을 보면서 가슴이 미어지지 않는 사람은 없으리라.

"장기적으로 매출을 개선하기 위한 프로젝트는 다발적으로 진행되고 있습니다."

"한국과 일본에 지사 및 현지 공장을 지어 단가를 절감하고, 미스터 뱅이 현지에 설립할 새 스튜디오에 지분을 투자할 계획입니다."

"신제품은 어떻게 되어 가고 있습니까? 그 장난감 로봇 말입니다."

"킴 회장이 직접 공장 현장을 관리하고 있습니다. 공정이 복잡하다 보니 품질 관리가 제대로 되고 있지가 않습니다. 불량률이 높을뿐더러⋯⋯."

머리가 아프다. 나는 그냥 돈만 받고 일은 유신이가 하면 될 텐데. 형이란 존재는 원래 동생이 사온 아이스크림 포장을 뜯으면 크게 한 입 베어 무는 역할을 수행하기 위해 태어난 것 아닌가.

"그래서, 여러분들은 어떻게 해야 한다고 보십니까?"

"절대 미스터 뱅의 노고를 부정하는 바는 아니지만, 이제 우리의 핵심 제품이었던 '매직 앤 어드벤처'가 대중, 특히 남자아이들에게 어필하는 부분이 크게 약화되었다고 봅니다."

그건 그렇지. 강산이 바뀌어도 두 번은 바뀌었을 시간인데, 대중의 취향 또한 바뀌기 마련. 처음부터 방정환 선생은 어린이를 위한 판타지 세계에서의 검과 마법, 괴물과 용사가 등장하는 모험담을 그려내고자 했지만… 시간이 흐르다 보니 이 카드게임이라는 물건이 코흘리개 애들보다는 지갑이 두툼한 어른들로 주력 고객이 바뀌었다. 하지만 그 장사도 이제 끝물이라니. 너무 슬퍼.

"출판사를 맡고 있는 입장에서, 제안드리고자 하는 게 있습니다만."

"말씀만 하시지요. 뭡니까?"

"대원수께서 회고록을 하나 써주시는 건 어떻겠습니까?"

"제 회고록이요?"

"출간하는 즉시 어마어마한 매출이 뛸 겁니다. 전 세계에서 돈을 갈퀴로 긁어모을 수 있을 테지요."

아니. 뭐. 그게 틀린 말은 아닌 것 같은데… 음. 그거야 내가 쓰고 나면 땡 아닌가.

"그거 하나로 되겠습니까? 단발성 소재보다는 몇십 년을 먹고 살 먹거리를 만들어야지요."

지금 남자애들이 환장하는 물건은 역시 전쟁놀이, 그것도 아니면 SF 감성 충만한 과학! 테크놀러지! 원자력! 이런 물건들이다. '어린이 원자로 세트'라든가 '집에서 해보는 핵분열 키트' 같은 해괴한 물건을 팔아먹진 않겠지만, 결국 이 시대의 흐름에 탑승해야 돈을 버는 법.

"우리도 보다 적극적으로 SF에 관련된 상품을 만들어봅시다. 우리는 그 어떤 곳보다 체계적인 스토리 제작진을 보유하고 있지 않습니까?"

"알겠습니다."

나는 이들의 우는 소리를 한참 동안 경청한 후에야 풀려날 수 있었다. 그리고 도착한 다음 목적지. 로스앤젤레스에서 그럭저럭 번화한 골목에 빼꼼 얼굴을 내밀고 있는 한 가게였다.

'킴스 펭귄'

웃기게 생긴 펭귄이 아이스크림을 먹고 있는 로고가 인상적이다.

"어서 오세… 어, 어?"

"안녕하십니까."

매대에 서 있던 점원이 어쩔 줄 몰라 한다.

"혹시, 유진 킴 장군님 맞으신가요?"

"그렇습니다. 여기 제 아들놈 있습니까?"

"잠시만 기다려주세요, 사장님 부를게요! 사장님, 사장님!!"

점원은 후다닥 가게 안쪽으로 쏙 들어가더니 피곤해 보이는 기색이 역력한 헨리를 끌고 나왔다.

"아버지 오셨어요?"

"그래. 아이스크림 원 없이 먹으니 이제 좀 시원하냐?"

"하하! 그럼요. 이 망할 아이스크림이 얼마나 먹고 싶었는데요."

"내가 너 때문에 아이스크림 만드는 배까지 물개 놈들한테 바쳤잖냐."

"그럼 뭐 합니까. 정작 저는 제대로 먹지도 못했는데."

"그러게 누가 물개 놈들한테 가래?"

나는 척수반사적으로 입을 놀리며 매장 한쪽에 있는 의자에 대강 앉았다.

"여긴 뭐가 맛있냐."

"잠깐만요. 여기 한 스푼씩만 떠서 좀 가져다주세요."

"네!"

잠시 후 몇 종류의 아이스크림이 나와 헨리 앞에 쭉 깔렸다. 바닐라 맛부터 딸기 맛까지. 헨리는 싱글벙글하며 손자 이야기를 잔뜩 늘어놓았고, 나는 못난 아들놈의 지갑에 있던 손자 사진을 뜯어냈다. 이제 머리 다 굵어졌다고 이 애비한테 이런 걸 재깍재깍 바치지도 않다니. 자식 농사 망했군, 망했어.

"장사는 좀 잘되고?"

"나쁘지 않아요. 나쁘지만 않아서 그렇지."

"욕심도 많다. 나랑 유신이 사업 초창기 이야기 못 들었지? 나 때는 말야, 금고 노리고 밤중에 강도 새끼들이 총 들고 담을 넘는데……."

"그 얘기 더 들으면 666번째예요. 애초에 그때 아빠는 없었잖아요?"

"허. 그럼 너희 할아버지 이야기 좀 해줄까? 샌프란시스코에 대지진 났을 적에 글쎄, 흰둥이 새끼들이 미쳐서는 약탈하려고 날뛰는 걸 보고 우리 영감이 갑자기 마적으로 업종을 전환해서는……."

"그건 '업종 전환'이 아닌 거 같은데요. 그리고 그거도 신물 나게 들었어요."

"소유권 이전 비즈니스지. 생각해보니 나랑 동종업계였네."

금과 납탄을 트레이드하는 건 언제나 즐겁지. 나 또한 민주주의를 선물해주고 대신 반짝이는 금괴를 받아 오니 이만하면 기적의 네고시에이터 아닌가.

"위대한 전쟁영웅 대원수님."

"아이스크림에 아편 탔어? 용돈 필요해?"

"용돈이 필요했으면 손자 업고 왔겠죠."

내 아들 아니랄까 봐 참 똑똑해. 이제 슬슬 너도 야매심리학을 배울 때가 되었나 보구나.

"혹시 여기서 장사를 더 키울 방법이 없을까요?"

"내가 대뜸 와서 도깨비방망이를 휘두를 수 있으면 군인 대신 기업가를 했겠지, 인석아."

"삼촌 말로는 도깨비방망이 맞다던데."

김유신 네 이노옴!! 나는 그 말에 대답하지 않은 채 조용히 스푼을 떴다. 맛은 있는데, 흠.

"아이스크림 맛 종류를 늘려 보는 건?"

"이미 해봤죠."

"그냥 한두 개 늘리는 게 아니라 수십 종류를 까는 건?"

그… 세계를 암중에서 지배하는 서른한 가지 맛의 아이스크림 가게 있잖은가. 민트초코 같은 걸 팔면 후세에 욕은 먹겠지만 숭배자들도 늘어날 테고 아무튼 매출은 대박 터지지 않을까. 하지만 나는 민트초코에 정확히 뭐가 들어가는지 모른다. 민트랑 초코를 섞는다고 진짜 민초맛이 될 거 같지도 않고, 그렇다고 사람 먹는 물건에 치약을 짜넣을 수도 없는데. 애초에 난 민초 싫어했다. 나는 잠시 주변을 살핀 후, 작은 목소리로 말했다.

"아들아."

"네?"

"너도 알겠지만, 너는 그래도 물려받은 수저가 삐까뻔쩍하잖니?"

"부정하진 않을게요."

"그러니까 그냥 돈으로 찍어누르렴. 원래 그것도 다 재주야."

"와아……."

"사람들이 나보고 다 어떻게 전쟁 이겼냐고 묻거든? 그때도 맨날 나는 당당하게 말해. 3배의 병력과 10배의 물자로 사방에서 줘패면 히틀러고 나폴레옹이고 결국엔 얻어터진다고."

이 애비가 특별히 놀라운 비법을 전수했음에도 헨리는 감동하긴커녕 심드렁한 기색이었다. 원래 정공법이야말로 필승책이라니까 그러네. 조만간 집에 한번 들르기로 약속한 후, 나는 다시 본래 샌프란시스코에 온 목적인 강화 조약 관련 업무를 보기 위해 관용차에 탑승했다.

솔직히 말해 여기까지 왔는데 집에 가지 않는 게 좀 그렇긴 하지만, 나 같은 놈은 사생활부터 깔끔하게 정리하는 게 좋다. 괜히 미친놈들이 '킴 합참의장은 출장을 나가선 하라는 일은 안 하고 자기 집에서 질펀하게 놀았답니다!' 하고 꽥꽥대면 내 이미지가 어찌 되겠는가? 더러워서 내 휴가 내가 쓰고 집에 가고 말지.

"킨 쇼군님! 살려주십시오!"

"대원수 각하. 한민족의 명운이 장군님께 달려 있습니다! 제발 힘 좀 써 주십시오!"

"장군님!"

"이번에 아주 좋은 투자 기회가……."

"동남아시아의 빨갱이들을 내버려두면……."

"흥, 프랑스 삐졌어. 베트남 뜯어가면 소련 편 붙을 테야."

"구아악! 구아아악!"

어지럽다. 이 사람들아, 번지수가 틀렸다니까? 국무부 붙잡고 말하라고! 한참을 시달린 끝에야 나는 준비되어 있는 호텔 방으로 기어들어 와 옷을 갈아입을 수 있었다. 하루종일 시달리고 나니 맥황상에 대한 증오가 10갑자 내공으로 바뀌어 내 혈도를 일주천하고 단숨에 현경의 경지에 접어들 것 같다. 내 기필코 이자까지 쳐서 이 고통을 똑같이 맛보여주리.

침대에 쓰러지다시피 몸을 던져 잠깐 누워 있던 나는 5분도 채 되지 않아 부스스 다시 일어났다. 돈 벌어야지. 회고록이라, 회고록. 몇 푼 되지는 않아도 안 쓰는 것보단 낫겠지. 하지만 뭘 쓴단 말인가? 저는 원래 한참 미래에 태어났었는데 레토나에 치였더니 1893년생이 되어 있었습니다? 하하. 말년에 정신병원행인가.

내 과거. 내가 거쳐온 길들. 이제 점점 잊혀져 가는 옛이야기들. 어린 시절? 내 어린 시절은 두 번인데 어느 어린 시절? 와, 의회에 제출할 보고서 쓰는 것보다 이게 더 어렵네. 환장하겠다. 억지로라도 뭐라도 써보려고 용을 썼지만, 이게 참 어려웠다. 미래를 알고 있다는 내용을 싹 빼고 쓰자니 하나같이 '저는 너무 쩔어서 제 눈에는 훤히 미래가 보였습니다.' 같은 소리밖에 할 말이 없잖은가.

후대의 학자들이 이 회고록을 분석하고 '유진 킴… 비대한 자아… 에고 이즘 덩어리……' 같은 말로 박제하면 너무 끔찍한데. 어차피 회고록, 돈 빨아먹으려고 쓰는 거잖아. 지금 쓰나 훗날 쓰나 결국 돈은 벌 텐데, 이걸 지금 쓸 필요가 있나? 딴 걸 써? 뭘? SF? 하하. 내가 소설가도 아닌데 무슨 놈의 SF인가. 귀찮음에 몸부림치다, 문득 무언가 떠올랐다.

'아주 먼 미래, 우주의 머나먼 행성에 정착한 인류는 벌레를 닮은 괴물, 그리고 고도로 발전한 외계인과 마주하게 되는데⋯⋯.'

내 나이대 한국인이면 다 아는 민속놀이. 이거도 SF는 SF 아닌가. 귓가에 짤랑짤랑 돈 떨어지는 소리가 들리고 있었다.

반짝이는 것은 모두 금이다 2

SF라는 장르는 아직 메이저의 반열은 절대 아니다. 조금 거칠게 따지자면 애들이나 보는 이야기 취급이니까. 그렇다고 해서 애들이 많이 보니 경제적 잠재력이라도 크다고 보이는가 하면 그것도 아니다. 아직 서점이 망하긴커녕 떵떵거리며 장사하고 있는 시대지만, 그 서점에도 단행본 SF 서적은 찾아보기 힘들다. SF는 대부분 원 역사의 만화 잡지처럼 잡지 형태로 발간되어나오고, 가물에 콩 나듯 나오는 단행본 책 또한 대부분 잡지에 실렸던 작품을 윤문해서 판매하는 것에 불과하다.

하지만 샌—프랑코가 어떤 곳이냐. 어린이와 어른이의 지갑을 터는 일에서는 세계 최강이라 할 수 있는 어벤저스 아닌가? 스톤을 다 모은 타노스를 물리칠 순 없지만 그놈에게도 어린아이가 있다면 우리 고객님으로 만들 자신감이 그득한 곳이다. 한마디로 말해, 우리는 SF라는 장르가 문학성이 있는지에는 전혀 관심이 없다. 그런 건 교수님들이나 문인들이 따져야지.

우리의 관심사는 오로지 하나. 팔아먹을 만한 매력을 가지고 있느냐, 다. 그런 점에서 김치맨의 민속놀이는 완벽한 콘텐츠였다. 세상에. 무주공산이라니까? 우주를 배경으로 뭐 하나 비슷한 면이 없는 종족들이 신나게 치고

받는다니. 1990년대의 학생들도 미치게 만든 간지가 지금 이 시대에 안 먹힐 리가.

내 입으로 말하기 그렇지만, 사실 샌—프랑코는 남자애들을 공략하기에 가장 적격이던 전쟁놀이 완구를 팔아먹기 껄쩍지근한 입장이었다. 오직 한 우물만 판 인생 50년, 세계에서 가장 사람 많이 죽인 군인이 회사를 갖고 있지 않은가?

법적인 문제는 없지만 그래도 도의적으로 팔아먹기엔 좀 그랬다. 당장 창고에 남아도는 그리스건을 아동용 완구로 개조해서 팔아먹자는 광기의 제안도 내 선에서 커트했었다고. 하지만 퓨—쳐가 배경이라면 거리낄 게 없다. 음. 아주 좋아.

소설과 만화, 그림책을 팔아치운다. 〈우주전쟁〉처럼 라디오 드라마로도 만들어 팔아먹는다. 흥하면 또 디즈니와 협업해 극장용 애니메이션도 만든다. 완구를 만들고, 카드게임도 만들고, 보드게임도 만들고, 미니어처 게임도 제작한다. 아무튼 구매 욕구를 자극할 만한 건 죄 만들어 팔아먹는다.

이미 우리는 카드게임 하나 잘 만들어서 수십 년에 걸쳐 징글징글하게 우려먹은 전적이 있다. 원 소스 멀티 유즈의 진정한 선구자인 셈. 굳이 당면한 문제가 있다면 내 글솜씨겠지만, 그것도 상관없었다. 방정환은 떠났지만 그 거대한 크리에이터 집단은 여전히 남아 있으니. 이래서 사장이 좋은 거다. 선거가 끝난 뒤. 나는 필사적으로 기억을 되짚어 짜낸 민속놀이 초안을 본사에 던졌다.

"SF입니까? 흥미롭군요."

"일단 히트만 칠 수 있다면 다양한 장난감을 만들 수 있을 것 같습니다."

다행스럽게도, 반응은 꽤 긍정적이었다.

"어떻습니까. 회사의 주력 먹거리가 될 만해 보입니까?"

"사운(社運)을 걸고 도전하기에는 살짝 우려의 여지가 있지만, 기본적으로 저희 임직원들은 무척 재미있다고 느끼고 있습니다."

"허허. 저야 일개 고문에 지나지 않는데 어떻게 사운을 걸라고 할 수 있겠습니까."

당연한 말이지만 이 시대에 컴퓨터 게임을 내놓을 순 없다. 그러니 첫 스타트는 '얼마나 이 세계관을 잠재 고객들에게 각인시키느냐.'가 되겠지.

"우선 가장 기본적으로는… 역시 소설과 카드게임을 발매해야 하지 않겠습니까?"

"그렇지요."

"홍보에 총력을 기울이겠습니다."

"제 이름을 팔면 얼마나 홍보가 되겠습니까?"

"…생각하기 두려워집니다만."

"형, 돌았어?"

크헤헤헤. 동생아. 남자는 원래 자기 이름 석 자에 책임을 져야 한단다. 나는 쓱쓱 손을 비비며 오랜만에 두뇌를 풀가동시키기 시작했다.

"킴 장군께서 제공해주신 설정과 시놉시스를 기반으로 저희 사내에서 소설을 쓰되, 대중의 주목을 끌기 위해 장군님 명의로 발표를 하잔 거군요?"

"그렇습니다."

"문제없겠군요. 사실 그동안 이 회사를 경영하던 사람 중 장군님 이름을 팔아볼 생각 안 한 사람이 드물 겁니다."

윽. 머리, 머리가 아프다. 내 머릿속에서 순간 어떤 초콜릿 바가 떠오르는 것 같았… 내가 뭘 생각하고 있었지? 별일 아닐 거야, 아마. 내가 번뇌하는 동안에도 유신이를 포함한 경영진이란 놈들은 마침내 봉인을 풀고 유진 킴이란 브랜드를 사골까지 우려먹을 생각에 싱글벙글하고 있었다.

"캐치프레이즈 벌써 나왔군요. '우리 세계 최고의 전쟁 전문가가 예측하는 미래.' 어떻습니까?"

"임팩트가 부족하군요. '이게 미래다.' 정도면 어떨지?"

"제품 준비가 완료되는 대로 대대적으로 서평을 받을 준비도 갖춰야겠습니다."

"뭔가 좀 심심한데요."

내가 툭 던지자, 다들 호두까기 인형처럼 대가리를 끼기긱 돌려 나를 바라보았다. 무섭게시리 왜들 그래.

"혹시 좋은 방안이 있으십니까?"

"안 사고는 못 배기게 합시다. 크리스마스 선물용으로 판촉을 한다거나……."

"그야 물론이지요."

몇 가지 방법을 더 제시해보았지만, 사실 전쟁터만 돌아다닌 나보다 이 사람들이 장사에는 훨씬 전문가 아니겠는가. 고심 끝에 나는… 이 한 몸을 바치기로 결정했다.

"상품에 경품권, 그러니까 복권 같은 걸 넣을 수 있겠습니까?"

"복권이요?"

"예."

"그러면 법령을 확인해봐야 할 듯합니다만……."

"물건보단 이거 어떻습니까? 저나 유신이가 직접 당첨자들과 함께하는 행사를 진행하는 겁니다. 방 이사만큼의 파괴력은 없겠지만, 그래도……."

갑자기 장내가 조용해졌다. 모두가 심각하게 고민에 빠진 가운데, 가장 먼저 입을 연 것은 밀러 씨였다.

"킴 장군님."

"왜 그러시죠?"

"장담컨대, 애들이 문제가 아니라 사재기하려는 놈들이 미쳐 날뛸 것 같습니다."

"그거 아주 좋군요."

아무튼 돈이 벌린다 그럼 이 한 몸 불태워 윌리 윙카가 되어주마.

존 밀러의 아들, 존 밀러 주니어는 최근 바빴다. 그가 다리 한 짝을 잃고 고향 캘리포니아로 돌아오자 그의 모친은 곧바로 실신했고 아버지 밀러는 그를 쓰다듬으며 "살아왔으면 됐다, 살아왔으면."만 연신 중얼거렸다. 그가 나라로부터 받은 것은 '퍼플 하트' 훈장.

참으로 아이러니하게도, 이 상이용사 훈장을 도입한 건 우유원정군 사건으로 정계 태풍의 눈으로 도약한 더글라스 맥아더였다. 그리고 G.I. 법안을 통한 퇴역 군인으로서의 연금과 금전적 지원, 아울러 상이군인의 재활 및 의료 지원이 제공될 예정이었으니 이 또한 맥아더 정권의 핵심 치적 중 하나였다. 지원이 꼭 국가로부터만 나오는 것은 아니었다.

당장 샌—프랑코만 하더라도 재향군인을 대상으로 한 대대적인 신규 채용을 약속하였고, 특히 상이군인을 우선적으로 채용하겠노라고 공언하였다. 밀러 주니어 또한 당연히 아버지가 회사의 중역인 만큼 입사할 수 있었지만, 그는 바로 그 때문에 입사를 거절했다. 그 대신 꿩 대신 닭이랄까.

"지점 문의가 줄을 잇고 있습니다."

"역시. 해군 출신치고 아이스크림에 환장 안 할 사람이 없다니까."

그는 헨리 킴과 함께하는 길을 선택했다. 물론 처음부터 이럴 생각은 없었다. 그랬다면 차라리 얌전히 샌—프랑코에 입사 지원서를 냈겠지. 하지만 유색인종 혼혈에 다리 한 짝까지 없는 그는 쉽사리 취직하지 못했고, 우연히 법적 자문을 위해 밀러를 찾아왔던 헨리가 방구석에 박혀 있던 그를 설득해 이 '킴스 펭귄'에 합류시켰다.

당연한 말이지만, 김가의 장남이 처음으로 사업을 하는데 주변에서 훈수가 없을 리 없다. 유신 킴은 바빠 죽는 와중에도 종종 찾아와 사업계획서나 전반적 경영 상태를 한번 훑어주곤 했고, 심지어 위대한 전쟁영웅 유진 킴마저 괜히 가게를 기웃거리지 않던가. 뭐 하나 떠들 거 없나 싶어 입이 근질근질해 보이는 기색이 역력했다던데. 하도 어려서부터 엮인 탓에 가끔 헨리가 다이아 수저라는 걸 잊곤 했지만, 일을 시작하자 이 사실을 체감할 일이 훅 늘었다.

"일은 잘되어 가니?"

"네. 하루하루 재밌어요."

"그래. 잘됐다. 언제쯤 더 외형적으로 크게 튀길 수 있을 것 같으냐?"

"네?"

집에서 가족끼리 저녁을 먹던 와중, 아버지는 뜬금없는 말을 꺼냈다.

"내실도 좋지만, 일단 덩치부터 키우고 봐."

"혹시 뭐 이유가 있나요?"

"왜긴 왜야. 그 아이스크림 업체가 잘되면 샌—프랑코에서 인수할 속셈이니 그렇지."

"아니, 이걸 왜요?!"

"그 웃기게 생긴 펭귄을 인수하고 대금은 전부 샌—프랑코 계열사 주식으로 줄 거니까. 잡음 안 나오게 최대한 회사의 가치를 튀길 수 있는 방향으로 좀 해보는 걸 추천한다. 아, 이건 아빠 의견이 아니라 샌—프랑코 법무쪽 의견이란다."

아. 상속이구나. 하여간 부잣집 놈들이란. 갑자기 배알이 아파져 왔다. 혹시 빨갱이들이 정답을 알고 있던 게 아닐까? 그들이 핍박받는 이유가 순전히 진실을 알았기 때문이라면?

"도련님 잘 모시고. 너도 꼭 챙겨 달라고 신신당부하더라."

"저, 저요?"

"그래. 방구석에만 처박혀 있던 너 끄집어내줘, 한몫 챙겨 달라고 부탁까지 해, 상하관계나 은혜 그런 걸 떠나서 그만큼 올곧게 자란 분도 드물어. 킴 장군님도 그렇지만……."

"세상에!"

역시 비열한 빨갱이들 같으니. 자유와 민주주의의 소중함을 모르는 그러시아인들은 평화를 파괴하려는 침략자가 틀림없다. 내가 누구? 샌—프랑코 주식 오우너. 세상에. 입안에 굴리면 굴릴수록 달달해지네. 그렇게 기쁨의 댄스를 출까 말까 고민하던 와중, 밀러 주니어의 뇌리를 스치고 지나가는 한 사람이 있었다.

"앨리스는요?"

"응?"

"앨리스 걔 성격에 가만히 있진 않을 거 같은데."

"킴 장군님이 전담 마크하기로 했다."

"장군님이 마크를요?"

10분도 되지 않아 격침당할 딸바보가 연상되는데. 하지만 밀러는 걱정도 팔자라는 듯 피식 웃으며 스푼을 휘저었다.

"네가 맨날 애들한테 허허거리는 장군님만 봐서 그렇지, 원래 킴 장군 전공은 그 아가리질이야. 한번 당하기 시작하면 어어 하는 순간에 인생까지 통째로 베팅하고 평생 따라가게 된다고."

"어조가 굉장히 자전적이신데요."

"그렇지. 93사단에서 코가 꿰여버려서 이 나이 먹도록 이러고 있잖니."

어떤 이들은 유진 킴 또한 위선자라고, 자신의 입신양명을 위해 흑인들을 써먹었을 뿐이라고 비난하기도 한다. 하지만 밀러는 그들의 그 히스테릭한 반응을 이해는 할지언정, 그들과 함께할 순 없었다. 유진 킴이라는 인물이 어디 흑인들을 끌어들이지 않았다고 해서 출세를 못 했겠나? 본인이 그걸 몰랐을까?

미래를 열어주겠다고 약속했다. 그의 옛 사단장은 끊임없이 저 두툼한 차별의 성벽을 두드리고 있으리라. 다른 이들은 몰라도, 저 프랑스의 진흙탕과 아미앵의 지옥도가 그의 기억 속에 생생하게 남아 있는 한 밀러는 믿음을 꺾을 수 없었다.

"아무튼 너는 네 할 일만 똑바로 하기나 해. 괜히 민폐 끼치지 말고."

"예에."

* * *

밀러 가족이 저녁밥을 챙겨 먹기 전. 워싱턴 D.C.는 캘리포니아보다 저녁이 빨리 닥치는 관계로, 펜타곤 인근의 한 고급 식당엔 사람들이 식사를 즐기고 있었다.

"바, 바, 반갑습니다. 도경 킴이라고 합니다."

"아버지께 말씀은 많이 들었어요. 앨리스 킴입니다."

도경이 가슴속으로 인생 헛살지 않았다, 역시 대원수님은 약속을 어기지 않는다며 만세 삼창을 외치고 있을 때. 앨리스는 팔근육에 힘을 바짝 주고 힘껏 고기를 썰었다. 이번이 일곱 번째. 이것만 끝내면 기나긴 시련이 끝난다. 헤라클레스처럼 과업이 열두 개가 아니라 차라리 다행인가. 도로시 여사의 시집 좀 가라는 잔소리가 이제 집에서 썩 나가라는 소리로 진화해버렸다. 아빠는 어떻게 애교라도 떨어서 넘길 수 있지만 엄마는 무섭다.

'아빠가 좀 도와줄까?'

'제발 엄마 좀 말려줘요. 썩 안 가면 엄마 친구 아들 중에 한 명 골라서 그냥 보내버린대요.'

'아빠 부탁을 좀 들어주면 반년은 너희 엄마가 잔소리 못 하게 막아주마.'

'1년.'

'안 돼. 반년.'

'부탁 좀 들어달라는 거 보니까 저 아니면 안 될 일인 것 같은데, 1년은 해주셔야 하지 않아요?'

'나더러 도로시를 1년씩이나 막으라니. 그건 물리적으로 불가능하단다.

차라리 스탈린이랑 한판 붙고 말지.'

그 대가가 이거였다. 아니, 해도해도 너무하지. 어떻게 군인만 일곱 명을 소개해준단 말인가? 전역한 군인이든 현역 군인이든 결국 다 군인 아닌가? 앨리스는 또 속았다. 애초에 거세진 도로시의 잔소리부터가 유진의 청탁 때문이었음을 알았다면, 그녀는 아마 아빠를 향해 라이플을 갈겼으리라.

반짝이는 것은 모두 금이다 3

"얘들아."

유진 킴이 워싱턴 D.C.로 복귀하기 전 마지막 날 밤. 마지막 날만큼은 약간의 재량을 발휘해 자택에 들른 그는 자신의 소중한 네 아이들과의 자리를 마련했다. 한쪽에는 유진과 도로시. 그리고 반대편에는 아이들. 누가 군인 아니랄까 봐, 그는 시작부터 곧장 돌직구를 던졌다.

"너희는 앞으로 뭘 하면서 살고 싶니."

"어… 혹시 이거 지금, 재산 물려주는 이야긴가요?"

"그래."

유진이 덤덤하게 고개를 끄덕이자 헨리는 아비 몫만큼 얼굴을 찌푸렸다.

"아직 셜리는 대학도 안 나왔는데……."

"너랑 셜리랑 나이 차이 따지면 오빠가 아니라 삼촌 소리 들어도 할 말이 없어. 너희들끼리 싸우기 전에 내가 미리 교통정리라도 해주려고 그런다."

헨리는 이 자리에서 벗어나고 싶은지 괜히 눈알을 데룩데룩 굴리며 딴청을 피웠다. 앨리스는 자세를 고쳐 앉고 슬쩍 상체를 앞으로 내밀며 시선을 마주했다. 제임스는 어깨만 한 번 으쓱하고는 소파에 편히 등을 기댔다. 셜리는 그냥 눈만 깜빡거리고 있었다.

"너희도 다 알겠지만, 난 적어도 너희가 어디 가서 굶을 일은 없다고 생각한다. 아빠가 죽어라 일한 이유는 순전히 너희는 나처럼 고생하면서 크지 않길 바랐기 때문이니까."

굶을 일이라니. 아이들은 순간적으로 웃어야 하나 말아야 하나 잠깐 고민했다. 돈으로 탑을 쌓을 만큼 벌어재꼈는데 굶을 일이 있겠는가.

"너희가 하고 싶은 일을 하면서 살았으면 좋겠다. 꼭 물려받을 필요도 없으니까. 종잣돈 생겼다 생각하고 그냥 너희들이 앞으로… 재밌게 살았으면 좋겠다."

"오빠 말대로 저는 아직 학생인데요."

막내 셜리가 새초롬하게 말하자, 필사적으로 근엄한 모습을 지키려 하던 유진의 입꼬리가 흐물흐물해졌다.

"지금 당장 뭘 하라는 게 아니란다. 그냥 염두에 두고 있으란 거지."

"어… 전 그냥 엄마처럼 좋은 사람 만나서 살고 싶다고 하면요?"

"그러기엔 너무 아깝지 않아?"

유진이 입을 떼기도 전에 앨리스가 동생을 돌아보며 말했다.

"생각해봐. 남들은 전부 다음 생이 있으면 저런 부잣집에서 태어나게 해주세요, 하고 빌 행운을 거머쥐고 태어났잖아? 그냥 이대로 평범하게 살기엔 좀 아깝지 않아?"

"언니가 그렇게 생각하면 그 생각대로 살면 되지."

"애 좀 봐? 누가 강요를 했어? 그냥 내가 느낀 걸 말해주는 건데……."

"아무튼 나는 누구처럼 더 물려받겠다고 싸울 생각 없으니까 싸움닭 되고 싶으면 큰오빠나 쪼아."

"야! 말 다 했어? 내가 너 똥기저귀 갈아주면서 키웠어!"

"그러니까 기저귓값 쳐주는 셈 치고 빠져준다잖아? 기차 화통을 삶아먹었나. 누가 노처녀 아니랄까봐…….”

"엄마!! 쟤 주둥이로 떠드는 꼬라지 좀 봐!!”

혼란하다 혼란해. 유진은 슬그머니 도로시를 바라봤지만, 도로시가 애들에게 들리지 않을 크기로 작게 "가장이 집에는 안 있고 바깥만 돌아다녔으니 이 지경이지.”라고 중얼거리매 88mm 대전차포에 얻어맞은 전차처럼 비틀대기 시작했다. 당장 한 판 붙을 것처럼 두 명이 으르렁대자 혼자 머리카락을 붙잡고 있던 헨리가 스리슬쩍 그사이에 끼어들며 양손을 홰홰 저었다.

"자자. 기껏 오랜만에 아빠 왔는데 앞에서 뭐 하니.”

"내가 쟤 똥 싼 기저귀를 몇 개를 갈아줬는데 인제 와서 내 앞에서 목에 핏대 세우고 있잖아.”

"니가 셜리 갈아준 기저귀보다 내가 니 꺼 갈아준 게 훨씬 많아.”

"그 얘긴 또 여기서 왜 나와?”

"코딱지만 한 게 집에 있던 소총 들고 나가서 사슴을 잡아 오겠다고 했다가…….”

"우아악! 우아악!! 그만! 그만!! 거기까지! 도대체 그건 몇 번째나 우려먹는 거야?”

"너 결혼할 때 식장에서도 떠들 건데?”

"누가 할 줄 알고?”

"애! 애 지금 무슨 소리니? 너 결혼 안 해? 엄마 가슴에 대못 하나 박으려고?”

"아니, 그건 아닌데, 하긴 할 건데…….”

전쟁영웅이고 대원수고 나발이고 소용없다. 유진은 지그시 천장만 올려다보며 덜덜 떠는 손으로 담배에 불을 붙이려 했지만 라이터선 틱틱대는 소리만 날 뿐 불은 피어오르지 않았다.

"여기요.”

"고맙… 너 담배 피우니?"

"저도 성인인데요."

"아빠가 흡연은 건강에 해롭다고 말하지 않았나?"

"건강에 해로운 건 잘 모르겠고 아빠가 전쟁터에 나가서도 담배 광고를 찍는 사람이라는 건 잘 알죠. 따지고 보면 수익 중 일부가 우리 집 금고에 쌓이는 거니까 제가 럭키를 피우면 약간 할인 받는 게 아닐까요?"

제임스의 뻔뻔한 말에 유진은 할 말을 잃었고, 작은아들은 아빠 옆에 찰싹 달라붙어 능청을 떨어댔다.

"그래서 말인데요."

"그래."

"제가 군인이 되면 아빠 뜨뜻한 뒷배로 좀 편하게 꿀 빨 수 있지 않을까요?"

"…직업군인 하겠다고?"

"아뇨. 그건 아직 모르겠는데, 저 대학 졸업하면 곧장 군대 끌려가야 하잖아요. 명색이 유진 킴 아들인데 병으로 입대하느니 차라리 장교로 가는 게 낫지 않을까 해서."

"네 편할 대로 해라. 딱히 말리진 않으마."

암만 생각해도 유진 킴의 아들이 소위로 왔다고 하면 둥기둥기 업어 키우기보단 품종 검증된 우수한 소가 왔다면서 가열차게 부려먹을 것 같지만, 유진은 입을 다물기로 결심했다. 이 녀석은 누굴 닮아서 이리 빤질빤질한지 모르겠다만, 아무튼 젊어서 고생은 사서도 하는 법 아니겠는가.

"얘들아."

대충 분위기가 정리되는 듯하자 유진은 다시 헛기침을 몇 번 하며 입을 열었다.

"물려받는 건 상관없다. 공평하게 나눠줄 테니까 너무 걱정들 하지 말고. 대신, 경영을 하고 싶으면 나가서 실력을 증명해 와."

그는 헨리를 힐끗 바라보았다.

"첫째가 지금 일하고 있는 거 보이지? 말아먹어도 돼. 몇 번 깨지고 박살 나는 거로 트집 잡을 일 없으니까, 해보고 싶은 거 실컷 해봐. 대신 방금도 말했지만 집안의 재산을 물려받는 게 아니라 경영권이 탐이 나면 실적을 갖고 와서 프레젠테이션 똑바로 하고."

"아빠한테요?"

"나랑 유신이."

유럽에서 이미 한번 삼촌의 채찍 맛을 몸으로 체감했던 앨리스의 얼굴이 핼쑥해졌고, 공밀레 공밀레 하며 갈려나갔던 헨리 또한 PTSD 환자처럼 얼굴을 감싸 쥐었다.

"왜들 그리 죽을상이니?"

"삼촌은 우리가 자기 아들들처럼 피도 눈물도 없는 로봇이 되기 전엔 만족 못 할 것 같은데요."

"에이. 그럴 리가 있나. 너희가 사촌들이랑 자주 어울리지 못해서 그렇지, 걔들도 얼마나 착하고······."

"걔들이 착하면 샤일록은 재림예수지."

"그치."

공동의 적이 생기자 언제 그랬냐는 듯 유진의 네 아들딸은 저들끼리 재잘대며 쑥덕거리기 시작했다.

"오늘 안 자고 바로 출발하려고?"

"비행기 대신 기차 타고 가려면 오늘 밤에 바로 출발해야지. 장인어른 한번 뵙고 갈 건데 따라올래?"

"기왕 갈 거면 D.C.에 좀 머무르다가 가야지. 짐 챙기려면 며칠 걸리니까 먼저 가. 그럴 거였으면 일찌감치 말을 해주든가······."

조카들 묻힌 곳에 얼굴은 비췄으니, 캔자스도 한 번쯤 들러야 하지 않겠나. 괜시리 센티멘탈해진 유진은 아이들에게로 다가가 하나씩 품에 끌어안으려 했다.

"담배 냄새 나요. 저리 가."

"수염 좀 깎아요."

"정말 너무해. 이래서 딸은 키워봐야 소용없어. 우리 아들들?"

"저 한 번 안을 때마다 1달러."

"이놈의 새끼……."

기어이 눈에서 한 방울 소금기 가득한 빗물이 주르르 흘러내리려 할 때, 한숨을 푹 내쉰 헨리가 무슨 격투기 출전하는 선수처럼 비장하게 다가가 애비를 있는 힘껏 꽈악 껴안았다.

"와. 저걸 하네."

"큰오빠가 저래서 큰오빠지."

먹고살기 너무 힘들다.

* * *

닭 모가지를 비틀어도 국방부 시계는 전진하는 법. 차마 저작권에 걸릴까 이름을 말할 수 없는 그 민속놀이의 초안을 던져준 지도 제법 시간이 흘렀다. 그리고 나는 깨달아버렸다. 일이 늘어났다.

"안녕하십니까, 고문님. 샌—프랑코 출판사에서 왔습니다."

"아. 예. 어서들 오시지요. 이 먼 곳까진 어쩐 일로 오셨습니까?"

"실례지만 전달해주신 것에 대해 질문을 좀 드리고자 이렇게 찾아뵙게 되었습니다."

이렇게 열정에 가득 찬 직원이라니! 절대 급여가 아깝지 않다. 혼자 살기도 적적했던 나는 얼른 이 훌륭한 직원에게 커피도 대접해주고 이 친구가 제대로 출장 수당을 지급받는지, 올바른 인사고과를 체크받고 있는지도 점검했다. 이런 훌륭한 인재가 꼴통 상사나 짜디짠 임금에 절망해 퇴사하면 얼마나 슬프겠는가. 아무튼 나는 이 친구의 질문에 성실하게 답했다.

"왜 초안의 명칭에 '크래프트(Craft)'가 들어가는지요?"

"별생각 없었습니다. 그냥 떠오르는 대로 끄적인 물건이어서요."

모 눈보라 사에 물어봐. 나 말고.

"내용을 보면 딱히 '크래프트'라는 단어와의 연관성은 떠오르지 않습니다. 오히려 '워즈(Wars)'가 붙어야 하지 않을까요?"

안 돼! 멈춰! 그 앞은 저작권 불지옥이다! 가끔 무서운 일도 있었지만, 아무튼 신상품 IP를 런칭하기 위한 준비는 무시무시한 속도로 진척되고 있었다. 계획대로 착착 진행되면 참 기분 좋지. 출간 예정일은 내년인 1947년 여름. 이때부터 서서히 분위기를 달구어 47년 크리스마스 전미의 애 가진 부모들의 지갑을 털어먹겠다는 것이 우리의 원대한 대전략이었다.

이 훌륭한 전략의 가장 큰 문제는 지금 이 시국 그 자체였다. 마치 치킨 게임이라도 하듯, 공화당과 민주당 양당은 서로 '누가누가 빨갱이를 상대로 강경하게 나가느냐'를 놓고 경쟁하고 있었고, 이 공포 마케팅은 어지간한 회사는 상대도 되지 않을 만큼 성황리에 전개되었다.

온갖 저명인사나 정치인들이 언론에 나와 이 나라에 빨갱이가 얼마나 숨어 있고 간첩 행위를 하고 있는지, 암약단체가 합중국 시민을 해치기 위해 음모를 꾸미고 있는지를 떠들어댔고 사람들은 공포에 시달렸다. 당연한 말이지만, 시민들은 '해결'을 원했다.

당장 테러리스트를 색출해야만 한다. 선량한 시민들의 안전을 위협하는 이들을 찾아 조져야만 한다. 이러한 사회 분위기 속에서 맥아더 대통령은 〈행정 명령 9835〉에 서명했는데, 이에 따르면 미국 정부는 이제 정부 기관 내에서 '미합중국의 체제 전복을 꿈꾸는 자, 간첩, 스파이, 사보타주 음모자 또는 옹호자, 파시즘과 공산주의를 이념으로 하는 조직과 그 조직원'을 색출하게 되어 있었다.

한마디로 말해 사상 검증, 또는 충성심 테스트다. '김일성 개새끼 해봐.'

의 1946년 버전인 셈이었다. 항상 이 나라는 내 얄팍한 상상을 뛰어넘는다니까. 맥황상은 이러한 행정 명령을 통해 이 광기 넘치는 사회 분위기를 진정시킬 수 있을지도 모른다고 판단한 것 같지만, 천만의 말씀.

[FBI 고위 관계자, "빨갱이 간첩, 우리 생각보다 훨씬 깊은 곳에 파고들어." 파문!]

["가장 중대한 기밀사항 누출된 것으로 추정!!"]

[월레스 행정부 최고위직 간첩설… 진위 여부 미지수!]

수면 아래에서 무언가 일어나더니, 한순간 폭발했다.

"월레스 행정부 시절 국무차관을 지낸 로렌스 더건이 소련 간첩이라는 증거가 나왔습니다! 어째서 제2차 세계대전에서 승리한 미합중국이 소련에게 저 어마어마한 과실을 넘겨주었는가? 독일의 절반과 체코 전체가 어째서 철의 장막 아래로 사라졌는가? 바로 백악관의 중추에, 의사 결정의 핵심에 빨갱이 간첩이 있었기 때문입니다!"

"얄타 회담에도 참석했던 앨저 히스(Alger Hiss) 역시 소련 간첩이라는 증언이 나왔습니다. 이 나라에 빨갱이의 손이 닿지 않은 곳이 없습니다!"

"FBI의 조사에 따르면, 원자폭탄을 개발하기 위한 기술 중 일부가 제3국을 경유해 소련으로 유출된 것이 확실시된다고 합니다."

공포는 이제 시작이었다.

반짝이는 것은 모두 금이다 4

1946년 11월에 치러진 선거는 그야말로 대격변의 연속이었다. 유진 킴은 위스콘신주에서 새로이 당선된 폭풍 같은 마성의 남자 매카시만을 눈여겨보았지만, 당장 김가의 앞마당이라 할 수 있는 캘리포니아주 또한 정치적 격변의 한가운데에 있었다.

531명의 선거인단 중 무려 25명이 걸려 있는 서부의 대형 주. 인종적으로도 용광로 그 자체이며 공화당과 민주당 모두 충분히 자신들의 지지 세력이 있는 곳. 당장 지난 대선에서 겨우 6백 명 차이로 대통령이 결정되지 않았던가. 두 당은 그야말로 눈에 핏발을 번들거리며 이번 상하원 선거, 그리고 캘리포니아 주지사 선거에 총력을 기울였었다.

"이번에야말로 이겨야 해!"

"저놈들을 싹 쓸어버립시다!!"

현 주지사 컬버트 올슨(Culbert Levy Olson)은 민주당 소속이었으며, 주지사 취임 선서 당시 신(神)을 언급하지 않을 정도의 강골 무신론자였고, 캘리포니아에 강력한 영향력을 행사하는 석유 대기업을 견제하는 동시에 친노동자적 정책을 취하는 골수 뉴딜 지지자였으며, 2차대전 당시 캘리포니아에 거주하는 일본계를 '격리'하자는 제안을 단호히 거부한 인물이었다.

반면 지난 42년 선거에서 한 차례 고배를 마셨던 얼 워렌(Earl Warren) 공화당 후보는 지난 선거의 패배 원인 중 하나가 일본계 격리에 적극적인 찬성을 표했기 때문이라 분석하였고, 자신을 인종차별에 반대하는 이로 리브랜딩하는 동시에 올슨에 대한 대대적인 공격을 개시했다. 당연히 그 공격이란.

"올슨 주지사는 캘리포니아를 발전시키기 위해 기업의 협력을 촉구하는 대신 그들에게서 돈을 뜯어낼 궁리만 하고 있습니다."

"이제 캘리포니아에 필요한 건 경제 성장입니다! 기업의 지갑을 약탈할 궁리를 하는 것보다, 주민 여러분의 피부에 와닿을 진짜 복지를 추구하는 것이야말로 이 나라 합중국의 미덕입니다!"

"올슨은 어째서 저토록 노조를 지지할까요, 우리는 모두 답을 알고 있습니다. 이 나라에 퍼져나가는 붉은 역병이 캘리포니아를 뒤덮는 일만큼은 막아야 합니다!"

빨갱이. 이 강력한 무기의 힘으로 마침내 공화당은 캘리포니아 주지사 자리를 거머쥘 수 있었다. 이러한 흐름은 상하원 선거라 해도 달라지지 않았다.

"이번에야말로 제12지역구에서 민주당 놈들을 내쫓아야 합니다."

"하지만 저쪽 후보가 너무 경쟁력이 강한데, 도대체 누굴 후보로 선정해야 그를 꺾을 수 있겠습니까?"

"으음… 한 가지 아이디어가 있습니다만."

공화당의 제안서는 캘리포니아가 마주하고 있는 태평양 건너. 저 머나먼 극동의 전쟁터로 향했다.

* * *

때는 1945년 연말. 아직 무한에 버섯구름이 피어오르지도 않았고, 마찬가지로 전 중국 땅을 휩쓰는 내전의 열기가 활활 타오르고 있을 때였다.

"크하하하하하!!"

"나는 자네를 내 집에 초대한 적이 없는데. 실례지만 좀 꺼져주면 안 되겠나?"

"아니. 훈장이란 훈장은 다 거머쥔 미합중국 육군 원수께서 이제 고작 대장에 불과한 저를 내쫓으려 하십니까?"

"그 원수는 중국의 빌어먹을 전쟁터에서 잠깐 숨 좀 돌리려 나왔다네. 뭐, 사람 찢어 죽이는 데만 관심이 가득한 꼴통은 이런 내 소중한 크리스마스 휴가를 짓밟아도 아무런 양심의 가책이 없겠지만 말일세."

"그래서 본국으로 돌아가지도 않고 이 으리으리한 궁궐에서 지내고 계십니까? 방도 많은데 저 한 칸만 좀 빌려주시지요!"

미합중국 육군 원수 휴 드럼은 속으로 쌍욕을 중얼거리며 골칫덩어리 중세 기사를 향해 손을 휘휘 내저었다. 변방의 이런 약소국이 훈장을 주건 말건 큰 감흥은 없지만, 최소한 지옥이 따로 없는 상해의 지휘소를 벗어날 수 있다는 생각에서 기쁜 마음으로 왔건만. 이놈의 면상을 보자마자 급속도로 피곤해지지 않은가.

"용건이 없으면 당장 꺼지게. 나는 곧 이 나라 정부의 초청을 받고 행사에 참석해야 하니."

"아, 그거 말입니까? 저도 초대받았습니다. 흐하하! 유진 킴과 함께 수십 년간 전장을 종횡무진한 이 조지 스미스 패튼 주니어가 서어얼마 초대를 받지 못했겠습니까!"

귀찮은 놈이 자꾸 엉겨붙는다. 애초에 휴 드럼과 조지 패튼 사이에 딱히 친밀한 감정은 그리 많지 않았고, 심심하면 북경으로 쳐들어가자고 개소리를 지껄여대는 저 입을 틀어막고 있는 자신에게 이 인간이 와서 깔짝댈 이유는 더더욱 없다. 그러면 뻔하다. 뭔가 원하는 게 있어서 저러는 것 아니겠나.

"무슨 일인가?"

"허허. 그 누구보다 예의범절을 중시하는 제가 용건이 있어야만 방문하는 그런 무뢰한으로 보이다니. 믿을 수 없습니다."

"…혹시 본국으로 돌아가고 싶어서 이러나? 원한다면 즉시 지휘관 교체를 요청하도록 하지. 여기서 몇 시간만 날아가면 마셜이 있는데."

"아! 원수님의 고견을 청할 일이 있습니다. 미 육군에서 혁혁한 공로를 세운 이 패튼을 그리워한 고향 사람들이 이제 그만 따뜻한 집으로 돌아와 지역 발전에 이바지해달라는 제안이 왔기에……."

드럼은 잠시 자신의 귀를 의심했다. 그리워해? 지역 발전? 누가? 저 광전사가? 왜? 머리통에 프라이팬이라도 한 대 맞은 듯 넋이 나간 드럼은 다행스럽게도 패튼이 입을 열기 전에 정신을 되찾고 한 글자씩 더듬더듬 말문을 열었다.

"정치? 정치하려고 그러나?"

"전장에서 패튼 가문의 위대한 이름을 드높였으니 이제 남은 건 정계 진출이지요! 기어코 육군은 저를 원수로 삼지 않으려 하는 듯하니 어쩌겠습니까."

"그, 그렇구만. 잘됐군. 그런데 그게 나를 찾아온 것과 무슨 연관이 있지?"

"이 공화당 놈들이 저더러 하원의원에 출마하라 하지 뭡니까! 원수께선 정치에 능하니 혹 어찌 생각하시는지 좀 듣고 싶습니다."

드럼의 머릿속에서 촤르르 프레젠테이션 하나가 흘러가기 시작했다. 성격은 개지랄맞지만 아무튼 전쟁영웅. 집안도 빵빵하고, 거기에 고향인 캘리포니아다. 패튼이란 브랜드가 잘 먹힐 만한 곳. 게다가 캘리포니아라면 유진 킴의 조력을 기대할 수도 있다. 출마하면… 높은 확률로 당선을 기대해 봄 직하겠지. 그런데.

'진짜 패튼을 의회로 보내도 될까?'

아무리 나라에 험악하게 부려지는 몸이라지만 그래도 성조기에 대한 충성심이 남아 있는데, 정녕 이 미친개를 시민의 대표로 내보내는 걸 충성이라고 할 수 있을까? 그는 맨몸으로 지뢰밭에 접근하듯 신중하게 언어를 정제했다.

"그야 자네 생각하기 나름이지."

"흠, 그렇습니까."

"당장 맥아더도 상원의원부터 시작하지 않았나. 뭐, 그놈은 우유원정대 때 어마어마한 명성을 떨쳤으니 자네보다 몇 단계 위라는 건 부정할 수 없지."

"…제가 합중국을 위해 무수한 적을 쳐죽이고 히틀러를 장대에 매달았는데도 대통령 각하에 미치진 못한단 말씀이십니까?"

옳지. 미끼를 물었다.

"흠흠. 우유원정대는 국내 이슈고 자네는 어쨌거나 해외에서 돌지 않았나. 당연히 차이가 있지."

"하지만 하원의원부터 시작하면 대통령이 되긴 어렵단 뜻 아닙니까!"

이 미치광이가 벌써 대통령도 생각하고 있네? 드럼이 경악하거나 말거나 패튼은 이미 마이페이스의 영역에 진입해 있었다.

"역시 안 되겠습니다. 주지사 후보, 하다못해 상원의원 후보로 뽑아줄 게 아니라면 출마할 생각이 없다고 해야겠군요!"

"어, 음. 그래. 자네 같은 전쟁영웅이 하원에 가기엔 조금 격이 그렇긴 하지."

"감사합니다. 그럼 이따 행사장에서 뵙겠습니다!"

해냈다. 저 미친개가 주민의 선택을 받아 의회로 나아가는 대참사는 막

왔다. 드럼이 기뻐하거나 말거나 패튼은 전보로 '나 주지사 시켜줘.'라는 답장을 캘리포니아로 보냈고, 공화당 내에선 어마어마한 갑론을박이 펼쳐졌다. 이 기나긴 싸움에 종지부를 찍은 것은 대통령이었다.

"혹시 여러분들 중에 패튼 장군을 부하로 써먹어본 분 계십니까?"

"…그 정도입니까?"

"대통령으로서가 아니라, 조지 패튼을 아는 사람으로서 그냥 한마디 하는 겁니다만… 그, 아닙니다. 생각만 해도 현기증이 나는군. 나는 지역구 여러분들의 뜻을 존중하겠습니다."

결국 공화당은 다시 한번 '2년간 하원에서 한번 맛을 본 뒤에 더 높은 자리를 노려보시겠습니까?'라는 정중한 메시지를 보냈고. 패튼은 길길이 날뛰었다.

"이 자식들이 나를 머저리로 아는 건가! 다음 주지사 선거는 1950년이고 상원의원 선거는 52년에나 있잖아! 이번이 아니면 또 언제 기회가 온다고!"

"처음엔 지역에 봉사하고 싶다고 하지 않았나?"

"맥아더 선배는 대통령인 마당에 제가 고작 하원이라뇨! 안 될 말입니다. 이건 패튼가의 이름에 먹칠을 하는 일입니다!"

단호한 거부. 패튼이라는 카드를 놓친 공화당은 다시금 고심했고, 깊은 고민 끝에 그들은 새롭고 참신한 카드를 꺼내 들었다.

"저 리처드 닉슨은 여러분의 희망에 힘입어 이번에 하원의원에 도전하고자 합니다. 저 머나먼 중국에서 공산주의자들의 침략 야욕이 펼쳐지고 있는 지금, 우리는 하나 되어……."

1년이 조금 되지 않는 기간 동안, 정계에 처음 발을 내디디려는 이 신인은 인생을 모조리 베팅해 선거운동에 나섰다.

"민주당 후보는 공산주의자입니다!"

"어째서 현 의원께선 선거운동을 위해 지역구로 찾아오지 않고 D.C.에서 세월만 낭비하고 있습니까? 소련으로 보낼 첩보가 필요하십니까?!"

"시민의 혈세가 낭비되고 있습니다! 그는 지금 당장 지역구로 돌아와 이 무수한 비리 논란에 해명해야 합니다!"

치열한 혈투 끝에, 닉슨은 마침내 명예로운 금배지를 달게 되면서 의회 의사당으로 진출하는 영광을 얻게 되었다. 새롭게 하원에 들어선 그는 취임과 동시에 한 위원회에 참여하게 되었다. 비—미국적 활동 위원회, 또는 비미활동위원회(House Committee on Un—American Activities). 일명 HUAC.

이 하원의 위원회는 정부뿐만 아니라 학계, 문화계, 연예계 등 사회 전반의 거의 모든 저명인사를 대상으로 그들이 '비미국적'인지… 한마디로 빨갱이인지 여부를 조사할 권한이 있었다. 하원의 일개 위원회에 불과한 만큼 그들의 조사에 강제성은 없었으나, 이 조사에 불응한다는 것 자체가 어떻게 비춰질지는 너무나 뻔하지 않겠는가.

아직 매카시는 뛰어들지 않았지만. 이미 매카시즘은 시작되었다.

* * *

1947년 2월. 서독, 본(Bonn).

전쟁의 끔찍한 상처를 모두 하얗게 덧칠하고 싶은 듯, 하늘은 새하얀 눈송이를 대지에 흩뿌려주고 있었다. 갑작스레 내리는 눈발에 사람들은 저마다 우산을 펴거나, 그도 없으면 코트를 꽉 여미고 모자를 푹 눌러쓰며 저마다 분주히 발걸음을 옮겼다. 그리고, 그 누구보다 단단히 모자를 깊게 눌러쓴 한 남자가 무언가 적힌 쪽지를 힐끔거리며 골목 깊숙이 있는 목적지를 향해 걸어갔다.

똑똑!

"계십니까?"

"…누구십니까?"

"오늘 찾아뵙기로 한 사람입니다. 군터… 라고."

"군터 씨군요. 잠시만 기다려 주십시오."

안에 자물쇠가 몇 개나 채워져 있는지, 한참 덜그럭거리는 소리가 울려 퍼진 뒤에야 마침내 아주 살짝, 빼꼼히 문이 열렸다. 남자는 누가 문을 닫아 버리기라도 하려는 듯 서둘러 문을 붙잡고 그 안으로 들어갔다.

"후우. 이거, 갑자기 눈이 내려서."

"코트와 모자는 제게 주시지요. 그 머플러도요."

"감사합니다."

"사장님께 안내해 드리겠습니다."

계단을 오른 두 사람은 가장 깊숙한 곳에 있는 방문 앞까지 도달했다.

"사장님, 손님 오셨습니다."

"들어오세요."

깔끔하다 못해 황량하기까지 한 사장실. 그야말로 업무를 위한 집기 외엔 별다른 장식 하나 없는 공간. 커피를 마시며 신문을 읽고 있던 사장이라는 남자는 무척 강퍅해 보였는데, 꼭 수수깡처럼 비쩍 마르기까지 해 그 인상의 매서움이 더해지고 있었다. 군터는 사장의 앞에 놓인 의자에 앉았고, 그 직후 직원이 문을 닫고 나가는 소리가 들렸다.

"저희 일루미나티 컴퍼니에 방문해주셔서 감사합니다."

"별말씀을."

"저는 사장인 아두이노 로렌초라고 합니다. 커피 한 잔 드시겠습니까?"

"사양하리다. 별로 목이 마르진 않구려."

"그럼 물이라도 내드리겠습니다. 저 몰아치는 눈발을 뚫고 오셨으니 목을 좀 축이셔야 하지 않겠습니까."

사장은 직접 물을 한 잔 떠다 주었고, 그는 컵을 받아 입에 대지 않고 곧장 옆에 내려놓았다.

"어떻게 저희 업체를 알고 오셨는지는 묻지 않겠습니다. 중요한 건 고객님께서 저희를 방문했단 사실 그 자체니까요."

"…고맙소."

"하지만 고객님께서 사전에 저희에게 제공해주신 정보에 약간 문제가 있더군요. 허허. 벌써 이러시면 곤란한데요."

남자는 서랍을 드르륵 열고는 스크랩된 신문 기사 하나를 내밀었다.

"아무리 거리에 상이군인이 넘쳐난다고 해도, 외눈의 남자는 조금… 인상 깊단 말입니다. 안 그렇습니까, 발터 라우프 씨."

가명 대신 자신의 진짜 이름이 불린 남자는 당황하며 자신의 한쪽 눈에 쓴 안대를 만지작거렸다.

"솔직히 말합시다. 아직 귀사에 대한 신뢰가 충분하지 못해서 말이오, 내가 내 이름을 걸고 돌아다닐 만큼 편한 팔자는 아니잖소?"

"저희를 신뢰하지 않으신다면 여기서 바로 나가시면 됩니다."

발터 라우프. 나치 친위대의 간부이자, 홀로코스트의 핵심 인물 중 한 명. 지금도 뉘른베르크에서는 전쟁범죄에 대한 후속 재판이 진행되고 있었고, 발터 라우프는 비록 체포되지는 않았지만 궐석재판이 잡혀 있었다. 모르긴 몰라도 그가 붙잡히는 순간 바깥세상의 햇볕을 쬐기까지는 아주 기나긴 시간이 걸리리라.

"우리 일루미나티 컴퍼니는 고객님과 같은 난처한 처지에 있는 분들을 위해 모든 서비스를 제공해 드리고 있습니다. 은신처 마련부터 남미로의 피신, 그리고 적절한 환전과 새로운 신분까지. 이 모든 서비스를 제공해드리는데도 불구하고 상호 간의 신뢰가 없다면 무척 곤란한 일이 벌어질 수도 있습니다."

"그 점은 사과하겠소. 하지만……."

"사과는 말이 아니라 행동으로 보여줘야 하지요. 고객님께선 찾는 분이 꽤 많을뿐더러 충분한 신뢰를 보여주지 않으셨으니, 조금 더 많은 수수료를 받겠습니다."

"이보시오!"

"싫다면, 바로 나가주십시오."

라우프는 일어나지 않았다. 그 모습을 물끄러미 바라보던 사장은 1분가량이 지난 다음에야 고개를 끄덕였다.

"좋습니다. 가진 재산은 얼마나 있으십니까? 부동산 같은 건 받지 않습니다. 그건 포기하셔야지요."

"여기 목록이 있소."

"흠… 좋습니다. 제법 가진 게 많으시군요. 이만하면 아르헨티나에서 괜찮은 전원주택과 작은 농장은 확보해 드릴 수 있겠습니다."

사장은 시원시원하게 말하고는 무언가를 계산하기 시작했다.

"고객님께선 며칠간 저희가 마련한 안가에서 쉬신 후, 이탈리아와 스페인을 거쳐 대서양 횡단 여객선에 탑승할 겁니다. 중간중간 신분은 계속 위장할 테고, 저희가 제공해드리는 신분을 철저히 숙지하셔야 합니다."

"알겠소."

"전액 선금으로 지불해주셔야 합니다."

모든 계산이 끝나자, 사장은 자그마한 알약 하나를 내밀었다.

"청산가리입니다. 혹시나 궁지에 몰리신다면 입에 털어넣고 콱 깨물면 됩니다. 가능한 한 쓸 일이 없길 빌겠습니다."

"…고맙소."

"밖의 직원이 안내해줄 겁니다. 제 얼굴을 더 이상 볼 일도 없구요. 그럼 행운을 빕니다."

발터 라우프가 방을 빠져나간 후, 혼자 남은 사장은 시가를 커팅한 후 불을 붙였다.

이 놀라운 신사업. 나치 전범의 목숨줄을 연장해주는 대신 사실상 그들의 전 재산을 입수하는 마법. 이게 연금술이 아니면 달리 무엇을 연금술이라 부를 수 있겠는가?

중세의 연금술사들은 납을 금으로 바꾸기 위해 평생을 바쳤다. 그리고 지금 그는 전범들의 몸뚱아리에 박힐 납탄을 막아주는 대신 금을 따박따박 수령하고 있었다. 하지만 중세의 연금술이 대개 이상만 드높았던 사기극에 지나지 않았듯, 그가 펼치는 연금술 또한 약간의 문제가 있었다.

"재수가 좋으면 오래오래 살겠지."

진짜 연금술은 아직 시작도 하지 않았다. 그의 손을 거쳐 남미로 떠나는 온갖 인간 군상들의 명단과 두 번째 신분이 기록된 이 두툼한 장부. 이 장부를 이스라엘 친구들에게 팔아먹는 순간이야말로 진정한 연금술이 펼쳐지리니, 이 장부야말로 20세기의 현자의 돌 아니겠는가?

지금 아두이노 로렌초라는 이름으로 불리고 그 전에는 까를로 콘티라고 불렸으며, 그보다 더욱 이전엔 찰스 폰지라는 이름으로 살았던 남자는 피식 웃으며 다시 신문을 집어 들었다. 사업은 놀랍도록 순항 중이었다.

반짝이는 것은 모두 금이다 5

에드워드 니시메 킴은 창 너머로 보이는 광활한 태평양을 힐끗 바라보고는 회중시계를 꺼내 보았다. 잠시 후면 류큐에 도착한다. 애써 아닌 척 점잔을 빼고 있었지만, 류큐가 가까워지면 가까워질수록 마음속에선 참으로 미묘한 감정이 샘솟고 있었다.

김유신과 니시메 후미코의 자식들은 참으로 복잡다단한 출생 환경에서 자라났다. 부계 쪽을 살피자면 조부 김상준과 그 세 아들은 조선 독립이라는 대명제 하에서 미합중국 사회의 일원으로 자라났다. 아버지의 '삼촌'들이며 조선계 친구들 또한 저 조선 땅의 독립을 염원하던 이들이었으니 그가 민족주의적 사고에 영향을 받지 않는 건 불가능했다.

모계 쪽은 이보다 더욱 복잡했다. 니시메 후미코는 당대 아시아계 여성으로서는 드물게 고등 교육을 받았고, 외조부는 류큐 출신의 민족주의자였지만 동시에 외조모는 아마미 출신으로 스스로를 일본인이라 여기고 있었다. 바깥에서는 같은 오키나와인으로 취급받지만 오키나와계끼리는 절대 그렇게 생각하지 않았으니 그들 집안의 고충은 자식인 에드워드 또한 피부로 절절히 느끼고 있었다.

나는 단지 미국인일 뿐이다. 그는 항상 그렇게 말하였으나, 안타깝게도 세상은 그 말을 곧이곧대로 들어주지 않았다. 그럴 처지 또한 아니었고. 조선, 류큐, 일본, 미국… 대체 몇 개의 나라가 이 망할 몸뚱이에 엮여 있는지. 비행기가 착륙하고 활주로에 발을 내디디면서, 그는 잡념을 모조리 쳐내고 사업가의 마인드로 돌아갔다.

아버지의 말로는 그냥 가서 사업성 검토만 하면 되는 간단한 일이라고 했지만, 세상에 믿을 사람이 없어서 김유신을 믿나. 산타클로스가 사실 변장한 할아버지였다는 충격적인 진실을 깨달았을 적부터 이미 회의주의에 눈을 떠버린 그였다. 미리 준비된 차량을 통해 도착한 호텔에는 사전에 이야기를 들었던 선객이 기다리고 있었다.

"늦어져서 죄송합니다. 에드워드 니시메 킴입니다."

"이리 보게 되니 반갑구만. 포대기에 감겨 있던 아기가 이렇게 헌헌장부가 되어 오다니."

"부친께서도 어르신의 이야기를 많이 하셨습니다. 아주 훌륭한 분이시라고……."

"킴 회장님께서 그리 말씀해주셨다니 기쁘기 이를 데 없구만. 오오타 타메키치일세. 별다른 직책도 없이 소일하는 늙은이지."

오오타가 오른손을 내밀며 악수를 청했다.

* * *

류큐 자치령은 달걀로 쌓아 올린 탑과 같았다. 미합중국은 오키나와를 하나의 불침항모이자 해군 기지로 점찍어 놓았고, 섬 곳곳에 대규모 군사 기지와 비행장 등을 건설하고 있었다. 일본의 영향력을 탈색시키고 친미 분위기를 깔기 위해 미국 정부는 기업인들에게 오키나와 투자를 권유했고, 피까지 섞여 있는 샌—프랑코는 미국계 자본의 첨병이자 최선봉이 되어 이곳에 대규모 투자와 산업 발전을 계획하고 있었다.

일본 또한 미국이 술수를 부리고 있다는 사실을 모를 리 없었지만, 이들은 나름대로 계산이 서 있었다. 원 역사와 달리 지옥 같은 오키나와 전투는 일어나지 않았고, 오키나와인들의 반일 정서와는 별개로 이들은 경제적으로 일본에 종속되어 있었다. 그리고 하나 더.

"보시다시피, 섬 자체가 작아 산업… 특히 제조업을 일으키기엔 썩 적절하지 못합니다."

에드워드는 오오타의 말에 희미하게나마 고개를 끄덕여야만 했다. 오키나와의 경제는 농업이 절대적인 지위를 점하고 있었고 그다음이 어업. 정말 깡촌 그 자체. 농업이라 한들 그리 여유롭지도 못한 것이, 애초에 류큐를 정복한 일본인들은 이 섬을 설탕의 원료를 공급할 곳으로 점찍어 놓고 사탕수수 재배에만 초점을 맞추어 놓았다.

하지만 이제 중국이라는 거대한 땅덩이가 있고, 마찬가지로 일본의 식민지였던 대만 또한 사탕수수를 경작하며, 앞으로 무역이 활성화되면 미국이나 다른 동남아시아 국가들과도 경쟁해야 하는데 자그마한 섬 하나로는 채산성이 맞지 않는다. 주둔 군인을 대상으로 한 이런저런 소비 산업? 그건 굳이 거대 자본이 오지 않더라도 당연히 흥성하는 골목 상권에 가깝다.

게다가 이 섬이 벼농사를 짓기에 적합한 땅도 아니고 식량 자급화 또한 불가능에 가깝다는 점을 고려할 때, 군바리들을 상대로 장사를 한다 해도 각종 재료나 물자는 전부 다른 곳에서 수입해와야 하리라.

섬을 부지런히 쏘다니며 조사한 결과 오키나와 자체에 석회암이 매우 풍부하긴 했다. 각종 건설업의 기반이 될 만한 시멘트 제조업 정도는 세울 수 있겠지만, 딱 이 섬 내수용에 그친다. 항만과 군 기지, 공항까지 모두 건설이 완료된다면 그다음은 모를 일이다.

에드워드는 이제 슬슬 깨달음이 올 듯 말 듯했다. 왜 아버지가 저번에 한 번 오키나와를 방문한 뒤, 당신께서 직접 재방문하는 대신 자신을 보냈을까. 설마, 설마 아니겠지 하면서도 어쩐지 김유신이라면 그럴지도 모른다는 쓸데없는 확신이 서고 있었다.

'좆됐네, 이거.'

문제 출제자도 답을 모르는 문제를 저더러 풀라는 말씀이십니까, 아버지. 동생은 네바다 사막 가서 땅 좀 사고 건물이나 올리면 되는 쉬운 일 맡기고, 저는 이 황무지 같은 땅에 사업체 일구는 일을 맡기신 겁니까?

물론 유신은 두 가지 일이 있다고 말했을 뿐이고, 어머니의 나라에 가서 훌륭하게 업적을 세워 부모님께 점수 좀 따볼 심산으로 먼저 자원했다는 사실은 싹 잊어먹은 지 오래였다. 실로 김가의 핏줄다운 신속한 자기합리화였다. 하지만 자기합리화와 별개로, '못 하겠는데요.'라는 말은 절대 입 밖으로 낼 수 없는 것 또한 김가의 피.

'뭐? 안 돼? 못 하겠어? 허이구. 어렵구나. 그래서 못 하겠구나. 너희 삼촌은 노랭이 주제에 사관학교 간다고 껄떡대더니 대원수가 됐는데, 금수저 입에 물고 태어난 우리 장남은 못 하는구나. 우리 김상준 영감이 들으면 풍 맞을라. 내가 자식을 헛똑똑이로 키웠네. 헨리랑 바꿀 걸 그랬어.'

아. 극장 영사기를 틀어 놓은 듯 아주 선명하게 보인다. 보인다 보여. 미래가 보여. 그런 그의 고뇌를 아는지 모르는지, 오오타는 틀림없이 바쁜 몸일 텐데도 그의 옆에 껌딱지처럼 붙어 온갖 해설을 늘어놓고 있었다.

"어떻습니까? 우리나라에서도 샌―프랑코의 투자에 대해 매우 긍정적으로 바라보고 있습니다. 세제혜택은 물론 각종 규제를 완화하고, 나아가 극동 경제권 활성화를 위해……."

"그… 귀하신 분께서 이리 시간을 오래 내주시니 정말 감사합니다."

"하하. 귀하다니요."

일본인들은 왜들 이리 배후의 흑막 놀이를 좋아하는지, 오오타 또한 이미 정관계를 꽉 잡고 있으면서도 정작 본인은 몇몇 명예직만 단 채 이리 태공망처럼 세월을 낚고 있었다. 대충 그의 심산은 뻔했다. 오키나와 대신 일본 본토에 투자해줬으면 하는 바람이렷다.

하지만 불행하게도, 이곳 류큐 자치령 지사도 만나보고 현지에 미리 나와 있던 직원들과도 논의해 봤지만… 뾰족한 답이 나오질 않았다. 정말 꿩 대신 닭이라고 일본에라도 투자를 해야 하나? 하지만 쉽사리 포기하자는 말을 꺼낼 순 없었다.

"킨 장군의 조카분이라고 들었습니다!"

"류큐의 피가 흐르는 분답게 참으로 기골이 장대하십니다. 부디 저희가 자립할 수 있도록 도와주시면 감사하겠습니다."

"항상 콧대 높이 돌아다니던 일본인들이 이제 우리 눈치를 보고 있습니다. 그것만으로도 그저 저희는 좋아 죽을 지경입니다. 너무 억지로 고민하지 마시고, 고향에 왔다 생각하시고 편히 지내시지요."

저 순박해 보이는 사람들을 외면할 수 없었고, 장남이 떠났다는 말을 듣고 좋은 소식을 기대하고 있을 어머니를 외면하기도 싫었다. 결국 하염없이 시간만 계속 흘렀고, 본래부터 예정되어 있던 다른 손님이 이곳에 도착했다.

"잘 지내셨습니까, 도련님?"

"그럼요. 보이십니까? 여기서 살이 얼마나 쪘는지 모르겠습니다."

"벌써 찌시면 곤란합니다. 이 야마다, 도련님께 아주 그냥 풀코스가 뭔지를 똑똑히 알려드리겠습니다. 후하하!"

아무리 에드워드가 유신의 아들이라지만 야마다는 결코 함부로 대할 수 없는 인물. 몇십 년간 샌-프랑코와 김가를 위해 목숨까지 걸면서 헌신했고, 비록 일제가 미쳐돌아가는 광기의 나라였다지만 조국에 해를 끼친다고도 할 수 있을 법한 일도 거침없이 행했다. 그의 공로를 잘 알기에 유진과 유신 또한 기꺼이 야마다에게 크게 한 몫 떼주지 않았던가.

"하하. 이제 사장님이신데, 저보고 도련님이라 할 필요도 없지 않겠습니까?"

"아니, 그게 무슨 무서운 말씀이십니까. 이 야마다, 비록 킨 쇼군께 영지를 하사받아 다이묘가 되었지만 결코 쇼군에 대한 충심은 사라지지 않았습니다. 그러니 부디 말씀 거두어주시지요."

참 무서운 사람이다. 비즈니스맨으로서 득도하다시피 한 인물이니만큼 하는 말마다 진심이 물씬 담겨 있었다. 적의 등에 칼을 꽂는 순간까지도 저 가득한 진심은 결코 사그라지지 않겠지.

야마다까지 합류했음에도 불구하고, 류큐에 투자할 만한 신사업은 뾰족한 아이디어가 나오지 못했다.

"그게 됐으면 진작 제국 놈들이 뭐라도 하지 않았겠습니까?"

"그들은 착취의 대상으로 류큐를 대하지 않았습니까."

"결국 중요한 건 돈입니다. 대만을 점령한 시점에서 사탕수수 플랜테이션으로서의 오키나와의 메리트는 꽤 사그라들었지요. 제국의 관료들이라 한들 경제 논리를 외면하진 않았습니다."

무식한 군바리들이라면 몰라도 말이지요, 라고 덧붙인 말에 에드워드는 물론 오오타까지 쓴웃음을 지었다. 그리고 하루, 이틀, 사흘… 체류 기간은 갈수록 엿가락처럼 늘어났다. 아무리 고민해도 뾰족한 수가 떠오르지 않자, 결국 그는 모든 일정을 취소하고 객실의 침대에 큰 대 자로 쭉 엎어지고 말았다.

"후우……."

이건 아버지가 아니라 삼촌이 와도 답이 없을 것 같은데. 문득, 삼촌의 온갖 기행에 휩쓸려 커피를 공기처럼 빨아들이며 집에서도 일을 하던 부친의 모습이 떠올랐다.

'아빠, 또 삼촌 때문에 일해?'

'그래. 밤이 늦었으니 얼른 자렴.'

'내가 삼촌 때려줄까?'

'괜찮아. 이미 아빠가 많이 때리고 왔어.'

'삼촌은 왜 맨날 아빠를 괴롭혀? 나쁜 사람이야?'

그때만 생각하면 웃음이 나온다. 아버지가 뒤이어서 한 말이 참 걸작이었는데…….

'너희 삼촌은 확실히 미쳐도 단단히 미친놈이지만, 정상인은 생각도 못할 놀라운 일들을 해내곤 한단다. 멀쩡한 삼촌보다는 미친 삼촌이 우리 가족과 세상에 더 큰 도움이 되니 어쩌겠니.'

'무슨 말인지 모르겠어.'

'그걸 알 때쯤이면 너도 어른이 된 거란다.'

이제는 알 것 같다. 무슨 소설이나 만화에서 튀어나온 것처럼 온갖 악의 무리를 다 때려부수는 초인이 정상인일 린 없잖은가. 그 미친 삼촌이라면 무슨 수를 썼을까. 어떤 발상으로 선량한 정상인들을 괴롭혔을까. 침대에서 일어나 멍하니 류큐의 전경을 바라보던 에드워드는, 어느 순간 머릿속 미궁을 떠도는 아리아드네의 실을 붙잡고 천천히 생각의 타래를 풀어나가고 있었다.

"야마다 씨! 야마다 사장님!"

"예, 도련님? 무슨 일이십니까?"

"혹시 일본뿐만 아니라 한국이나 중국 쪽 데이터가 있습니까?"

"말만 하시지요. 어지간한 숫자는 다 제 머리에 박혀 있으니까요."

이게 맞나? 아닌 것 같은데. 하지만 빈손으로 캘리포니아에 돌아가는 것보단, 또라이 같은 아이디어라도 들고 가는 편이 훨씬 낫지 않겠나?

"중국에는 갑부가 많다고 들었습니다."

"어… 그렇지요. 나라가 망하거나 말거나, 청이 망하고 군벌이 판치는 시대여도 저 대륙엔 호의호식하는 자들이 드글드글했습니다. 지금도 달라지진 않았지요."

"그들을 대상으로 한 관광업을 조성하면 어떻겠습니까?"

"관광과 여행업입니까? 이런 섬이라면 누구나 떠올릴 법한 발상입니다만, 중국의 내전도 그쳤으니 충분히 가능한 이야기지요. 하지만 그만한 갑부들이라면 사실 미국이나 유럽 여행도 불가능한 일은 아닙니다."

미끼가 필요하다. 도저히 안 오고는 못 배길 미끼. 그리고 마침… 그의 동생이 그 비슷한 무언가를 준비하고 있잖은가.

"도박장을 만듭시다."

"예?"

"카지노 말입니다, 카지노. 어마어마하게 웅장하고 번쩍번쩍한 초호화 카지노."

책상에 올려져 있던 지도를 가져온 에드워드는 곧장 자를 대고 직선을 죽죽 긋기 시작했다.

남경까지 약 800킬로미터. 서울까지 약 1,300킬로미터. 도쿄와 홍콩까지 약 1,500킬로미터. 민항기로도 충분히 닿을 수 있고, 해로로는 말할 것도 없다.

"섬이 궁핍하고 가진 게 없으면 부자 호주머니를 털면 되는 거 아닙니까."

"괴, 굉장히, 그, 붉은 냄새가 나는 말씀이십니다만."

"어차피 이 섬에서 제대로 된 제조업을 일구긴 글렀습니다. 결국 관광밖에 답이 없다면, 군바리 동전 빨아먹을 바엔 차라리 갑부들 수표를 털어먹어야지요."

혹시 아버지는 여기까지 염두에 뒀던 걸까? 복잡한 상념은 일단 접어두기로 했다. 도박 같은 민감한 사업을 벌이려면 우선 류큐의 고위층은 물론 일본연방의 고관들부터 설득해야 하니. 그는 곧장 옷걸이에 걸려 있던 코트를 걸치고 바깥으로 나왔다. 겨울이지만 이 아름다운 섬의 날씨는 무척 쾌적했다.

10장
적색 공포

적색 공포 1

앨리스 킴이 프랑스에 있을 적 잠시 기업 경영의 아주 작은 편린을 맛본 그녀는 온갖 일들을 경험했다. 시궁창에 처박히기 직전의 프랑스 지사를 건져내야 했고, 브랜드 관리 및 이미지 관리라는 걸 맛보았고, 처음 보는 사람들과 협업해 기업의 목표를 달성해야 했으며, 프랑스의 저명인사들과 인맥 관리도 해야 했다.

여기까지는 흔한 후계자 수업의 일환이라 칠 수도 있겠지만, '페이퍼클립 작전'에 합류시킬 수는 없지만 가치 있는 독일인들을 비밀리에 대서양 횡단 화물선에 태우기도 했으며, 그 독일인들 옆 칸에다 헐값에 사들인 예술품을 숨기기도 했고, 또… 또… 아무튼 많았다. 당연한 말이지만 두툼한 집안의 벽 바깥 세상은 그리 따뜻하지 못했다.

"샌—프랑코 지사가 전범 용의자를 숨기고 있다는 첩보를 입수했습니다. 수색에 동의하시겠습니까?"

"전범이요? 지금 그 전범들을 두들겨 패서 지옥으로 돌려보낸 사람이 누군지 알고 하시는 말씀이시죠?"

"저희도 조금 당혹스럽습니다만……."

"그래서 그 용의자는 누구죠?"

"알베르트 괴링이라는 인물입니다."

"괴링? 그 히틀러의 심복이라는 돼지새……."

"그의 동생입니다. 뉘른베르크로 보내야 하는데 소리소문없이 증발했더 군요."

잘 알지. 이 건물 다락방에 짱박혀 있으니까. 영장 들고 오기 전엔 못 보 여준다고 해? 아니, 그건 더 수상하다. 수색을 허용해? 들키면 끝장인데. 그 러니까…….

"저희는 프랑스 현지 법률을 존중하며, 이 혼란스러운 시국을 고려해 더 더욱 현지 정부의 행사에 저항할 생각은 없습니다. 아무것도 숨긴 건 없습 니다만, 부디 저희가 이 파리를 비롯한 프랑스 곳곳에서 벌이고 있는 복지 를 고려해주시면 감사하겠습니다."

"으음……."

"킴 장군의 딸이 괴링의 동생을 숨기고 있다는 게 말이 되는 일입니까? 정보 소스부터 재점검하고 다시 돌아오시는 게……."

"후. 이거 실례가 많았습니다. 협조해주셔서 감사합니다."

최대한 객관적으로 자기 자신을 바라보았을 때, 그녀는 어머니를 많이 닮았지 아버지는 별로 닮지 않은 것 같았다. 닮았다는 건 하는 짓이 암만 봐도 아빠 복제품인 헨리 같은 인간한테나 쓰는 말 아니겠나. 하지만 재와 폐허로 가득한 프랑스에서, 그녀는 부친에게서 물려받은 재주 하나를 알아 차렸다.

최악의 위기에 몰렸을 때 오히려 더더욱 배에 힘을 주고 '받고 더!'를 외 치는… 배짱? 똘기? 하필이면 물려받아도 이런 요상한 걸 물려받았단 말인 가. 혹시나 하는 마음에 사교의 일환이라는 명목으로 도박장에 간 이후, 그 녀는 스스로를 더 이상 속일 수 없었다.

"자. 어떻게 하시겠습니까, 아가씨? 받고 더 갑니다."

"그렇게 아가씨라고 불러봐야 제 손패가 바뀌진 않아요. 저도 받고… 이만큼 더. 오늘 집에 가시면 바가지깨나 긁히시겠어요?"

"빌어먹을. 죽겠습니다."

말도 안 되는 엉터리 패를 쥐고도 뻔뻔해지다 못해 태연하게 보일 수 있는 포커페이스에, 판돈이 불어날 때마다 점점 모터라도 달린 듯 제멋대로 돌아가는 혓바닥. 거기에 별로 알고 싶진 않았지만 위스키로 병나발을 불어도 쓰러지긴커녕 말똥말똥해지는 정신까지.

이거… 그냥 사기꾼의 재능 아닌가? 자괴감 한 뭉텅이를 끌어안은 채 미국으로 돌아온 그녀는 양친보다 먼저 김유신에게 달려가 이 웃기지도 않는 이야기보따리를 풀어헤쳤고.

"푸, 푸, 푸하하하하!! 걸작이구만! 걸작이야! 헨리 그놈은 왜 그리 아빠랑 다르게 견실한가 했더니 타짜 기질은 전부 동생한테 물려줬구만!!"

"그게 웃을 일이에요?!"

"신기하잖니. 조선놈 피가 참 질기긴 질긴가 보네. 우리 옹고집 김상준 씨 성질머리가 왜 손자들한테선 안 보이나 했는데, 그럼 그렇지."

"웃지만 마시고 좀! 제가 왜 엄마, 아빠보다 먼저 삼촌한테 얘길 꺼냈는데요?"

"그야 김유진이는 헤헤 웃고 치울 테고, 형수님은 시집이나 가라고 한소리 할 게 뻔해서 나한테 온 거 아냐. 틀렸나?"

독심술사가 따로 없다. 바닥을 데굴데굴 굴러대지 않은 게 용할 정도로 실컷 웃은 유신은 다시 상품 가치를 측정하는 자본주의 철가면으로 되돌아갔다.

"그래서, 술과 도박과 범죄로 가득한 암흑가에서 전설을 써내려가고 싶니?"

"그딴 짓 했다간 시집도 못 가잖아요……."

"그야 그렇지. 그러면 진짜 사기꾼들이 득실득실한 D.C.의 마굴은 어떠니.”

“아빠가 딴 건 몰라도 정치는 절대 하지 말래요.”

내 손자들까지는 절대 정치에 손대지 말 것. 유진 주니어가 태어날 무렵부터 유진 킴은 아주 못을 단단히 박아놨다. 그가 드물게도 정색하고 ‘정치할 거면 호적에서 이름 판다.’라고 말할 정도면 정말정말 하지 말라는 뜻이리라.

“그래. 너희 아들딸들, 그러니까 나나 형의 손자까지는 정치는 건드리면안 되지. 피와 인맥이 섞이고 또 섞여서 절대 이 나라에서 분리되지 못할 만큼은 돼야 정치판을 기웃거려도 집안 기둥이 뽑히진 않을 테니까. 그럼 남은 건 하나뿐이구나.”

그는 비서를 불러 무어라 말을 전했고, 잠시 후 앨리스도 무척 잘 아는 사람이 회장실로 들어왔다.

“밀러 아저씨?”

“어, 무척 오랜만입니다. 프랑스는 좀 어땠습니까?”

“어… 참 폭풍 같은 곳이었어요.”

“쟤가 칼질하는 재주가 꽤 있어 보이더라고. 늘그막에 소일거리 하는 셈치고 한 수 가르쳐주는 건 어떤가?”

“앨리스 아가씨가요? 배심원을 설득하기 전에 그냥 쏴버릴 것 같은데…….”

“아저씨!!”

그녀의 진로가 법률로 정해진 순간이었다.

* * *

겨우내 뿌린 눈이 햇볕 앞에 살며시 녹아내리는 1947년의 봄. 앨리스 킴은 조지아주 애틀랜타에 도착했다. 옆에 짐 하나를 둔 채.

"정말 따라와도 괜찮아요?"

"하하. 물론입니다. 원래 휴가 중인 군인이란 게 그냥 집에서 밥만 축내는 놈이거든요."

"아니, 그래도 저는 일 때문에 온 건데……."

코가 꿰여서 선을 보길 일곱 차례. 누가 군바리들 아니랄까 봐 하나같이 자신이 얼마나 남자답고 마초이즘이 철철 흘러넘치는지 무슨 동물의 왕국처럼 표출 못 해 안달 난 놈들만 줄줄이 사탕으로 만난 뒤, 얼굴이 시뻘게져서는 어버버대고 있는 남자를 보게 되니 참으로 선녀 같았다.

'언니, 혹시 엘렉트라 컴플렉스야?'

'밥 잘 먹어 놓고 무슨 헛소리니?'

'아니. 실컷 걷어차다가 어디서 아빠랑 하는 행동이 똑같은 사람을 콕 집어 오니까 신기해서……'

'너 용돈 안 줄 거야.'

'아아앙!! 그거랑 이거랑은 별개지!!'

그럴 리가 없다. 그냥 꽉 막힌 가부장 냄새 풀풀 나는 놈들을 다 거르다 보니 남은 게 이 사람 하나뿐이었다. 성도 킴이니 성을 바꿀 일도 없고 얼마나 좋은가? 아니지. 아냐. 아직 결혼은커녕 사귀지도 않는다. 그냥 서로 알아가는 단계일 뿐이라고. 절대, 절대 아니다. 아무튼 아니다.

"그러고 보니 직업군인이셨죠. 제대군인 원호법에 대해 아는 게 있으신가요?"

"'G.I. 빌' 말씀이시군요. 물론입니다. 전역하면 돈도 주고 집이나 가게 차릴 대출 지원도 해주고 학비도 대주고. 이것저것 꽤 많이 나라에서 신경 써준다고들 하죠. 저도 조만간 타먹을 것 같습니다, 하하!"

"전역하시려고요?"

"예. 아무래도 저는 군인 체질이 아니라서 말이지요."

멋쩍게 뺨을 긁적대는 이 사람이 무수한 신문 기사를 자랑하던 '캉브레의 영웅 2호기'라기엔 너무 갭이 크다. 그 악명 높은 나치 장군 발터 모델의 계략을 무너뜨린 전쟁영웅의 풍모는 어디 가고 촌뜨기처럼 여기저길 두리번거리기나… 잡념을 끊은 그녀는 고개를 반대편으로 돌렸다.

"우리 집안은 유색인종의 처우에 관해서도 많은 관심을 갖고 있어요. 정확히 말하자면, 모든 유색인종의 권리가 보장되어야 우리 또한 편해질 수 있으니까요."

"김가의 훌륭한 자선과 선행을 모르는 사람이 누가 있겠습니까?"

"그런데 음… 하여간 요즘 저희 쪽으로 흘러 들어오는 이야기가 꽤 많아요."

G.I. 빌은 다양한 방안으로 제대군인의 사회 정착을 독려했지만, 그것들을 어떻게 집행하고 실행할 것이냐는 또 다른 문제.

'제대군인 원호 프로그램은 연방 정부가 아닌 각 주에서 별도로 관리해야 한다.'

'각 주는 해당 프로그램을 민간 금융기관에 위탁하여 관리한다.'

연방 정부의 권력 독점을 극히 경계하고, 공권력보단 민간 위탁을 사랑하는 미합중국인만큼 당연하다면 당연한 일.

"그야 정부가 일일이 은행 업무를 볼 수 없기 때문 아닙니까?"

"명목상으로는 그렇지요. 하지만 정치하는 사람들의 문법은 보통 사람들이랑은 좀 달라요. 이건 그러니까, 일부러 법의 허점을 만든 셈이지요."

"그게 무슨 뜻입니까?"

"이제부터 확인해봐야지요. 우리 눈으로 직접."

아니 땐 굴뚝에서 연기 솟으랴, 라는 속담이 있다고 들었다. 그 말 그대로, 연기가 무럭무럭 치솟아 샌프란시스코까지 왔는데 불을 때지 않았을 리가 없었다.

"미스 킴, 와주셔서 감사합니다. 옆의 분은 혹시 샌—프랑코에서 함께 나오셨는지요?"

"이분은 '모델을 막은 남자'라고 명성 자자한······."

"아, 아아! 저는 도경 킴이라고 합니다. 관계자는 아니고, 킴 양과 개인적인 친분이 있어 따라왔습니다!!"

사무실 한쪽을 빌려 간이 집무실을 만들고 미리 접수된 건들의 서류를 체크한 후 실제 면담까지. 이곳 조지아주와 그 인근 흑인단체에 접수된 사항은 대동소이했지만, 대부분 명확했다.

"일방적으로 대출 심사를 거부당해 집을 사지 못했습니다. 왜 정부가 내 신용을 보증하는데 대출이 나오지 않느냐고 항의했는데, 깜둥이 새끼들은 집을 험하게 쓰니 대출이 어렵다고······."

"범죄에 악용될 여지가 있다며 대출을 거부했습니다."

융자 거부.

"저희 가족이 입주하면 이 인근 집값이 떨어진다고······."

"돈을 마련했는데도 불구하고 일방적으로 입주 불가를 통보받았습니다."

"미시시피주에서 확인된 바로는, 3천 세대가 훌쩍 넘는 신축 주택 중 흑인의 입주가 허락된 주택은 단 두 채였답니다."

입주 거부.

"국비 교육을 신청하려 해도 교육을 제공해주는 곳이 없습니다."

"조지아주에서 G.I. 빌의 혜택을 사용할 수 있는 고등 교육기관 거의 대부분이 백인 전용입니다. 흑인은 흑인 전용 교육기관에 가라는 말만 앵무새처럼 반복하고 있습니다."

"겉으로는 인종과 무관하다는 곳들도 이미 정원이 다 찼다는 말로 거부당했습니다. 백인 전역자로 먼저 정원을 채운 뒤 남은 자리에 흑인을 넣기 때문이지요."

교육 거부.

"지원금을 신청하러 가는데 어디서 갑자기 건달들이 나타나서는 일방적으로 구타당했습니다!"

"전역장병 지원금을 타려면 지원서 양식을 받아야 하는데, 정부에서 이걸 발송해줘도 우체부들이 멋대로 찢어서 버리고 있답니다."

"지원금이 도통 나올 기미가 없어서 입에 풀칠이라도 하려고 날품팔이 일을 알아봤는데, 하루 일을 했더니 너는 실업자가 아니라며 지원을 거부당했습니다. 그런데 백인들은 몇 달씩 같은 일을 해도 지원금을 수령하고 있더군요."

지원금 거부.

앨리스가 한숨을 내쉬며 이곳 단체 사람들과의 미팅을 준비할 때, 구석에서 연신 줄담배만을 태우던 도경의 얼굴엔 미소가 싹 빠져 있었다.

"도경 씨?"

"예."

"괜찮으세요?"

"죄송합니다. 별로 괜찮지 못하군요."

그는 천천히, 무언가를 짜부라뜨리기라도 하듯 주먹을 꽉 쥐었다.

"저는 93사단장이었습니다. 이 나라가, 우리가 보호해주니 믿고 싸우라고 했었습니다. 그런데, 그런데 이게 뭡니까. 어째서 1917년이 1947년이 됐는데 바뀌는 게 없는 겁니까?"

"…진정해요. 나도 무척 화가 나지만, 이럴수록 머리를 식혀야 해요."

"고맙습니다. 저도 알고 있지만… 알고 있지만, 이건 너무하잖습니까."

"이 뻔뻔스럽고 수치를 모르는 딕시 놈들 정강이를 걷어차주자고요. 아주 잘근잘근 밟아주면 돼요."

"93사단장? 혹시 토쿄 킴 장군이십니까?!"

"…예. 그건 별명입니다만."

그들의 대화를 주워들은 이들은 갑자기 아연실색해져서는 빠른 걸음으로 다가왔다.

"지금 여기서 뭐 하고 계십니까?"

"예? 저는 휴가 중입니다만."

"무슨 일 있나요?"

"조금 전에 발표가 있었습니다. 이럴 게 아니라, 빨리 이리로 오시지요. TV를 보셔야 합니다."

서류 뭉치를 내팽개치고 자리를 옮긴 이들은 사무실에 비치되어 있는 텔레비전 앞으로 향했고, 한 남자가 카메라를 향해 삿대질을 하며 무언가를 목청 높여 떠들고 있었다.

— …이상에서 알 수 있다시피, 자랑스러운 민주주의 국가의 군대인 미합중국 육군은 독일 땅에서 나치와 맞서 싸우다 불미스러운 오점을 남겼습니다. 저 사악한 이들이 학살을 자행했다 한들, 그것이 우리 미군이 학살을 벌여야 할 이유는 되지 않습니다.

— 매카시 의원님! 지금 나치를 두둔하시는 발언으로 들릴 소지가 충분합니다만…….

— 이것은 파시스트를 두둔하는 문제가 아닙니다. 이것은 우리의 소중한 가치에 대한 문제입니다.

TV 속 남자는 앨리스와 도경을 응시하는 듯 카메라를 뚜렷하게 바라보았다.

— 베를린을 향해 진격하던 토쿄 킴 중령의 대대는 11명의 나치 친위대 포로를 무단으로 총살한 후 이를 암매장하였습니다. 여기에는 그 어떠한 정의도, 사법도 없었습니다.

앨리스의 목이 홱 꺾여 옆을 향했다. 도경은 입을 꽉 깨문 채 침묵하고 있었다.

적색 공포 2

초선 의원의 움직임은 대개 둘 중 하나다. 천천히 주변을 알아가기 위해 다소 느리더라도 천천히 배워 나가거나. 혹은 일명 '저격수'라 불리우는 트러블메이커, 이슈메이커 자리를 노리거나. 조지프 매카시 또한 이들 저격수의 삶이 하루살이에 가깝고 결국엔 소모품에 불과하다는 걸 모르지는 않았으나, 유감스럽게도 세상은 그의 뜻대로 돌아가지 않고 있었다.

첫 코부터 잘못 꿰였다.

"매카시는 좌익 용공 분자들의 몰표를 받아 당선되었습니다. 경쟁자의 선거운동에 훼방을 놓은 이들 또한 모두 좌익입니다. 이걸 과연 시민의 민의라고 받아들여야 할까요?"

"우리는 모두 알고 있습니다. 위스콘신주의 빨갱이들은 공화당에서 갈라져 나온 이들이며, 이는 곧 공화당이 빨갱이라는 증거입니다."

"공화당은 겉으로는 반공을 외치지만 뒤로는 공산주의자들의 지령을 받고 있습니다! 우리 주를 좀먹고 있는 빨갱이들이 이토록 가득합니다!"

선거에서는 이겼지만 네거티브는 도무지 떨어질 줄을 몰랐다. 매카시는 자신의 주 지지층 중 반유대주의자들이 많다는 점에 주목했고, 여기에 더

불어 지역구인 위스콘신주에 독일계 미국인들이 많다는 점 또한 눈여겨보았다. 그리고 그는 판사 출신이었다.

"저는 전범과 학살 혐의로 기소된 저들 독일군에 대한 일부 혐의가 조작되었다고 생각합니다."

때마침 전범 재판이 한창 진행 중에 있었다. 매카시는 이 중에서 몇 건을 골라잡고 상원의원의 권능을 발휘해 개입하기 시작했다.

"자, 나치 친위대 중 어린애들을 끌어모아 만든 '히틀러 유겐트' 친위대가 프랑스 민간인과 미군 포로를 학살했답니다. 증언에 따르면 이제 갓 고등학교 졸업한 애들이 깔깔 웃으면서 사람 머리에 대고 총을 쏴댔다는데, 제대로 된 물증은 없고 정황증거와 독일군의 자백밖에 없습니다. 그것도 미성년자의 자백 말이지요."

"매카시 의원님. 당시 나치 독일군은 미친놈들이었고 친위대는 그중에서 가장 돌아버린 놈들만 곳이었습니다. 합리적으로 바라보면……."

"제 말 끝나지 않았습니다! 여기 증언 보면 '프란츠 슈미트라는 어린 병사가 기관총을 양손으로 들고 난사해 여섯 명의 포로를 단숨에 처형했다.' 라고 하는데, 이게 지금 말이 됩니까? 그래서 이 슈미트라는 친구를 체포했습니까?"

"증언에 따르면 전쟁터에서 탈영했답니다."

"누가 봐도 사라진 어린애에게 모든 죄를 떠넘기는 이야기잖습니까! 자유 국가의 사법이 이런 웃기지도 않는 소리에 귀를 기울여야 합니까?!"

매카시의 처세는 실로 교묘했다. 그는 자유와 정의를 부르짖는 애국자였고, 합중국은 정의로워야 한다고 믿어 의심치 않는 투사였다. 단숨에 일약 언론의 주목을 받는 스타로 부상한 매카시는 차츰차츰 '미군이 숨기고 있는 치부를 들추는 정의로운 폭로자'로 자신을 프레이밍하며 더욱 가열차게 포문을 열었다.

"저는 처음 이 일에 개입했을 때, 대단한 것을 바라지 않았습니다. 나치는 분명 역겹고 추악한 놈들이지만, 상대가 아무리 더럽고 야비하고 악랄한 개새끼일지언정 공정한 재판을 받게 해주는 것이 바로 미합중국이라 믿었을 뿐입니다.

하지만 제가 이 일에 관심을 갖게 되자 무수한 투서와 증언이 빗발쳤습니다. 바로, 누구보다 정의로워야 했을 미군이 정작 학살과 약탈을 자행했다는 제보였습니다. 우리는 진실을 외면해서는 안 됩니다. 제게 비밀리에 증언해주는 이들 또한 미군입니다. 양심의 목소리! 거짓과 선동을 일삼는 공산주의자들의 음모에 맞서기 위해 그 무엇보다 절실한 것은 바로 우리의 양심입니다!!"

[위스콘신주 매카시 상원의원 일갈!]

['미국의 양심' 매카시, 포효하다… 진정한 정의는 누구인가?]

"매카시 의원! 이 미치광이가 대체 무슨 짓을 저지른 거야!!"

"저는 미합중국의 정의를 위해 옳은 길을 택했을 뿐입니다."

"지금 자네가 여당인지 야당인지 구분 못 하겠나? 군부가 누구 편인지 구분도 못 해?!"

"죄송합니다만 의원님. 저는 올바른 정치를 하라는 위스콘신주 주민의 뜻을 받들어 이 자리에 섰습니다. 추잡한 당리당략에 얽매여 정의를 세울 수 없다면 그건 한낱 협잡일 뿐 진정한 정치라 할 수 없습니다."

"이, 이… 이 미친 자식이!"

공화당은 당연히 발칵 뒤집혔고, 백악관이 분노했다는 소문이 D.C. 전역에 퍼져나갔다.

* * *

퍽!

"끅……!"

"앉게나, 킴 중령."

맥네어 육군참모총장은 놀랍도록 무덤덤하게 말했고, 군홧발로 쪼인트를 까여 비틀거리던 도경 킴은 얼른 자리에 착석했다.

"어째서 귀관은 부대 내에서 벌어진 일을 상부에 보고하지 않았나?"

"당시… 해당 보고를 올릴 경우 베를린으로 진격하라는 명령을 지킬 수 없었기 때문입니다."

"그건 상부의 의지였나?"

"아닙니다. 제 독단적 판단이었습니다."

"포로 학살은 귀관이 지시했나?"

"아닙니다. 전투가 종결된 후 전우의 죽음을 확인한 장병들이 분노에 가득 차 우발적으로 벌인 일입니다."

"어째서 그들을 처벌하지 않았지?"

"친위대 대원들은 죽어도 싸다는 분위기가 모든 부대원 전원에게 공유되고 있었기 때문에… 그들을 처벌했을 경우 사기가 심각하게 저하되었으리라 판단했습니다."

똑똑.

바깥에서 문을 노크하는 소리가 들렸음에도 맥네어는 꿈쩍도 하지 않았다.

"바쁘니까 30분 뒤에 다시 용건을 말하게."

"죄송합니다. 급한 손님이 오셔서."

"나중에."

"맥네어 선배님. 들어가겠습니다."

벌컥 문을 열고 들어오는 한 사람. 맥네어는 드물게도 짜증을 내려 했지만 사람이 사람인 만큼 참을 수밖에 없었다.

"합참의장께서 왜 오셨습니까."

"제가 키우던 놈이 개처럼 처맞고 있다길래 그만."

"대, 대원수님."

"닥쳐. 죽여버리기 전에. 마음 같아선 패튼이랑 둘 다 같이 총살해버리고 싶으니까."

"네."

이미 살인이라도 하고 온 것 같은 표정의 대원수는 담배 한 개비를 장전해 입에 꼬나물고는, 곧이어 한 대 더 불을 붙여 도경에게 가져다주었다.

"받아."

"괘, 괜찮습니다."

"받으라고 이 새끼야. 니 인생 마지막 담배가 될지도 모르니까. 총장님, 저는 신경 끄고 계속하시죠."

그는 맥네어의 대답을 기다리지 않고 터벅터벅 소파로 향하더니 털썩 앉았다. 낡은 소파가 비명처럼 숨소리를 터뜨렸다.

"그래서, 뭐랍디까."

"짐작하시는 대로입니다, 의장님."

"또 패튼입니까?"

"그야 제리는 마음껏 찢어 죽여도 된다고 훈시를 했잖습니까. 그딴 놈을 그 자리에 계속 앉혀둔 총사령관의 업보 아닐까 싶은데."

"안 그래도 백악관에서 쪼인트 까이고 왔습니다. 보실래요?"

유진은 피식 웃으며 바짓단을 걷어붙였다. 정강이께에 피멍이 아주 야무지게 맺혀 있었다.

"'내가 그 새끼 쓰지 말자고 했지!' 하면서 걷어차이고, 귓방맹이도 날아가고, 아주 그냥 온몸으로 처맞고 오는 길입니다. 군에서 물러난 지도 한참 된 영감쟁이가 쪼인트 알차게 까는 법은 아직도 기억하고 있네."

"앞길이 창창한 젊은 친구 인생을 꼬아버리느니, 차라리 조만간 퇴역인 늙다리 하나 버리는 건 어떻습니까?"

"그럴 순 없지요."

"이 와중에도 패튼을 옹호합니까? 그놈 예하 부대에서 벌어진 포로 학살이 한두 건이 아닙니다. 패튼 하나 던져주고 육군을 지킬 수 있다면 충분히 합리적인 교환입니다."

"아니, 뭐. 정신병자를 처벌할 순 없잖습니까."

"농담하지 마시고."

"대통령과 전쟁부장관, 육군참모총장의 권고에도 불구하고 당시 총사령관이었던 제가 그의 직위를 유지했습니다. 책임을 져야 하는 사람이 있다면 그건 바로 유진 킴입니다."

맥네어는 그 모습을 보며 자신도 시가 하나를 꺼내며 중얼거렸다.

"은퇴하고 싶어서 똥물이라도 처먹고 싶은 심정은 이해합니다만, 그렇게 둘 수는 없습니다. 다른 것도 아니고 이딴 추잡한 일로 대원수가 은퇴한다면 육군의 명예가 실추됩니다."

"…누가 들으면 은퇴 못 해서 환장한 새끼로 알겠습니다?"

그 말을 들은 맥네어의 눈에서 살인 광선이 뿜어져 나왔고, 유진은 조용히 입을 다문 채 담배만 연신 빨아댔다.

"킴 장군. 귀하라면 신출내기 의원 하나 모가지 꺾어버리는 건 일도 아니잖소."

"당연한 말씀을."

"육군 내에서 적당히 매듭짓고, 저 천둥벌거숭이에게 단단히 교훈을 주는 게 어떨까 싶은데."

"그러면 안 되지요. 지금 명백히 잘못을 저지른 건 육군이고, 매카시는 옳은 말을 하고 있습니다. 그 속내가 아무리 시꺼멓건 말건 말이지요. 지금 그를 때리면 오히려 그의 힘만 강해집니다."

언더도그마. 사람들은 약자에게 동정적이며, '선량한 약자'란 지지를 얻기에 가장 완벽한 포지션이다. 매카시의 목에 밧줄을 걸고 센트럴 파크에서 개처럼 질질 끌고 다닌 뒤 화끈한 처형식을 벌이는 건 저 개자식이 완벽하게 추악해진 이후가 되어야 하는 법. 바로 그 언더도그마를 이용해 선지자 행세를 실컷 했던 유진은 이 '후배님'에게 지옥 유황불맛 교훈을 가르쳐 줄 모든 준비가 되어 있었다.

하지만 지금은 아니지. 매카시는 자고 일어나니 인중에 맺힌 빨간 여드름에 불과하다. 짜증 나지만 아직 노랗게 영글지도 않았고, 억지로 눌러서 짜면 피만 줄줄 솟고 아프기만 아프다. 실로 개같은 놈 아닌가. 한 번에, 단 한 번에 이 미합중국이라는 환자를 앰뷸런스에 태워 곧장 수술실로 처넣고 배를 갈라 매카시즘이라는 암을 적출해야 한다. 두 번의 기회는 없다.

속에서 시꺼멓게 타오르는 음모와 계획을 최대한 숨긴 채, 유진은 험악한 이야기를 바로 옆에서 듣고 달달 떨고 있는 불쌍한 중생을 내려다보았다.

"이보게, 도경 군."

"…군의 위신을 실추시킨 죄, 달게 받겠습니다."

"으응? 그딴 건 별로 중요하지 않고, 생각을 좀 해보게. 왜 저 미친개 매카시가 많고 많은 사람 중에 자네를 앙 하고 물었을까?"

도경은 잠시 고민하고, 맥네어의 눈치를 힐끗 보다, 천천히 입을 열었다.

"제가 제일… 만만해서입니까?"

"그러니까 왜 만만해 보였겠냐고."

"…혹시, 인종입니까?"

"50점."

탁. 탁.

도경의 머리 위에 고의로 담뱃재를 턴 유진은 그와 눈을 마주했다.

"이 좆같은 나라에서 인종은 변수가 아니라 상수야. 항상 염두에 둬야 할 문제지. 하지만 자네는 조금 특이한 케이스야. 지금 내가 별 여섯 개를 달고 있는 이상 한인계라는 건 흑인이나 히스패닉만큼 개좆같은 페널티까진 아니야."

"그럼, 잘 모르겠습니다."

"바로 그건, 네놈이 입만 열면 전역하고 싶다고 아가리를 털어대서야. 그 때문에 다른 사람들이 널 밥그릇이 아니라 재떨이로 취급하게 된 거라고."

"전역, 말씀이십니까?"

"자네가 앞으로 육군에서 계속해서 승승장구할 사람이라고 생각했으면, 너 나 할 것 없이 달려와선 도와주겠노라고 떠들어댔을 거야. 잘 보이려고 꼬리를 흔들어대면서 낑낑댔겠지. 근데 네놈이 심심하면 야부리를 털어대니까 '우리'가 아니라 '남'으로 분류당한 거야. 이토록 폐쇄적인 조직인데도 불구하고 너를 돕겠단 생각보단 네가 사라진 뒤의 자리가 더 눈에 아른거리게 된 거라고."

툭툭 손으로 그의 머리를 털어준 유진은 맥네어 책상 앞 재떨이에 꽁초를 버리고는 다시 소파로 돌아갔다. 쓸개라도 씹은 듯 엉망진창인 표정의 유진을 힐끗 본 도경은 바닥의 무늬만을 뚫어져라 바라보았다. 도저히 고개를 들 수가 없었다.

"너."

"예, 의장님."

"내사 끝나는 대로 내 딸한테 청혼해라."

화들짝 놀란 도경이 머리를 치켜들었지만, 유진은 그의 시선을 외면한 채 새 담배만을 꺼내고 있었다.

"씨발. 진짜 거지같네. 네가 내 딸이랑 약혼했다는 소식이 매카시 그 새끼 귀에 들어가는 순간 모든 일이 조용해지고 끝날 거라고. 나랑 한 판 붙느니 그냥 아가리 봉하고 아무 일도 없던 것처럼 넘길 거란 말이야. 알아들었어?"

"아, 아, 알겠습니다."

"당연한 말이지만 내 딸이 거절하면 그냥 끝이다. 얌전히 독박 쓰고 감옥이나 가버려. 멍청한 새끼. 저딴 걸 사위라고 받아줘야 하나. 빌어먹을. 제발 앨리스가 깼으면 좋겠네."

"사람 챙기는 솜씨 하나는 일품이군요."

"오면서 이 새낄 샷건으로 쏠까 말까 골백번은 고민했으니 더 긁지 마십쇼."

그리고 그의 말처럼 되었다. 펜타곤에서 풀려나자마자 월급통장을 탈탈 털어 반지를 맞춘 그는 곧장 앨리스에게 달려가 청혼했고, 그다음 주부터 매카시는 물론 그 어떠한 언론도 이 일에 대해 논하지 않게 되었다. 하지만 육군은 아직 적이 많았고 찔릴 구석도 많이 있었다.

"우리의 든든한 동맹이던 중국의 절반이 적화당하고, 무수한 중국인들이 저 빨갱이들의 폭정 아래에 고통받게 되었습니다. 그런데 어째서 동맹을 지키겠다던 육군은 무수한 혈세와 인명을 낭비해 놓고도 아무도 책임지지 않습니까?"

"휴 드럼 원수는 의회로 나와 증언하십쇼! 어째서 일이 이렇게 되었는지 낱낱이 해명하기 바랍니다!"

그리고 이즈음, 몇몇 이들은 깨달았다. 진짜 표적은 육군이 아니다.

대통령이다.

적색 공포 3

"월레스를 조종하던 빨갱이들이 이제 맥아더의 편에 붙었다는 걸 모르는 이들은 없습니다. 늙고 나약한 대통령은 전선에서 총질은 잘할지언정 빨갱이를 상대로 한 싸움에선 나약하다는 사실이 만천하에 까발려졌습니다.

맥아더는 빨갱이에 맞서 싸우겠다며 경제도 내팽개치고 저 머나먼 유럽과 아시아에서의 싸움판에만 집중했습니다. 그래서 이겼습니까? 이겼으면 말을 안 했겠지요. 나치 독일과 일본제국을 지옥으로 보낸 미군이 움막에서 사는 저 중국인 반군 하나 이기지 못하고 대륙의 절반을 내줬다는 게 말이나 됩니까? 우리는 이 시점에서 대통령의 국정 수행 전반에 걸친 무능을 규탄할 수밖에 없습니다."

"미합중국의 의원으로서, 어째서 부패 사범인 동시에 그 무능이 드러난 휴 드럼을 중국에 파견했는지 심심한 의문을 제기하는 바입니다. 미군에는 그토록 인재가 없습니까? 대통령의 인사정책에 어떠한 문제가 있는 게 아닙니까?"

정치적 대공세. 야당인 민주당이 행정부를 공격하는 일은 밥 먹고 숨 쉬는 것처럼 당연한 일이지만, 뜻밖에 여당 내에서도 총을 거꾸로 쥐는 이들이 나타나기 시작했다. 맥아더는 스스로를 전쟁영웅이라 브랜딩했고, 전쟁 전문가 이미지를 십분 활용했었다. 하지만 역으로 국공 내전에서 휴전이라는 애매모호한 결과가 나오자, 이는 사실상의 패배로 받아들여졌다.

'우린 히틀러도 물리친 최강 아니었나?'

'소련이래봐야 독일 하나도 못 막고 모스크바 앞까지 내줘야 했던 좆밥들이잖아? 그놈들 지원 좀 받았다고 칭키들이 대등하게 싸워?'

원 역사에 비하면 어마어마한 선방이지만, 당연히 사람들이 알 리가 없다. 그리고 하나 더.

"미국 사회를 증오하는 깜둥이들이 공산주의자라는 사실은 어제오늘 일이 아닙니다. 빨간 물이 든 깜둥이를 쫓아내는 것이야말로 우리 사회의 안녕을 지키는 최고의 수단입니다."

"어째서 맥아더 대통령은 그토록 흑인들에게 관심이 많습니까?"

"대통령은 국가를 분열시키는 행위를 그만두고, 주의 자치권을 인정하십시오. 당신은 시저가 아닙니다!"

흑인 민권 문제가 색깔론과 결합하기 시작하면서 사태는 아무도 예상하지 못한 방향으로 튀기 시작했다. 지금 시국이 어떤 시국인가. 공산주의자, 빨갱이, 친소 용공 분자에 대한 두려움이 모든 미국인들에게 뿌리내린 때다. 이 붉은색에 대한 공포가 판치는 공안 정국은 굳이 따지자면 맥아더의 업보라고 할 수 있겠으나, 그 또한 억울하다 항변할 구석은 있었다.

더글라스 맥아더가 이 공포를 불러일으킨 것이 아니라 미국인들이 두려워하였기에 이를 대표하였을 뿐이노라고. 대중의 불안과 공포를 마냥 기우라고, 부화뇌동하는 자들이라 치부할 수도 없었다. 미국 공산당은 비록 거세게 탄압받았지만, 여전히 살아 움직이고 있었으니까.

"이 비열한 놈들!"

"자본가들이 제아무리 거세게 우릴 탄압한다 해도 우리의 혁명은 결코 멈출 수 없습니다. 지금은 때를 기다립시다."

종교인과 빨갱이는 아무리 탄압해도 결코 쉽게 믿음을 꺾지 않는다. 로마의 박해가 어디 기독교를 파묻었던가?

공산당 활동이 법의 철퇴를 맞게 되자, 이들은 순순히 소멸하는 대신 다른 활로를 모색했다. 그건 바로 다른 단체에 잠입해 들어가는 것.

"우리는 여러분과 함께 싸우겠습니다!"

"여러분의 권익은 지켜져야 합니다!"

원래부터 미국 공산당의 핵심은 동유럽계, 유대인, 아시아인, 여성, 비소련 노동자 등 사회에서 제대로 된 대우를 받지 못하던 이들. 공산당원들은 바로 이러한 사회단체로 흩어져 해당 단체를 통째로 집어삼키거나, 혹은 반대로 새로운 위장단체를 조직해 노동운동, 시민운동 등의 탈을 쓰고 자신들의 활동을 이어나갔다. 그리고 역설적이게도, 이러한 공산당의 활동은 바로 가장 극렬한 반공주의자들에게 최고의 먹잇감이 되었다.

"깜둥이들은 전통적으로 자신들의 이득을 위해 소련의 지령을 받들고 있었습니다. 무려 코민테른에 나가던 이들입니다, 코민테른!"

"빨갱이들은 시시때때로 흑인의 인권 따위를 지적하며 미합중국에 내정간섭을 시도했습니다. 빨갱이들에게 빌미를 주는 저 흑인들이야말로 우리 내부의 적입니다."

"상식적으로 생각합시다, 상식적으로! 소련에게 명분을 주지 않기 위해서라도 흑인의 민권을 개선해야지, 그 반대로 굴면 히틀러와 다를 바가 뭐가 있습니까? 어디, 가스실이라도 하나 만들자고 하겠습니까?!"

지난 1944년 대선에서 정치적으로 어마어마한 태풍의 눈이 되었던 남부 딕시크랫들은 자신들만의 새로운 논리를 가다듬고 다시 한번 포문을 열었다.

'흑인 볼셰비키야말로 미국을 무너뜨리려는 최악의 적이다!'

'대다수 흑인들은 지금의 처지에 대단히 만족하고 있지만, 빨갱이의 선동에 혹한 일부가 분수에 넘치는 욕망에 휩쓸리고 있다!'

'인권 어쩌고 하는 놈들은 사실 다 정체를 숨긴 빨갱이들이다. 이 시국에 인권이라니, 이 나라만큼 인권 보장해주는 나라가 또 어디 있나?'

이 공격에 맥아더 행정부는 직격타를 맞았다. 반공을 내세우던 정부가 반공의 덫에 붙들리는 순간이었다.

* * *

판타지 이야기에 보면 으레 마검 이야기가 나온다. 칼 쥔 사람에게 힘을 주지만, 항상 뒤끝이 비극으로 끝나는 그런 마검 말이다. 반공이라는 키워드는 맥아더에게 백악관으로 갈 힘을 주었지만, 결과적으로 본인조차 그 칼에 찔렸다는 점에서 그야말로 마검 그 자체였다. 미리 잡손님을 싹 비워 둔 고급 주점에서 만난 맥아더는 빠른 속도로 늙어 가고 있었다. 이 양반, 무슨 흡성대법이라도 당하는 것처럼 급속도로 쪼글쪼글해지고 있잖아.

"딸 결혼식은 잘 치렀나?"

"뭐. 사위가 사위다 보니 소소하게 치렀지요. 언론 보도도 자제해 달라고 요청했습니다."

"하이에나들이 자제해 달라고 얌전해질 부류는 아닐 텐데."

"그 논리의 끝에 뭐가 기다리는지 너무 빤히 보이잖습니까."

유진 킴 또한 깜둥이들의 권리를 증진해야 한다 떠들고 다닌다더라. 이 다음에 와야 마땅한 문장은 뭐겠는가?

"자네가 빨갱이란 소리가 안 나온다는 게 웃기는군. 빨갱이 중의 진성 빨갱이 아닌가."

"제가 왜요?"

"그 복지며, 그 자선이며. 거기에 흑인 민권까지. 빨갱이들이 환장하는 일 아닌가."

휴. 천마신공이라도 들켰나 했네. 아직 이 정도는 괜찮다. 내가 밤마다 호롱불만 켜놓고 《공산당 선언》과 《성경》과 《자본론》을 탐독한다는 진실만 걸리지 않으면 됐지 뭐.

"저는 생전의 포드 영감님 사업 수완을 따라 한 데 불과하니까요. 헨리 포드를 보고 빨갱이라고 하면 히틀러도 빨갱이가 되겠죠?"

"흐흐흐. 자네가 정치를 안 해서 다행이야. 나조차 빨갱이 소릴 듣는데 말이지."

내가 왜 아득바득 정치는 죽었다 깨도 안 한다고 용을 썼겠나. 정치에 관심 있는 티를 냈다간 곧장 나 또한 매카시즘의 타깃이 됐을 게 뻔하니까!

"의원 놈들. 그토록 병력을 증강해야 한다고 외쳤을 땐 들은 척도 안 하더니 이제 와서는 왜 중국의 절반을 날려먹었느냐고 지랄들이야."

"원래 그런 사람들인 거 모르셨습니까?"

"알긴 알았지만, 저토록 뻔뻔할 줄은 몰랐지."

맥아더가 딱히 박애주의와 인권의식에 눈을 떠서 흑인 민권을 외치고 다니는 건 아니다. 물론 이게 맥아더가 깜둥이를 위한 목화밭을 알선해 줘야 한다고 생각하는 뜻도 아니고. 그냥 딱… 전형적인 '신앙심 있는' 미국인 마인드다. '하나님과 예수님께서 흑인을 차별해도 된다 한 적이 없는데 너희들 이건 아니지 않니?' 수준. 그런데 왜 그가 이 아젠다에 관심을 기울이느냐?

왜긴 왜인가. 당연히 반소 반공 전사답게 빨갱이와의 싸움에서 이기기 위해서지. 영국과 프랑스를 대신해 자본주의 세계의 새로운 두목으로 떠오른 미합중국. 전 세계의 유색인종 국가들을 놓고 미국과 소련의 대립이 시작되었고, 이들 신생 국가들은 미국의 흑인 민권을 일종의 리트머스 시험지로 간주하고 있었다.

'자국의 시민들조차 저리 개처럼 부리는 나라가 우리를 사람으로 여길까?'

당연한 말이지만 소련 또한 이를 모를 리 없다. UN의 소련 대표들은 그야말로 삼태기 메들리 10시간 무한반복 틀어 놓듯 신들린 듯 미국의 인권 상황이 후진적이고 개판이며 인종 차별주의가 만연하다고 씹어대고 있었고, 반면 노동자와 농민의 나라 소련은 코스모폴리탄적 국가이기 때문에 어떠한 인종 차별도 없다고 선전해댔다.

따라서 냉전이라는 이 거대한 전쟁에서 승리하기 위해, 맥아더 행정부는 흑인 민권 개선에 나설 수밖에 없었다. 아주 논리적으로 심플한 이야기지만… 지금 이게 발목을 잡을 줄은 몰랐다. 당연히 지금 날뛰는 놈들 상당수는 흑인 민권 문제가 약점이란 사실을 인지하고 있다. 하지만 그딴 게 중요한가? 그건 대통령이 고민할 문제지, 당장 다음 선거가 급한 놈들이 고민할 문제가 아니잖은가. 특히나 그놈의 남부. 항상 남부가 문제다.

"그래서, 앞으로 어찌할 계획이십니까?"

"가장 쉬운 방법은 그 누구보다 강경한 반공주의자임을 천명하는 게 있지."

"그렇게 말하시는 걸 보니 그 쉬운 방법을 안 쓸 작정이시군요."

맥아더는 대답 대신 파이프를 입에 물었다. 무언의 긍정이었다.

"묘하게 됐어. 야당이 된 민주당은 FDR 때 좌익의 표를 받아먹었던 게 언제 적 이야기냐는 듯 아주 반공 보수 정당으로 포지셔닝을 하고 있네. 강 대 강 대결로 나가면 글쎄… 이길 수 있을지 의문이군."

"제가 뭐 도와드릴 거라도 있습니까?"

"그럼 물론이지. 오래오래 그 자리에 남아주게나."

"아아. 아야, 아야. 누군가한테 걷어차였던 정강이가 너무 아픈데, 아 아아."

"한 대 더 차줄까, 후배님?"

짐짓 다리를 까딱까딱거리던 그는 표정을 고치고 진지한 모습으로 돌아왔다.

"일단 드럼부터 수렁에서 꺼내줘야 할 것 같은데."

"으음. 그건 좀 무리 같습니다만."

"자네가 나서도?"

"저는 무슨 세뇌술사나 사이비 교주 같은 게 아닙니다."

지옥에 있는 괴벨스 가라사대, 선동은 한 마디면 충분하지만 해명은 백 마디가 필요하다 했던가. 암만 내가 직접 나서서 그 상황에선 저게 최고의 결과였다고 떠들어본들, 대중은 눈 감고 귀 막고 에베벱거리며 아무튼 니들이 못 해서 진 거 아니냐고 되뇌겠지.

"그럼 내가 불출마할 테니 자네가 다음… 그따위 얼굴로 쳐웃지 말게. 보기만 해도 기분 나빠지니까."

"이제 웃는 것 가지고도 그러십니까?"

"내가 본 면상 중 가장 기괴하고 짜증 나는 상판대기였네. 카메라 앞에서 그딴 얼굴 했다간 자네 인기가 반의반 토막으로 쪼그라들 게야."

오늘따라 유달리 혀에 가시가 돋아 있구만. 애써 고고한 척해도 꽤 속이 타는가 보지. 나는 이쯤에서 슬슬 준비해둔 제안을 꺼내보려 했다. 모름지기 삶이 레몬을 준다면 레모네이드로 만들어야 미국인 아니겠는가. 하지만 아무도 들어오지 말라고 했던 문이 벌컥 열리고 누군가가 들어오면서 내 입은 다시 탁 다물어졌다. 누군가 했더니 샌—프랑코 쪽의 내 비서였다.

"죄송합니다. 급한 일인지라."

"무슨 일인가?"

"그, 대통령 각하 때문이 아니라, 의장님께 급히 전해드릴 전언이 있습니다."

"제길. 회사 일인가?"

이토록 나를 찾는 이들이 많다니. 후, 이놈의 인기란. 직원은 전보용지를 내게 전달해주었다. 내용은 간단했다.

[부친위독.]

적색 공포 4

대한민국 서울의 한 병원.

호랑이가 나타나도 콧잔등에 주먹을 갈길 것만 같던 기세는 모조리 사그라들고, 하루가 지날 때마다 육신은 나날이 기력이 쇠해져 이제 생기라고는 거의 찾아보기 힘들었다. 김상준의 수명은 얼마 남지 않았다.

"괜찮으십니까?"

"이게… 괜찮아… 보이나?"

황급히 달려온 박용만은 그 모습을 보고도 최대한 놀란 티를 내지 않으려 했으나, 늙은이의 눈썰미마저 속여넘길 수는 없었다. 곧 죽을 사람의 농담에 그는 웃어야 할지 말아야 할지 몰라 어찌할 줄도 모르고 일단 자리에 앉았다.

"빨리 털고 일어나셔야지요."

"늙으면 죽어야지. 나 하나 때문에 몇 명이 지금 붙어 있는 거야?"

이제 길게 말하는 것조차 기력이 버겁지만, 그는 억지로 말을 이어나갔다.

"빨리빨리들 일이나 해서 나라를 더 키울 생각들은 안 하고 말이야, 에잉… 허억… 허억……."

"더 말 걸지 않을 테니 좀 쉬시지요."

"내가 말할 일이 이제 얼마나 더 있겠어?"

이미 내로라하는 의사들 모두 노환이라 진단했다. 천수를 다했다는데 더 이상 사람의 힘이 무슨 의미가 있겠는가. 한국에 없던 김가 사람들 중 가장 먼저 도착한 이는 일본에 있던 에드워드였고, 그 뒤를 이어 유신이 날아왔다.

이미 병실 바깥엔 두 아들과 그 모친, 에드워드와 유인의 아들들, 며느리들에 이르기까지 올 수 있는 김가 사람은 죄 모여 있었고 온갖 정치인들이며 옛 친분 있는 이들이 모여 있었다. 이미 덕담이니 뭐니 할 말 다 해 놓았고, 저승차사 찾아올 일만 기다리고 있는 지금. 상준은 천천히 눈알만 굴려 우성 박용만을 바라보며 말했다.

"지금은 모든 걸 다 이뤄 여한이 없지만, 딱 하나 이루어지지 않아 아쉬운 일이 있었네."

"그게 무엇인지요?"

"그건 말일세, 왜놈 종자들이 이 세상에서 깡그리 멸종하는 일이었네."

웃어야 할 것 같은데 웃음이 나오지 않았다.

"나이를 처먹을 만큼 먹은 뒤에야 깨달았지. 사람이란 무릇 내가 잘되는 것보다 원수가 좆되는 게 더 기분 좋은 법이라고."

"어르신."

"나보다 훨씬 똑똑한 아들놈이 하자는 대로 하긴 했지만 못내 마음이 불편했었지. 어째서 저 벼멸구만도 못한 버러지들을 우리가 신경 써줘야 하는 건지. 미국 땅에서 좀 잘살아 보자고 쪽바리들 손까지 잡아야 하는 건지."

지금도 여전히 불편하다. 나라를 재건하려는 저놈들을 보고 있노라면 고깝다. 하지만 더 이상 다 쳐죽이고 싶다는 생각은 그다지 들지 않았다. 이미 이 나라가 잘살게 되어서일지도 모르고, 한때 그 게다짝만큼 드높던 콧대가 뭉개져서일지도 모르고, 혹은 진짜로 다 쳐죽이던 나치의 가스실 굴뚝이 아른거려서일지도 모른다.

아무렴 어떠랴. 사실 그가 진짜 보고 싶었던 건, 이름도 모를 쪽바리들이 다 죽어나자빠지는 게 아니라 그들이 고개를 조아리는 저 모습일지도 모르는데.

"이제 과거의 늙은이들은 사라져 줄 때가 되었기에 내 몸뚱아리가 멈춰가고 있지 않겠소? 단군 이래 이토록 우리 민족이 번영한 적이 없거늘, 저 버러지들을 저주할 시간에 차라리 공장 하나, 다리 하나를 더 세워 올리는 편이 더 낫겠지."

"무슨 소리 하십니까. 인생을 다 바쳐서 맞서 싸웠던 어르신 같은 분들이 있었기에 이런 기회가 찾아온 겁니다."

"우성 선생은 나보다 한발 먼저 깨달았겠구려. 거, 혼자 깨닫지 말고 말이나 좀 해줄 것이지. 나도 싸움닭처럼 퍼덕거리며 온 장터를 싸돌아다니는 대신 차라리 자라나는 새싹들 물이나 주고 다닐 걸 그랬소."

잠시 호흡을 정리하는 그를 보며, 박용만은 문득 저 가는 숨이 지금 당장이라도 멈출 것 같아 조바심이 들었다.

"지금 벌써 마지막 말씀 남기시면 안 됩니다. 잘 키운 아드님 얼굴은 보셔야지요."

"오면 내가 혼구녕을 내줘야지. 어딜 그 무거운 책임을 진 놈이 칠렐레팔렐레……."

"아버지!"

문이 벌컥 열리더니, 잔뜩 상기된 표정의 유진이 벌컥 들어왔다.

"…혼내시렵니까?"

"…쟤는 내가 혼냈다간 큰일 날 것 같구먼."

"장남 왔습니다, 아버지. 몸은 좀 어떠십니까?"

"내일모레 환갑인 놈이 이리 촐싹대는 꼴을 보니 죽고 싶어도 못 죽겠다, 인석아."

"그쵸? 벌써 가면 억울하지요. 제가 조만간 끝내주는 쥐불놀이를 돌릴 작정인데 그건 보셔야⋯⋯."

"저는 잠시 밖에 있겠습니다."

못 들을 걸 들은 듯 우성이 황급히 방문을 닫고 나가자, 유진은 앙상한 겨울 나뭇가지처럼 메마른 손을 잡았다. 갈라지고, 쪼그라들고, 온기라곤 없었다.

"유진아."

"예."

"항상 미안했다."

"갑자기 무슨 이상한 소릴⋯⋯."

천천히 그 손을 흔들어 유진의 입을 막은 상준은 한 땀 한 땀, 천천히 정성 들여 입에 힘을 주었다.

"나는 가진 재주가 일천한데 목표는 허황하기 그지없어, 가족 하나 건사할 능력도 없는데도 항상 조국 독립이라는 신기루만 쫓아다니기 일쑤였다. 그런 내가 이리 과분한 대접을 받게 되었으니 순전히 자식 잘 둔 덕이 아니 겠느냐."

"오랜만에 아들 왔더니 무슨 말을 그리 삐뚜름하게 하세요. 닭이 달걀 큼직한 거로 낳았으면 그게 닭 품종이 좋은 탓이지 어디 달걀이 잘나서랍니까?"

"네, 얼굴 좀, 만져보고 싶구나."

다소 볼썽사나워지는 자세였지만 유진은 의자를 바닥에 밀어 차버리고는 얼굴을 가져다 대었다. 상준은 천천히 장남의 뺨을 쓰다듬고는, 회색빛 완연한 그 머리카락에 부드러이 손을 올렸다.

"나는 일개 필부에 불과해 도저히 네 큰 뜻을 따라가지 못했다. 저만치 앞서서 달려나가는 널 먼발치에서 바라보기에 급급했지.”

“아버지.”

“마지막까지 큰일 하는 자식 발목이나 잡다니. 이래서야 후세 사람들이 염치없는 늙은이라 손가락질해도 이상하지 않겠구나.”

“그런 새끼가 있으면 제가 그 손가락을 전부 잘라버릴 건데…….”

“예끼, 이놈.”

머리통을 맞았으니 딱 하고 충격이 와야 하건만, 슬쩍 밀리는 느낌 하나 들지 않았다.

“평생 성경 읽고 교인입네 했지만, 지금 이리 마지막이 다가오니 갑갑하구나. 아무리 따져봐도 성경이 말하는 대로 사후세계가 있다면 나는 유황불 이글대는 곳으로 갈 텐데.”

“저같이 한 백만 단위로 피 묻힌 거 아니면 지옥에서도 안 받아 준답니다. 제가 직통으로 문의해 봤는데 요즘 지옥이 인원 초과래요. 아버진 콧수염도 안 길렀으니까, 그, 제 말 아시죠? 애초에 죽을 때도 아니랍니다.”

“못난 놈. 아들이 지옥 간다고 떠들어대면 애비 마음이 참 편하기도 하겠다.”

그의 숨결은 점차 거칠어지고 있었다.

“마지막까지 염치없지만, 부탁 하나만 해도 되겠느냐.”

“당연하지요.”

“만약에, 저 중놈들이 말하는 대로, 다음 생이란 게 있으면, 그때도 네가 내 아들이었으면 좋겠구나. 이번엔 애비가 애비 노릇은커녕 순 짐덩이에 불과했는데, 기회가 한 번만 더 있다면 번듯하게 아비 노릇 해 네 고생길 하나라도 덜어줄 수 있다면 소원이 달리 없겠구나.”

“아니, 자꾸 짐, 짐 하시는데 애초에 짐이 아니었다니깐.”

“내가, 네 아비가 맞았느냐?”

유진은 입술을 꽉 깨물고 연신 고개만 끄덕였다.

"천방지축 또라이 같은 자식도 자식이랍시고 이 나이 먹도록 간수했는데, 당연히 아버지 맞지요."

"그거면… 됐다."

"제가 아직, 못 한 게 많은데 말이죠. 아직 그 죽헌관 덜 지어졌거든요? 준공식은 보셔야지."

"조각상은 다 만들어졌고?"

"아, 그 웃기지도 않는 거 진짜."

"네 어머니 잘 부탁한다, 내 아들. 이제 밖에 있는 사람들 좀 불러오너라."

유진은 이를 악물고는 천천히 일어나 병실 문을 열었고, 끊이지 않는 사람의 물결로 널찍한 병실은 순식간에 만원이 되었다. 그리고 몇 분 뒤.

상준은 편안히 잠들었다. 기나긴 생의 끝이었다.

* * *

상주는 유인이 맡았다. 이 집안 사정이 유달리 특출나기도 할 뿐더러, 장남이 상주를 맡지 않으니 호로자식 집안이로다 혀 찰 간덩이 탱탱 부은 사람이 몇 있지도 않았다. 어설픈 미소 지은 김상준의 영정을 뒤로한 채, 서울은 조문을 명분으로 찾아오는 각국 인사들로 한순간에 국제 외교의 장으로 변모했다.

"삼가 고인의 명복을 빕니다."

"한국의 큰 별이 지니 참으로 애통한 마음을 금치 못하겠습니다. 총통 각하께선 한국의 큰 별이 졌음을 그 누구보다 가슴 아파하셨으며……."

가장 먼저 일본과 중국에서 조문 사절이 방문하였고, 류큐 자치령 또한 독자적으로 지사가 직접 찾아와 국내외에 무언의 메시지를 남겼다. 그 뒤를 이은 것은 동남아시아였다.

"베트남의 인민들을 대표해 이렇게 찾아왔습니다."

"참으로 잘 오셨습니다. 우리는 함께 제국주의에 맞서 싸운 전우 아닙니까."

유진은 상주가 될 수 없었다. PATO의 성립이라는 최대 현안이 있는 지금, 동남아시아 각국은 이를 미국과의 접촉 기회로 여겼으며 미국 또한 그 생각은 마찬가지.

"맥아더 대통령께서는 전 세계 식민지의 해방과 그 발전을 그 누구보다 염두에 두고 계십니다. 저 또한 아시아의 항구적 평화와 번영을 위해서는 구질서의 종말은 필수불가결하다 보고 있지요."

"하지만 귀국은 최근 그 어떤 것보다 반공에 초점을 맞추고 있지 않습니까? 그 PATO라는 조약기구가 우리의 자주독립을 침해하지 않는다는 보장이 없기에 참으로 곤혹스럽습니다."

"제가 외교관은 아니지만 그 부분에 대해서는 간략하게 설명드릴 수 있겠군요. 우리는 러시아의 팽창을 막고자 하며, 러시아가 공산주의를 무기로 휘두르고 있기에 방패로써 반공을 들어올린 것뿐입니다."

"러시아가 곧 소비에트 연방이라는 점에서 눈을 돌리시면 상호 간의 원만한 이야기에 지장이 있을 듯합니다."

"그렇다면 귀국은 어째서 소련이 여러분들에게 드릴 수 있는 게 공허한 응원과 크렘린의 지령 외에 아무것도 없단 사실에서 눈을 돌리십니까."

장례를 빌미로 한 외교 무대는 밤낮이 바뀌도록 계속되었고, 슬퍼할 겨를도 없었다.

"오랜만에 뵙습니다."

"이거, 굉장히 의외인 분이 오셨군요."

"혹시 입국을 금지당하면 어쩌나 했는데, 참 다행이군요. 서기장 동지께서 친서를 동봉해 절 보내셨습니다."

"요즘 D.C.가 흉흉한데, 친서까지 받았다는 소문이 퍼지면 제 목이 날아가지 않을까 걱정됩니다그려."

몰로토프는 그 말에 피식피식 웃음을 터뜨렸다.

"사실 반대 아니겠습니까? 저희 시뻘건 놈들이 으르렁대고 있는 한, 친서를 보내든 금괴 상자를 보내든 미국인들이 대원수 동지를 해임할 일은 없을 것 같습니다만."

"금괴는 좀 탐나는데, 보내주십니까?"

"생각해보니 금괴는 조금 어렵겠군요. 아시다시피 랜드리스 대금을 갚는다고 금이란 금은 전부 미국에 보내고 있어서 말입니다. 대신 금을 입힌 레닌훈장은 어떠십니까?"

"그걸 받으면 은퇴가 정말 가까워지겠군요. 좀 구미가 당기는데."

"모스크바에 오신다면 스탈린 동지께서 친히 킴 동지의 가슴팍에 훈장을 달아주실 겝니다."

"와. 은퇴가 간절해지면 꼭 모스크바에 가겠습니다."

서로 간의 가벼운 인사가 끝나자, 그는 곧 본론에 들어갔다.

"스탈린 동지와 소련 인민들은 그 누구보다 평화를 바랍니다. 최근 미국의 움직임은 우리에게 다음 전쟁에 대한 크나큰 두려움을 안겨주고 있지요."

"왜 이러십니까. 알 만한 분께서. 지금 미국이 난리가 난 건 순전히 중국 대륙의 절반을 뜯겼기 때문이란 사실을 모르십니까?"

"장개석 같은 승냥이의 손에 우리 동지들이 죽는 꼴을 바라만 볼 수도 없잖습니까. 어쨌거나, 저희는 맥아더 대통령이 이제 '온건파'로 분류되는 최근 미국 정가를 보며 경악을 금치 못하고 있습니다."

전쟁만큼은 피하고 싶다. 하지만 한 발짝 물러서면 즉각 정권이 무너진다. 미국과 소련 모두. 이 외나무다리 위에서 마주한 듯한 균형 속에서 양국이 택할 액션이 얼마나 있겠는가.

"그런 점에서 킴 장군은 어찌 보면… 신뢰할 수 있는 미국인이라 볼 수 있겠습니다."

"제가, 말입니까."

"그야 동지께서는 압도적이면서도 희생이 극히 미미한 상황이 오지 않는 이상, 전쟁을 막고자 할 인사 아닙니까. 동지가 사라진 자리에 어떤 전쟁광이 들어설지도 모르고 말입니다."

틀린 말은 아니다. 유진은 대답 대신 고개를 끄덕였다.

"그래서, 동지의 입을 통해 우리는 맥아더 대통령께 우리 내부의 정보를 공유해드리고자 합니다."

"…세상이 갈수록 미쳐 돌아가는구만."

"하하. 하지만 들어서 후회할 일은 없을 겁니다."

몰로토프는 어제 식장에서 먹은 수육과 육개장 맛을 품평하듯 무덤덤하게 말했다.

"소비에트 연방은 얼마 전 원자폭탄 개발에 성공했습니다."

적색 공포 5

대한민국 서울. 조선호텔.

1897년 10월 12일. 샌프란시스코에서 자라나던 김유진이 슬슬 나는 누구고 여긴 어디인지에 대해 심각한 고민을 할 무렵, 고종 이명복은 원구단(圜丘壇)에서 하늘에 고하는 제사를 지내고 대한제국을 선포했었다. 하지만 그 나라는 고작 12년 만에 일본에 합병되어 역사 속으로 사라졌고, 제국의 성지였던 원구단 자리엔 경성 최고의 호텔로 명성을 떨칠 조선호텔이 지어졌다.

원 역사에서 웨스틴조선호텔로 백 년 역사를 이어나간 이 호텔은 달라진 역사 속에서도 당연히 서울 최고의 호텔로 남아 있었고, 대한민국 정부는 미군정이 적산으로 몰수한 조선호텔을 민간에 불하하는 대신 '대한관광공사'를 설립하여 공기업으로 운영하기로 했다.

관광공사는 서울에 이 조선호텔 외에도 미군정 당시부터 착공한 '드럼힐' 호텔 또한 보유하고 있었는데, 본래라면 이 두 호텔 모두 김상준의 장례식에 참석하는 귀빈용으로 돌아가야 했으나 갑자기 몰로토프가 찾아오며 스텝이 꼬여버렸다.

중국 땅에서 공산당 때려잡던 드럼의 이름을 딴 호텔에다 소련 대표단을 투숙시킬 만큼 한국 정부가 미치진 않았기에, 사실상 이 조선호텔은 빨갱이 냄새 솔솔 풍기는 해외 인사들 전용 숙소로 쓰이게 되었다. 그리고 지금, 몰로토프의 객실로 찾아온 유진은 담담히 잔에 가득 찬 조선 전통주를 입에 털어넣고 있었다.

"그렇습니까? 대단하군요."

핵폭탄 더미 위에 앉아 러시안 룰렛을 즐기는 새로운 시대의 개막. 유진은 몰로토프의 말에 어떤 의미가 내포되는지 그 누구보다 잘 알고 있었지만, 무척 덤덤했다. 그 누구도, 심지어 유진조차 모르지만 원 역사에 비해 소련의 핵개발은 몇 년 더 앞당겨졌다. 원 역사에 비해 훨씬 더 미국에 뒤처지고 있다고 판단한 스탈린은 더욱더 혹독하게 핵개발을 몰아붙였다.

원 역사에 비해 훨씬 반공 정서가 짙고 호전적인 맥아더가 당선되자, 맨해튼 프로젝트에 참여했던 과학자들이 음으로 양으로 소련에 건네준 기밀 자료 또한 더욱 두툼해졌다. 원 역사에서 제3국인 일본에 투하되었던 원자폭탄이 이번엔 중국 공산당의 머리 위에 떨어지면서 '관측'할 수 있었던 데이터 또한 늘어났다.

하지만 어쩌랴. 시간의 문제일 뿐 이런 날이 오리라는 걸 알고 있었을뿐더러, 상중인 지금 감정의 샘이 평소보다 더욱 메말라 있기도 하였으니. 몰로토프는 그 여상한 태도가 못내 마음에 걸렸다.

"사회주의 인민들의 이 놀라운 성과에 대해서 킴 장군께선 어찌 보십니까?"

"음. 뭐. 노고가 대단히 크셨습니다."

"…혹시 제 말을 거짓이라고 여기십니까?"

"그럴 리가요. 우리 정찰기가 대기 중의 방사성 물질을 탐지하면 어차피 밝혀질 진실 아닙니까. 조금 더 일찍 알았을 뿐이라고 생각하고 있습니다. 우리 정부가 준비할 만한 충분한 여유를 제공해주심에 심심한 감사를 표합니다."

어쨌거나, 소련의 핵개발은 모든 세계 정세를 뒤엎을 힘을 갖고 있었다.

"그래서, 귀국 소련은 앞으로 어찌할 계획입니까?"

"저도 당연히 알려드리고 싶지만, 슬프게도 저는 군의 일에 대해서는 아는 게 없습니다."

"알아야 할 텐데요."

유진은 무덤덤하게 말하며 자신의 잔에 다시 술을 가득 채웠다.

"앞으로 어떤 일이 일어날지, 크렘린에서도 계산을 끝마친 뒤에 이곳에 찾아오셨으리라 생각합니다."

"부정하지 않겠습니다. 킴 장군의 의견 또한 듣고 싶군요."

"제가 귀국하는 즉시 극단적 반공주의자들이 날뛸 테고, 시민들 또한 공포에 잠길 겁니다. 맥아더 행정부는 당장 뭔가 수를 쓰라는 거대한 압력에 휘말리겠지요."

몰로토프는 눈을 지그시 감고 술맛을 음미하는 듯했다. 유진은 대답을 기다리지 않았다.

"이 시점에서 따져 봅시다. 오직 미합중국만이 보유하고 있다 믿었던 원자폭탄을 잠재적 적성국 또한 보유하게 된 상황. 하지만 원자폭탄에 발이 달리지 않은 이상, 이를 적국에 투하하려면 강력한 폭격 능력이 필요합니다. 다행스럽게도 아직 소련은 뉴욕에 원자폭탄을 떨어트릴 능력은 없지요."

"……."

"소련이 파리나 런던은 몰라도 D.C.와 뉴욕을 불태울 능력은 없는 지금. 지금이 어쩌면 체임벌린의 비극을 회피할 마지막 순간이 아닐까? 앞으로 두고두고 버섯구름의 공포에 깔리느니, 차라리 눈 딱 감고 지금 쏴야 하지 않을까?"

눈 딱 감고 한 발만. 아니, 한 발로는 모자라니까 그냥 가진 거 다. 일단 소련의 대도시란 대도시는 모조리 잿더미로 만들고 시작하면 압도적으로 승리하지 않을까? 유진의 말을 가만히 듣고 있던 몰로토프의 심사가 점점 불편해지는 듯 보였다. 보다 정확히 말하면 외교관답게 자신이 불쾌하다는 뜻을 드러내고 있는 것이리라.

"언사가 조금 지나치신 듯합니다."

"제가 돌아가서 듣게 될 말이지요. 더하고 덜하고 말 것도 없이 딱 저 말 그대로입니다. 오히려 우리가 이제부터 논해야 할 부분은 여기서부터 아니겠습니까?"

왜 군이 몰로토프가 날아와서 친절하게 핵개발 사실을 알려줬겠는가. 여기까지 셈을 못 하면 소련은 진작에 히틀러 손에 멸망하고도 남았다. 저토록 유난을 떨어봐야 어차피 다 계산된 일일 터. 몰로토프 또한 유진의 말을 듣기 무섭게 불편한 기색을 싹 지우고 다시 냉정한 모습으로 되돌아왔다.

"그렇습니다. 우리는 어디까지나 스스로를 지키기 위해 원자폭탄을 개발했지만, 미국인들 중 평화보다는 전쟁을 바라는 이들에겐 이 사실이 무척이나 불쾌하게 받아들여질 수도 있다고 봅니다."

"그들은 어디까지나 정치적 이득을 노리고 떠드는 비겁한 놈들이니 너무 염두에 둘 것까진 없습니다."

"하지만 우리는 부르주아적 정치체제가 바로 그 정치적 이득 때문에 터무니없는 결정을 내리는 걸 몇 번이고 보았습니다."

몰로토프는 선언하듯 또박또박 말했다.

"연방은 결코 몇 년 전까지 어깨를 나란히 하고 추축국에 맞섰던 미합중국과의 전쟁을 원치 않습니다. 하지만, 만에 하나 우리의 주권이 위협받는다면 우리는 바로 그때와 마찬가지로 침략자를 상대로 최후까지 항전할 겁니다. 모든 것이 잿더미로 돌아갈지언정."

서로 얼추 패를 깐 상황. 소련은 핵전력이 실전 배치될 때까지 시간이 더 필요하고, 미국이 이때 압박해 들어올 경우 유럽을 불태워버리겠다고 암시했다. 미국이 제정신이라면 지금 전쟁을 일으킬 리는 없다.

소련을 원자지옥으로 바꾼다 한들 대체 무슨 이득이 있겠는가. 아니, 애초에 그렇게 만들지도 못한다. 원자폭탄 기술은 이제 걸음마 단계고, 저 머나먼 모스크바까지 폭격기를 띄운다 한들 무사히 폭탄을 투하할 수 있다는 보장조차 없다. 투하에 성공한다 해도 초보 단계의 원폭 몇 발로는 소련이라는 거인을 완벽하게 무너뜨릴 수도 없고.

그 뒤엔 진짜 지옥이 열린다. 미국이란 나라의 번영은 유럽이라는 시장이 있어야만 존재할 수 있다. 수백만 대군을 다시 전쟁터로 내보내야 하고, 승리를 위해서는 그들을 다시 머나먼 모스크바까지 보내야 한다. 미친 짓이다. 문제는 바로 여기. 소련은 지금 미국이 제정신이 아닐지 모른다고 의심하고 있다. 그리고 유진은 딱히 그 의심을 치료해줄 방법이 없었다. 지들 멋대로 북 치고 장구 치는데 그걸 어쩌겠나.

'그게 됐으면 야매심리학이 아니라 심리학 박사지. 제기랄.'

상호 간의 견실한 의견 교환 시간은 대충 끝났다. 전문 외교관도 아닌 유진으로서는 이 메시지를 접수해 백악관으로 배달하면 끝.

하지만 그는 여기서 멈추지 않기로 했다.

"이 취중의 사고실험을 조금 더 이어나가 볼까요."

"더 할 게 남아 있습니까?"

"물론이지요."

이제부터는 월권이다. 하지만.

"제가 만약 붉은 군대의 고위직이었다면… 결국 이러한 위협 대신 실질적인 힘, 다시 말해 미합중국 본토를 핵으로 타격할 수단이 있어야만 한다고 판단했을 겁니다."

"앞서 말씀드렸지만 연방은 결코 평화를 해칠 의사가 없습니다."

"아. 물론 잘 알고 있지요. 그렇지만 쏘지 못하는 것과 안 쏘는 것에 크나큰 차이가 있다는 것 또한 사실 아닙니까?"

그는 대답하지 않았고, 유진은 침을 삼키는 모습을 보이기 싫어 대신 술을 삼켰다.

"그렇지만 소련의 공군력은… 글쎄요. 지금부터 육성한다 쳐도 너무 오래 걸리겠지요."

"……."

"남은 건 결국 하나. 히틀러의 장난감. 제 말이 틀렸습니까?"

V 시리즈 로켓. 물론 원폭 기술과 마찬가지로 로켓 기술 또한 굉장히 초보적이지만, 소련이 매달릴 만한 건 이것밖에 없다. 네놈들 속내쯤이야 훤히 알고 있으렸다, 하고 홧김에 한번 푹 찔러 보았지만 몰로토프는 실로 닳고 닳은 외교관답게 미동조차 하지…….

아니. 갑자기 그는 빙그레 웃었다. 그것도 진심을 가득 담아.

"과연 킴 장군이시군요."

"……?"

"귀국의 국방부와 합동참모본부가 로켓 연구 시설을 재편해 대대적인 개발과 개선에 착수했다는 사실을 들었습니다. 덕분에 붉은 군대 내에서도 공군 강화를 외치던 이들의 입지가 줄어들고 로켓 개발이 추진력을 얻었지요."

"저 때문이라고요?"

"천하의 킴 장군도 여기까진 예상 못 하셨습니까. 답안지가 뻔히 있는데도 그걸 안 보면 섭섭하지요. 서기장 동지께서 이 이야길 들으면 무척 재밌어하시겠습니다. 하하!"

사회주의 종주국의 자존심 어디다 팔아먹었냐, 이 자식들아. 유진은 끓어오르는 육두문자를 참으며 술만 들이켰다. 아무리 생각해도 역시 빨갱이들은 상종 못 할 놈들이다.

* * *

내가 복귀하고 얼마 지나지 않아, 맥아더 대통령은 직접 기자들 앞에 나아가 충격적인 사실을 발표했다.

"우리는 여러 정보 라인을 통해 소련이 원자폭탄 개발에 성공했음을 확인하였습니다."

"대통령 각하!"

"소련의 핵개발이 우리의 기밀 자료를 빼돌려 이루어진 것이란 추측에 대해선 어떻게 생각하십니까?"

"안보를 내세우던 현 행정부가 그 어떤 정부보다 안보에 취약점을 드러내고 있다는 사실에 대해서 한 말씀……."

"여기까지입니다. 추가적인 사항은 대변인을 통해 발표하겠습니다."

민주주의를 자본가의 지배 수단쯤으로 여기는 저 크렘린의 빨갱이들조차 뻔히 예상하던 일. 다시 한번 공포가 세상을 뒤덮었다.

"소련의 위협이 마침내 우리의 문전에까지 이르렀습니다!"

"대통령은 즉시 시민들께 그동안의 무능에 대해 사죄해야 합니다!"

"빨갱이들을 온건하게 대하는 건 그 어떤 소용도 없다는 사실이 밝혀졌습니다. 오직 핵의 화염만이 저들을 다스릴 수 있어요!"

시즌 몇 호인지 이제 따지기도 지겹다. 내가 확신하건대 저 새끼들은 스탈린이 밤에 피똥을 싸도 콧수염쟁이가 세계 적화의 야욕을 구렁이 모양으로 배출했다고 지랄을 떨 게 틀림없다. 아주 삼팔광땡 잡은 놈들처럼 춤추는 꼬라지 좀 보라지. 상황은 최악이었다.

국공 내전에서의 '패배'를 빌미로 저들 반공주의자들은 이번 기회에 군부의 콧대를 박살 낼 심산으로 무자비하게 군을 물어뜯고 있었다. 바로 그 군이 맥아더의 핵심 기반 중 하나인 만큼, 당연히 맥아더 정권의 동력 또한 크게 떨어진다. 이제 내 눈에도 공화당 내 반대파들이 세운 승리 공식이 서서히 감이 잡히고 있다.

'민주당의 대대적인 반공 공세에 대적할 방법이 없다. 여기서 맥아더를 제물로 바치고, 강 대 강 맞대결로 가야만 승산이 있다.'

월레스처럼 칼춤을 춘다는 선택지는 없다. 그때 월레스는 전시 대통령이었고, 그런 그조차 국민의 투표로 선출된 의원들을 상대로 칼부림을 하진 못했고 장관들 모가지를 댕강댕강 자르는 데 그쳤다. 선출직이란 이래서 깡패야. 의원이란 금배지는 낙선하기 전까지는 무적 치트키에 가까우니까. 하지만 밀러 씨가 급히 달려오자 나는 이 정치 공세가 새로운 국면에 접어들었음을 깨달았다.

"장군님. 장례는 잘 치르셨습니까."

"덕택에요. 여기엔 어쩐 일로 오셨습니까?"

"남부에서 소요가 일어났는데, 여기에 장군께서도 엮여 있습니다."

"소요… 라고요."

내 아버지의 장례. 유색인종 관련 문제에서 나는 아버지를 내세웠고, 선친께서는 수십 년간 조선계뿐만 아니라 아시아계, 흑인 등 다양한 유색인종 커뮤니티와 긴밀한 관계를 가져왔다. 그런 분이 돌아가셨으니 참으로 고맙게도 흑인단체들 또한 추모 행사를 진행했었는데.

"백인 우월주의자들이 이 행사가 사실 장례를 명목으로 한 불온한 행사 아니냐며 시비를 걸었고, 이게 다툼으로 번졌습니다."

"…거, 그놈들은 애비애미도 없답니까."

"하지만 남부 일대의 정치가들은 전부 한통속입니다. 경찰들이 일방적으로 흑인들만을 짓밟았고, 오히려 이걸 꼬투리 잡아 흑인들이 사회를 혼란케 한다는 명분에 더 힘을 실으려 합니다."

나도 사람인 만큼 화가 나긴 하지만, 지금 감정을 다스리지 못하면 정말 큰 일이 벌어질지도 모른다.

"문제는 장군입니다."

"거, 제 아버지 장례식에 곤봉질을 해 놓고도 제가 문제군요. 항상 하던 생각이지만 이 나라가 참 대단하긴 해요."

"지금 장군의 비아냥에 어울려드릴 시간이 없습니다. 저 돌아버린 선동꾼의 다음 표적이 누구겠습니까? 장군 아닙니까!"

그렇지. 그동안 내게 칼끝이 돌아오지 않은 게 이상했다. 놈들이 국공내전의 패배를 가장 강력한 명분으로 삼는 이상, 당연히 군부의 수장 또한 책임 논란을 회피하지 못할 것 아닌가. 근데 그 수장이 스탈린과 안면도 있어. 심지어 몇 번씩 직접 대면해 밀담을 나눌 정도로 수상쩍은 구석까지 있고. 히틀러는 그렇게 기똥차게 줘패던 놈이 중국에선 대체 뭘 했지?

"흐. 흐흐흐. 흐흐흐흐."

"…장군님?"

"밀러 씨는 우선 흑인단체들과 접선해 자중할 것을 요청해주시기 바랍니다. 소나기는 일단 피하고 봐야지요."

"지금 소나기가 문젭니까? 장군께서 위기에 처했습니다! 후원자였던 맥아더 대통령도, 전쟁영웅의 위광도 모두 도전받고 있습니다. 여기서는……."

"이무기가 용으로 승천하려면 원래 비가 좀 뿌려줘야 하는 법입니다."

은퇴 각이다. 유감이지만 맥네어 선배님. 이 후배가 먼저 탈출하겠습니다. 대신 길동무로 몇 놈 대가리는 꺾어버리고 갈 테니 너무 섭섭해하진 마시고.

적색 공포 6

에드거 후버 FBI 국장은 승승장구하고 있었다. 그와 그의 조직은 사악한 독일 간첩들의 손아귀에서 미국을 구했다. 그리고 이제는 나라를 좀먹으려 침투하는 소련 간첩과 공산주의자에 맞서 이 나라를 수호하는 중이다.

OSS를 위시한 여러 첩보기관을 합쳐 CIA라는 기관이 신설됐지만, 이미 다양한 노하우를 섭렵한 FBI에 대적할 수는 없었다. 게다가 CIA 자체도 의심스럽기 짝이 없다. 얼치기 변호사 따위가 만든 OSS는 허섭스레기라는 단어도 아까운 개차반 조직이었고, 첩보기관 주제에 빨갱이들과의 협력도 거침없이 행하는 사상 불순한 이들투성이였다.

저런 놈들에게 방첩 임무를 맡기느니, 차라리 FBI가 훨씬 낫지 않은가. FBI가 아니면 누가 국내의 의심스러운 놈들을 때려잡을 텐가. FBI가 아니면 누가 유명인, 연예인, 저명인사의 탈을 쓴 빨갱이의 음모로부터 나라를 지킬 것인가. 하지만 이 모든 찬란한 업적의 금자탑도, 눈앞의 인물에겐 별다른 감흥을 주지 않는 모양이었다.

"킴 장군. 내가 잘못 들은 것 같소만."

"정확히 들으셨습니다. 이제 슬슬 군 생활을 접고 야인으로 돌아갈 겁니다."

유진 킴은 그 간신배 같은 미소도 걷어버린 채 무덤덤하게 글라스에 얼음을 더 넣으며 말했다.

"빨갱이들의 위협이 그 어느 때보다 도드라지는 이 시국에 사직하겠다니."

"제 고향 땅엔 '박수 칠 때 떠나라.'라는 격언이 있더군요. 히틀러를 잡았을 때 진작 떠났어야 했는데, 구질구질하게 이 자리에 눌러앉아 있던 결과가 지금의 꼬락서니입니다. 우리 의원 나리들께선 제가 책임을 지길 원하더군요."

웃기는 소리. 의원들이 미쳤다고 유진 킴을 끌어내리길 원하랴? 물론 그걸 원하는 이들이 0은 아니다. 하지만 상식이 있는 대다수 의원들의 심리는 비슷하다. 매번 저놈의 전쟁영웅에게 휘둘리느니, 한번 쓴맛을 보여주고 문민통제를 확고히 하고 싶다는 발상. 한 명의 위상이 너무 커지면 다 같이 모여서 두들기는 건 이 나라의 아름다운 전통 문화 아닌가.

"킴 장군. 유진 킴 의장. 다 아는 사람이 왜 이러시오. 의원들이 바라는 건 그저……."

"패전 책임을 묻고 조금 더 고분고분하게 만든다. 겸사겸사로 군부의 위상을 깎아 타협이라곤 없는 현 행정부를 길들인다."

"잘 아시는 분이 왜 그러시오. 그냥 의회 출석해서 죄송합니다, 판단에 실수가 있었습니다, 유념하겠습니다 같은 공허한 말 몇 마디나 주워섬기면 되잖소."

"흐으음."

잔에 담긴 위스키가 쭉 사라져 얼음만 남는다.

"저는 지금의 반공 분위기가 별로 마음에 들지 않습니다. 제 기조와 국가의 시류가 맞지 않으니, 남은 건 당연히 사직이지요."

"…빨갱이들을 옹호할 줄은 몰랐는데."

"국장님. 한 명의 간첩을 잡기 위해 백 명의 무고한 이들이 다치고 있습니다."

"그 한 명의 간첩이 1만 명을 해칠 수 있소."

"그러니 싫다는 겁니다."

상식적으로 봤을 때 유진 킴이 이런 이야기를 하필 에드거 후버와 만나서 할 이유가 없다. 한때는 서로 긴밀하게 협력했던 적도 있지만, 그게 벌써 수십 년 전 일. 하나는 FBI의 국장이 되었고 다른 하나는 추축국을 전부 때려잡은 대원수가 되었다.

각자의 전문 분야에서 최고의 지위를 점한 이들끼리 뭘 짜웅하겠는가. 걸리면 국가를 사유화한다고 욕이나 옴팡지게 먹을 텐데. 그런 부담을 감수하고서 이 자리를 마련했으니 뭔가를 원하는 게 당연한데, 짐작이 가지 않았다. 정확히 말하자면, 너무 경우의 수가 많아서 문제였다.

"이걸 왜 나한테 말하냐는 듯한 표정이시군요."

"잘 보셨구려."

"이 반공 기조로 인해 군의 작전 수행에 심각한 지장이 있습니다… 같은 말도 넘어가지요. 제 무릎을 꿇리기 위해 제 주변인들이 공격당하고 있더군요."

"우리 말은 똑바로 합시다. 휴 드럼 원수는 패전의 직접적인 책임이 있는 당사자고, 장군과 친분이 있는 깜둥이들 중에서도 빨갱이가 많아요. 그들이 비판받다 보니 장군도 도매금으로 넘어가고 있는데, 지금이라도 그들을 손절하고 애국심을 증명하면 아무 일도 없이 넘어갈 수 있는 일입니다."

"그래서 아까 그 말을 한 겁니다. 나는 이 반공 기조 자체가 잘못되었다고 여기고 있는데, 그깟 일신의 안녕을 위해 합중국이 헌법으로 보장하는 내 신념과 자유를 꺾을 순 없지요."

후버는 잠시 술을 마시는 체하며 생각을 가다듬었다. 주변인에 대한 공격을 멈춰 달라? 군부에 대한 공격을 방어해 달라? 뭐지. 뭘 노리는 거냐, 이 음흉한 인간은.

"장군의 신념은 존중하지만, 그 신념을 지키기 위해서는 무척 많은 시련이 있을 것 같습니다."

"그건 그렇지요. 그래서 말인데, 저도 살아야 하지 않겠습니까? 저는 그리스도 같은 성인(聖人)이 아닌 터라."

듣기 싫다. 이 자리에서 일어나고 싶다. 저 사탄의 주둥아리를 계속 듣고 있다간 무조건 재미없는 일이 일어날 것 같다. 생각해보면 저놈과 엮여서 행복했던 자가 몇 명이나 있던가? 차라리 멀찍이 떨어져서 저자가 만들 유황불을 구경이나 하면…….

"출마할 겁니다."

"…지금?"

"이 광기의 반공주의가 판치는 시대에, 아가리로만 전쟁을 외치는 놈들이 동조하지 않는 이에게 빨갱이 낙인을 찍으며 설치는 시대에. 나처럼 합중국의 진정한 미덕인 자유를 지지하지만 저 작자들이 무서워 입을 다물고 있는 이들은 드물지 않을 겁니다. 나는 선거를 통해 그들을 규합하고 이 미친 시대에 종지부를 찍을 생각입니다."

태풍이다. 히틀러와 히로히토를 휩쓸었던 그 태풍이 기어이 D.C.에 상륙하려 한다. 하지만 약하다. 전쟁영웅이 무조건 당선됐으면 퍼싱도 진작에 대통령이 됐겠지.

"장군께서 정치는 잘 모르시나본데, 정치는 이상이 아니라 현실입니다. 출마를 선언한다고 해도…….."

"내가 규합을 못 할 거라 생각하나 보군요."

그는 낡아서 다 해진 쪽지 하나를 품에서 꺼내 후버의 앞으로 슬며시 밀었다. 생각보다 먼저 반응한 손이 그 쪽지를 펼쳤고, 눈은 빠르게 쪽지를 훑어내려갔다.

[친애하는 진에게. 조금 전 의식을 잃었다 회복했네. 의사는 아직 희망 같은 낱말을 늘어놓고 있지만……]

"이게 뭐요?"

"유서요. 루즈벨트의."

"잠깐. 그러니까. 지금 당신."

"나는 루즈벨트의 후계자로서 백악관에 도전할 게요."

"군인이 민주당엘 간다고? 돌아버렸소?!"

"아니. 꼭 루즈벨트의 후계자가 민주당이란 법이 있습니까? 뭐, 어느 당이든 쓸 만한 후보가 필요한 당이라면 갈 수 있겠지요."

셈법을 따라갈 수 없다. 맥아더에 대적할 후보가 필요한 건 민주당이지만, 그 민주당이 지금 반공으로 미쳐 날뛰고 있다. 아니. 그러니까.

"지금 짜부라진 민주당 내 뉴딜연합을 부활시키고, 딕시크랫들을 즈려밟은 후에, 대통령에 도전하겠다. 그 과정에서 반공주의는 흐릿해질 수밖에 없다."

"민주당으로 간다면 그리되겠군요."

"그럼 맥아더 대통령은?"

"뭐어. 이해해줄 거라 믿습니다. 가서 몇 대 좀 맞아주면 되겠지. 다음에 만날 땐 각반이라도 하나 차고 가야겠네. 다 늙은 양반이 쪼인트는 아직 매섭더라니까."

돌았다. 이 인간은 돌았다. 그러니까, 빨갱이 때려잡는답시고 본인이 쿡쿡 찔리니까 다 엎어버리겠다고? 제정신인가?

"이 장대한 출마의 변을 내게 미리 알려주니 참 고맙소. 혹시 이게 유세였다면 내 마음속으로 잘 염두에 두리다. 다만 공직자는 선거에 개입할 수 없다는 사실을 미리 말씀해 드리지요."

"내가 당선되면 FBI도 조질 겁니다. 수십 년째 한 명이 해먹는 초법적 조직이라니. 좀 그렇잖습니까?"

"수십 년간 미 육군을 컨트롤한 대원수가 그런 말을 하니 웃기지도 않는군."

"어떻게 그런 말씀을. 저는 참모총장 한 번 지내본 적 없는 아웃사이더입니다, 아웃사이더. 흐흐흐."

진짜 FBI를 즈려밟을 작정이라면 대놓고 찾아와서 선전포고를 할 연유가 없다. 요컨대 저건 공갈. 끼어들면 죽여버리겠다는 의사 표명이다.

"귀하의 편의를 위해 방첩활동을 중단할 순 없소."

"누가 하지 말랍니까?"

"이보시오, 킴 장군. 내게도 머리라는 게 붙어 있습니다."

"그렇군요. 솔직히 말해서, 더 열심히 날뛰어줬으면 하는 게 내 바람입니다. 1명의 간첩을 잡기 위해 영문도 모르고 다친 99명이 내게 투표를 해줄 것 아닙니까? 아, 그 간첩도 나한테 투표해주겠군. 아무리 계산해봐도 FBI가 더 열심히 반공 활동에 매진해주는 게 내겐 득이 됩니다."

"자꾸 그렇게 긁다간 당신도 크게 다치는 수가 있소."

"우드로 윌슨?"

"그보다 훨씬 더한 것."

"아. 무슨 건수를 잡아서 그리 콧대 높은가 했는데, 혹시 이거 말입니까?"

그는 옆자리에 널브러져 있던 서류가방을 잠시 뒤적이더니, 멋들어진 가죽 정장이 인상적인 책 한 권을 끄집어냈다.

"요즘 열심히 읽고 있는 책입니다. 혹시 원하신다면 모스크바에 한 부 더 보내 달라고 요청할 수도 있는데."

금박으로 번쩍이는 《Das Kapital》 알파벳 덩어리를 보는 순간.

후버의 눈앞이 아득해졌다.

* * *

감히 이 나와 치킨 게임을 하려고 하다니. 내일을 보고 사는 놈은 오늘만 사는 놈에게 죽는 법이다. 상호확증파괴라는 인류 최고의 예술을 배운 나와 광기 대결을 해서 이기려면 지옥에서 히틀러에게 개인 교습이라도 받았어야지. 시시해서 죽고 싶어졌다.

무릇 숙련된 야전 지휘관은 한정된 시간 안에 제한된 정보만으로 결단을 내리는 데 익숙해져야 한다. 반면 정보를 만지는 이들은 충분한 시간과 재화를 들여 더 많은 정보를 수집하고자 하는 직업병이 있다. 후버에게 온갖 말도 안 되는 이야기로 과부하를 걸어버렸다.

이제 그는 내 말의 어디부터 어디까지가 진실이고 어디가 뻥카인지 탐색하는 데 족히 몇 달은 소모하고, 거기서 내린 결론에 따라 어떻게 하면 가장 이득을 거둘지를 결정하는 데 다시 몇 달은 소모할 게 뻔하다.

세상에. 내가 대선 출마라니. 그것도 민주당 후보라니. 내가 떠든 개소리라지만 너무 심하지 않은가. 하지만 그런 말을 지극히 근엄하게 특별한 자리에서 주워섬겼으니, 후버 같은 노련한 인물에게 스턴을 선사하기에 부족함이 없으리라. 거대한 사정기관이자 첩보기관인 FBI의 헤드를 야구빠따로 갈겨버렸으니 당분간 어둠 속의 칼날에 찔릴 일은 없어졌다. 이제 그다음 수는…….

"실례합니다. 손님이 오셨는데요."

"지금 이 시간에 말입니까? 잡힌 일정은 없는데."

가정부 여사님의 말에 나는 반문했다.

"혹시 누구랍니까?"

"명함을 받아왔습니다."

그녀가 내게 명함 한 장을 건네주었고, 나는 잠깐 고민하다 응접실로 불러 달라고 요청했다. 평상복으로 옷을 갈아입은 뒤 아래로 내려가자, 처음

494

보는 젊은이가 자리에서 일어나 악수를 청했다.

"이 늦은 시간에 갑작스레 찾아온 점에 대해 사과드립니다, 의장님. 이번에 캘리포니아 하원의원이 된 리처드 닉슨이라고 합니다."

"아닙니다. 제가 먼저 찾아뵈었어야 했는데 이리 걸음하게 한 걸요. 만나 뵙게 되어 반갑습니다."

여사님께서 커피 두 잔을 내어준 뒤 자리를 뜨자, 그는 재지 않고 곧바로 입을 열었다.

"최근 의장님께서 겪고 계신 고초에 대해 심심한 위로의 말씀을 전합니다. 상준 킴은 캘리포니아의 큰 인물이자 소수민족들의 구심점이었습니다."

"별말씀을요. 여한 없이 웃으면서 가셨습니다."

"하지만 불행하게도 망자에 대한 예의조차 없는 무리들은 이제 의장님께 이빨을 들이대려 하고 있습니다."

정말 노빠꾸군. 이게 젊음인가. 나 때는 제법 몸도 사리고 눈치도 보면서 움직였는데.

"문민통제는 지극히 당연한 기본 원칙이고, 유권자의 지지를 통해 당선된 의원들은 정부 기관과 그 인사를 비판할 자격이 있는 이들입니다. 저는 이 점에 대해 어떠한 유감도 없습니다."

"정말이십니까? 캘리포니아는 물론이고 장군님이 오랫동안 다져온 기반이 모두 위협받고 있습니다. 반공이라는 명분으로 탄약고에서 불장난을 하는 무리들이 가득하니, 어떻게 이를 좌시하고만 있을 수 있겠습니까."

서론이 길구만. 뭔가 말하고 싶은 게 보일 듯 말 듯한데.

"그건 정치인들의 일이지요. 군인의 일은 아닙니다."

"말씀하신 대로 군인의 일은 아니지요. 하지만 이 나라는 지금 장군을 필요로 하고 있고, 당 또한 장군이 필요합니다."

"공화당 차원에서 나오신 겁니까?"

"아닙니다. 순전히 저 개인의 판단입니다."

분명한 선 긋기. 나는 차분히 그의 말을 기다렸다.

"지금 워싱턴 정가에서는 너 나 할 것 없이 누가 더 반공 투사로서의 이미지를 확보하느냐에 혈안이 되어 있습니다. 하지만 지금 이 시점이야말로 민주당의 뉴딜연합 지지자들을 모조리 공화당으로 끌어들일 절호의 기회입니다. 두 번 다시 이런 기회는 오지 않습니다."

판을 엎어버리자. 그의 눈동자에선 불꽃이 타오르고 있었다.

승부사의 그것이었다.

적색 공포 7

　유진 킴 대원수는 대단히 미묘한 입장에 서 있다. 최소한 리처드 닉슨은 그렇게 판단하고 있었다. 합참의장이라는 직책은 육해공의 참모총장보다 더 높은 자리라고 말하기 어렵다. 저 총장들을 조율하는 입장이지 상관이 아니란 뜻.

　계급으로 따지자면 6성 장군이지만, 같은 계급인데다 엄연히 그보다 선임인 퍼싱과 리히도 살아 있다. 퍼싱은 말할 것도 없이 명성 자자한 전쟁영웅이고 리히 또한 대중적인 명성만 조금 떨어질 뿐 큰 존경을 받는 해군의 거물 아닌가.

　그럼에도 불구하고 내로라하는 여러 전쟁영웅들보다 유진 킴의 인지도가 앞서는 이유, 그건 두말할 것도 없이 그의 행적에 있다. 가난한 소수민족 이민자의 아들로서 혈혈단신으로 부와 명예를 거머쥔 이. 개인의 영달에서 멈추지 않고 끊임없이 자선과 기부에 앞장선 훌륭한 모습. 어리석은 이들 앞에서 항상 진실을 외치던 선지자적 면모.

　마침내 악의 손아귀에 붙들려 신음하던 부모의 고향을 해방시키고 그 땅에 미국적 가치를 이식한, 소설에나 나올 법한 영웅적 행보. 여기에 양차대전의 영웅이라는 나레이션이 덧붙여졌으니, 그 파괴력은 실로 어마어마 할 수밖에 없다.

이토록 뚜렷한 대중적 인기를 등에 업은 이가 정치적으로도 능수능란 하다. 당장 방금 거론한 그의 인기부터가 결코 100% 자생적이지는 않다. 각종 언론과 기업 광고, 후원이 옆에서 나발을 불어주었기에 가능했던 일. 정치에 뜻이 없다면 이럴 리가 없다. 설마 이미 대기업을 일군 사람이 돈 몇 푼 더 벌자고 그랬으려고.

D.C.의 정치가들은 승전 직후부터 점차 보이지 않는 압력을 받고 있었 다. 아니. 정확하게 말하자. 유진 킴 대원수가 월레스 대통령을 찍어누른 이 후, 그들은 옆에서 갸르릉대던 것이 고양이가 아니라 호랑이라는 사실을 깨닫고 소스라치게 놀랐다.

처음 월레스가 대원수에게 혼쭐이 났다는 사실이 은밀하게 정가의 소문 으로 퍼졌을 땐, 대다수 사람들은 한마음 한뜻으로 월레스를 비웃었다. 오 죽 못났으면 그런 항명을 당했을꼬, 당해도 싸다하고. 하지만.

부디 유진 킴을 군 대신 국무부장관 같은 다른 민간 영역으로 보내주길 바라던 일부 인사들의 소망과 달리, 맥아더는 꿋꿋이 그를 군의 요직에 기 용했다. 유진 킴은 이 나라를 이끌어나가는 의원들의 극렬한 반대에도 불 구하고 군비 감축이라는 시민의 의지를 꺾어버렸다.

유진 킴은 국공 내전의 패배에도 불구하고 별다른 입지의 타격도 없이, 최소 10년은 이대로 더 군에 남아 그 권위와 힘을 아낌없이 휘두를 것만 같았다. 이대로는 안 된다. 개인의 힘이 이토록 강하면 국가의 시스템이 흔 들린다. 하지만 대통령은 그를 제어하긴커녕 그와 공적으로도 사적으로도 한패거리였고, 오히려 유진이라는 손패를 통해 의회와 맞서 제 정책을 추진 하려는 의지가 엿보이기까지 했다.

그 결과, 마침내 D.C.의 가장 오래 묵은 요괴들이 꿈틀댔다. 다양하게 얽 힌 이해관계로 이루어진 복마전 사이에서도 대원수를 한번 꺾어야 하지 않겠냐는 생각을 품는 이들이 하나둘 나타나기 시작했다. 모름지기 추앙받는 사람일수록 이유 없이 그를 싫어하는 사람 또한 생기기 마련. 그 추앙이 크면 클수록 이 반발 또한 극렬해지는 만큼, 한번 해볼 만하지 않겠나 하는 계산 또한 선다.

조지프 매카시 같은 이들은 그들이 쏴 날리는 탄환에 불과하다. 유진이 매카시를 때려잡기 위해 움직인다면 이를 공론화해 '군부의 정치 개입'이라는 새로운 마타도어에 시동을 걸 수 있을 것이오, 침묵한다면 그땐 그대로 새 총알을 발사하면 될 일.

닉슨은 최대한 눈앞에 있는 대원수의 분노를 사지 않을 만큼 완곡하게, 그러면서도 문외한도 이해할 수 있도록 간결하게 그가 아는 워싱턴 정가의 흐름을 설명했다. 유진은 단 한 번도 화를 내거나 반박하는 말을 꺼내는 대신, 은은한 미소만을 머금은 채 눈앞에 준비된 커피잔을 기울였다.

"고견 잘 들었습니다, 의원님."

"갑작스레 너무 크나큰 이야기를 멋대로 떠들었으니 얼마나 마음이 불편하시겠습니까? 저 또한 이를 잘 알고 있습니다. 하지만……."

"제 위치에 관해서는 저도 얼핏 느끼고는 있었습니다. 다만 정계에 계신 분께서 이리 진솔하게 직접 말씀해주시니 무척 가슴 깊이 고민하게 되는군요."

유진은 진심으로 고맙다는 듯 그에게 꾸벅 허리를 숙였고, 닉슨은 곧장 손사래를 쳤다.

"이렇게 제게 조언을 하러 오셨으니, 당연히 원하는 바가 있으실 테지요."

"아실지 모르겠지만, 저는 가난한 가정에서 고학생으로 자랐습니다. 샌—프랑코에서 장학금을 받지 못했다면 제 삶은 더 고달파졌겠지요. 이는 어디까지나 받은 은혜에 대한 답례에 불과합니다."

"그건 이유가 되지 못하지요. 말씀대로라면 세실 로즈 장학금(Rhodes

Scholarship)을 받은 이들은 모두 영국의 이익을 대변하는 자들이 되어야 한단 뜻 아닙니까."

그는 군인답게 단호한 태도로 잘라 말했다.

"저는 정치에 대해서는 잘 모릅니다. 하지만 전쟁에 대해서는 조금 알고 있지요. 연합군이 함께 싸우기 위해서는 반드시 서로가 원하는 것, 그리고 승리한 뒤 얻고자 하는 것에 대한 합의가 있어야만 합니다. 그렇지 않으면 반드시 뒤탈이 생기는 법이거든요."

내 앞의 당신은 뭘 원하는가? 그의 물음에 닉슨은 더 이상의 겸양을 걷어치웠다.

"공화당은 링컨의 정당임을 자랑스럽게 떠들지만, 오랜 세월이 흐르면서 자본가의 당, 보수적인 당으로 점차 포지션이 변하고 있습니다. 이대로 세월이 더 흐른다면 민주당 대신 우리가 보수 정당의 포지션을 차지할지도 모르지요."

"호오."

"하지만 지금은 다릅니다. 민주당은 딕시크랫과 진보주의자 사이의 앙금이 가라앉지 않았고, 공화당 또한 정체성의 위기를 겪고 있습니다. 이렇게 정처 없이 떠도는 배의 항로와 목적지를 지정하는 자야말로… 선장인 법이지요."

"선장이 되길 원하십니까."

"이 나라와 시민을 위해 가장 열심히 봉사하는 자리를 찾고 있을 뿐입니다."

탐색전은 끝났다. 유진은 잠시 기다려 달라며 응접실을 나가더니, 무언가 꾸러미 하나를 들고 돌아왔다.

"오늘 제가 귀인을 만났군요. 의원님처럼 대단한 식견을 가진 분께서 저를 도와주시겠다 찾아오셨으니, 저 또한 그 답례를 해야겠지요."

"아닙니……."

"이건 제가 예전에 처칠에게서 선물받은 시가입니다. 우리 골초 대통령에게 뺏길까봐 곱게 숨겨놨던 물건인데, 오늘 같은 날엔 한 대 피워야겠지요. 하나 받으시겠습니까?"

진짜 담배 한 대를 선물로 준다는 이야기일 리가 없다. 이건 은유이자 상징. 그리고 이 젊은 초선 의원이 찾아온 목적 그 자체였다. 닉슨이 고개를 끄덕이기 무섭게 두 대의 시가 끄트머리가 누군가의 모가지처럼 댕강댕강 잘려나가고, 어설프게 그의 입에 물린 시가에 유진이 손수 불을 붙여주었다.

"같은 배에 탑승한 것을 진심으로 환영합니다, 의원님."

"감사합니다. 대원수님과 발맞추어나갈 수 있어 참으로 영광입니다."

"그래서, 이제 전 어떻게 하면 좋겠습니까?"

"참으로 죄송한 말이지만 부디 노여워하지 마시고 들어주시면 감사하겠습니다. 이제 군무에서 물러나셔야 합니다. 일단 의장님께서 직책을 내려놓는 것만으로도 총구를 내릴 이들이 절반은 넘을 테니까요."

지금 수면 아래에서 움직이는 이들 중엔 진심으로 유진이 군에서 손을 떼야 한다고 여기는 이들도 있겠지만, 최고의 군사 전문가로서 유진을 계속 기용하되 그 힘만 조금 빼야 한다고 믿는 이들도 섞여 있을 터.

당장 대원수가 사직 의사를 밝히는 것만으로도 저게 고개를 숙이겠다는 제스처일지, 진짜 사직일지, 혹은 다른 의도가 있는 게 아닐지 머리가 폭발하기 시작할 게 뻔하다. 다만 문제는 유진의 의사. 어떻게 군을 나올 수 있겠냐며 화를 낼 줄만 알았는데, 유진은 연기를 한 번 토해내고는 빙그레 웃음을 지었다.

"이러니저러니 해도 대부분은 나라를 걱정하면서 의정 활동을 하고 있지 않겠습니까. 우리 시민들이 대리인을 통해 제게 군복을 벗을 것을 명한다면 당연히 따라야 하겠지요."

"…감사합니다. 그다음 공화당 내 흐름에 개입해야 하는데, 아직 우리가 여당인 만큼 정부 기관과 접촉하기 쉽다는 장점이 있습니다. 가장 먼저 의견을 교환해야 할 곳은 역시 FBI입니다."

"그렇군요. 안 그래도 오늘 후버 국장과 만났습니다."

유진의 무덤덤한 말에 닉슨은 잠시 멈칫했다. 지금? 오늘?

"혹시, 군사작전과 관계된 일이었습니까?"

"아닙니다. 제 몸보신을 위한 일이었지요."

이제 유진이 이야기할 시간이었다. 조금 전 시가를 꺼냈던 꾸러미에서 FDR이 보냈다는 예의 쪽지와 천마신공이 줄줄이 튀어나오고, 중간중간 몇 번씩이나 실례를 무릅쓰고 되물어야만 했다. 그리고 그때마다 영혼이 빠져나가는 듯한 느낌을 받았다.

"자, 새로운 정보를 드렸으니 조금 고민해야 할 시간을 드려야겠군요."

"아, 아닙니다. 아닙니다!"

내가 지금 뭘 들었지? 후버의 약점을 잡아? 아니, 우드로 윌슨이 뭐 어쩌고저쩌? 틀렸다. 완전히 잘못 짚었다. 정치질을 잘하는 군인이 아니다. 그의 눈앞에 있는 이는 전쟁에 능한 정치꾼이다. 저 미소. 시종일관 얼굴에 배어 있던 저 은은한 웃음기.

어째서 저걸 그저 단순한 포커페이스라고 생각했지? 저건 아무리 봐도 재롱떠는 아이를 보는 부모의 웃음 아닌가. 그렇지만 멈출 수 없었다. 달라지는 건 아무것도 없다. 오히려 한 편인 동맹이 예상보다 훨씬 뛰어나다면 좋은 일 아닌가.

"장군님께서 이미 에드거 후버의 손발을 묶어두었다면 더 고민할 것도 없습니다. 그가 정신 차리기 전에 속전속결로 가시지요."

그렇다면 이쪽도 페이스를 더욱 올리면 된다. 당혹스러웠지만 결코 자신감은 사라지지 않았다. 불안감은 사라지고, 승리에 대한 확신이 그 자리를 메꿨다.

* * *

나는 리처드 닉슨이 누군지 모른다. '워터게이트'로 유명한 닉슨 대통령
은 아는데, 그 사람이 이 사람인지 동명이인인지 내가 무슨 수로 알겠나. 어
째서 닉슨 대통령은 유머짤이 없던 거지?

하지만 그는 나를 찾아왔고, 나와 편 먹고 권력을 잡아보겠다는 야심을
드러냈다. 어중이떠중이는 내 쪽에서도 사절이지만, 원래 첫손님 보너스라
는 게 있기 마련이다. 마침 나도 의회에서 움직일 수 있는 아군이 필요하기
도 했고. 이게 바로 윈—윈이지. 그는 무척이나 심란한 표정으로 관사를 떠
났다.

상식적으로 오늘 처음 만난 사람에게 핵폭탄급 비밀을 몇 개씩이나 던
져주는 건 말도 안 되는 짓이지만, 원래 똑똑한 친구들일수록 합리적으로
판단하기 마련이다. 어쩌면 그는 내가 오래전부터 자신을 지켜보고 있었다
고 생각할지도 모르고, 혹은 너 하나 담가버리는 건 일도 아니라는 시그널
로 들었을지도 모른다. 어느 쪽이든 나쁘진 않네.

그리고 사실, 초면에 약속도 없이 대뜸 날 찾아와서 다짜고짜 이 나라를
따먹자고 하는 도박쟁이가 겨우 몇 가지 사소한 해프닝 좀 들었다고 도망갈
리도 없다. 저런 인간유형은 승률보다는 이겼을 때의 높은 배당률에 집중
하는 사람이니까.

어슬렁어슬렁 거실로 나와 소파에 드러눕고 TV를 켰다. 이것이야말로
현대 인류가 개발한 완벽한 자세. 군것질거리가 없으니 좀 아쉬운데, 매일
밤마다 뭔가 입에 털어넣었다간 배가 임산부처럼 튀어나올 게 틀림없다. 참
아야 하느니. 바보상자는 뭐라뭐라 온갖 이야기를 떠들어대고 있었지만, 내
귀에 들어오지는 않았다.

사직이라. 그래. 나는 너무 은퇴가 하고 싶었어. 아직 3차대전이 아마겟
돈으로 진화하기엔 기술이 딸리잖아. 그러니 지금 튀는 건 문제가 아니다.

지금이 아니면 정말 펜타곤 지하 외계인 옆에 묶여 죽는 그날까지 노예처럼 일하게 될지도 모른다.

직업은 새로 구하면 된다. 회사로 슬금슬금 들어가서 장난감 개발에 전념하는 것도 좋다. 조만간 발매될 민속놀이도 내가 한량이 되면 개발 속도에 더 탄력이 붙겠지. 그게 아니면 뭐, 대충 엣헴 하고 원로 행세하며 훈수 두고 다니는 생활도 나쁘지 않다. 처칠 같은 인간도 여기저기 싸돌아다니며 강연하고 다니던데, 내가 못 할 게 뭐 있나.

물론 이 모든 일들은 저 밉살스러운 꼴통들을 싹 다 구덩이에 파묻은 뒤에나 할 수 있다. 적당히 쌈박질 좀 하면서 말이 통하는 인간들과는 타협하고, 답이 없는 놈들은 뚝배기를 깨버려야지. 6성 장군 군생활 최후를 장식하는 장렬한 쥐불놀이를 기대해라, 이 벌레 같은 놈들아. 불의 세례를 받아…….

— 매카시 의원은 이 연설에서, 공산당 당적을 갖고 있거나 공산당에 충성을 바치고 있는 현직 국무부 관리 205명의 명단을 소유하고 있다고 주장하였습니다.

그 순간, 뉴스 앵커의 목소리가 그 어느 때보다 맑고 선명하게 귓전에 쏙쏙 박히기 시작했다.

— 이 연설에 따르면 2차대전 당시 중국으로 파견된 한 국무부 관료는 공식 보고서에 '중국 공산당이야말로 중국에 남은 유일한 희망'이라고 평했으며, 베트남의 공산 반군은 정체불명의 경로를 통해 당시 현역이던 미제 M3 전차를 입수하였다고 강변했습니다. 우리 사회 곳곳에 간첩들이 암약하고 있다는 그의 주장에 대해, 국무부에서는 현재 특별한 논평을 하고 있지 않습니다.

와. 와. 나보다 더한 미친 새끼가 있었네. 니가 이겼어. 응. 나는 역시 정상인인 모양이네.

(10권에 계속)

검은머리 미군 대원수 9

1판 1쇄 인쇄 2023년 3월 22일
1판 1쇄 발행 2023년 4월 12일

지은이 명원(命元)
매니지먼트 스튜디오JHS
펴낸이 김영곤 **펴낸곳** (주)북이십일 레드리버

책임편집 유현기 배성원 서진교 강혜인
디자인 (주)여백커뮤니케이션
출판마케팅영업본부장 민안기
마케팅1팀 배상현 한경화 김신우 강효원
출판영업팀 최명열 김다운
제작팀 이영민 권경민

출판등록 2000년 5월 6일 제406-2003-061호
주소 (10881) 경기도 파주시 회동길 201(문발동)
대표전화 031-955-2100 **이메일** book21@book21.co.kr
내용문의 031-955-2403

ISBN 978-89-509-2826-1
       978-89-509-3624-2(세트)